NOSFERATU

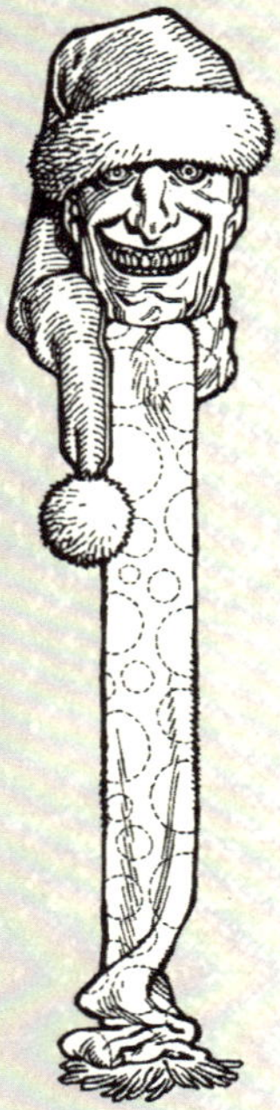

bonzinho

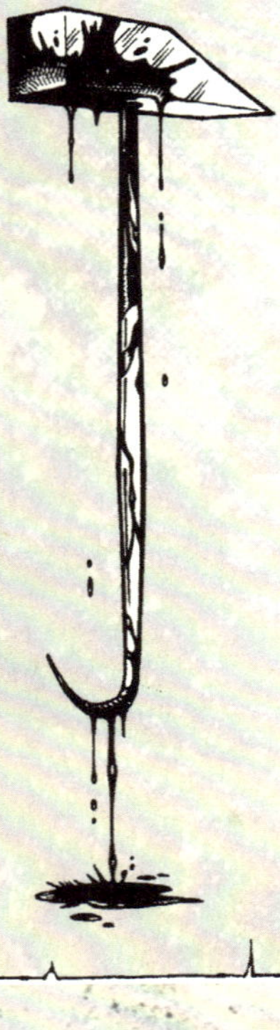

malvado

JOE HILL

NOSFERATU

Tradução
Fernanda Abreu

HarperCollins

Rio de Janeiro, 2020

Título original: NOS4A2

Diretora editorial: *Raquel Cozer*

Gerente editorial: *Alice Mello*

Editor: *Ulisses Teixeira*

Copidesque: *Gabriel Machado*

Revisão: *Christiane Ruiz, Milena Vargas* e *André Sequeira*

Diagramação: *Abreu's System*

Ilustrações de miolo: *Gabriel Rodríguez*

Capa: *Leroy & Rose / AMC Network*

Adaptação de capa: *Lúcio Nöthlich Pimentel*

CIP-Brasil. Catalogação na Publicação
Sindicato Nacional dos Editores de Livros, RJ

H545n

Hill, Joe
Nosferatu / Joe Hill; tradução Fernanda Abreu. – 1. ed. – Rio de Janeiro: Harper Collins, 2020.
608 p.

Tradução de: Nos4a2
ISBN 9786555110043

1. Ficção americana. I. Abreu, Fernanda. II. Título.

20-63352 CDD: 813
CDU: 82-3(73)

Rua da Quitanda, 86, sala 218 — Centro
Rio de Janeiro, RJ — CEP 20091-005
Tel.: (21) 3175-1030
www.harpercollins.com.br

À minha mãe: eis aqui uma máquina infernal para a rainha das histórias

Die Todten reiten schnell.
(Os mortos viajam depressa.)

– "Lenore", Gottfried Bürger

PRÓLOGO:
BOAS FESTAS
DEZEMBRO DE 2008

Presídio Federal de Englewood, Colorado

A ENFERMEIRA THORNTON ENTROU na unidade de cuidados prolongados pouco antes das oito, levando uma bolsa de sangue aquecida para Charlie Manx.

Ela agia de forma automática, sem pensar no trabalho. Finalmente decidira comprar o Nintendo DS que seu filho Josiah tanto queria e estava calculando se depois do plantão daria tempo de pegar a loja de brinquedos ainda aberta.

Por motivos filosóficos, passara algumas semanas resistindo àquele impulso. Na verdade, pouco ligava para o fato de que todos os amigos do filho tivessem um DS. Ellen Thornton não gostava desses videogames portáteis que as crianças viviam carregando para cima e para baixo. Os meninos eram absorvidos pelo monitor brilhante e trocavam o mundo real por um recanto da imaginação, onde a diversão substituía o pensamento e inventar mortes criativas passava a ser uma forma de arte. Antigamente, gostava de pensar que o filho adoraria ler, fazer palavras cruzadas e caminhar na neve junto com ela. Até parece.

Havia se contido o quanto pudera, e então, na tarde da véspera, flagrara Josiah sentado na cama fingindo que uma carteira velha era um Nintendo DS, apertando botões imaginários e fazendo barulhos de explosão. O menino tinha recortado uma imagem do Donkey Kong e inserido na divisória de plástico transparente usada para guardar fotos. Ellen sentira um aperto no coração ao notar que o filho já dava como certo que ganharia o videogame no Natal. Ela podia até ter as suas teorias sobre o que era ou não saudável para meninos pequenos, mas o Papai Noel não precisava compartilhar delas.

Como estava preocupada, só percebeu o que havia de diferente em relação a Charlie Manx quando já dava a volta em sua cama para chegar à sonda intravenosa. Nesse exato momento, ele suspirou, como se estivesse entediado; ela baixou o olhar e se deparou com o paciente a encará-la. Ficou tão espantada ao vê-lo de olhos abertos que a bolsa de sangue escapuliu dos dedos e quase caiu em seus pés.

Ele era muito velho, sem falar que era horroroso. Seu imenso crânio calvo era um globo que parecia uma lua alienígena, cheia de continentes marcados por manchas senis e sarcomas da cor de hematomas. Dentre todos os pacientes da unidade de cuidados prolongados – também conhecida como Recanto dos Vegetais –, o mais nefasto era Charlie Manx, que fora abrir os olhos *justamente* naquela época do ano. Manx gostava de criancinhas e sumira com dezenas delas na década de 1990. Tinha uma casa no sopé das montanhas Flatirons, onde fazia o que queria com as vítimas, depois as matava e pendurava enfeites de Natal em homenagem a elas. A imprensa tinha batizado o local de Casa Sino. Blém, blém, blém.

Em geral, quando estava no trabalho, Ellen conseguia desligar a parte maternal do cérebro e não pensar no que Charlie Manx decerto tinha feito com as menininhas e menininhos que haviam cruzado o seu caminho e tinham a mesma idade do seu Josiah. Na verdade, tentava não pensar em *nenhum* dos crimes de seus pacientes. O que estava deitado no outro canto do quarto tinha amarrado a namorada e os dois filhos dela, tocara fogo na casa e os deixara lá para morrerem queimados. Fora preso em um bar na mesma rua, tomando um uísque e assistindo a uma partida do White Sox contra os Rangers. Para Ellen, de nada adiantava refletir sobre essas coisas, portanto ela havia se condicionado a pensar nos pacientes como extensões das máquinas e sondas intravenosas às quais estavam conectados: periféricos de carne.

Desde que começara a trabalhar na enfermaria de Englewood, ela nunca tinha visto Charlie Manx de olhos abertos. Fazia três anos que Ellen integrava o quadro de funcionários e, durante todo esse tempo, ele permanecera em coma. Era o mais frágil de todos os seus pacientes, uma fina camada de pele cobrindo os ossos. Seu monitor cardíaco bipava feito um metrônomo ajustado na velocidade mais baixa possível. Segundo o médico, ele tinha tanta atividade cerebral quanto uma lata de creme de milho. Ninguém sabia sua idade, mas ele parecia mais velho do que Keith Richards. Era até um pouco parecido com o guitarrista – um Keith careca com a boca cheia de pequenos dentes marrons e afiados.

Havia mais três pacientes em coma naquela enfermaria e os funcionários os chamavam de SDS, "só Deus sabe". Quem passava tempo suficiente com um SDS acabava aprendendo que cada um tinha as suas pequenas manias. Don Henry, o tal que havia tocado fogo na namorada e nos filhos dela, de vez em quando fazia "caminhadas". Não se levantava, é claro, mas seus pés se punham a pedalar devagarinho sob as cobertas. Havia um sujeito chamado Leonard Potts que entrara em coma cinco anos antes e que nunca mais sairia desse estado – outro detento tinha enfiado em seu crânio uma chave de fenda que lhe perfurara o cérebro. Às vezes, porém, ele pigarreava e gritava "Eu sei!" como se fosse uma criança pequena querendo responder à pergunta da professora. Talvez abrir os olhos fosse a mania de Manx e simplesmente Ellen nunca o tivesse visto fazer isso.

– Olá, Sr. Manx – disse ela, sem pensar. – Como está se sentindo?

Ela abriu um sorriso artificial e hesitou, ainda segurando a bolsa de sangue. Não esperava uma resposta, mas achou que fosse educado dar ao paciente alguns instantes para organizar seus pensamentos inexistentes. Como Manx permaneceu em silêncio, ela estendeu uma das mãos para fechar suas pálpebras.

Manx agarrou seu pulso. Ela gritou – não conseguiu evitar – e deixou cair a bolsa de sangue, que bateu no chão e explodiu em um jorro escarlate, encharcando seus pés com o líquido morno.

– Ai! – gritou ela. – Ai! Ai! Ai, meu Deus do céu! – O cheiro lembrava ferro derretido.

– O seu filho, Josiah... – começou Manx, com uma voz áspera. – Tem um lugar para ele lá na Terra do Natal junto com as outras crianças. Eu poderia dar a ele uma nova vida. Poderia dar a ele um lindo sorriso novo. E lindos dentes novinhos em folha.

Ouvi-lo pronunciar o nome do seu filho foi pior do que sentir a mão de Manx no pulso ou o sangue nos pés. (*Sangue limpo*, pensou ela, ***limpo***.) Ouvir aquele assassino e molestador de crianças falar sobre seu filho a deixou tonta, tonta de verdade, como se estivesse dentro de um elevador de vidro subindo depressa em direção ao céu e vendo o mundo se afastar lá embaixo.

– Me solta – sussurrou ela.

– Tem um lugar para Josiah John Thornton lá na Terra do Natal e um lugar para você na Casa do Sono. O Homem da Máscara de Gás saberia direitinho o que fazer com você. Faria você respirar fumaça de pão de mel e ensinaria você a amá-lo. Nós não podemos levar você conosco para a Terra do Natal.

Ou melhor, *eu* até poderia, mas o Homem da Máscara de Gás é superior. O Homem da Máscara de Gás é misericordioso.

– Socorro – tentou gritar Ellen, mas saiu apenas um sussurro. – Socorro. – Sua voz tinha sumido.

– Eu vi Josiah lá no Cemitério do Talvez. Josiah deveria andar no Espectro. Na Terra do Natal ele seria feliz para sempre. Lá o mundo não pode estragá-lo, porque lá *não fica* no mundo. Fica dentro da *minha cabeça*. Eles estão todos seguros dentro da minha cabeça. Tenho sonhado com ela, sabe? Com a Terra do Natal. Tenho sonhado com ela, mas ando, ando e não consigo chegar ao fim do túnel. Ouço as crianças cantarem, mas não consigo alcançá-las. Ouço-as gritar por mim, mas o túnel não termina. Eu preciso do Espectro. Preciso do meu brinquedo.

Ele pôs a língua para fora, uma língua marrom, reluzente e obscena, e lambeu os lábios secos. Então, soltou seu pulso.

– Socorro – sussurrou Ellen. – Socorro. Socorro. Socorro.

Teve que repetir a palavra mais uma ou duas vezes antes de a voz sair alta o suficiente para alguém escutar. Então atravessou as portas que davam para o corredor e saiu em disparada, gritando a plenos pulmões e deixando um rastro de pegadas vermelho-vivo.

Dez minutos mais tarde, uma dupla de agentes penitenciários vestidos com roupa de choque tinha amarrado Manx ao leito, só para o caso de ele abrir os olhos e tentar se levantar. Mas o médico que dali a pouco chegou para examiná-lo disse que podiam soltar o detento.

– Esse cara está acamado desde 2001 e tem que ser virado quatro vezes por dia para não ficar com escaras. Mesmo que ele não fosse um SDS, está fraco demais para ir aonde quer que seja. Depois de sete anos de atrofia muscular, duvido que ele consiga se sentar sem ajuda.

Ellen o escutava junto às portas, pois, se Manx tornasse a abrir os olhos, pretendia ser a primeira a sair do quarto. Porém, quando o médico falou aquilo, atravessou o recinto a passos firmes e arregaçou a manga direita para mostrar as marcas no pulso que Manx havia segurado.

– Isto aqui por acaso parece ter sido obra de um cara fraco demais para se sentar? Achei que ele fosse arrancar meu braço.

Ela havia tirado a meia-calça encharcada de sangue e lavado os pés, que ardiam quase tanto quanto o pulso, com água fervente e sabonete antibacteriano, até deixá-los esfolados. Estava calçando seus tênis e os sapatos tinham ido para o lixo. Mesmo que pudessem ser recuperados, não achava que algum dia fosse conseguir usá-los de novo.

O médico, um jovem indiano chamado Patel, fitou-a com uma expressão sem graça de quem se desculpa e curvou-se para iluminar os olhos de Manx com uma pequena lanterna. As pupilas não se dilataram. Patel moveu a luzinha de um lado para outro, mas os olhos de Manx permaneceram fixos em um ponto logo atrás de sua orelha esquerda. O médico bateu as mãos a dois centímetros do nariz de Manx, que não piscou. Então, Patel fechou seus olhos com delicadeza e examinou o resultado do eletrocardiograma que estava em curso.

– Aqui não tem nada de diferente das últimas dezenas de eletros que fizemos – afirmou. – O paciente está no grau nove da escala de Glasgow e apresenta uma atividade lenta de ondas alfa condizente com um coma alfa. Acho que ele só falou dormindo, enfermeira. Acontece até com esse tipo de SDS.

– Ele estava com os olhos *abertos* – replicou Ellen. – Ele olhou para mim. Sabia o meu nome. Sabia o nome do meu filho.

– A senhora já conversou com outra enfermeira perto dele? Não há como saber o que o cara pode ter pescado inconscientemente. Basta a senhora ter dito: "Ah, sabia que o meu filho ganhou o concurso de soletrar?" Manx escutou e regurgitou essa informação no meio do sono.

Ellen aquiesceu, ainda que pensasse *Ele sabia o segundo nome do Josiah.* Tinha certeza de que nunca mencionara isso a qualquer pessoa ali no hospital. "Tem um lugar para Josiah John Thornton lá na Terra do Natal", dissera Charlie Manx, "e um lugar para você na Casa do Sono".

– Eu não cheguei a aplicar o sangue – avisou Ellen. – Ele está anêmico há algumas semanas: pegou uma infecção urinária por causa do cateter. Vou buscar outra bolsa.

– Pode deixar que eu aplico o sangue neste vampiro velho. A senhora levou um susto e tanto. Esqueça tudo isso. Vá para casa. Falta uma hora do seu plantão? Pode ir embora mais cedo. Tire folga amanhã também. Não tem umas comprinhas de última hora para fazer? Então, pare de pensar no que aconteceu e relaxe. É Natal, enfermeira Thornton. – O médico deu uma piscadela. – A senhora não sabe que esta é a época mais maravilhosa do ano?

O ATALHO
1986 - 1989

Haverhill, Massachusetts

A PIRRALHA TINHA 8 ANOS na primeira vez que atravessou a ponte coberta que ligava os Perdidos aos Achados.

Foi assim que aconteceu: eles tinham acabado de voltar do lago e a Pirralha estava com um dos pés apoiado na cabeceira de sua cama pregando na parede, com fita durex marrom, um pôster do David Hasselhoff em *A Super Máquina*: jaqueta de couro preta, aquele sorriso que fazia as covinhas aparecerem, em pé de braços cruzados em frente ao seu carro inteligente K.I.T.T. Foi quando ouviu um lamento vindo lá do quarto dos pais.

A Pirralha ficou parada, segurando o pôster com o peito contra a parede, e inclinou a cabeça para escutar; não estava alarmada, apenas se perguntava com o que a mãe estaria chateada dessa vez. Ela parecia ter perdido alguma coisa.

– ... estava com ela, eu sei que estava! – gritava, exaltada.

– Você não acha que pode tê-la tirado perto da água? Antes de entrar no lago? – perguntou Chris McQueen. – Ontem à tarde?

– Já disse que não nadei.

– Mas vai ver você tirou na hora de passar protetor.

Eles continuaram a conversa nessa linha e a Pirralha decidiu que por hora não precisava prestar atenção. Aos 8 anos, ela – chamada de Victoria pela professora do segundo ano fundamental e de Vicki pela mãe, mas que para o pai e para si mesma seria sempre a Pirralha – já havia aprendido a não ficar alarmada com as explosões da mãe. Os acessos de riso e os gritos exagerados de decepção de Linda McQueen eram a trilha sonora do cotidiano da Pirralha, e só às vezes valia a pena se importar.

Ela alisou o pôster na parede, terminou de pregá-lo e desceu da cama para admirar o resultado. David Hasselhoff era um gato. Com a testa franzida, tentava decidir se o pôster estava torto, quando ouviu uma porta bater e outro grito angustiado soar, de novo a mãe, seguido pela voz do pai:

– Ah, eu sabia que era aí que a gente ia chegar. Acertei na mosca.

– Eu perguntei se você tinha olhado no banheiro e você disse que sim. Disse que tinha olhado *tudo*. Olhou no banheiro ou não?

– Não sei. Não. Acho que não. Mas não importa, Linda, porque não foi no banheiro que você deixou. E sabe *por que* eu sei isso? Porque você deixou na *praia* ontem. Regina Roeson e você ficaram tomando sol e uma porção de margaritas e você relaxou tanto que meio que esqueceu que tinha filha e pegou no sono. Quando acordou e percebeu que iria chegar uma hora atrasada para buscar a menina na colônia de férias...

– Eu *não cheguei* uma hora atrasada.

– ... você saiu desabalada. Esqueceu o protetor solar, esqueceu a toalha e a pulseira também, e agora...

– Eu não fiquei bêbada, se é isso que você está sugerindo. Eu não dirigi o carro bêbada com a nossa filha, Chris. Essa é a sua especialidade...

– ... e agora está fazendo o que sempre faz e dizendo que é culpa de outra pessoa.

A Pirralha mal percebeu que estava se movendo quando adentrou a penumbra do hall e seguiu em direção ao quarto dos pais. Aberta uns 15 centímetros, a porta deixava entrever um pedaço da cama de casal e a mala em cima. Roupas haviam sido tiradas dos armários e estavam espalhadas pelo chão. Em um surto, a mãe com certeza tinha começado a tirar coisas do armário, jogando-as para todos os lados à procura da tal pulseira: uma argola de ouro com uma borboleta feita de safiras azuis reluzentes e pequenos diamantes.

Como sua mãe estava andando de um lado para outro, a cada poucos segundos passava pela nesga de quarto que a Pirralha conseguia ver.

– Isso não tem nada a ver com o que aconteceu ontem. Eu já disse que não perdi a pulseira na praia. *Eu não perdi.* Ela estava ao lado da pia hoje de manhã, junto com meus brincos. Se a pulseira não estiver na recepção, então uma das arrumadeiras pegou. É isso que elas fazem, é assim que incrementam o salário. Elas pegam tudo o que os veranistas esquecem no hotel.

Chris McQueen passou alguns segundos em silêncio e depois falou:

– Meu Deus. Porra, como você é monstruosa. E eu tive uma filha com você.

A Pirralha retraiu o corpo e sentiu uma ardência nos olhos. Cravou automaticamente os dentes nos lábios, bem fundo, até produzir uma pontada aguda de dor que não deixou as lágrimas brotarem.

Sua mãe não demonstrou o mesmo autocontrole e caiu em prantos. Tornou a aparecer no campo de visão da filha, uma das mãos cobrindo o rosto e os ombros convulsionados. Sem querer que os pais a vissem, a Pirralha recuou de volta para o hall.

Seguiu andando, passou por seu quarto, desceu o corredor e saiu pela porta da frente. Ficar dentro de casa de repente lhe pareceu intolerável. O ar lá dentro estava rançoso. O ar-condicionado passara uma semana desligado. Todas as plantas tinham morrido e cheiravam mal.

Ela só soube para onde estava indo quando chegou lá, embora desde o instante em que ouvira o pai dizer o pior – *Porra, como você é monstruosa* –, seu destino fosse inevitável. Entrou pela porta lateral da garagem e pegou a bicicleta.

A Tuff Burner da Raleigh tinha sido seu presente de aniversário em maio e seria o melhor presente de todos os tempos. Mesmo quando ela tivesse 30 anos, se o seu filho lhe perguntasse qual era a coisa mais legal que ela já ganhara na vida, ela pensaria na hora na Tuff Burner azul-fluorescente com aros amarelo-banana e pneus grossos. A bicicleta era o seu objeto preferido, melhor do que a sua Bola Mágica, do que os seus adesivos do KISS e até do que o seu videogame ColecoVision.

Três semanas antes do aniversário, durante um passeio com o pai, ela vira a bicicleta em uma vitrine no centro da cidade e soltara um longo *ooohhh*. O pai, achando graça, entrou na loja com ela e convenceu o vendedor a deixá-la dar uma voltinha pelo showroom. O homem lhe aconselhara enfaticamente a olhar outras bicicletas, pois achava a Tuff Burner grande demais para a menina, mesmo com o selim na posição mais baixa. A Pirralha não sabia do que aquele cara estava falando. Para ela, foi como mágica, como voar em uma vassoura e rasgar sem esforço a escuridão do Halloween, a mais de trezentos metros do chão. Seu pai, contudo, tinha fingido concordar com o vendedor e dito a Vic que ela poderia ter uma bicicleta daquelas quando fosse mais velha.

Três semanas mais tarde, a Raleigh apareceu em frente à sua casa com um grande laço de fita prateado no guidom.

– Você agora está mais velha, né? – falara o pai com uma piscadela.

Vic entrou na garagem, onde a sua bicicleta estava apoiada na parede à esquerda da moto do pai, uma Harley-Davidson 1979 com motor *shovel-head* que ele ainda usava no verão para ir trabalhar. Seu pai fazia parte de uma equipe que trabalhava em estradas destruindo rochas com explosivos de alta potência, em geral, a mistura de nitrato de amônio com óleo diesel conhecida como ANFO, mas, às vezes, TNT mesmo. Certa vez, ele dissera a Vic que era preciso ser inteligente para imaginar um jeito de ganhar dinheiro com os próprios maus hábitos. Como ela não entendera, ele havia explicado que a maioria dos caras que gostavam de detonar bombas acabavam despedaçados ou presos. Já ele ganhava 60 mil por ano e poderia receber mais ainda caso sofresse um acidente. Seu seguro era incrível: só o seu dedo mindinho valia 20 mil se fosse perdido. Sua moto tinha um desenho de uma loura exageradamente sexy usando um biquíni com a estampa da bandeira americana, montada em uma bomba diante de labaredas. Chris McQueen era sinistro. Outros pais construíam coisas; o seu explodia e ia embora de Harley fumando o cigarro que havia usado para acender o pavio. Inigualável.

A Pirralha tinha autorização para andar com a Raleigh pelas trilhas do bosque de Pittman Street, nome extraoficial de um trecho de 12 hectares de pinheiros e bétulas situado logo depois do quintal dos fundos de sua casa. Ela podia ir até o rio Merrimack e a ponte coberta, mas então era obrigada a voltar.

O bosque continuava para lá da ponte coberta – também conhecida como ponte do Atalho –, mas Vic tinha sido proibida de atravessá-la. O Atalho tinha 70 anos de idade e quase cem metros de extensão, e estava começando a ceder no meio. As paredes pendiam na direção da correnteza do rio, parecendo que iriam desmoronar se batesse um vento forte. Um alambrado impedia a entrada, embora jovens levantassem a grade em um dos cantos e entrassem para fumar baseados e transar. A placa de latão na cerca dizia LOCAL DECLARADO INSEGURO PELO DPTO. DE POLÍCIA DE HAVERHILL. Era um lugar para delinquentes, para os párias e perturbados.

Apesar das ameaças do pai e da placa, Vic já tinha entrado lá, é claro (sem comentários quanto à categoria na qual se encaixava), pois desafiara a si mesma a passar por baixo do alambrado e dar dez passos. A Pirralha nunca fora capaz de ignorar um desafio, ainda que feito por ela própria. *Sobretudo* os desafios feitos por ela própria.

Lá dentro estava muito mais frio e as frestas entre as tábuas do piso davam para uma queda de trinta metros em direção à água agitada pelo vento. Buracos no telhado de papel alcatroado deixavam entrar fachos de luz dourada tremeluzentes de poeira. Morcegos davam pios agudos no escuro.

A respiração de Vic se acelerou quando ela se deu conta de que estava entrando num túnel comprido e escuro que passava por cima não só de um rio, mas da própria morte. Aos 8 anos, ela se achava mais rápida do que qualquer outra coisa, inclusive o desabamento de uma ponte. Mas acreditou nisso um pouco menos ao dar passinhos bem miúdos pelas tábuas velhas e gastas que rangiam. Conseguira dar não só dez passos, mas *vinte*. Ao primeiro estalo forte, porém, tinha amarelado, voltado aos tropeços e tornado a sair por baixo do alambrado com a sensação de estar quase sufocada com o próprio coração.

Nesse dia, ela atravessou o quintal com a bicicleta e, no instante seguinte, já estava descendo a encosta em disparada para dentro do bosque, por cima de raízes e pedras. Foi se afastando de casa e entrou direto em uma das aventuras de *A Super Máquina* que eram a sua marca registrada.

Estava a bordo do K.I.T.T. e eles avançavam depressa e sem dificuldade sob as árvores enquanto o dia de verão ganhava o tom amarelado do crepúsculo. Sua missão era recuperar um microchip que continha a localização secreta de todos os silos de mísseis americanos e estava escondido na pulseira de sua mãe: astutamente disfarçado de diamante, fazia parte da borboleta cravejada. Mercenários tinham roubado a joia e planejavam leiloar a informação para quem pagasse mais: o Irã, a Rússia, talvez o Canadá. Vic e Michael Knight se aproximavam de seu esconderijo perto de uma estrada secundária. Ele queria que Vic lhe prometesse não correr riscos desnecessários, não ser uma menina boba, e ela soltou um muxoxo e revirou os olhos, mas ambos sabiam que, devido às exigências da trama, em algum momento, Vic teria de agir como uma menina boba, pôr suas vidas em perigo e forçá-los a realizar manobras desesperadas para fugir dos vilões.

Só que a narrativa não era satisfatória. Para começo de conversa, ela obviamente *não* estava a bordo de um carro, mas em uma bicicleta, passando por cima de raízes e pedalando depressa o bastante para evitar os mosquitos. Além do mais, não podia relaxar e sonhar acordada como em geral fazia. *Meu Deus. Porra, como você é monstruosa* não lhe saía da cabeça. Um súbito pensamento revirou seu estômago: quando ela chegasse em casa, seu pai não estaria mais lá. A Pirralha baixou a cabeça e começou a pedalar mais depressa; era o único jeito de deixar para trás uma ideia tão terrível.

Seu pensamento seguinte foi que estava montada não na Tuff Burner, mas na Harley-Davidson do pai. Tinha os braços ao redor de Chris e usava o capacete que ele comprara para ela, o preto que cobria sua cabeça inteira e lhe dava a impressão de estar usando um pedaço do uniforme de um astronauta. Os dois estavam voltando ao lago Winnipesaukee para buscar a pulseira da mãe;

iriam lhe fazer uma surpresa. Sua mãe iria gritar ao ver o pai segurando a joia e ele iria rir, passar o braço em volta da cintura de Linda McQueen e beijar seu rosto, e os dois não ficariam mais bravos um com o outro.

A Pirralha foi deslizando pela claridade bruxuleante sob os galhos que pendiam das árvores. Estava perto o suficiente da Rodovia 495 para ouvir seus ruídos: o rugido áspero de uma carreta diminuindo a marcha, o zunzum dos carros e, sim, o estrondo alto de uma moto seguindo para o sul.

Bastou fechar os olhos para ela também estar na rodovia, viajando depressa, saboreando a sensação de leveza quando a moto se inclinava nas curvas. Não reparou que, na sua mente, ela já estava sozinha: uma menina mais velha, com idade suficiente para controlar ela própria o acelerador.

Ela faria os pais calarem a boca. Pegaria a pulseira, voltaria para casa e a jogaria na cama entre os dois, depois sairia sem dizer nada. Eles que ficassem encarando um ao outro, constrangidos. Mas o que mais tomava sua imaginação era a moto, o mergulho de cabeça na estrada enquanto os últimos resquícios de luz do dia sumiam do céu.

Saiu da penumbra perfumada por abetos para a larga estrada de terra batida que conduzia à ponte. O Atalho, como chamavam os moradores, assim mesmo, com maiúscula.

Ao chegar perto da ponte, viu que o alambrado estava fora do lugar. O arame tinha sido arrancado das colunas e fora jogado no chão. A entrada – com largura suficiente para que passasse um carro só – estava coberta por emaranhados de hera que oscilavam suavemente ao vento que subia do rio lá embaixo. O interior era um túnel retangular que se estendia até um quadrado de luminosidade inacreditável, como se o outro lado desse para um vale de trigo dourado ou, talvez, de ouro mesmo.

Ela diminuiu o ritmo, mas só por alguns instantes. Estava hipnotizada pelo ato de pedalar, tinha acelerado até bem longe na própria mente e, quando decidiu seguir em frente, passar por cima do arame e adentrar o breu, não hesitou. Parar agora seria uma covardia que ela não podia se permitir. Além disso, tinha fé na velocidade. Se as tábuas começassem a se partir debaixo dela, simplesmente avançaria e deixaria para trás a madeira podre. Se houvesse alguém lá dentro – algum marginal que quisesse agarrar uma garotinha –, ela passaria antes de a pessoa começar a se mexer.

Pensar na madeira putrefata ou em um mendigo encheu seu peito com um terror delicioso, fazendo-a ficar em pé nos pedais e girá-los com mais força ainda. Pensou também, com uma satisfação tranquila, que se a ponte de fato desabasse para dentro do rio dez andares abaixo, e ela fosse soterrada pelo entulho, seria tudo culpa dos pais por terem brigado e a feito sair de casa, e *aí, sim*, eles iriam aprender. Sentiriam uma saudade horrível da filha, ficariam arrasados pela dor e pela culpa, e era exatamente isso que os dois mereciam.

Os pneus bateram no alambrado e a fizeram chacoalhar. Ela mergulhou em uma escuridão subterrânea que cheirava a morcegos e podridão.

Viu algo escrito com spray verde na parede à sua esquerda. Não parou para ler, mas achou que fosse TERRY'S, o que era engraçado, pois eles tinham almoçado em uma lanchonete chamada Terry's, Terry's Sanduíches, em Hampton, que ficava lá em New Hampshire, perto do mar. Geralmente paravam lá na volta do lago, pois era a meio caminho de Haverhill.

O som era diferente dentro da ponte coberta. Vic escutou o rio trinta metros abaixo, mas o barulho lhe pareceu menos água corrente e mais uma explosão de chiados, feito estática no rádio. Não olhou para baixo; teve medo de ver o rio entre as frestas ocasionais das tábuas do piso. Nem olhou para os lados, fitando o outro lado da ponte.

Ao atravessar um dos lençóis diáfanos de claridade, sentiu algo no olho esquerdo, uma espécie de latejar distante. O piso transmitia uma desagradável sensação de estar *cedendo*. Ela agora tinha apenas um pensamento, composto por duas palavras, *quase lá, quase lá*, repetidas no mesmo compasso em que movia os pés.

O quadrado de luz do outro lado se expandiu e se intensificou. Conforme ela foi chegando mais perto, tomou consciência de um calor quase brutal que emanava da saída. Sentiu um cheiro inexplicável de loção bronzeadora e anéis de cebola fritos. Não lhe passou pela cabeça se perguntar por que não havia alambrado ali também.

Vic McQueen, também conhecida como Pirralha, inspirou fundo e emergiu do Atalho para a luz do dia, os pneus da bicicleta batendo no asfalto ao deixar a madeira. O silvo e o rugido da estática cessaram abruptamente, como se ela de fato estivesse ouvindo um chiado no rádio e alguém acionasse o botão para desligá-lo.

Ainda deslizou mais uns cinco metros, até que viu onde estava. Seu coração saltou no peito antes de suas mãos conseguirem acionar o freio. Ela parou tão de repente, com tanta força, que o pneu traseiro derrapou, levantando poeira.

Tinha emergido em um beco asfaltado atrás de um prédio de um andar só. Uma caçamba e uma série de latas de lixo estavam encostadas na parede de tijolos à sua esquerda. Uma das extremidades do beco era fechada por uma cerca alta de tábuas e, do outro lado, havia uma rua. Vic pôde ouvir o tráfego e escutou o trecho de uma canção vindo de um dos carros: *Abra-abracadabra... I wanna reach out and grab ya...*

Bastou uma olhada para ela saber que estava no lugar errado. Já estivera no Atalho muitas vezes e sabia perfeitamente o que havia no outro lado do Merrimack: um morro coberto de árvores, verde, fresco, tranquilo. Nada de ruas, lojas ou becos. Virou a cabeça e quase deu um grito.

O Atalho preenchia a entrada do beco atrás dela. Estava enfiada bem dentro do beco, entre o prédio de tijolos de um andar e outro de cinco, feito de concreto caiado e vidro.

A ponte não cruzava mais o rio, mas estava encaixada em um espaço que mal podia contê-la. Vic sentiu um violento calafrio ao ver aquilo. Quando olhou para dentro da escuridão, pôde avistar ao longe as sombras pintadas de verde-esmeralda do bosque de Pittman Street.

Desceu da bicicleta. Suas pernas tremiam com espasmos nervosos. Ela empurrou a Raleigh e a encostou na lateral da caçamba; descobriu que lhe faltava coragem para refletir sobre o que significava aquilo tudo.

O beco fedia a comida frita rançosa por causa do sol. Vic queria ar fresco. Passou por uma porta de tela que dava para uma cozinha barulhenta e quente e para a cerca alta de tábua. Destrancou a porta lateral e saiu para uma faixa estreita de calçada que conhecia muito bem, pois havia pisado nela poucas horas antes.

Quando olhou para a esquerda, viu um longo trecho de praia e, mais adiante, o mar, cujas altas ondas verdes cintilavam sob o sol com uma intensidade que feria os olhos. Meninos de sunga jogavam *frisbee*, davam saltos acrobáticos para pegá-lo e depois caíam nas dunas. Carros estavam presos no trânsito do bulevar à beira-mar. Com as pernas bambas, ela dobrou a esquina e deparou com o balcão que dava para a rua do...

Terry's Sanduíches
Hampton Beach, New Hampshire

VIC PASSOU POR UMA FILEIRA de motos estacionadas em frente à lanchonete, que cintilavam cromadas sob o sol vespertino. No balcão dos pedidos, uma fila de meninas de biquíni e shorts bem curtos gargalhavam. Vic detestava ouvir aquelas meninas; era como vidro se estilhaçando. Entrou na loja e uma sineta de latão retiniu na porta.

As janelas estavam abertas e meia dúzia de ventiladores de mesa ligados atrás do balcão sopravam ar em direção às mesas, mas ainda assim fazia calor lá dentro. Tiras compridas de papel pega-moscas penduradas no teto ondulavam ao vento, os insetos grudados lutavam e morriam bem acima das pessoas que enfiavam hambúrgueres goela abaixo. Não tinha reparado nesse detalhe desagradável mais cedo, quando almoçara ali com os pais.

Sentia-se meio mareada, como se estivesse andando de um lado para outro de barriga cheia em pleno calor de agosto. Atrás da caixa registradora postava-se um homem grandalhão vestido com uma camiseta branca sem mangas. Tinha os ombros peludos e vermelhos por causa do sol, seu nariz exibia uma risca de pomada e um crachá de plástico branco na camiseta informava o nome PETE. Ele havia passado a tarde inteira ali. Duas horas antes, Chris McQueen tinha pagado por suas cestas de hambúrgueres e milk-shakes, e trocara algumas palavras com o homem sobre o Red Sox, que atravessava uma boa fase; 1986 parecia ser o ano em que o time finalmente sairia do buraco. Clemens estava arrasando. Apesar de faltar mais de um mês de campeonato, não havia dúvida de que o garoto seria consagrado como o melhor arremessador.

Vic se virou na direção de Pete, sem a menor ideia do que dizer. Ficou parada na sua frente, piscando os olhos. Um ventilador zumbia atrás dele, capturava seu cheiro úmido e o soprava na cara da Pirralha. Não, ela com certeza não estava se sentindo muito bem.

Tomada por uma estranha sensação de não saber o que fazer, sentiu vontade de chorar. Ali estava ela, em New Hampshire, um lugar ao qual não pertencia. A ponte do Atalho estava presa no beco lá atrás e, de alguma forma, isso era culpa sua. Seus pais estavam brigando e não faziam ideia do quão longe ela tinha ido. Ela precisava ligar para casa. Precisava ligar para a polícia. Alguém precisava ir olhar a ponte no beco. Sua mente era um turbilhão nauseante de pensamentos. O interior de sua cabeça era um lugar sombrio, um túnel escuro cheio de ruídos perturbadores e morcegos voando.

Mas o grandalhão lhe poupou o trabalho de decidir por onde começar. Franzindo a testa, ele falou:

– Olha *ela aí*. Estava pensando se algum dia iria ver você novo. Voltou para buscar, não foi?

Vic o encarou sem entender.

– Buscar?

– A pulseira. A da borboleta.

Ele girou uma chave e a gaveta da caixa registradora se abriu com um retinir barulhento. A pulseira de sua mãe estava guardada lá no fundo.

Quando Vic viu a joia, outro débil tremor varou suas pernas e ela deixou escapar um suspiro entrecortado. Pela primeira vez desde que saíra do Atalho e, surpreendentemente, fora parar em Hampton Beach, sentiu algo próximo da compreensão.

Na sua imaginação, ela saíra em busca da pulseira da mãe e, de alguma forma, a encontrara. Na realidade, nunca tinha saído de casa com a bicicleta. Seus pais provavelmente nem tinham brigado. Só havia uma explicação possível para uma ponte enfiada dentro de um beco: ela chegara em casa, queimada de sol, exausta e com a barriga cheia de milk-shake, desabara na cama e agora estava sonhando. Assim, pensou que a melhor coisa a fazer seria pegar a pulseira e voltar pela ponte, e depois disso talvez fosse acordar.

Sentiu um latejar atrás do olho esquerdo; uma dor de cabeça começava a surgir ali, e das grandes. Não se lembrava de algum dia já ter levado uma dor de cabeça para dentro de um sonho.

– Obrigada – agradeceu a Pirralha, quando Pete lhe entregou a pulseira por cima do balcão. – Minha mãe estava superpreocupada com ela. É muito valiosa.

– Superpreocupada, é? – Pete enfiou um mindinho na orelha e o girou para um lado e para o outro. – Deve ter muito valor sentimental, imagino.

– Não. Quero dizer, *sim*, tem. Era da avó dela, minha bisavó. Mas a pulseira também vale muito dinheiro.

– Aham.

– É uma *antiguidade* – disse a Pirralha, sem entender muito bem aquela necessidade toda de convencê-lo do valor da joia.

– Só é uma antiguidade quando vale algum dinheiro. Se não vale nada, é só uma quinquilharia velha.

– Ela é de *diamante*. Diamante e ouro.

Pete riu, uma risada curta, cáustica, semelhante a um latido.

– É, *sim* – insistiu Vic.

– Que nada – replicou Pete. – Isso daí é bijuteria. Está vendo estes trequinhos aqui que parecem diamantes? São zircônio. E aqui dentro do aro, onde está ficando prateado? Ouro não descasca. O que é bom continua bom para sempre, por mais maltratado que esteja. – Ele franziu a testa com uma expressão inesperada de empatia. – Você está bem? Não parece muito disposta.

– Estou. Peguei sol demais. – Isso lhe pareceu uma resposta muito adulta.

Só que ela não estava nada bem. Estava tonta e suas pernas tremiam sem parar. Queria sair dali e ficar longe do cheiro que misturava o suor de Pete, anéis de cebola frita e óleo borbulhante. Queria que aquele sonho acabasse.

– Tem certeza de que não quer alguma coisa gelada para beber? – perguntou Pete.

– Obrigada, mas eu tomei um milk-shake no almoço aqui.

– Se você tomou um milk-shake, aqui é que não foi. Talvez tenha sido no McDonald's. Aqui nós fazemos frapês.

– Tenho que ir – disse ela, virando-se e começando a andar em direção à porta.

Teve consciência do olhar de preocupação genuína de Pete e sentiu-se grata a ele por sua empatia. Pensou que, apesar do fedor e dos modos bruscos, ele era um homem bom, o tipo que se preocupava com uma menina com ar doente perambulando sozinha por Hampton Beach. Mas não se atreveu a lhe dizer mais nada. O suor frio umedecia suas têmporas e seu lábio superior e foi preciso muita concentração para conter os tremores nas pernas. O olho esquerdo tornou a latejar, dessa vez um pouco mais forte. Sua convicção de que estava apenas imaginando aquilo tudo, de que percorria um sonho particularmente vívido, era difícil de manter, como se ela tentasse segurar um sapo escorregadio.

Vic saiu para a rua outra vez e andou às pressas pela calçada quente de concreto, passando pelas motos estacionadas. Abriu a porta na cerca alta de tábuas e entrou no beco atrás do Terry's Sanduíches.

A ponte não saíra do lugar. Tinha as paredes externas imprensadas contra os prédios de um lado e de outro. Olhá-la de frente doía. Doía em seu olho esquerdo.

Um funcionário da cozinha – cozinheiro ou lavador de pratos – estava em pé no beco junto à caçamba, usando um avental sujo de gordura e sangue. Qualquer um que visse aquele traje decerto desistiria de almoçar no Terry's. Era um homem baixo, com o rosto coberto de pelos ásperos e os antebraços cheios de veias e tatuagens, e olhava para a ponte com uma expressão entre a indignação e o temor.

– Mas que *porra* é essa? – indagou. Olhou para Vic com um ar confuso. – Está vendo *isso*, menina? Sério... que *porra* é essa?

– É a minha ponte. Não precisa se preocupar. Vou levar embora comigo – respondeu Vic. Nem ela mesma sabia o que isso queria dizer.

Segurou a bicicleta pelo guidom, virou-a e a empurrou em direção à ponte. Correu dois passos ao lado da bicicleta, então saltou para cima dela.

O pneu dianteiro bateu nas tábuas e ela mergulhou na escuridão sibilante.

O barulho, aquele zumbido imbecil de estática, tornou a soar enquanto atravessava a ponte. No meio do caminho, ela pensou ter ouvido o rio lá embaixo, mas se enganou. As paredes tinham compridas rachaduras e pela primeira vez ela as olhou. Por elas, viu um brilho branco tremeluzente, como se o maior televisor do mundo estivesse do outro lado da parede, travado em um canal que não transmitia nada. Uma tempestade atingia a ponte torta e decrépita, uma nevasca de luz. Vic sentiu a construção se sacudir bem de leve à medida que a chuva fustigava as paredes.

Sem querer ver mais nada, fechou os olhos, ficou em pé sobre os pedais e acelerou até o outro lado. Tentou entoar uma espécie de prece cantada – *quase lá, quase lá* –, mas estava ofegante e enjoada demais para manter um pensamento por muito tempo. Tudo que havia era sua própria respiração e aquela estática alta e furiosa, aquela cascata interminável de som cujo volume aumentou até uma intensidade enlouquecedora e depois aumentou mais um pouco até ela querer gritar *chega*, a palavra subiu até a ponta da sua língua, *chega, para com isso*, seus pulmões se inflaram para gritar, e foi então que, com um tranco, a bicicleta voltou para...

Haverhill, Massachusetts

O BARULHO CESSOU COM UM ploc elétrico suave. Ela sentiu o *ploc* dentro da cabeça, na têmpora esquerda, uma explosão pequena, mas incisiva.

Antes mesmo de abrir os olhos, soube que estava em casa – ou melhor, em casa, não, mas pelo menos no *seu* bosque. Soube que era o seu bosque pelo cheiro dos pinheiros e pela qualidade do ar, uma sensação de pureza e frescor que ela associava ao rio Merrimack. Ouviu suas águas ao longe, um barulho suave e apaziguador que não se parecia em nada com estática.

Abriu os olhos, levantou a cabeça e sacudiu os cabelos para longe do rosto. O sol do fim do dia piscava por entre as folhas acima dela com clarões irregulares. Ela diminuiu a velocidade, apertou os freios e pousou um pé no chão.

Virou a cabeça para dar uma última olhada em Hampton Beach, do outro lado da ponte, pensando se ainda poderia ver o cozinheiro das frituras com seu avental sujo.

Só que não conseguiu vê-lo, porque a ponte do Atalho não estava mais lá. Onde deveria estar a entrada dela havia um guarda-corpo e, depois, o chão descia em um declive íngreme e coberto de vegetação que ia dar no fundo canal azul do rio.

Três pilares de concreto lascado despontavam da água veloz e agitada. Eram tudo o que restava do Atalho.

Vic não entendeu nada. Acabara de atravessar a ponte, sentira o cheiro da madeira velha, podre e castigada pelo sol, sentira o fedor rançoso de urina de morcego, ouvira as tábuas baterem sob os pneus da bicicleta.

Seu olho esquerdo latejava. Ela o fechou, esfregou-o bem forte com a palma da mão e tornou a abri-lo, e por um instante achou que a ponte estivesse *mesmo* ali. Viu, ou pensou ter visto, uma espécie de imagem residual, um brilho branco no formato de uma ponte que se estendia até a margem oposta.

Mas a imagem não se manteve e seu olho esquerdo começou a verter lágrimas. Ela estava cansada demais para se perguntar por muito tempo o que poderia ter acontecido com a ponte. Nunca, em toda sua vida, tinha precisado tanto estar em casa, no seu quarto, na sua cama, no aconchego de seus lençóis.

Subiu na bicicleta, mas só conseguiu pedalar poucos metros antes de desistir. Desceu e começou a empurrá-la, com a cabeça baixa e os cabelos balançando. A pulseira da mãe pendia frouxa em seu pulso suado, mas ela mal notava.

Ainda empurrando a Raleigh, Vic atravessou a grama amarelada do quintal dos fundos de casa e passou pelo parquinho no qual não brincava mais, onde os balanços estavam cobertos de ferrugem. Deixou a bicicleta no acesso de carros em frente à casa e entrou. Queria ir para o quarto, deitar na cama e descansar. No entanto, ao ouvir um leve *crec* na cozinha, desviou da rota para ver quem estava lá.

Era o pai, em pé de costas para ela, uma das mãos segurando uma lata de cerveja, a outra debaixo da água fria da pia.

Vic não soube ao certo quanto tempo havia passado fora. O relógio no forno elétrico não ajudava muito: piscava "12:00" sem parar como se tivessem acabado de ligá-lo. Além disso, as luzes estavam apagadas e a sombra da tarde deixava a cozinha fresca.

– Pai – chamou ela, com uma voz cansada que mal reconheceu. – Que horas são?

Movendo as articulações da mão sob o jato da torneira, ele deu uma olhada em direção ao forno, depois sacudiu a cabeça de leve.

– Sei lá. A energia deu um pique uns cinco minutos atrás. Acho que a rua inteira está... – Ele olhou para a filha e suas sobrancelhas se arquearam. – O que houve? Está tudo bem? – Ele fechou a torneira e pegou um pano para secar a mão. – Você não parece muito disposta.

Ela riu, emitindo um som tenso e sem humor.

– Pete disse a mesma coisa.

Sua voz parecia vir de muito longe, do outro lado de um túnel comprido.

– Pete? Que Pete?

– O Pete lá de Hampton Beach.

– Vic?

– Eu estou bem.

Ela tentou engolir, mas não conseguiu. Estava com uma sede danada, mas não tinha percebido isso até ver o pai com uma bebida gelada na mão. Fechou os olhos por um instante e visualizou um copo de suco de toranja geladinho, imagem que pareceu fazer cada célula do seu corpo doer de vontade.

– Estou só com sede. Tem suco em casa?

– Não... A geladeira está meio vazia. Sua mãe ainda não foi ao mercado.

– Ela está deitada?

– Não sei – respondeu ele. Não acrescentou *nem quero saber*, mas seu tom de voz deu a entender isso.

– Ah – fez Vic, tirando a pulseira e colocando-a sobre a mesa da cozinha –, quando ela sair do quarto, mostra o que eu achei.

– Onde?

– No carro. Entre os bancos.

O cômodo escureceu como se o sol tivesse sumido atrás de um grande aglomerado de nuvens. Vic cambaleou.

O pai levou as costas da mão que segurava a latinha ao rosto dela. Tinha esfolado os nós dos dedos com alguma coisa.

– Caramba, Pirralha, você está com febre. Ei, *Lin*?

– Eu estou bem – repetiu Vic. – Vou só deitar um instantinho.

Ela não pretendia deitar *ali, naquele instante*. A ideia era voltar para o quarto e se esticar sob o incrível pôster novo de David Hasselhoff, mas suas pernas perderam a força e ela caiu. O pai a amparou antes de ela bater no chão, passando uma das mãos sob as pernas e a outra sob as costas, e carregou-a até o corredor.

– *Lin?* – tornou a chamar.

Linda saiu do quarto segurando uma toalhinha de banho molhada junto ao canto da boca, com os volumosos cabelos cor de avelã bagunçados e os olhos desfocados, como se estivesse dormindo. Seu olhar se aguçou ao ver a Pirralha nos braços do marido.

Foi se juntar a eles na soleira do quarto de Vic. Estendeu os dedos finos e afastou os cabelos do cenho da filha para poder passar a mão em sua testa. A palma era suave, fria e aquele toque provocou em Vic um calafrio que era um misto de náusea e prazer. Seus pais não estavam mais bravos um com o outro. Se a Pirralha soubesse que tudo o que precisava fazer era ficar doente, poderia ter se poupado de cruzar a ponte para recuperar a pulseira e, simplesmente, enfiado um dedo na garganta.

– O que houve com ela?

– Desmaiou – respondeu Chris.

– Desmaiei nada – rebateu a Pirralha.

– Mesmo com 38 de febre e caindo no chão, ela ainda quer discutir comigo – falou o pai com uma admiração inconfundível.

Linda tirou a toalhinha da boca.

– Deve ser insolação. Ela passou três horas dentro do carro e depois saiu de bicicleta sem protetor e sem ter bebido nada o dia inteiro a não ser aquela porcaria de milk-shake no Terry's.

– Frapê. No Terry's eles chamam de frapê – consertou Vic. – Você machucou a boca.

Sua mãe lambeu o canto dos lábios inchados.

– Vou pegar um copo d'água e uns comprimidos de ibuprofeno. Nós duas vamos tomar.

– Aproveite que vai à cozinha e pegue sua pulseira – disse Chris. – Está em cima da mesa.

Linda deu dois passos antes de processar o que o marido tinha falado e olhar para trás. Chris McQueen estava em pé na soleira do quarto de Vic com ela no colo. A Pirralha pôde ver David Hasselhoff acima de sua cama, sorrindo para ela, com um ar de quem mal conseguia conter o impulso de dar uma piscadela: *É isso aí, garota.*

– Estava no carro – explicou Chris. – A Pirralha achou.

Lar

VIC DORMIU.

Seus sonhos foram uma sucessão incoerente de imagens estáticas: uma máscara de gás sobre um chão de cimento, um cachorro morto na beira da estrada com a cabeça esmigalhada, um bosque de pinheiros muito altos dos quais pendiam anjos brancos e cegos.

Essa última imagem foi tão vívida e tão misteriosamente perturbadora – as árvores escuras de vinte metros de altura ondulando ao vento como pessoas em transe durante uma cerimônia pagã, os anjos reluzentes cintilando nos galhos – que ela quis gritar.

Mas não conseguiu emitir nenhum som. Estava presa debaixo de uma avalanche sufocante, uma pilha sombria descomunal. Esforçou-se para escavar um caminho para fora dali, agitando os braços feito uma louca, com toda a fúria de que era capaz, até que, de repente, se viu sentada na cama, com o corpo todo pegajoso de suor. Sentado na beirada do colchão ao seu lado, o pai a segurava pelos pulsos.

– Vic – chamou ele. – Vic, *relaxa*. Você me bateu com tanta força que quase arrancou a cabeça do meu pescoço. Para com isso. Sou eu, papai.

– Ah – fez ela. O pai a soltou e ela baixou os braços. – Desculpa.

Chris segurou o próprio maxilar entre o polegar e o indicador, movendo a mão de um lado para outro.

– Está tudo bem. Eu devo ter merecido.

– Por quê?

– Sei lá. Por alguma coisa. Todo mundo sempre é culpado.

Ela se inclinou para a frente, beijou-lhe o queixo áspero e seu pai sorriu.

– A febre baixou – informou ele. – Está se sentindo melhor?

Ela deu de ombros; imaginou que estivesse melhor depois de ter se livrado da imensa pilha negra e estava longe daquele bosque povoado por maléficas árvores de Natal.

– Você estava delirando – continuou o pai. – Devia ter escutado o que falou.

– O que foi que eu falei?

– Teve uma hora que você gritou que os morcegos tinham saído da ponte. Acho que quis dizer do campanário.

– É. Ou melhor... *não*. Não, eu devia estar falando da ponte. – Por um instante, Vic tinha esquecido o Atalho. – O que houve com a ponte, pai?

– Que ponte?

– O Atalho. A velha ponte coberta. Ela sumiu.

– Ah, ouvi dizer que algum filho da mãe imbecil tentou passar de carro e ela despencou. Ele morreu e levou junto a maior parte da ponte. Demoliram o resto. Foi por isso que eu disse que não queria você perto daquele troço. Deveriam ter demolido essa ponte vinte anos atrás.

Vic estremeceu.

– Coitadinha... Você está tendo um dia de cão.

Ela se recordou do sonho, do cachorro com a cabeça esmigalhada, e sua visão falhou.

Quando voltou a enxergar claramente, o pai estava segurando um balde de borracha junto ao seu peito.

– Se quiser vomitar, tenta vomitar aqui dentro. Caramba, nunca mais levo você na droga do Terry's.

Ela lembrou do cheiro de suor de Pete e das tiras de papel pega-moscas cheias de insetos mortos, e vomitou.

O pai saiu do quarto levando o balde e voltou com um copo de água gelada.

Vic bebeu tudo em três goles. A água estava tão fria que provocou um novo acesso de tremores. Chris tornou a puxar as cobertas em volta da filha, pôs a mão em seu ombro e ficou ali sentado com ela, esperando o calafrio passar. Não se mexeu nem disse nada. Era tranquilizador ter o pai ali ao lado, compartilhar seu silêncio relaxado, e quase na mesma hora ela se sentiu deslizar para o sono. Deslizar... ou quem sabe pedalar. De olhos fechados, quase teve a sensação de estar outra vez em cima da bicicleta, encaminhando-se sem esforço rumo a uma tranquilidade escura e repousante.

Quando o pai se levantou para sair do quarto, porém, ainda lhe restava consciência suficiente para perceber. Ela produziu um ruído de protesto e estendeu a mão para ele, mas Chris se desvencilhou.

– Descansa, Vic – sussurrou. – Já, já você vai poder voltar a andar de bicicleta.

Ela deslizou mais um pouco para o sono. A voz de seu pai chegou de muito longe:

– Que pena eles terem demolido o Atalho.

– Pensei que você não gostasse da ponte – disse ela, rolando para o outro lado e se afastando dele, deixando-o ir, abrindo mão dele. – Pensei que tivesse medo de eu tentar passar nela de bicicleta.

– E tinha. Tinha *mesmo*. Na verdade, acho uma pena eles terem demolido a ponte *sem mim*. Se fossem explodir aquele treco, queria ter instalado os explosivos. Aquela ponte sempre foi uma armadilha mortal. Qualquer um podia ver que iria matar alguém um dia. Só estou feliz que não tenha sido você. Vai dormir, baixinha.

Locais variados

EM POUCOS MESES, O INCIDENTE da pulseira perdida foi praticamente esquecido e Vic pensava que a tinha encontrado no carro. Se pudesse evitar, não pensava no Atalho. A recordação do dia em que atravessara a ponte era fragmentada, meio alucinatória, inseparável do sonho com árvores escuras e cachorros mortos. Lembrar não lhe fazia nenhum bem, portanto guardava o acontecimento num cofre na mente, trancado e escondido, e deixava para lá.

Fez o mesmo em todas as outras vezes.

Porque *houve* outras vezes, outras viagens de Raleigh por uma ponte inexistente para encontrar algo que fora perdido.

Numa delas, sua amiga Willa Lords perdeu o Sr. Pentack, seu pinguim de cotelê da sorte. Um dia, quando a menina fora dormir na casa de Vic, seus pais fizeram uma faxina no quarto e Willa achava que o Sr. Pentack tinha sido jogado no lixo com seu móbile da Sininho e uma lousa velha. A amiga ficou inconsolável, tão arrasada que nem conseguiu ir à escola no dia seguinte.

Mas Vic a consolou. Na realidade, Willa tinha levado o Sr. Pentack para dormir na sua casa e a Pirralha o encontrou debaixo da cama, entre os emaranhados de poeira e as meias esquecidas. Uma tragédia evitada.

Vic *com certeza* não achava que tinha encontrado o Sr. Pentack montando na Raleigh e atravessando o bosque de Pittman Street até o lugar em que antigamente ficava a ponte do Atalho. Não acreditava que a ponte estava ali à sua espera nem que vira escrito na parede, em spray verde:

BOLICHE DE FENWAY →

Não acreditava que a ponte fora tomada por um rugido de estática nem que luzes misteriosas tinham brilhado e corrido por suas paredes de pinho.

Em sua mente, ela saía da ponte do Atalho e, inexplicavelmente, ia dar em pistas de boliche vazias, às sete horas da manhã. Vic conhecia aquele lugar: tinha ido a uma festa de aniversário lá quinze dias antes; Willa também. O chão de pinho estava reluzente, encerado, e a bicicleta de Vic derrapou feito manteiga em uma frigideira quente. Ela caiu e bateu com o cotovelo. O Sr. Pentack estava dentro de um cesto de achados e perdidos, sob as prateleiras de sapatos de boliche.

Essa era só a história que ela havia contado a si mesma na noite seguinte à descoberta do Sr. Pentack debaixo da cama. Nessa noite, ela adoeceu: ficou febril, suando frio, com ânsias de vômito, e teve sonhos vívidos, não naturais.

O arranhão do cotovelo sarou em poucos dias.

Quando ela estava com 10 anos, encontrou a carteira do pai entre as almofadas do sofá, e *não* em um canteiro de obras em Attleboro. Seu olho esquerdo latejou por muitos dias depois que a encontrou, como se alguém tivesse lhe dado um soco.

Aos 11, o gato dos De Zoets, casal que morava em frente, sumiu. Taylor era uma coisinha magrela, branco malhado de preto; tinha saído logo antes de um temporal de verão e nunca mais voltado. Na manhã seguinte, a Sra. De Zoet subiu e desceu a rua por várias vezes, piando feito um passarinho e chamando Taylor. O Sr. De Zoet, que parecia um espantalho e usava gravatas-borboleta e suspensórios, ficou parado no quintal com seu ancinho e uma expressão desesperançosa nos olhos claros.

Vic gostava particularmente do Sr. De Zoet, que tinha um sotaque engraçado feito o de Arnold Schwarzenegger e um campo de batalha em miniatura no escritório. Ele cheirava a café recém-passado e fumo de cachimbo, e deixava Vic pintar seus soldadinhos de infantaria de plástico. Vic também gostava do gato Taylor. Quando ele ronronava, produzia um *cléquite-cleque* enferrujado no peito, como um mecanismo de velhas engrenagens ganhando vida ruidosamente.

Ninguém nunca mais voltou a ver Taylor... embora Vic contasse a si mesma uma história em que atravessava a ponte do Atalho e encontrava o pobrezinho todo sujo de sangue seco e cercado de moscas, no meio do mato úmido do acostamento da rodovia. Ele havia se arrastado da pista depois de ser atropelado. A Pirralha ainda conseguia ver as manchas de sangue no asfalto.

Vic começou a detestar o barulho da estática.

AMEAÇA APIMENTADA
1990

Sugarcreek, Pensilvânia

O ANÚNCIO ESTAVA EM UMA das últimas páginas da *Ameaça Apimentada*, edição de agosto de 1949, cuja capa exibia uma mulher nua gritando congelada dentro de um bloco de gelo (*Ela deu um gelo nele... então ele revidou com uma geleira!*). Tinha uma coluna só, logo abaixo de uma propaganda bem maior dos Porta-Seio Adola (*Realce e embeleze suas curvas!*). Bing Partridge só reparou nele depois de uma olhada demorada na senhora do anúncio da Adola, dona de um par de seios pálidos e apetitosos sustentados por um sutiã de bojos cônicos com um brilho metálico. Com os olhos fechados e os lábios ligeiramente entreabertos, ela parecia estar dormindo e sonhando com os anjos, e Bing imaginava acordá-la com um beijo.

– Bing e Adola foram passear – cantarolou. – Mas eles na verdade só queriam é trepar.

Ele estava em seu cantinho tranquilo no porão, com a calça arriada e a bunda apoiada no concreto frio. Sua mão livre se achava mais ou menos onde vocês imaginam, mas ele ainda não estava mandando ver. Folheava a revista em busca das melhores partes quando encontrou o anúncio, um tijolinho de texto no canto inferior esquerdo da página. Um boneco de neve de cartola apontava com um braço torto para uma parte do texto emoldurada por flocos.

Bing gostava das propagandas na quarta capa daquelas revistas de *pulp fiction*: anúncios de escaninhos de latão cheios de soldados de chumbo (*Recrie a emoção da Batalha de Verdun!*), de equipamentos da época da Segunda Guerra Mundial (*Baionetas! Fuzis! Máscaras de gás!*), de livros que ensinavam a ter sucesso com as mulheres (*Ensine-a a dizer "EU TE AMO!!"*). Muitas vezes recortava os formulários de pedido e mandava dinheiro trocado ou

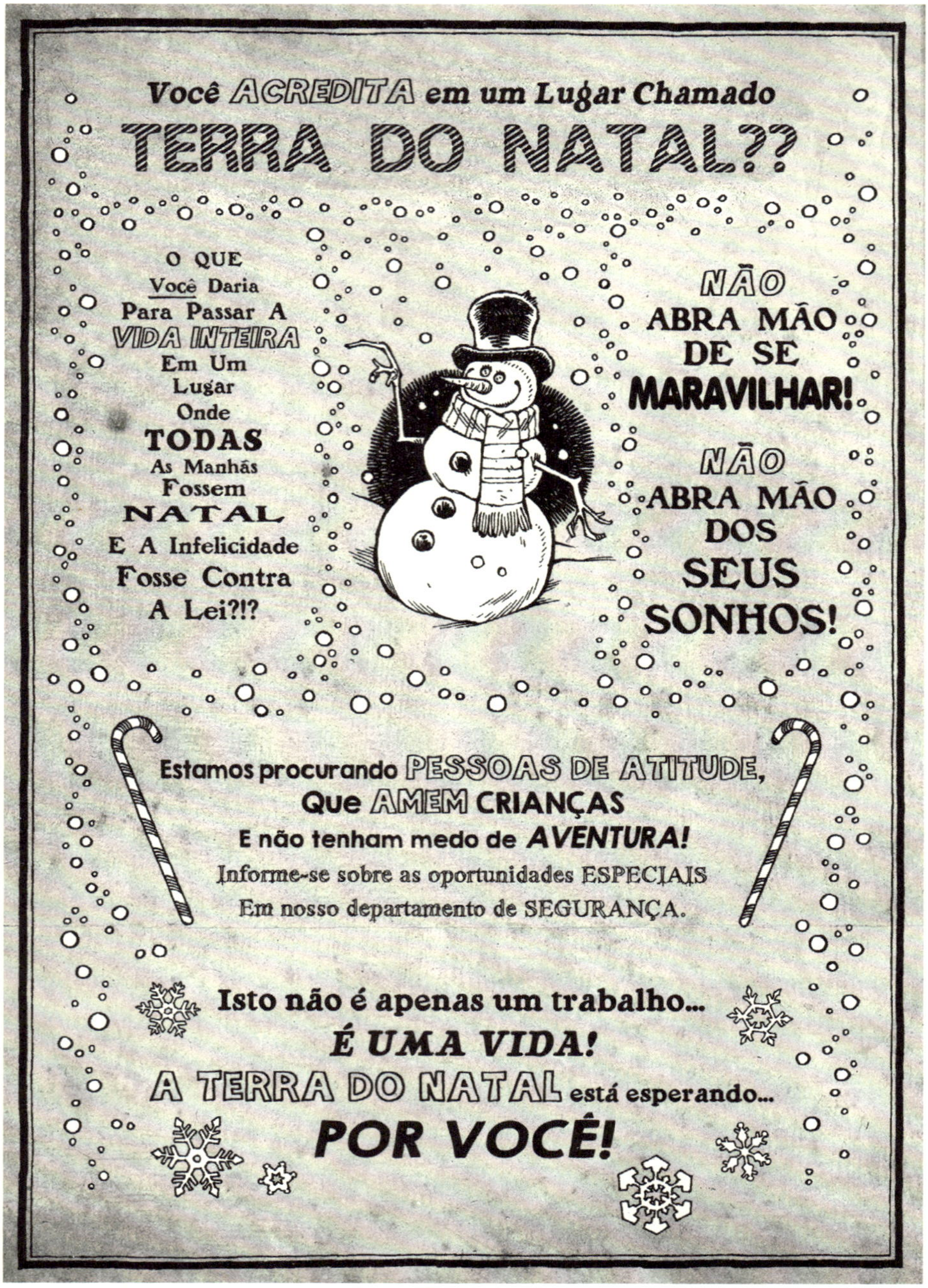
Você ACREDITA em um Lugar Chamado
TERRA DO NATAL??
O QUE Você Daria Para Passar A VIDA INTEIRA Em Um Lugar Onde TODAS As Manhãs Fossem NATAL E A Infelicidade Fosse Contra A Lei?!?
NÃO ABRA MÃO DE SE MARAVILHAR!
NÃO ABRA MÃO DOS SEUS SONHOS!
Estamos procurando PESSOAS DE ATITUDE,
Que AMEM CRIANÇAS
E não tenham medo de AVENTURA!
Informe-se sobre as oportunidades ESPECIAIS
Em nosso departamento de SEGURANÇA.
Isto não é apenas um trabalho...
É UMA VIDA!
A TERRA DO NATAL está esperando...
POR VOCÊ!

notas de um dólar surradas na tentativa de comprar viveiros de formigas e detectores de metal. Queria, do fundo do coração, Maravilhar Seus Amigos! e Assombrar Seus Parentes! – pouco importava que os seus amigos fossem os três patetas subordinados a ele na equipe de zeladores da NorChemPharm e que seus únicos parentes de primeiro grau já estivessem sob sete palmos de terra no cemitério atrás do Tabernáculo da Nova Fé. Bing nem uma vez levara em consideração o fato de a coleção de *pulp fiction* levemente pornográfica do pai – que mofava dentro de uma caixa de papelão em seu cantinho tranquilo no porão – ser mais velha do que ele próprio, logo a maioria das empresas para as quais ele mandava dinheiro tinha deixado de existir tempos antes.

Mas o que ele sentiu ao ler e reler o anúncio daquele lugar chamado Terra do Natal foi uma reação emocional de outro naipe. Seu pênis não circuncidado cheirando a esperma murchou em sua mão esquerda, esquecido. Sua alma era um campanário em que todos os sinos haviam começado a tocar ao mesmo tempo.

Ele não tinha a menor ideia de onde ficava ou do que poderia ser aquela tal Terra do Natal. Mesmo assim, sentiu na hora que passara a vida inteira querendo ir para lá... percorrer as ruas de paralelepípedos, passear sob os postes inclinados em forma de bengalas de doce listradas, observar as crianças gritarem enquanto davam voltas e mais voltas no carrossel das renas.

O que você daria para passar a vida inteira em um lugar onde todas as manhãs fossem Natal?, gritava o anúncio.

Bing já tinha 42 natais nas costas, mas, sempre que pensava na manhã do dia 25 de dezembro, só um deles contava e representava todos os outros. Nessa lembrança, sua mãe tirava do forno biscoitos doces em forma de árvores natalinas e a casa toda se enchia com seu aroma de baunilha. Ainda faltavam muitos anos para John Partridge levar um prego de pistola no lóbulo frontal e, nessa manhã, ele estava sentado no chão com o filho observando-o atentamente abrir seus presentes. O último era o mais vivo na memória de Bing: uma caixa volumosa contendo uma grande máscara de gás de borracha e um capacete amassado, com ferrugem nos locais em que a tinta fora removida.

– Foi esse equipamento que me manteve vivo na Coreia – informou o pai. – Ele é seu agora. Essa máscara de gás que você está segurando foi a última coisa que três amarelos viram na vida.

Bing pôs a máscara e espiou o pai através das lentes de plástico transparente. Com ela, a sala lhe pareceu um pequeno mundo preso dentro de uma daquelas velhas máquinas de vender chiclete. O pai pôs o capacete sobre a cabeça dele e bateu continência. Bing retribuiu solenemente o gesto.

– Então é você o tal soldadinho de quem todo mundo anda falando – falou o pai. – O Sr. Indestrutível. O soldado raso que não atura merda. É isso mesmo?

– Soldado raso que não atura merda se apresentando para o serviço, senhor, sim, senhor.

A mãe soltou sua risada estridente e nervosa, e disse:

– John, *olhe a boca*. No dia de Natal. Isso não está certo. Hoje é a data em que recebemos Nosso Senhor nesta terra.

– Mães... – comentou John Partridge com o filho depois de a esposa lhes deixar biscoitos e voltar à cozinha para buscar chocolate quente. – Se você deixar, elas fazem você mamar no peito a vida inteira. É claro que, pensando bem... não há nada de errado nisso. – Ele deu uma piscadela.

Lá fora, a neve caía em grandes flocos que pareciam penas de ganso e os três passaram o dia inteiro em casa; de capacete e máscara de gás, Bing atirou no pai vezes sem conta, e, em diversas oportunidades, John morreu e caiu da poltrona reclinada em frente à TV. Bing também matou a mãe, que, obediente, fechou os olhos e permaneceu imóvel durante um intervalo comercial quase inteiro. Só acordou quando o filho tirou a máscara e lhe deu um beijo na testa. Ela sorriu e falou: “Deus o abençoe, pequeno Bing Partridge. Eu amo você mais que tudo.”

O que ele daria para se sentir assim todos os dias? Para sentir que era a manhã de Natal e que havia uma verdadeira máscara de gás da Guerra da Coreia à sua espera debaixo da árvore? Para ver a mãe abrir os olhos devagar outra vez e dizer “Eu amo você mais que tudo?”. A pergunta, na realidade, era o que ele *não* daria.

Ele avançou três passos em direção à porta antes de se lembrar de puxar a calça para cima.

Depois que o pai não pudera mais trabalhar, a mãe havia assumido algumas tarefas de secretária na igreja e a máquina de escrever elétrica Olivetti que ela usava continuava guardada no armário da entrada. A tecla da letra “o” tinha caído, mas o algarismo “0” poderia substituí-la. Pôs uma folha de papel na máquina e começou a digitar:

Car0s **XXXX** *respeitáveis pr0prietári0s da* **XXXX** *Terra d0 Natal,*

Esta é uma resp0sta a0 seu anúnci0 na revista Ameaça Apimentada. Se eu quer0 trabalhar na Terra d0 Natal? P0DEM AP0STAR QUE SIM! Tenh0 dez0it0 an0s de serviç0 na N0rChemPharm em Sugarcreek, Pensilvânia e há d0ze s0u **XXXX** *gerente da equipe de zelad0res. Minhas atribuiç0es incluem a manutençã0 e 0 transp0rte de muit0s gases c0mprimid0s c0m0 0xigêni0, hidr0gêni0, héli0 e sev0fluran0. Adivinhem quant0s acidentes já 0c0rreram s0b a minha gerência? NENHUM!*

0 que eu daria para que t0d0s 0s dias f0ssem Natal? Melh0r seria perguntar quem eu teria que MATAR, hahaha!! Nã0 existe nenhum trabalh0 suj0 que eu já nã0 tenha feit0 para a N0rChemPharm. Já limpei privadas transb0rdand0 de **XXXX** *v0cês-sabem-0-quê, já enxuguei xixi de parede, já envenenei dezenas de rat0s. Estã0 pr0curand0 alguém que nã0 tenha med0 de sujar as mã0s? Bem, sua busca acab0u!*

Eu s0u exatamente a pess0a que 0s senh0res estã0 pr0curand0: um h0mem de atitude, que ad0ra crianças e nã0 tem med0 de aventura. Nã0 quer0 grande c0isa, a nã0 ser um b0m lugar para trabalhar. Um empreg0 de segurança me c0nviria muit0 bem. Para ser sincer0 c0m 0s senh0res, um dia eu s0nhei em servir a0 meu altiv0 país de unif0rme, c0m0 meu pai fez na Guerra da C0reia, mas algumas indiscriç0es juvenis e uns tristes pr0blemas familiares me impediram. Ah, 0ra!! Nã0 v0u ficar me lamuriand0! Acreditem, se eu pudesse vestir 0 unif0rme de segurança da Terra d0 Natal, para mim seria uma h0nra! S0u um c0leci0nad0r de mem0rabilia militar genuína. Tenh0 minha pr0pria arma e sei usá-la.

Esper0 que 0s senh0res entrem em c0ntat0 c0mig0 n0 endereç0 abaix0. S0u extremamente leal e seria capaz de M0RRER para ter essa 0p0rtunidade especial. Nã0 há NADA que eu nã0 esteja disp0st0 a fazer para c0nseguir um lugar n0 quadr0 de funci0nári0s da Terra d0 Natal.

XXXX *B0as Festas!*
Bing Partridge
BING PARTRIDGE
BL0CH LANE, 25
SUGARCREEK, PENSILVÂNIA 16323

Ele tirou a folha de papel da máquina e releu a carta movendo os lábios. O esforço de concentração o deixara ensopado de suor. Julgou ter exposto com clareza e segurança os fatos relativos a si mesmo. Ficou preocupado que fosse um erro mencionar as "indiscrições juvenis" ou os "tristes problemas familiares", mas depois decidiu que eles provavelmente descobririam o que havia acontecido com seus pais, quer ele tocasse no assunto ou não, e que era melhor ser sincero do que dar a impressão de que estava escondendo algo. Já fazia muito tempo e, nos anos desde que fora liberado do Centro Juvenil – também conhecido como A Lata –, ele se mostrara um funcionário-modelo, não faltando a um só dia de trabalho na NorChemPharm.

Bong dobrou a carta e foi procurar um envelope num armário, mas acabou encontrando foi uma caixa de cartões de Natal em branco. Um menino e uma menina, ambos usando roupas de baixo compridas e felpudas, espiavam da esquina, com os olhos arregalados, o Papai Noel em pé na penumbra em frente à árvore de Natal deles. Os fundilhos parcialmente desabotoados do pijama da menina deixavam exposta uma de suas nádegas carnudas. John Partridge às vezes dizia que Bing não seria capaz de tirar água de dentro de uma bota nem se as instruções estivessem escritas no calcanhar, e talvez até fosse verdade, mas ainda assim ele sabia reconhecer uma coisa boa quando a via. A carta e um cartão foram colocados em um envelope decorado com folhas de azevinho e *cranberries* lustrosos.

Antes de pôr a carta na caixa de correio no final da rua, ele beijou o envelope como um padre beija a Bíblia.

No dia seguinte, às 14h30, estava esperando junto à caixa de correio quando o carteiro veio subindo a rua em seu furgãozinho branco engraçado. As flores de papel-alumínio no quintal em frente à casa giravam preguiçosas e emitiam um zumbido que mal se podia escutar.

– Bing, você não deveria estar no trabalho?

– Estou no turno da noite.

– Vai ter guerra?

O carteiro meneou a cabeça para suas roupas.

Bing estava usando o uniforme militar mostarda que punha quando queria se sentir com sorte.

– Se tiver, eu vou estar pronto.

Não chegou correspondência nenhuma da Terra do Natal. Mas, claro, como poderia chegar? Ele só tinha mandado o cartão na véspera.

No dia seguinte também não chegou nada.

No outro, também não.

Na segunda-feira, ele teve certeza de que alguma coisa iria chegar e já estava no degrau em frente à casa antes mesmo do horário previsto do carteiro. Nuvens carregadas encimavam o pico do morro por trás do campanário do Tabernáculo da Nova Fé. Um trovão abafado estourou a três quilômetros de distância. Foi menos um barulho e mais uma vibração, que penetrou bem fundo em Bing e sacudiu-lhe os ossos dentro de seu invólucro de banha. As flores de papel-alumínio giravam descontroladamente e emitiam um barulho igualzinho a um bando de crianças de bicicleta descendo desabaladas por uma ladeira.

Os roncos e trovoadas deixavam Bing bastante perturbado. No dia em que a pistola de pregos tinha disparado, fazia um calor insuportável e trovejava muito (era assim que ele pensava no ocorrido: não o dia em que dera um tiro no pai, mas o dia em que a pistola tinha disparado). Seu pai sentira o cano encostado na têmpora esquerda e olhara de esguelha para o filho em pé ao seu lado. Tomara um gole de cerveja, estalara os lábios e dissera: "Eu até ficaria com medo se achasse que você tem culhão para isso."

Depois de puxar o gatilho, Bing ficara sentado ouvindo a chuva tamborilar no telhado da garagem enquanto John Partridge, estatelado no chão, mexia um dos pés de forma convulsiva e uma mancha de urina se espalhava pela frente de sua calça. Ficara sentado ali até a mãe entrar na garagem e começar a gritar. Então chegara a vez dela – mas não com a pistola de pregos.

No quintal da sua casa, Bing via as nuvens se aglomerarem acima da igreja no alto do morro, onde sua mãe tinha trabalhado durante todos os seus últimos anos de vida... a igreja a que ele fora todo domingo, desde antes de aprender a andar ou a falar. Uma de suas primeiras palavras tinha sido "luia!", o mais perto que ele conseguia chegar de "aleluia". Por muito tempo, sua mãe o chamara de Luia.

Ninguém mais rezava ali. O pastor Mitchell tinha fugido com o dinheiro do templo e uma mulher casada, e o imóvel fora confiscado pelo banco. Nas manhãs de domingo, os únicos penitentes no Tabernáculo da Nova Fé eram os pombos que moravam nas vigas. Hoje em dia, a igreja metia um pouco de medo em Bing – seu vazio o amedrontava. Imaginava que ela o desprezasse porque ele a abandonara e abandonara Deus, e que às vezes se inclinava para a frente nos alicerces para fitá-lo com a ira de seus olhos de vitral. Em certos dias, como aquele, quando a floresta se enchia com os loucos estrilos dos insetos de verão e o ar tremeluzia com um calor liquefeito, a igreja parecia *à espreita*.

As trovoadas martelavam a tarde.

– Chuva, chuva, vá embora – sussurrou Bing para si mesmo. – Volte de novo outra hora.

A primeira gota morna bateu na sua testa. Outras a seguiram, brilhando muito sob o sol que descia enviesado do vasto céu azul a oeste. Pareceram-lhe quase um espirro de sangue.

Na hora que o carteiro chegou, atrasado, Bing já estava encharcado e encolhido debaixo do beiral de telhas em frente à sua porta. Ele correu sob o toró até a caixa de correio logo antes de um raio emergir das nuvens e cair com estardalhaço em algum lugar atrás da igreja. Bing soltou um grito agudo enquanto o mundo se acendia de azul e branco, certo de que estava prestes a ser traspassado, queimado vivo, tocado pelo dedo de Deus por ter acertado o pai com a pistola de pregos e pelo que fizera depois com a mãe no chão da cozinha.

Havia uma conta da concessionária de serviços públicos, uma filipeta anunciando uma nova loja de colchões e nada mais.

Nove horas depois, Bing acordou na cama ao som trêmulo de violinos e de um homem cantando com uma voz tão suave e untuosa quanto glacê de baunilha para bolo. Era seu xará, Bing Crosby, que estava sonhando com um Natal branco igualzinho aos da sua infância.

Bing puxou as cobertas até a altura do queixo e escutou com atenção; misturado à canção soava o leve arranhar de uma agulha sobre vinil.

Ele desceu da cama e caminhou pé ante pé até a porta, sentindo o chão frio.

Os pais de Bing estavam dançando na sala. De costas para ele, seu pai usava o uniforme mostarda. Sua mãe tinha a cabeça encostada no ombro do marido, os olhos fechados e a boca aberta, como se estivesse dormindo.

Os presentes aguardavam sob a árvore atarracada, feiosa e sufocada por tiras de serpentina metálica: três grandes cilindros de sevoflurano marcados por mossas e decorados com laços de fita carmesim.

Seus pais se viraram devagar e Bing viu que o pai usava uma máscara de gás e que a mãe estava nua e realmente adormecida; seus pés se arrastavam pelas tábuas do piso. O pai a segurava pela cintura, com a mão enluvada bem na curva de suas nádegas. A bunda branca de sua mãe era tão luminosa quanto um objeto celestial, tão pálida quanto a lua.

– Pai? – chamou Bing.

Seu pai continuou a dançar, dando-lhe as costas e levando consigo a mãe de Bing.

– DESÇA AQUI, BING! – chamou uma voz grave e portentosa, tão alta que a porcelana chacoalhou dentro do armário. Surpreso, Bing cambaleou e sentiu o coração bater descompassado no peito. A agulha do disco pulou e tornou a cair perto do final da canção. – DESÇA AQUI! PARECE QUE O NATAL CHEGOU MAIS CEDO ESTE ANO, NÃO É? HO, HO, HO!

Parte de Bing quis voltar correndo para o quarto e bater a porta, tapar os olhos e os ouvidos ao mesmo tempo, mas ele não conseguiu reunir forças para fazer nada disso. Tremia só de pensar em dar mais um passo, mas seus pés o impeliram para a frente, fizeram-no passar pela árvore e pelos cilindros de sevoflurano, pela mãe, pelo pai e pelo hall até chegar à porta da frente, que se abriu antes mesmo de ele pôr a mão na maçaneta.

As flores de papel-alumínio em seu quintal giravam suavemente na noite invernal. Havia uma para cada ano que ele trabalhara na NorChemPharm, presentes que a equipe de zeladores ganhava na festa de fim de ano da empresa.

A Terra do Natal o aguardava logo depois do quintal. A Montanha-Russa do Trenó estremecia e rugia e as crianças nos carrinhos gritavam e erguiam as mãos para a noite gelada. A grande roda-gigante, o Olho do Ártico, girava contra um fundo de estrelas desconhecidas. Todas as velas estavam acesas em uma árvore de Natal da mesma altura de um prédio de dez andares e da mesma largura da casa de Bing.

– *FELIZ NATAL, BING, SEU DOIDO!* – bradava o vozeirão. Quando Bing olhou para o céu, viu que a lua tinha um rosto sorridente; um olho só, esbugalhado e vermelho, espiava de uma caveira descarnada, uma paisagem feita de crateras e osso. – *BING, SEU FILHO DA PUTA DOIDO, ESTÁ PREPARADO PARA A MELHOR VIAGEM DA SUA VIDA?!?*

Bing sentou-se na cama, o coração martelando dentro do peito – dessa vez, acordado de verdade. Estava tão ensopado de suor que seu pijama do Comandos em Ação colava na pele. Percebeu, distraído, que o pau, tão duro que chegava a doer, despontava para fora da calça.

Ele arquejou como se tivesse voltado à superfície depois de um longo período submerso.

O quarto estava tomado pela luz fria e cor de osso de uma lua sem rosto.

Bing passou quase um minuto ofegando antes de reparar que "White Christmas" ainda soava. A canção o havia seguido para fora do sonho; vinha de muito longe e parecia ficar mais baixa a cada instante. Bing soube que, se não se levantasse para escutar, ela logo sumiria e, no dia seguinte, ele iria pensar que a imaginara. Levantou-se e caminhou sobre as pernas bambas até a janela para espiar o quintal.

Um carro antigo se afastava no final do quarteirão, um Rolls-Royce preto com estribos e detalhes cromados. As lanternas reluziam vermelhas na noite e iluminavam a placa: NOS4A2. O veículo dobrou a esquina e desapareceu, levando consigo o som alegre do Natal.

NorChemPharm

BING SABIA QUE O HOMEM da Terra do Natal estava chegando muito antes de Charlie Manx aparecer e convidá-lo para um passeio. Sabia também que ele seria diferente de qualquer outra pessoa e que um emprego como segurança da Terra do Natal seria diferente de qualquer outro. Bing não ficou decepcionado.

Sabia por causa dos sonhos, que lhe pareciam mais vívidos e reais do que tudo o que já lhe acontecera na vida. Ele nunca conseguia entrar na Terra do Natal, mas podia vê-la pelas janelas. Podia sentir o cheiro de hortelã e chocolate quente, ver as velas acesas na árvore de dez andares e ouvir os carrinhos deslizarem em velocidade e baterem na imensa e antiquada Montanha-Russa do Trenó. Podia ouvir a música, também, e os gritos das crianças. Quem não soubesse o que era aquilo pensaria que elas estavam sendo estripadas.

Sabia por causa dos sonhos, mas também por causa do *carro*. Na vez seguinte em que o viu, ele estava no trabalho, na área de carga e descarga. Nos fundos da fábrica, haviam pichado um pau preto grande com um par de bolas do qual um esperma preto jorrava sobre um par de grandes círculos vermelhos que podiam ser dois peitos mas que, aos olhos de Bing, pareciam enfeites de Natal. Ele estava lá fora, com sua roupa de proteção de borracha e sua máscara de gás industrial, segurando um balde de alvejante diluído em água para remover a pichação com um escovão.

Adorava ver a solução dissolver a tinta. Denis Loory, o rapaz autista que trabalhava no turno da manhã, dizia que era possível usá-la para dissolver um corpo, transformando-o em graxa. Bing e ele tinham deixado um morcego morto dentro de um balde com a substância de um dia para o outro e, na manhã seguinte, restavam apenas ossos semitransparentes que pareciam de brinquedo.

Ele deu um passo para trás e admirou seu trabalho. As duas bolas tinham praticamente sumido e dava para ver os tijolos vermelhos; restavam apenas o pau preto e os peitos. Enquanto os encarava, de repente Bing viu a própria sombra surgir, bem destacada contra a parede.

Girou nos calcanhares e ali estava o Rolls-Royce preto: estacionado do outro lado do alambrado, com a luz forte dos faróis dianteiros muito juntos brilhando bem na sua cara.

Uma pessoa podia passar a vida inteira vendo pássaros sem saber distinguir um pardal de um melro, mas todos nós sabemos reconhecer um cisne quando ele aparece. O mesmo acontecia com carros: você podia até não saber diferenciar um Firebird de um Fiero, mas identificava um Rolls-Royce.

Bing sorriu ao ver o automóvel; seu coração acelerou repentinamente e ele pensou: *É agora. Ele vai abrir a porta do carro e dizer "Você é Bing Partridge, o rapaz que escreveu pedindo um emprego na Terra do Natal?", e aí minha vida vai começar. Minha vida vai enfim começar.*

Só que a porta não se abriu... não nessa hora. O homem ao volante – Bing não conseguiu ver seu rosto por causa do clarão dos faróis – não o chamou nem abaixou o vidro. Só piscou o farol em uma saudação cordial antes de fazer uma curva aberta com o carro e apontá-lo para longe do prédio da NorChemPharm.

Bing tirou a máscara e a colocou debaixo do braço. Estava corado e o contato do ar fresco na pele foi agradável. Ouviu uma música de Natal vindo do carro, "Joy to the World", espalhando a alegria do mundo. É, era assim mesmo que ele se sentia.

Pensou se o homem ao volante do Rolls-Royce queria que ele fosse até lá. Que largasse a máscara e o balde de alvejante, passasse por cima do alambrado e se acomodasse no banco do carona. Mas, assim que ele deu um passo à frente, o carro começou a se afastar pela rua.

– Espere aí! – gritou ele. – Não vá embora! Espere!

A visão do automóvel partindo, daquela placa NOS4A2 diminuindo gradualmente de tamanho à medida que o Rolls-Royce se afastava, o deixou chocado.

Tomado por um misto de excitação e pânico que o deixou meio atordoado, Bing gritou:

– Eu vi! Eu vi a Terra do Natal! Por favor, me dê uma chance! Volte, por favor!

As luzes de freio acenderam. O Rolls-Royce diminuiu a velocidade por um instante, como se as palavras de Bing tivessem sido escutadas, mas então seguiu em frente.

– Me dê uma chance! *Me dê só uma chance!* – ele se esgoelou.

O Rolls-Royce avançou, dobrou a esquina e sumiu, deixando Bing arfando, encharcado de suor, com o coração disparado.

Ele ainda estava ali parado quando o Sr. Paladin, seu supervisor, chegou à plataforma para fumar um cigarro.

– Ei, Bing, ainda tem bastante pau nessa parede. Hoje é dia de trabalho ou feriado?

Desolado, Bing fitava a rua.

– Feriado de Natal – respondeu ele, mas em voz baixa, para o Sr. Paladin não escutar.

Fazia uma semana que ele não via o Rolls-Royce quando trocaram seu horário e ele teve que cumprir um turno duplo na NorChemPharm, das seis da manhã às seis da tarde. Fazia um calor dos infernos dentro dos depósitos; estava tão quente que os cilindros de ferro cheios de gás comprimido chiavam se você roçasse neles. Bing pegou o ônibus de sempre na volta para casa, quarenta minutos com os dutos de ventilação soprando um ar fedido e uma criança pequena berrando.

Desceu em Fairfield Street e percorreu os três últimos quarteirões a pé. O ar não parecia mais gasoso e, sim, líquido, quase fervente, emanando do asfalto amolecido e deixando o ar distorcido. A linha de casas no final do quarteirão tremeluzia como reflexos ondulantes em uma poça d'água em movimento.

– *Calor, calor, vá embora* – cantarolava Bing. – *Venha me ferver outra...*

O Rolls-Royce estava parado do outro lado da rua, bem em frente à sua casa. O homem ao volante esticou o corpo para fora da janela do carona, virou a cabeça para olhar Bing e sorriu-lhe como um velho amigo. Acenou com a mão de dedos compridos: *Venha logo.*

Bing ergueu a mão num reflexo para acenar de volta e desceu a rua com uma corridinha desajeitada. De certa forma, estava perturbado por ver o carro ali. Parte de si acreditava que o homem da Terra do Natal acabaria vindo buscá-lo. Outra parte, porém, havia começado a se preocupar que os sonhos e as visões ocasionais do Carro fossem feito corvos voando em círculos acima de algo doentio e próximo da ruína: sua própria mente. Cada passo em direção a NOS4A2 lhe dava mais certeza de que o automóvel iria começar a se mover e a se afastar até sumir de novo. Mas isso não aconteceu.

O motorista, na verdade, não estava sentado no banco do carona, porque, naturalmente, o Rolls-Royce era um antigo carro inglês e o volante ficava do lado direito. O homem exibiu um sorriso benevolente para Bing, que logo percebeu que aquele homem, embora pudesse aparentar 40 e poucos anos, era muito mais velho do que isso. Seu olhar era suave e desbotado como aqueles cacos de vidro desgastados que se costuma encontrar na praia; não se podia calcular sua idade. O rosto era comprido, sofrido, sábio e bondoso, e os dentes saltados e um pouco tortos. Algumas pessoas o descreveriam como cara de fuinha, pensou Bing, embora de perfil também fosse muito parecido com as efígies que se via nas cédulas.

– Olha ele aí! – exclamou o homem ao volante. – O jovem Bing Partridge, todo animado! O cara da vez! Já passou da hora de nós dois termos uma conversa, jovem Partridge! Aposto que vai ser o papo mais importante da sua vida!

– O senhor é da Terra do Natal? – perguntou Bing, com a voz rouca.

O homem levou um dedo à lateral do nariz.

– Charles Talent Manx III, meu caro, ao seu dispor! CEO das Organizações Terra do Natal, diretor da Terra do Natal Entretenimento, presidente da alegria! Conhecido também como Sua Eminência, o Rei Merda do Morro de Bosta, embora isso não esteja escrito no meu cartão.

Os dedos dele estalaram e um cartão de visita se materializou do nada. Bing o pegou e leu o que estava escrito:

– Se você lamber o cartão, dá para sentir o gosto doce dessas bengalas – disse Charlie.

Bing encarou o papel por alguns segundos, então passou a língua áspera no cartão. Tinha gosto de papel.

– *Brincadeirinha!* – exclamou Charlie, dando um soco de leve no braço de Bing. – Quem você acha que eu sou, Willy Wonka? Dê a volta, entre! Xi, meu filho, você parece que vai derreter e virar uma poça de suco de Bing! Vou levá-lo para tomar um refrigerante! Temos coisas importantes a discutir!

– Um emprego? – indagou Bing.

– Um futuro.

Rodovia 322

– ESTE É O CARRO mais legal em que eu já andei – comentou Bing, enquanto deslizavam às pressas pela Rodovia 322.

– É um Rolls-Royce Wraith 1938, um Espectro, uma das quatrocentas unidades desse modelo fabricadas em Bristol, Inglaterra. Um achado raro... assim como você, Bing Partridge!

Bing alisou o banco de couro granulado; o painel de cerejeira envernizado e a alavanca de marchas reluziam.

– Sua placa significa alguma coisa? – indagou ele. – NOS4A2?

– Leia o quatro como *four* e o dois como *two*: a placa forma a palavra Nosferatu – respondeu Charlie Manx.

– Nosfer-quem?

– É uma das minhas piadas internas. Minha primeira mulher uma vez me acusou de ser um Nosferatu. Não usou essa palavra específica, mas outra bem próxima. Você já teve urticária, Bing?

– Não tenho faz tempo. Quando eu era pequeno, antes de morrer, meu pai me levou para acampar e...

– Se ele o tivesse levado para acampar *depois* de morrer, meu filho, *aí, sim,* você teria uma história para contar! Perguntei isso porque minha primeira mulher era que nem uma urticária. Eu não a suportava, mas não conseguia ficar longe dela. Eu coçava até tirar sangue e depois coçava mais um pouco! O seu trabalho parece perigoso, Sr. Partridge!

A transição foi tão abrupta que pegou Bing de surpresa e ele precisou de um instante para processar que era a sua vez de falar.

– Parece?

– O senhor mencionou na carta que trabalhava com gases comprimidos. Cilindros de hélio e oxigênio não são altamente explosivos?

– Ah, são, sim. Uns anos atrás, um cara foi fumar escondido perto de um cilindro de nitrogênio com a válvula aberta na baia de carregamento. O negócio soltou um silvo bem alto e saiu voando feito um foguete. Bateu na porta de incêndio com tanta força que a arrancou das dobradiças, e olhe que a porta de incêndio é de ferro. Mas dessa vez ninguém morreu. E a minha equipe não teve nenhum acidente desde que eu virei o chefe. Bom... *quase* nenhum acidente. Denis Loory respirou um pouco de fumaça de pão de mel uma vez, mas isso não conta. Nem doente ele ficou.

– Fumaça de pão de mel?

– É uma mistura aromatizada de sevoflurano que vendemos para consultórios de dentistas. Também dá para fabricar sem aroma, mas as crianças gostam da boa e velha fumaça de pão de mel.

– Ah, é? É um narcótico?

– É, você fica sem saber o que está acontecendo ao redor. Mas ela não faz você dormir. É mais como se você só soubesse o que os outros lhe contam. E você perde qualquer intuição. – Bing não conseguiu se conter e riu um pouco, depois tornou a falar quase como se pedisse desculpas. – A gente falou para o Denis que estava na hora da discoteca e ele começou a mexer o quadril igual ao John *Ravolta* naquele filme. A gente quase morreu.

O Sr. Manx abriu a boca e exibiu os dentinhos marrons em um sorriso feioso.

– Gosto de quem tem senso de humor, Sr. Partridge.

– Pode me chamar de Bing, Sr. Manx.

Aguardou o Sr. Manx retrucar que ele podia chamá-lo de Charlie, mas o motorista apenas retrucou:

– Imagino que a maior parte das pessoas que dançava música disco estivesse sob a influência de alguma droga. É a única explicação possível. Não que eu considere aqueles requebros idiotas uma forma de dança. Uma estupidez obscena, isso sim!

O Espectro entrou no estacionamento de terra batida da lanchonete Dairy Queen de Franklin. Sobre o asfalto, o carro parecia deslizar feito um veleiro com o vento soprando a favor, sem esforço, silenciosamente. Sobre a terra batida, dava a impressão de ser um tanque de guerra moendo cascalho.

– Que tal eu comprar duas cocas para a gente e depois irmos logo ao que interessa? – sugeriu Manx. Ele se virou de lado, com o braço comprido apoiado no volante.

Bing abriu a boca para responder, mas se pegou lutando para reprimir um bocejo. A viagem comprida e tranquila sob o sol do fim do dia o havia embalado e ele estava com sono. Fazia um mês que não dormia direito, fora que acordara às quatro da manhã. Se Charlie Manx não estivesse estacionado em frente à sua casa, teria preparado uma refeição para comer em frente à TV e ido para a cama cedo. Esse pensamento despertou uma lembrança:

– Eu sonhei com ela. Vivo sonhando com a Terra do Natal. – Encabulado, ele riu. Manx iria considerá-lo mesmo um tolo.

Mas não foi o que aconteceu; o sorriso de Charlie se abriu mais ainda.

– Você sonhou com a lua? A lua falou com você?

Bing sentiu o ar lhe fugir dos pulmões e encarou Manx assombrado, talvez até um pouquinho alarmado.

– Você sonhou com ela porque lá é o *seu lugar*, Bing. Mas se quiser ir vai ter que fazer por merecer. E eu posso dizer como.

Alguns minutos depois, o Sr. Manx voltou do balcão de lanches para viagem. Acomodou o corpo magro atrás do volante e passou para Bing uma garrafa bem gelada de Coca-Cola, de onde o gás escapava com um barulho audível. Bing nunca tinha visto uma garrafa parecer tão desejável quanto aquela.

Jogou a cabeça para trás, despejou o refrigerante goela abaixo, tomando depressa um, dois, três goles. Quando abaixou a garrafa, a bebida já estava pela metade. Ele inspirou profundamente... e soltou um arroto, um ruído seco, áspero, alto como alguém rasgando um lençol.

Seu rosto se inflamou de vergonha, mas Charlie Manx apenas deu uma gargalhada jovial e exclamou:

– Melhor fora do que dentro, é o que eu sempre digo para as minhas crianças!

Bing relaxou e deu um sorriso tímido. O arroto tinha saído com um gosto ruim, de Coca misturada, estranhamente, com aspirina.

Manx girou o volante e os levou de volta à estrada.

– O senhor andou me observando – falou Bing.

– Andei, sim. Praticamente desde que abri sua carta. Fiquei bem surpreso quando recebi aquilo, devo confessar. Faz muito tempo que não recebo nenhuma resposta para meus velhos anúncios de revista. No entanto, assim que li sua carta, tive um palpite de que você era *um dos meus*. Alguém que iria entender desde o primeiro momento o importante trabalho que estou fazendo. Mas se ter um palpite é bom, ter *certeza* é melhor ainda. A Terra do Natal é um lugar especial e muitas pessoas teriam reservas em relação ao trabalho que eu faço. Seleciono muito bem quem contrato. Por acaso estou precisando de alguém que possa ser o chefe da segurança. Preciso de um ná-nã-nã-nã para nã-nã-nã.

Bing demorou um minuto inteiro para atinar que não havia escutado a última parte do que Charlie Manx dissera; o som das palavras se perdera em meio ao ronronar dos pneus sobre o asfalto. Eles tinham saído da rodovia e seguiam pela sombra fresca e perfumada dos abetos. Ao entrever um pedacinho de céu rosado – o sol se pusera e o crepúsculo chegara sem que ele percebesse –, Bing avistou a lua, branca feito um sorvete de coco, boiando no firmamento sem nuvens.

– O que foi que o senhor disse? – perguntou, forçando-se a sentar um pouco mais ereto e piscando os olhos depressa.

Teve a consciência difusa de que corria o risco de cochilar. A coca deveria tê-lo feito acordar com a cafeína, o açúcar e o gás refrescante, mas parecia ter tido o efeito contrário. Tomou um último gole, mas o resíduo no fundo da garrafa estava amargo e ele fez uma careta.

– O mundo está cheio de gente brutal e burra, Bing – prosseguiu Charlie. – E sabe o que é pior? Algumas dessas pessoas têm filhos. Algumas se embriagam e batem nos filhos. Batem, xingam. Gente assim não deveria ter filhos, é o que penso! Por mim, essas pessoas poderiam ser todas enfileiradas e fuziladas. Um tiro na cabeça de cada uma... ou um prego.

Bing sentiu as entranhas se revirarem. Ficou tonto, tão tonto que teve de levar uma das mãos ao painel do carro para não cair.

– Não lembro o que fiz – mentiu, com uma voz abafada que tremia apenas de leve. – Já faz muito tempo. Daria tudo para desfazer.

– Por quê? Para dar ao seu pai uma chance de matar *você*? Pelo que saiu nos jornais, antes do tiro, ele bateu em você com tanta força que fraturou seu crânio e você estava coberto de hematomas, alguns de vários dias antes! Espero não ter que explicar a diferença entre homicídio e legítima defesa!

– Eu machuquei minha mãe também – sussurrou Bing. – Na cozinha. Ela não me fez nada.

O Sr. Manx não pareceu comovido com esse detalhe.

– E onde ela estava enquanto o seu pai batia em você? Imagino que não tenha tentado heroicamente proteger você com o próprio corpo! Por que ela nunca chamou a polícia? Por acaso não achou o telefone na lista? – Manx deu um suspiro cansado. – Queria que alguém tivesse dado apoio para você, Bing. O fogo do inferno não basta para quem machuca os próprios filhos! Mas, sério, a punição me preocupa menos do que a prevenção! O melhor seria que nada disso nunca tivesse acontecido com você! Que a sua casa tivesse sido um lugar seguro. Que todos os dias tivessem sido Natal para você, Bing, e não um sem-fim de tristeza e infelicidade. Acho que quanto a isso nós dois podemos concordar!

Bing o encarava com olhos pesados. Tinha a sensação de que não dormia há muitos dias e cada minuto era um esforço para se conter, para não afundar no banco de couro e se render à inconsciência.

– Acho que vou pegar no sono.

– Não tem problema, Bing – falou Charlie. – O caminho até a Terra do Natal é pavimentado por sonhos!

Botões brancos caíram de algum lugar e roçaram no para-brisa. Bing os encarou com um prazer distante. Sentia-se aquecido, bem, em paz; gostava de Charlie Manx. *O fogo do inferno não basta para quem machuca os próprios filhos!* Que bela frase: ela emana retidão moral. Charlie Manx era um homem que sabia das coisas.

– Naná-nã-nã-nã – disse Charlie Manx.

Bing aquiesceu, pois essa afirmação também emanava retidão moral e sensatez, e então apontou para os botões que choviam sobre o para-brisa.

– Está nevando!

– Ah, isso *não* é neve. Descanse os olhos, Bing Partridge. Descanse os olhos e você vai ver só.

Ele obedeceu.

Não passou muito tempo de olhos fechados, só um breve instante. Mas foi um instante que parecia não ter fim, que parecia se esticar rumo a uma eternidade cheia de paz, uma escuridão de sono e descanso na qual o único som era o zunzum dos pneus na estrada. Bing expirou, inspirou. Ele abriu os olhos, então se empertigou com um sobressalto e olhou através do para--brisa para...

A estrada rumo à Terra do Natal

O DIA TINHA IDO EMBORA e os faróis do Espectro penetravam uma escuridão congelada. Flocos brancos chispavam pelo facho de luz e batiam suavemente no para-brisa.

– *Isso*, sim, é neve! – exclamou Charlie Manx ao volante.

Bing passara de um estado de sonolência ao alerta total em um segundo, como se a consciência fosse um interruptor que alguém tivesse acionado. O sangue pareceu correr todo de uma só vez para o seu coração. Ele não teria ficado mais chocado se tivesse descoberto uma granada no próprio colo.

O céu estava metade encoberto por nuvens, metade coalhado de estrelas, acima das quais boiava uma lua de nariz adunco e boca larga e sorridente. Ela fitava a estrada com uma nesga amarela de olho abaixo de uma pálpebra caída.

A estrada era margeada por abetos deformados. Bing teve de olhar duas vezes antes de perceber que não eram coníferas e, sim, árvores de jujuba.

– A Terra do Natal – sussurrou.

– Não – replicou Manx. – Estamos muito longe ainda. Vinte horas de carro pelo menos. Mas ela está lá. Fica no Oeste. E uma vez por ano, Bing, eu levo alguém até lá.

– Eu? – perguntou Bing, com uma voz trêmula.

– Não – respondeu Manx, delicadamente. – *Este* ano, não. Todas as crianças são bem-vindas na Terra do Natal, mas com os adultos é diferente. Você primeiro tem que provar seu valor. Provar que ama as crianças e está dedicado a protegê-las e a servir à Terra do Natal.

Eles passaram por um boneco de neve que levantou um braço de graveto e acenou. Por reflexo, Bing ergueu a mão para retribuir o gesto.

– Como? – perguntou, num sussurro.

– Você tem que salvar *dez* crianças comigo, Bing. Salvá-las de *monstros.*

– Monstros? Que monstros?

– Os pais – explicou Manx, solenemente.

Bing afastou o rosto do vidro gelado da janela do carona e virou a cabeça para olhar Charlie Manx. Segundos antes, quando fechara os olhos, ainda havia claridade no céu e o Sr. Manx estava usando uma camisa branca lisa e suspensórios. Neste momento, porém, trajava um paletó de fraque e um quepe escuro com aba de couro preto. O casaco tinha uma dupla fileira de botões de latão e parecia o tipo de roupa que o oficial de um país estrangeiro talvez usasse, um tenente da guarda real. Ao baixar os olhos, Bing viu que também estava de roupa nova: a farda de gala branca engomada de fuzileiro naval do pai e botas pretas lustrosas de tão engraxadas.

– Estou sonhando?

– Eu já disse que o caminho para a Terra do Natal é *pavimentado* por sonhos. Este carro velho tem o poder de sair do mundo cotidiano e adentrar as estradas secretas do pensamento. O sono é só a via de acesso. Quando um passageiro pega no sono, meu Espectro sai de qualquer estrada que esteja percorrendo e entra na Via Panorâmica São Nicolau. Nós estamos compartilhando este sonho. O sonho é *seu,* Bing, mas a viagem continua sendo *minha.* Venha, quero lhe mostrar uma coisa.

Enquanto ele falava, o carro tinha diminuído a velocidade e entrado no acostamento. A neve estalou sob os pneus. Os faróis iluminaram uma silhueta um pouco mais à frente na estrada, à direita. De longe, parecia uma mulher de vestido branco. Estava totalmente imóvel e nem olhou na direção dos faróis do Espectro.

Manx se inclinou e abriu o porta-luvas acima dos joelhos do carona. Lá dentro havia a bagunça habitual de mapas rodoviários e papéis. Bing viu também uma lanterna de cabo cromado comprido.

Um frasco de remédio cor de laranja caiu do porta-luvas e Bing o segurou com uma das mãos. Nele estava escrito HANSOM, DEWEY – VALIUM 50 MG.

Manx empunhou a lanterna, endireitou-se e abriu uma fresta de sua porta.

– Daqui vamos ter que andar.

Bing ergueu o frasco de remédio.

– O senhor... o senhor me deu alguma coisa para dormir?

Manx deu uma piscadela.

– Não me leve a mal, Bing. Eu sabia que você iria querer pegar a estrada para a Terra do Natal o quanto antes e que só conseguiria vê-la quando estivesse dormindo. Espero que não haja problema.

– Acho que não – falou Bing, e deu de ombros. Tornou a olhar para o frasco. – Quem é Dewey Hansom?

– Ele era *você*, Bing. Ele era o que eu tinha *antes* de Bing. Dewey Hansom era um agente de cinema de Los Angeles especializado em atores mirins. Ele me ajudou a salvar dez crianças e conquistou seu lugar na Terra do Natal! Ah, Bing, as crianças da Terra do Natal *amaram* Dewey. Praticamente o devoraram! Venha, venha!

Bing abriu a porta e saiu para o ar gélido. A noite estava sem vento e a neve caía em flocos vagarosos que iam beijar suas faces. Charles Manx era ágil para um velho (*Por que eu não paro de pensar que ele é velho?*, perguntou-se Bing. *Ele não* parece *velho*) e avançou a passos largos pelo acostamento, fazendo as botas chiarem. Bing o seguiu pesadamente, abraçando o próprio corpo envolto na fina farda de gala.

Não era uma mulher de vestido branco e, sim, duas, ladeando um portão de ferro preto. Eram idênticas: duas damas esculpidas em mármore lustroso. Estavam ambas inclinadas para a frente, com os braços abertos, e seus vestidos ondulantes brancos feito osso esvoaçavam atrás delas e se abriam como asas de anjos. Tinham a beleza serena, os lábios carnudos e os olhos cegos das estátuas clássicas e seus seios pressionavam o pano dos vestidos. Como as bocas estavam entreabertas, pareciam arquejar, e seus lábios se curvavam como se estivessem prestes a rir – ou a gritar de dor.

Manx passou pelo portão preto entre as duas estátuas. Bing hesitou, então ergueu a mão direita e alisou a parte superior de um daqueles bustos lisos e frios. Sempre quisera tocar um seio assim, firme e farto.

O sorriso da dama de pedra se alargou e Bing pulou para trás com um grito.

– Venha, Bing! Vamos cuidar dos nossos assuntos! Você não está vestido para este frio! – gritou Manx.

Prestes a dar um passo à frente, Bing hesitou e olhou para o arco que encimava o portão de ferro aberto.

CEMITÉRIO DO TALVEZ

O nome misterioso o fez franzir a testa, mas o Sr. Manx tornou a chamá-lo e ele se apressou.

Quatro degraus de pedra levemente salpicados de neve conduziam a uma plataforma de gelo preto, que estava granuloso por causa da neve recente. Porém, os flocos não formavam uma camada grossa: bastava um chute com a bota para expor a superfície de gelo logo abaixo. Bing dera apenas dois passos quando divisou algo turvo preso dentro do gelo, menos de 10 centímetros abaixo da superfície; à primeira vista, parecia um prato grande.

Bing se curvou e espiou através do gelo. Poucos passos à frente, Charlie Manx tornou a se virar e apontou a lanterna para o ponto que ele examinava.

O facho iluminou o rosto de uma criança, uma menina com marias-chiquinhas e sardas nas bochechas. Ao vê-la, Bing deu um grito e cambaleou para trás.

A menina era tão pálida quanto as estátuas de mármore que protegiam a entrada do Cemitério do Talvez, só que não era feita de pedra e, sim, de carne. Tinha a boca aberta em um grito mudo e algumas bolhas congeladas escapavam de seus lábios. As mãos erguidas pareciam se esticar na sua direção. Uma delas segurava um rolinho de corda vermelha – uma corda de pular, ele reparou.

– É uma menina! Uma menina morta dentro do gelo!

– Morta, não, Bing. Ainda não. Talvez nem daqui a muitos anos.

Manx afastou a lanterna e a apontou para uma cruz de pedra branca que despontava enviesada do gelo.

Lily Carter
Fox Road, 15
Sharpsville, PA
1980–?
Conduzida pela mãe a uma vida de pecado,
Sua infância acabou antes de começar.
Quem dera outra pessoa a tivesse levado
Para na Terra do Natal morar!

Manx fez a luz da lanterna deslizar pelo que Bing agora entendia ser um lago congelado no qual estavam dispostas fileiras de cruzes: era um cemitério enorme. A neve rodopiava em volta dos jazigos, das lápides e do vazio. Sob o luar, os flocos pareciam lascas de prata.

Bing tornou a espiar a menina sob seus pés. Ela o encarou através do gelo opaco... e piscou.

Ele voltou a gritar e cambaleou para longe. Suas pernas esbarraram em outra cruz e ele deu um meio giro, perdeu o equilíbrio e caiu de quatro no chão.

Olhou através do gelo fosco. Manx mirou o facho da lanterna no rosto de outra criança, um menino de olhos sensíveis e contemplativos emoldurados por uma franja clara.

William Delman
Mattison Avenue, 42B
Asbury Park, NJ
1981–?
Billy só queria brincar,
Mas seu pai não quis ficar.
A mãe abandonou o lar.
Drogas, facas, luto e pesar.
Se ao menos alguém o tivesse ido salvar!

Bing tentou se levantar, derrapou de forma cômica e tornou a cair, um pouco mais à esquerda. O feixe de luz lhe mostrou mais uma criança, uma menina asiática agarrada a um ursinho de pelúcia vestido com um paletó de tweed.

Sara Cho
Rua 5, 39
Bangor, ME
1983–?
Um sonho trágico é a vida de Sara,
Que aos 13 anos vai se enforcar!
Imaginem só sua alegria rara
Se Charlie Manx a levar para passear!

Bing emitiu um ruído de terror, metade gorgolejo, metade arquejo. A menina o encarava com a boca escancarada em um grito silencioso. Tinha sido enterrada no gelo com uma corda de varal enrolada na garganta.

Manx segurou Bing pelo cotovelo e o auxiliou a se levantar.

– Sinto muito ter que fazê-lo ver isso tudo, Bing. Queria poder poupá-lo. Mas você precisava entender os motivos do meu trabalho. Vamos voltar para o carro; tenho uma garrafa térmica de chocolate quente.

Manx ajudou Bing a atravessar o gelo, apertando seu braço com força para evitar que ele caísse outra vez.

Os dois se separaram diante do carro e Charlie deu a volta até o lado do motorista, mas Bing hesitou um instante, reparando pela primeira vez no adorno do capô: uma mulher sorridente feita de metal cromado, com os braços abertos e o vestido esvoaçando atrás de si como um par de asas. Reconheceu-a na hora: era idêntica aos anjos de misericórdia que protegiam a entrada do cemitério.

Depois que entraram no automóvel, Charlie Manx levou a mão até debaixo do banco e pegou uma garrafa térmica prateada. Tirou a tampa, encheu-a de chocolate quente e a estendeu. Bing segurou-a com as duas mãos e sorveu o líquido escaldante e doce enquanto Charlie Manx fazia uma curva larga e muito aberta e rumava na direção contrária ao Cemitério do Talvez, partindo em velocidade pela mesma estrada por onde tinham chegado.

– Me fale sobre a Terra do Natal – pediu Bing, com a voz trêmula.

– É o *melhor lugar* de todos. Com todo o respeito ao Sr. Walt Disney, a Terra do Natal é o *verdadeiro* lugar mais feliz do mundo. Se bem que... olhando por outro viés, acho que se poderia dizer que é o lugar mais feliz *não* deste mundo. Na Terra do Natal é Natal todos os dias e as crianças de lá nunca sentem nada que se assemelhe à infelicidade. Não, elas nem entendem o *conceito* de infelicidade! Tudo que existe é diversão. É como o paraíso... só que, naturalmente, elas não estão mortas! Elas vivem para sempre, permanecem crianças por toda a eternidade e nunca são obrigadas a lutar, suar e se rebaixar como nós, pobres adultos. Descobri esse lugar de puro sonho muitos anos atrás e os primeiros pequeninos a fixar residência lá foram meus próprios filhos, salvos antes de poderem ser destruídos pela pessoa lamentável e raivosa em que a mãe deles se transformou nos últimos anos. Lá é mesmo um lugar onde o impossível acontece todos os dias. Mas é um local para crianças, não para adultos. Só poucos adultos têm permissão para viver lá. Apenas aqueles que provaram sua devoção a uma causa maior. Apenas aqueles dispostos a sacrificar *tudo* em nome do bem-estar e da felicidade dos delicados pequeninos. Pessoas como você, Bing.

Ele fez uma pausa e continuou:

– Eu queria, de coração, que todas as crianças do mundo pudessem encontrar o caminho para a Terra do Natal, onde conheceriam uma segurança e uma felicidade incomensuráveis! Ah, rapaz, isso, sim, seria demais! Só que poucos adultos aceitam mandar os filhos embora com um homem que nunca viram, para um lugar que não poderão visitar. Ora, eles iriam pensar que eu sou um sequestrador e pedófilo do tipo mais hediondo que existe! Então, a cada ano, eu só levo para lá uma ou duas crianças que vi no Cemitério do Talvez, crianças boazinhas que com certeza iriam padecer nas mãos dos próprios pais. Como um homem que sofreu coisas terríveis na infância, *você* com certeza entende o quão importante é ajudá-las! O cemitério me mostra as crianças que, se eu não fizer nada, terão as infâncias *roubadas* pelas mães e pais. Irão apanhar de corrente, serão obrigadas a comer ração de gato, vendidas a pervertidos. Suas almas virarão gelo e elas se tornarão pessoas frias e insensíveis, que sem dúvida irão destruir outras crianças. Nós somos a única chance que elas têm, Bing! Durante meus anos como administrador da Terra do Natal, eu já salvei umas setenta crianças, e desejo ardentemente salvar mais cem antes de concluir meu trabalho.

Enquanto o carro chispava pela escuridão fria e cavernosa, Bing moveu os lábios para contar em silêncio.

– Setenta – murmurou. – Achei que o senhor só resgatasse uma criança por ano. No máximo duas.

– Isso. É mais ou menos isso.

– Mas... quantos anos o senhor tem?

Manx lhe deu um sorriso enviesado que exibiu os dentes encavalados, pontudos e marrons.

– Meu trabalho me mantém jovem. Termine o chocolate, Bing.

Bing engoliu o último gole quente e doce, em seguida fez girar os resquícios na tampa da garrafa térmica, notando um resíduo amarelo leitoso. Imaginou se teria acabado de ingerir mais algum item do armário de remédios de Dewey Hansom, nome que soava como uma piada ou parte de alguma cantiga. Dewey Hansom, antecessor de Bing, que tinha salvado dez crianças e partido rumo à eterna recompensa na Terra do Natal. Se Charlie Manx salvara setenta crianças, devia ter havido... Quantos? *Sete* antes de Bing? Que sortudos.

Ele ouviu um ronco: o estrondo estalado e o chiado do motor de doze cilindros de um caminhão grande se aproximando atrás deles. O som aumentava de volume a cada instante, mas, mesmo olhando para trás, ele não conseguiu ver nada.

– Está ouvindo isso? – indagou, sem perceber que a tampa vazia da garrafa térmica tinha escorregado de seus dedos de súbito dormentes. – Está ouvindo alguma coisa se aproximar?

– Deve ser a manhã. Ela está nos alcançando depressa. Não olhe agora, Bing, lá vem ela!

O ronco foi se intensificando e, de repente, o caminhão emparelhou com eles à esquerda de Bing. Ele olhou para a noite lá fora e, bem perto, viu com bastante clareza a lateral de um grande caminhão-baú. Pintados na carroceria havia uma campina verde, uma fazenda avermelhada, algumas vacas e um sol forte e sorridente subindo acima das colinas e iluminando letras de quase meio metro: ENTREGAS SOL NASCENTE.

Por um instante, o caminhão escondeu a terra e o céu, e o letreiro ocupou por completo o campo visual de Bing. O veículo então passou, deixando um rastro de poeira, e Bing se encolheu diante de um céu matinal tão azul que quase chegava a doer, um céu sem nuvem nenhuma, sem limites. Ao estreitar os olhos, viu a...

Zona rural da Pensilvânia

CHARLIE MANX CONDUZIU O ESPECTRO para o acostamento e estacionou. Era uma estrada rachada, arenosa, rural. Arbustos amarelados chegavam rente à lateral do carro. Insetos zumbiam. O sol baixo ofuscava. Não podiam ser mais de sete da manhã, mas Bing já sentia o calor violento atravessar o para-brisa.

– Caramba! – exclamou ele. – O que aconteceu?

– O sol nasceu – respondeu Manx, com indulgência.

– Eu estava dormindo? – perguntou Bing.

– Na verdade, Bing, eu acho que você estava acordado. Talvez pela primeira vez na vida.

Manx sorriu e Bing enrubesceu, retribuindo com um sorriso sem convicção. Nem sempre entendia o que Charles Manx dizia, mas isso só tornava o homem ainda mais fácil de adorar, de venerar.

Libélulas voavam em meio ao mato alto. Bing não soube dizer onde estavam. Não era Sugarcreek; talvez uma estrada secundária qualquer. Quando olhou pela janela do carona, viu no alto de um morro, em meio à luz dourada enevoada, uma casa em estilo colonial americano com venezianas pretas. Uma menina de vestido sem mangas vermelho florido olhava para eles, em pé, debaixo de uma árvore no acesso de terra batida que conduzia à casa. Segurava uma corda de pular em uma das mãos, mas não estava pulando, não a estava usando para nada, e apenas os estudava de um jeito intrigado. Bing supôs que a garota nunca tivesse visto um Rolls-Royce.

Ele estreitou os olhos e a encarou, erguendo uma das mãos para um leve aceno. A menina não acenou em resposta, só inclinou a cabeça de lado para examiná-los. As marias-chiquinhas deslizaram na direção de seu ombro direito e foi então que Bing a reconheceu, sobressaltado, e bateu o joelho no porta-luvas.

– É ela! – exclamou. – É ela?

– Ela, quem, Bing? – indagou Manx, com uma voz de quem já sabia. Bing olhou para a menina e ela sustentou seu olhar. Não teria ficado mais chocado se tivesse visto defuntos saírem da cova. De certa forma, *tinha* visto um defunto sair da cova.

– "Lily Carter" – começou a recitar, valendo-se de sua ótima memória para poemas. – "Conduzida pela mãe a uma vida de pecado, sua infância acabou antes de começar. Quem dera outra pessoa a tivesse levado"... – Sua voz se interrompeu no meio da frase quando uma porta de tela se abriu com um rangido na varanda e uma mulher delicada, de ossos finos, vestida com um avental sujo de farinha, espichou a cabeça para fora.

– Lily! – gritou. – Já tem dez minutos que eu falei que o café estava na mesa. Entre agora!

Lily não respondeu, mas começou a subir lentamente o morro, com os olhos dilatados de fascínio. Não por medo. Ela estava só... interessada.

– Aquela deve ser a mãe de Lily – falou Manx. – Fiz um estudo sobre as duas. Evangeline trabalha à noite como garçonete em um bar de beira de estrada aqui perto. Você sabe como são mulheres que trabalham em bar.

– O que tem elas?

– São todas umas putas. Quase todas. Pelo menos, enquanto são bonitas e, no caso da mãe de Lily, a beleza não vai durar muito mais. Quando ela ficar feia, acho que vai deixar de ser puta e passar a ser cafetina. Cafetina *da filha*. Alguém tem que pôr comida na mesa e Evangeline Carter não tem marido. Ela nunca se casou. Não deve nem saber quem a embuchou. Ah, a pequena Lily só tem 8 anos, mas as meninas... as meninas crescem muito mais depressa que os meninos. Veja só como ela já parece uma perfeita mulherzinha. Tenho certeza de que a mãe vai conseguir um preço e tanto pela inocência da filha!

– Como é que o senhor sabe? – sussurrou Bing. – Como sabe que tudo isso vai acontecer? O senhor... o senhor *tem certeza*?

Charlie Manx arqueou uma sobrancelha.

– Só tem um jeito de saber: não fazer nada e deixar Lily aos cuidados da mãe. Talvez devamos voltar e ver como ela está daqui a alguns anos, descobrir quanto a mãe nos cobra para dar umazinha com a filha. Quem sabe ela até nos ofereça uma promoção especial, dois pelo preço de um?

Lily havia recuado até a varanda.

Dentro de casa, sua mãe tornou a gritar; a voz saiu rouca, zangada. Aos ouvidos de Bing Partridge, aquilo pareceu muito a voz de uma beberrona de ressaca: áspera, ignorante.

– Lily! Se você não entrar neste instante vou dar seus ovos para o cachorro comer!

– Vaca – murmurou Bing.

– Estou inclinado a concordar, Bing. Quando a filha for comigo para a Terra do Natal, também será preciso dar um jeito na mãe. Na verdade, seria melhor se mãe e filha desaparecessem juntas. Eu prefiro não levar a Sra. Carter comigo para a Terra do Natal, mas talvez *você* possa arrumar alguma serventia para ela. Embora só me ocorra uma... De toda forma, isso pouco importa para mim. A mãe não pode tornar a ser vista, simples assim. E considerando o que ela faria com a filha no futuro, caso ficasse livre para agir como quisesse... bom, eu é que não vou chorar por ela!

O coração de Bing batia em velocidade, mas com leveza. Sua boca estava seca. Ele tateou em busca do puxador da porta.

Charlie Manx segurou seu braço como fizera no Cemitério do Talvez, ao ajudá-lo a atravessar o gelo.

– Aonde você vai, Bing?

Bing olhou para Manx com uma expressão desvairada.

– O que estamos esperando? Vamos lá. Vamos logo lá salvar a menina!

– Não. Agora não. Há preparativos a fazer. Nossa hora vai chegar, em breve.

Bing encarou Manx com assombro... e certa reverência.

– Ah, e, *Bing*, tem mãe que faz um escarcéu danado quando acha que estão roubando suas filhas, mesmo mães muito *malvadas* como a Sra. Carter. – Bing aquiesceu. – Você acha que daria para nos conseguir um pouco de sevoflurano lá no seu trabalho? Talvez você queira trazer também a pistola de pregos e a máscara de gás. Tenho certeza de que virão muito a calhar.

A BIBLIOTECÁRIA
1991

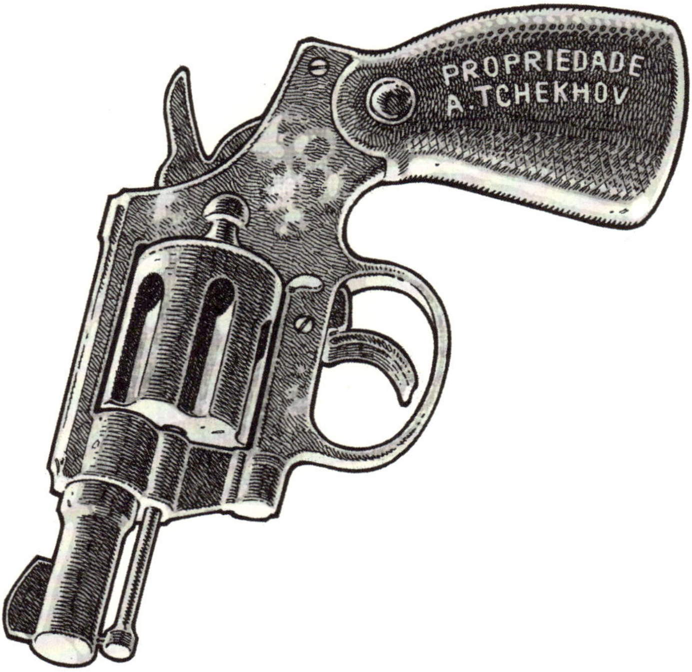

Haverhill, Massachusetts

NÃO SE ATREVA A PASSAR *por aquela porta*, dissera sua mãe, mas ainda assim Vic correu para fora, segurando as lágrimas. Chegou a ouvir o pai falar *Ah, deixe a menina em paz, ela já está se sentindo mal o suficiente*, o que não melhorou em nada a situação, só piorou. Vic segurou a bicicleta pelo guidom e saiu correndo junto com ela, e nos fundos do quintal atrás da casa saltou para cima dela e mergulhou na sombra fresca e agradavelmente perfumada do bosque de Pittman Street.

Não pensou no lugar para onde estava indo: seu corpo simplesmente sabia a direção quando desceu com a Raleigh pelo declive acentuado do morro e chegou à pista de terra batida lá embaixo a quase cinquenta por hora.

Ela foi em direção ao rio. O rio estava lá. E a ponte também.

Dessa vez, o objeto perdido fora uma fotografia, um retrato amassado em preto e branco de uma moça de vestido de bolinha de mãos dadas com um menino gordinho de chapéu de caubói e olhar inexpressivo, que apontava para a câmera uma pistola de brinquedo. A jovem usava a mão livre para segurar o vestido junto às coxas, pois o vento que soprava ameaçava levantá-lo. A mesma brisa havia soprado algumas mechas de cabelos claros por cima de seu rosto de traços atrevidos, irônicos, quase bonitos. O garoto era Christopher McQueen aos 7 anos. A moça era a mãe dele e, à época, já estava morrendo de um câncer no ovário que cedo poria fim à sua vida, aos 33. A foto era a única recordação que o filho tinha da mãe e, quando Vic pedira para levá-la à escola e usá-la em um trabalho de artes, Linda fora contra. Mas Chris havia desautorizado a esposa: *Eu quero que a Vic desenhe um retrato dela, tá bom? É o mais próximo que as duas vão chegar de estar juntas. Só traz a foto de volta, Pirralha. Não quero esquecer como ela era.*

Aos 13 anos, Vic era a estrela da aula de artes do professor Ellis, no sétimo ano do fundamental. Ele havia escolhido uma aquarela sua intitulada *Ponte coberta* para a mostra anual da escola na sede da prefeitura – a pintura era a *única* obra do sétimo ano em um grupo de trabalhos do oitavo que variavam de ruins a péssimo. (Os ruins: incontáveis representações de frutas deformadas em tigelas tortas. O péssimo: o retrato de um unicórnio saltitante com um arco-íris saindo do rabo feito um peido em cores.) Quando a *Gazeta de Haverhill* fez uma matéria sobre a exposição, adivinhem que quadro foi estampado? Não, não foi o do unicórnio. Depois que *Ponte coberta* chegou em casa, o pai de Vic fabricou para ele uma moldura de bétula e o pendurou na parede que antes exibia o pôster de *A Super Máquina*. Vic tinha jogado fora a foto de Hasselhoff anos antes: ele era um bundão e o Pontiac Trans Am era um carro de merda que vazava óleo. Ela não sentia a menor falta dele.

Seu último trabalho daquele ano era "desenho do corpo humano" e o professor pediu para trabalharem a partir de uma foto que fosse especial para eles. O pai de Vic tinha espaço para um quadro acima da mesa de seu escritório e ela queria muito que ele pudesse erguer os olhos e ver a mãe em cores.

O quadro estava pronto e chegara em casa na véspera, no último dia de aula, depois de Vic esvaziar seu armário na escola. Ainda que a aquarela final não fosse tão boa quanto *Ponte coberta*, Vic pensava ter capturado um pouco do espírito da mulher da fotografia: a sugestão de um quadril ossudo por baixo do vestido, certo cansaço e distração no sorriso. Seu pai havia passado um tempão olhando a pintura com uma expressão ao mesmo tempo satisfeita e um pouco triste. Vic perguntou o que ele achava.

– Você sorri igualzinho a ela, Pirralha. Nunca tinha reparado – respondeu, simplesmente.

Vic só percebera que não estava com a foto quando a mãe começou a perguntar sobre ela, na sexta-feira à tarde. A princípio, pensou que estivesse dentro de sua mochila, depois no quarto. Na sexta à noite, porém, já havia chegado à conclusão de que não estava com a foto e não fazia a menor ideia de onde a vira pela última vez. No sábado de manhã – glorioso primeiro dia das férias de verão –, a mãe de Vic também concluíra isso. Certa de que a foto estava perdida para sempre e em um estado que beirava a histeria, tinha dito que ela era muito mais importante do que a bosta de uma pintura de escola. Então, Vic fora embora, tivera que sair dali, sair de casa, temendo que, se ficasse parada, talvez se tornasse um pouco histérica também: era uma emoção que não suportava sentir.

Seu peito doía como se ela estivesse pedalando há horas, não minutos, e ela sentia dificuldade de respirar, como se percorresse uma subida, e não deslizasse em solo plano. Ao ver a ponte, porém, sentiu algo semelhante à paz. Não, melhor do que a paz: sentiu sua mente se desprender, se desacoplar do restante de si, deixando que apenas o corpo e a bicicleta fizessem o trabalho. Era sempre assim. Ela já tinha atravessado a ponte uma dezena de vezes em cinco anos, cada vez menos uma *experiência* e mais uma *sensação*. Não era algo que ela fazia, mas que *sentia*: a consciência de estar deslizando como em um sonho, a distante sensação de um zumbido de estática. Não era muito diferente de se render a um cochilo, de se deixar envolver pelo sono.

No momento em que seus pneus começaram a bater nas tábuas de madeira ela já estava escrevendo mentalmente a *verdadeira* história de como havia encontrado a fotografia. Ela a mostrara para sua amiga Willa no último dia de aula. As duas começaram a conversar sobre outras coisas e Vic teve de correr para conseguir pegar o ônibus. Quando Willa percebeu que ainda estava com a foto na mão, Vic já tinha ido embora, então a amiga resolveu guardar e devolver mais tarde. Ao chegar em casa do passeio de bicicleta, Vic já estaria com a foto na mão e uma história para contar. O pai lhe daria um abraço e diria que nunca se preocupara com aquilo; a mãe ficaria com uma cara furiosa. Vic não saberia dizer por qual reação ansiava mais.

Só que dessa vez foi diferente. Ao contar a história verdadeira-mas-não-tanto, Vic não conseguiu convencer uma pessoa: ela própria.

Vic emergiu do outro lado do túnel e adentrou o corredor largo e escuro do primeiro andar da Escola Cooperativa. Como era antes das nove da manhã do primeiro dia das férias de verão, o lugar estava mal-iluminado e cheio de ecos, tão vazio que chegava a dar medo. Ela apertou o freio e a bicicleta parou soltando um guincho agudo.

Teve que olhar para trás. Não pôde evitar. Ninguém teria resistido.

A ponte do Atalho atravessava a parede de tijolos de um lado a outro e se esticava 3 metros para dentro do corredor, cuja largura se equiparava à sua. A entrada estava meio tapada por uma cortina de hera. Será que parte dela estaria também do lado de fora, pendurada acima do estacionamento? Vic achava que não, mas só poderia olhar por uma das janelas para confirmar se arrombasse uma das salas de aula.

A visão do Atalho a deixou levemente enjoada e, por um instante, o corredor da escola onde ela estava pareceu inchar, como uma gota d'água em um graveto. Ela se sentiu fraca e soube que, se não andasse logo, talvez começasse a *pensar*, o que não seria nada bom. Uma coisa era ter fantasias sobre viagens por uma ponte coberta inexistente aos 8 ou 9 anos, mas com 13 eram outros quinhentos. Não se tratava mais de sonhar acordada, mas de alucinar.

Ela sabia que estava indo para a escola (estava escrito em spray verde do outro lado da ponte), mas imaginara que fosse sair no térreo, perto da sala de artes do professor Ellis. Porém, fora despejada no primeiro andar, perto de seu escaninho. Na véspera, enquanto o esvaziava, estava conversando com umas amigas. Fora muita distração, muito barulho – gritos, risos, crianças correndo em volta –, mas ainda assim ela havia conferido bem o armário antes de fechar a porta pela última vez e tinha certeza, *quase* certeza de ter tirado tudo. Apesar disso, a ponte a levara até lá, e a ponte nunca errava.

Não existe ponte, pensou ela. *A foto está com Willa. Ela pretendia me devolver assim que me encontrasse.*

Vic encostou a bicicleta nos armários, abriu a porta do seu escaninho e olhou para as divisórias bege e para a superfície inferior enferrujada. Nada. Tateou a prateleira situada uns 15 centímetros acima de sua cabeça. Nada também.

Sentia as entranhas reviradas de tanta aflição. Queria pegar a foto logo, sair logo dali, para começar o quanto antes a esquecer a ponte. Mas se o retrato não estava dentro no escaninho, ela não sabia mais onde procurar. Começou a fechar a porta – mas então parou, ficou na ponta dos pés e tornou a passar a mão pela prateleira alta. Mesmo assim, quase deixou passar. Não sabia como, um dos cantos da foto tinha enganchado atrás da prateleira, de modo que o papel estava em pé, encostado na parede dos fundos do escaninho. Ela teve que enfiar a mão bem lá dentro para tocá-la, precisou esticar ao máximo o braço para pegá-la.

Cutucou-a com as unhas, movendo-a para lá e para cá, e a foto se soltou. Então tornou a pisar com os calcanhares, corada de satisfação.

– Oba! – exclamou, fechando com alarde a porta do escaninho.

O servente da escola estava em pé no meio do corredor. O Sr. Eugley. Com o esfregão mergulhado dentro da caçamba amarela com rodinhas, olhava pelo corredor na direção de Vic, da Raleigh e da ponte do Atalho.

O Sr. Eugley era velho e corcunda e seus óculos de armação dourada e gravatas-borboletas faziam-no parecer um professor, mais até do que os próprios professores. Também trabalhava ajudando os alunos a atravessarem a rua e, na véspera da Páscoa, dava um saquinho de jujubas para cada criança que passasse. Segundo os boatos, o Sr. Eugley aceitara aquele emprego para estar perto das crianças, pois seus filhos tinham morrido em um incêndio em casa muitos anos antes. Infelizmente, era verdade e omitia o fato de que o próprio Sr. Eugley havia posto fogo na casa ao desmaiar de bêbado com um cigarro aceso na mão. Hoje, ele tinha Jesus em vez de filhos e uma reunião do AA em vez de um bar. A religião e a abstinência foram conquistas da prisão.

Vic olhou para o servente, que a encarou, abrindo e fechando a boca feito um peixinho dourado. Suas pernas tremiam com violência.

– Você é aquela garota McQueen – falou, com um forte sotaque. Tinha a respiração difícil e uma das mãos tocava o próprio pescoço. – O que é aquilo ali na parede? Meu Deus do céu, será que estou ficando maluco? Parece o Atalho, que não vejo há anos.

Ele tossiu uma vez, depois duas. Foi um barulho estranho, úmido e engasgado, algo aterrorizante.

Quantos anos ele tinha, pensou Vic? *Noventa.* Errou por quase vinte anos, mas 71 era idade suficiente para um enfarte.

– Está tudo bem – disse Vic. – Não...

Não soube como concluir a frase. Não o quê? Não comece a gritar? Não morra?

– Meu Deus. Meu Deus. – Sua mão direita tremia furiosamente ao ser erguida para tapar os olhos. Os lábios começaram a se mover antes de ele acrescentar: – Pobre de mim. "O Senhor é meu pastor, nada me faltará."

– Sr. Eugley... – tornou a chamar Vic.

– *Vá embora!* – gritou ele, esganiçado. – Vá embora e leve sua ponte com você! Isso *não está* acontecendo! Você não está aqui!

O Sr. Eugley manteve a mão em frente aos olhos e continuou a mover os lábios. Vic não conseguiu escutá-lo, mas pôde ver o que ele dizia pela forma como articulava as palavras: "Em verdes pastagens me faz repousar e me conduz a águas tranquilas."

Vic girou a bicicleta, passou a perna por cima dela e começou a pedalar. As *suas* pernas também não estavam muito firmes, mas em poucos instantes ela adentrou a ponte, a escuridão sibilante e o cheiro dos morcegos.

Olhou para trás uma vez, no meio da travessia. O Sr. Eugley continuava ali, de cabeça baixa, rezando, com uma das mãos sobre os olhos e a outra segurando o esfregão junto à lateral do corpo.

Vic seguiu pedalando com a foto abrigada na palma suada de uma das mãos, saiu da ponte e chegou às sombras vívidas do bosque de Pitman Street. Soube, mesmo sem olhar por cima do ombro – apenas pelo murmúrio melodioso das águas do rio lá embaixo e pelo gracioso assobio do vento nos pinheiros – que a ponte do Atalho havia desaparecido.

Avançou rumo ao primeiro dia do verão, com a pulsação latejando de um jeito estranho. Um mau pressentimento profundo a acompanhou durante todo o caminho de volta.

A casa dos McQueen

DOIS DIAS MAIS TARDE, VIC estava saindo de bicicleta para a casa de Willa – era sua última chance de ver a melhor amiga antes de ir passar seis semanas no lago Winnipesaukee com os pais – quando ouviu a mãe na cozinha dizer alguma coisa sobre o Sr. Eugley. O som desse nome produziu uma sensação de fraqueza súbita e quase debilitante e, por pouco, Vic não precisou sentar. Havia passado o fim de semana se esforçando para não pensar no servente, o que não tinha sido muito difícil: estivera acamada a noite inteira de sábado, com uma enxaqueca tão forte que dava ânsias de vômito. A dor fora particularmente intensa atrás de seu olho esquerdo; parecia que ele ia pular da órbita.

Ela tornou a subir os degraus dos fundos da casa e ficou parada por quase cinco minutos em frente à porta da cozinha escutando a mãe falar bobagem com uma das amigas, não sabia qual. Linda não tornou a mencionar o nome do Sr. Eugley, mas apenas *Ah, que pena* e *Coitado*.

Por fim, Vic ouviu Linda recolocar o fone no gancho. Seguiram-se o estrépito e o chapinhar de louça na pia.

Vic não queria saber; o conhecimento a amedrontava. Ao mesmo tempo, não conseguiu se conter. Simples assim.

– Mãe? – chamou, espichando a cabeça pela porta. – Você disse alguma coisa sobre o Sr. Eugley?

– Hum? – fez Linda, curvada sobre a pia e de costas para a filha. Panelas bateram. Uma solitária bolha de sabão estremeceu e estourou. – Ah, sim. Ele voltou a beber. Foi recolhido ontem à noite em frente à escola, gritando feito um louco. Há trinta anos ele não bebia. Desde que... bom, desde que decidiu que não queria mais ser alcoólatra. Coitado. Dottie Evans me disse que ele foi à igreja hoje de manhã e soluçou feito uma criancinha, falando que ia pedir demissão. Que nunca mais vai poder voltar lá. Acho que ele está com vergonha. – Linda olhou para a filha e franziu a testa, preocupada. – Vicki, está tudo bem? Sua cara ainda não está muito boa. Talvez fosse melhor você ficar em casa hoje de manhã.

– Não – respondeu Vic com uma voz estranha, abafada, como saída de uma caixa. – Eu quero sair. Respirar um pouco de ar puro. – Ela hesitou antes de acrescentar: – Tomara que ele não vá embora. É um cara muito legal.

– É mesmo. E ele ama todos vocês. Mas as pessoas ficam velhas, Vic, e precisam de cuidados. As peças se desgastam. Do corpo *e* da mente.

O bosque municipal era um pouco fora da rota dela – havia um caminho bem mais rápido até a casa de Willa pelo parque Bradbury –, mas assim que Vic subiu na bicicleta decidiu que precisava dar uma volta, pensar um pouco antes de ver alguém.

Parte de si considerava má ideia se permitir pensar no que fizera, no que *poderia* ter feito, no improvável e espantoso dom que só ela possuía. Mas as coisas tinham fugido do controle e seria preciso algum tempo para colocá-las no lugar. Ela havia sonhado acordada com um buraco no mundo e entrado por ele de bicicleta, e isso era bem maluco. Só um doido poderia imaginar que algo assim fosse possível – mas o Sr. Eugley *a tinha visto*. O Sr. Eugley a tinha visto e isso fizera algo dentro dele desmoronar. Pusera fim à sua abstinência e o deixara com medo de voltar à escola, ao lugar em que trabalhava havia mais de uma década. Um lugar onde fora feliz. O Sr. Eugley – o pobre e traumatizado Sr. Eugley – era uma prova de que a ponte do Atalho era real.

Ela não queria provas. Não queria saber sobre aquilo.

Como não era possível, gostaria que houvesse alguém com quem pudesse conversar para lhe dizer que ela estava bem, que não era louca. Queria encontrar alguém capaz de *explicar*, de dar sentido a uma ponte que só existia quando era necessária e que sempre a levava para onde ela precisava ir.

Ela desceu a encosta do morro e sentiu uma corrente de ar frio.

Não era só isso que ela queria. Queria era encontrar a ponte em si, tornar a vê-la. Estava pensando com clareza e se sentia segura, ancorada com firmeza no momento presente. Tinha consciência de cada sacolejo e de cada tremor da Raleigh ao passar por cima de raízes e pedras. Sabia a diferença entre fantasia e realidade, mantinha essa diferença muito clara na cabeça e acreditava que, quando chegasse à estrada velha de terra batida, a ponte do Atalho não estaria lá...

Só que estava.

– Você não está aqui – disse ela para a ponte, repetindo sem querer as palavras do Sr. Eugley. – Você caiu dentro do rio quando eu tinha 8 anos.

A ponte continuou ali teimosamente.

Vic freou a bicicleta e pôs-se a encará-la a uma distância segura de seis metros. O Merrimack rugia lá embaixo.

– Me ajude a encontrar alguém que diga que eu não sou doida – pediu ela à ponte, então pisou no pedal e avançou devagar na sua direção.

Quando estava quase na entrada, viu as velhas e conhecidas letras em spray verde pintadas na parede à sua esquerda:

AQUI→

Que lugar mais engraçado para indicar, pensou. Por acaso *já não estava* aqui?

Em todas as outras vezes que havia cruzado o Atalho, fora tomada por uma espécie de transe, girando os pedais automaticamente e sem pensar, como se fosse apenas mais uma engrenagem, igual às marchas e à corrente.

Dessa vez, forçou-se a diminuir a velocidade e olhar em volta, ainda que cada parcela de seu corpo quisesse sair da ponte no mesmo instante em que adentrou nela. Combateu o forte impulso de se apressar, de avançar como se a construção estivesse desabando debaixo de si. Queria imprimir na mente os detalhes daquele lugar. Quase acreditava que, se olhasse de verdade para o Atalho, se olhasse *com atenção*, a ponte iria se dissolver à sua volta.

E depois? Onde ela iria parar caso a ponte deixasse de existir? Não importava. Por mais que ela olhasse fixamente, a passagem continuava ali. A madeira velha, gasta e cheia de farpas. Os pregos nas paredes cobertos de ferrugem. Ela podia sentir as tábuas do piso cederem sob o peso da bicicleta. O Atalho não iria desaparecer com a simples força do pensamento.

Como sempre, teve consciência do ruído. Sentia seu rugido estrondoso nos *dentes*. Podia ver a tempestade de estática pelas rachaduras nas paredes inclinadas.

Não se atreveu a parar a bicicleta, caminhar, tocar as paredes. Achava que, se descesse, nunca mais tornaria a subir. Parte dela sentia que a existência da ponte dependia inteiramente do movimento e de não pensar muito.

A ponte se balançou duas vezes. Poeira caiu das vigas. Ela já tinha visto um pombo voar lá em cima?

Levantou a cabeça e percebeu que o teto estava coberto de morcegos com as asas fechadas em torno dos corpinhos peludos. Os animais faziam um movimento sutil e constante, remexendo-se e ajeitando as asas. Alguns viraram a cara para espiá-la com os olhos míopes.

Todos eles eram idênticos e tinham as feições de Vic, ainda que chupadas, encarquilhadas, cor-de-rosa, com olhos que cintilavam vermelhos feito gotas de sangue. Ao vê-los, ela sentiu como se uma agulha fina prateada penetrasse seu olho esquerdo até o cérebro. Pôde ouvir os guinchos agudos, quase subsônicos, mais altos do que os silvos e estalos da estática.

Era insuportável. Quis gritar, mas sabia que, se fizesse isso, os morcegos desceriam do teto e a rodeariam; seria o seu fim. Fechou os olhos e concentrou toda sua força em pedalar até o final da ponte. Algo se sacudia furiosamente. Ela não soube se era a ponte, a bicicleta ou ela própria.

De olhos fechados, só soube que tinha chegado ao outro lado quando sentiu o pneu dianteiro passar pela soleira. Houve uma explosão de calor e de luz e ouviu um grito: "Cuidado!" Abriu os olhos no exato instante em que a bicicleta trombou com um meio-fio baixo de cimento em...

Aqui, Iowa

ESTATELOU-SE NO CHÃO, RALANDO o joelho direito.

Vic rolou de costas e segurou a perna.

– Ai – gemeu. – Ai *ai* **AI** ai.

Sua voz subia e descia várias oitavas, como um instrumentista ensaiando.

– Ai, querida... está tudo bem? – perguntou uma voz de algum lugar em meio ao sol ofuscante do meio-dia. – Você deveria t-t-tomar mais cuidado antes de pular do nada desse jeito.

Vic semicerrou os olhos e conseguiu distinguir uma garota magrela pouco mais velha do que ela própria – devia ter uns 20 anos – com um chapéu fedora inclinado para trás sobre os cabelos roxos-fluorescentes, um colar feito com anéis de latinhas de cerveja e brincos que eram duas peças do jogo Palavras Cruzadas. Além disso, calçava um par de tênis All Star de cano alto sem cadarços. Parecia um detetive dando uma canja no fim de semana como líder de uma banda de ska.

– Está tudo bem. Eu só me ralei – respondeu Vic, mas a menina já tinha parado de prestar atenção e olhava para o Atalho mais atrás.

– Eu sempre *quis* que t-tivesse uma ponte ali, sabia? Você não poderia ter feito ela cair em um lugar melhor.

Vic se apoiou nos cotovelos e olhou para a ponte, agora estendida por cima de um largo e barulhento curso d'água marrom. Aquele rio era quase tão largo quanto o Merrimack, mas as encostas da margem, arenosas e esfareladas, eram bem mais baixas. Ao longo delas, poucos metros abaixo, havia grupos de bétulas e carvalhos centenários.

– Foi isso que ela fez? Minha ponte *caiu*? Tipo, do céu?

A menina continuou a encarar a ponte; tinha o mesmo olhar fixo e atordoado que Vic associava à maconha e a uma predileção por bandas psicodélicas.

– Humm... não. Foi mais t-t-t-tipo ver uma foto Polaroid se revelar. Você já viu uma foto Polaroid se revelar?

Vic assentiu, pensando na maneira como o quadrado escuro de substância química clareava devagar e em como em seu lugar surgiam detalhes, em como as cores ficavam cada vez mais nítidas e os objetos iam tomando forma.

– A sua ponte se materializou no mesmo lugar em que havia uns carvalhos velhos. Adeus, carvalhos.

– Acho que as suas árvores vão voltar quando eu for embora – falou Vic, embora, pensando bem, devesse admitir que não fazia a menor ideia se isso era mesmo verdade. *Parecia* verdade, mas ela não podia afirmar que fosse um fato. – Você não parece muito surpresa em ver a minha ponte surgir do nada. – Lembrou-se do Sr. Eugley, de como ele havia tremido, tapado os olhos e gritado para ela ir embora.

– Estava esperando você. Não sabia que faria uma entrada t-tão grandiosa, mas sabia que t-t-talvez você t-t-t-t...

Sem qualquer aviso, a menina parou de falar no meio da frase. Tinha os lábios entreabertos para dizer a palavra seguinte, mas nada saiu e sua expressão mudou, parecendo que ela tentava erguer algo pesado, um piano ou um carro. Os olhos saltaram das órbitas, as bochechas coraram. Ela se forçou a expirar e, com a mesma dicção abrupta, prosseguiu:

– ... não fosse chegar aqui como uma pessoa normal. Desculpe, eu t-t-tenho gagueira.

– Você estava *me esperando*?

A menina aquiesceu, mas já tinha se virado para a ponte outra vez. Com uma voz lenta e sonhadora, perguntou:

– A sua ponte... ela não vai dar do outro lado do rio Cedar, vai?

– Não.

– Aonde ela vai dar?

– Em Haverhill.

– Isso fica aqui em Iowa?

– Não. Em Massachusetts.

– Ah, puxa, você veio de longe. Está no Cinturão do Milho agora. Na terra onde tudo é plano, exceto as mulheres.

Por um instante, Vic teve quase certeza de que a menina exibiu um olhar de malícia.

– Desculpe, mas... dá para voltar para a parte em que você disse que estava *me esperando*?

– Sim, *é claro*! Estou esperando você t-tem *meses*. Pensei que você *nunca* fosse aparecer. Você é a Pirralha, não é?

Vic abriu a boca, mas nada saiu.

O silêncio bastou como resposta e sua surpresa claramente agradou à outra menina, que sorriu e ajeitou uma parte dos cabelos fluorescentes atrás da orelha. O nariz arrebitado e as orelhas levemente pontiagudas lhe davam certo ar élfico. Mas talvez isso fosse um efeito do cenário: as duas estavam em uma campina gramada, à sombra de frondosos carvalhos, entre o rio e um prédio grande que, visto de trás, parecia uma catedral ou universidade, uma fortaleza de cimento e granito com finas torres brancas e janelas que eram fendas estreitas, perfeitas para disparar flechas.

– Pensei que você fosse parecer mais um menino. Estava esperando uma garota que não come alface e tira meleca do nariz. Você gosta de alface?

– Não sou muito fã.

Ela cerrou os pequenos punhos e os sacudiu acima da cabeça.

– Sabia! – Então baixou as mãos e franziu a testa. – Tira muita meleca?

– Assoo e jogo fora. Você disse que estamos em Iowa?

– Isso!

– Onde em Iowa?

– Aqui.

– Bom – começou Vic, sentindo uma pontada de irritação –, sim, enfim, isso eu sei, mas, tipo... aqui *onde*?

– Aqui, *Iowa*. O nome da cidade é Aqui. Você está bem perto da estrada que vem da bela Cedar Rapids, ao lado da Biblioteca Pública de Aqui. E eu sei exatamente por que você veio. Está confusa em relação à sua ponte, buscando entender as coisas. Puxa, hoje é *mesmo* o seu dia de sorte! – Ela bateu as mãos. – Você achou uma bibliotecária! Eu posso ajudar a explicar o que você quer saber e aproveitar para recomendar uns bons poemas. Esse é o meu trabalho.

A biblioteca

A MENINA EMPURROU O ANTIQUADO chapéu fedora para trás e se apresentou:

– Meu nome é Margaret. Igual àquele livro *Deus, você está aí? Sou eu, Margaret*, só que eu odeio quando as pessoas me chamam assim.

– De Margaret?

– Não. De Deus. Meu ego já é grande o suficiente. – Ela abriu um sorriso. – Margaret Leigh. Pode me chamar de Maggie. Se a gente entrar para eu pegar um band-aid e uma xícara de chá para você, acha que a ponte vai continuar aí?

– Acho que sim.

– Ok. Legal. *Espero* que a sua ponte não suma. Acredito que você consiga voltar para casa sem ela... a gente poderia fazer um evento beneficente ou coisa parecida... mas t-talvez seja melhor você voltar por onde veio. Assim não precisa explicar para os seus pais como veio parar em Iowa. Quer dizer, eu não reclamaria se você precisasse ficar um pouco! Minha cama é na seção de Poesia Romântica. É onde eu durmo de vez em quando. Mas você poderia se alojar lá e eu ficaria com meu t-tio no trailer dele, pelo menos, até a gente conseguir juntar dinheiro para a passagem de ônibus.

– Poesia Romântica?

– Estantes 821-ponto-2 até 821-ponto-6. Eu não t-tenho permissão para dormir na biblioteca, mas a Sra. Howard deixa se for só de vez em quando. Ela tem pena de mim porque eu sou órfã e meio esquisita. Eu não ligo. As pessoas acham que é horrível sentirem pena de você, mas olha, eu posso dormir na biblioteca e passar a noite inteira lendo! Sem a pena, o que seria de mim? Eu sou completamente *ta-tarada* por pena.

Ela segurou o antebraço de Vic e a ajudou a se levantar. Curvou-se, pegou a bicicleta e a apoiou em um banco.

– Não precisa prender. Acho que ninguém nesta cidade t-t-tem imaginação suficiente para pensar em roubar alguma coisa.

Vic subiu a trilha atrás dela por um trecho de parque arborizado até os fundos do grande templo de livros feito de pedra. A biblioteca ficava encostada no flanco da colina; era possível entrar por uma porta de ferro pesada, no que Vic supôs ser um subsolo. Maggie girou uma chave que pendia da fechadura e empurrou a porta, e Vic não hesitou em segui-la. Não lhe passou pela cabeça desconfiar de Maggie ou se perguntar se aquela garota poderia estar conduzindo-a para dentro de um porão escuro com paredes grossas de pedra, onde ninguém iria escutar seus gritos. Por instinto, Vic entendia que alguém que usava peças do jogo Palavras Cruzadas como brincos e definia a si mesma como tarada por pena não representava nenhuma grande ameaça. Além do mais, Vic tinha desejado encontrar alguém capaz de lhe dizer se ela era maluca, não alguém que *fosse* maluco. Não havia motivo algum para temer Maggie, exceto se Vic achasse que o Atalho fosse capaz de conduzi-la de propósito ao lugar errado, e de alguma forma ela sabia que isso não era possível.

No cômodo que ficava além da porta de ferro, estava bem mais frio do que no parque do lado de fora. Vic sentiu o cheiro do imenso recinto cheio de livros antes mesmo de vê-lo, pois seus olhos precisaram de um tempo para se acostumar à escuridão cavernosa. Inspirou profundamente o aroma de romances decompostos, história em frangalhos e versos esquecidos, e, pela primeira vez, notou que uma biblioteca tinha o mesmo cheiro de uma sobremesa: um lanche doce feito com figos, baunilha, cola e inteligência. A porta se fechou sozinha atrás delas, emitindo um ruído alto.

– Se livros fossem mulheres e ler fosse foder, isto aqui seria o maior puteiro do país e eu, a cafetina mais implacável que já se viu. Dou t-t-tapas na bunda das meninas e mando-as ir à luta com a maior rapidez e frequência que posso.

Vic riu, então se lembrou que bibliotecárias detestavam barulho e tapou a boca com uma das mãos.

Maggie foi guiando-a pelo labirinto estreito e mal iluminado de estantes até o teto.

– Se algum dia você precisar fugir depressa, por exemplo, da polícia, basta lembrar o seguinte: fique sempre à direita e siga descendo os degraus – explicou Maggie. – É o jeito mais rápido de sair.

– Você acha que eu vou ter que fugir correndo daqui?

– Hoje, não. Qual é o seu nome? As pessoas devem chamá-la de alguma coisa além de Pirralha.

– Victoria. Vic. A única pessoa que me chama de Pirralha é o meu pai. Como é que você sabe o meu apelido, mas não o meu nome? E como assim estava *me esperando*? Nem *eu* sabia que estava vindo para cá até uns dez minutos atrás.

– Certo. Eu posso ajudar você com tudo isso. Mas primeiro t-tenho que estancar esse sangramento, depois a gente começa com as perguntas e respostas.

– Acho que as respostas são mais importantes do que o meu joelho – replicou Vic. Então hesitou e acrescentou em um tom de timidez pouco habitual: – Eu assustei uma pessoa com a minha ponte. Um velho legal lá da minha cidade. Talvez eu tenha estragado a vida dele de verdade.

Maggie virou a cabeça na sua direção; seus olhos brilhavam com intensidade em meio à escuridão das estantes. Olhou Vic com cuidado de cima a baixo e falou:

– Eu não imaginava que a Pirralha diria uma coisa dessas. – Os cantos de sua boca se moveram em um diminuto sorriso. – Se você assustou alguém, com certeza não foi por querer nem causou um dano permanente. O cérebro das pessoas é bem maleável. Elas conseguem aguentar um sacode. Vem. Band-aid, chá e respostas. Está t-tudo por aqui.

Elas saíram do meio das estantes para um espaço fresco e aberto com piso de pedra, uma espécie de escritório precário. Para Vic, não parecia o escritório de uma bibliotecária com corte de cabelo punk, mas o de um detetive particular de filme antigo, com seus cinco objetos essenciais: a escrivaninha de metal cinza-chumbo, o calendário velho com fotos de pin-ups, o cabideiro, a pia manchada de ferrugem... e o revólver calibre .38 de cano curto no meio da mesa, sobre uma pilha de papéis. Havia também um aquário bem grande que preenchia um nicho de um metro e meio de comprimento em uma das paredes.

Maggie tirou o chapéu e o jogou no cabideiro. À luz suave do aquário, seus cabelos roxos metalizados reluziam como mil filamentos de néon. Enquanto ela enchia uma chaleira elétrica com água, Vic foi até a mesa inspecionar o revólver, que, na verdade, era um peso de papel feito de bronze com uma inscrição no cabo liso: PROPRIEDADE A. TCHEKOV.

Maggie voltou com alguns band-aids e acenou para Vic se sentar na beirada da mesa. Ela obedeceu e apoiou os pés sobre a cadeira de madeira surrada. Ao dobrar as pernas, Vic voltou a tomar consciência da sensação de ardência no joelho, que veio acompanhada por um latejar cruel de dor no globo ocular esquerdo. A impressão era de que o olho estava preso entre as pinças de algum instrumento cirúrgico e sendo apertado. Vic o esfregou com a palma da mão.

Maggie encostou um pano molhado e frio no joelho da outra para tirar a sujeira do esfolado; em algum momento, tinha acendido um cigarro, e o cheiro de fumaça era doce e agradável. Ela limpou a perna da menina com a mesma eficiência discreta de um mecânico verificando o nível de óleo de um carro.

Vic deu uma boa olhada no aquário do tamanho de um caixão. Uma solitária carpa dourada, com uma espécie de bigode que lhe dava um aspecto sábio, boiava distraída lá dentro. Ela demorou a entender o que havia no fundo do aquário: não eram pedrinhas, mas uma profusão de peças brancas do jogo Palavras Cruzadas, centenas delas, mas apenas cinco letras: P E I X E.

Através da distorção ondulante e esverdeada da água do aquário, ela viu o que havia do outro lado: uma sala de leitura infantil toda acarpetada. Umas dez crianças e suas respectivas mães formavam um semicírculo em volta de uma mulher vestida com uma saia de tweed impecável, sentada em uma cadeira demasiado pequena para ela, segurando um livro de papelão para os pequenos poderem ver as figuras. Estava lendo para as crianças, embora Vic não conseguisse escutá-la por causa da parede de pedra e do borbulhar do filtro do aquário.

– Você chegou bem na hora das histórias – comentou Maggie. – A hora das histórias é a melhor de t-t-todas. É a única que importa para mim.

– Gostei do seu aquário.

– Dá um puta trabalho limpá-lo – comentou Maggie, e Vic teve de cerrar os lábios para reprimir uma risada.

Maggie sorriu, fazendo as covinhas aparecerem. Com aquelas bochechas rechonchudas e olhos brilhantes, ela era quase adorável. Parecia um duende punk.

– Fui eu que pus as peças lá dentro. Sou louca por esse jogo. Mas agora duas vezes por mês preciso pegá-las e lavá-las. É um pé no saco. Você gosta de jogar Palavras Cruzadas?

Vic tornou a olhar para os brincos de Maggie e, pela primeira vez, reparou que um tinha a letra F e o outro, a letra U. A sugestão era clara: *fuck you*, "vá se foder".

– Nunca joguei. Mas gostei dos seus brincos. Alguém já reclamou deles?

– Que nada. Ninguém olha com muita atenção para uma bibliotecária. As pessoas acham que vão ficar cegas com t-t-tanta sabedoria condensada. Olha só: com 20 anos, já sou uma das melhores jogadoras de Palavras Cruzadas do estado. Isso t-ta-talvez diga mais sobre Iowa do que sobre mim. – Ela colou o band-aid no joelho esfolado de Vic e deu um leve tapa em cima. – Prontinho.

Maggie apagou o cigarro dentro de uma lata com areia até a metade e saiu para servir o chá. Voltou em instantes com duas xícaras lascadas. Em uma delas estava escrito BIBLIOTECAS: O *SHHH* DA QUESTÃO. A outra dizia NÃO ME OBRIGUE A USAR MINHA VOZ DE BIBLIOTECÁRIA. Quando Vic pegou a sua, Maggie esticou o braço para abrir a gaveta da escrivaninha, onde um detetive particular guardaria sua bebida. Maggie pegou uma bolsinha roxa de veludo sintético com a palavra SCRABBLE estampada em letras douradas já meio sem cor.

– Você me perguntou como eu sabia a seu respeito. Como sabia que você estava vindo. O jogo me disse isso *t-t-t-t*... – Suas bochechas começaram a corar por causa do esforço.

– O jogo disse isso tudo? As Palavras Cruzadas?

Maggie aquiesceu.

– Obrigada por t-t-terminar a frase para mim. Sei que muitas pessoas gagas detestam isso. Mas, como já deixamos bem claro, eu sou t-tarada por pena.

Embora não houvesse sarcasmo algum na voz de Maggie, Vic sentiu o rosto queimar. De alguma forma, a fala da bibliotecária tornava a situação ainda pior.

– Desculpe.

Maggie sentou-se em uma cadeira de espaldar reto ao lado da mesa, não parecendo ter escutado Vic.

– Você cruzou a ponte na sua bicicleta. Consegue fazer isso *sem* ela?

Vic fez que não com a cabeça.

Maggie assentiu.

– Certo. Você usa a bicicleta para imaginar a ponte e fazê-la se materializar. Aí usa a ponte para encontrar coisas, não é? Coisas de que precisa? T-t-tipo, por mais longe que esteja, a coisa que você quer está sempre do outro lado?

– É. *É.* Só que eu não sei por que consigo fazer isso, nem *como*, e às vezes acho que estou só *imaginando* essas viagens pela ponte. Às vezes eu acho que estou ficando maluca.

– Você não é maluca. É criativa! É muito criativa. Eu t-t-também sou. Você com a sua bicicleta, eu com minhas peças. Quando eu t-tinha 12 anos, vi um velho jogo Palavras Cruzadas à venda em um brechó por 1 dólar. Estava na vitrine, com a primeira palavra já feita. Na hora soube que *t-t-ti...* que *precisava* comprá-lo. Pagaria qualquer quantia por ele e, se não estivesse à venda, eu o pegaria e sairia correndo. O simples fato de estar *perto* dele pela primeira vez tornou a realidade um pouco mais brilhante. Um trenzinho elétrico se ligou sozinho e andou para fora dos trilhos. O alarme de um carro disparou mais adiante na rua. Na garagem onde ficava o brechó havia uma t-te-televisão ligada e, quando eu vi o jogo, ela pirou. Começou a emitir um ruído t-te-te...

– Um ruído terrível, né? De estática – disse Vic, esquecendo a promessa que fizera a si mesma, havia pouco instantes, de não terminar nenhuma das frases de Maggie, por pior que fosse a gagueira dela.

A bibliotecária não pareceu se importar.

– Isso.

– Também escuto um barulho parecido. Quando estou atravessando a ponte, ouço estática a toda minha volta.

Maggie assentiu, como se achasse aquilo a coisa menos surpreendente do mundo.

– Alguns minutos atrás, as luzes daqui se apagaram. A energia caiu na biblioteca inteira. Foi assim que eu soube que você estava chegando. A sua ponte é um curto-circuito na realidade. Igual às minhas peças. Você *encontra* coisas e as minhas peças *soletram* coisas. Elas me avisaram que você iria chegar hoje e que eu poderia encontrar você lá nos fundos. Me disseram que a Pirralha iria atravessar a ponte. Há meses elas vêm falando sobre você.

– Me mostra? – pediu Vic.

– Acho que preciso mostrar. Acho que é em parte por isso que você está aqui. Vai ver as minhas peças querem soletrar *para você*.

Ela desamarrou o cordão da bolsinha, pôs a mão dentro e pegou algumas peças, que soltou em cima da mesa.

Vic fitou-as, mas tudo o que viu foi uma confusão de letras.

– Isso significa alguma coisa para você?

– Ainda não.

Maggie se inclinou em direção às peças e começou a empurrá-las pela mesa com o dedo mindinho.

– Mas *vai* significar?

Maggie fez que sim.

– Porque as peças são mágicas?

– Não, pois elas não funcionariam para mais ninguém. As peças são só a minha faca, que eu posso usar para abrir um rasgo na realidade. Provavelmente sempre t-t-tem que ser uma coisa que você ama. Eu sempre amei as palavras, e as Palavras Cruzadas me proporcionaram um jeito de brincar com elas. Se eu entrar em um concurso desse jogo, alguém vai sair com o ego destroçado.

Ela agora havia arrumado algumas das letras para formar a frase:

CERTA VEZ A PIRRALHA ENCONTROU ESPELHO O I F

– O que significa OIF? – perguntou Vic, virando o pescoço para olhar as peças de cabeça para baixo.

– Porcaria nenhuma. Ainda não cheguei ao resultado – respondeu Maggie, franzindo a testa e movendo todas as peças mais um pouco.

Vic deu um gole no chá. Estava quente e doce, mas assim que ela o engoliu, sentiu uma gota de suor frio escorrer pela testa. Os fórceps imaginários que cingiam seu globo ocular esquerdo apertaram mais um pouco.

– Existem dois mundos – explicou Maggie, falando distraidamente enquanto estudava as letras. – O mundo *real*, com os seus fatos e regras irritantes, onde as coisas são ou não verdadeiras, em geral, é um saco. Mas as pessoas t-t-também vivem no mundo dentro da própria cabeça. Uma *paisagem interior*, um mundo de pensamento. Nele, as ideias são fatos. As emoções são como a lei da gravidade. Os sonhos, como a História. As pessoas criativas... escritores, por exemplo... passam grande parte do t-t-tempo nos seus próprios mundos de pensamento. Os *muito* criativos, porém, são capazes de usar uma faca para abrir a costura *entre* os dois mundos, para juntá-los. A sua bicicleta, as minhas peças... Elas são as nossas facas.

Ela tornou a abaixar a cabeça e moveu algumas das peças com decisão.

As letras então formaram a frase:

A PIRRALHA ENCONTROU CÁ SETE VEZES O FILHO

– Eu nunca vim aqui, ou *cá* – falou Vic.

– E você me parece um pouco jovem para ser mãe – completou Maggie. – Essa está difícil. Queria mais um t-t-tê.

– Quer dizer então que a minha ponte *é mesmo* imaginária.

– Não quando você está na bicicleta. Nessas horas ela é real. É uma paisagem interior puxada para dentro do mundo normal.

– Mas a sua bolsinha de peças é só uma bolsinha. Na verdade, ela *não é* igual à minha bicicleta. Não faz nada imposs...

Enquanto Vic falava, Maggie pegou a bolsinha, desamarrou o cordão e colocou a mão lá dentro; pelo barulho, parecia que ela estava enfiando a mão em um balde cheio de peças. Ela afundou o pulso, o cotovelo. A bolsinha devia ter uns 15 centímetros de profundidade, mas em um instante o braço de Maggie desapareceu lá dentro até o ombro sem deixar marca alguma no veludo sintético. Vic a ouviu escavar cada vez mais fundo no que lhe soou como *milhares* de peças.

– *Aaahhh!* – gritou Vic.

Do outro lado do aquário, a bibliotecária que lia para as crianças olhou em volta.

– Um senhor rasgo na realidade – falou Maggie. – Alcancei a minha paisagem interior para pegar as peças de que preciso. Minha mão não está agora dentro da bolsinha. Quando digo que a sua bicicleta e as minhas peças são uma faca para abrir um rasgo na realidade, não se t-t-trata de nenhuma metáfora.

A pressão nauseante no olho esquerdo de Vic aumentou.

– Pode tirar o braço, por favor? – pediu ela.

Com a mão livre, Maggie puxou a bolsinha, libertou o braço e pousou-a sobre a mesa; Vic ouviu peças chacoalharem lá dentro.

– Sinistro. Eu sei – comentou Maggie.

– Como você *consegue* fazer isso? Maggie soltou o ar, quase num suspiro.

– Por que algumas pessoas sabem falar uma dezena de idiomas? Por que o Pelé consegue fazer gol de bicicleta? Acho que é aleatório. Menos de uma pessoa em cada milhão possui beleza, t-talento ou sorte suficiente para ser artista de cinema. Menos de uma pessoa em um milhão sabe t-tanto sobre palavras quanto um poeta feito Gerard Manley Hopkins. Esse, sim, sabia o que eram paisagens interiores! Foi ele quem inventou a expressão. Te-tem gente que é estrela de cinema, craque de futebol... e você é uma pessoa muito criativa. É meio estranho, mas nascer com um olho de cada cor também é. E a gente não está sozinha: existem outros iguais a nós. Eu já conheci alguns. As peças me conduziram até eles. – Maggie tornou a se curvar por cima das peças e começou a empurrá-las para lá e para cá. – Ti-tipo, um dia conheci uma menina que andava de cadeira de rodas, uma linda, antiga, com pneus de risca branca. Ela conseguia usá-la para desaparecer: era só rolá-la para trás até o que chamava de Beco T-Torto. Era *essa* a paisagem interior dela. A garota saía da existência, mas *ainda assim* continuava a ver o que estava acontecendo no nosso mundo. Não existe uma cultura sem histórias sobre pessoas como você e eu, que usam objetos para transformar um pouquinho a realidade. Os índios navajos... – Sua voz começou a diminuir de volume e ela se calou.

Vic viu uma expressão de compreensão pesarosa atravessar o semblante de Maggie ao encarar as peças. A Pirralha se inclinou para a frente e as examinou. Logo antes de Maggie estender a mão e embaralhá-las, conseguiu ler o que estava escrito:

A PIRRALHA TALVEZ ENCONTRE O ESPECTRO

– O que isso quer dizer? O que é o Espectro?

Maggie fitou Vic com olhos brilhantes, nos quais se misturavam medo e um pedido de desculpas.

– Ai, caramba.

– É alguma coisa que você perdeu?

– Não.

– Mas é uma coisa que você quer que eu encontre? O que é? Posso ajudar você...

– Não. *Não*. Vic, quero que você prometa para mim que *não vai* encontrar o Espectro.

– Ele é um cara?

– Ele é uma *encrenca*. A pior encrenca que se pode imaginar. Quantos anos você tem? Doze?

– Treze.

– Certo. Você *t-t-t-t*...

Maggie empacou. Sorveu uma inspiração funda e irregular e mordeu o lábio inferior, enterrando os dentes com uma violência que quase fez Vic gritar. Então soltou o ar e continuou a falar, agora sem qualquer indício de gagueira.

– Você tem que me prometer.

– Mas por que a sua bolsinha iria querer avisar que eu talvez encontre esse cara? *Por que* as peças diriam isso?

Maggie balançou a cabeça.

– Não é assim que funciona. As peças não *querem* nada, do mesmo jeito que uma *faca* não quer nada. Eu posso usar as peças para alcançar fatos que estão fora do alcance, do mesmo jeito que se usa um abridor de cartas para abrir envelopes. E isto aqui... *isto aqui*... é como receber uma carta-bomba. É algo capaz de fazer você voar pelos ares.

Maggie passou a língua pelo lábio inferior.

– Mas por que eu não deveria encontrar esse cara? Você mesma disse que talvez eu tivesse vindo aqui para as suas peças poderem me dizer alguma coisa. Por que elas falariam nesse tal de Espectro se a intenção não fosse eu procurar por ele?

Antes de Maggie conseguir responder, porém, Vic se inclinou para a frente e levou uma das mãos ao olho esquerdo. O fórceps psíquico apertava tanto que seu olho parecia prestes a explodir. Ela não conseguiu se conter e deu um leve gemido de dor.

– Você está com uma cara horrível. O que houve?

– É o meu olho. Fica doendo muito sempre que eu atravesso a ponte. Talvez seja porque estou há algum tempo aqui sentada com você. Em geral, minhas viagens são rápidas.

Levando-se em conta o estado de seu olho e do lábio de Maggie, aquela conversa não estava sendo nada boa para ambas.

– Sabe aquela menina de quem falei? – indagou Maggie. – A da cadeira de rodas? Ela era saudável na época em que começou a usá-la. Era a cadeira da sua avó e a garota só gostava de brincar nela. Mas se passasse tempo demais no beco T-Torto, suas pernas ficavam dormentes. Quando eu a conheci, ela já estava completamente paralisada da cintura para baixo. Usar essas coisas sempre t-tem um *custo.* Manter a ponte no lugar pode estar t-t-tendo um custo para você agora mesmo. Você deveria usá-la com muito comedimento.

– E para você, qual é o custo de usar as peças?

– Vou contar um segredo: antes eu não t-t-t-ti-ti-tinha gagueira nenhuma!

Ela tornou a sorrir, com a boca visivelmente ensanguentada. Vic levou alguns instantes para perceber que, dessa vez, Maggie havia fingido ga-guejar.

– Vamos – disse a bibliotecária. – É melhor você voltar. Se ficarmos sentadas aqui por muito mais tempo, sua cabeça vai explodir.

– Então é melhor você me falar sobre o Espectro ou a sua mesa vai ficar cheia de miolos. Só vou embora depois que você me contar.

Maggie abriu a gaveta, largou lá dentro a bolsinha e a fechou com força desnecessária. Quando tornou a falar, pela primeira vez, sua voz soou desprovida de qualquer simpatia:

– Para de se comportar feito uma...

Maggie hesitou e Vic não soube se a garota procurava a palavra certa ou estava empacada em uma palavra específica.

– Uma pirralha? – sugeriu Vic.

Maggie expirou devagar e suas narinas inflaram.

– Vic, eu não estou de brincadeira. O Espectro é alguém de quem você precisa manter distância. Nem t-todo mundo que sabe fazer as coisas que a gente sabe é legal. Eu não sei muito sobre o Espectro, só que ele é um homem velho com um carro antigo. E a sua faca é *o carro*. Só que ele usa a faca para cortar gargantas. Leva crianças para passear no automóvel e faz *coisas* com elas. Usa as crianças... feito um vampiro... para continuar vivo. Ele as leva para dentro da sua própria paisagem interior, um lugar mau que ele sonhou, e as deixa lá. Quando elas descem do carro, já não são mais crianças. Nem humanas elas são. Viraram criaturas que só podem viver na t-t-terrível imaginação do Espectro.

– Como é que você sabe isso?

– Por causa das peças. Elas começaram a me falar sobre o Espectro uns dois anos atrás, depois de ele raptar um menino em Los Angeles. Na época, ele estava operando na Costa Oeste, mas a situação t-tomou outro rumo e ele passou a se interessar pelo leste. Você leu no jornal sobre a menininha russa que sumiu em Boston? Poucas semanas atrás? Que desapareceu com a mãe?

Sim, Vic tinha lido; na sua cidade, a notícia fora manchete por vários dias. Sua mãe assistia a todas as reportagens com um misto de fascínio e horror; a menina sequestrada tinha a mesma idade de Vic, cabelos escuros, ossos grandes e um sorriso esquisito mas atraente. Uma fofa esquisita. "Você acha que ela morreu?", perguntara a mãe de Vic ao marido, que respondera: "Se tiver tido sorte."

– O sobrenome dela era Gregorski – falou Vic.

– Isso. Um chofer de limusine foi buscar Marta Gregorski no hotel, mas alguém o nocauteou e levou-a junto com a mãe. Foi *ele*. Foi o Espectro quem fez isso. Ele drenou o sangue da menina e a jogou fora como as outras crianças que já usou, em algum mundo de fantasia lá dele. Uma paisagem interior que ninguém nunca iria querer visitar. Igual à sua ponte, só que maior. *Muito* maior.

– Ele tirou o sangue da mãe também?

– Não acho que ele se alimente de adultos. Só de crianças. Alguém trabalha com ele, uma espécie de Renfield, que o ajuda com os raptos e se livra dos adultos. Sabe quem é Renfield?

– O discípulo do Drácula ou algo assim?

– Mais ou menos isso. O que eu sei é que o Espectro é muito velho e já esteve acompanhado por uma porção de Renfields. Conta-lhes mentiras, enche suas cabeças de ilusões, provavelmente os convence de que são *heróis*, não sequestradores. E, no final, sempre os sacrifica. É nisso que eles lhe são mais úteis. Quando seus crimes são descobertos, ele pode pôr a culpa em um desses idiotas escolhidos a dedo. Faz um t-tempão que vem pegando crianças, pois possui habilidade para se esconder nas sombras. Eu já descobri vários detalhes relacionados ao Espectro, mas nada sobre ele que de fato me ajude a identificá-lo.

– Por que não pergunta às peças qual é o nome dele e pronto?

Maggie piscou os olhos e, com um tom que parecia mesclar tristeza e certa incompreensão, falou:

– Por causa das regras. Não são permitidos nomes próprios no jogo Palavras Cruzadas. Foi por isso que as minhas peças me disseram para esperar a Pirralha, e não Vic.

– Se eu o encontrasse, se descobrisse o nome dele ou como ele é, a gente poderia fazer ele parar?

Maggie bateu no tampo da mesa com a mão espalmada, tão forte que as xícaras de chá pularam. Havia fúria em seus olhos, mas também medo.

– Caramba, Vic! Por acaso não está *me escutando*? Se você o encontrasse, estaria *morta*, e aí a culpa seria minha! Acha que eu quero esse peso na consciência?

– Mas e todas as crianças que ele vai pegar se a gente *não* fizer nada? Isso também não significa mandar as crianças para a...

Ela deixou a voz morrer ao ver a expressão no rosto de Maggie, de consternação e aflição. No entanto, ela estendeu a mão, pegou um lenço umedecido em uma caixa e o estendeu para Vic.

– Seu olho esquerdo. Você está lacrimejando, Vic. Vamos. Você precisa sair daqui. *Agora.*

Vic não relutou ao ser levada pela mão para fora da biblioteca e pela trilha até debaixo da sombra dos carvalhos.

Um beija-flor bebia o néctar de bebedouros de vidro suspensos em uma das árvores e suas asas zumbiam feito pequenos motores. Libélulas flutuavam nas correntes de ar quente, brilhando como ouro ao sol do Meio-Oeste.

A Raleigh estava no mesmo lugar em que elas a tinham deixado, encostada em um banco. Mais adiante, havia uma estrada de asfalto de uma pista só que rodeava os fundos da biblioteca, depois vinha a margem gramada do rio. E a ponte.

Vic estendeu a mão para o guidom, mas, antes de conseguir segurá-lo, Maggie lhe apertou o pulso.

– É seguro você entrar aí? Nesse estado?

– Nunca aconteceu nada de ruim.

– Essa não é uma explicação muito t-t-tranquilizadora. Estamos combinadas em relação ao Espectro? Você é jovem demais para ir atrás dele.

– Tá bom – respondeu Vic, endireitando a bicicleta e passando uma das pernas por cima dela. – Sou jovem demais.

Mas, no exato instante em que pronunciou essas palavras, ela se recordou da primeira vez em que vira a Raleigh. O vendedor tinha dito que o modelo era grande demais para ela e seu pai concordara. Então, três semanas depois, no dia do seu aniversário, a bicicleta havia surgido em frente à sua casa. *Você agora está mais velha, né?*, falara o pai.

– Como vou saber que você conseguiu atravessar? – perguntou Maggie.

– Eu sempre consigo.

O sol parecia uma agulha de luz penetrando seu globo ocular esquerdo. O mundo ficou embaçado. Por um instante, Maggie Leigh se dividiu em duas; quando tornou a se juntar, estava estendendo para Vic um pedaço de papel dobrado em quatro.

– Pega. O que não consegui falar sobre paisagens interiores e o motivo de você conseguir fazer o que faz está explicado aí por um especialista no assunto.

Vic aquiesceu e guardou o papel no bolso.

– Ah! – fez Maggie.

Puxou o lóbulo de uma orelha, depois da outra, e então depositou algo na mão de Vic.

– O que é isso? – indagou Vic, olhando para os brincos feitos com as peças F e U na sua palma.

– Uma armadura. E t-t-também um guia conciso de uma gaga para lidar com o mundo. Da próxima vez em que alguém a decepcionar, ponha esses brincos. Vai se sentir mais durona. Palavra de Maggie Leigh.

– Obrigada, Maggie. Por tudo.

– É para isso que estou aqui. Sabe a fonte do saber? Sou eu. Pode voltar sempre que quiser para t-tomar um banho de conhecimento.

Vic tornou a assentir; não achava que fosse capaz de dizer mais nada. O som de sua própria voz ameaçava fazer sua cabeça explodir feito uma lâmpada sob o salto alto de um sapato. Ela estendeu a mão e apertou a de Maggie, que retribuiu o gesto.

Vic se inclinou para a frente, começou a pedalar e adentrou a escuridão e o rugido ensurdecedor da estática.

Haverhill, Massachusetts

SÓ VOLTOU À PLENA CONSCIÊNCIA quando estava subindo uma encosta no bosque de Pittman Street, sentindo as entranhas doloridas e o rosto febril. Incapaz de se equilibrar direito, saiu trôpega do meio da árvores e entrou no quintal de casa.

Não conseguia ver nada com o olho esquerdo; parecia que alguém o arrancara com uma colher. Sentindo a lateral do rosto toda pegajosa, pensou que seu olho podia muito bem ter explodido igual a uma uva e estar agora escorrendo pela bochecha.

Ela trombou com um dos balanços do quintal e o tirou da frente com um clangor de correntes enferrujadas.

Seu pai tinha posto a Harley em frente à casa e a limpava com uma flanela. Quando ouviu o barulho, ergueu os olhos e deixou a flanela cair, escancarando a boca como se fosse dar um grito de choque.

– Puta que pariu. Vic, você está bem? O que *houve*?

– Eu saí com a Raleigh – respondeu ela, sentindo que isso explicava tudo.

– Cadê sua bicicleta? – perguntou o pai, e olhou para trás dela como se a Raleigh pudesse estar caída no quintal.

Foi nesse instante que Vic percebeu que não estava empurrando a bicicleta. Não sabia que fim ela tinha levado. Lembrava-se bem de ter batido na parede da ponte no meio da travessia e caído da Raleigh, lembrava-se dos morcegos pipilando no escuro, voando para cima dela e a atingindo, mas sem machucar. Começou a tremer descontroladamente.

– Eu fui derrubada.

– Derrubada? Alguém atropelou você? – Chris McQueen passou o braço em volta da filha. – Meu Deus do céu, Vic, você está toda coberta de sangue. *Lin!*

Então foi igual às outras vezes: o pai a pegou no colo e carregou até o quarto e a mãe chegou esbaforida, e foi embora depressa buscar água e remédio.

Só que não foi igual porque Vic passou 24 horas delirando, com uma febre que chegou a 39 graus. David Hasselhoff não parava de aparecer no quarto com moedas de 10 centavos no lugar dos olhos e as mãos vestidas com luvas de couro preto. Segurava-a por uma perna e um tornozelo e tentava arrastá-la para fora de casa até seu carro, que decididamente não era o K.I.T.T. Vic se defendia, gritava, lutava e batia nele, e Hasselhoff falava com a voz de seu pai e dizia "está tudo bem, tente dormir, tente não se preocupar", afirmava que a amava – mas tinha o semblante fechado de raiva, o motor do carro estava ligado, e ela sabia que aquele era o Espectro.

Em outros momentos, ela teve consciência de gritar pela Raleigh. "Cadê minha bicicleta?", berrava, enquanto alguém a segurava pelos ombros. "Cadê? Eu preciso, *preciso* dela! Sem a minha bicicleta não consigo encontrar *nada*!" Alguém beijou seu rosto e fez *shhh*. Alguém chorou e o som lembrou terrivelmente a sua mãe.

Ela fez xixi na cama. Várias vezes.

No segundo dia em casa, saiu para o quintal dos fundos pelada e passou cinco minutos zanzando atrás da bicicleta, até ser vista pelo Sr. De Zoet, que correu até ela com um cobertor. Ele a enrolou e a carregou no colo até em casa. Fazia muito tempo que ela não atravessava a rua para ir ajudar o vizinho a pintar soldadinhos de chumbo e ouvir seus discos antigos e, durante esse intervalo, ela havia passado a pensar nele como um velho nazista enxerido e mal-humorado que certa vez chamara a polícia por causa dos seus pais quando Chris e Linda estavam tendo um bate-boca ruidoso. Nesse dia, porém, lembrou que gostava dele, de seu cheiro de café recém-passado e de seu sotaque austríaco engraçado. Um dia, ele dissera que ela pintava bem, que ela poderia ser artista.

– Os morcegos agora ficaram agitados – comentou Vic ao Sr. De Zoet, com um tom de voz confidencial, enquanto ele a entregava para a mãe. – Coitados... Acho que alguns voaram para fora da ponte e não conseguem mais voltar para casa.

Ela passou o dia dormindo e metade da noite acordada, com o coração acelerado e sentindo medo de coisas que não faziam sentido. Quando um carro passava em frente à casa e os faróis iluminavam o teto, às vezes precisava enfiar o punho na boca para não gritar. O barulho da porta de um automóvel batendo na rua era tão terrível quanto um tiro.

Na terceira noite acamada, despertou do torpor amnésico com a conversa dos pais no cômodo ao lado.

– Porra, quando eu disser para ela que não estou encontrando, ela vai ficar arrasada. Ela amava essa bicicleta – falou o pai.

– Fico feliz que isso tenha acabado – retrucou a mãe. – Pelo menos um ponto positivo: ela nunca mais vai andar naquele troço.

Seu pai deixou escapar uma risada curta e áspera.

– Quanta ternura.

– Você ouviu algumas das coisas que ela disse sobre a bicicleta no dia em que chegou em casa? Falando que, naquela bicicleta, poderia encontrar a morte? É isso que eu acho que ela estava fazendo dentro da cabeça enquanto passava mal. Andando na bicicleta para longe de nós em direção a... sei lá onde. O paraíso. A vida após a morte. Ela me deixou apavorada com esse papo, Chris. Nunca mais quero ver aquela porcaria.

O pai passou alguns minutos calado, depois opinou:

– Ainda acho que a gente deveria ter dado queixa de atropelamento.

– Ninguém fica com um febrão desses por ter sido atropelada.

– Então ela já estava doente. Você disse que ela foi para a cama cedo na véspera. Que estava pálida. Ué, quem sabe teve a ver. Quem sabe ela estava meio febril e pedalou para cima dos carros. Nunca vou esquecer como ela estava quando chegou aqui, sangue escorrendo de um olho como se fossem lágrimas... – Depois de um tempo, questionou, em um tom desafiador e não muito gentil. – *Como é?*

– É que... não sei por quê, mas ela já estava com um band-aid no joelho esquerdo. – De repente, ela notou o barulho da TV. Então sua mãe tornou a falar: – Vamos comprar uma bicicleta com dez marchas para ela. Já está mesmo na hora de uma nova.

– Vai ser rosa – sussurrou Vic consigo mesma. – Aposto qualquer dinheiro que ela vai comprar uma bicicleta rosa.

Em algum grau, Vic entendia que perder a Tuff Burner era o fim de algo maravilhoso, que ela havia exagerado e perdido a melhor coisa de sua vida. Aquela bicicleta era sua faca e parte dela já entendia que uma outra muito provavelmente não seria capaz de abrir um rasgo na realidade e voltar à ponte do Atalho.

Enfiou a mão entre o colchão e a parede, esticou-a até debaixo da cama, e ali encontrou os brincos e o pedaço de papel dobrado. Tivera a presença de espírito de escondê-los na tarde que voltara para casa e, desde então, eles estavam debaixo do colchão.

Com um lampejo incomum para uma menina de 13 anos, Vic entendeu que muito em breve iria recordar todas as suas travessias da ponte como fantasias de uma criança com uma grande imaginação e nada mais. Coisas que tinham sido reais – Maggie Leigh, Pete do Terry's Sanduíches, o Sr. Pentack no boliche de Fenway – acabariam parecendo nada além de devaneios. Sem a bicicleta para lhe proporcionar passagens ocasionais pelo Atalho, seria impossível sustentar sua crença em uma ponte coberta que existia e logo depois deixava de existir. Sem a Raleigh, a última e única prova de suas viagens para encontrar objetos eram os brincos em sua mão e a cópia dobrada de um poema de Gerard Manley Hopkins.

F U, diziam os brincos: cinco pontos.

– Por que você não pode ir para o lago com a gente? – perguntava a mãe de Vic do outro lado da parede, já com um certo tom de choramingo se insinuando na voz.

Os pais estavam falando sobre passar o verão fora da cidade, algo que Linda queria mais do que tudo agora, depois da doença da filha.

– O que você tem para fazer aqui?

– Trabalho – respondeu Chris. – Se você quiser que eu passe três semanas no lago Winnipesaukee, prepare-se para acampar. Aquele maldito hotel no qual você teima em ficar custa 1.800 pratas por mês.

– E três semanas sozinha com a Vic por acaso são *férias*? Três semanas cuidando sozinha de uma criança enquanto você fica aqui trabalhando três dias por semana e fazendo sabe-se lá mais o quê quando eu ligo para o seu trabalho e os caras lá me dizem que você saiu com o agrimensor. A esta altura, vocês dois já devem ter medido cada centímetro da Nova Inglaterra.

Seu pai disse alguma outra coisa em um tom baixo e feroz que Vic não conseguiu escutar, e então aumentou tanto o volume da TV que o Sr. De Zoet do outro lado da rua decerto conseguiria ouvir. Uma porta bateu com força suficiente para fazer vidros tilintarem na cozinha.

Vic pôs os brincos novos e desdobrou o poema, um soneto do qual não entendia bulhufas e que já adorava. Leu-o à luz da porta parcialmente aberta, sussurrando as estrofes para si mesma, recitando aquilo como se fosse uma espécie de oração – o que, na verdade, era *mesmo* – e em pouco tempo sua mente já havia deixado bem para trás seus infelizes pais.

Quando o martim-pescador se inflama, libélulas colhem chamas

Quando o martim-pescador se inflama, libélulas colhem chamas;
Quando lançadas pela beira de redondos poços
Pedras ecoam; como cada corda soada afirma, de cada sino
o badalo dobrado encontra língua que lance longe o seu nome;
Cada coisa mortal faz uma coisa e sempre a mesma:
Extravasa aquele ser que dentro dela habita;
Expressa-se, faz-se a si; eu mesma, invoca e insiste,
Bradando: O que faço sou eu, para isso vim.

E digo mais: o justo faz justiça;
Guarda graça quem com graça conduz cada ação;
Que age aos olhos de Deus como aquilo que aos Seus olhos é –
Cristo –, pois Cristo opera em dez mil lugares,
Belo de corpo e belo em olhos que não os seus
Ao Pai, pelos traços das faces dos homens.

– Gerard Manley Hopkins

DESAPARECIMENTOS
1991 – 1996

Locais variados

O DESAPARECIMENTO DE MARTA GREGORSKI foi uma notícia importante por várias semanas porque ela era uma pequena celebridade no universo do xadrez, discípula de Kasparov e qualificada como grande mestre aos 12 anos. Além disso, naqueles primeiros dias após o desmantelamento da URSS, o mundo ainda estava se adaptando às novas liberdades russas e havia uma sensação de que o sumiço de Marta e sua mãe deveria constituir um incidente internacional, uma desculpa para mais um embate da Guerra Fria. Foi preciso algum tempo para todos perceberem que a ex-república soviética estava ocupada demais se desintegrando para prestar atenção. Boris Yeltsin andava para lá e para cá em cima de tanques, esgoelando-se até ficar com a cara vermelha. Ex-agentes da KGB se acotovelavam para arrumar empregos bem-pagos na máfia russa. Foi preciso semanas para alguém se lembrar de apontar o dedo para o Ocidente decadente e assolado pelo crime e, ainda assim, as acusações não foram lá muito vigorosas.

Uma funcionária da recepção do Hilton DoubleTree à margem do rio Charles tinha visto Marta e a mãe saírem por uma porta giratória pouco antes das seis horas de uma tarde quente de chuva fina. As duas eram aguardadas em Harvard para um jantar e estavam se dirigindo para o carro que viera buscá-las. Pelo vidro molhado da fachada do hotel, a funcionária tinha visto Marta e em seguida a mãe embarcarem em um veículo preto. Achava que o automóvel tinha estribo, pois vira a menina russa dar um passo para cima antes de se acomodar no banco de trás. Estava escuro lá fora, porém, e a mulher falava ao telefone com um hóspede puto da vida porque não conseguia abrir o frigobar, logo ela não tinha reparado em mais nada.

Uma coisa era certa: as Gregorskis não tinham embarcado no carro certo, o *town car* alugado para buscá-las. O chofer, um senhor de 62 anos chamado

Roger Sillman, estava estacionado bem no final do acesso de veículos, sem condição de pegá-las. Desacordado, continuaria dormindo ao volante até quase meia-noite. Despertou enjoado e atordoado, mas supôs que tivesse apenas pegado no sono – o que não era do seu feitio – e que as duas tivessem pegado um táxi. Só começou a se perguntar se algo mais teria acontecido na manhã seguinte e só entrou em contato com a polícia porque não conseguiu falar com as Gregorskis no hotel.

Sillman foi interrogado pelo FBI dez vezes em dez semanas, mas sua história não mudou e ele nunca foi capaz de fornecer qualquer informação de valor. Afirmou estar ouvindo uma rádio esportiva, já que tinha tempo para matar – chegara quarenta minutos antes da hora marcada –, quando alguém bateu com o nó dos dedos no vidro de seu carro. Uma pessoa atarracada, de sobretudo preto, em pé debaixo da chuva. Sillman baixara o vidro e então...

Nada. Simplesmente nada. A noite havia se dissolvido como um floco de neve na ponta da língua.

Sillman tinha filhas e netas e ficava doente só de pensar que Marta e a mãe pudessem ter caído nas garras de algum filho da puta tipo Ted Bundy ou Charles Manson, que iria abusar delas até matar as duas. Não conseguia dormir e tinha pesadelos nos quais a menina jogava xadrez com os dedos decepados da mãe. Fez força, muita força para se lembrar de alguma coisa, qualquer coisa. Porém, só mais um detalhe lhe vinha à mente.

– *Pão de mel* – sussurrou para um agente de investigação federal de rosto marcado pela acne.

– Pão de mel?

Sillman fitou seu interrogador com um olhar impotente.

– Acho que, quando eu estava desmaiado, devo ter sonhado com o pão de mel da minha mãe. Vai ver o cara que bateu no vidro estava comendo um.

– Humm... Bom, o senhor ajudou muito. Vamos lançar um chamado para prender o Homem do Pão de Mel. Só não imagino que vá adiantar muito: dizem por aí que é impossível capturá-lo.

Em novembro de 1991, um adolescente de 14 anos chamado Rory McCombers, aluno do primeiro ano do ensino médio na Escola Gilman de Baltimore, deparou com um Rolls-Royce no estacionamento de seu alojamento.

Estava a caminho do aeroporto, indo encontrar a família em Key West para passar o feriado de Ação de Graças, e pensou que o pai tivesse mandado aquele carro buscá-lo.

Na realidade, o motorista do pai de Rory estava desmaiado dentro da sua limusine, a quase um quilômetro dali. Hank Tulowitzki tinha parado em um posto 24 horas para abastecer e ir ao banheiro, mas não conseguia se lembrar de nada depois de ter enchido o tanque. Acordou à uma da manhã na mala do próprio carro, parado a centenas de metros do posto em um estacionamento público. Passou quase cinco horas chutando e gritando antes de um corredor matinal o ouvir e chamar a polícia.

Um pedófilo de Baltimore confessou o crime e descreveu, com detalhes pornográficos, como havia molestado Rory antes de matá-lo por estrangulamento. No entanto, afirmava não se lembrar de onde enterrara o corpo e o resto de suas declarações não batia: além de não ter acesso a um Rolls-Royce, ele não tinha carteira de habilitação válida. Quando a polícia enfim concluiu que o molestador de crianças era uma pista falsa – não passava de um pervertido que ficava excitado ao descrever uma agressão sexual a um menor, um homem que confessava coisas por tédio –, havia novos sequestros para investigar e o rastro do caso McCombers já estava bem frio.

Tanto o motorista de Rory quanto o das Gregorskis só tiveram seu sangue coletado para exame um dia inteiro após os sequestros, e qualquer presença residual de sevoflurano em seu organismo passara despercebida.

Por mais que tivessem traços em comum, o sumiço de Marta e o rapto de Rory nunca foram relacionados.

Outra coisa em comum entre os dois casos: nenhuma das duas crianças jamais tornou a ser vista.

Haverhill

CHRIS MCQUEEN FOI EMBORA de casa no outono em que Vic entrou para o ensino médio.

Seu ano de caloura prometia ser atribulado. Ela vinha tirando notas sofríveis em todas as matérias, com exceção de artes, cujo professor fizera um comentário em seu boletim trimestral, seis palavras rabiscadas às pressas – "Victoria tem talento, precisa se concentrar" –, e lhe dera um 8.

Vic passava todas as aulas desenhando. Tatuava-se com caneta para irritar a mãe e impressionar os meninos. Havia entregado um relatório de leitura na forma de uma tira de quadrinhos, para diversão de todos os outros alunos sentados com ela no fundo da sala. Vic estava tirando 10 com louvor na tarefa de entreter os outros alunos ruins. Sua Raleigh fora substituída por uma Schwinn com detalhes em prata e rosa no guidom. Ela estava cagando para a Schwinn, nunca andava naquela bicicleta. Tinha vergonha dela.

Ao voltar para casa depois de uma detenção, Vic encontrou a mãe sentada no pufe da sala, com os cotovelos apoiados nos joelhos e segurando a cabeça entre as mãos. Sua mãe tinha chorado... e ainda estava chorando: lágrimas escorriam dos cantos de seus olhos vermelhos. Nessa situação, ela sempre ficava feia e velha.

– Mãe? O que houve?

– Seu pai ligou. Ele não vai voltar para casa hoje.

– Mãe? – repetiu Vic, deixando a mochila deslizar do ombro e cair no chão. – Como assim? Onde ele vai estar?

– Não sei. Não sei onde e também não sei por quê. Vic a encarou, incrédula.

– Como assim não sabe por quê? Ele não vai voltar para casa por *sua* causa, mãe. Porque não suporta *você*. Porque tudo que você faz é *encher o saco* dele, ficar aí *enchendo o saco* quando ele está cansado e quer que o deixem em paz.

– Eu tentei tanto. Você não sabe o quanto eu tentei agradar seu pai. Posso providenciar para que tenha cerveja na geladeira e comida quente quando ele chega tarde em casa para jantar. Mas não posso voltar a ter 24 anos e, na verdade, é disso que ele não gosta em mim. Era essa a idade da última, sabia? – Não havia raiva em sua voz; ela soava apenas cansada.

– Como assim, que *última*?

– A última menina com quem ele andou transando. Mas agora eu não sei com quem ele está, nem por que resolveu ir embora com ela. Não que eu algum dia tenha obrigado seu pai a escolher entre aqui em casa e a menina. Não sei por que desta vez é diferente. Ela deve ser bem gostosinha.

– Você mente muito mal – acusou Vic, sua voz saindo abafada e trêmula. – Eu odeio você. Odeio você e, se ele for embora, eu também vou.

– Mas, *Vicki*... – disse sua mãe com aquele tom estranho e distante de exaustão. – Seu pai não quer que você vá com ele. Não foi só *a mim* que ele abandonou. Ele abandonou *nós duas*.

Vic virou as costas, saiu correndo de casa e bateu a porta atrás de si. Continuou em disparada pela tarde do início de outubro. A luz caía obliqua por entre os carvalhos do outro lado da rua, dourada e verde. Ela amava aquela luminosidade; não havia outra igual no mundo.

Ela montou na bicicleta rosa ridícula e começou a pedalar, chorando muito, mas quase sem perceber, arquejando, e assim deu a volta na casa, passou por baixo das árvores e foi descendo a encosta ouvindo o vento assobiar nos ouvidos. A Schwinn de dez marchas não chegava aos pés da Tuff Burner da Raleigh e ela podia sentir cada pedra e cada raiz sob os pneus finos.

Iria achá-lo, disse a si mesma, estava indo ao encontro dele agora, seu pai a amava e, se ela quisesse ficar com ele, encontraria um lugar para Vic. Ela nunca mais voltaria para casa, nunca mais teria que ouvir a mãe encher seu saco porque ela usava jeans pretos, se vestia feito um menino ou andava mal acompanhada, tudo que precisava fazer era descer a encosta de bicicleta e a ponte estaria lá.

Só que não estava. A velha estrada de terra batida terminava no guarda-corpo que dava para o rio Merrimack. Correnteza acima, a água era tão negra quanto vidro fumê. Correnteza abaixo, turbulenta, despedaçava-se contra as rochas em meio à espuma branca. Tudo que restava do Atalho eram três pilares de concreto manchado fincados no leito do rio, esfarelados no alto até deixar exposta a estrutura de metal.

Vic avançou a toda em direção ao guarda-corpo, concentrando-se para fazer a ponte surgir. Logo antes de bater, porém, derrubou a bicicleta de propósito e derrapou no chão com a calça jeans. Não esperou para ver se tinha se machucado, mas se levantou com um pulo, empunhou a bicicleta com as duas mãos e a jogou por cima do guarda-corpo. A Schwinn caiu na longa encosta da margem, quicou e se espatifou na água rasa, onde ficou parada. Uma das rodas permaneceu para fora d'água, girando enlouquecida.

Morcegos davam rasantes no crepúsculo cada vez mais denso.

Vic foi mancando em direção ao norte, seguindo o curso do Merrimack, sem nenhum destino claro em mente.

Por fim, em uma encosta na margem do rio, debaixo da Rodovia 495, deixou-se cair na grama áspera em meio ao lixo. Sentia uma pontada na lateral do tronco. Carros chispavam e zuniam acima, criando uma vasta e trêmula harmonia na imensa ponte sobre o Merrimack. Vic podia *sentir* os carros passando, uma vibração constante e curiosamente tranquilizadora na terra sob seus pés.

Não pretendia pegar no sono ali, mas durante algum tempo – uns vinte minutos – cochilou, transportada para um estado de semiconsciência e sonho pelo rugido trovejante das motos que passavam ruidosas em grupos de duas ou três, uma gangue inteira de motoqueiros passeando na última noite aprazível do outono rumo a onde quer que suas rodas os levassem.

Locais variados

CHOVIA FORTE EM CHESAPEAKE, VIRGÍNIA, quando Jeff Haddon levou sua springer spaniel, Garbo, para o passeio habitual após o jantar, na noite de 9 de maio de 1993. Na verdade, nenhum dos dois queria sair. A chuva caía com tanta força no Battlefield Boulevard que chegava a ricochetear nas calçadas de concreto e nos acessos de carro calçados de pedra em frente às casas. O ar recendia a sálvia e azevinho. Jeff estava usando um poncho amarelo bem grande que o vento sacudia furiosamente. Garbo afastou as patas traseiras e se agachou para urinar em uma postura patética; seu pelo encaracolado pendia em nós encharcados.

O passeio de Haddon e Garbo os levou à espaçosa residência em estilo Tudor de Nancy Lee Martin, viúva rica mãe de uma menina de 9 anos. Mais tarde, ele diria aos investigadores do Departamento de Polícia de Chesapeake que tinha olhado para o acesso de carros da casa porque ouvira uma canção natalina, mas não era bem essa a verdade, pois isso não seria possível, devido ao rugido ensurdecedor da chuva batendo no asfalto. Haddon sempre dava uma olhada porque tinha uma quedinha por Nancy Lee Martin. Ela era dez anos mais velha do que ele, mas, aos 42, conservava praticamente o mesmo aspecto de quando era líder de torcida na Universidade Estadual da Virgínia.

Ele espiou o acesso de carros bem a tempo de ver Nancy sair pela porta da frente com a filha, Amy, correndo na sua frente. Um homem alto de sobretudo preto segurava um guarda-chuva para ela; as duas estavam usando vestidos colados ao corpo e lenços de seda. Haddon se lembrou de ter ouvido sua mulher dizer que Nancy Lee iria participar de um evento de arrecadação de campanha para George Allen, que acabara de se lançar candidato a governador.

Haddon, que era dono de uma concessionária da Mercedes e conhecia bem carros, identificou aquele em que a vizinha entrou: um Rolls-Royce antigo, Phantom ou Wraith, modelo dos anos 1930.

Ele a chamou e ergueu a mão num cumprimento. Nancy talvez tenha acenado de volta, ele não teve certeza. Quando o motorista abriu a porta para ela entrar, Haddon poderia jurar ter ouvido os acordes da canção natalina "Little Drummer Boy" entoados por um coro. Uma música esquisita para se escutar na primavera. Talvez até Nancy tivesse achado estranho, pois pareceu hesitar antes de subir no carro. Mas chovia forte e ela não hesitou por muito tempo.

Haddon seguiu seu caminho e, quando tornou a passar pela casa, o automóvel tinha sumido. Nancy e sua filha Amy nunca chegaram ao evento beneficente de George Allen.

O chofer que deveria ter ido buscá-las, Malcolm Ackroyd, também desapareceu. O carro foi encontrado junto ao rio perto de Bainbridge Boulevard, com a porta do motorista aberta. Seu chapéu foi encontrado no mato à beira-d'água, encharcado de sangue.

No final de maio de 1994 foi a vez de Jake Christensen, de 10 anos, natural de Buffalo, Nova York, que chegara sozinho de avião de Filadélfia, onde estudava em um colégio interno. Um motorista tinha ido pegá-lo, mas esse homem, que se chamava Bill Black, sofreu um enfarte fatal ao volante da limusine estendida. Nunca ficou claro quem foi buscar Jake no aeroporto e o levou embora.

A autópsia revelou que o coração dele havia parado de bater após absorver uma dose quase letal de um gás chamado sevoflurano; era uma substância muito usada por dentistas. Uma boa inalada eliminava a percepção que a pessoa tinha da dor e a deixava altamente sugestionável, em outras palavras, um zumbi. O sevoflurano não era muito fácil de obter – a pessoa precisava ser médica ou dentista registrada para comprá-lo – e parecia uma pista promissora, mas as entrevistas com cirurgiões-dentistas e seus funcionários em todo o estado não deram em nada.

Em 1995, foi a vez de Steve Conlon e sua filha de 12 anos, Charlene, chamada pelos amigos de Charlie. Os dois estavam a caminho de um baile de pais e filhas em Plattsburg, Nova York. Eles alugaram uma limusine estendida, mas o carro que apareceu em frente à sua casa foi um Rolls-Royce. Agatha, mãe de Charlie, beijou a filha na testa antes de a menina sair, disse-lhe para se divertir e nunca mais tornou a vê-la.

Mas voltou a ver o marido. O corpo dele foi encontrado com um tiro no olho esquerdo, atrás de uns arbustos junto à Interestadual 87. Apesar do estrago no rosto, ela não teve dificuldade em identificá-lo.

Meses depois, no outono, o telefone tocou na casa dos Conlons pouco depois das duas e meia da manhã e Agatha, não de todo desperta, atendeu. Ouviu um chiado e um crepitar, como se uma conexão de longa distância estivesse sendo estabelecida e então várias crianças começaram a entoar a canção de Natal "The First Noel" com as vozinhas agudas e melodiosas trêmulas de risos. Agatha pensou ter escutado entre elas a voz da filha e começou a gritar: "Charlie, Charlie, cadê você?" Mas a filha não respondeu e, em poucos segundos, as crianças desligaram na sua cara.

A companhia telefônica, porém, disse que nenhuma ligação tinha sido feita para a sua casa nesse horário e a polícia descartou o ocorrido como a fantasia noturna de uma mulher perturbada.

Cerca de 58 mil raptos de crianças por pessoas que não são seus parentes ocorrem anualmente nos Estados Unidos. No início dos anos 1990, os desaparecimentos de Marta Gregorski, Rory McCombers, Amy Martin, Jake Christensen, Charlene Conlon e dos adultos que sumiram junto – com poucas testemunhas, em estados distintos, sob condições diversas – só foram relacionados bem mais tarde. Apenas muito depois do que aconteceu com Vic McQueen nas mãos de Charles Talent Manx III.

Haverhill

NO FIM DE MARÇO DO último ano de Vic no ensino médio, sua mãe a flagrou no quarto com Craig Harrison à uma da manhã. Linda não os pegou transando, nem sequer se beijando, mas Craig tinha uma garrafa de Bacardi na mão e Vic estava bastante embriagada.

Craig foi embora com um dar de ombros e um sorriso – *Boa noite, Sra. McQueen, desculpa se a gente te acordou* – e, na manhã seguinte de sábado, Vic saiu para trabalhar no Taco Bell sem falar com a mãe. Não estava ansiosa para voltar para casa e não estava preparada para o que a aguardava quando voltou.

Linda estava sentada na cama da filha, muito bem-arrumada com lençóis limpos e um travesseiro afofado, igualzinha à cama de um hotel. Só faltava o chocolatinho de menta.

Todo o resto tinha sumido: o caderno de desenhos de Vic, seus livros, seu notebook. Havia umas poucas coisas sobre a escrivaninha, mas Vic não as registrou de imediato, pois os objetos desaparecidos a deixaram sem ar.

– O que você fez?

– Você pode ganhar suas coisas de volta, contanto que respeite as minhas novas regras e o meu novo toque de recolher. De agora em diante, vou levar você à escola, ao trabalho e a todos os outros lugares aonde você quiser ir.

– Você... você não tinha o direito...

– Encontrei umas coisas em uma das suas gavetas – continuou Linda como se Vic não houvesse dito nada. – Gostaria de ouvir sua explicação para elas.

Linda meneou a cabeça para o outro lado do quarto. Vic se virou e, dessa vez, realmente viu o que havia em cima da sua escrivaninha: um maço de cigarros, uma latinha de Altoids contendo o que pareciam balas vermelhas e cor de laranja, algumas garrafinhas de gim e duas camisinhas sabor banana em invólucros roxos, sendo que um deles estava rasgado e vazio.

Vic comprara as camisinhas na máquina de um hotel e abrira uma para fazer um personagem em forma de balão, inflando-a e desenhando um rosto: era o Cara de Pica. Fizera graça com ele na sala de aula do terceiro período, fazendo-o passear sobre a carteira enquanto o professor Jaffey estava no banheiro. Quando ele voltou, a sala cheirava tanto a banana que ele perguntou quem tinha levado uma torta, o que fez todos os alunos terem um acesso de riso.

Craig havia deixado os cigarros lá uma noite em que fora visitá-la e Vic os guardara. Não fumava (ainda), mas gostava de tirar um cigarro do maço e ficar deitada na cama sentindo o cheiro doce de tabaco: o cheiro de Craig.

Os comprimidos de ecstasy eram o que Vic tomava para aguentar as noites em que não conseguia dormir, quando os pensamentos rodopiavam aos gritos por sua cabeça como um bando de morcegos enlouquecidos. Em algumas noites, fechava os olhos e via a ponte do Atalho, um retângulo torto a se abrir para a escuridão. Podia sentir o *cheiro* da ponte, o fedor de amônia da urina de morcego, o cheiro de madeira mofada. Um par de faróis piscava no escuro do outro lado da ponte: dois círculos de luz pálida bem próximos um do outro. Eram fortes e terríveis e, às vezes, mesmo depois de abrir os olhos, ela ainda continuava a vê-los brilhar na sua frente. Eles lhe davam vontade de gritar.

Uma balinha sempre deixava tudo mais calmo, lhe dava a sensação de estar deslizando, com a brisa soprando no rosto. Conferia ao mundo um movimento fluido e sutil, como se ela estivesse na garupa da moto do pai, inclinando-se em uma curva. Quando ela tomava ecstasy, não precisava dormir, ficava apaixonada demais pelo mundo para dormir e ligava para os amigos e dizia que os amava. Ficava acordada até tarde rabiscando desenhos para tattoos que a ajudassem a deixar de ser uma simples menina e virar uma stripper rainha do sexo. Queria tatuar um motor de moto acima dos seios para avisar aos meninos como seria incrível montar nela e pouco importava o fato patético de, aos 17 anos, ser a última virgem da turma.

As garrafinhas de gim não eram nada: apenas um líquido que ela mantinha à mão para engolir o ecstasy.

– Pode pensar o que quiser – disse Vic. – Estou pouco me fodendo.

– Acho que eu deveria agradecer o fato de, pelo menos, você estar se protegendo. Se tiver um filho sem estar casada, não pense que vou ajudar você. Eu nunca vou querer ver essa criança. Nem ela nem você.

O que Vic queria lhe falar era que aquele era um ótimo argumento para ela engravidar o quanto antes, mas o que saiu de sua boca foi:

– A gente não transou.

– Agora você está mentindo. No dia 4 de setembro, achei que você tivesse dormido na casa da Willa. Mas no seu diário está escrito...

– Você leu a porra do meu diário?

– ... que você dormiu com o Craig a noite inteira pela primeira vez. Acha que eu não sei o que isso significa?

Na verdade, eles tinham mesmo só dormido juntos, de roupa, debaixo de um edredom no chão do porão da casa de Willa junto com seis outros amigos. Mas, quando Vic acordou, ele estava deitado de conchinha atrás dela, com um braço em volta da sua cintura, respirando bem junto ao seu pescoço. Ela pensou *Por favor, não acorde* e, durante alguns segundos, se sentiu tão feliz que achou que fosse explodir.

– É. Significa que a gente trepou, mãe – falou, baixinho. – Porque eu estava cansada de chupar o pau dele. Para mim não tinha graça nenhuma.

O pouco de cor que restava no rosto de sua mãe se esvaiu.

– Vou deixar suas coisas trancadas – afirmou Linda. – Pouco importa se tem quase 18 anos, você mora debaixo do meu teto e vai viver segundo as minhas regras. Se conseguir respeitar o novo regulamento, daqui a alguns meses...

– Era isso que você fazia quando o papai a decepcionava? Trancava a boceta por alguns meses para ver se ele respeitava o regulamento?

– Se eu tivesse um cinto de castidade aqui nesta casa, era em *você* que poria, pode acreditar. Sua putinha desbocada.

Vic riu, um som descontrolado de agonia.

– Como você é monstruosa – vociferou; foi a coisa mais cruel em que conseguiu pensar. – Vou embora daqui.

– Se você sair, vai encontrar a porta trancada quando voltar.

Mas Vic não escutou, pois já estava saindo do quarto.

Do lado de fora no frio

A CHUVA ERA UMA GEADA fina que encharcou a jaqueta militar que ela vestia e deixou seus cabelos endurecidos de gelo.

O pai de Vic morava com a namorada em Durham, New Hampshire, e havia um jeito de chegar lá usando o transporte público da região de Boston – pegar o trem de subúrbio até North Station, depois um da Amtrak –, mas custava um dinheirão que Vic não tinha.

Mesmo assim, ela foi até a estação e ficou zanzando por lá um pouco, porque assim ficava abrigada da chuva. Para quem poderia ligar e pedir o dinheiro da passagem? Então pensou *que se foda*, telefonaria para o pai mesmo, para que ele fosse buscá-la. Sinceramente, não sabia por que não tinha cogitado isso antes.

Só fora visitá-lo uma vez no último ano e tudo havia corrido mal. Vic brigara com a namorada do pai e jogara o controle remoto na cara dela, o que, por pura falta de sorte, a deixara com o olho roxo. Seu pai a mandara de volta na mesma noite e nem se interessara em ouvir a sua versão da história. Vic não falava com ele desde então.

Chris McQueen atendeu ao segundo toque e aceitou a ligação a cobrar. Mas a sua voz áspera mostrou que não estava muito contente. Na última vez em que Vic o vira, havia muitos cabelos brancos na sua cabeça que não estavam lá um ano antes. Ela ouvira dizer que os homens namoravam mulheres mais jovens para se sentirem jovens também. Não estava dando certo.

– Mamãe me expulsou de casa, do mesmo jeito que expulsou você – contou ela, esforçando-se para não recomeçar a chorar.

Não era isso que havia acontecido, claro, mas parecia o jeito certo de iniciar a conversa.

– Oi, Pirralha – cumprimentou Chris. – Onde você está? Está tudo bem? Sua mãe me ligou e falou que você tinha saído de casa.

– Estou em uma estação de trem. Sem dinheiro. Pode vir me buscar, pai?

– Eu posso chamar um táxi para você. Sua mãe paga quando você chegar em casa.

– Eu não posso ir para casa.

– Vic, eu levaria uma hora para chegar aí e já é meia-noite. Tenho que trabalhar amanhã às cinco. Já devia estar na cama, mas fiquei ao telefone preocupado com você.

Vic ouviu uma voz ao fundo, da namorada do pai, Tiffany:

– Chrissy, para cá ela não vem!

– Você precisa acertar os ponteiros com sua mãe agora – continuou Chris. – Vic, eu não posso tomar partido. Você sabe disso.

– Para cá ela *não* vem – repetiu Tiffany com uma voz estridente, zangada.

– Quer mandar essa piranha calar a boca? – vociferou Vic.

– Não – respondeu seu pai, em um tom mais duro. – E considerando que você bateu nela na última vez que esteve aqui...

– Caralho!

– ... e nunca pediu desculpas...

– Eu nunca encostei o dedo nessa vaca sem cérebro.

– ... tá bom. Vou desligar. Conversa encerrada. Por mim pode passar a noite debaixo da chuva, porra.

– Você a escolheu em vez de mim. *Escolheu essa mulher.* Vá se foder, pai. Descanse, assim você vai estar pronto para detonar coisas amanhã. É isso que você faz melhor.

Ela desligou.

Pensou se poderia dormir em um banco da estação de trem, mas às duas da manhã concluiu que seria impossível: estava frio demais. Cogitou ligar a cobrar para a mãe e lhe pedir para mandar um táxi, mas a ideia de recorrer a ela era insuportável, portanto Vic andou até chegar em...

Casa

NEM TENTOU A PORTA DA frente, pois pensou que o trinco estaria passado. A janela do seu quarto ficava a 3 metros do chão, sem contar que devia estar trancada. As janelas dos fundos estavam igualmente fechadas, assim como a porta de correr de vidro. Mas uma das janelas do porão não trancava, aliás, mal fechava direito; havia seis anos permanecia aberta meio centímetro.

Vic encontrou um podão de jardim enferrujado e o usou para cortar a tela da janela comprida e larga. Em seguida, empurrou-a para dentro e se espremeu para entrar pelo buraco.

O porão era um cômodo amplo e sem mobília, com o teto cheio de canos. Um dos cantos junto à escada era ocupado pela lavadora e pela secadora de roupas e, no outro, ficava o boiler. O resto era uma confusão de caixas, sacos de lixo cheios de roupas velhas de Vic e uma espreguiçadeira de lã xadrez com uma aquarela emoldurada de uma ponte coberta apoiada no assento. Vic se lembrou vagamente de ter pintado aquilo antes de entrar para o ensino médio. Era feia pra caralho. Noção de perspectiva zero. Divertiu-se desenhando com caneta um bando de picas voadoras no céu, em seguida deixou a pintura de lado e reclinou o encosto da espreguiçadeira para transformá-la quase em uma cama. Encontrou roupas limpas dentro da secadora. Quis pôr os tênis para secar, mas sabia que o *tlec-tlec-tlec* da máquina iria chamar a atenção da mãe, então apenas deixou-os no primeiro degrau da escada.

Achou casacos de inverno fofinhos dentro de um saco de lixo. Como a cadeira não reclinava completamente, ela não imaginou que fosse conseguir dormir, acelerada como estava, mesmo encolhida e coberta, mas em determinado momento fechou os olhos por um instante e, quando tornou a abri-los, o céu já era uma nesga de azul-vivo.

O que a fez acordar foi o barulho de passos no andar de cima e a voz agitada de sua mãe. Pela forma como Linda andava de um lado para o outro, Vic concluiu que falava ao telefone na cozinha.

– Eu *já chamei* a polícia, Chris. Eles disseram que ela vai voltar para casa quando estiver pronta. – Um intervalo. – Não! Não, eles *não vão*, porque ela não é uma criança desaparecida. Porra, Chris, ela tem 17 anos, eles não consideram nem que ela fugiu de casa.

Vic estava prestes a se levantar da cadeira e subir, mas então pensou *Ela que se foda. Que se fodam eles dois*. E tornou a se acomodar.

No instante que tomou essa decisão, soube que era a coisa errada a fazer, que era horrível esconder-se ali embaixo enquanto a mãe enlouquecia de pânico lá em cima. Mas revistar o quarto da filha, ler seu diário, pegar coisas que ela havia comprado com o próprio dinheiro também eram coisas terríveis. E Vic, às vezes, tomava um ecstasy por culpa dos pais também, por terem se divorciado. Era culpa do pai por ter batido na mãe. Vic agora sabia que ele tinha feito isso. Não esquecera que o vira passando água na mão sob a torneira, no dia em que achara a pulseira de Linda. Mesmo que aquela vaca impertinente e dona da verdade tivesse merecido, o ato não se justificava. Vic queria ter uma bala agora. Tinha uma cartela na mochila, dentro do estojo, mas sua mochila estava lá em cima. Pensou se a mãe iria sair de casa à sua procura.

– Mas não é *você* quem está criando ela, Chris! *Eu* que estou! E *sozinha*! – falou Linda, quase aos gritos.

Ao ouvir o choro em sua voz, por um instante, Vic quase mudou de ideia. E mais uma vez se conteve. Era como se a chuva gelada da noite anterior tivesse sido absorvida por sua pele, entrado em seu sangue e a tornado, de algum modo, mais fria. Ela ansiava por isso, por uma frieza interior, uma imobilidade gélida e perfeita – um frio que anestesiasse todas as suas sensações ruins, que congelasse em um instante todos os pensamentos maus.

Você queria que eu sumisse e eu sumi, pensou.

Sua mãe bateu o fone no gancho com força, pegou-o de novo e tornou a bater.

Vic se encolheu em meio aos casacos e se aconchegou.

Em cinco minutos, estava dormindo outra vez.

O porão

VIC TORNOU A DESPERTAR JÁ no meio da tarde e a casa estava vazia. O silêncio à sua volta a fez entender isso no mesmo instante que abriu os olhos. Sua mãe não suportava uma casa totalmente silenciosa: quando ia dormir, ela deixava o ventilador ligado; quando estava acordada, ligava a TV ou falava.

Vic se levantou da cadeira, atravessou o porão e subiu em uma caixa para olhar pela janela que dava para a frente da casa. O Datsun enferrujado de merda que sua mãe dirigia não estava lá fora. Vic sentiu uma onda cruel de animação e torceu para Linda estar dirigindo freneticamente por Haverhill à sua procura, no shopping, nas ruas secundárias, nas casas dos amigos. *Eu poderia estar morta*, pensou com uma voz portentosa, que parecia vir de longe. *Poderia ter sido estuprada e largada quase morta na beira do rio e seria tudo culpa sua, sua vaca vil.* A cabeça de Vic estava cheia de palavras como "vil" e "portentosa". Ela podia até estar tirando notas ruins na escola, mas tinha lido Gerard Manley Hopkins e W. H. Auden e sabia que era um milhão de vezes mais inteligente que os pais.

Pôs os tênis ainda úmidos na secadora ligada e subiu para devorar uma tigela de cereal com marshmallow em frente à televisão. Pegou sua cartela de ecstasy de emergência dentro do estojo. Em vinte minutos já estava se sentindo tranquila e descontraída. Ao fechar os olhos, teve a luxuriante sensação de deslizar feito um aviãozinho de papel soprado pelo vento. Ficou assistindo ao Travel Channel e, sempre que via um avião, estendia os braços feito duas asas e fingia planar. Tomar ecstasy era tão bom quanto andar depressa de noite em um conversível sem capota, com a diferença de que você não precisava se levantar do sofá para viajar.

Vic lavou a tigela e a colher na pia, secou-as e as recolocou no lugar. Desligou a TV. Pela luz enviesada que entrava por entre as árvores, pôde ver que estava ficando tarde.

Voltou ao porão para verificar os tênis, mas ainda estavam molhados. Não soube o que fazer. Debaixo da escada encontrou sua velha raquete de tênis e uma lata de bolas. Pensou que poderia ficar jogando as bolas na parede por um tempo, mas primeiro precisava abrir espaço, então começou a mover caixas – e foi aí que a encontrou.

A Raleigh estava encostada no concreto, escondida atrás de uma pilha de caixas nas quais se lia "Exército da Salvação". Vic ficou pasma ao ver sua velha Tuff Burner, já que a perdera em alguma espécie de acidente. Lembrava-se de ouvir os pais conversando a respeito quando pensavam que ela não estava escutando.

Mas. Mas talvez eles tivessem mentido. O pai dissera que ela ficaria arrasada ao saber que a Tuff Burner não fora encontrada. Sua mãe havia falado algo sobre estar feliz pela situação, porque Vic tinha fixação por aquela bicicleta.

E era verdade: tinha *mesmo*. Vic tinha várias fantasias, que incluíam cruzar uma ponte imaginária montada na Raleigh até lugares distantes e terras imaginárias. Fora até a um esconderijo de terroristas para resgatar a pulseira perdida da mãe e a uma cripta cheia de livros onde havia encontrado uma elfa que lhe preparara um chá e a alertara sobre um vampiro.

Passou um dedo pelo guidão, sujando-o com uma grossa camada cinza de poeira. A Tuff Burner tinha passado aquele tempo todo lá, juntando poeira, porque seus pais não queriam que andasse nela. Vic amava aquela bicicleta, que a presenteara com mil histórias, então, naturalmente, seus pais a haviam tirado dela.

Sentia falta das histórias sobre a ponte, da menina que tinha sido; era uma pessoa melhor naquela época.

Continuou a olhar para a bicicleta enquanto calçava os tênis já quentes e fedidos.

Aquela primavera tinha um equilíbrio quase perfeito: parecia julho debaixo do sol e janeiro na sombra. Vic não queria andar pela rua e correr o risco de a mãe vê-la, portanto empurrou a Raleigh até os fundos da casa e à trilha que seguia mata adentro. Pareceu-lhe a coisa mais natural do mundo montar na bicicleta e começar a pedalar.

Vic riu: a Tuff Burner era tão pequena para ela que o efeito era quase cômico. Imaginou um palhaço espremido dentro de um carrinho minúsculo.

Seus joelhos encostavam no guidom e a bunda não cabia no selim. No entanto, quando ela ficava em pé sobre os pedais, a bicicleta ainda parecia perfeita.

Ela desceu a encosta até uma sombra e sentiu no rosto o hálito do inverno. A bicicleta bateu em uma raiz e levantou voo, pegando Vic de surpresa. Ela deu um grito agudo e feliz e, por um instante, não houve mais diferença entre quem ela era naquele momento e quem tinha sido antigamente. A sensação das duas rodas girando e do vento batendo em seus cabelos continuava deliciosa.

Não foi direto para o rio, mas seguiu uma trilha estreita que percorria a encosta da montanha na diagonal. Irrompeu de uns arbustos e se viu no meio de um bando de meninos em pé ao redor de uma fogueira acesa dentro de uma lata de lixo. Um baseado passava de mão em mão.

– Me dá um tapa aí! – gritou ao passar, fazendo o gesto de quem se apodera do pequeno cigarro.

O menino que segurava o baseado, um magricelo com cara de bobo usando uma camiseta do Ozzy Osbourne, ficou tão espantado que engasgou com a fumaça que estava prendendo. Vic se afastou sorrindo e o garoto pigarreou antes de berrar:

– Quem sabe se você vier chupar a gente, sua puta de merda!

Ela foi em frente, distanciando-se pela mata fria. Um bando de corvos empoleirados nos galhos de uma bétula de tronco grosso crocitou quando ela passou debaixo deles.

Quem sabe se você vier chupar a gente, pensou ela, e por um momento a adolescente de 17 anos se imaginou dando meia-volta até lá, desmontando e dizendo: "Tá bom. Quem vem primeiro?" Sua mãe já a considerava uma puta mesmo; Vic detestava decepcioná-la.

Sentira-se bem por alguns instantes, mas a sensação de felicidade se esgotara, deixando em sua esteira uma raiva fria. Só que Vic não tinha mais muita certeza de com quem estava brava. A raiva não tinha ponto fixo, era um turbilhão vago de emoções que girava ao mesmo ritmo do leve zunzum dos raios das rodas.

Pensou em se dirigir para o shopping, mas a ideia de ter que exibir um sorriso para as outras meninas na praça de alimentação a deixou irritada. Não estava com disposição para encontrar conhecidos e não queria ninguém lhe dando bons conselhos. Não sabia para onde ir, mas queria arrumar encrenca. Tinha certeza de que, se pedalasse por tempo suficiente, acabaria topando com alguma.

Até onde sua mãe sabia, a filha já se envolvera em algum problema e estava agora jogada em algum lugar, nua e morta. Vic ficou contente por ter posto essa ideia na cabeça de Linda. Lamentou que naquela noite a diversão fosse terminar e a mãe fosse saber que ela ainda estava viva. Meio que desejou haver um jeito de fazer Linda *jamais* descobrir o que havia acontecido com ela, um jeito de sumir da própria vida, ir embora e nunca mais voltar, e como seria bom isso, deixar tanto o pai quanto a mãe na dúvida se a filha estava viva ou morta.

Deliciou-se pensando nos dias e nas semanas que os dois passariam sentindo sua falta, atormentados por fantasias medonhas sobre o que teria acontecido com ela. Iriam imaginá-la debaixo da chuva e da neve, trêmula e infeliz, entrando agradecida no banco de trás do primeiro carro que parasse. Talvez ainda estivesse viva em algum lugar no porta-malas desse carro velho (Vic não teve consciência de que, na sua mente, o automóvel passara a ser antigo, de marca e modelo indeterminados). E eles jamais saberiam por quanto tempo o velho a mantivera viva – Vic acabara de decidir que ele tinha de ser velho, já que o carro era –, nem o que fizera com ela ou onde colocara o corpo. Seria pior do que eles próprios morrerem.

A essa altura, ela já estava na larga estrada de terra batida que ia dar no Merrimack. Bolotas de carvalho estouravam sob seus pneus. Ela ouviu o rio correndo mais à frente, derramando-se por seu leito de pedras. Aquele era um dos melhores barulhos do mundo e ela ergueu a cabeça para admirar a vista, mas a ponte do Atalho atrapalhou sua linha de visão.

Vic apertou o freio e deixou a Raleigh diminuir a velocidade, até parar.

A ponte estava em estado ainda pior do que na sua lembrança; a estrutura inteira pendia para a direita e parecia que um vento forte poderia derrubá-la no rio. A entrada torta estava emoldurada por emaranhados de hera. Ela sentiu cheiro de morcego. Do outro lado, viu um tênue borrão de luz.

Estremeceu por causa do frio – e também por causa de algo semelhante ao prazer. Soube, com uma certeza tranquila, que havia algo errado dentro da sua cabeça. Em todas as vezes que tinha tomado ecstasy, jamais tivera uma alucinação. Pensou que para tudo havia uma primeira vez.

A ponte esperava que ela atravessasse. Quando o fizesse, Vic sabia que cairia no vazio. Seria lembrada para sempre como a garota doidona que se jogou de bicicleta de um penhasco e quebrou o pescoço. Essa perspectiva não a amedrontava; seria quase tão bom quanto ser raptada por algum velho horrível (*o Espectro*) e ninguém nunca mais saber dela.

Ao mesmo tempo, muito embora soubesse que a ponte não estava lá, parte de si queria saber o que havia agora do outro lado. Vic ficou em pé nos pedais e chegou mais perto, bem na beiradinha, onde a estrutura de madeira encostava na terra batida.

Duas palavras estavam escritas com spray verde na parede lá dentro, à sua esquerda...

CASA SINO
1996

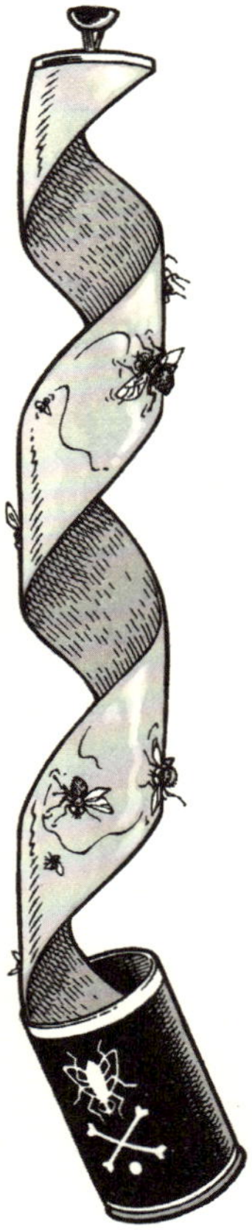

Haver hill

VIC SE ABAIXOU, RECOLHEU DO chão um pedaço de xisto e o atirou na ponte. A pedra ricocheteou na madeira com estrépito. Um leve farfalhar soou lá em cima: os morcegos.

Aquilo parecia uma alucinação bastante sólida. Mas o pedaço de xisto também podia estar apenas na sua imaginação.

Havia duas formas de testar a ponte. Ela poderia avançar mais 30 centímetros e encostar o pneu dianteiro nela. Se fosse imaginária, talvez conseguisse se jogar para trás a tempo de não cair.

Ou poderia simplesmente pedalar, fechar os olhos e deixar a Raleigh carregá-la para a frente rumo ao que quer que a estivesse esperando.

Era uma destemida adolescente de 17 anos e gostava do barulho do vento que fazia farfalhar a hera em volta da entrada da ponte. Começou a pedalar, ouviu os pneus baterem na madeira. Não houve sensação de queda, nenhum mergulho de dez andares no frio ártico do Merrimack. O que houve foi um rugido crescente de estática. E uma pontada de dor em seu olho esquerdo.

Ela deslizou pela escuridão familiar e pôde ver a estática pelas frestas entre as tábuas. Já tinha feito um terço da travessia quando, lá na outra ponta, pôde ver uma casa branca em mau estado com uma garagem anexa. A Casa Sino, fosse lá o que fosse.

O nome nada significava para ela, nem precisava. Ela sabia, de maneira abstrata, na direção *de que* estava indo, muito embora não soubesse especificamente *para onde*.

Vic queria arrumar encrenca e a ponte do Atalho nunca errava.

O outro lado da ponte

NO MEIO DO MATO ALTO, insetos produziam um ruído de algo sendo serrado. Em New Hampshire, a primavera desse ano estava arrastada, fria e lamacenta, mas ali – onde quer que *ali* fosse – o ar era morno e uma brisa soprava. Na periferia de seu campo de visão, Vic divisou clarões de luz, centelhas em meio às árvores, mas nesses primeiros instantes não prestou atenção nisso.

Desceu da ponte para um chão sólido de terra batida, parou com uma freada e pôs o pé no chão. Virou a cabeça para olhar de novo a ponte.

O Atalho havia se aninhado entre as árvores de um dos lados da casa, estendendo-se para além dos troncos. Ela viu Haverhill do outro lado, verde e sombreado sob a última luz da tarde.

A casa branca em estilo Cape Cod erguia-se sozinha no final de uma estradinha comprida de terra. O mato no quintal chegava à cintura e, vindo das árvores, o sumagre invadira o terreno e crescia em arbustos da altura da própria Vic.

As venezianas estavam fechadas por trás das janelas e das telas enferrujadas e deformadas. Embora não houvesse carro em frente à casa nem qualquer outro indício de alguém ali, na mesma hora Vic sentiu medo daquele lugar e não acreditou que estivesse vazio. Era um lugar ruim e seu primeiro pensamento foi que, quando a polícia o revistasse, encontraria cadáveres enterrados no quintal dos fundos.

Ao entrar na ponte, sentira que estava voando, sem nenhum esforço, como se fosse um gavião impulsionado pelo vento. Sentira-se deslizando, imune a qualquer mal. Mesmo agora, parada, tinha a sensação de estar em movimento, de avançar, só que não era mais agradável. Parecia que ela estava sendo empurrada em direção a alguma coisa que não queria ver, que não queria saber.

De algum lugar veio o som débil de uma televisão ou um rádio.

Vic tornou a olhar para a ponte atrás de si; estava a menos de um metro de distância. Expirou profundamente e pensou: estou segura. Se a vissem, poderia virar a bicicleta, entrar de novo na ponte e ir embora dali antes de alguém ter tempo de gritar.

Desceu da bicicleta e começou a empurrá-la para a frente. A cada passo, o cascalho estalava no chão e Vic tinha mais certeza de que o ambiente ao seu redor era real, não uma alucinação causada pelo ecstasy. O barulho de rádio foi aumentando sutilmente de volume à medida que ela se aproximava da casa.

Ao espiar por entre as árvores, Vic viu outra vez as mesmas luzes cintilantes penduradas na vegetação em volta. Depois de um instante, conseguiu processar o que via e parou para encarar. As dezenas de pinheiros ao redor da casa estavam cheios de enfeites de Natal, centenas deles. Grandes esferas prateadas e douradas cobertas de purpurina balançavam nos galhos. Anjos de metal seguravam trombetas junto à boca. Gordos Papais Noéis tinham os dedos roliços sobre os lábios, instando Vic a avançar em silêncio.

O barulho do rádio se transformou no barítono do cantor Burl Ives desejando a todos um próspero e feliz Natal, apesar de ser a terceira semana de março. A voz vinha da garagem contígua à casa, construção encardida com um único portão automático e quatro janelas quadradas com as vidraças turvas de tanta sujeira.

Ela deu um passinho miúdo, depois outro, e avançou em direção à garagem como se rumasse para um precipício. No terceiro passo, virou a cabeça para se certificar de que a ponte continuava ali e de que poderia entrar nela depressa caso precisasse. Podia.

Mais dois passos e ela chegou perto o suficiente para olhar por uma das janelas sujas. Encostou a Raleigh na parede ao lado do grande portão.

Pressionou o rosto no vidro. A garagem abrigava um carro preto velho com uma janela traseira bem pequena. Era um Rolls-Royce, daquele tipo do qual Winston Churchill vivia saltando em fotos e filmes antigos. Ela pôde ver a placa: NOS4A2.

É isso. Isso é tudo de que você precisa. Com isso a polícia pode encontrá-lo, pensou. *Você tem que sair daqui agora. Tem que sair daqui* ***correndo***.

No entanto, quando estava prestes a se afastar da garagem, viu um movimento pela janela traseira do automóvel. Alguém sentado no banco de trás se mexeu um pouco, contorcendo-se para achar uma posição mais confortável. Através do vidro embaçado, Vic distinguiu vagamente o contorno de uma cabeça pequena.

Uma criança. Havia uma criança dentro do carro, um menino. Pelo menos, tinha um corte de cabelo de menino.

O coração de Vic já batia tão depressa que seus ombros tremiam. Ele estava com uma criança no carro e, se Vic voltasse pelo Atalho, a polícia talvez até pegasse o dono daquele carro velho, mas não encontraria o menino com ele, porque a essa altura o garoto já estaria enterrado debaixo de um palmo e meio de terra em algum lugar.

Vic não entendeu por que a criança não gritava, não saltava do carro e saía correndo. Talvez estivesse drogada ou amarrada, não dava para saber. Fosse qual fosse o motivo, só iria sair se ela entrasse lá e o tirasse.

Vic se afastou da janela e deu mais uma olhada por cima do ombro: a ponte a aguardava entre as árvores. De repente, pareceu-lhe muito distante. Como havia ficado tão distante?

Deixou a Raleigh ali e deu a volta por uma das laterais da garagem. Imaginou que a porta estivesse trancada, mas ela se abriu. Vozes trêmulas e muito estridentes escaparam lá de dentro: Alvin e os Esquilos entoando sua canção natalina infernal.

Pensar em entrar lá fez seu coração palpitar. Hesitante, ela pousou um pé na soleira, como se pisasse em um lago ainda não totalmente congelado. O carro negro e lustroso preenchia quase todo o espaço disponível na garagem, que de resto estava abarrotada com tralhas: latas de tinta, ancinhos, escadas, caixas.

O Rolls tinha um compartimento traseiro espaçoso e o banco de trás era forrado de pelica cor da pele. Sobre ele dormia um menino, usando um casaco de couro cru com botões de osso e calça jeans. Tinha cabelos pretos e um rosto rechonchudo, com um rubor saudável nas bochechas. Parecia estar tendo lindos sonhos; quem sabe visões de frutas cristalizadas. Não estava amarrado de forma alguma nem parecia infeliz e Vic teve um pensamento que não fez sentido: *Ele está bem. Você deveria ir embora. Ele deve estar aqui com o pai, pegou no sono e o pai o deixou no carro descansando. Você deveria simplesmente ir embora.*

O pensamento a fez recuar, como se fosse uma mosca-varejeira. Ele não deveria estar na sua cabeça e Vic não sabia como tinha entrado ali.

O Atalho a levara até lá para encontrar o Espectro, um homem malvado, que machucava os outros. Ela saíra atrás de encrenca e a ponte nunca lhe indicava o caminho errado. Nos últimos minutos, coisas que ela vinha reprimindo há anos tinham começado a voltar. Maggie Leigh era real, não um sonho.

Vic *realmente* saíra de bicicleta e fora buscar a pulseira da mãe no Terry's Sanduíches; isso não tinha sido *imaginado* e, sim, *realizado*.

Ela bateu no vidro. O menino não se mexeu. Era mais novo do que ela, uns 12 anos, por aí. Seu lábio superior exibia uma tênue penugem escura.

– Ei – chamou ela, em voz baixa. – Ei, garoto.

O menino se mexeu, mas apenas para rolar de lado e virar o rosto na direção oposta à dela.

Vic tentou abrir a porta: estava trancada por dentro.

O volante ficava do lado direito do carro, o lado no qual ela já estava. A janela do motorista se achava quase toda abaixada. Vic arrastou os pés até lá; não havia muito espaço entre o carro e as tralhas empilhadas junto à parede.

O carro estava ligado, com a chave na ignição. O mostrador aceso do rádio tinha um tom de verde radioativo. Vic não sabia quem estava cantando agora, algum cara das antigas de Las Vegas, mas era outra canção natalina. O Natal já passara fazia praticamente três meses e havia algo desagradável no fato de ouvir canções natalinas quase no verão. Era como ver um palhaço debaixo da chuva, com a maquiagem escorrendo.

– Ei, garoto – sibilou ela. – Ei, garoto, acorda.

O menino se mexeu um pouco, então se virou para encará-la e Vic teve que reprimir um grito.

O rosto não se parecia em nada com o que ela vira pela janela traseira. O menino dentro do carro dava a impressão de estar à beira da morte – ou além da morte. Tirando os olhos encovados, que tinham um tom arroxeado, a pele exibia uma palidez lunar. Veias negras envenenadas serpenteavam por baixo dela como se as artérias estivessem cheias de nanquim, não de sangue, e se ramificavam de forma doentia nos cantos da boca e dos olhos e nas têmporas. Seus cabelos tinham a mesma cor do gelo em uma vidraça.

Ele piscou. Os olhos eram acesos, curiosos, a única parte sua que parecia totalmente viva.

O menino soltou o ar: seu hálito era uma fumaça branca, como se ele estivesse dentro de um congelador.

– Quem é você? – perguntou. Cada palavra provocava uma nova lufada branca de vapor. – Você não deveria estar aqui.

– Por que você está com tanto frio?

– Eu não estou com frio. Você deveria ir embora. Aqui não é seguro. – A respiração dele fumegava.

– Pelo amor de Deus, garoto, vou tirar você daqui. Vem. Vem comigo.

– Não consigo destrancar minha porta.

– Então pula para o banco da frente.

– Não consigo – repetiu ele, como se estivesse sedado.

Ocorreu a Vic que ele devia estar drogado. Haveria alguma droga capaz de baixar a temperatura corporal a ponto de fazer a respiração sair daquele jeito? Ela achava que não.

– Não consigo sair do banco de trás. Você não deveria mesmo estar aqui. Ele vai voltar daqui a pouco. – Um ar branco e congelado se derramava de suas narinas.

Apesar de escutá-lo bastante bem, Vic não entendeu grande coisa, com exceção da última parte: *Ele vai voltar daqui a pouco* fazia total sentido. É claro que *ele* iria voltar... quem quer que o Espectro fosse. Não teria deixado o carro ligado se não fosse voltar logo e, quando chegasse, ela precisava ter ido embora. Ela e o menino.

Sua maior vontade era correr para a porta e dizer ao garoto que voltaria com a polícia. Mas ela não podia ir embora. Se fizesse isso, não estaria deixando para trás apenas uma criança raptada. Estaria abandonando também a melhor parte de si mesma.

Esticou a mão pela janela, destrancou a porta da frente e abriu-a.

– Vem. Me dá a mão.

Esticou o braço por cima do encosto do banco do motorista.

O menino encarou sua palma por alguns instantes com ar pensativo, como se tentasse ler seu futuro, como se ela lhe houvesse oferecido um chocolate e ele não soubesse ao certo se queria. Não era uma reação comum para uma criança sequestrada, mas ainda assim Vic não recolheu a mão a tempo.

O garoto a agarrou pelo pulso e seu toque a fez gritar. A mão queimou sua pele e foi tão doloroso quanto encostar o pulso em uma frigideira. Vic levou um segundo para registrar o fato de que a sensação não era de calor, mas de *frio*.

A buzina disparou com grande alarde. No espaço confinado da garagem, o barulho foi quase insuportável. Vic não entendeu por que aquilo acontecera; não tinha nem encostado no volante.

– Me solta! Você está me machucando!

– Eu sei – falou o menino, sorrindo.

Então, ela viu que sua boca estava cheia de pequenos anzóis, todos pequeninos e delicados como uma agulha de costura, seguindo em fileiras que desciam por toda sua garganta. A buzina tornou a tocar.

O menino ergueu a voz e gritou:

– *Sr. Manx!* – gritou o garoto. – *Sr. Manx, eu peguei uma menina! Sr. Manx, venha ver!*

Vic apoiou um dos pés no banco do motorista e se jogou para trás, dando um forte impulso com a perna. O menino foi puxado para a frente. Ela não achou que ele fosse se soltar – aquela mão parecia estar soldada a seu pulso, parecia haver uma crosta de gelo unindo-os. No entanto, quando Vic tornou a puxar a mão por cima da divisória para o banco da frente, ele a largou. Ela caiu por cima do volante e a buzina tornou a soar. Dessa vez foi culpa sua.

O garoto agora dava pulinhos no banco de trás, todo animado.

– *Sr. Manx! Sr. Manx, venha ver a menina bonita!* – O vapor emanava de suas narinas e boca.

Vic caiu sobre o chão de concreto. Seu ombro bateu em uma bagunça de ancinhos e pás de neve empilhados e as ferramentas tombaram por cima dela fazendo muito barulho.

A buzina soava sem parar em uma série de apitos ensurdecedores.

Vic tirou as ferramentas de jardim de cima de si. Quando conseguiu ficar de joelhos outra vez, olhou para o pulso: estava medonho, com uma queimadura preta no formato aproximado da mão de uma criança.

Ela bateu a porta do motorista e deu uma última olhada na direção do menino no banco de trás, que exibia uma expressão ansiosa e radiante de animação. Ele lambeu os lábios com sua língua preta.

– *Sr. Manx, ela está fugindo!* – Sua respiração congelou no vidro da janela. – *Venha ver, venha ver!*

Vic se levantou e deu um passo desengonçado em direção à porta lateral que se abria para o quintal.

O motor que acionava o portão da garagem roncou ao ganhar vida e a corrente no teto começou a puxá-la para cima com um clangor engasgado. Vic estacou e começou a recuar o mais depressa que conseguiu. O portão foi subindo, subindo, até revelar botas pretas e uma calça cinza e ela pensou: *o Espectro, é o Espectro!*

Vic se precipitou para dar a volta pela frente do carro. Dois passos a levaram até uma porta que ela sabia conduzir para dentro da casa.

Vic girou a maçaneta e a porta se abriu para um espaço escuro.

Ela passou pela soleira, fechou a porta e começou a avançar por um...

Vestíbulo

O PISO DE LINÓLEO GASTO e sujo do recinto estava descolado em um dos cantos.

Nunca havia sentido as pernas tão fracas e suas orelhas zumbiam com um grito que permanecia preso dentro de sua cabeça, pois ela sabia que, se gritasse de verdade, o Espectro iria encontrá-la e matá-la. Quanto a isso não havia dúvida alguma: ele a mataria e enterraria no quintal e ninguém jamais saberia o seu paradeiro.

Vic passou por uma segunda porta e adentrou um...

Corredor

A PASSAGEM PERCORRIA QUASE TODO o comprimento da casa e era revestida com um carpete verde felpudo.

O corredor tinha cheiro de peru assado.

Vic correu sem se importar com as portas de ambos os lados, pois sabia que dariam apenas para banheiros e quartos. Segurou o pulso direito e respirou fundo para aguentar a dor.

Dez passos à frente, o corredor chegava a um pequeno saguão. A porta que dava para o quintal da frente ficava à esquerda, logo abaixo de uma escada estreita que subia para o primeiro andar. Gravuras de caça pendiam das paredes: homens sorridentes de bochechas vermelhas seguravam vários gansos mortos, exibindo-os para golden retrievers de aspecto nobre. Um par de portas de vaivém dava para uma cozinha à direita de Vic. O cheiro de peru era mais forte lá dentro. Também fazia mais calor, um calor sufocante.

Ela viu sua chance, viu-a com clareza. O homem chamado Espectro estava entrando pela garagem. Iria segui-la pela porta lateral até dentro de casa. Se ela corresse agora, se atravessasse o quintal da frente, poderia chegar ao Atalho a pé.

Cruzou o saguão em disparada e bateu com o quadril em uma mesinha. Uma luminária com a cúpula debruada de miçangas balançou e quase caiu.

Ela girou a maçaneta e estava prestes a abrir a porta quando olhou pela janela lateral.

Ele estava em pé no quintal, um dos homens mais altos que ela já tinha visto na vida; devia ter no mínimo 2 metros. Era calvo e havia algo de obsceno naquele crânio pálido percorrido por veias azuis. Vestia um casaco de outra época, com duas caudas e uma fileira dupla de botões de latão na frente.

Parecia um soldado, um coronel a serviço de alguma nação estrangeira onde o exército era chamado de legião.

Estava ligeiramente de costas para a casa, virado para a ponte, de modo que Vic o viu de perfil: diante do Atalho, ele segurava o guidom de sua bicicleta com uma das mãos.

Vic não conseguiu se mexer. Era como se tivesse tomado uma injeção paralisante; nem conseguia fazer os pulmões funcionarem.

O Espectro inclinou a cabeça para um dos lados, como se fosse um cão curioso. Apesar do crânio imenso, tinha traços de fuinha concentrados no meio da face. Seu queixo era afundado e ele era dentuço, o que lhe dava um ar muito bobo, quase maluco.

Ele observou sua ponte, que ia até o meio das árvores. Então olhou na direção da casa e Vic afastou o rosto da janela, pressionando as costas na parede com força.

– Boa tarde, seja você quem for! – exclamou ele. – Venha aqui me dar bom-dia! Eu não mordo!

Vic se lembrou de respirar. Foi árduo, como se houvesse faixas amarradas firmemente em volta do seu peito.

– Você deixou sua bicicleta caída no meu quintal! Não a quer de volta? – gritou o Espectro. Após alguns segundos, acrescentou: – Deixou cair sua ponte coberta no meu gramado também! Pode vir pegar também!

Ele riu. Foi como o relincho de um pônei, um *hiiii-iiii* esganiçado. Vic tornou a pensar que o homem talvez fosse maluco.

Fechou os olhos e se manteve encostada na porta, rígida. Então lhe ocorreu que ele não falava nada havia alguns instantes e que talvez estivesse chegando perto da frente da casa. Ela girou o trinco e passou a corrente na porta. Foram necessárias três tentativas para encaixá-la: suas mãos estavam escorregadias de suor e a corrente não parava de escapulir.

No entanto, mal havia acabado de fechar a porta e o homem tornou a falar. Pelo volume da voz, Vic pôde constatar que ele ainda estava em pé no meio do quintal dominado pelo mato.

– Eu acho que sei que ponte é essa. A maioria das pessoas ficaria chateada se encontrasse uma ponte coberta no meio do seu quintal, mas não o Sr. Charles Talent Manx III. O Sr. Charlie Manx é um homem que sabe uma coisinha ou duas sobre pontes e estradas que surgem onde não deveriam estar. Eu próprio já dirigi em algumas estradas que estavam no lugar errado.

Faz tempo que venho dirigindo. Se você soubesse há quanto tempo, aposto que ficaria surpresa! Conheço uma estrada à qual só posso chegar com o meu Espectro. Não fica em nenhum mapa, mas está lá sempre que preciso dela, sempre que tenho um passageiro pronto para ir à Terra do Natal. Onde vai dar a *sua* ponte? Você deveria vir até aqui! Nós com certeza temos muita coisa em comum! Aposto que ficaremos amigos bem depressa!

Vic então se decidiu. Cada segundo que passava ali ouvindo aquele homem era um segundo a menos que tinha para se salvar. Atravessou correndo o saguão e empurrou as portas de vaivém para entrar na...

Cozinha

O CÔMODO PEQUENO E ENCARDIDO continha uma mesa com tampo de fórmica amarela e um telefone preto feio preso à parede, abaixo de um desenho de criança descorado pelo sol.

Serpentinas empoeiradas com estampa de bolinhas pendiam do teto e pairavam totalmente imóveis, como se alguém tivesse dado uma festa de aniversário ali anos antes e não as houvesse tirado. Vic abriu uma porta de metal à sua direita: era uma despensa com uma lavadora de roupas, uma secadora, algumas prateleiras de produtos alimentícios e um armário de aço inox embutido na parede. Ao lado da porta, na cozinha, ficava uma geladeira grande cheia de curvas, parecendo uma banheira.

Fazia calor lá dentro, o ar parado e rançoso. Uma bandeja de comida pronta esquentava no forno. Vic pôde ver fatias de peru em uma das grades, purê de batatas em outra, e um papel-alumínio cobrindo a sobremesa. Em cima da bancada havia duas garrafas de refrigerante sabor laranja. A cozinha tinha uma porta que dava para o quintal. Bastaram três passos para ela chegar lá.

O menino observava os fundos da casa. Ela agora sabia que ele estava morto, ou pior ainda do que morto. Que ele era uma das crianças do homem chamado Charlie Manx.

O menino estava totalmente imóvel e descalço, com o capuz do casaco abaixado e a boca aberta exibindo as fileiras de ganchos. Ele a viu e deu um sorriso, mas não se mexeu quando ela gritou e passou o trinco na porta. Tinha deixado atrás de si uma trilha de pegadas brancas nos pontos em que a grama congelara ao contato de seus pés. Seu rosto tinha a mesma lisura vítrea do esmalte. Os olhos estavam levemente fechados por gelo.

– Venha aqui para fora – chamou ele, com o hálito fumegando. – Deixe de ser boba e venha aqui para fora. Vamos todos juntos para a Terra do Natal.

Vic se afastou da porta e seu quadril esbarrou no forno. Ela se virou e começou a abrir gavetas à procura de uma faca. A primeira estava cheia de panos velhos e a segunda continha batedores de ovos, espátulas e moscas mortas. Ela voltou à primeira, pegou um bolo de panos de prato, abriu o forno e os jogou em cima da bandeja que continha o peru. Deixou a porta do forno entreaberta.

De cima do fogão, ela pegou uma frigideira; a sensação de ter algo com que golpear era agradável.

– Sr. Manx! Sr. Manx! Eu a vi! Ela está sendo *boba*! – gritou o menino. – Que divertido!

Vic se virou e mergulhou pelas portas de vaivém para voltar à frente da casa. Tornou a espiar pela janela ao lado da porta.

Manx tinha empurrado sua bicicleta até mais perto da ponte. Estava em pé diante da entrada com a cabeça inclinada de lado, examinando a escuridão; talvez a estivesse escutando. Por fim, pareceu tomar uma decisão: curvou-se e deu um empurrão forte e firme na bicicleta em direção à ponte.

A Raleigh de Vic passou pela soleira e adentrou a escuridão.

Uma agulha invisível penetrou seu olho esquerdo até o cérebro. Ela soluçou – não conseguiu se conter – e curvou o corpo. A agulha saiu, tornou a entrar. Vic quis que sua cabeça explodisse, quis morrer.

Ouviu um estalo, *poc!*, como se seus ouvidos estivessem reagindo a uma mudança na pressão atmosférica, e a casa estremeceu. Parecia que um jato tinha passado com estrondo no céu, rompendo a barreira do som.

O hall de entrada começou a exalar um cheiro de fumaça.

Vic levantou a cabeça e espiou pela janela.

O Atalho tinha sumido.

Sabia que sumira no mesmo instante em que ela ouvira aquele *poc!* penetrante. A ponte havia implodido, como um sol moribundo virando uma supernova.

Charlie Manx caminhou em direção à casa, as abas de seu casaco esvoaçando. Não havia mais qualquer humor em seu rosto contraído e feio. Pelo contrário: ele parecia um homem burro decidido a cometer algum ato bárbaro.

Vic olhou para a escada mas soube que, se subisse por ela, não teria como descer. Restava apenas a cozinha.

Quando ela passou pelas portas de vaivém, o menino estava com o rosto colado ao vidro na parte superior da porta dos fundos. Ele sorriu, deixando à mostra a boca cheia de delicados anzóis, as fileiras delgadas de ossos curvos. Seu hálito espalhava pela vidraça plumas de condensação prateada.

O telefone tocou. Vic gritou como se alguém a tivesse agarrado e se virou para olhar. Seu rosto esbarrou nas serpentinas amareladas de bolinhas penduradas no teto.

Só que não eram serpentinas: eram tiras de papel pega-moscas com dezenas de cascas de moscas ressequidas e mortas. Vic sentiu bile subir do fundo da garganta; tinha um gosto agridoce, como frapê estragado do Terry's Sanduíches.

O telefone tornou a tocar. Ela agarrou o fone mas, antes de atender, seu olhar se fixou no desenho infantil pregado logo acima do aparelho. O papel estava seco, marrom e esfarelado de tão velho e o durex tinha ficado amarelo. O desenho feito com lápis de cera mostrava uma floresta de árvores de Natal e o homem chamado Charlie Manx com um gorro de Papai Noel na cabeça, acompanhado por duas meninas, que sorriam exibindo bocas cheias de dentes afiados. As crianças do desenho eram muito parecidas com o troço no quintal que um dia tinha sido um menino.

Vic levou o fone ao ouvido.

– Socorro! – gritou. – Alguém me ajude, por favor!

– Qual é a sua localização, senhora? – respondeu alguém com uma voz infantil.

– Eu não sei, não sei! Estou perdida!

– Já temos um carro no local. Está dentro da garagem. Vá sentar no banco de trás e nosso motorista irá levá-la à Terra do Natal. – A pessoa do outro lado da linha riu. – Nós vamos todos cuidar da senhora quando chegar lá. Vamos pendurar os seus globos oculares na nossa grande árvore de Natal.

Vic desligou.

Ouviu algo estalar no chão atrás dela, girou nos calcanhares e viu que o menininho tinha batido com a testa na vidraça. Uma teia de aranha de vidro estilhaçado preenchia o espaço da janela, mas o menino parecia ileso.

Lá no saguão, ouviu Manx forçar a porta da frente para abri-la e ouviu quando ela ficou presa pela corrente.

O menino recuou a cabeça, projetou-a para a frente e sua testa se chocou no vidro com outro barulho estrondoso. Cacos de vidro caíram. O menino riu.

As primeiras chamas amarelas começaram a escapar do forno entreaberto com um ruído que lembrava um pombo batendo as asas. O papel de parede à direita do forno já começava a escurecer e se enrolar. Vic não se lembrava mais do motivo que a fizera começar um incêndio; tinha algo a ver com escapar em meio a uma confusão de fumaça.

O menino estendeu a mão pela vidraça estilhaçada, tateando em busca do trinco. Pontas de vidro quebrado arranharam seu pulso e fizeram se desprender lascas de pele, vertendo sangue. O fato não pareceu incomodá-lo.

Vic bateu com a frigideira na mão dele. Projetou o peso inteiro do corpo no movimento e a força do golpe a impeliu direto para cima da porta. Ela recuou, cambaleou para trás e caiu sentada no chão. O menino puxou a mão para fora e ela viu que três dos seus dedos tinham sido esmagados e estavam agora dobrados de forma grotesca na direção errada.

– Você é divertida! – gritou ele, e riu.

Vic pressionou os calcanhares no chão para deslizar de bunda pela cerâmica creme do piso. O menino enfiou a cara pela vidraça quebrada e mostrou para ela sua língua preta.

Uma labareda vermelha irrompeu do forno e, por um instante, os cabelos do lado direito da cabeça de Vic pegaram fogo; os fios finos crepitaram e se carbonizaram até encolher. Ela deu tapas em si mesma e faíscas voaram.

Manx bateu na porta da frente. A corrente arrebentou com um tilintar agudo; o trinco se partiu com um estalo alto. Vic ouviu a porta bater na parede, um estrondo que sacudiu a casa inteira.

O menino tornou a estender a mão pela vidraça quebrada e destrancou a porta dos fundos.

Tiras de papel pega-moscas em chamas caíram ao redor de Vic.

Ela se levantou do chão, virou-se e viu Manx do outro lado das portas de vaivém, prestes a entrar na cozinha. Ele a encarava com olhos arregalados e uma expressão de ávido fascínio no rosto feio.

– Quando vi sua bicicleta, pensei que seria alguém mais novo. Mas você já é uma moça. Que pena. A Terra do Natal não é um lugar muito bom para meninas que já são crescidinhas.

A porta atrás de Vic se abriu... e houve uma sensação de ar quente sendo sugado para fora da cozinha, como se o mundo exterior houvesse inspirado fundo. Um ciclone rubro de chamas emergiu rodopiando do forno aberto e mil centelhas quentes rodopiaram junto. Fumaça preta foi cuspida.

Quando Manx passou pelas portas para pegá-la, Vic se encolheu, contorceu-se até fora do seu alcance e se espremeu atrás da enorme geladeira, avançando em direção ao único lugar que lhe restava, a...

Despensa

SEGUROU A MAÇANETA DE METAL, entrou e bateu a porta atrás de si.

A porta era pesada e gemeu quando ela a arrastou pelo chão. Nunca em toda sua vida Vic tinha movido uma porta pesada assim.

Não havia tranca de nenhum tipo e a maçaneta era um U de ferro aparafusado à superfície de metal. Vic a segurou e posicionou os calcanhares afastados um do outro, com os pés plantados no batente da porta. Instantes depois, Manx deu um puxão na porta; Vic foi impelida para a frente, mas travou os joelhos e conseguiu manter a porta fechada.

Manx soltou, então, de repente, deu um segundo puxão, tentando pegá-la desprevenida. Tinha no mínimo trinta quilos a mais do que ela e braços compridos de orangotango, mas com os pés de Vic bem cravados no batente, aqueles braços iriam sair das articulações antes de as pernas dela cederem.

Manx parou de puxar. Vic teve um instante para olhar em volta e viu um esfregão com um cabo de metal azul comprido; estava bem à sua direta, ao alcance do braço. Ela o enfiou por dentro da maçaneta, de modo que o cabo do objeto ficasse escorado no batente.

Então soltou a maçaneta e deu um passo para trás; suas pernas bambearam e ela quase caiu sentada no chão. Teve que se apoiar na máquina de lavar para continuar em pé.

Manx tornou a puxar a porta e o cabo do esfregão chacoalhou contra o batente.

Ele parou. Na vez seguinte em que puxou, foi com delicadeza, como se fizesse um teste.

Vic o ouviu tossir. Pensou ter escutado um sussurro infantil. Suas pernas tremiam. Tremiam tanto que ela sabia que, se soltasse a máquina de lavar, cairia no chão.

– Você agora se meteu em uma enrascada, sua incendiariazinha! – exclamou Manx do outro lado da porta.

– Sai daqui!

– É preciso ter muita coragem para invadir a casa de um homem e depois mandá-lo embora! – retrucou ele, mas sua voz estava bem-humorada. – Imagino que você esteja com medo de sair. Se tivesse algum juízo, teria mais medo ainda de ficar onde está!

– Sai daqui! – bradou. Eram as únicas palavras que lhe ocorriam.

Manx voltou a tossir. A luz vermelha descontrolada do fogo cintilou por baixo da porta, interrompida por duas sombras que marcavam os pontos onde ele tinha posicionado os pés. Houve mais alguns instantes de sussurros.

– Menina, eu vou deixar esta casa pegar fogo sem pensar duas vezes. Tenho outros lugares aonde ir e este esconderijo, de uma forma ou de outra, ficou queimado para mim. Saia daí. Saia ou vai morrer sufocada aí dentro e ninguém nunca vai identificar seus restos carbonizados. Abra a porta. Não vou machucar você.

Vic se encostou na máquina de lavar e agarrou a borda com as duas mãos; suas pernas tremiam furiosamente, de forma quase cômica.

– Que pena – continuou ele. – Eu teria gostado de conhecer uma menina que tem o próprio veículo, que consegue percorrer as estradas do pensamento. Pessoas do nosso tipo são muito raras. Nós deveríamos aprender um com o outro. Bom. Você vai aprender comigo agora, embora eu ache que não vá gostar muito da lição. Eu até ficaria aqui conversando, mas está ficando meio quente aqui dentro! Para falar a verdade, sou um homem que prefere climas mais frios. Gosto tanto do inverno que sou praticamente um dos duendes do Papai Noel! – Ele tornou a dar aquela risada vulgar parecida com um relincho: *Hiiii!*

Alguma coisa foi derrubada na cozinha, caindo com um estrondo tão grande que Vic gritou e quase pulou em cima da máquina de lavar. O impacto sacudiu a casa inteira, e fez uma vibração horrorosa percorrer a cerâmica sob seus pés. Por alguns instantes, ela pensou que o piso corresse o risco de desmoronar.

Pelo barulho, pelo peso, pela força do impacto, entendeu o que Manx tinha feito: agarrara a enorme geladeira e a derrubara em frente à porta.

Vic passou muito tempo encostada na máquina de lavar, esperando as pernas pararem de tremer.

No início, não acreditou que Manx tivesse realmente ido embora. Sentia que ele estava esperando ela se jogar em cima da porta, esmurrá-la e implorar para sair dali.

Podia ouvir o incêndio. Escutou coisas estalarem e crepitarem com o calor. O papel de parede queimava com um chiado seco, como se alguém lançasse punhados de galhos de pinheiro dentro de uma fogueira.

Levou a orelha à porta de ferro para ouvir melhor o outro cômodo. Assim que encostou a pele no metal, porém, afastou a cabeça de supetão e deu um grito: a porta estava quente como uma frigideira deixada sobre o fogo alto.

Uma fumaça marrom e suja começou a vazar pelo canto esquerdo da porta.

Vic retirou o esfregão de aço com um puxão e o jogou para o lado. Segurou a maçaneta com a intenção de empurrar para ver até onde conseguiria mover o peso do outro lado, mas logo a soltou e deu um pulo para trás. Naturalmente, a maçaneta curva de metal estava tão quente quanto o resto da porta. Vic sacudiu a mão no ar para aliviar a queimação nas pontas dos dedos.

A primeira lufada de fumaça que sorveu fedia a plástico derretido. O cheiro era tão imundo que ela engasgou e curvou o corpo, tossindo com tanta força que pensou que fosse vomitar.

Girou o corpo; mal havia espaço dentro da despensa para fazer mais do que isso.

Prateleiras. Arroz e macarrão em caixinha. Um balde. Um frasco de amônia e um de água sanitária. Um armário ou gaveta de inox afixado à parede. A lavadora e a secadora de roupas. Não havia janelas. Não havia uma segunda porta.

Algo de vidro explodiu na cozinha. Vic teve consciência de uma condensação crescente no ar, como se estivesse dentro de uma sauna.

Olhou para cima e viu que o teto de gesso branco estava escurecendo logo acima do batente da porta.

Abriu a secadora e encontrou um velho lençol branco daqueles com elástico nos cantos. Puxou-o para fora. Pôs o lençol por cima da cabeça e dos ombros, enrolou um pedaço do tecido em uma das mãos e tentou empurrar a porta.

Mesmo com o lençol, mal conseguia segurar a maçaneta de metal e só conseguiu encostar o ombro na porta por pouco tempo. Ainda assim, projetou o corpo com força por duas vezes. A porta estremeceu e cedeu o que lhe pareceu meio centímetro – o suficiente para deixar entrar uma lufada de fumaça marrom fétida. Havia fumaça demais do outro lado para lhe permitir ver qualquer parte da cozinha ou mesmo distinguir as chamas.

Vic recuou e se jogou em cima da porta pela terceira vez. Chocou-se com tanta força que chegou a ricochetear; seus tornozelos se enrolaram no lençol e ela caiu esparramada no chão. Frustrada, deu um grito e se livrou do lençol. A despensa agora estava escura de fumaça.

Ergueu os braços, apoiou-se na máquina de lavar com uma das mãos e na maçaneta do armário de inox com a outra. Quando se levantou, porém, a porta do armário se abriu, fazendo as dobradiças gemerem, e Vic tornou a cair no chão, sem força nos joelhos.

Resolveu descansar antes de tentar outra vez. Virou o rosto, encostando a testa no metal frio da máquina de lavar. Ao fechar os olhos, sentiu a mãe encostar a mão fresca em sua testa febril.

Levantou-se, meio desequilibrada. Soltou a maçaneta do armário de metal, que se fechou graças a um mecanismo de mola. O ar envenenado fez arder seus olhos.

Ela tornou a abrir o armário. Lá dentro havia uma calha de roupa suja, um duto de metal escuro e estreito.

Vic enfiou a cabeça pela abertura e olhou para cima. Distinguiu debilmente outra portinhola 3 ou 4 metros acima.

Ele está esperando lá em cima.

Mas pouco importava: ficar ali na despensa não era uma alternativa.

Sentou na porta de aço aberta, presa à parede por duas molas fortes. Espremeu a parte superior do corpo pela abertura, recolheu as pernas e deslizou para dentro da...

Calha de roupa suja

AOS 17 ANOS, VIC ERA só 18 quilos mais pesada e 7,5 centímetros mais alta do que aos 12, uma adolescente magrela com as pernas bem compridas. Mesmo assim, era apertado dentro da calha. Ela se encaixou lá dentro com as costas contra a parede, os joelhos junto ao rosto e os pés pressionando a parede oposta do duto.

Começou a escalar a calha, impelindo-se com a base dos dedos dos pés uns 15 centímetros de cada vez. A fumaça preta esvoaçava à sua volta e fazia arder seus olhos.

Suas panturrilhas começaram a tremer e queimar. Vic deslizou as costas mais 15 centímetros e *caminhou* calha acima de um jeito corcunda, curvado e grotesco. Os músculos na base de suas costas latejavam.

Estava a meio caminho do primeiro andar quando o pé esquerdo escorregou e escapuliu de baixo dela e o traseiro despencou. Vic sentiu um rasgão na coxa direita e deu um grito. Por um instante, conseguiu se manter no lugar, encolhida com o joelho direito junto ao rosto e a perna esquerda esticada e pendurada. Mas o peso e a dor eram demais para sua perna direita. Ela deixou o pé direito se soltar e tornou a cair até lá embaixo.

Foi uma queda dolorida e desgraciosa. Vic desabou na base de alumínio da calha e bateu com o joelho direito no próprio rosto. Seu outro pé abriu o alçapão de aço inox e ficou esticado para dentro da despensa.

Por um instante, Vic chegou perigosamente perto do pânico. Caiu em prantos, ficou em pé na calha e, em vez de tentar subir de novo, começou a *pular*, sem ligar para o fato de a abertura superior estar fora do alcance e de não haver nada para segurar no duto de metal liso. Ela gritou. Gritou por socorro. O duto enfumaçado embaçou sua visão e, no meio do grito, irromperam tosses ásperas, secas e doídas. Seguiu tossindo, pensou que nunca mais fosse parar. Tossiu com tanta força que quase vomitou e, no final, cuspiu um filete longo de saliva que tinha gosto de bile.

Não era a fumaça que a aterrorizava, nem a dor na parte de trás da coxa esquerda, cujo músculo com certeza fora estirado. Era sua absoluta e desesperada solidão. O que sua mãe tinha gritado para seu pai mesmo? *Não é você quem está criando ela, Chris! Eu que estou! E sozinha!* Era horrível estar inteiramente sozinha dentro de um buraco. Vic não se lembrava da última vez que havia abraçado sua mãe assustada, temperamental e infeliz, que lhe dera apoio e colocara a mão fresca em sua testa durante seus acessos de febre. Era horrível pensar na possibilidade de morrer ali, deixando as coisas como estavam.

Ela recomeçou a subir a calha, com as costas apoiadas em uma das paredes e os pés na outra. Seus olhos lacrimejavam. A fumaça lá dentro agora estava densa, uma nuvem marrom que flutuava a toda sua volta. Havia algo muito errado na parte de trás de sua perna direita: toda vez que Vic fazia força para cima com os pés, tinha a sensação de que o músculo estava se rompendo.

Piscando os olhos, tossindo e empurrando, Vic foi se espremendo em um ritmo constante calha de roupa suja acima. O metal em suas costas irradiava um calor desconfortável. Ela pensou que, dali a pouco tempo, sua pele estaria grudando nas paredes e a calha estaria quente o bastante para queimar. Só que aquilo não era mais uma calha: era uma chaminé com uma lareira acesa lá embaixo e Vic era o Papai Noel subindo em direção às renas. A letra de uma canção natalina idiota não lhe saía da cabeça, um próspero e feliz Natal de merda, em uma repetição sem fim. Ela não queria morrer assada pensando em uma canção de Natal.

Quando chegou ao alto da calha, foi difícil ver algo em meio a toda a fumaça. Vic prendeu a respiração, ainda vertendo lágrimas. O músculo de sua coxa direita tremia de maneira incontrolável.

Ela viu um U invertido de luz débil em algum lugar logo acima de seus pés: era o alçapão da calha que se abria no primeiro andar. Seus pulmões ardiam. Sem conseguir se conter, Vic arquejou, encheu o peito de fumaça e começou a tossir. Pôde sentir os tecidos moles atrás das costelas se romperem e rasgarem. Sem aviso, sua perna direita cedeu. Ela se esticou toda ao cair, empurrando os dois braços contra o alçapão fechado. Ao fazê-lo, pensou: *Não vai abrir. Ele deve ter derrubado alguma coisa na frente e o alçapão não vai abrir.*

Empurrou o alçapão, que se abriu para um ar deliciosamente fresco. Vic continuou se segurando e conseguiu apoiar as axilas nos cantos da abertura, batendo com os joelhos na parede de metal da calha.

Com o alçapão aberto, a calha sugou o ar do térreo, e ela sentiu uma brisa quente e fétida se erguer à sua volta. A fumaça foi cuspida ao redor de sua cabeça. Vic não conseguia parar de piscar e tossia tanto que seu corpo inteiro tremia. Sentiu gosto de sangue nos lábios e pensou se estaria botando para fora alguma coisa importante.

Durante vários segundos, ficou pendurada onde estava, fraca demais para sair da calha. Então começou a chutar, tentando fixar os pés na parede, mas eles resvalaram e bateram no metal. Ela não conseguiu muito impulso, mas não precisava de grande coisa: sua cabeça e seus braços já tinham passado pelo alçapão e ela apenas se inclinou para a frente.

Deixou-se cair sobre o carpete felpudo de um corredor no primeiro andar, onde o ar estava agradável. Ficou ali deitada, arquejando. Estar viva era uma bênção, ainda que dolorosa.

Teve de se apoiar na parede para levantar. Imaginava que a casa inteira fosse estar tomada por fumaça e fogo, mas não. O corredor do andar de cima estava enevoado, mas não tanto quanto dentro da calha. Vic viu luz do sol à direita e atravessou mancando o carpete dos anos 1970 até o patamar no alto da escada. Desceu os degraus cambaleando, em uma queda controlada através da fumaça.

A porta da frente estava entreaberta. A corrente pendia do batente presa à placa de encaixe e a uma comprida farpa de madeira arrancada. O ar que entrava pela porta era fresco, mas Vic não se lançou para fora, mesmo que tivesse vontade.

Não conseguia ver o interior da cozinha; tudo o que havia lá era fumaça e luz bruxuleante. Outra porta aberta dava para uma sala de estar, cujo papel de parede queimava e deixava exposto o gesso mais embaixo. O tapete fumegava. Um vaso continha um buquê de labaredas. Filetes de fogo alaranjado subiam pelas cortinas baratas de náilon branco. Ela pensou que toda a parte dos fundos da casa estivesse em chamas, mas ali na frente, no saguão, o corredor estava apenas cheio de fumaça.

Vic olhou pela janela ao lado da porta. O acesso de carros que conduzia até a casa era uma estrada de terra batida comprida e estreita que se perdia entre as árvores. Não viu nenhum carro, mas daquele ângulo não dava para avistar a garagem. Talvez ele estivesse sentado lá dentro, esperando que ela saísse. Talvez estivesse no final do acesso, aguardando que ela o subisse correndo.

Atrás dela, algo emitiu um enorme rangido e caiu com grande estrondo. A fumaça se ergueu à sua volta. Uma faísca quente atingiu seu braço, provocando uma ardência. Vic entendeu que não adiantava mais hesitar. Não importava mais se ele a estava esperando ou não: ela não tinha mais lugar nenhum para ir, exceto...

Lá fora

O MATO DO QUINTAL ERA tão alto que foi como correr pelo meio de um emaranhado de arame, pois a grama formava armadilhas que prendiam seus tornozelos. Na realidade, não havia propriamente um quintal e, sim, uma área de arbustos e ervas daninhas selvagens, e mais adiante uma floresta.

Não olhou para trás na direção da garagem ou da casa nem correu para a estrada de terra. Não se atreveu a testar aquela estrada comprida e reta; teve medo de ele estar estacionado em algum ponto, à espreita. Então, correu para as árvores. Só viu que havia um barranco quando já estava caindo por ele: um desnível de um metro até o chão da floresta.

Aterrissou pesadamente sobre os dedos dos pés e sentiu a parte de trás da coxa repuxar com uma força excruciante. Desabou sobre um grupo de arbustos secos, debateu-se para se desvencilhar deles e caiu de costas no chão.

Pinheiros assomavam acima dela, ondulando ao vento. Os enfeites pendurados tilintavam, reluziam e formavam arco-íris piscantes, dando-lhe a impressão de ter sofrido um leve traumatismo craniano.

Quando conseguiu recuperar o fôlego, rolou de bruços, se ajoelhou e olhou para o outro lado do quintal.

O portão da garagem estava aberto, mas o Rolls-Royce tinha sumido.

Ficou surpresa – quase decepcionada – com o pouco de fumaça que viu: apenas um filete cinza e constante emanava dos fundos da casa. Fumaça também saía pela boca aberta da porta principal. No entanto, dali ela não conseguiu ouvir nada queimando nem avistar chama alguma. Pensava que a casa tivesse virado uma grande fogueira.

Vic se levantou e recomeçou a avançar. Não conseguia correr, mas podia andar depressa mancando um pouco. Teve a sensação de que seus pulmões estavam assados e, a cada dois passos, sua coxa direita repuxava. Ela mal tinha consciência dos outros inúmeros machucados e dores, como a queimadura de frio no pulso direito, a dor constante de algo perfurando seu globo ocular esquerdo.

Seguiu uma rota paralela ao acesso de carros, mantendo-o sempre 15 metros à direita, pronta para se esconder atrás de um arbusto ou tronco de árvore caso visse o Rolls-Royce. Mas a estrada de terra conduzia direto para longe da casinha branca, sem qualquer sinal do carro velho, do homem chamado Charles Manx ou do menino morto que viajava com ele.

Vic acompanhou a estrada por tempo indeterminado; havia perdido sua noção habitual do tempo e não fazia a menor ideia do quanto tinha durado aquela travessia da floresta. Cada segundo era o mais longo de sua vida, até que o segundo seguinte chegasse. Mais tarde, teria a impressão de que sua fuga cambaleante pelas árvores demorara tanto quanto todo o resto de sua adolescência. Quando viu a rodovia, já tinha deixado a inocência para trás, fumegando, reduzida a cinzas, com o resto da Casa Sino.

O barranco que subia até a pista era mais alto do que aquele do qual Vic despencara mais cedo e ela teve que subi-lo de quatro, agarrando punhados de grama para avançar. Chegando ao alto do aclive, ouviu um zumbido entrecortado, o ronco e o rugido de uma moto se aproximando. O barulho vinha da sua direita mas, quando ela conseguiu se levantar, já tinha passado: um cara grande todo vestido de preto em uma Harley.

A rodovia seguia em linha reta pelo meio da floresta, sob uma confusão de nuvens de tempestade. À esquerda de Vic, havia muitos morros altos azulados e, pela primeira vez, isso lhe deu a sensação de estar em um lugar alto; em Haverhill, Massachusetts, raramente pensava em altitude, mas agora entendia que não eram as nuvens que estavam baixas e, sim, ela que estava numa elevação.

Lançou-se pela pista de asfalto, perseguindo a Harley aos gritos e acenando com os braços. *Ele não vai ouvir*, pensou, não havia como, não com o estrondo ensurdecedor daquele motor. Mas o homem olhou para trás por cima do ombro e a roda dianteira de sua moto oscilou antes de ele a endireitar e desviar para entrar no acostamento.

Estava sem capacete e era um cara gordo com o queixo duplo barbado e cabelos castanhos encaracolados na nuca formando um generoso *mullet*. Vic correu até ele, sentindo a cada passo a dor varar a parte traseira de sua perna direita. Quando chegou à moto, não hesitou nem se explicou, apenas passou uma das pernas por cima do banco e segurou o homem pela cintura.

Os olhos dele exibiam assombro e um pouco de medo. O homem estava usando luvas de couro com as pontas dos dedos cortadas e uma jaqueta de couro preta desabotoada por cima de uma camiseta do cantor Weird Al. De perto, ela pôde ver que não era o adulto que de início pensara que fosse: por baixo da barba tinha a pele lisinha e rosada e suas emoções eram quase tão explícitas quanto as de uma criança. Talvez não fosse mais velho do que a própria Vic.

– *Cara!* – exclamou ele. – Está tudo bem com você? Sofreu algum acidente?

– Preciso chamar a polícia. Tem um homem. Ele tentou me matar. Me trancou dentro de um quarto e tocou fogo na própria casa. Ele está com um menininho. Tem um menininho e eu quase não consegui fugir e ele levou o menino. Temos que ir embora daqui. Ele pode voltar.

Vic não teve certeza se algo do que dizia fazia sentido; as informações estavam certas, mas ela teve a impressão de que as havia organizado mal.

O gordo barbado a encarou com olhos esbugalhados, como se ela estivesse falando histericamente em um idioma estrangeiro – malaio talvez, ou quem sabe klingon –, embora depois fosse ficar claro que, caso Vic tivesse falado com ele em klingon, Louis Carmody talvez tivesse sido capaz de traduzir.

– Fogo! – gritou ela. – Fogo! – E apontou na direção da estrada de terra.

Vic não conseguia ver a casa da rodovia e a débil coluna de fumaça que se erguia acima das árvores poderia estar saindo de alguma chaminé ou pilha de folhas queimadas. Mas isso bastou para fazer o rapaz despertar de seu transe e se pôr em movimento.

– Se segura aí! – mandou ele, sua voz falhada e estridente.

Ele acelerou tanto a moto que Vic pensou que o pneu dianteiro fosse descolar do chão.

Sentiu um peso no estômago e apertou os braços em volta da cintura dele, as pontas de seus dedos quase se tocando. A moto oscilou perigosamente e a dianteira foi para um lado enquanto a traseira ia para o outro.

Mas ele conseguiu endireitar a Harley e a linha branca no meio da pista começou a passar na mesma velocidade das balas de uma metralhadora, assim como os pinheiros que ladeavam a estrada.

Vic arriscou uma única olhada para trás. Imaginou que fosse ver o velho carro preto surgindo e avançando pela estrada de terra, mas a rodovia estava deserta. Tornou a olhar para a frente, pressionou o rosto nas costas do homem e os dois foram se afastando da casa do velho, rumando para os morros azulados. Foram em frente até ficarem seguros e tudo terminar.

Ao norte de Gunbarrel, Colorado

ELE COMEÇOU A DIMINUIR A velocidade.

– O que você está fazendo? – perguntou Vic aos berros.

Eles tinham percorrido menos de um quilômetro de rodovia. Ela olhou por cima do ombro: ainda podia ver a estrada de terra que conduzia à medonha casa branca.

– Cara, a gente, tipo, precisa chamar ajuda. Ali dentro deve ter um telefone.

Estavam se aproximando de uma pista de asfalto cheia de buracos e rachaduras que saía da estrada para a direita. Na esquina, havia uma mercearia rural com duas bombas de gasolina na frente. O rapaz conduziu a moto até diante da loja.

O motor morreu de repente, no mesmo instante que ele baixou o descanso; não se dera o trabalho de engatar a marcha neutra. Vic quis dizer não, ali não, ficava perto demais da casa do sujeito, mas o rapaz já tinha saltado e estava com a mão estendida para ajudá-la a descer.

Ela tropeçou no primeiro degrau que subia até a frente da loja e quase caiu. O rapaz a amparou e Vic se virou para olhá-lo, piscando por causa das lágrimas. Por que estava chorando? Não sabia, mas apenas sorvia o ar com inspirações curtas e engasgadas, sem conseguir se controlar.

Curiosamente, o rapaz de 20 anos, com um histórico de crimes idiotas – vandalismo, roubo a lojas, uso de cigarro antes da maioridade –, também parecia à beira das lágrimas. Vic só soube o nome dele bem depois.

– Ei – disse ele. – *Ei.* Eu não vou deixar nada de ruim acontecer. Está tudo bem agora. Eu vou proteger você.

Agora já entendia a diferença entre ser criança e ser adulta. Quando alguém dizia que podia afastar as coisas ruins, uma criança *acreditava*. Vic queria acreditar nele, mas não conseguia, então, em vez disso, resolveu lhe dar um beijo. Não naquela hora, mas depois – mais tarde iria lhe dar o melhor beijo do mundo. Ele era gorducho e tinha o cabelo feio e ela desconfiava que nunca tinha sido beijado por uma garota bonita. Vic jamais seria uma modelo de catálogo de lingerie, mas era razoavelmente bonita. Pela maneira relutante como ele soltou sua cintura, soube que o rapaz também achava isso.

– Vamos entrar aí e despachar todo um batalhão de policiais para aquela casa – falou ele. – Que tal?

– E carros de bombeiros – completou ela.

– É, isso também.

Lou a acompanhou até o interior da mercearia com piso de tábua corrida. Em cima do balcão, ovos em conserva boiavam feito globos oculares bovinos dentro de um jarro de líquido amarelado.

Uma pequena fila de clientes se estendia até a única caixa registradora da loja. O homem atrás do balcão tinha um cachimbo feito de espiga de milho pendurado no canto da boca. Com os olhos apertados e o queixo proeminente, parecia até o marinheiro Popeye.

Um rapaz de uniforme militar, o primeiro da fila, segurava algumas cédulas. Ao seu lado estava a esposa com um bebê no colo. A garota devia ser no máximo cinco anos mais velha que Vic e tinha os cabelos presos com elástico em um rabo de cavalo. O filho lourinho em seu colo usava um body do Batman manchado com molho de tomate na frente, indícios de um nutritivo almoço de macarrão semipronto.

– Com licença – disse Lou, erguendo a voz fina.

Ninguém olhou para ele.

– Você não tinha uma vaca leiteira, Sam? – perguntou o rapaz militar.

– Tinha – respondeu Popeye enquanto pressionava algumas teclas da caixa registradora. – Mas você não vai querer ouvir outra história da minha ex-mulher.

Os rapazes mais velhos reunidos em volta do balcão começaram a rir. A loura do bebê abriu um sorriso indulgente, olhou em volta e notou Lou e Vic. Ela franziu a testa, preocupada.

– *Pessoal, prestem atenção!* – gritou Lou, e dessa vez todos se viraram para encará-lo. – A gente precisa usar o telefone.

– Oi, querida – falou a loura do bebê, falando diretamente com Vic. Pelo jeito que ela falou, Vic soube na hora que ela era garçonete e que chamava todo mundo de querida, meu bem, benzinho ou boneca. – Você está bem? O que houve? Sofreu um acidente?

– Ela tem sorte de estar viva – comentou Lou. – Um homem lá na estrada trancou-a dentro de uma casa. Tentou fazer ela morrer queimada. A casa continua pegando fogo. Ela acabou de sair de lá. O filho da puta ainda está com um menininho.

Vic sacudiu a cabeça. Não... não, aquilo não estava totalmente correto. O menininho não estava com ele contra a vontade. Já não era mais sequer um menininho. Era alguma outra coisa, tão fria que doía tocar. Mas ela não conseguiu pensar em como corrigir Lou, então se manteve em silêncio.

Enquanto Lou falava, a loura encarara Vic com a expressão sutilmente alterada. Ela a avaliava de forma tranquila e intensa, bem como sua mãe fazia ao inspecionar um machucado, que julgava segundo uma escala de gravidade para selecionar o tratamento adequado.

– Qual é o seu nome, meu bem? – indagou a loura.

– Victoria – respondeu Vic; foi algo inédito, pois nunca se referia a si mesma pelo nome inteiro.

– Está tudo bem agora, Victoria – garantiu a loura, e sua voz soou tão gentil que Vic começou a soluçar.

A loura assumiu discretamente o comando daquele recinto e de todas as pessoas ali presentes, tudo sem erguer a voz nem soltar a criança que trazia no colo. Mais tarde, sempre que Vic pensava no que mais apreciava nas mulheres, pensava na esposa do soldado, em sua segurança e em sua discrição. Pensava na palavra "maternal", um sinônimo de estar presente e se importar com o que acontece com outra pessoa. Desejou ter ela própria a mesma certeza, a mesma consciência firme que via na loura, e pensou que gostaria de ser uma mulher assim: de ser mãe e de ter a sensibilidade feminina firme e segura do que fazer em uma emergência. Sob alguns aspectos, o filho de Vic, Bruce, foi concebido nesse instante, embora ela só fosse engravidar dali a três anos.

Vic sentou sobre caixas em um dos lados do balcão. Popeye já estava ao telefone, pedindo calmamente a um atendente que o repassasse para a polícia. Ninguém estava reagindo de forma excessiva, pois seguiam o comportamento da loura.

– Você é daqui? – quis saber ela.

– Não, de Haverhill.

– Isso fica no Colorado? – perguntou o soldado, que se chamava Tom Priest. Ele estava tirando duas semanas de folga e voltaria à Arábia Saudita via Fort Hood naquela mesma noite.

Vic fez que não com a cabeça.

– Não, em Massachusetts. Preciso ligar para minha mãe: ela não me vê há dias.

Desse momento em diante, Vic nunca mais conseguiu encontrar o caminho de volta para nada que se assemelhasse à verdade. Fazia dois dias que estava sumida de Massachusetts. Agora se achava no Colorado e tinha fugido de um homem que a trancara dentro de uma casa, tentara fazê-la morrer queimada. Sem que ela afirmasse ter sido raptada, ficou claro para todo mundo que assim tinha sido.

E isso se tornou a nova verdade até mesmo para a própria Vic, da mesma forma que ela conseguira convencer a si mesma de ter encontrado a pulseira da mãe dentro do carro da família, e não no Terry's Sanduíches em Hampton Beach. As mentiras eram fáceis de contar porque nunca pareciam mentiras. Quando lhe perguntaram sobre sua viagem até o Colorado, ela respondeu que não se lembrava de estar dentro do carro de Charlie Manx, e os policiais trocaram olhares tristes e compreensivos. Eles a pressionaram e Vic disse que era tudo um borrão escuro. Escuro como se ela tivesse ficado trancada dentro de um porta-malas? É, pode ser. Outra pessoa redigiu seu depoimento. Vic o assinou sem nem ao menos se dar o trabalho de ler.

– De onde você fugiu? – indagou Tom Priest.

– Logo ali atrás – falou Louis Carmody no lugar de Vic, que não conseguiu enunciar a resposta. – A pouco menos de um quilômetro daqui. Eu posso levar vocês até lá. Fica no meio da floresta. Cara, se eles não chegarem logo lá com os carros de bombeiros, metade do morro vai pegar fogo.

– Lá é a casa do Papai Noel – comentou o Popeye, afastando a boca do fone.

– Papai Noel? – repetiu o soldado.

Um homem de camisa xadrez vermelha e branca falou:

– Eu sei que casa é essa. Já fui lá quando estava caçando. É esquisita. As árvores do lado de fora estão todas decoradas como se fosse Natal o ano inteiro. Mas nunca vi ninguém lá.

– Esse cara tocou fogo na própria casa e fugiu? – perguntou o soldado.

– E ainda está com um menino – completou Lou.

– Que carro ele dirige?

Na hora que abriu a boca para responder, Vic detectou um movimento do lado de fora. Ela olhou para trás do soldado e viu o Espectro encostando junto às bombas de gasolina como se tivesse sido convocado pela própria pergunta. Mesmo de longe, e apesar da porta fechada, ela pôde ouvir a música natalina.

Sam's Posto e Mercearia

VIC NÃO CONSEGUIU GRITAR, NÃO conseguiu falar, mas também não precisou. Tom viu sua expressão, viu para onde ela estava olhando e virou a cabeça.

O motorista saltou do banco da frente e deu a volta no carro para abastecer.

– Aquele cara? – indagou o soldado. – O motorista do Rolls-Royce?

Vic aquiesceu.

– Não estou vendo menino nenhum com ele – disse Lou, esticando o pescoço para olhar pela janela dianteira da loja.

O comentário foi seguido por um instante de silêncio angustiado enquanto todos na loja avaliavam o que isso poderia significar.

– Ele está armado? – perguntou Tom.

– Não sei – respondeu Vic. – Não vi arma nenhuma.

O soldado se virou e começou a andar em direção à porta.

Sua mulher lhe lançou um olhar penetrante.

– O que *você* acha que está fazendo?

– O que você acha?

– Tom Priest, deixe a polícia cuidar disso.

– Vou deixar. Quando a polícia chegar. Mas ele pode ir embora antes disso.

– Eu vou com você, Tommy – falou o homem de camisa xadrez. – De toda forma, preciso mesmo ir com você: sou o único aqui com um distintivo no bolso.

Popeye baixou o fone, cobriu-o com uma das mãos e disse:

– Alan, no seu distintivo está escrito "Guarda-Florestal" e ele parece um daqueles brindes que vêm nas caixas de cereal.

– Só que ele *não veio* em uma caixa de cereal – retrucou Alan Warner, ajeitando uma gravata invisível e arqueando as fartas sobrancelhas grisalhas com uma expressão de raiva fingida. – Tive que comprá-lo em um estabelecimento dos mais respeitáveis. Arrumei uma pistola d'água e um tapa-olho de pirata de verdade nesse mesmo lugar.

– Se você insiste em sair, leve isto aqui – falou Popeye, pondo a mão debaixo do balcão.

Pousou uma grande pistola automática calibre .45 ao lado da caixa registradora e a empurrou com uma das mãos em direção ao guarda-florestal.

Alan franziu a testa e negou com a cabeça.

– Melhor não. Não sei quantos cervos eu já abati, mas não gostaria de apontar uma arma para homem nenhum. Tommy?

O soldado hesitou, em seguida atravessou a loja e pegou a pistola. Virou-a para conferir a trava de segurança.

– Thomas – chamou a esposa dele, sacudindo o bebê nos braços. – Você tem um filho de um ano e meio. O que vai fazer se o cara também sacar uma arma?

– Atirar nele.

– Que droga – disse ela com a voz pouco mais alta do que um sussurro. – Que *droga*.

Tom sorriu, parecendo um menino de 10 anos prestes a soprar suas velinhas de aniversário.

– *Cady*, eu preciso fazer isso. Estou no serviço ativo do exército americano e tenho autorização para aplicar a lei federal. Nós acabamos de saber que esse cara cruzou a divisa do estado com uma menor contra a vontade dela. Isso é rapto. Eu tenho a obrigação de deter esse cara e mantê-lo aqui até as autoridades civis chegarem. Fim de papo.

– Por que não esperamos simplesmente ele entrar aqui para pagar a gasolina? – sugeriu Popeye.

Mas Tom e Alan já avançavam juntos em direção à porta. O guarda-florestal olhou para trás.

– Não tem como saber se ele não vai embora sem pagar. Parem de se preocupar, vai ser divertido. Desde o último ano da escola que eu não imobilizo alguém.

Lou Carmody engoliu em seco.

– Vou ajudar vocês – disse e partiu atrás dos outros dois.

Cady segurou o braço de Lou antes de ele poder dar três passos, provavelmente salvando sua vida.

– Você já fez o suficiente. Quero que fique aqui. Você talvez precise contar por telefone à polícia a sua versão da história – explicou ela com uma voz que não aceitava argumentação.

Lou deu um suspiro meio trêmulo e seus ombros afrouxaram. Parecia aliviado, parecia querer se deitar. Vic achava que o entendia: ser herói era mesmo exaustivo.

– Senhoras – disse Alan, acenando para Cady e Vic ao passar.

Tom conduziu o outro homem porta afora e a fechou atrás de si, fazendo a sineta de latão tilintar. Vic assistiu a tudo pelas janelas da frente. Todos eles assistiram.

Viu Priest e Warner avançarem pelo asfalto, o soldado na frente, com a pistola abaixada junto à perna direita. O Rolls-Royce estava do outro lado das bombas e o motorista estava de costas para os dois. Não se virou quando eles se aproximaram, continuando a abastecer.

Tom não esperou nem tentou se explicar. Encostou a mão no meio das costas de Manx e o empurrou em direção à lateral do carro, enfiando o cano da arma nas suas costas. Alan ficou parado a uma distância segura atrás de Tom, entre as duas bombas de gasolina, e deixou o soldado lidar com a situação.

Charlie Manx tentou se endireitar, mas Priest tornou a empurrá-lo, fazendo-o se chocar contra o Espectro. O Rolls-Royce, fabricado em Bristol em 1938 por uma empresa que pouco depois estaria projetando tanques para os fuzileiros navais britânicos, mal balançou. O rosto bronzeado de Tom era uma máscara rígida e pouco amistosa. Agora já não havia o menor indício de sorriso infantil; com botas militares e plaquetas de identificação, ele parecia um filho da puta. Deu uma ordem em voz baixa, e devagar, *bem devagar*, Manx levantou as mãos e as apoiou no teto do carro.

Tom enfiou a mão esquerda livre no bolso do casaco preto de Manx e de lá retirou algumas moedas, um isqueiro de latão e uma carteira prateada, pondo-os também sobre o teto do automóvel.

Nesse instante ouviu-se uma batida, um baque na parte traseira do Rolls-Royce; foi forte o suficiente para fazer o carro inteiro se sacudir. Tom olhou para Alan.

– Alan – chamou Tom, com uma voz agora alta o suficiente para todos dentro da loja poderem escutar. – Dê a volta e tire a chave da ignição: vamos ver o que tem dentro da mala.

Alan assentiu e começou a dar a volta pela frente do carro, tirando o lenço do bolso para assoar o nariz. Chegou à porta do motorista, cuja janela estava aberta uns 20 centímetros, e estendeu a mão para pegar a chave. Foi nesse instante que as coisas começaram a dar errado.

Não havia ninguém sentado dentro do carro, mas ainda assim o vidro se ergueu com um movimento fluido, de uma vez só, cravando-se no braço de Alan e prendendo-o no lugar. O guarda deu um grito, jogou a cabeça para trás com os olhos bem fechados, levantando-se na ponta dos pés de tanta dor.

Tom tirou os olhos de Manx por um instante – só por um instante – e a porta do carona se abriu de supetão. Atingiu o soldado no flanco direito, empurrou-o para cima da bomba e o fez dar um meio giro. A pistola caiu com estrépito sobre o asfalto. Para Vic, a porta parecia ter se aberto sozinha, ninguém encostara nela. Ela pensou automaticamente em *A Super Máquina*, um seriado que não via há anos, e em como o reluzente Trans Am de Michael Knight era capaz de andar sozinho, pensar por conta própria, ejetar as pessoas de quem não gostava e abrir a porta para aquelas de quem gostava.

Manx abaixou a mão esquerda e segurou a mangueira de gasolina. Bateu com o bico de metal na cabeça de Tom, acertando-o no osso do nariz ao mesmo tempo que pressionava o gatilho, fazendo o combustível luzidio e transparente espirrar no rosto do soldado e na frente de seu uniforme.

Tom deu um grito abafado e levou as mãos aos olhos. Manx o acertou outra vez, agora batendo com o bico da mangueira no centro de sua cabeça; a gasolina jorrou e borbulhou sobre a cabeça de Priest.

Alan continuava a gritar. O carro começou a andar devagar, arrastando-o pelo braço.

Priest tentou se jogar em cima de Manx, mas o homem alto já estava recuando e Tom caiu de quatro sobre o asfalto. Manx cobriu suas costas de gasolina, encharcando-o como se usasse uma mangueira para regar o gramado.

Os objetos em cima do carro escorregaram à medida que ele continuava a avançar vagarosamente. Manx estendeu a mão e pegou o isqueiro com tão pouco esforço quanto um jogador da primeira base interceptando uma lenta bola rebatida em uma partida de beisebol.

Lou Carmody empurrou Vic pela esquerda, fazendo-a esbarrar em Cady. Quase dobrada ao meio com a força dos próprios gritos, a loura berrava o nome do marido. O bebê em seu colo também gritava: *Apai! Apai!* A porta se abriu de supetão e vários homens saíram para a varanda. A visão de Vic foi momentaneamente tapada por pessoas que passavam correndo.

Quando ela conseguiu ver o asfalto de novo, Manx tinha dado alguns passos para trás e acendido o isqueiro, jogando-o nas costas do soldado. Tom se acendeu com uma imensa explosão de fogo azul que projetou uma onda de calor cuja força foi suficiente para sacudir as vidraças da loja.

O Espectro agora avançava a um ritmo regular, arrastando consigo o impotente guarda-florestal. Alan berrava e socava a porta do carro com a mão livre, como se assim fosse conseguir convencê-lo a soltá-lo. Um pouco de gasolina havia molhado a lateral do automóvel e o pneu traseiro do lado do carona era um arco de labaredas rodopiantes.

Manx deu mais um passo para longe do soldado em chamas que se contorcia e foi atingido por trás por um dos outros clientes, um velhote magro de suspensório. Os dois caíram juntos no chão. Lou pulou por cima de ambos ao mesmo tempo que tirava a jaqueta para bater nas chamas do corpo de Tom.

A janela do motorista baixou de forma abrupta e soltou Alan, que desabou no asfalto com metade do corpo debaixo do carro. O Rolls-Royce emitiu um baque ao passar por cima dele.

Sam Cleary, o dono da loja parecido com Popeye, passou correndo por Vic segurando um extintor.

Lou gritava alguma coisa enquanto fustigava Tom com a jaqueta. Era como se estivesse combatendo as labaredas de uma pilha de jornais em chamas: grandes flocos de cinza preta flutuavam pelo ar. Só mais tarde Vic entendeu que se tratava de pele carbonizada.

O bebê no colo de Cady espalmou a mão gordinha na janela da loja.

– *Quente! Apai* quente!

De repente, Cady pareceu se dar conta de que o filho estava assistindo àquilo tudo, girou nos calcanhares e o carregou até o outro lado da loja, para longe da janela, sem parar de soluçar.

O Rolls-Royce avançou mais 6 metros antes de o para-choque bater em um poste. Labaredas lambiam toda a traseira e, se houvesse alguma criança dentro do porta-malas, ela já estaria sufocada ou teria morrido queimada. Só que não era o caso: ali havia apenas a bolsa de uma mulher chamada Cynthia McCauley, desaparecida três dias antes no aeroporto JFK com o filho, Brad, mas nenhum deles jamais tornou a ser visto.

Sam chegou aos dois velhos engalfinhados no chão e, usando as duas mãos, desferiu o extintor no rosto de Manx. Logo depois, usou-o para tentar apagar o fogo em Tom, mas a essa altura ele já estava bem morto.

Para não dizer bem passado.

INTERLÚDIO
O ESPÍRITO DO ÊXTASE
2000 – 2012

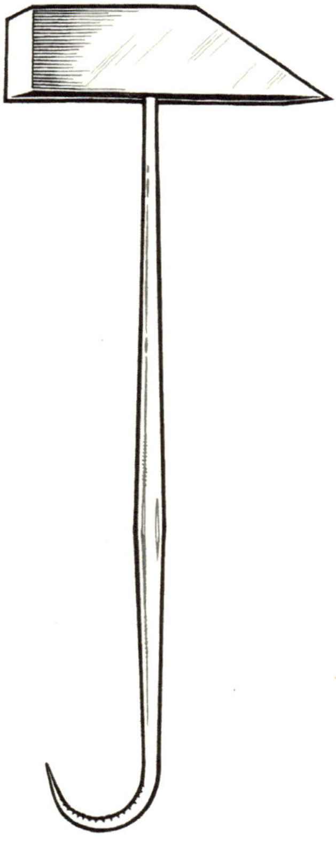

Gunbarrel, Colorado

NA PRIMEIRA VEZ QUE RECEBEU uma ligação interurbana da Terra do Natal, Vic morava com o namorado em um trailer e a neve caía sobre o Colorado.

Ela havia morado a vida inteira na Nova Inglaterra e achava que conhecia a neve, mas ali nas Rochosas não era a mesma coisa. As tempestades eram diferentes. Pensava nas nevascas das Rochosas como um clima *azul*. A neve caía rápida, forte, constante, e a luz tinha um quê de azul que dava a impressão de que Vic estava presa em um mundo secreto sob uma geleira: um lugar invernal onde era eternamente véspera de Natal.

Vic saía de casa de mocassim, vestida com uma das imensas camisetas de Lou, que ela podia usar como camisolas, e ficava parada na penumbra azul ouvindo a neve cair. Os flocos sibilavam nos galhos dos pinheiros feito estática, feito ruído branco. Sentia o cheiro gostoso dos pinheiros e da fumaça das lareiras, tentando entender por que cargas d'água tinha acabado com os peitos doloridos, desempregada, a mais de 3 mil quilômetros de casa.

A melhor resposta em que conseguia pensar era que estava ali em uma missão de vingança. Tinha voltado ao Colorado após concluir o ensino médio na Haverhill High para cursar artes plásticas. Optou por essa faculdade porque a mãe era inteiramente contra o projeto e o pai se recusava a pagar a anuidade. Outras escolhas que sua mãe não suportava e das quais seu pai não queria ouvir falar: o fato de Vic fumar maconha, matar aula para ir esquiar, ficar com meninas, ir morar com o delinquente gordo que a havia salvado de Charlie Manx, engravidar sem se dar o trabalho de casar. Linda sempre dissera que não teria qualquer envolvimento com um bebê nascido fora do matrimônio, por isso Vic não a convidara para visitá-la depois do nascimento e, quando a mãe se ofereceu para ir, respondeu que achava melhor não. Nem mandara uma foto do bebê para o pai.

Ainda se lembrava de como tinha sido bom encarar Lou Carmody nos olhos, enquanto tomavam café em um lugar chiquezinho de Boulder, e dizer sem rodeios, em um tom agradável:

– Então, acho que eu deveria dar para você para agradecer por ter salvado a minha vida, né? É o mínimo que eu posso fazer. Quer terminar seu café ou vamos nessa agora?

Depois da primeira vez que transaram, Lou confessou que nunca tinha ido para a cama com nenhuma garota e seu rosto ficou muito vermelho, tanto por causa do esforço quanto por causa da vergonha. Um virgem de 20 e poucos anos. Quem disse que não restavam maravilhas no mundo?

Às vezes Vic se ressentia de Louis não se contentar com sexo. Ele também a amava. Tinha tanta vontade de conversar quanto de transar, talvez até mais; queria dar-lhe presentes, queria que fizessem tatuagens juntos e fossem viajar. Às vezes ela se ressentia de si mesma por ter se tornado sua amiga. Parecia-lhe que seu plano inicial era ser mais forte: simplesmente trepar com ele uma ou duas vezes – mostrar-lhe que era uma garota que sabia dar valor a um cara –, depois largá-lo e arrumar uma namorada de estilo alternativo que tivesse uma mecha rosa nos cabelos e piercings na língua. O problema era que ela gostava mais de meninos do que de meninas, e mais de Lou do que da maioria dos outros homens: ele tinha um cheiro bom, movia-se devagar e era tão pouco irritadiço e tão fofinho quanto um personagem da turma do Ursinho Puff. Vic se irritava por gostar de tocá-lo e de se encostar nele. Seu próprio corpo vivia trabalhando contra ela para alcançar seus inconvenientes objetivos.

Lou trabalhava em uma oficina mecânica, aberta com um pouco de dinheiro doado pelos pais, e os dois moravam no trailer nos fundos da loja, a mais ou menos 3 quilômetros de Gunbarrel e mais de 1.500 quilômetros de qualquer outro lugar. Vic não tinha carro e devia passar umas sessenta horas por semana dentro de casa. O trailer fedia a fraldas encharcadas de xixi e peças mecânicas e a pia vivia lotada.

Em retrospecto, Vic espantava-se por não ter enlouquecido antes, pelo fato de que a maioria das jovens mães não ficassem malucas. Quando seus peitos viravam dois cantis e a trilha sonora da sua vida era um choro histérico e risadas ensandecidas, como alguém poderia esperar que você conservasse a razão?

Vic tinha uma única válvula de escape ocasional. Sempre que nevava, deixava Wayne com Lou, pegava emprestado o reboque e dizia que ia à cidade tomar um café expresso e ler uma revista. Era uma história que ela inventava. Vic não queria dizer a verdade, pois lhe parecia um assunto pessoal demais, talvez até vergonhoso.

Então um dia aconteceu de todos eles estarem trancafiados juntos dentro do trailer: Wayne martelava um xilofone de brinquedo com uma colher, Lou fazia panquecas e a TV passava aos berros a porra do desenho *Dora aventureira*. Vic saiu para fumar um cigarro no quintal. Estava azul lá fora, a neve caindo sibilante por entre as árvores, e depois de fumar o American Spirit até a guimba e queimar os dedos, ela teve certeza de que precisava dar uma volta na cidade.

Pegou a chave do reboque emprestada com Lou, vestiu um moletom com capuz de um time de hóquei no gelo e foi até a oficina que, naquela manhã gelada de domingo, estava trancada. Lá dentro pairava um cheiro de metal e óleo derramado muito parecido com o de sangue. Wayne tinha esse cheiro o tempo todo e Vic o odiava. O menino, Bruce Wayne Car-mody – que os avós paternos chamavam de Bruce, Vic de Wayne e Lou de Morcego –, passava a maior parte do dia fazendo gugu-dadá dentro do espaço seguro de um pneu de caminhão, que fazia as vezes de um cercadinho infantil. O pai de seu filho era um homem que só possuía duas cuecas e tinha um Coringa tatuado no quadril. Era bem difícil relembrar todas as coisas que a haviam conduzido àquele lugar rochoso, de neve interminável e falta de esperança. Ela não conseguia entender como tinha chegado até ali. Costumava ter muito talento para encontrar o lugar aonde queria ir.

Na oficina, parou por um instante, com um pé apoiado no estribo do reboque. Lou tinha aceitado um trabalho para pintar a moto de um colega e acabara de passar uma demão de primer preto fosco no tanque de combustível. O tanque agora parecia uma arma, uma bomba.

No chão ao lado da moto, havia uma folha de papel transfer com o desenho de uma caveira em chamas e as palavras HARD CORE escritas logo abaixo. Bastou-lhe uma olhadela no que Lou tinha feito para Vic saber que o serviço não ficaria bom. Curiosamente, algo na qualidade tosca do desenho, em suas falhas evidentes, a deixava quase doente de tanto amor por ele. Doente... e culpada. Já naquele instante, uma parte de si sabia que um dia iria abandoná-lo, sentia que Lou e Wayne mereciam algo melhor do que Vic McQueen.

A rodovia seguia em curvas fechadas por pouco mais de 3 quilômetros até Gunbarrel, onde havia cafés, lojas de velas e um spa que fazia tratamentos faciais com queijo cremoso. A menos da metade do percurso, Vic dobrou em uma estradinha secundária de terra batida que descia por entre os pinheiros e penetrava bem fundo na floresta da qual se extraía madeira.

Acendeu os faróis e enterrou o pé no acelerador. Era a mesma sensação de se lançar de um penhasco. A mesma sensação de um suicídio.

O imenso Ford foi varando a vegetação rasteira, batendo em raízes e se inclinando nos desníveis do chão. Ela dirigia a uma velocidade imprudente, derrapando nas curvas e atirando neve e pedras para os lados.

Estava à procura de alguma coisa. Tinha os olhos pregados nos fachos dos faróis, que abriam no ar um buraco parecido com um corredor branco. A neve passava aos rodopios, como se ela atravessasse um túnel de estática.

Vic sentia que a ponte do Atalho estava próxima, à sua espera logo após os feixes de luz. Sentia que era uma questão de velocidade. Se ao menos conseguisse andar depressa o suficiente, poderia forçar a ponte a voltar a existir, poderia saltar daquela estrada de madeireira para as velhas tábuas da ponte. Mas nunca se atrevia a acelerar o reboque até uma velocidade incontrolável e nunca conseguia chegar à ponte do Atalho.

Talvez se conseguisse de volta a bicicleta. Talvez se fosse verão.

Talvez se ela não tivesse cometido a asneira de ter um filho. Agora

estava fodida. Amava Wayne demais para acelerar ao máximo e sair voando pela escuridão.

Antes pensava que o amor tivesse a ver com felicidade, mas na realidade as duas coisas não estavam nem remotamente relacionadas. O amor era mais próximo de uma necessidade, não muito diferente da necessidade de comer ou respirar. Quando Wayne adormecia, a bochecha quente encostada em seu seio nu e os lábios com o cheiro doce do leite saído de seu próprio corpo, ela sentia que era *ela* quem tinha acabado de se alimentar.

Talvez não conseguisse materializar a ponte porque não havia mais nada a encontrar. Talvez já tivesse encontrado tudo que o mundo tinha a lhe oferecer: pensar isso era quase desesperador.

Ser mãe não era uma coisa boa. Vic queria criar um site, uma campanha de conscientização popular, uma newsletter para divulgar a seguinte informação: se você é mulher e tiver um filho, perderá tudo e vai se tornar uma refém do amor, uma terrorista que só ficará satisfeita quando abrir mão de todo o seu futuro.

A estrada terminava em um buraco cheio de cascalho, e foi lá que ela fez a volta. Como muitas vezes acontecia, retornou pela rodovia com dor de cabeça.

Não, dor de cabeça, não: o olho esquerdo é que doía. Era um latejar brando e vagaroso.

Voltou para a oficina cantando com Kurt Cobain. Ele entendia o gosto que tinha perder sua ponte mágica, o transporte que conduzia você até as coisas de que precisava. O gosto era do cano de uma arma, coincidentemente, o significado do nome de sua cidade: Gunbarrel.

Vic estacionou na oficina e ficou sentada ao volante, no frio, vendo a própria respiração se condensar. Poderia ter permanecido ali para sempre se o telefone não tivesse tocado.

O aparelho ficava na parede, bem ao lado da porta do escritório que Lou nunca usava. Era antigo o suficiente para ter um disco, igual ao telefone da Casa Sino de Charles Manx. Seu toque era agressivo, metálico.

Vic franziu a testa.

Aquele número e o da casa ficavam em uma linha separada. O primeiro era comicamente apelidado de "número profissional". Ninguém ligava para eles por ele.

Ela saltou do banco do motorista suspenso mais de um metro acima do chão de concreto e atendeu ao terceiro toque:

– Carma dos Carros Carmody.

O aparelho estava tão frio que chegava a doer; a palma de sua mão formou um halo branco de condensação no plástico.

Um sibilo ecoou na linha, como se a ligação estivesse vindo de muito longe. Ao fundo, Vic pôde ouvir um coro de Natal, o som de vozes melodiosas infantis. Estava um pouco cedo para isso: ainda eram meados de novembro.

– Hum – disse um menino do outro lado.

– Alô? Pois não?

– Hum. É. Meu nome é Brad. Brad McCauley. Estou ligando da Terra do Natal.

Ela reconheceu o nome, mas no início não conseguiu situá-lo.

– Brad – repetiu. – Posso ajudar? De onde você disse que estava ligando?

– Da Terra do Natal, sua *boba*. Você sabe quem eu sou. Eu estava dentro do carro. Na casa do Sr. Manx. Você lembra... a gente se *divertiu*.

Ela sentiu o peito gelar; foi difícil respirar.

– Ah, menino, vai se foder – xingou. – Vai se foder com essa sua brincadeirinha perversa.

– Estou ligando porque a gente está ficando com fome aqui. Faz uma *eternidade* que não temos nada para comer, e de que adianta ter tantos dentes se não dá para usar?

– Se você ligar para cá de novo eu chamo a polícia, seu maluco escroto – ameaçou Vic, e bateu o telefone.

Ela cobriu a boca com uma das mãos e emitiu um som que foi um misto de soluço e grito de raiva. Curvou o corpo e ficou tremendo dentro da oficina gelada.

Quando conseguiu se controlar, endireitou-se, pegou o fone e ligou calmamente para a operadora.

– A senhora poderia me dar o número que acabou de ligar para o meu? – pediu. – A ligação caiu. Quero retornar.

– Desse número em que a senhora está?

– Isso. A ligação caiu agora mesmo.

– Desculpe, tenho aqui o registro de uma ligação de um 0800 na sexta-feira à tarde. Quer que eu ligue para esse número?

– Eu recebi uma ligação agorinha. Quero saber quem foi.

Houve um silêncio antes de o atendente responder, um intervalo durante o qual Vic pôde ouvir as vozes de outros funcionários falando ao fundo.

– Sinto muito, não tenho registro de nenhuma ligação para esse número desde sexta-feira.

– Obrigada – agradeceu Vic, e desligou.

Quando Lou a encontrou, ela estava sentada no chão abaixo do telefone, abraçando as próprias pernas.

– Já faz um tempo que você está sentada aqui – disse ele. – Quer que eu traga um cobertor, um *tauntaun* morto ou algo assim?

– O que é um *tauntaun?*

– É um bicho do *Star Wars*. É usado como um camelo. Meio que parece uma cabra grande.... Bom, não acho que faça diferença.

– O que Wayne está fazendo?

– Ele pegou no sono. Está tudo bem com ele. E você, está fazendo o que aqui?

Lou olhou para a penumbra em volta como se pensasse que havia uma chance de ela não estar sozinha.

Vic precisava lhe dizer alguma coisa, inventar uma explicação para estar sentada no chão de uma oficina fria e escura, então meneou a cabeça em direção à moto da encomenda.

– Pensando na moto que você está arrumando.

Lou a observou com os olhos estreitados, claramente sem acreditar, mas por fim olhou para a moto e para o papel transfer no chão ao lado e comentou:

– Estou com medo de fazer cagada. Você acha que vai ficar bom?

– Não. Acho que não. Desculpe.

Ele a encarou, espantado.

– Sério?

Vic abriu um sorriso débil e aquiesceu.

Lou suspirou fundo.

– Pode me dizer o que eu fiz de errado?

– *Hardcore* é uma palavra só, não duas. E o seu *e* está parecendo um *8*. Além disso, você tem que escrever espelhado. Quando colar o papel transfer para copiar o desenho, *hardcore* vai sair escrito ao contrário.

– Ah. Ah, que merda. *Cara*, como eu sou imbecil. – Lou lhe lançou outro olhar esperançoso. – Mas da caveira você gostou, certo?

– Sinceramente?

– Caramba. Eu estava torcendo para Tony B. me dar umas 50 pratas por uma pintura bem-feita. Se você não tivesse me avisado, eu provavelmente teria que dar 50 pratas *a ele* por estragar a moto. Por que eu não sou bom em *nada*?

– Você é um bom pai.

– Não é como física quântica.

Não, pensou Vic, é mais difícil.

– Quer que eu conserte? – perguntou ela.

– Você já pintou uma moto?

– Não.

– Bom. Então tá. Se sair ruim, a gente diz que fui eu. Ninguém vai ficar surpreso. Mas, se você arrasar, a gente diz quem realmente pintou a moto. Talvez assim apareçam outros trabalhos. – Ele deu mais uma boa olhada em Vic, avaliando-a. – Tem certeza de que está tudo bem? Você não estava aqui tendo pensamentos sombrios, estava?

– Não.

– Você às vezes não acha, sei lá, que talvez não devesse ter largado a terapia? Cara, você passou por muita coisa ruim. Talvez devesse falar sobre isso. Sobre *ele*.

Acabei de falar, pensou Vic. *Acabei de ter uma agradável conversa com a última criança que Charlie Manx raptou. Ele agora é algum tipo de vampiro, está lá na Terra do Natal e quer alguma coisa para comer.*

– Acho que já conversei demais – afirmou ela, e segurou a mão de Lou quando ele a ofereceu. – Talvez seja melhor agora eu só pintar.

Sugarcreek, Pensilvânia

NO INÍCIO DO VERÃO DE 2001, Bing Partridge tomou conhecimento de que Charlie Manx estava muito doente. Bing tinha então 53 anos, e há cinco não colocava a máscara de gás.

Ficou sabendo graças à matéria de um site acessado no grande computador preto da Dell que recebera de presente da NorChemPharm por trinta anos de serviço. Diariamente, procurava notícias do Colorado sobre o Sr. Manx, mas fazia muito tempo. Até ele descobrir que Charles Talent Manx III, idade indeterminada, assassino condenado, suspeito de raptar dezenas de crianças, fora transferido para a ala hospitalar do Presídio Federal de Englewood por não ter sido possível acordá-lo.

> Manx foi examinado por Marc Sopher, renomado neurocirurgião de Denver, que descreveu sua condição como digna de entrar para os anais da medicina.
>
> "O paciente parece padecer de uma espécie de progeria adulta ou de uma forma rara de síndrome de Werner. Em termos simples, ele começou a envelhecer muito depressa. Um mês para ele é como se fosse um ano. Um ano equivale a quase uma década. E ele já não era muito jovem, para começo de conversa."
>
> Segundo o médico, não há como afirmar se a doença de Manx poderia explicar parte do comportamento aberrante que o levou ao brutal assassinato do soldado Thomas Priest, em 1996. Ele também se negou a descrever o presente estado de Manx como um coma.
>
> "Ele não se encaixa na definição estrita [de coma]. Sua atividade cerebral é intensa, como se estivesse sonhando. Só que ele não consegue

mais acordar. O corpo está cansado demais. Ele não tem mais gasolina nenhuma no tanque."

Bing já tinha pensado muitas vezes em escrever para o Sr. Manx dizendo que continuava fiel, que ainda o amava e amaria para sempre, que estaria ali para servi-lo até o dia da sua morte. Embora Bing talvez não fosse a luzinha mais brilhante da árvore de Natal – haha –, era inteligente o bastante para saber que o Sr. Manx ficaria furioso caso ele lhe escrevesse, e com razão. Uma carta de Bing com certeza faria homens de terno virem bater à sua porta, usando óculos escuros, com armas de fogo em coldres nas axilas. *Bom dia, o senhor se importaria em responder a algumas perguntas? O que acharia se pegássemos uma pá e cavássemos um pouco por aí?* Portanto ele nunca havia escrito e agora era tarde demais; só de pensar nisso ele se sentia mal.

O Sr. Manx, por sua vez, *tinha* transmitido um recado uma vez, embora Bing não soubesse de que maneira. Um embrulho fora deixado em frente à sua porta, sem endereço do remetente, dois dias depois de o Sr. Manx ser condenado à prisão perpétua em Englewood. Dentro dele havia duas placas de automóvel – NOS4A2/KANSAS – e um pequeno cartão em papel vergê marfim com um anjo de Natal desenhado na frente.

Bing tinha guardado as placas no porão, onde também estava enterrado o resto de sua vida com Charlie Manx: os cilindros roubados de sevoflurano vazios, a pistola de seu pai e os restos das mulheres, as mães que Bing levara para casa depois das várias missões de salvamento com o Sr. Manx... *nove* missões ao todo.

Brad McCauley fora a nona criança que eles haviam salvado e sua mãe, Cynthia, a última puta com a qual Bing havia lidado no cômodo silencioso embaixo da casa. De certa forma, ela também fora salva antes de morrer: Bing lhe ensinara o que era o amor.

Bing e o Sr. Manx planejavam salvar mais uma criança no verão de 1997 e, dessa vez, Bing o acompanharia até a Terra do Natal, para viver onde ninguém envelhecia e a infelicidade era contra a lei, onde ele poderia andar em todos os brinquedos, tomar todo o chocolate quente que quisesse e abrir presentes de Natal todos os dias de manhã. Quando ele pensava na injustiça cósmica de tudo aquilo – o fato de o Sr. Manx ter sido levado embora justo antes de enfim poder abrir os portões da Terra do Natal para Bing –, sentia--se esmagado por dentro, como se a esperança fosse um vaso largado de uma altura bem grande, *crac*.

O pior de tudo, porém, não era perder o Sr. Manx ou a Terra do Natal. O pior era perder o amor. Era perder as mamãezinhas.

A Sra. McCauley, última de todas, tinha sido a melhor. Eles tiveram longas conversas no porão, a Sra. McCauley nua e bronzeada agarrada à lateral do corpo de Bing. Apesar dos 40 anos, seu corpo era bem definido, pois era técnica do time de vôlei feminino da escola. Sua pele irradiava calor e saúde. Ela afagou os pelos grisalhos do peito de Bing e disse que o amava mais do que amava os próprios pais e o filho, mais do que amava Jesus, filhotinhos de gato ou a luz do sol. Foi bom ouvi-la declarar: "Eu te amo, Bing Partridge. Eu te amo tanto que estou sendo consumida. Estou em chamas por dentro. Meu amor está me queimando viva." Seu hálito estava doce por causa do cheiro da fumaça de pão de mel; Cynthia era tão atlética que Bing precisava lhe aplicar uma dose de sua mistura aromatizada de sevoflurano a cada três horas. Ela o amava tanto que cortou os próprios pulsos quando ele lhe disse que os dois não podiam viver juntos. Os dois fizeram amor uma última vez enquanto ela sangrava – enquanto o banhava com seu sangue.

– Está doendo? – perguntou ele.

– Ah, Bing, Bing, seu bobo... Há dias estou sofrendo de amor. Uns cortezinhos feito estes não doem nada.

Ela era tão linda – tinha tetas tão perfeitas – que ele não suportou jogar cal em cima de seu corpo até que ela começou a cheirar mal. Mesmo com moscas nos cabelos, ela era bonita; *super*bonita, na realidade. As moscas-varejeiras cintilavam feito pedras preciosas.

Bing tinha visitado o Cemitério do Talvez com o Sr. Manx e sabia que, se Cynthia tivesse sido deixada em liberdade, teria matado o próprio filho em uma fúria movida a anabolizantes. Ali, porém, no seu cômodo silencioso, Bing havia lhe ensinado a gentileza, o amor e como chupar um pau, portanto ao menos a sua vida tivera um bom desfecho.

Era a isso que tudo se resumia, no final das contas: pegar algo terrível e transformá-lo em algo bom. O Sr. Manx salvava as crianças e Bing salvava as mamãezinhas. Agora, porém, as mamãezinhas haviam acabado. O Sr. Manx tinha ido para a prisão e a máscara de gás de Bing pendia de um gancho atrás da porta dos fundos, de onde não saía desde 1996. Ele leu a matéria no jornal sobre o Sr. Manx ter pegado no sono – um sono profundo, interminável, um corajoso soldado acometido por um feitiço maquiavélico –, depois a imprimiu, dobrou e decidiu rezar um pouco.

Em seu quinquagésimo terceiro ano de vida, Bing Partridge havia se tornado outra vez um homem que frequentava a igreja e voltara ao Tabernáculo da Nova Fé na esperança de que Deus proporcionasse algum conforto a um de seus filhos mais solitários. Rezava para um dia escutar "White Christmas" tocando em frente à casa, afastar as cortinas de linho e ver o Homem Bom ao volante do Espectro, com a janela abaixada, fitando-o: *Venha, Bing! Vamos dar uma volta! O número dez está à nossa espera! Vamos pegar mais uma criança e levar você para a Terra do Natal! Deus sabe que você mereceu!*

Ele subiu o morro íngreme sob o calor sufocante da tarde de julho. As flores de papel-alumínio em seu quintal – 29 ao todo – estavam totalmente imóveis e silenciosas. Ele as odiava. Também odiava o céu azul e a harmonia enlouquecedora das cigarras pulsando nas árvores. Arrastou-se morro acima com a reportagem em uma das mãos ("Doença rara acomete assassino condenado") e o derradeiro bilhete do Sr. Manx na outra (*Talvez eu demore um pouco. 9*) para falar com Deus sobre essas coisas.

A igreja ficava no meio de um hectare de asfalto deformado, de cujas rachaduras brotava um mato esbranquiçado que chegava aos joelhos de Bing. Um pedaço de corrente grossa e um cadeado mantinham as portas da frente fechadas; ninguém exceto Bing rezava ali há quase quinze anos. O tabernáculo um dia pertencera ao Senhor, mas agora era propriedade dos agiotas, era o que dizia a folha de papel desbotada dentro de um plástico transparente pregado em uma das portas.

As cigarras zumbiam loucamente na cabeça de Bing.

Em um dos cantos do asfalto havia um grande cartaz, como os que se vê em frente a uma lanchonete ou estacionamento de carros usados, avisando às pessoas o hino que elas iriam cantar em determinado dia: SOMENTE

EM DEUS, ELE VIVE OUTRA VEZ e O SENHOR NUNCA DORME. DEVOÇÕES estavam prometidas para as 13 horas. O cartaz anunciava os mesmos hinos desde o segundo mandato de Reagan.

Alguns vitrais estavam quebrados por causa das pedras lançadas pelas crianças, mas Bing não entrava por eles. Junto a uma das laterais da igreja, meio escondido pelos álamos e sumagres empoeirados, havia um barracão e, debaixo de um capacho apodrecido diante da porta, ficava uma chave de latão brilhante.

Ela abria o cadeado das portas inclinadas do porão nos fundos da igreja. Bing desceu. Atravessou um recinto subterrâneo frio e avançou em meio a um cheiro de creosoto velho e livros mofados até chegar à grande nave da igreja.

Bing sempre gostara daquela igreja, desde a época em que a frequentava com a mãe. Gostava de como o sol entrava pelas janelas de vitral de 6 metros de altura e enchia o recinto de cor e calor, de como as mamãezinhas se vestiam, com renda branca, sapatos de salto e alvas meias finas. Bing adorava meias brancas e adorava ouvir uma mulher cantar. Todas as mamãezinhas que tinham ficado com ele na Casa do Sono cantavam antes do descanso final.

Porém, depois de o pastor fugir com todo o dinheiro da igreja e de o banco fechá-la, Bing descobriu que aquele lugar o perturbava. Não gostava da maneira como o campanário parecia se esticar em direção à sua casa no final do dia. Descobriu que, depois que começou a levar as mamãezinhas para a sua casa – que o Sr. Manx havia batizado de Casa do Sono – quase não conseguia mais suportar olhar para o alto do morro. A igreja *assomava*, a sombra do campanário era um dedo acusador que se estendia encosta abaixo e apontava para o quintal em frente à sua casa: *EIS AQUI UM ASSASSINO! NOVE MULHERES MORTAS NO SEU PORÃO!*

Bing tentava dizer a si mesmo que estava sendo bobo. Na verdade, ele e o Sr. Manx eram heróis; faziam um trabalho verdadeiramente cristão. Se alguém escrevesse um livro sobre eles, seria preciso identificá-los como os mocinhos. Pouco importava que muitas das mães, mesmo depois de receberem a dose de sevoflurano, não confessassem seus planos de prostituir as filhas ou espancar os filhos, ou que muitas delas afirmassem nunca terem usado drogas, nem bebido além da conta ou ter ficha criminal. Essas coisas estavam no futuro, um futuro desgraçado que Bing e o Sr. Manx se esforçavam muito para evitar. Se ele um dia fosse preso – pois naturalmente nenhum homem da lei jamais iria entender a importância e a bondade intrínseca de sua vocação –,

Bing sentia que poderia falar com orgulho sobre o seu trabalho. Não sentia a menor vergonha de *nenhuma* das coisas que tinha feito ao lado do Sr. Manx.

Mesmo assim, às vezes ainda achava difícil olhar para a igreja lá em cima.

Enquanto subia os degraus do porão, consolou-se dizendo que estava sendo um bobo, que todos os homens eram bem-vindos na casa de Deus e que o Sr. Manx precisava das suas preces – agora mais do que nunca. Bing nunca se sentira tão sozinho ou desamparado. Algumas semanas antes, o Sr. Paladin tinha perguntado o que ele pretendia fazer depois que se aposentasse. Bing ficara chocado e perguntara por que deveria se aposentar, já que gostava do seu trabalho. O Sr. Paladin explicou que, após quarenta anos, ele seria *obrigado* a se aposentar; não havia escolha. Bing nunca havia pensado no assunto, pois imaginara que, àquela altura, fosse estar tomando chocolate quente na Terra do Natal, abrindo presentes de manhã e entoando canções natalinas à noite.

Nessa tarde, o imenso santuário vazio não o tranquilizou. Na verdade, muito pelo contrário. Todos os bancos continuavam ali, embora não mais alinhados em fileiras arrumadas, mas empurrados para os dois lados, tortos como os dentes do Sr. Manx. O chão estava coberto de cacos de vidro e pedaços de gesso que estalavam sob seus pés. O lugar tinha um cheiro rançoso de amônia e urina de pássaro. Alguém tinha bebido lá dentro; as garrafas e latas de cerveja abandonadas coalhavam os bancos.

Bing seguiu em frente e percorreu toda a extensão do recinto, assustando as andorinhas nas vigas do telhado. O barulho de suas asas batendo ecoou como o ruído de um mágico espalhando pelo ar as cartas de um baralho.

A luz que entrava enviesada pelas janelas era fria e azul e a poeira rodopiava nos fachos como se a igreja fosse o interior de um globo de neve cujo conteúdo começasse a se assentar.

Adolescentes ou sem-teto, ele não sabia, tinham feito um altar em um dos largos peitoris das janelas. Atrás de velas vermelhas deformadas que despontavam em meio a poças endurecidas de cera, havia várias fotos de Michael Stipe, do R.E.M., uma bicha magrela de cabelos e olhos claros. Em uma das fotos, alguém escrevera com batom cereja "*LOSING MY RELIGION*", em referência a uma das músicas da banda. Enquanto alguém perdia sua religião, Bing pensava que o rock não tinha produzido nada que valesse a pena escutar desde o disco *Abbey Road*.

Pousou o cartão do Sr. Manx e a matéria do *Denver Post* no centro desse altar caseiro e acendeu umas duas velas para o Homem Bom. Para liberar um espaço no chão, chutou pedaços de gesso caído e uma calcinha suja estampada com coraçõezinhos que parecia ser de uma criança de 10 anos.

Ajoelhou-se e pigarreou. No imenso espaço cheio de ecos da igreja, o ruído pareceu um tiro de arma de fogo.

Uma andorinha bateu asas e voou de uma viga para outra.

Ele viu uma fileira de pombos inclinados para a frente de modo a encará-lo com seus olhos brilhantes e vermelhos. Observavam-no fascinados.

Ele fechou os olhos, uniu as mãos e começou a falar com Deus, com a cabeça inclinada para trás:

– Oi, Deus. Aqui é o Bing, aquele burro velho. Ai, Deus. Ai, Deus, Deus, *Deus*. Por favor, ajude o Sr. Manx. O Sr. Manx está com uma doença do sono, uma doença *grave*, e eu não sei o que fazer, e se ele não melhorar e voltar para mim eu nunca vou poder fazer minha viagem até a Terra do Natal. Tentei o quanto pude fazer algo de bom da minha vida, salvar crianças e garantir que elas tivessem chocolate quente, brinquedos e essas coisas. Não foi fácil. Ninguém *queria* que nós as salvássemos. Mas mesmo quando as mamãezinhas gritavam e nos xingavam de nomes horríveis, mesmo quando as crianças choravam e molhavam as calças, eu continuava a amá-las. Amava aquelas crianças e as mamãezinhas, ainda que elas fossem mulheres *más*. E mais do que tudo eu amava o Sr. Manx. Tudo que ele faz é para os outros poderem ser *felizes*. Isso não é a coisa mais bondosa que alguém pode fazer, espalhar um pouco de felicidade por aí? Por favor, Deus, se nós tivermos feito algum bem, por favor me ajude, me dê um sinal, me diga o que fazer. Por favor, por *favor*, por favor, *por*...

De repente, ele sentiu algo quente atingir sua bochecha e lhe veio um gosto salgado e amargo nos lábios. Bing retraiu-se; era como se alguém tivesse gozado em cima dele. Passou a mão pela boca e olhou para os próprios dedos, agora cobertos com uma imundície verde esbranquiçada, uma papa líquida que escorria. Levou alguns instantes para identificar aquilo como cocô de pombo.

Bing grunhiu duas vezes. O gosto e a textura cremosa enchiam sua boca. Acumulada na palma de sua mão, a substância parecia catarro de doente. Seu gemido se transformou em um grito e ele se desequilibrou para trás, chutando o gesso e o vidro, e pousou a outra mão em cima de algo úmido e grudento, com a mesma textura macia de filme plástico. Olhou para baixo e constatou que havia colocado a mão sobre uma camisinha usada cheia de formigas.

Levantou a mão, horrorizado, enojado, e a camisinha grudou em seus dedos; Bing sacudiu os dedos e ela voou e aterrissou sobre seus cabelos. Ele deu um grito agudo e pássaros saíram voando das vigas.

– *Como assim?* – gritou ele para a igreja vazia. – *Como assim?* Eu vim aqui *me ajoelhar*! VIM AQUI ME AJOELHAR! E *o que* o Senhor faz? **O QUÊ?**

Ele segurou a camisinha e puxou, arrancando ao mesmo tempo um chumaço dos próprios cabelos finos e grisalhos. (Quando é que seu cabelo havia ficado inteiramente grisalho?) A poeira rodopiou na luz.

Bing desceu o morro correndo desconjuntado, sentindo-se conspurcado e enjoado... conspurcado, enjoado e *ultrajado*. Passou cambaleando pelas flores de papel-alumínio no quintal e fechou a porta atrás de si com força.

Quem saiu da casa vinte minutos depois, com um frasco de fluido de isqueiro em cada mão, foi o Homem da Máscara de Gás.

Ele fechou com tábuas os buracos nos vitrais da igreja para os pássaros não poderem fugir. Despejou um frasco quase inteiro nos bancos de madeira e nas pilhas de madeira quebrada e gesso espalhadas pelo chão, pequenas e perfeitas fogueiras. O outro frasco entornou em cima da imagem de Jesus pregado na cruz na abside da igreja. Ele parecia estar sentindo frio com sua pouca roupa, então Bing acendeu um fósforo e o vestiu com uma túnica de fogo. De um mural pintado acima da imagem, Maria fitou com tristeza essa derradeira indignidade infligida a seu filho. Bing levou dois dedos ao bico da máscara e soprou-lhe um beijo.

Por uma chance de capturar a criança número dez com o Sr. Manx, pensou Bing, pouco lhe importava se tivesse de sedar e matar a mãezinha do próprio Cristo para pegar o pilantra.

Além disso, não havia nada que o Espírito Santo tivesse feito na boceta da Virgem Maria que Bing não pudesse ter feito melhor se tivesse passado três dias sozinho com ela na Casa do Sono.

Gunbarrel, Colorado

AS CRIANÇAS NUNCA LIGAVAM QUANDO ela estava pintando.

Vic demorou meses para compreender isso de forma consciente, mas em algum nível de sua mente entendeu quase na hora. Quando não estava pintando, quando não tinha um trabalho criativo para ocupá-la, sentia uma apreensão física crescente, como se estivesse debaixo de um guindaste que sustentasse um piano: a qualquer momento os cabos poderiam se romper e todo aquele peso cair em cima dela com um estrondo fatal.

Assim, acumulava todos os serviços que conseguia arrumar e passava setenta horas por semana na oficina, ouvindo Foreigner e pintando motos para homens racistas com ficha na polícia.

Pintava labaredas, armas e mulheres nuas, granadas e bandeiras dos confederados ou nazistas, Jesus Cristo, tigres brancos, zumbis e mais mulheres nuas. Vic não se considerava uma artista. Pintar impedia os telefonemas da Terra do Natal e pagava as fraldas. Todas as outras considerações tinham muito pouca importância.

Às vezes, porém, os trabalhos rareavam. Às vezes parecia que ela já havia pintado todas as motos das Rochosas e nunca mais iria aparecer nenhum serviço. Quando isso acontecia – quando passava mais de uma semana ou duas sem pintar –, Vic se pegava esperando com apreensão. Preparando-se.

Então, um dia, o telefone tocava.

Aconteceu em setembro, em uma terça-feira de manhã, cinco anos depois de Manx ser preso. Lou saíra antes de o sol raiar para rebocar um carro que caíra dentro de uma vala e a deixara sozinha com Wayne, que queria comer cachorro-quente no café da manhã. Todos esses anos tinham cheiro de cachorro-quente e cocô de criança.

Wayne estava vendo TV e Vic espremia catchup dentro de pães carecas vagabundos quando o telefone tocou.

Ela encarou o aparelho. Como estava cedo, Vic já sabia quem era, porque fazia quase um mês que não pintava nada.

Ela tocou o telefone. Estava *frio*.

– Wayne – chamou.

O menino ergueu os olhos, com o dedo na boca e baba escorrendo pela frente da camiseta dos X-Men.

– Wayne, você ouviu o telefone tocar?

O menino a encarou com uma expressão vazia, sem entender por alguns instantes, depois fez que não com a cabeça.

O telefone tornou a soar.

– E agora, você ouviu? Não ouviu o telefone tocar?

– Não, Mã – respondeu o menino sacudindo a cabeça para um lado e para o outro.

Ele voltou a prestar atenção na TV.

Vic pegou o fone.

Uma criança falou – não era Brad McCauley; dessa vez se tratava de uma menina:

– *Quando* o papai vai voltar para a Terra do Natal? O que você *fez* com o papai?

– Você não existe – retrucou Vic.

– Existo, sim – replicou a menina. Uma nuvem branca de ar condensado escapou pelos furinhos do alto-falante do telefone. – Nós somos tão reais quanto o que está acontecendo em Nova York hoje de manhã. Você deveria ver o que está acontecendo em Nova York. É demais! As pessoas estão pulando no céu! É *demais*, é *divertido*. *Quase* tão divertido quanto a Terra do Natal.

– Você não existe – tornou a sussurrar Vic.

– Você contou *mentiras* sobre o papai. Foi *má*. Você é uma *mãe má*. Wayne deveria estar *com a gente*. Poderia passar o dia inteiro brincando com a gente. A gente poderia ensinar ele a brincar de tesoura-no-mendigo.

Vic bateu com o fone no gancho. Levantou-o e tornou a bater. Wayne olhava para a mãe com olhos arregalados, alarmado.

Ela lhe acenou com a mão – *não foi nada* – e virou as costas, esforçando-se para não chorar, com a respiração descompassada.

As salsichas de cachorro-quente tinham fervido e a água começou a espirrar da panela para cima da chama azul da boca do fogão. Vic ignorou-as, sentou--se no chão da cozinha e cobriu os olhos com as mãos. Conter os soluços foi um esforço enorme; ela não queria assustar Wayne.

– Mã! – chamou o menino, e ela ergueu os olhos, piscando. – *Conteceu guma* coisa com o Oscar!

"Oscar" era como ele se referia a *Vila Sésamo*.

– *Conteceu guma* coisa e o Oscar foi embora.

Vic enxugou os olhos, sorveu uma inspiração trêmula e desligou o fogo. Caminhou até a televisão com passos hesitantes. *Vila Sésamo* tinha sido interrompido para a transmissão de uma notícia urgente: um grande jato havia se chocado com uma das torres do World Trade Center, em Nova York; uma fumaça preta se agitava em um céu muito azul.

Algumas semanas depois, Vic abriu espaço num quartinho do tamanho de um armário, fez faxina e varreu. Pôs um cavalete lá dentro e montou nele uma folha de cartolina.

– O que tá rolando aí? – quis saber Lou, espichando a cabeça pela porta um dia depois de ela arrumar tudo.

– Tive a ideia de fazer um livro ilustrado – respondeu ela.

Já tinha feito um esboço da primeira página em lápis azul e estava quase pronta para começar a colorir. Lou espiou por cima de seu ombro.

– Está desenhando uma fábrica de motos? – perguntou ele.

– Quase isso. É uma fábrica de robôs. O herói é um robô chamado Máquina de Busca. Em cada página, ele precisa atravessar um labirinto e encontrar algum objeto importante: baterias, planos secretos, essas coisas.

– Acho que o seu livro está me deixando com tesão. Que coisa mais incrível para Wayne. Ele vai amar.

Vic assentiu. Não se importava em deixar Lou pensar que estava fazendo aquilo pelo filho. Mas ela própria não tinha ilusões: fazia aquilo por si mesma.

O livro ilustrado era melhor do que pintar Harleys: era um trabalho constante, que ela podia fazer diariamente.

Depois que Vic começou a desenhar *Máquina de Busca*, o telefone só tocava se uma financiadora entrava em contato.

E quando ela vendeu o livro, as financiadoras também pararam de ligar.

Brandenburg, Kentucky

MICHELLE DEMETER TINHA 12 ANOS na primeira vez que seu pai a deixou dirigir o Rolls-Royce Wraith 1938. Ela passava pelo mato alto nos primeiros dias do verão, com as janelas abaixadas e uma música de Natal tocando no rádio. Michelle cantava com uma voz estridente e feliz, desafinada e fora do ritmo, inventando quando não sabia a letra.

O carro deslizava pelo mato como um tubarão negro rasgando um oceano encrespado de amarelos e verdes. Pássaros levantavam voo para sair de seu caminho, disparando em direção a um céu cor de limão. As rodas batiam e resvalavam em sulcos fora da vista.

Sentado no banco do carona e cada vez mais bêbado, seu pai mexia no dial do rádio, com uma cerveja quente presa entre as pernas. As estações se sucediam, mas tudo o que se ouvia era ruído branco. A única rádio era instável, com uma chiadeira ao fundo, e tocava aquela maldita música de Natal.

– Quem toca essa merda em pleno mês de maio? – perguntou ele, e soltou um arroto enorme e grotesco.

Michelle deu uma risadinha.

Não havia como desligar nem abaixar o rádio; o botão do volume girava inutilmente, sem ajustar nada.

– Este carro é igual ao seu pai – disse Nathan, pegando outra cerveja no pacote a seus pés e abrindo-a. – Uma ruína em comparação ao que era antigamente.

Aquela era apenas mais uma de suas lenga-lengas. Seu pai não estava tão mal assim: ele havia inventado algum tipo de válvula para a Boeing e, com o dinheiro, pudera comprar 120 hectares acima do rio Ohio. Eles estavam passeando por essas terras agora.

O carro, por sua vez, *de fato* havia deixado os áureos tempos para trás. O carpete do chão já não existia, deixando à mostra o metal nu, que chacoalhava. Pelos buracos sob os pedais, Michelle podia ver o mato passar lá embaixo. O couro do painel estava descascando. Uma das portas traseiras era diferente das outras, sem pintura e coberta de ferrugem. Não havia vidro traseiro, apenas um buraco redondo. No lugar do banco de trás, destacava-se uma marca preta, dando a impressão de que alguém um dia tentara acender uma fogueira ali.

A menina acionava a embreagem, o acelerador e o freio com perfeição, exatamente como o pai lhe ensinara. O banco do motorista estava puxado ao máximo para a frente e ela precisava sentar em um travesseiro para olhar pelo para-brisa por cima do painel alto.

– Um dia desses vou arrumar tempo para dar um jeito neste bicho – falou o pai. – Vou arregaçar as mangas e trazer esta belezinha de volta à vida. Vai ser incrível restaurar o carro completamente para você poder ir com ele ao baile. Quando tiver idade para ir a bailes.

– É, boa ideia. Tem muito espaço para se pegar aí atrás – disse ela, esticando o pescoço para olhar por cima do ombro.

– Também seria um ótimo carro para levar você até o convento. Fique de olho na estrada, tá?

Ele gesticulou com a latinha em direção aos aclives e declives do terreno, aos emaranhados de mato, arbustos e varas-de-ouro, sem qualquer estrada à vista em nenhuma direção. O único sinal de existência humana era um celeiro distante no retrovisor e os rastros dos jatos no céu.

Michelle acionava os pedais, que chiavam e engasgavam.

A única coisa que desagradava Michelle naquele carro era o adorno do capô, uma sinistra mulher prateada com os olhos cegos e uma roupa esvoaçante. Inclinada na direção da vegetação que a fustigava, ela sorria feito uma demente enquanto era flagelada. Essa dama devia ter sido encantadora, bonita, mas o sorriso em seu rosto estragava tudo: parecia o esgar ensandecido de uma louca que acabou de empurrar o amante de um peitoril e está prestes a pular atrás dele rumo à eternidade.

– Ela é horrível – comentou Michelle, apontando o queixo para o capô. – Parece uma mulher-vampiro.

– O nome dela é Espírito do Êxtase. Ela é um clássico. Um componente clássico de um carro clássico.

– Tem a ver com aquela droga, ecstasy? – quis saber Michelle. – Nossa. Que viagem. Eles tomavam isso na época?

– Não. Não é uma referência à droga e, sim, à diversão. Ela é um símbolo da diversão eterna. Eu a acho bonita – opinou ele, embora na verdade achasse que ela parecia uma das vítimas do Coringa, uma rica senhora que morrera rindo.

– *Estou indo de carro para a Terra do Natal, passei o dia inteiro no volante* – cantou Michelle baixinho. Como o rádio era apenas um rugido de estática e chiadeira, ela podia cantar sem concorrência. – *Estou indo de carro para a Terra do Natal, no trenó eu vou andar bastante!*

– Que música é essa? Não conheço.

– É para lá que a gente está indo. Para a Terra do Natal. Acabei de decidir.

O céu experimentava uma gama de tons cítricos. Michelle se sentia totalmente em paz; sentia que, se quisesse, poderia continuar a dirigir para sempre.

Sua voz tinha um tom suave de animação e deleite e, quando o pai olhou para a filha, viu que ela estava com a testa coberta de suor e que seus olhos exibiam uma expressão distante.

– Fica lá, pai. Lá nas montanhas. Se a gente for sempre em frente, consegue chegar na Terra do Natal hoje à noite.

Nathan estreitou os olhos e espiou pelo para-brisa empoeirado. Uma grande cordilheira pálida se erguia a oeste, com picos nevados mais altos do que as Rochosas, uma cordilheira que não estava lá pela manhã nem quando eles haviam começado aquele passeio, vinte minutos antes.

Desviou os olhos depressa, piscou para clarear a visão, em seguida tornou a olhar – e a cordilheira se dissolveu em uma imensa massa de nuvens de tempestade que se adensava no horizonte oeste. Seu coração ainda continuou a dar pinotes por mais alguns segundos.

– Que pena que você tem dever de casa. Nada de Terra do Natal para você – falou, muito embora nenhum pai em lugar algum obrigasse uma filha de 12 anos a fazer dever de álgebra no sábado. – Está na hora de voltar, meu amor. Papai tem coisas a fazer.

Ele afundou no banco e tomou um gole de cerveja, mas tinha perdido a vontade de beber. Sentiu na têmpora esquerda a primeira pontada difusa da ressaca do dia seguinte. Judy Garland desejava tragicamente a todos um Feliz Natal na canção "Have Yourself a Merry Little Christmas", e que porra será que o DJ tinha fumado para tocar aquilo em maio?

Mas a música só durou até eles chegarem ao limite tomado pelo mato da sua propriedade e Michelle fazer a volta com dificuldade para apontar o Espectro novamente em direção à sua casa. Enquanto o Rolls-Royce girava em semicírculo, o rádio parou de pegar por completo e passou a irradiar outra vez um ronco surdo de ruído branco, de estática enlouquecida.

O ano era 2006 e Nathan Demeter tinha um carro velho para consertar, comprado em um leilão federal para ele poder brincar nas horas vagas. Um dia desses iria arrumar tempo para começar a mexer no automóvel de verdade. Um dia desses iria dar um novo brilho àquela belezinha.

Nova York
(e todos os outros lugares)

EIS O QUE SE ESCREVEU sobre o segundo livro da série Máquina de Busca na seção de livros infantis do *The New York Times Book Review* no dia 8 de julho de 2007 – única vez em que um dos livros de Vic McQueen foi resenhado nessa publicação:

Máquina de Busca – Segunda Marcha

Vic McQueen
22 páginas. HarperCollins Children's Books. US$16,95 (Livro-jogo ilustrado; 6 a 12 anos)

Se M. C. Escher fosse contratado para repaginar "Onde está Wally?", o resultado poderia sair parecido com Máquina de Busca, a fascinante e merecidamente popular série da Sra. McQueen. O personagem-título é o herói – um alegre robô de aspecto infantil que parece uma cruza de C3PO com Harley-Davidson –, que persegue Möbius Stripp, o Louco, por uma série de construções estonteantes de tão impossíveis e por labirintos surrealistas. Um dos intrigantes quebra-cabeças só pode ser solucionado encostando um espelho no canto do livro; outro enigma exige que a criança enrole a página até formar um tubo que vira uma ponte coberta mágica; no terceiro, a página deve ser rasgada e dobrada até criar uma moto de origami para que Máquina de Busca continue sua perseguição em velocidade máxima. Os jovens leitores que terminarem "Máquina de Busca – Segunda Marcha" vão deparar com o mais terrível quebra-cabeça de todos: Quanto tempo falta para a próxima aventura?!

Presídio Federal de Englewood, Colorado

A ENFERMEIRA THORNTON ENTROU na unidade de cuidados prolongados pouco antes das oito, levando uma bolsa de sangue aquecida para Charlie Manx.

Denver, Colorado

NO PRIMEIRO SÁBADO DE OUTUBRO de 2009, Lou avisou a Victoria que iria pegar o menino e passar um tempo na casa da mãe. Por algum motivo, disse-lhe isso com um sussurro e a porta fechada, de modo que Wayne, na sala, não pudesse escutar a conversa. De tão nervoso, seu rosto redondo brilhava de suor. Ele umedeceu os lábios várias vezes enquanto falava.

Os dois estavam juntos no quarto. Sentado na borda da cama, Lou fazia o colchão gemer e afundar quase até o chão. Era difícil para Vic se sentir à vontade ali; ela não parava de olhar para o telefone sobre a mesinha de cabeceira, esperando que tocasse. Tinha tentado se livrar do aparelho alguns dias antes: desligara-o da tomada e o jogara dentro de uma gaveta, mas Lou acabara encontrando-o e tornara a ligá-lo.

Lou ainda disse mais algumas coisas sobre como estava preocupado, como todo mundo estava preocupado. Ela não escutou tudo. Toda sua atenção se voltava para o telefone, observando-o e esperando que tocasse. Ela sabia que iria tocar. Esperar era terrível. Sentiu raiva por Lou tê-la levado lá para dentro, por não poderem conversar lá fora no deque. Isso abalava sua fé nele. Era como conversar em um quarto com um morcego pendurado no teto. Mesmo que o animal estivesse dormindo, como seria possível pensar em outra coisa, olhar para outra coisa? Se o telefone trocasse, ela o arrancaria da parede, levaria até o deque e atiraria longe. Ficou tentada a não esperar, a fazer isso logo e pronto.

Ficou surpresa quando Lou sugeriu que ela também fosse visitar a mãe. A mãe de Vic morava lá no quinto dos infernos de Massachusetts e Lou sabia que as duas não se davam. A única coisa mais ridícula teria sido aconselhá-la a visitar o pai, com quem não falava havia anos.

– Eu preferiria ir presa do que ficar com a minha mãe. Caramba, Lou, você sabe quantos telefones minha mãe tem em casa?

Lou lhe lançou um olhar que conseguia ser ao mesmo tempo preocupado e exausto. Um olhar de rendição, pensou Vic.

– Se você quiser conversar... tipo, sobre *qualquer* coisa... vou levar o celular – avisou ele.

Ao ouvir isso, Vic riu, sem se dar o trabalho de lhe contar que na véspera havia desmontado e jogado fora seu celular.

Ele a tomou nos braços e a apertou em seu abraço de urso. Era um homem gordo e insatisfeito por estar acima do peso, mas tinha um cheiro mais gostoso do que qualquer outro cara que Vic já tivesse conhecido. Seu peito recendia a cedro, óleo de motor e ar livre. Lou cheirava a responsabilidade. Por um instante, ela lembrou como era ser feliz.

– Preciso ir – disse ele por fim. – Tenho que dirigir à beça.

– Ir para onde? – indagou ela, espantada.

– Ai, Vic... cara... você escutou o que eu disse?

– Com muita atenção – respondeu ela, e era verdade. Havia *mesmo* escutado com atenção. Só que não a ele. Estava esperando o telefone tocar.

Depois de Louis e o menino irem embora, ela percorreu os cômodos da casa de tijolos clássica em Garfield Street comprada com o dinheiro ganho desenhando a série Máquina de Busca na época em que ainda desenhava, antes de as crianças da Terra do Natal recomeçarem a ligar todos os dias. Levou consigo uma tesoura e foi cortando os fios que conectavam cada telefone.

Recolheu os aparelhos e os carregou até a cozinha. Colocou-os dentro do forno, na grade de cima, e girou o botão até a função GRELHA. Ora, aquilo tinha dado certo na última vez que ela tivera de enfrentar Charlie Manx, não tinha?

Enquanto o forno começava a esquentar, ela abriu as janelas e ligou o ventilador.

Depois disso, ficou sentada na sala vendo televisão só de calcinha. Primeiro assistiu às notícias no Headline News. Só que havia telefones demais tocando no estúdio da CNN e o ruído a perturbou. Ela zapeou para um desenho do Bob Esponja. Quando o telefone do Siri Cascudo soou, tornou a mudar de canal. Encontrou um programa de pesca esportiva. Aquilo lhe pareceu seguro o suficiente – não havia telefones nesse tipo de programa – e a ação se passava no lago Winnipesaukee, onde ela costumava veranear na infância.

Sempre gostara do aspecto que o lago adquiria logo após o amanhecer, um liso espelho negro envolto na seda branca da névoa matinal.

No início, ficou tomando uísque com gelo. Depois teve que passar a tomar puro, porque o cheiro na cozinha estava ruim demais para ir lá pegar gelo. Apesar do ventilador e das janelas abertas, a casa inteira fedia a plástico queimado.

Vic estava vendo um dos pescadores se engalfinhar com uma truta quando um telefone começou a tocar em algum ponto próximo a seus pés. Baixou os olhos para os brinquedos espalhados pelo chão, uma coleção de robôs de Wayne: um R2D2, um Dalek e, é claro, dois personagens da série Máquina de Busca. Um deles era estilo Transformers, preto, troncudo, com uma lente vermelha no lugar da cabeça. Ele estremeceu visivelmente ao tocar outra vez.

Vic pegou o boneco, dobrou os braços e pernas e empurrou a cabeça para dentro do corpo. Uniu as duas metades do tronco e, de repente, se pegou olhando para um celular de brinquedo feito de plástico, que não era nada funcional, mas tornou a tocar. Ela pressionou o botão ATENDER e o levou à orelha.

– Você é uma mentirosa de marca maior – disse Millicent Manx. – E papai vai ficar zangado com você quando sair. Vai enfiar um garfo nos seus olhos e arrancar fora como se fossem duas rolhas.

Vic levou o brinquedo até a cozinha e abriu o forno. Uma fumaça preta venenosa jorrou para fora; os telefones estavam carbonizados feito marshmallows caídos na fogueira de um acampamento. Ela jogou o Transformer por cima da pilha de escória marrom derretida e tornou a bater o forno com força.

O fedor estava tão forte que ela teve que sair de casa. Vestiu a jaqueta de motociclista de Lou, calçou as botas, pegou a bolsa e a garrafa de uísque e fechou a porta atrás de si na mesma hora que ouviu o alarme de incêndio começar a tocar.

Já tinha descido um pouco a rua e dobrado a esquina quando se deu conta de que, além da jaqueta e das botas, só estava usando uma calcinha rosa desbotada. Zanzando pela zona metropolitana de Denver às duas da manhã naquele estado... Pelo menos se lembrara de levar o uísque.

Pretendia voltar para casa e pôr um jeans, mas se perdeu tentando encontrar o caminho de volta, coisa que nunca havia acontecido antes, e acabou indo parar em uma rua bonita ocupada por prédios de tijolo de três andares. A noite estava perfumada com o cheiro do outono e o aroma metálico de asfalto recém-molhado. Como ela adorava o cheiro da estrada: o asfalto quente e mole do auge do mês de julho, a terra batida com seu perfume de poeira e pólen em junho, as vias rurais pungentes com o aroma de folhas amassadas no sóbrio outubro, o odor de areia e sal da rodovia em fevereiro, tão parecido com o delta de um rio.

Àquela hora da madrugada, Vic tinha a rua só para si, mas em determinado momento três homens passaram de Harley e diminuíram a velocidade para dar uma conferida nela. Só que não eram motoqueiros: eram dois yuppies, decerto voltando para casa de fininho para as esposinhas depois de uma noitada entre amigos em alguma boate de striptease elegante. Pelas jaquetas de couro italianas, pelos jeans da Gap e pelas motos com ar de showroom percebeu que aqueles homens estavam mais acostumados a ir à pizzaria do que a levar uma vida brutal na estrada. Mesmo assim, eles se demoraram ao fitá-la. Vic ergueu sua garrafa de uísque e deu um assobio com a mão livre, e os três foram embora na mesma hora.

Ela acabou em uma livraria. Fechada, claro. Era uma pequena loja independente e, em uma das vitrines, estavam expostos vários livros seus. Ela dera uma palestra ali um ano antes. Na ocasião, vestia calça.

Apertou os olhos para enxergar dentro da livraria escura, chegando perto da vitrine para ver qual de seus livros eles estavam vendendo. Era o quarto livro. Ele já havia saído? Vic tinha a impressão de ainda estar trabalhando nele. Desequilibrou-se e acabou com a cara grudada no vidro e a bunda arrebitada.

Ficou feliz que aquele livro tivesse sido publicado. Em alguns momentos pensara que não fosse terminá-lo.

Quando iniciara as ilustrações dos livros, tinha parado de receber ligações da Terra do Natal. Mas então, na metade do terceiro livro, as estações de rádio que gostava de ouvir tinham começado a tocar músicas natalinas no meio do verão e os telefonemas haviam recomeçado. Vic tentara construir uma barreira protetora em torno de si, um fosso cheio de bourbon, mas a única coisa que conseguira afogar ali fora o próprio trabalho.

Estava a ponto de se afastar da vitrine quando o telefone dentro da livraria tocou.

Pôde ver o aparelho se acender sobre a escrivaninha, bem lá no fundo da loja. No silêncio ventoso e quente da noite, pôde ouvi-lo muito bem e sabia que eram eles: Millie Manx, Brad McCauley e as outras crianças de Manx.

– Desculpe, não estou disponível para atender a sua ligação. Se quiser deixar recado, hoje não é o seu dia.

Afastou-se da vitrine com um empurrão um pouco forte demais e cambaleou pela calçada. Seu pé resvalou na borda do meio-fio e ela caiu sentada com força no asfalto molhado.

Doeu, mas não tanto quanto deveria. Ela não soube ao certo se o uísque a anestesiara ou se havia passado tanto tempo na dieta de Lou Carmody que agora tinha um enchimento extra lá atrás. Ficou preocupada de ter deixado a garrafa cair e quebrar, mas não, ela estava na sua mão, sã e salva. Deu um gole. A bebida tinha sabor de barril de carvalho e de uma deliciosa aniquilação.

Vic se levantou com esforço e um telefone tocou dentro de outra loja, dessa vez um café às escuras. O aparelho da livraria continuava a tocar. Então, um terceiro disparou em algum lugar no primeiro andar de um prédio à sua direita. Depois um quarto e um quinto. Nos apartamentos acima dela. De ambos os lados da rua, mais acima e mais abaixo na calçada.

A noite foi dominada por um coro de telefones. Pareciam sapos na primavera, uma harmonia alienígena de crocitos, pios, assobios. Pareciam sinos tocando na manhã de Natal.

– *Vão embora, porra!* – berrou ela, e atirou a garrafa no próprio reflexo em uma vitrine do outro lado da rua.

O vidro temperado explodiu. Todos os telefones pararam de tocar ao mesmo tempo, como convidados de uma festa silenciados por um tiro.

Meio segundo depois, um alarme de segurança disparou dentro da loja, um *pé-pé-pé* eletrônico e uma luz prateada piscante, que destacou o contorno das mercadorias expostas na vitrine: bicicletas.

Por um único instante, perfeito e suave, a noite congelou.

A bicicleta na vitrine, é claro, era uma Raleigh, branca e sem ornamentos. Vic cambaleou. A sensação de estar sendo ameaçada desapareceu tão rapidamente quanto se alguém tivesse acionado um interruptor.

Atravessou a rua até a loja de bicicletas e, enquanto fazia estalar os cacos de vidro espalhados pelo chão, já tinha bolado um plano: iria roubar a bicicleta e sair da cidade pedalando até Dakota Ridge, adentrando os pinheiros e a noite, pedalaria até encontrar o Atalho.

A ponte a faria passar direto por cima dos muros do presídio até a enfermaria onde estava Charlie Manx. Seria uma visão e tanto: uma mulher de 31 anos só de calcinha pedalando uma bicicleta de dez marchas pela unidade de cuidados prolongados às duas da manhã. Imaginou-se deslizando pela escuridão entre os detentos adormecidos em suas camas. Iria direto até Manx, apoiaria o descanso da bicicleta no chão, arrancaria o travesseiro de baixo da cabeça dele e asfixiaria aquele assassino imundo. Isso acabaria para sempre com as ligações da Terra do Natal. Ela sabia que acabaria.

Vic esticou a mão pela vitrine quebrada, pegou a Raleigh e a levou até a rua. Ouviu o primeiro lamento distante de uma sirene, um som pungente de agonia que se propagava até bem longe na noite quente e úmida.

Ficou surpresa; fazia só trinta segundos que o alarme tinha disparado. Não imaginara que a polícia fosse reagir tão depressa.

Mas a sirene que ela estava ouvindo não era da polícia, mas de um carro de bombeiros a caminho de sua própria casa. Porém, quando chegou lá, já não restava mais muita coisa a salvar.

As viaturas chegaram alguns minutos depois.

Brandenburg, Kentucky

ELE DEIXOU A PARTE MAIS difícil por último: em maio de 2012, Nathan Demeter removeu o motor do Rolls-Royce com um guindaste de corrente e passou dois dias remontando-o, limpando válvulas e substituindo os parafusos por peças encomendadas de uma loja especializada na Inglaterra. O motor tinha 4.257 cilindradas, com seis cilindros em linha; em cima de sua bancada de trabalho, parecia um imenso coração mecânico, e era mesmo, pensou. Muitas das invenções do homem eram uma metáfora do pau – a seringa, a espada, a caneta, a arma de fogo –, mas o motor de combustão interna com certeza tinha sido imaginado por alguém com o coração humano em mente.

– Seria mais barato alugar uma limusine – comentou Michelle. – E você não precisaria sujar as mãos.

– Se você acha que eu tenho algum problema com sujar as mãos, passou os últimos dezoito anos meio distraída.

– Imagino que tenha a ver com a sua ansiedade – disse ela.

– Quem é ansioso? – retrucou ele, mas Michelle apenas sorriu e lhe deu um beijo.

Às vezes, depois de passar algumas horas mexendo no carro, ele se pegava deitado no banco dianteiro, com uma das pernas pendurada para fora da porta aberta e uma cerveja na mão, repassando na mente as mesmas cenas: as tardes em que eles iam passear pela campina oeste, com a filha ao volante e o mato fustigando as laterais do carro.

Com apenas 16 anos, Michelle havia passado de primeira no teste para tirar a carteira de motorista. Agora, aos 18, tinha seu próprio carro, um Jetta pequeno esportivo, e planejava ir com ele até Dartmouth depois de se formar. Pensar na filha sozinha na estrada – dormindo em hotéis vagabundos e sendo avaliada pelo atendente atrás do balcão ou pelos caminhoneiros no bar do hotel – deixava Nathan agitado e aguçava sua ansiedade.

Michelle gostava de lavar roupa e ele preferia assim, porque quando via a roupa de baixo dela na secadora, peças de renda coloridas da Victoria's Secret, começava a se preocupar com coisas como gravidez indesejada e doenças venéreas. Sobre carros conseguia conversar com a filha. Gostava de ensiná-la a manusear a alavanca de marchas, a manter o volante reto. Nessa hora, sentira-se como Gregory Peck em *O sol é para todos*. Mas sobre homens ou sexo não sabia como conversar com Michelle e ficava perturbado com a sensação de que, de toda forma, ela não precisava dos seus conselhos em relação a isso.

– Quem é ansioso? – perguntou certa noite à garagem vazia, e brindou com a própria sombra.

Seis dias antes do baile, recolocou o motor do Rolls no lugar, fechou o capô e recuou alguns passos para admirar o próprio serviço, como um escultor estudando o nu que um dia fora um bloco de mármore. Uma temporada de feridas nos dedos, óleo sob as unhas e ciscos de ferrugem nos olhos: um tempo sagrado, tão importante para ele quanto a transcrição de um texto santo para o monge de um monastério. Dava para ver que ele tomara todo o cuidado para que tudo saísse perfeito.

A carroceria cor de ébano reluzia como um torpedo, como uma placa de vidro vulcânico polida. A porta traseira do lado do carona, antes enferrujada e diferente das outras, tinha sido substituída por uma original enviada por um colecionador de uma das ex-repúblicas soviéticas. Ele mandara reestofar o interior com pelica e trocara as bandejas e gavetas retráteis da traseira por componentes de nogueira novos feitos à mão por um carpinteiro da Nova Escócia. Era tudo original, inclusive o rádio a válvula, embora ele tivesse cogitado instalar um CD player e aparafusar um *subwoofer* no porta-malas. Acabara optando por não fazê-lo. Quando se tinha a *Mona Lisa*, não valia a pena pintar um boné de beisebol na cabeça dela com spray.

Em uma tarde quente, tempestuosa e remota de verão, ele havia prometido à filha consertar o Rolls-Royce para sua festa de formatura, e ali estava o carro, enfim pronto, apenas uma semana antes do grande dia. Depois do baile, ele iria vendê-lo; inteiramente restaurado, o automóvel valia agora 250 mil dólares no mercado de colecionadores. Nada mal para um carro que custava apenas 5 mil dólares ao ser lançado. Nada mal mesmo, considerando que ele pagara apenas o dobro disso para comprá-lo em um leilão do FBI dez anos antes.

– Quem você acha que era o antigo dono? – perguntou Michelle certa vez, depois de o pai lhe contar sobre a origem do veículo.

– Algum traficante, imagino.

– Nossa, espero que ninguém tenha sido assassinado aí dentro.

O carro estava lindo, mas beleza só não bastava. Nathan não achava que Michelle devesse dirigi-lo na estrada antes de ele próprio rodar uns 20 quilômetros para ver como o Rolls se comportava na velocidade máxima.

– Vamos lá, belezinha – falou para o Rolls. – Vamos acordar e ver do que você é capaz.

Nathan se acomodou ao volante, bateu a porta e girou a chave na ignição.

O motor ganhou vida com um tranco violento – uma explosão áspera de triunfo quase selvagem –, mas em seguida se estabilizou em um ronco baixo e elegante. O banco dianteiro de couro creme era mais confortável do que o colchão de viscoelástico da sua cama. Na época em que o Rolls fora montado, as coisas eram construídas como tanques, para durar. Teve certeza de que aquele carro viveria mais do que ele.

E estava certo.

Havia deixado o celular sobre a bancada de trabalho e quis pegá-lo antes de sair com o automóvel, pois não queria acabar ilhado em algum lugar caso o Rolls decidisse quebrar a biela ou alguma outra merda do gênero. Estendeu a mão para a maçaneta da porta e teve a primeira surpresa da tarde: o trinco baixou com um barulho tão alto que ele quase deu um grito.

Nathan ficou tão espantado que ficou em dúvida se tinha visto mesmo aquilo acontecer. Mas então os trincos das outras portas também baixaram, um depois do outro – *tlec, tlec, tlec* –, como alguém disparando uma arma, e ele teve certeza de que não estava imaginando aquilo tudo.

– Mas que *porra*...

Puxou o trinco da porta do motorista, mas ele permaneceu abaixado como se estivesse soldado.

O carro estremeceu com a força do motor ligado e a fumaça do escapamento se acumulou junto aos estribos.

Nathan se inclinou para a frente para desligar a ignição e teve a segunda surpresa do dia: a chave não girou. Ele a sacudiu para a frente e para trás, depois fez força com o pulso, mas ela estava presa no lugar, totalmente virada, e não podia ser retirada.

O rádio ligou sozinho e começou a tocar "Jingle Bell Rock" no volume máximo, tão alto que seus ouvidos doeram; aquela música não deveria estar tocando na primavera. Quando Nathan ouviu aquilo, seu corpo inteiro se arrepiou, enregelado. Ele pressionou o botão DESLIGAR, mas sua capacidade de se espantar estava se esgotando e ele não se surpreendeu com o fato de o rádio continuar soando. Pressionou vários botões para mudar de estação, mas, qualquer que fosse a frequência sintonizada, a música era sempre a mesma: "Jingle Bell Rock".

Agora podia ver a fumaça do escapamento deixando o ar enevoado. Podia sentir o *gosto* daquela fumaça, o fedor inebriante que o deixava tonto. Na música, Bobby Helms lhe garantia que a hora em que os sinos tocavam era um ótimo momento para passear de trenó. Ele tinha que desligar aquela merda, precisava de silêncio, mas quando girou o botão do volume, a música não baixou, nada aconteceu.

A névoa rodopiava em volta dos faróis. Sua inspiração seguinte foi uma lufada de veneno e provocou um acesso de tosse tão violento que pareceu estar arrancando o revestimento interno de sua garganta. Pensamentos chispavam como os cavalos de um carrossel cada vez mais veloz. Michelle só chegaria em casa dali a uma hora e meia. Os vizinhos mais próximos estavam a mais de um quilômetro de distância – não havia ninguém por perto para escutar seus gritos. O carro não desligava, os trincos não colaboravam; parecia algo digno de uma porra de filme de espionagem. Imaginou um assassino de aluguel operando o Rolls-Royce por controle remoto, mas isso era loucura. Ele próprio tinha desmontado e tornado a montar o automóvel e sabia não haver conexão alguma que permitisse a alguém controlar o motor, os trincos ou o rádio.

Na mesma hora que esses pensamentos lhe ocorreram, ele tateou o painel em busca do controle remoto da porta da garagem. Se não deixasse entrar um pouco de ar, iria desmaiar dali a um ou dois segundos. Por um instante de pânico, pensou *Não está aqui, o controle não está aqui*, mas então seus dedos o encontraram atrás da protuberância saltada da caixa do volante. Ele fechou a mão ao redor do controle, apontou-o para a porta da garagem e apertou o botão.

A porta subiu matraqueando em direção ao teto. A alavanca de marchas se moveu sozinha para a posição de ré e o carro pulou para trás e para cima da porta, fazendo os pneus cantarem.

Nathan gritou e agarrou o volante, não para controlar o automóvel, apenas para se segurar em alguma coisa. Os finos pneus de risca branca fizeram o cascalho se chocar contra o chassi. O Rolls deu ré como o vagão de uma montanha-russa reversa enlouquecida e mergulhou no íngreme declive de 100 metros que ia da garagem à estrada lá embaixo. Nathan teve a impressão de gritar por todo o caminho, embora na realidade tenha parado muito antes de o carro chegar à metade da descida; o grito que escutou estava preso em sua própria cabeça.

O Espectro não diminuiu a velocidade ao se aproximar da estrada, mas acelerou e, se viesse alguém da esquerda ou da direita, teria sido atingido na lateral a quase 65 quilômetros por hora. Se não houvesse colisão, o Rolls atravessaria a estrada a toda até adentrar as árvores do outro lado, e Nathan calculou que fosse ser projetado pelo para-brisa com o impacto. Como todos os outros carros de sua época, o Espectro não tinha cinto de segurança, nem mesmo abdominal.

A estrada estava vazia e, quando os pneus traseiros bateram no asfalto, o volante girou na mão de Nathan, tão depressa que ele sentiu as palmas queimarem e teve de soltar. O Espectro deu uma guinada de 90 graus para a direita e Nathan foi arremessado para cima da porta esquerda, batendo de cabeça na estrutura de metal.

Durante algum tempo, não teve noção da gravidade de seus ferimentos. Esparramado no banco dianteiro, olhou para o teto e piscou. Pela janela do carona, pôde ver o céu de fim de tarde, um azul muito profundo, com nuvens cirros esgarçadas na atmosfera superior. Tocou um ponto sensível na testa e, ao retirar a mão, viu sangue na ponta dos dedos. Nesse mesmo instante, uma flauta começou a tocar os primeiros acordes da canção natalina "The Twelve Days of Christmas".

O carro estava em movimento e havia passado as marchas sozinho até chegar à quinta. Nathan conhecia as estradas em volta de sua casa e sentiu que estavam avançando para o leste pela Rodovia 1.638 em direção à Dixie Highway. Dali a um minuto chegariam ao cruzamento e então... o que iria acontecer? Passariam direto, bateriam em um caminhão que estivesse indo para o norte e seriam estraçalhados? O pensamento atravessou sua cabeça como uma possibilidade, mas ele não conseguiu sentir qualquer urgência; não achava que o carro estivesse em uma missão camicase. Um pouco atordoado, havia aceitado que o Espectro estava agindo por moto próprio. O Rolls-Royce tinha um objetivo e pretendia alcançá-lo. Nathan não era útil para ele e o carro talvez nem tivesse real consciência da sua presença, não mais do que um cachorro tem consciência do carrapato em seu pelo.

Nathan se levantou apoiado em um dos cotovelos, titubeou, terminou de se sentar e se olhou no retrovisor.

Estava usando uma máscara vermelha de sangue. Quando tocou a testa outra vez, pôde sentir um rasgo de 20 centímetros na curva superior do couro cabeludo. Tocou-o de leve com os dedos e sentiu o osso mais embaixo.

O Espectro começou a diminuir para a parada obrigatória no cruzamento com a Dixie. Nathan observou, fascinado, a alavanca de marchas passar da quarta para a terceira e depois para segunda. Começou a gritar outra vez.

Na sua frente havia uma perua parada no cruzamento. Três crianças muito louras, de rostos rechonchudos e covinhas nas bochechas estavam amontoadas no banco de trás. Todas se viraram para olhar o Rolls.

Ele bateu com as mãos espalmadas no para-brisa, deixando no vidro marcas vermelho-ferrugem.

– SOCORRO! – gritou, sentindo o sangue morno escorrer pela testa até o rosto. – SOCORRO **SOCORRO** ALGUÉM ME AJUDE *ALGUÉM ME AJUDE* ***SOCORRO!***

Inexplicavelmente, as crianças sorriram como se ele estivesse fazendo graça e acenaram com vigor. Nathan começou a gritar de forma incoerente, o barulho de uma vaca no matadouro, escorregando no sangue fumegante de suas antecessoras.

Na primeira brecha do tráfego, a perua dobrou à direita. O Espectro virou à esquerda e acelerou tão depressa que Nathan teve a impressão de que a mão invisível de alguém o empurrava de volta para o banco.

Mesmo com as janelas fechadas, pôde sentir o cheiro puro da grama cortada no final da primavera, o aroma das churrasqueiras nos quintais das casas e o perfume das árvores cheias de brotos.

O céu se avermelhou como se também estivesse sangrando. As nuvens pareciam tiras de folha de ouro presas no firmamento.

Distraidamente, Nathan reparou que o Espectro estava funcionando às mil maravilhas. O motor nunca havia soado tão bem. Tão forte. Agora dava para dizer que a belezinha estava totalmente restaurada.

Estava certo de que dormira sentado atrás do volante, mas não se lembrava de ter pegado no sono. Sabia apenas que, em algum momento antes de a noite cair por completo, havia fechado os olhos e, quando tornou a abri-los, o Espectro avançava em disparada por um túnel de neve rodopiaste, um túnel digno de uma noite de dezembro. O para-brisa exibia as marcas ensanguentadas de suas próprias mãos, mas através delas Nathan pôde ver redemoinhos de neve girarem rente ao asfalto de uma autoestrada de duas pistas que não reconheceu. Novelos de neve rodopiavam como se fossem seda viva, como se fossem fantasmas.

Pensou se poderiam ter seguido tanto para o norte que estava até caindo uma esdrúxula nevasca na primavera. Descartou a ideia como uma bobagem. Avaliou a noite fria e a estrada desconhecida e disse a si mesmo que estava sonhando, mas não conseguiu acreditar: a cabeça latejando, o rosto repuxado e grudento de sangue, as costas doloridas de tanto ficar sentado atrás do volante eram coerentes demais com um estado de vigília. O carro aderia à estrada como um tanque de guerra, sem derrapar, sem oscilar, sem diminuir a velocidade abaixo de 100 por hora.

As canções de Natal seguiam tocando: "All I Want for Christmas Is You", "Silver Bells", "Joy to the World", "It Came Upon a Midnight Clear". Às vezes Nathan tinha consciência da música, outras vezes, não. Não havia comerciais nem notícias, apenas coros religiosos dando graças ao Senhor e Eartha Kitt prometendo que podia ser uma menina muito boazinha se Papai Noel trouxesse os seus pedidos de Natal.

Ao fechar os olhos, ele visualizou o celular em cima da bancada de trabalho na garagem. Será que Michelle já fora procurá-lo lá dentro? Claro que sim; teria feito isso assim que chegasse em casa e encontrasse a porta da garagem aberta e a garagem vazia. A essa altura, a filha já devia estar morrendo de preocupação e ele desejou ter o telefone consigo não para pedir ajuda – achava que àquela altura ninguém mais poderia ajudá-lo –, mas só porque se sentiria melhor se pudesse ouvir a voz dela. Sua vontade era ligar e dizer que ainda queria que Michelle fosse à festa, que tentasse se divertir. Queria falar que não tinha medo de ela ser mulher. Se tivera alguma angústia, era do próprio envelhecimento e da solidão que poderia sentir sem ela, mas não achava que agora precisasse mais se preocupar com isso. Queria dizer que ela havia sido a melhor coisa em sua vida. Não lhe falara isso ultimamente, não o suficiente.

Depois de seis horas dentro do carro, já não sentia mais pânico, apenas uma espécie de assombro. Em algum nível, tinha passado a considerar aquela situação quase natural. Mais cedo ou mais tarde, um carro preto ia buscar todo mundo. Aparecia e arrancava a pessoa dos seus entes queridos para nunca mais voltar.

Com um tom de voz alegre, Perry Como avisou a Nathan que aquilo estava começando a ficar muito parecido com o Natal.

– Sério mesmo, Perry? – indagou Nathan.

Então, com uma voz rouca e falhada, começou a cantarolar, batucando no ritmo na porta do motorista. Cantou Bob Seger, sobre o rock das antigas, do tipo que acolhe a alma. Foi cantando o mais alto que pôde e, ao se calar, percebeu que o rádio havia parado de tocar.

Bom, aquilo, sim, era um presente de Natal. *O último que irei ganhar*, pensou.

Quando tornou a abrir os olhos, tinha o rosto pressionado no volante, o carro estava parado ainda ligado e a luz do lado de fora era tão forte que seus olhos doeram.

Semicerrou as pálpebras; o mundo era um borrão azul-vivo. Em nenhum momento da noite sua cabeça havia doído tanto quanto agora e ele pensou que fosse vomitar. Era um clarão de dor situado atrás de seus olhos que, ele não sabia como, tinha uma cor *amarela*. Toda aquela luz era insuportável, uma covardia.

Ele piscou para afastar as lágrimas e o mundo se definiu e começou a entrar em foco.

Um gordo de uniforme militar o observava pela janela do carona usando uma máscara verde-mostarda antiga, da época da Segunda Guerra Mundial ou algo assim.

– Quem é você, porra? – perguntou Nathan.

O homem parecia estar dando pulinhos sem sair do lugar. Nathan não conseguia ver seu rosto, mas ele parecia animado.

O trinco da porta do carona subiu com um estalo alto e metálico.

O gordo segurava algo em uma das mãos, um cilindro – parecia uma lata de aerossol. Estava escrito PURIFICADOR DE AR AROMA PÃO DE MEL na lateral junto ao desenho antiquado de uma alegre mãe que tirava do forno um tabuleiro de bonecos de pão de mel.

– Onde é que eu estou? – indagou Nathan. – Que porcaria de lugar é este?

O Homem da Máscara de Gás abriu a porta do carro para a perfumada manhã de primavera.

– Aqui é onde o senhor salta.

Centro Médico St. Luke, Denver

SEMPRE QUE ALGUÉM INTERESSANTE MORRIA, Hicks tirava uma foto com a pessoa.

Houvera a âncora do noticiário local, uma moça bonita de 32 anos com lindíssimos cabelos louro-platinados e olhos azul-claros, que havia se drogado e morrido sufocada no próprio vômito. Hicks entrara de fininho no necrotério à uma da manhã, tirara a mulher do armário e a pusera sentada. Passara um braço à sua volta e se curvara para lamber seu mamilo enquanto segurava o celular para tirar uma foto. Porém, não chegara a encostar a língua; teria sido nojento.

Depois viera um astro do rock, ainda que de segunda grandeza. Fazia parte daquela banda que tocava o hit do filme do Stallone. O homem tinha definhado de câncer e agora parecia uma velha encarquilhada, com cabelos castanhos muito finos, cílios longos e uma boca larga, um pouco feminina. Hicks o tirou da gaveta e abaixou os dedos de uma das mãos do morto, deixando só o indicador e o mindinho levantados, no típico gesto roqueiro. Em seguida, fez o mesmo e tirou uma foto dos dois juntos. As pálpebras caídas do músico lhe davam um aspecto sonolento e blasê.

Quem disse a Hicks que havia um serial killer famoso no necrotério foi Sasha, sua namorada, que era enfermeira da pediatria, oito andares acima. Adorava as fotos dele com mortos famosos e era sempre a primeira pessoa que as recebia por e-mail. Sasha achava Hicks hilário e dizia que ele deveria participar de um programa humorístico. Hicks também gostava de Sasha. Ela tinha a chave do armário de remédios e, nas noites de sábado, sempre roubava algo legal para eles, um pouco de oxicodona ou uma cocaína de pureza medicinal. Nos intervalos, os dois procuravam uma sala de parto vazia e ela rebolava para despir a parte de baixo do folgado uniforme de enfermeira e deitava na cama com os pés sobre os estribos.

Como Hicks nunca tinha ouvido falar no tal sujeito, Sasha usou o computador na sala de enfermagem para acessar uma notícia sobre ele. A foto da ficha policial já era bem ruim: um sujeito careca, de rosto estreito e uma boca cheia de dentes afiados e tortos. Os olhos encovados eram brilhantes, redondos, com uma expressão estúpida. A legenda o identificava como Charles Talent Manx, confinado ao presídio federal mais de uma década antes por ter queimado vivo um pobre coitado na frente de umas dez testemunhas.

– Esse cara não é de nada – comentou Hicks. – Só matou uma pessoa.

– *Aham.* Ele é pior do que John Wayne Gacy. Matou todo tipo de criança, *todo* tipo. Tinha uma casa só para isso. Pendurava anjinhos nas árvores, um para cada criança que matava. É incrível. É tipo um simbolismo do mal. Anjinhos de Natal. Eles chamavam a casa dele de Casa Sino. Entendeu? Você entendeu, Hicks?

– Não.

– Casa Sino soa mais ou menos como "assassino". E também faz referência aos sinos do Natal. Entendeu agora?

– Não. – Ele não compreendia o que o Natal tinha a ver com um cara feito Manx.

– A casa pegou fogo, mas os enfeites continuam lá, pendurados nas árvores, como um monumento comemorativo. – Ela puxou o cadarço da roupa hospitalar. – Serial killers me deixam cheia de tesão. Só consigo pensar em todas as coisas horríveis que eu faria para impedir que eles me matassem. Tira uma foto com ele e manda para mim. Me diz o que vai fazer comigo se eu não ficar pelada para você.

Ele não viu motivo algum para discutir com esse tipo de lógica e, de toda forma, precisava fazer sua ronda. Além do mais, se o cara tinha mesmo matado várias pessoas, talvez valesse a pena tirar uma foto para acrescentar à sua coleção. Hicks já havia batido várias fotos engraçadas, mas achava que seria legal tirar uma com um serial killer para demonstrar seu lado mais sombrio, mais sério.

No elevador, sozinho, sacou a arma para o próprio reflexo e ensaiou a ordem para Sasha:

– Ou você põe isso na boca ou então vai pôr na boca o meu *pauzão*.

Estava indo tudo bem, até que o walkie-talkie disparou e seu tio vociferou:

– Ei, seu imbecil, se você continuar brincando com essa arma, quem sabe dá um tiro em si mesmo e a gente contrata alguém que faça direito a porra do trabalho.

Hicks tinha se esquecido da câmera no elevador; felizmente, não havia nenhum microfone escondido. Enfiou o .38 de volta no coldre e abaixou a cabeça, torcendo para a aba do quepe esconder seu rosto. Passou dez segundos lutando contra a própria raiva e constrangimento, em seguida apertou o botão FALAR no walkie-talkie com a intenção de xingá-lo, para calar de uma vez por todas a boca daquele velho babaca. Em vez disso, tudo que conseguiu dizer foi "positivo" com uma voz miúda e esganiçada que ele odiou.

Quem lhe arrumara aquele emprego de segurança fora seu tio Jim, que escondera o fato de Hicks ter largado a escola antes de completar o ensino médio e de ter sido preso por embriaguez pública. Fazia só dois meses que ele trabalhava no hospital e já havia levado duas advertências: uma por chegar atrasado, outra por não responder ao walkie-talkie (na ocasião, ele estava na sala de parto). O tio já tinha dito que, se Hicks recebesse uma terceira advertência antes de ter completado um ano no emprego, eles teriam de mandá-lo embora.

Jim tinha uma ficha imaculada, decerto porque tudo o que precisava fazer era ficar sentado na sala dos seguranças seis horas por dia com um olho nos monitores e outro em um canal pornô. Trinta anos para assistir tevê por 14 dólares a hora com todos os benefícios: era esse o objetivo de Hicks, mas se ele perdesse o emprego de segurança – se levasse outra advertência –, talvez tivesse que voltar ao McDonald's. Isso seria bem ruim. Ao começar o trabalho no hospital, tinha aberto mão do glamoroso cargo no atendimento do drive-thru e detestava a ideia de começar de novo lá de baixo. Pior ainda, isso provavelmente seria o fim do namoro com Sasha, do acesso ao armário de remédios e de toda a farra que eles faziam nos estribos. Sasha gostava da farda de Hicks; ele não achava que ela fosse admirar um uniforme de funcionário de lanchonete.

Hicks chegou ao primeiro subsolo e saiu do elevador. Quando as portas se fecharam, virou-se, soprou um beijo molhado na direção delas, segurando as partes íntimas.

– Chupa minhas bolas, sua bicha gorda. Aposto que você iria gostar!

Não havia muita coisa acontecendo no subsolo às onze e meia da noite. A cada 15 metros, um grupo de lâmpadas fluorescentes estava acesa; era uma das novas medidas de austeridade do hospital. Àquela hora, só circulava uma ou outra pessoa vinda do estacionamento do outro lado da rua por um túnel subterrâneo.

Era lá que Hicks tinha estacionado seu bem mais precioso: um Trans Am preto com bancos listrados em preto e branco e faróis de neon azul instalados debaixo da carroceria que faziam o carro parecer um disco voador recém--saído do filme *E.T.* quando disparava pela rua. Se perdesse o emprego, teria que abrir mão daquilo também, pois não conseguiria pagar as prestações do carro fritando hambúrgueres. Sasha adorava dar para ele no Trans Am. Ela era louca por bichos e o estofado zebrado dos bancos fazia aflorar seu lado selvagem.

Hicks pensou que o serial killer estaria no necrotério, mas acabou descobrindo que ele já se achava na sala de autópsia. Um dos médicos tinha começado a trabalhar no cadáver e o deixara lá para terminar no dia seguinte. Hicks acendeu as luzes acima das mesas, mas deixou o resto da sala às escuras. Fechou a cortina em frente à janelinha da porta. Não havia trinco, mas ele enfiou o calço debaixo da porta com a maior força possível, para dificultar qualquer entrada.

O legista que iniciara a inspeção de Charlie Manx tinha coberto o cadáver com um lençol antes de sair. O morto era o único na sala de autópsia naquela noite e sua maca estava posicionada logo abaixo de uma placa com os dizeres HIC LOCUS EST UBI MORS GAUDET SUCCURRERE VITAE. Um dia Hicks pesquisaria a expressão na internet para descobrir que raios aquilo significava.

Ele baixou o lençol até os tornozelos de Manx para dar uma olhada. O peito fora serrado, depois costurado de novo com um fio preto grosso. O corte tinha o formato de um Y e descia até o osso pélvico. O pinto de Charlie Manx era comprido e fino feito uma salsicha. Ele era terrivelmente dentuço e os dentes marrons e tortos pressionavam seu lábio inferior. De olhos abertos, parecia encarar Hicks com uma espécie de fascínio vazio.

Hicks não gostou muito daquilo. Já vira o seu quinhão de presuntos, mas eles em geral tinham os olhos fechados ou com um aspecto leitoso, como se alguma coisa neles houvesse talhado – a própria vida, talvez. Mas aqueles ali pareciam brilhantes e alertas como os dos vivos. Exibiam uma curiosidade ávida, como os de uma ave de rapina. Não, Hicks não gostou nem um pouco daqueles olhos.

No geral, contudo, Hicks não ficava nervoso por causa dos mortos. Tampouco tinha medo do escuro. Temia seu tio Jim e que Sasha enfiasse um dedo no seu cu (ela às vezes insistia que ele iria gostar) e sofria de pesadelos recorrentes nos quais estava no trabalho sem calça, vagando pelos corredores com o pau batendo nas coxas, e todo mundo se virava para olhar. Sua lista de medos e fobias parava por aí.

Não sabia ao certo por que não tinham recolocado Manx dentro de sua gaveta, pois o serviço na cavidade torácica parecia terminado. Quando Hicks o pôs sentado, apoiando-o na parede e posicionando suas mãos compridas e magras no colo, viu uma linha pontilhada traçada com caneta pilot dando a volta na parte de trás do crânio. Ah, sim. Ele havia lido na matéria de jornal pesquisada por Sasha que Manx passara mais de uma década oscilando entre vigília e coma, então naturalmente os médicos iriam querer vasculhar o interior de sua cabeça. Além disso, quem não iria querer espiar o cérebro de um serial killer? Com certeza havia algum artigo de medicina sobre o tema.

As ferramentas de autópsia – serra, fórceps, cortador de costelas, martelo de osso – estavam arrumadas sobre uma bandeja de inox junto ao cadáver. No início, Hicks pensou em fazer Manx segurar o bisturi, que lhe pareceu bastante digno de um serial killer. Só que o utensílio era pequeno demais. Bastou olhar aquilo para saber que não ficaria bom em uma foto tirada com a câmera vagabunda do seu celular.

Já o martelo de osso era outra história. Tratava-se de uma grande peça prateada com a cabeça em forma de tijolo, mas pontiaguda em uma das extremidades, e o fio posterior afiado como o de um cutelo. Na outra ponta do cabo havia um gancho que os médicos usavam para enterrar sob a borda do crânio e puxá-lo como quem destampa uma garrafa. O martelo de osso era *sinistro*.

Hicks demorou um pouco para encaixá-lo na mão de Manx. Fez uma careta ao ver as horríveis unhas compridas lascadas nas pontas e tão amarelas quanto os dentes do sujeito. Ele parecia aquele ator do filme *Alien*, Lance Henriksen, com a cabeça raspada e um pouco mais feio. Manx tinha também peitos magros, rosa-esbranquiçados e murchos que despertavam em Hicks a horrível lembrança do que sua própria mãe tinha dentro do sutiã.

Hicks escolheu para si a serra de osso e passou um braço em volta dos ombros de Manx. O cadáver desabou e sua cabeçorra careca foi repousar no peito do segurança. Tudo bem, eles agora pareciam dois amigos que haviam tomado umas e outras. Hicks pegou o celular e o afastou de si. Estreitou os olhos, fez uma careta ameaçadora e tirou a foto.

Tornou a deitar o corpo e conferiu a imagem no telefone. A foto não tinha saído muito boa. Hicks quisera fazer cara de mau, mas a expressão de dor em seu rosto sugeria que, no fim das contas, Sasha conseguira enfiar o mindinho no seu cu. Estava pensando em bater outra quando ouviu vozes altas perto da porta da sala de autópsia. Por um terrível instante, pensou que a primeira voz pertencesse a seu tio Jim.

– Ah, aquele pilantrinha vai ver só. Ele não faz ideia...

Hicks jogou um lençol em cima do cadáver com o coração acelerado. As vozes haviam soado tão próximas que ele tivera certeza de que as pessoas estavam prestes a entrar ali. Havia percorrido metade do caminho até a porta para tirar o calço quando percebeu que ainda segurava a serra de osso. Pousou-a sobre o carrinho de instrumentos com a mão trêmula.

Já quase recuperado, caminhou de volta até a porta. Um segundo homem ria e o primeiro tinha recomeçado a falar:

– ... arrancar todos os quatro molares. Vão apagar o cara com sevoflurano e, quando esmagarem seus dentes, ele não vai sentir nada. Mas, ao acordar, vai ter a sensação de que alguém estuprou sua boca com uma pá...

Hicks não sabia quem iria extrair os dentes, mas agora tinha certeza de que não era seu tio Jim no corredor, apenas algum velho com uma voz esganiçada de velho. Esperou até ouvir os dois homens se afastarem antes de se abaixar para retirar o calço. Contou até cinco, então saiu da sala de autópsia. Precisava beber água e lavar as mãos. Ainda estava um pouco trêmulo.

Para se acalmar, deu uma longa caminhada respirando fundo. Ao chegar enfim ao banheiro masculino, não precisava apenas beber água, mas também cagar. Entrou no cubículo para deficientes, assim teria mais espaço para as pernas. Enquanto estava lá dentro soltando o barro, mandou por e-mail para Sasha a foto em que posava com Manx e escreveu: "*Pode ir se abaixando e tirando a calça pq papai vai chegar c/ a serra se vc n obedecer sua doida vadia. Me espera na sala da punição.*"

No entanto, quando já estava curvado em frente à pia bebendo água ruidosamente, Hicks começou a se inquietar. Ficara tão abalado com o barulho de vozes no corredor que não conseguia se lembrar se havia deixado o cadáver do jeito que o encontrara. Pior ainda: tinha a terrível impressão de ter abandonado o martelo de osso na mão de Charlie Manx. Se o instrumento fosse encontrado ali na manhã seguinte, algum médico espertinho decerto tentaria descobrir por quê, e com certeza seu tio Jim iria interrogar todos os funcionários. Hicks não sabia se conseguiria aguentar aquele tipo de pressão.

Resolveu voltar à sala de autópsia para se certificar de ter deixado tudo como estava.

Parou em frente à porta para espiar pela janelinha, mas descobriu que tinha deixado a cortina fechada. Era uma das coisas que precisava ajeitar. Abriu a porta devagar e franziu a testa. Em sua pressa de sair da sala, tinha apagado todas as luzes – não apenas as que ficavam acima das macas, mas também as de segurança que permaneciam sempre acesas nos cantos da sala e acima da escrivaninha. A sala recendia a iodo e aldeído benzoico. Hicks deixou a porta se fechar atrás de si e ficou parado no escuro, sozinho.

Estava correndo a mão pela parede de ladrilhos, tateando em busca dos interruptores, quando ouviu o gemido de uma roda no escuro e um leve clangor de dois objetos de metal se chocando.

Imobilizou-se, apurou os ouvidos e, no instante seguinte, sentiu alguém correr pela sala na sua direção. Foi uma sensação na pele e nos tímpanos, como uma mudança na pressão atmosférica. Seu estômago pareceu virar líquido e ele ficou mareado. Tinha esticado a mão direita para o interruptor, mas mudou de ideia e começou a sacar o revólver, quando ouviu alguma coisa assobiar no escuro e foi atingido na barriga por algo que parecia um taco de beisebol de aço. Dobrou o corpo com um arquejo. O .38 tornou a cair dentro do coldre.

O taco se afastou e tornou a golpear. Acertou Hicks do lado esquerdo da cabeça, acima da orelha, o fez girar nos calcanhares e o derrubou no chão. Ele caiu para trás como se houvesse despencado de um avião pelo céu noturno congelante, e foi caindo, caindo, e por mais que tentasse gritar não conseguiu emitir som algum, pois todo o ar que tinha nos pulmões fora expulso.

Quando Ernest Hicks abriu os olhos, havia um homem curvado acima dele com um sorriso tímido no rosto. O segurança abriu a boca para perguntar o que tinha acontecido e, então, a dor inundou sua cabeça. Ele virou o rosto e seu estômago devolveu a comida chinesa do jantar em um jorro fétido em cima dos mocassins pretos do sujeito.

– Ai, cara, *foi mal* – desculpou-se ele.

– Não tem problema, filho – assegurou o médico. – Não tente se levantar. Vamos levar você para o pronto-socorro. Você sofreu uma concussão. Quero ter certeza de que não fraturou o crânio.

Hicks agora começava a se lembrar do que havia acontecido, do homem no escuro que o acertara com um porrete de metal.

– Caralho... *Caralho!* Cadê meu revólver? Alguém viu meu revólver?

O médico – SOPHER, dizia o crachá – pôs uma das mãos no peito de Hicks para impedi-lo de levantar.

– Acho que o seu revólver já era, filho – disse o Dr. Sopher.

– Não tenta levantar, Ernie – falou Sasha, em pé a um metro de distância, encarando-o com uma expressão semelhante ao horror. Havia mais umas duas enfermeiras com ela, ambas com ar abatido e aflito.

– Ai, meu Deus. Ai, meu Deus. Roubaram meu .38. Levaram mais alguma coisa?

– Só a sua calça – respondeu Sopher.

– Minha o quê? Como assim, *caralho*?

Só aí Hicks reparou que estava totalmente nu da cintura para baixo, de pau para fora na frente do médico, de Sasha e das outras enfermeiras. Achou que fosse vomitar outra vez. Era como o pesadelo que costumava ter. Ocorreu-lhe a possibilidade súbita e angustiante de o filho da puta doente que havia arrancado sua calça talvez ter enfiado um dedo no seu cu, como Sasha vivia ameaçando fazer.

– Ele tocou em mim? Ele tocou em mim, porra?

– Nós não sabemos – disse o médico. – Provavelmente não. Sem dúvida ele apenas não queria que você se levantasse e fosse atrás dele, e imaginou que não o faria se estivesse nu. É bem possível que só tenha levado o seu revólver porque estava dentro do coldre, no cinto.

Porém, o cara não tinha levado a sua camisa, só a jaqueta quebra-vento.

Hicks começou a chorar e soltou um peido: um *plaft* úmido e chiado. Nunca na vida tinha se sentido tão miserável.

– Ai, meu Deus. *Ai, meu Deus*. Qual é o *problema* com as pessoas? – lamentou-se.

O Dr. Sopher balançou a cabeça.

– Quem pode saber o que o cara estava pensando? Talvez estivesse doidão. Talvez fosse apenas um doente atrás de algum troféu especial. Vamos deixar a polícia se preocupar com isso. Eu só quero me concentrar em você.

– Troféu?! – exclamou Hicks, imaginando a própria calça emoldurada e pendurada em uma parede.

– É, acho que sim – respondeu o Dr. Sopher, olhando por cima do ombro para o outro lado da sala. – É o único motivo que me ocorre para explicar por que alguém iria querer entrar aqui e roubar o cadáver de um serial killer famoso.

Hicks virou a cabeça – um gongo soou dentro do seu cérebro e reverberou em sua caixa craniana – e viu que a maca fora movida para o meio da sala e alguém havia tirado o cadáver de cima dela. Tornou a gemer e fechou os olhos.

Ouviu o *tlec-tlec* veloz de saltos de bota subindo o corredor e pensou reconhecer o andar de pato de Jim, obrigado a marchar para longe de sua mesa contra a vontade. Não havia nenhum motivo lógico para temer o tio: Hicks era a vítima naquele caso; tinha sido *atacado*, pelo amor de Deus. Porém, sozinho e infeliz em seu único refúgio – a escuridão atrás das próprias pálpebras –, sentiu que a lógica não se aplicava àquela situação. Jim estava a caminho e, com ele, vinha uma terceira advertência prestes a ser desferida qual um martelo prateado. Hicks fora pego com as calças na mão, aliás, sem elas, e entendeu que nunca mais tornaria a vestir a farda.

Tudo tinha sido perdido, levado embora em um segundo nas sombras da sala de autópsia: o bom emprego, os bons tempos com Sasha, estribos, mimos do armário de remédios e fotos engraçadas com os defuntos. Até mesmo seu Trans Am já era, embora isso só fosse ser descoberto horas depois; o filho da mãe doente que o apagara tinha pegado a chave e levado o carro.

Tudo havia desaparecido. Tudo. Tudinho mesmo.

Desaparecido com o velho cadáver de Charlie Manx para nunca mais voltar.

MÃE MÁ
16 DE DEZEMBRO DE 2011 – 6 DE JULHO DE 2012

Centro de Reabilitação Lamar, Massachusetts

LOU LEVOU O MENINO PARA uma visita de Natal antecipada quando Vic McQueen estava passando 28 dias na clínica. A árvore na sala de recreação era feita de arame e papel-alumínio, e os três comeram rosquinhas polvilhadas de açúcar compradas no supermercado.

– Todo mundo aqui é maluco? – perguntou Wayne, sem qualquer vergonha; aliás, ele nunca fora tímido.

– Alcoólatra – corrigiu Vic. – Os malucos eram na outra clínica.

– Então isto é uma melhora?

– Uma ascensão – interveio Lou Carmody. – Esta família é especialista em ascensão.

Haverhill

VIC TEVE ALTA NA SEMANA seguinte. Sóbria pela primeira vez em toda sua vida adulta, voltou para casa para ver a mãe morrer e testemunhar as heroicas tentativas de Linda McQueen de pôr fim à própria vida.

Vic ajudou: comprou maços do cigarro de que a mãe gostava, Virginia Slims, e fumou com ela. Mesmo com um pulmão só, a mãe continuava fumando. Ao lado da cama ficava um cilindro de oxigênio verde e surrado com as palavras ALTAMENTE INFLAMÁVEL escritas na lateral acima de um desenho de labaredas vermelhas. Linda segurava a máscara junto ao rosto para uma inalada de ar, em seguida baixava a máscara e dava um trago no cigarro.

– Tá tudo bem, né? Você não tá com medo de... – Linda fez um gesto com o polegar em direção ao cilindro.

– De quê? De você arruinar a minha vida? Agora já era, mãe, eu mesma já arruinei.

Vic não passava um dia dentro da mesma casa com a mãe desde que fora embora de vez, no verão de seus 18 anos. Na infância, não percebia o quanto era escuro dentro da residência. Situada à sombra de pinheiros, a propriedade não recebia luz natural quase nenhuma, logo, mesmo ao meio-dia, era preciso acender as luzes para enxergar direito. Agora fedia a cigarro e incontinência urinária. No final de janeiro, Vic já estava desesperada para sair dali. A escuridão e a falta de ar a faziam pensar na calha de roupa suja da Casa Sino de Charlie Manx.

– A gente deveria passar o verão em algum lugar. Poderíamos alugar uma casa lá no Lago, como antigamente. – Vic não precisou especificar que se tratava do lago Winnipesaukee. O lugar sempre fora apenas O Lago, como se não existisse mais nenhum acidente hidrográfico digno de nota, da mesma forma que A Cidade sempre quisera dizer Boston. – Eu tenho dinheiro.

Não muito, na verdade. Vic dera um jeito de beber uma parcela importante de sua renda. Grande parte do que não tinha ingerido fora devorado pelos honorários de advogados ou pago a instituições variadas. Mesmo assim, ainda havia dinheiro suficiente para deixá-la em uma situação financeira mais favorável do que a maioria dos alcoólatras em recuperação com tatuagens e ficha na polícia. E haveria mais ainda se ela conseguisse terminar o livro seguinte da série Máquina de Busca. Às vezes, Vic pensava que ficara sã e sóbria para terminar o livro seguinte, com a ajuda de Deus. Deveria ter sido por causa do filho, mas não.

Linda sorriu de um jeito vagaroso e sonolento, sabendo que não iria durar até junho, que naquele verão passaria as férias a três quarteirões dali, no mesmo cemitério em que estavam enterradas suas irmãs mais velhas e seus pais. Mas o que disse foi:

– Claro. Pegue o seu menino com o Lou e leve ele junto. Eu gostaria de passar algum tempo com ele... se você achar que isso não vai estragar o menino.

Vic deixou o comentário passar. Estava trabalhando no oitavo passo de seu programa e o motivo de sua presença ali em Haverhill era se redimir. Passara anos sem querer que Linda conhecesse Wayne ou fizesse parte da vida do filho. Limitar o contato da mãe com o neto lhe dava prazer e ela achava que proteger Wayne de Linda fosse o seu dever. De vez em quando, gostaria que alguém tivesse protegido Wayne de si própria. Também precisava se redimir com o filho.

– Você poderia aproveitar e apresentar seu pai ao neto – continuou Linda. – Ele está lá, sabia? Em Dover. Não fica muito longe do Lago. Ainda ganha a vida explodindo as coisas. Sei que ele adoraria conhecer o menino.

Vic deixou passar essa também. Será que precisava se redimir com Christopher McQueen? Às vezes pensava que sim – então se lembrava dele enxaguando a mão machucada com água fria e punha a ideia de lado.

Choveu a primavera inteira e Vic ficou ilhada na casa em Haverhill com a mulher moribunda. Às vezes chovia tão forte que era como estar presa dentro de um tambor. Linda tossia grandes bolotas de catarro salpicado de sangue dentro de um tubo de borracha e ficava assistindo ao canal Food Network com o volume alto demais. Ir embora – sair dali – começou a desesperá-la, a ser uma questão de sobrevivência. Ao fechar os olhos, Vic via um trecho liso de lago sob o sol poente e libélulas do tamanho de andorinhas deslizando acima da superfície.

Mas só se decidiu a alugar um apartamento quando Lou telefonou certa noite do Colorado e sugeriu que Wayne e ela passassem o verão juntos.

– O menino precisa da mãe – disse ele. – Você não acha que está na hora?

– Seria ótimo – concordou ela, esforçando-se para manter a voz normal.

Respirar doía. Fazia três anos que ela e Lou estavam separados. Vic não aguentava ser amada por ele de forma tão completa e retribuir tão mal; precisara pôr fim ao casamento.

Mas uma coisa era abandonar Lou, outra era abandonar o filho. Lou falava que o menino precisava da mãe, mas para Vic era *ela* quem precisava de Wayne. A ideia de passar o verão com ele – recomeçar, fazer uma nova tentativa de ser a mãe que ele merecia – lhe provocava arrepios de pânico. Mas também lhe provocava arrepios de uma viva e reluzente esperança. Não gostava de sentir as coisas com tamanha intensidade: isso lhe lembrava a loucura.

– E por você tudo bem? Você o deixaria comigo? Depois de todas as merdas que eu fiz?

– Ah, cara, se você estiver pronta para subir no ringue outra vez, ele estará pronto para ir lá com você.

Vic se absteve de comentar que, quando as pessoas iam para um ringue, em geral era para se matar de porrada. Talvez não fosse uma metáfora tão ruim assim. Só Deus sabia quantos motivos Wayne tinha para bater na mãe. Se ele precisava de um saco de pancadas, Vic estava disposta a aguentar firme; seria um jeito de se redimir.

Como ela amava essa palavra e pensar na redenção, libertação.

Começou a procurar furiosamente um lugar para passar o verão,

algo que se encaixasse na imagem que tinha na cabeça. Se ainda tivesse a Raleigh, poderia encontrar o caminho para o local perfeito em poucos minutos, cruzando rapidamente o Atalho. É claro que ela agora sabia que nunca houvera nenhuma travessia da ponte coberta. Tinha descoberto a verdade sobre suas expedições para encontrar objetos quando estava internada em um hospital psiquiátrico do Colorado. Sua sanidade era uma coisa frágil, uma borboleta que ela carregava consigo por toda parte dentro da mão, com medo do que aconteceria caso a soltasse – ou a esmagasse por descuido.

Sem o Atalho, Vic precisava confiar no Google como todo mundo. Demorou até o final de abril para encontrar o que queria: um chalé com 30 metros de terreno frontal, cais privativo, deque flutuante e cocheira. A casa tinha um andar só, portanto Linda não precisaria subir nenhuma escada. A essa altura, Vic de fato acreditava que a mãe iria com eles, que teria uma oportunidade de *se emendar*. Havia até uma rampa nos fundos da casa para a cadeira de rodas de Linda.

O corretor mandou meia dúzia de fotos ampliadas em papel cuchê e Vic subiu na cama da mãe para olharem juntas as imagens.

– Está vendo a cocheira? Vou limpar e fazer um estúdio lá dentro. Aposto que tem um cheiro maravilhoso, de feno, de cavalos. Fico pensando por que nunca passei por uma fase de cavalos. Pensei que isso fosse obrigatório para meninas mimadas.

– Chris e eu nunca chegamos a mimar muito você, Vicki. Eu tinha medo de você ficar insuportável. Hoje em dia não acho que um pai ou mãe possam fazer isso. Estragar um filho, quero dizer. Só entendi as coisas quando já era tarde demais para fazer algo a respeito. Acho que nunca tive muito jeito para ser mãe. Eu tinha tanto medo de errar que quase nunca acertava.

Vic ensaiou mentalmente algumas frases: "Eu era igualzinha"; "Você fez o melhor que pôde; não posso dizer o mesmo sobre mim"; "Você me amou tanto quanto soube amar. Eu daria qualquer coisa para voltar no tempo e amar você mais". Mas não conseguiu emitir nenhum som – sua garganta havia se contraído – e o instante passou.

– Mas enfim, você nunca precisou de cavalo – prosseguiu Linda. – Você tinha a sua bicicleta. A Máquina Veloz de Vic McQueen. Ela levava você mais longe do que qualquer cavalo jamais seria capaz. Eu a procurei, sabia? Uns dois anos atrás. Pensei que seu pai tivesse posto no porão e imaginei que pudesse dar para Wayne. Sempre achei que fosse uma bicicleta de menino. Mas não a encontrei. Não sei onde ela foi parar. – Ela se calou, com os olhos semicerrados. Vic desceu da cama suavemente. Antes que chegasse à porta, porém, Linda tornou a falar: – *Você* não sabe o que aconteceu com a bicicleta, sabe, Vic? Com a sua Máquina Veloz?

Havia em sua voz algo dissimulado, perigoso.

– Ela sumiu – respondeu Vic. – É só isso que eu sei.

– Gostei do chalé – comentou sua mãe. – Da sua casa no lago. Você encontrou um bom lugar, Vic. Sabia que iria encontrar. Você sempre foi boa nisso. Em encontrar coisas.

Os pelos dos braços de Vic se eriçaram.

– Descanse, mãe – disse ela, movendo-se em direção à porta. – Que bom que você gostou da casa. A gente deveria ir logo para lá. Depois que eu assinar os papéis, ela vai ser nossa durante todo o verão. A gente deveria fazer um teste. Passar uns dias lá, só nós duas.

– Claro. Na volta a gente pode passar no Terry's Sanduíches. Tomar uns milk-shakes.

O quarto, já na penumbra, pareceu escurecer por um instante, como se uma nuvem tivesse tapado o sol.

– Frapês – replicou Vic, com a voz embargada de emoção. – Se você quiser um milk-shake, vai ter que ir a outro lugar.

Sua mãe aquiesceu.

– Tem razão.

– No próximo final de semana... Vamos no próximo final de semana.

– É melhor você olhar na minha agenda: talvez eu já tenha compromisso.

Na manhã seguinte parou de chover. No fim de semana, em vez de levar a mãe até O Lago, Vic a levou até o cemitério e a enterrou sob o primeiro céu quente e azul do mês de maio.

Ligou para Lou à uma da madrugada no horário da Costa Leste, quando ainda eram onze da noite na casa de Lou.

– O que você acha que ele vai querer fazer? Vão ser dois meses. Eu não sei nem se consigo manter Wayne entretido por dois dias.

Lou pareceu espantado com a pergunta.

– Ele tem 12 anos. É um menino tranquilo. Tenho certeza de que vai gostar de tudo que você gosta. Do que você gosta?

– De bourbon.

– Hummm, estava pensando mais em algo tipo jogar tênis.

Ela comprou raquetes de tênis, mas não sabia se Wayne jogava. Ela mesma não disputava uma partida há tanto tempo que sequer se lembrava como marcar um ponto. Sabia apenas que, quando não se tinha mais nada, ainda restava o amor – uma brincadeirinha frequente com o fato de o placar zerado ser chamado de "love".

Comprou roupas de banho, chinelos de dedo, óculos escuros e frisbees, além de loção bronzeadora, torcendo para Wayne não querer passar muito tempo no sol. Entre as temporadas no hospital psiquiátrico e na clínica de reabilitação, Vic acabara de preencher inteiramente os braços e pernas com tatuagens, e exagerar no sol era um veneno para a tinta.

Imaginara que Lou fosse voar até a Costa Leste com o filho e ficou surpresa quando ele informou o número de voo de Wayne e lhe pediu para ligar após a chegada do menino.

– Ele já andou de avião sozinho?

– Ele nunca andou de avião na vida, mas eu não me preocuparia muito com isso. *Cara*, o garoto é duro na queda e sabe se cuidar. Já vem fazendo isso há algum tempo. Ele tem 12 anos, mas parece ter 50. Acho que está mais animado com o voo do que com a estadia aí. – Fez-se um silêncio constrangido. – Foi mal. Não foi minha intenção soar tão babaca.

– Não tem problema, Lou.

Ela não se importou com o comentário. Aliás, nada do que Lou ou Wayne pudessem dizer a incomodava. Ela merecia cada migalha. Durante todos aqueles anos que passara detestando a própria mãe, Vic jamais imaginara que fosse se sair ainda pior.

– Além disso, na verdade ele não está viajando sozinho. Vai levar o Hooper.

– Certo. E o Hooper come *o quê*, afinal?

– Em geral, tudo o que estiver pelo chão. O controle remoto. Sua roupa de baixo. O tapete. Ele é igual ao tubarão-tigre do filme do Spielberg. Lembra que o Richard Dreyfuss abre a barriga dele no porão do pescador e acha uma placa de carro? A gente o batizou de Hooper por causa do personagem.

– Nunca assisti a *Tubarão*. Vi uma das continuações na TV quando estava na clínica. Aquela com o Michael Caine.

Outro silêncio se seguiu, dessa vez de assombro.

– Nossa. Não é à toa que a gente não deu certo – comentou Lou.

Três dias depois, Vic estava no aeroporto de Logan às seis da manhã, em pé junto à vidraça que dava para a pista, para ver o 727 de Wayne manobrar pelo pátio até chegar ao *finger*. Passageiros emergiram do túnel e começaram a passar por ela apressados, em grupos silenciosos, puxando malas com rodinhas atrás de si. O fluxo diminuiu e ela procurou não ficar ansiosa. Onde seu filho tinha se metido? Será que Lou lhe dera as informações certas do voo? Wayne ainda não estava nem sob os seus cuidados e ela já estava fodendo com tudo. Foi então que o menino apareceu, abraçando a mochila como se fosse o seu ursinho de pelúcia preferido. Largou a mochila no chão e Vic lhe deu um abraço, esfregando o rosto junto à sua orelha e mordendo seu pescoço até ele soltar algo entre uma risada e um grito, para que ela o largasse.

– Gostou de andar de avião? – perguntou ela.

– Gostei tanto que peguei no sono durante a decolagem e perdi tudo. Dez minutos atrás eu estava no Colorado e agora estou aqui. Não é uma loucura? Ir tão longe de repente assim?

– É. Uma loucura total.

Hooper estava dentro de uma caixa de cachorro do tamanho de um berço e os dois tiveram de unir forças para tirá-lo da esteira de bagagens. A baba escorria da bocarra do são-bernardo. Dentro da caixa, os restos mortais de um catálogo telefônico jaziam espalhados ao redor de suas patas.

– Que isso? – indagou Vic. – O almoço dele?

– Ele gosta de mastigar coisas quando fica nervoso. Igual a você.

Os dois foram de carro até a casa de Linda comer sanduíches de peru. Hooper lanchou uma latinha de ração para cachorro, um dos novos pares de chinelos e a raquete de tênis de Vic ainda embalada em plástico. Mesmo com as janelas abertas, a casa tinha cheiro de cinza de cigarro, mentol e sangue e Vic não via a hora de sair dali. Pôs no carro as roupas de banho, suas folhas de cartolina, tintas e aquarelas, o cachorro e o menino que amava – mas que tinha medo de não conhecer ou merecer – e seguiram todos rumo ao norte para passar o verão.

Vic McQueen tenta ser mãe – Parte II, pensou ela.

A Triumph Bonneville os aguardava.

Lago Winnipesaukee

NA MANHÃ EM QUE WAYNE encontrou a Triumph, Vic estava no cais com duas varas de pescar que não conseguia desembaraçar. Ela as encontrara dentro de um armário no chalé, duas relíquias enferrujadas dos anos 1980, com as linhas monofilamento emboladas em um nó do tamanho de um punho. Pensou ter visto uma caixa de material de pesca na cocheira e mandou Wayne até lá procurá-la.

Sentou-se na borda do cais para tentar desatar o nó, sem sapatos e meias, com os pés dentro d'água. Quando cheirava pó – é, ela costumava fazer isso também –, teria sido capaz de passar uma hora inteira feliz lutando com aquele nó e sentir tanto prazer quanto no sexo. Teria dedilhado aquele nó feito Slash tocando um solo de guitarra.

Depois de cinco minutos, porém, desistiu. Não adiantava. Devia haver uma faca na caixa de material de pesca. Era preciso distinguir as situações em que fazia sentido tentar desembaraçar alguma coisa e em que era melhor simplesmente cortar a porra do nó e pronto.

Além do mais, o clarão do sol refletindo na água estava fazendo seus olhos doerem. Sobretudo o esquerdo, que parecia *sólido* e pesado, como se fosse feito de chumbo.

Vic se esticou sob o sol para esperar Wayne voltar. Quis tirar um cochilo, mas sempre que ia pegar no sono acordava de repente com um sobressalto, ouvindo na cabeça a canção da menina louca.

Tinha ouvido a canção da menina louca pela primeira vez quando estava no hospital psiquiátrico em Denver, para onde fora depois de tocar fogo na própria casa. A música só tinha quatro versos, mas ninguém – nem Bob Dylan, nem John Lennon, nem Byron nem Keats – jamais havia composto uma estrofe tão significativa e emocionalmente direta:

Ninguém prega o olho quando eu canto esta canção!
E vou cantá-la a noite inteira, até a exaustão!
Vic quer pedalar na porra da bicicleta até o céu!
Mas é como querer passear no trenó do Papai Noel!

A canção a havia acordado em sua primeira noite na clínica. Uma mulher a entoava em algum lugar da ala restrita. E não apenas cantava para si mesma, mas fazia uma serenata para a própria Vic.

A menina louca berrava a música três ou quatro vezes por noite, em geral justo quando Vic estava pegando no sono. Às vezes a doida começava a rir tanto que não conseguia terminar a canção.

Vic também gritava, para alguém mandar aquela piranha calar a boca. Outras pessoas berravam, a ala inteira começava a berrar, todos pedindo silêncio, que os deixassem dormir, que parassem com aquilo. Vic gritava até ficar rouca, até os atendentes aparecerem para segurá-la e enfiar a agulha no seu braço.

Durante o dia, Vic examinava raivosamente o rosto dos outros pacientes à procura de sinais de culpa ou exaustão. Só que *todos* eles pareciam culpados e exaustos. Nas sessões de terapia em grupo, ouvia atentamente os outros falarem, pensando que a cantora noturna fosse se denunciar por ter uma voz rouca. Mas *todos* eles tinham a voz rouca por causa das noites difíceis, do café ruim e dos cigarros.

Após algum tempo, chegou o dia em que Vic parou de escutar a menina louca. Pensou que a tivessem transferido para outra ala, demonstrando enfim alguma consideração com os outros pacientes. Só seis meses depois de sair do hospital foi que ela enfim reconheceu a voz e soube quem era a menina louca.

– Aquela moto na garagem é nossa? – indagou Wayne. Antes de Vic ter tempo de processar a pergunta, ele fez outra: – Que música é essa que você está cantando?

Vic não tinha percebido que estava sussurrando a canção para si mesma até aquele instante. Soava muito melhor naquele tom de voz suave do que quando Vic a gritava rindo no hospício.

Ela se sentou e esfregou o rosto.

– Não sei. Nenhuma.

Wayne a fitou com um olhar sombrio de dúvida.

Avançou até o cais com passos miúdos, fazendo esforço, segurando uma grande e surrada caixa de ferramentas amarela pela alça com as duas mãos.

Hooper caminhou pesadamente ao seu lado feito um urso de estimação. Depois de Wayne percorrer o primeiro terço do caminho, a caixa escorregou de sua mão e caiu no chão com um estrondo, fazendo o cais estremecer.

– Peguei a caixa de material de pesca – disse ele.

– Isso não é uma caixa de material de pesca.

– Você disse para procurar uma caixa marrom.

– Essa daí é amarela.

– Está marrom em alguns lugares.

– Está *enferrujada* em alguns lugares.

– Ah, é? E daí? Ferrugem é marrom.

Ele abriu os fechos da caixa, levantou a tampa e franziu a testa.

– Era fácil se enganar – falou Vic.

– Isto aqui por acaso é para pescar? – indagou Wayne, tirando da caixa um curioso instrumento. Parecia a lâmina de uma foice rombuda em miniatura, pequena o suficiente para caber na palma da sua mão. – Tem o formato de um gancho.

Vic sabia o que era aquele objeto, embora fizesse muitos anos que não via um. Então, por fim, registrou a primeira pergunta que Wayne lhe fizera ao pisar o cais.

– Deixa eu ver essa caixa aí.

Ela virou a caixa e encarou uma série de alicates planos e enferrujados, um medidor de pressão e uma velha ferramenta de cabo retangular com a palavra TRIUMPH gravada.

– Onde você encontrou isso?

– Em cima do banco da moto velha. A moto veio com a casa?

– Me mostra – pediu Vic.

A cocheira

VIC SÓ HAVIA ENTRADO NA cocheira uma vez, na primeira visita que fizera ao imóvel. Conversara com a mãe sobre limpar o interior e usá-la como estúdio. Até agora, porém, seus lápis e tintas não tinham saído do closet do quarto e a cocheira estava entulhada como no dia da sua chegada.

Era um cômodo comprido e estreito, tão abarrotado de quinquilharias que era impossível andar em linha reta até a parede dos fundos. Havia algumas baias onde os cavalos costumavam ficar. Vic adorava o cheiro daquele lugar – uma mistura de gasolina, sujeira, feno seco e madeira –, que tinha passado oitenta verões sendo curado ao sol.

Se tivesse a mesma idade que Wayne, Vic teria passado todo seu tempo nas vigas, entre os pombos e esquilos-voadores. Mas isso não parecia ser a praia do filho. Ele não interagia com a natureza, apenas tirava fotos dela com o iPhone, depois se curvava acima da tela e ficava manipulando a imagem. O que ele mais gostava naquela casa no lago era o fato de ter internet sem fio.

Não que ele quisesse ficar dentro de casa; preferia entrar no seu celular. Aquela era sua ponte para sair de um mundo em que mamãe era uma alcoólatra doida e papai, um mecânico de automóveis de quase 140 quilos que não tinha concluído o ensino médio e usava uma fantasia do Homem de Ferro para ir a convenções de quadrinhos.

A moto estava nos fundos da cocheira coberta por um oleado salpicado de tinta, mas ainda era possível discernir seu formato. Vic a viu assim que entrou pelas portas e perguntou-se como podia não ter reparado nela na primeira vez em que enfiara a cabeça lá dentro.

Mas a verdade era que ninguém sabia melhor do que Vic McQueen como era fácil uma coisa importante se perder no meio de uma grande quantidade de entulho. O lugar todo parecia uma cena que ela poderia ter desenhado em um de seus livros da série Máquina de Busca: encontre o caminho até a moto por um labirinto de quinquilharias – sem tropeçar no arame que aciona a bomba – e fuja! Na realidade, não era má ideia para uma cena; valia a pena arquivá-la para mais tarde. Ela não podia se dar ao luxo de ignorar nenhuma ideia boa. Alguém por acaso podia?

Cada um segurou um dos cantos do oleado e juntos eles o puxaram para trás.

A moto estava coberta por uma camada de meio centímetro de sujeira e serragem, e teias de aranha ocultavam o guidom e os mostradores. O farol dianteiro pendia do encaixe pelos fios. Sob a poeira, o tanque de combustível em forma de gota era vermelho-cereja e prateado, com a palavra TRIUMPH gravada em relevo em letras cromadas.

Parecia a moto de um velho filme de motociclistas, não um de motoqueiros cheio de peitos de fora, cores desbotadas e Peter Fonda, mas um daqueles mais antigos, mais brandos, em preto e branco, com muitas corridas e conversas sobre o Cara. Vic amou aquela moto na hora.

Wayne passou a mão pelo banco e olhou a palma suja.

– A gente pode ficar com ela?

Como se a moto fosse um gato de rua.

É claro que não podiam: ela pertencia à velha senhora que estava alugando a casa.

Mesmo assim... Vic sentiu que de alguma forma a moto já era sua.

– Duvido que ainda funcione – falou.

– E daí? – indagou Wayne com a casualidade de uma criança de 12 anos. – É só consertar. Papai ensina para você.

– Seu pai já me ensinou.

Durante oito anos, ela havia tentado ser a garota de Lou. Nem sempre tinha sido bom e nunca tinha sido fácil, mas houvera alguns dias felizes na oficina, Lou consertando motos e Vic as pintando, Soundgarden tocando no rádio e garrafas de cerveja na geladeira. Ela engatinhava junto com ele em volta das motos, segurando sua lanterna e fazendo perguntas. Lou lhe ensinara sobre fusíveis, cabos de freio, coletores de admissão. Na época, ela gostava da companhia dele e quase gostava de ser ela mesma.

– Então você acha que a gente pode ficar com a moto? – tornou a perguntar Wayne.

– Essa moto é da velha senhora que nos alugou a casa. Posso perguntar se ela quer vender.

– Aposto que ela vai querer. – Ele escreveu a palavra *NOSSA* na poeira da lateral do tanque. – Que velha senhora vai querer andar por aí em uma porcaria dessas?

– Uma igual a esta aqui – respondeu Vic, estendendo o braço por cima do filho e apagando a palavra *NOSSA* com a mão.

A poeira subiu, atravessando um facho de luz matinal, uma profusão de flocos dourados.

Abaixo de onde antes estava escrito *NOSSA*, Vic escreveu *MINHA*. Wayne ergueu o iPhone e tirou uma foto.

Haverhill

TODOS OS DIAS DEPOIS DO almoço, Sigmund de Zoet tirava uma hora para pintar seus soldadinhos. Era sua hora preferida do dia. Ficava escutando a Sinfônica de Berlim executar o sexteto *Cloud Atlas*, de Frobisher, e pintava soldados alemães da Primeira Guerra com seus capacetes, casacos e máscaras de gás. Tinha uma paisagem em miniatura sobre uma folha quadrada de compensado com 1,80 metro de lado que supostamente representava meio hectare da cidade de Verdun: uma área de lama encharcada de sangue, árvores queimadas, arbustos emaranhados, arame farpado e cadáveres.

Sig tinha orgulho de sua pintura cuidadosa. Pintava franjas douradas em dragonas, botões de latão microscópicos em casacos, pintinhas de ferrugem em capacetes. Sentia que, quando os homenzinhos estavam bem pintados, passavam a ter uma tensão, a sugestão de que, a qualquer momento, poderiam começar a se mover sozinhos e atacar a linha francesa.

Estava trabalhando neles no dia em que eles finalmente começaram a se mover.

Pintava um alemão ferido: o homenzinho segurava o próprio peito com a boca aberta em um grito mudo. Sig estava com um tiquinho de tinta vermelha na ponta do pincel e pretendia passar um pouco em volta dos dedos do soldado, mas, quando estendeu o pincel, o boneco se retraiu.

Sigmund ficou encarando aquilo, estudando o soldadinho de dois centímetros e meio de altura sob a luz forte da luminária de braço articulado. Tornou a estender o pincel e o soldado se esquivou de novo.

Sig tentou uma terceira vez – *Fique parado, seu safado*, pensou – e errou feio: não chegou nem perto, e acabou pintando a luminária de escarlate.

E não era mais só um soldado que estava se mexendo: agora eram todos. Atiravam-se uns em cima dos outros, oscilando feito as chamas de uma vela.

Sigmund esfregou a testa com a mão e sentiu ali um suor quente e pegajoso. Inspirou fundo e lhe veio o cheiro de biscoitos de pão de mel.

Um AVC, pensou. *Estou tendo um AVC.* Só que pensou isso em holandês, porque na hora o inglês lhe fugiu, muito embora ele falasse o idioma desde os 5 anos.

Segurou o canto da mesa para se levantar, mas errou e caiu. Chocou-se contra o piso de nogueira com o lado direito do corpo e sentiu algo estalar no quadril. O osso se partiu feito um graveto seco sob uma bota alemã. A casa inteira estremeceu com a força de sua queda e ele pensou, só que em holandês: *Isso vai fazer Giselle aparecer.*

– *Hulp!* – exclamou. – *Ik had een slag. Nr. Nr.* – Aquilo não soou certo, mas ele precisou de alguns instantes para entender por quê. Havia falado holandês. Sua mulher não iria entender. – Giselle! Eu caí!

Ela não apareceu nem teve qualquer reação. Sigmund tentou imaginar o que poderia estar fazendo para não escutá-lo, em seguida se perguntou se ela estaria lá fora com o homem que tinha ido consertar o ar-condicionado. Um gordo baixote chamado Bing alguma coisa aparecera vestido com um macacão sujo de graxa para trocar uma das molas do condensador por causa de um recall de fábrica.

A mente de Sig pareceu clarear um pouco ali no chão. Quando ele estava sentado no banco, o ar começara a parecer espesso, superaquecido e levemente pegajoso; além disso houvera aquele súbito cheiro de pão de mel. Ali embaixo, porém, estava mais fresco e o mundo parecia inclinado a se comportar bem. Ele viu uma chave de fenda que perdera havia meses, aninhada entre alguns montinhos de poeira debaixo da bancada de trabalho.

Seu quadril estava quebrado. Teve certeza disso, pôde sentir a fratura no osso como um arame quente inserido sob a pele. Pensou, porém, que se conseguisse levantar, poderia usar o banco como andador improvisado para ir até o corredor.

Talvez conseguisse chegar à porta e gritar pelo técnico do ar-condicionado. Ou por Vic McQueen do outro lado da rua. Só que não: Vicki tinha ido para algum lugar de New Hampshire com o filho. Se ele conseguisse chegar até o telefone da cozinha, teria simplesmente que ligar para a emergência e torcer para Giselle o encontrar antes de a ambulância aparecer em frente à casa. Não queria chocá-la mais do que o necessário.

Estendeu um braço frouxo para cima, segurou o banco e se esforçou para ficar em pé, mantendo o peso apoiado na perna esquerda. Mesmo assim doeu. Ouviu o osso estalar.

– Giselle! – tornou a gritar; sua voz era um rugido rouco. – *Gott dam*, Giselle!

Inclinou-se por cima do banco com as duas mãos na borda, sorveu uma inspiração longa e trêmula e sentiu outra vez o cheiro natalino de pão de mel. O odor foi tão forte e nítido que ele quase se retraiu.

Um AVC, tornou a pensar. Era isso que acontecia quando se estava tendo um derrame. O cérebro começava a falhar e você sentia cheiros de coisas inexistentes enquanto o mundo à sua volta ia desabando, derretendo feito neve suja sob uma chuva quente de primavera.

Virou-se de frente para a porta do escritório, situada a uns dez passos de distância. Ela estava totalmente escancarada. Não entendia como Giselle podia não ter ouvido seus gritos se estava em algum lugar dentro de casa. Ou ela estava lá fora perto do ar-condicionado barulhento ou tinha saído para fazer compras ou morrera.

Ele tornou a considerar essas possibilidades e ficou preocupado ao constatar que a terceira não era de todo absurda.

Levantou o banco a 2 centímetros do chão, moveu-o para a frente, tornou a abaixá-lo e cambaleou para a frente junto com ele. Agora que estava em pé, o interior de sua cabeça recomeçou a ficar enevoado e seus pensamentos flutuavam como plumas de ganso movidas por uma brisa morna.

Uma canção tocava sem parar na sua cabeça, presa em um loop idiota. *Era uma vez uma senhora que engoliu uma mosca. Não sei por que ela engoliu a mosca – vai ser uma morte tosca!* Só que a canção foi aumentando de volume até parecer não estar mais dentro da sua cabeça e, sim, no ar à sua volta, vindo pelo corredor.

Era uma vez uma senhora que engoliu uma aranha, que cresceu, se remexeu e desceu por dentro dela, entoou a voz, aguda, desafinada e curiosamente abafada, como vinda de longe por um duto de ventilação.

Sig olhou para cima e viu um homem passar pela porta aberta usando uma máscara de gás. Ele segurava Giselle pelos cabelos e a arrastava pelo corredor. A Sra. De Zoet não parecia se importar. Estava usando um vestido de linho azul e apenas um dos sapatos de salto, também azuis, pois o outro caíra de seu pé. O Homem da Máscara de Gás havia enrolado seus cabelos compridos, ruivos com mechas grisalhas em volta de um dos pulsos. Giselle tinha os olhos fechados, e seu rosto emaciado e estreito estava sereno.

O homem virou a cabeça e olhou para ele. Sig nunca vira nada tão horrível em toda sua vida. Era como aquele filme com Vincent Price no qual um cientista virava uma cruza de humano com mosca: a cabeça era um bulbo de borracha com lentes brilhantes no lugar dos olhos e uma válvula grotesca à guisa de boca.

Havia algo de errado no cérebro de Sig, talvez algo ainda pior do que um AVC. Um derrame por acaso provocava alucinações? Um de seus soldados pintados saíra da maquete de Verdun para o corredor dos fundos de sua casa e estava raptando sua mulher. Talvez por isso Sig precisasse fazer força para ficar em pé. Os alemães estavam invadindo Haverhill e tinham bombardeado a rua com gás de mostarda. Só que o gás tinha cheiro de pão de mel.

O Homem da Máscara de Gás levantou um dedo para indicar que voltaria dali a pouco e seguiu descendo o corredor, arrastando Giselle pelos cabelos e recomeçando a cantar:

– *Era uma vez uma senhora que engoliu uma cabra. Abriu a boca com um pé de cabra e engoliu a cabra. Que vadia mais gulosa!*

Sig desabou por cima do banco. As pernas... Não estava sentindo as próprias pernas. Ergueu a mão para enxugar o suor do rosto e enfiou o dedo no próprio olho.

Botas ecoaram pelo chão do ateliê.

Com muita dificuldade, Sig levantou a cabeça. Parecia haver um peso enorme equilibrado em cima dela, uma pilha de ferro com quase 10 quilos.

O Homem da Máscara de Gás postou-se com as mãos no quadril junto à maquete de Verdun e ficou observando a ruína bombardeada, toda costurada com arame farpado. Sig finalmente reconheceu suas roupas: ele estava usando o macacão sujo de graxa do técnico do ar-condicionado.

– Homenzinhos, homenzinhos! – exclamou o homem. – Adoro homenzinhos! "Lá no alto das montanhas, pelo riacho do caminho, caçar não arriscamos por temer os homenzinhos." – Ele olhou para Sig. – O Sr. Manx disse que eu sou um ás das rimas. Eu digo que sou só um poeta que ainda não se descobriu. Quantos anos tem a sua mulher, meu senhor?

Sig não tinha a menor intenção de responder. Queria perguntar o que o técnico fizera com Giselle. Em vez disso, falou:

– Casei com ela em 1976. Minha mulher tem 59 anos. Quinze a menos do que eu.

– Seu cachorro! Pegando criancinhas. Não tiveram filhos?

– *Nr.* Não. Meu cérebro está formigando.

– É o sevoflurano. Eu pus sevoflurano no seu ar-condicionado. Dá para ver que a sua mulher não teve filhos. Uns peitinhos muito duros. Eu apertei e posso afirmar: mulheres que tiveram filhos não têm peitinhos assim.

– Por que está fazendo isso? Por que está aqui? – perguntou Sig.

– O senhor mora em frente à casa de Vic McQueen. Além disso, tem uma garagem com duas vagas, mas um carro só. Quando o Sr. Manx voltar, vai ter onde estacionar. *As rodas do Espectro giram sem parar, sem parar, sem parar. As rodas do Espectro giram sem parar, o dia inteiro.*

Sig de Zoet tomou consciência de uma série de ruídos – um silvo, um arranhão e uma batida – repetindo-se constantemente. Não soube dizer de onde vinham. O barulho parecia estar dentro da sua cabeça, da mesma forma que a canção do Homem da Máscara de Gás: agora eram tudo que ele tinha no lugar dos pensamentos.

O invasor baixou os olhos para Sig.

– Victoria McQueen, por sua vez, parece que tem um *belo* par de tetas. O senhor já as viu com os próprios olhos. O que achou dos peitinhos dela?

Sig ergueu os olhos para ele. Entendia o que o falso técnico estava perguntando, mas não conseguia pensar em como responder a uma pergunta daquelas. Vicki tinha só 8 anos; na mente de Sig ela havia se tornado criança outra vez, uma garota montada em uma bicicleta de menino. Aparecia de vez em quando para pintar bonequinhos. Era um prazer vê-la trabalhar – Vic pintava os homenzinhos com uma devoção tranquila e olhos apertados como quem espia por um túnel comprido, tentando ver o que tem do outro lado.

– Aquela casa do outro lado da rua é *mesmo* dela, não é? – indagou o Homem da Máscara de Gás.

Sig não tinha intenção de responder. Não iria colaborar. “Colaborar” foi a palavra que lhe veio à mente, não “cooperar”.

– É – ouviu-se dizendo, então arrematou: – Por que eu disse isso? Por que estou respondendo às suas perguntas? Eu não sou um colaborador.

– É o sevoflurano também – explicou o homem. – O senhor *não acreditaria* em algumas das coisas que as pessoas costumavam me contar depois que eu lhes aplicava um pouco da velha e boa fumaça de pão de mel. Uma vovó bem velhinha, que devia ter no mínimo 64 anos, me contou que a única vez em que gozou foi quando tomou no rabo. Sessenta e quatro anos! *Eca*, não é? Dá para imaginar alguém comendo o rabo de uma velha de 64 anos? – Ele riu, a risada borbulhante e inocente de uma criança.

– É um soro da verdade? – perguntou Sig.

Foi preciso um esforço profundo para verbalizar a pergunta; cada palavra era um balde d'água que precisava ser puxado laboriosamente de um poço fundo.

– Não exatamente, mas com certeza libera a percepção. Deixa a pessoa aberta a sugestões. Espere só a sua mulher começar a recobrar os sentidos. Vai engolir meu pau como se fosse o almoço e ela tivesse pulado o café da manhã. Vai pensar que é a coisa certa a fazer! Não se preocupe, não vou obrigar o senhor a assistir. A essa altura o senhor já vai estar morto. Escute aqui: onde está Vic McQueen? Passei o dia inteiro observando a casa. Não parece ter ninguém lá. Ela não foi passar o verão fora, foi? Seria uma chatice. Seria uma chatice mesmo!

Mas Sigmund de Zoet não respondeu. Estava distraído. Finalmente se dera conta do que estava produzindo aquele silvo, aquele arranhão e aquela batida.

Não era nada dentro da sua cabeça. Era o disco que ele estava escutando, da Sinfônica de Berlim.

E a música tinha terminado.

Lago Winnipesaukee

ENQUANTO WAYNE ESTAVA NA COLÔNIA de férias, Vic ficava trabalhando no livro novo – e na Triumph.

Seu editor tinha sugerido um *Máquina de Busca* de férias; segundo ele, uma aventura de Natal seria um sucesso de vendas. No início, essa ideia foi como beber um leite azedo: ela se retraiu, em repulsa. Após algumas semanas refletindo a respeito, porém, ela entendeu como um livro desses poderia ser extremamente rentável. Também conseguiu visualizar como Máquina de Busca ficaria bonito usando um gorro e um cachecol listrados de vermelho e branco. Jamais lhe ocorrera que um robô que tivera por modelo o motor de uma moto Vulcan precisaria de cachecol. Era o *visual* certo. Ela era ilustradora, não engenheira; a realidade que fosse às favas.

Liberou espaço para um cavalete no canto dos fundos da cocheira e começou a desenhar. No primeiro dia, passou três horas fazendo um lago de gelo rachado. Máquina de Busca e sua amiguinha Bonnie se agarravam um ao outro em cima de um pedaço de gelo flutuante. Möbius Stripp estava debaixo da superfície dentro de um submarino que tinha o formato de um monstro marinho e estendia seus tentáculos à sua volta. Pelo menos ela *pensou* que estivesse desenhando tentáculos. Como sempre, Vic trabalhou com a música bem alta e sua mente se desconectou. Seu rosto foi ficando liso e sem rugas como o de uma criança. Sem preocupações na cabeça.

Continuou a desenhar até as mãos ficarem com câibras, então parou e saiu para o dia lá fora. Esticou os braços bem acima da cabeça até ouvir a coluna estalar. Entrou no chalé para tomar um copo de chá gelado – não se importou em almoçar, pois quase não comia quando estava trabalhando em um livro – e voltou à cocheira para pensar no que desenhar na página dois.

Decidiu que não faria mal nenhum dar uma mexidinha na Triumph enquanto refletia.

Seu plano era passar uma hora ou algo assim trabalhando na moto, depois voltar ao *Máquina de Busca*. Mas acabou passando *três* horas na moto e chegou dez minutos atrasada para buscar Wayne na colônia.

Depois disso, começou a trabalhar no livro pela manhã e na moto à tarde. Aprendeu a pôr o alarme para ir buscar Wayne sempre no horário certo. Ao final de junho, já tinha um maço de páginas esboçadas e havia desmontado a Triumph até deixar expostos o motor e a estrutura de metal nua.

Trabalhava cantando, embora raramente se desse conta disso.

Enquanto mexia na moto, entoava "Ninguém prega o olho quando eu canto esta canção! E vou cantá-la a noite inteira, até a exaustão!".

Em meio aos desenhos, era a vez de "Papai está nos levando para a Terra do Natal, e no trenó do Bom Velhinho vamos andar. Papai está nos levando para a Terra do Natal, só para fazer o dia passar".

Mas as duas músicas faziam parte da mesma canção.

Haverhill

NO PRIMEIRO DIA DE JULHO, Vic e Wayne deixaram Winnipesaukee no retrovisor e voltaram à casa de Linda em Massachusetts. Aliás, agora era a casa de Vic; ela vivia se esquecendo.

Lou pegaria um avião até Boston para passar o Quatro de Julho com o filho e ver os fogos de artifício de uma cidade grande, coisa que nunca tinha feito. Vic passaria o fim de semana arrumando as coisas da mãe morta e tentando não beber. Pretendia vender a casa no outono e se mudar de volta para o Colorado; era um assunto a debater com Lou. Ela podia trabalhar no *Máquina de Busca* em qualquer lugar.

O tráfego estava ruim na 495. Eles ficaram presos na estrada sob um céu repleto de nuvens baixas, que pareciam fumegar e lhe davam enxaqueca. Na opinião de Vic, ninguém deveria ter que aguentar um céu daqueles sóbrio.

– Você se preocupa muito com fantasmas? – perguntou Wayne quando eles estavam parados esperando os carros à frente andarem.

– Por quê? Está com medo de passar a noite na casa da vovó? Se o espírito dela ainda estiver lá, não vai querer fazer mal nenhum. A vovó amava você.

– Não – respondeu Wayne com um tom indiferente. – É que eu sei que os fantasmas costumavam falar com você.

– Não falam mais – replicou ela, e o tráfego finalmente permitiu que ela avançasse pelo acostamento até a saída. – Nunca falaram. Sua mãe estava doidinha. Foi por isso que eu tive de ir para o hospital.

– Eles não eram de verdade?

– É claro que não. Os mortos permanecem mortos. O passado é passado.

Wayne aquiesceu.

– Quem é essa? – indagou ele, olhando para o quintal da frente quando eles se aproximaram da casa.

Entretida com fantasmas, Vic não estava prestando atenção no entorno e não tinha visto a mulher sentada nos degraus em frente à porta. Vic estacionou e a visitante se levantou.

Ela usava um jeans muito desbotado que se desintegrava em fiapos nos joelhos e coxas, e o efeito não era nada estiloso. Um cigarro soltava uma fina fumaça em uma de suas mãos; na outra, ela segurava uma pasta. Tinha o aspecto magro e nervoso de uma *junkie*. Vic teve certeza de que a conhecia, só não lembrava de onde. Não fazia a menor ideia de quem era, mas sentiu que, de certo modo, estava esperando aquela mulher havia anos.

– É alguém que você conhece? – perguntou Wayne.

Vic fez que não com a cabeça, temporariamente incapaz de emitir qualquer som. Havia passado a maior parte dos últimos seis meses tentando se aferrar tanto à própria razão quanto à sobriedade, como uma velha que se agarra a uma sacola de compras. Ao olhar para o quintal de casa, sentiu os fundos da sacola começarem a rasgar e ceder.

A garota de All-Star de cano alto com os cadarços desamarrados ergueu uma das mãos para um aceno nervoso e terrivelmente conhecido.

Vic abriu a porta do carro, desceu e deu a volta pela frente para se interpor entre Wayne e a mulher.

– Posso ajudar? – perguntou, com a voz rouca; precisava de um copo d'água.

– Espero que *s-ss-ss-sss...* – A mulher parecia prestes a espirrar. Seu rosto se contraiu e ela se forçou a terminar a frase: – *Sim.* Ele está *s-s-ss-solto.*

– Que história é essa?

– O Espectro. Ele voltou à estrada. Acho que você deveria t-t-tentar usar a su-sua ponte para *encontrá-lo*, Vic.

Ela ouviu Wayne descer do carro atrás de si e a porta dele bater. A porta traseira foi aberta e Hooper pulou do banco de trás. Vic quis mandar o filho entrar no automóvel outra vez, mas não conseguiria fazer isso sem dar mostras do medo que sentia.

A mulher lhe sorriu. Seu rosto tinha uma inocência e uma gentileza simples que Vic costumava associar fortemente aos loucos. Já vira aquilo muitas vezes no hospital psiquiátrico.

– Eu *s-s-sss*-sinto muito. Não era assim que eu q-q-*que-que*... – Ela agora parecia estar se engasgando. – ... q-q-q-*qq*-queria começar. Eu *s-ss-ss...* Ai, meu Deus. *sss-ss-sSSS-SOU* a Maggie. Gagueira horrível. Eu s-s-s-s-sss... Desculpa. A gente t-t-tomou chá um dia. Você machucou o joelho. Faz t-t-tempo. Não era muito mais velha do que o s-s-sss... – Ela parou de falar, respirou fundo e tentou outra vez. – Do que o menino. Mas acho que deve s-s-se lembrar.

Era horrível ouvir a moça tentar falar, como ver alguém sem pernas tentar se arrastar por uma calçada. *Ela não gaguejava tanto assim*, pensou Vic, mas ao mesmo tempo continuou convencida de que a *junkie* era uma desconhecida perturbada e possivelmente perigosa. Descobriu-se capaz de conjugar essas duas ideias sem achar que eram contraditórias.

A moça pousou a mão sobre a de Vic por um instante, mas sua palma estava quente e úmida e Vic logo afastou a mão. Olhou para o braço da mulher e viu que ele estava tomado por cicatrizes brilhantes e redondas: queimaduras de cigarro. Muitas marcas, algumas rosadas, recentes.

Maggie a encarou com um breve olhar de incompreensão quase magoado mas, antes de Vic conseguir falar, Hooper passou correndo e foi enfiar o nariz nas partes baixas de Maggie. Ela riu e empurrou o focinho do cão para longe.

– Ai, caramba. Vocês t-t-têm um monstro. Que graça. – Olhou por cima do cachorro para o filho de Vic. – E você deve s-s-ser o Wayne.

– Como é que você sabe o nome dele? – perguntou Vic com uma voz rouca, pois teve um pensamento louco: *O jogo dela não revela nomes próprios.*

– Você dedicou o primeiro livro a ele. Antigamente havia t-t-todos eles lá na biblioteca. Eu fiquei muito feliz por você!

– Wayne, leva o Hooper lá para dentro.

Wayne deu um assobio, estalou a língua e passou por Maggie, e o cachorro foi andando atrás dele. Então, o menino fechou a porta com firmeza.

– Nunca duvidei que você fosse escrever – continuou Maggie. – Você disse que escreveria. Fiquei pensando s-s-*sss-se* receberia alguma notícia depois de o M-M-Ma-*MnnManx* ir preso, mas aí pensei que você quisesse apagá-lo da memória. Eu quase escrevi para você algumas vezes, mas fiquei com medo de os s-s-*se-seus* pais fazerem perguntas a meu respeito e depois pensei quem s-s-*sa-sa... sabe* você quisesse me deixar para t-t-trás.

Ela tentou sorrir outra vez e Vic viu que lhe faltavam alguns dentes.

– Sra. Leigh, eu acho que a senhora está meio confusa. Eu não a conheço. Não posso ajudá-la.

O que a deixava mais assustada era a sensação de que a situação era justamente contrária. Não era Maggie quem estava confusa – seu rosto inteiro reluzia com a certeza dos loucos. Se havia alguém confuso ali, era Vic. Ela podia visualizar tudo aquilo em sua mente: o interior fresco e escuro da biblioteca, as peças amareladas do Palavras Cruzadas espalhadas sobre a mesa, o peso de papel em formato de revólver.

– Você não me conhece? Então por que me chamou pelo s-sobrenome? Eu não disse qual era – retrucou Maggie, só que gaguejando mais ainda: levou quase trinta segundos para pronunciar a frase.

Vic ergueu uma das mãos para pedir silêncio e ignorou aquela afirmação como a absurda distração que era. *É claro* que Maggie dissera o próprio sobrenome. Vic tinha certeza de que ela o falara ao se apresentar.

– Estou vendo que *você* sabe bastante coisa sobre *mim* – desconversou Vic. – Entenda que meu filho não sabe nada sobre Charles Manx. Eu nunca contei a ele sobre esse homem. E não quero que ele descubra por uma... por uma desconhecida. – Quase disse "por uma louca".

– Claro. Não t-t-ti-ti-tive a intenção de alarmar o s-s-*ss*...

– Mas alarmou mesmo assim.

– M-m-mas, *Vic*...

– Pare de me chamar assim. Nós não nos conhecemos.

– Prefere que eu t-t-te chame de Pirralha?

– Não quero que me chame de coisa alguma. Quero que vá embora.

– Você *precisa* s-s-ssaber o que aconteceu com o MM-MM-*MMM*.... – Seu desespero para falar era tal que ela parecia estar gemendo.

– Manx.

– Obrigada. Precisamos d-d-d-decidir o que f-f-fazer em relação a ele.

– O que *fazer*? Como *assim* Manx voltou à estrada? Ele só vai ter direito à condicional em 2016 e, pelas últimas notícias que tive, estava em coma. Mesmo que acorde e seja solto, deve estar com 200 anos. Só que eles *não* o deixaram sair, porque nesse caso iriam me avisar.

– Ele não é velho assim. Mas deve t-t-t-t... – ela parecia estar imitando o ruído de alguém digitando numa máquina de escrever – ... ter uns 115!

– Meu Deus do céu. Eu não preciso ficar ouvindo esta merda. Minha senhora, vou lhe dar três minutos para ir embora daqui. Se ainda estiver no meu gramado depois disso, vou chamar a polícia.

Vic saiu do caminho de cimento e pisou na grama, com a intenção de rodear Maggie para ir até a porta.

Mas não chegou lá.

– Eles não avisaram você que ele foi liberado porque isso *não* aconteceu. Eles acham que ele morreu. Em m-m-maio do ano passado.

Vic estacou.

– Como assim, *acham* que ele morreu?

Maggie lhe estendeu a pasta de papel pardo.

Na parte interna da capa, havia um número de telefone. Os olhos de Vic não conseguiram se desgrudar, porque depois do código de área os primeiros três dígitos eram o dia do seu aniversário e os quatro seguintes não eram quatro números e, sim, as letras FUFU, uma espécie de gaguejar obsceno.

A pasta devia conter uma meia dúzia de folhas impressas com matérias de jornal em um papel timbrado que dizia BIBLIOTECA PÚBLICA DE AQUI – AQUI, IOWA. Os documentos tinham manchas de umidade e estavam enrugados, com orelhas nos cantos.

A primeira reportagem era do *Denver Post*:

MORRE CHARLES TALENT MANX, SUPOSTO SERIAL KILLER, DEIXANDO MUITAS DÚVIDAS

Havia a foto dele da ficha policial: rosto emaciado, olhos saltados e uma boca pálida, quase sem lábios. Vic tentou ler o texto, mas sua visão embaçou.

Lembrou-se da calha de roupa suja, de seus olhos lacrimejando e dos pulmões cheios de fumaça. Recordou-se de um pânico irracional embalado pela melodia de "Holly Jolly Christmas".

Trechos da matéria saltaram diante de seus olhos: "doença degenerativa relacionada ao mal de Parkinson"; "coma intermitente"; "suspeito de mais de dez raptos"; "Thomas Priest"; "parou de respirar às duas da manhã".

– Eu não sabia – admitiu Vic. – Ninguém me contou.

Estava desestabilizada demais para manter a raiva concentrada em Maggie. Simplesmente não parava de pensar: *Ele morreu. Ele morreu e agora você pode esquecê-lo. Essa parte da sua vida acabou, pois ele morreu.*

O pensamento não lhe trouxe qualquer alegria, mas ela sentiu a possibilidade de algo ainda melhor: alívio.

– Não entendo por que eles não me contaram sobre a morte dele.

– T-t-t-t... Deviam estar com vergonha. Leia a próxima página.

Vic ergueu os olhos cansados para Maggie, lembrando-se do que a mulher dissera sobre Manx ter voltado à estrada. Desconfiou que estivessem chegando lá, à loucura particular de Margaret Leigh, à insanidade que a levara a percorrer todo o caminho desde Aqui, em Iowa, até Haverhill, em Massachusetts, só para poder lhe entregar aquela pasta.

Vic virou a página.

CADÁVER DE SUPOSTO SERIAL KILLER
SOME DO NECROTÉRIO
XERIFE PÕE A CULPA EM
"VÂNDALOS MÓRBIDOS"

Vic passou os olhos pelos primeiros parágrafos, em seguida fechou a pasta e a estendeu para Maggie.

– Algum doente roubou o cadáver.

– Acho que n-n-não – retrucou Maggie, sem aceitar a pasta.

Em algum lugar mais adiante na rua, um cortador de grama ganhou vida com um rugido. Pela primeira vez, Vic reparou como estava quente ali no quintal. Mesmo através do céu nublado, o sol torrava sua cabeça.

– Então você acha que ele forjou a própria morte. Bem o bastante para enganar dois médicos. Seja lá como for. Mesmo eles já tendo começado uma autópsia do cadáver. *Não. Peraí*. Você acha que ele morreu de verdade, mas, 48 horas depois, voltou à vida. Saiu da gaveta no necrotério, se vestiu e foi embora.

O rosto de Maggie – seu corpo inteiro – relaxou com uma expressão de profundo alívio.

– *Isso*. Vim até aqui *f-f-fff*-falar com você, Vic, porque t-t-tinha *certeza* de que você acreditaria em mim. Agora leia a próxima matéria. Um s-s-sss... um cara no Kentucky s-s-sumiu de casa dirigindo um Rolls-Royce antigo. O Rolls-Royce do MMM-*MMM-Manx*. A matéria não diz que era o mesmo carro, mas se você der uma olhada na f-f-f-foto...

– Não vou dar uma olhada em porra nenhuma – replicou Vic, e jogou a pasta na cara de Maggie. – Sai do meu quintal, sua piranha maluca.

A boca de Maggie se abriu e se fechou, igualzinha à boca da velha carpa no aquário de seu pequeno escritório na Biblioteca Pública de Aqui, do qual Vic se lembrava perfeitamente, muito embora nunca tivesse ido lá.

Sua raiva enfim borbulhava e a vontade que tinha era de escaldar Maggie com ela. O problema não era só que a outra estava impedindo seu acesso à porta nem que, com aquele blá-blá-blá, ameaçasse minar a noção de Vic do que era a realidade, roubar-lhe uma sanidade conquistada a duras penas. Além disso, Manx estava morto, realmente morto, mas aquela louca não podia deixá-la ter essa satisfação. Charlie Manx, que tinha raptado só Deus sabia quantas crianças, aterrorizado e quase matado a própria Vic – Charles Manx estava *debaixo da terra*. Vic conseguira escapar dele. Só que aquela porra de Margaret Leigh queria trazê-lo de volta, desenterrá-lo e deixar Vic com medo dele outra vez.

– E vê se recolhe essa merda quando sair – ordenou Vic.

Pisou em alguns dos papéis ao dar a volta em Maggie para chegar à porta. Tomou cuidado para não pisar no fedora sujo e desbotado equilibrando na borda do primeiro degrau.

– Ele ainda n-n-n-não acabou, Vic – insistiu Maggie. – Era por isso que eu queria... estava t-t-torcendo... para você encontrá-lo. Sei que f-f-falei para não f-f-fazer isso quando nos encontramos pela primeira vez. Mas naquela época você era jovem demais. Não estava pronta. Agora eu acho que você é a única que pode encontrá-lo. Que pode d-d-detê-lo. Se ainda lembrar como. Caso contrário, estou preocupada: acho que ele vai t-t-tentar encontrar você.

– A única coisa que estou planejando encontrar é um telefone para chamar a polícia. Se eu fosse você, não iria querer estar aqui quando ela aparecesse. – Vic se virou e chegou bem perto do rosto de Maggie. – EU NÃO CONHEÇO VOCÊ. Vai enlouquecer outra pessoa.

– M-m-mm-mas, Vic... – disse Maggie, erguendo o dedo. – Você não s-s-se lembra? Eu te dei esses brincos.

Vic entrou em casa e bateu a porta.

Wayne, que estava em pé a apenas três passos e devia ter escutado a conversa toda, sobressaltou-se. Hooper, logo atrás dele, retraiu-se e soltou um ganido baixo antes de se virar e sair trotando à procura de um lugar mais feliz onde ficar.

Vic tornou a se virar para a porta, apoiou a testa ali e inspirou fundo. Foi preciso meio minuto até se sentir pronta para espiar o quintal pelo olho mágico.

Maggie estava se levantando do primeiro degrau, posicionando com cuidado o fedora imundo sobre a cabeça com certa dignidade. Lançou um último olhar desolado para a casa de Vic, em seguida deu as costas e saiu mancando pelo gramado. Ela não tinha carro e precisaria fazer uma longa e calorenta caminhada de seis quarteirões até o ponto de ônibus mais próximo. Vic a observou até ela sumir de vista enquanto manuseava distraidamente os brincos que usava na orelha, seus preferidos desde criança, um par de peças com as letras F e U.

À beira da estrada

MEIA HORA MAIS TARDE, QUANDO Wayne saiu para passear com Hooper – ou melhor, para se afastar da mãe e de seu péssimo astral –, a pasta estava sobre o último degrau da escada em frente à casa, com todos os papéis arrumados bem direitinho lá dentro.

Olhou por cima do ombro pela porta aberta, mas sua mãe estava na cozinha, fora de seu campo de visão. Ele fechou a porta. Curvou-se, pegou a pasta, abriu-a e deparou com um fino maço de folhas impressas. "Suposto serial killer". "Vândalos mórbidos". "Engenheiro da Boeing desaparece".

Dobrou as folhas em quatro e as guardou no bolso de trás do short, jogando a pasta vazia debaixo das sebes que margeavam a frente da casa.

Não sabia ao certo se queria olhar aqueles papéis. Com apenas 12 anos, ainda não tinha consciência de que *já havia* decidido olhar, que tomara essa decisão no mesmo instante em que se livrara da pasta. Atravessou o gramado e foi se sentar no meio-fio. Tinha a sensação de estar transportando nitroglicerina no bolso de trás.

Olhou para o gramado amarelo e seco do outro lado da rua: o senhor que morava ali estava realmente descuidando de seu jardim. Ele tinha um nome engraçado – Sig de Zoet – e um quarto cheio de soldadinhos de chumbo. Wayne fora à sua casa no dia do enterro da avó e o velho, simpático, lhe mostrara os bonequinhos, dizendo a Wayne que antigamente Vic ajudara a pintar alguns deles.

– Mesmo naquela época sua mãe já sabia manejar um pincel – falou, com um sotaque de nazista.

Sua esposa, uma simpática velhinha, servira a Wayne um copo de chá bem gelado com gomos de laranja que tinha um gosto simplesmente divino.

Pensou em ir até lá olhar de novo os soldadinhos do velho. Lá dentro estaria mais fresco e aquilo iria distraí-lo dos papéis em seu bolso de trás, que ele sem dúvida não deveria ler.

Chegou até a se levantar do meio-fio e se preparar para atravessar a rua, mas então tornou a olhar para a própria casa e sentou-se outra vez. Sua mãe não iria gostar se ele saísse sem avisar para onde estava indo e ele não achava que pudesse entrar de novo em casa e pedir permissão, não ainda. Assim, ficou onde estava, observando o gramado seco e sentindo saudades das montanhas.

Já tinha visto uma avalanche uma vez, no inverno anterior. Subira até acima de Longmont com o pai para rebocar um Mercedes que havia derrapado na estrada e caído em um barranco. Os passageiros ficaram abalados, mas saíram ilesos. Era uma família tradicional: mãe, pai, dois filhos. A menina tinha até marias-chiquinhas louras. Eram normais a esse ponto. Dava para perceber que a mãe nunca estivera em um hospício e que o pai não tinha uma fantasia autêntica de Storm Trooper pendurada no armário. As crianças provavelmente tinham nomes normais como John e Sue, não nomes tirados de histórias em quadrinhos. Havia esquis no teto do Mercedes e o pai acidentado perguntara a Lou se ele aceitava AmEx. Não falou "American Express". Falou "AmEx". Minutos depois de conhecê-los, Wayne já amava aquela família inteira com uma força irracional.

Lou mandou o filho descer o barranco com o gancho e o cabo, mas, quando o menino estava chegando perto do carro, um barulho se fez ouvir bem lá em cima: o ruído de algo se rachando, alto feito um tiro de arma de fogo. Todos ergueram os olhos para os picos nevados, para as Rochosas pontiagudas se erguendo acima deles por entre os pinheiros.

Um lençol branco de neve tão largo e comprido quanto um campo de futebol se soltou e começou a deslizar. Estava quase um quilômetro mais ao sul, de modo que nenhum deles corria perigo. Depois disso, eles mal puderam escutar a avalanche; o barulho era pouco mais de um ronco de trovão distante. Mas Wayne pudera sentir um leve tremor no chão.

Após deslizar por centenas de metros, a massa de neve chocou-se com as árvores e se pulverizou com uma explosão branca, um tsunami com 10 metros de altura.

O pai que tinha AmEx ergueu o filho nos ombros para que ele pudesse enxergar melhor.

– Isto aqui é o mundo selvagem, camarada – disse ele, enquanto meio hectare de floresta nas montanhas era soterrado por seiscentas toneladas de neve.

– Não é incrível? – perguntou Lou, olhando para Wayne mais abaixo no barranco. Seu rosto brilhava de felicidade. – Imagine só estar ali embaixo! Dá para imaginar essa merda toda vindo para cima de você?

Wayne conseguia imaginar – e de fato *imaginou*, o tempo todo. Pensou que aquele seria o melhor jeito de morrer: pulverizado em uma brilhante colisão de neve e luz, o mundo inteiro rugindo à sua volta.

Bruce Wayne Carmody estava infeliz havia tanto tempo que nem se incomodava mais. Às vezes, ele tinha a impressão de que o mundo vinha desmoronando sob seus pés havia anos. Ainda estava esperando ele puxá-lo para baixo e, enfim, enterrá-lo.

Sua mãe ficara maluca por um tempo, achando que o telefone tocava quando não se ouvia som algum, tendo conversas com crianças mortas. Às vezes Wayne sentia que Vic tinha conversado mais com essas crianças do que com ele. Tocara fogo em sua casa. Passou um mês no hospital psiquiátrico, deixou de comparecer a uma convocação do tribunal e sumiu da vida de Wayne durante quase dois anos. Divulgou seu livro, visitando livrarias de manhã e bares próximos à noite. Morou seis meses em Los Angeles, onde trabalhou em uma versão animada do *Máquina de Busca* que nunca deslanchou e desenvolveu um vício em cocaína que, este, sim, deslanchou. Passou mais um tempo desenhando pontes cobertas para uma exposição à qual ninguém compareceu.

O pai de Wayne se cansou do alcoolismo de Vic, de suas erranças e de sua maluquice e começou a namorar a mulher que havia feito a maioria das suas tatuagens, uma moça chamada Carol que tinha cabelos armados e se vestia como se ainda fossem os anos 1980. Só que Carol tinha outro namorado e o casal roubou a identidade de Lou e fugiu para a Califórnia, onde contraiu uma dívida de 10 mil dólares em nome de Lou. Seu pai ainda não acabara de lidar com os credores.

Bruce Wayne Carmody queria amar e curtir seus pais, o que de vez em quando conseguia fazer. Mas eles dificultavam bastante as coisas. Era por isso que os papéis no bolso de trás de seu short pareciam nitroglicerina.

Calculou que, se houvesse alguma chance de tudo vir a explodir depois, seria melhor avaliar a extensão do possível estrago e qual seria a melhor maneira de se proteger. Tirou os papéis do bolso, lançou um último olhar de esguelha para sua casa e desdobrou-os sobre os joelhos.

A primeira matéria mostrava uma foto de Charles Talent Manx, um serial killer que havia morrido. Seu rosto era tão comprido que parecia ter derretido um pouco. Ele tinha os olhos saltados, era dentuço a ponto de ter cara de pateta e seu crânio calvo e protuberante lembrava um ovo de dinossauro de desenho animado.

Aquele cara fora preso ao norte de Gunbarrel quase quinze anos antes. Era um sequestrador que transportara um número indeterminado de menores de idade pelas divisas estaduais, depois queimara vivo um homem que tentou detê-lo.

Ninguém sabia quantos anos ele tinha ao ser preso. A vida na cadeia não lhe fizera bem. Em 2001, ele já estava em coma na ala hospitalar do presídio de Denver. Passara onze anos lá antes de falecer no último mês de maio.

Depois, a maior parte da reportagem se tornava apenas uma especulação sensacionalista. Manx tinha um chalé de caça nos arredores de Gunbarrel onde as árvores eram decoradas com centenas de enfeites de Natal. A imprensa batizara o lugar de "Casa Sino", um trocadilho ruim. O jornal afirmava que ele vinha envenenando e matando crianças naquela casa havia anos e só mencionava casualmente que nenhum corpo jamais fora encontrado no local.

O que aquilo tudo tinha a ver com sua mãe? Até onde Wayne podia ver, nada. Talvez se lesse as outras matérias conseguisse entender, então prosseguiu.

O texto seguinte era "Cadáver de suposto serial killer some do necrotério". Alguém invadira o Centro Médico St. Luke, em Denver, apagara um segurança e fora embora com o cadáver de Charlie Manx. O ladrão havia roubado também um Trans Am no estacionamento do outro lado da rua.

O terceiro documento era o recorte de um jornal de Louisville, Kentucky, e não tinha nenhuma relação com Charles Manx.

O título era "Engenheiro da Boeing desaparece: mistério local intriga polícia e Receita Federal". O texto era acompanhado pela foto de um homem bronzeado e musculoso, com um grosso bigode preto, curvado junto a um Rolls-Royce com os cotovelos apoiados no capô.

Bruce leu a reportagem com a testa franzida. O sumiço de Nathan Demeter fora denunciado por sua filha adolescente, que, ao voltar da escola, encontrara a casa destrancada, a garagem aberta, um almoço pela metade em cima da bancada e nem sinal do Rolls-Royce antigo do pai. A Receita pensava que Demeter tinha fugido para evitar um processo por sonegação fiscal. A filha não acreditava nisso e afirmava que o pai fora raptado ou morto, pois nunca a abandonaria sem lhe dizer o motivo nem para onde estava indo.

Mas Wayne não entendia o que aquilo tudo tinha a ver com Charles Talent Manx; talvez tivesse deixado passar alguma coisa. Pensou em reler tudo. Estava prestes a voltar à primeira matéria quando viu Hooper agachado no quintal da casa do outro lado da rua, soltando cocôs verdes do tamanho de bananas em cima da grama.

– Ah, não! – exclamou Wayne. – Não, garotão!

Deixou os papéis caírem na calçada e saiu correndo pela rua.

Seu primeiro pensamento foi tirar Hooper do quintal antes de alguém ver aquilo, mas a cortina se mexeu em uma das janelas da casa do vizinho. Alguém já tinha visto, então – o velhinho amável ou sua simpática esposa.

Wayne imaginou que o melhor que poderia fazer seria ir até lá, fazer piada com o assunto e perguntar se eles tinham um saco plástico que pudesse usar para recolher a sujeira. O velho de sotaque holandês parecia capaz de rir de quase qualquer coisa.

Hooper voltou a ficar de quatro e Wayne ralhou com ele:

– Feio. Muito feio.

O cachorro abanou o rabo, feliz por ter a atenção do menino.

Wayne estava prestes a subir os degraus de tijolo em frente à porta da casa de Sigmund de Zoet quando reparou em sombras se movendo pela fresta inferior da porta; alguém parecia estar bem perto dela.

– Olá? – chamou ele. – Sr. De Zoet?

As sombras se moveram debaixo da porta, mas ninguém lhe respondeu. A falta de resposta o deixou perturbado e ele sentiu um arrepio nos pelos do braço.

Ah, para, isso é uma estupidez. Você está sugestionado por aquelas histórias assustadoras sobre Charlie Manx. Sobe lá e toca a campainha.

Wayne afastou a preocupação e começou a subir os degraus, estendendo a mão para a campainha. Não observou que a maçaneta da porta já começava a girar, que a pessoa do outro lado já se preparava para abri-la.

O outro lado da porta

BING PARTRIDGE ESTAVA EM PÉ junto ao olho mágico, segurando a maçaneta com a mão esquerda. Da direita pendia o revólver calibre .38 que o Sr. Manx trouxera do Colorado.

– Menino, menino, vá embora – sussurrou Bing com uma voz fina e tensa de anseio. – Volte de novo outra hora.

Tinha um plano, simples, mas desesperado. Quando o menino chegasse ao alto dos degraus, Bing abriria a porta de supetão e o puxaria para dentro da casa. Estava com uma latinha de fumaça de pão de mel no bolso e, assim que puxasse o garoto para dentro de casa, poderia sedá-lo.

E se o menino começasse a gritar e a se debater para se soltar?

Alguém estava fazendo um churrasco no final do quarteirão: crianças jogavam frisbee no quintal enquanto os adultos exageravam na bebida, riam alto demais e se queimavam ao sol. Bing podia não ser a pessoa mais esperta do mundo, mas também não era nenhum bobo. Achava que um homem de máscara de gás com um revólver na mão talvez fosse atrair atenção caso começasse a lutar contra um menino aos berros. Além disso, havia o cachorro. E se ele atacasse? Era um são-bernardo do tamanho de um filhote de urso. Se o bicho enfiasse aquela cabeçorra pela porta, Bing não conseguiria forçá-lo a sair.

O Sr. Manx saberia o que fazer, mas ele estava dormindo fazia mais de um dia, descansando no quarto de Sigmund de Zoet. Quando desperto, era o mesmo de antigamente – o bom e velho Sr. Manx! – mas, durante o sono, às vezes parecia que nunca tornaria a acordar. Segundo ele, iria melhorar quando estivesse a caminho da Terra do Natal, e Bing sabia que isso era verdade. Contudo, nunca tinha visto o Sr. Manx tão velho; deitado, de olhos fechados, parecia morto.

E se Bing puxasse o menino à força para dentro de casa? Não tinha certeza se conseguiria acordar o Sr. Manx. Por quanto tempo poderiam se esconder enquanto Victoria McQueen gritasse pelo filho lá fora na rua antes de a polícia começar a bater de porta em porta? Aquele era o lugar errado e o momento errado; o Sr. Manx havia deixado bem claro que por hora os dois deveriam apenas observar, e até mesmo Bing, que não era a mais inteligente das criaturas, podia entender por quê. Aquela rua tranquila não era tranquila o suficiente e eles teriam apenas uma chance de pegar a puta com suas tatuagens de puta e sua boca de puta mentirosa. O Sr. Manx não fizera nenhuma ameaça, mas Bing sabia o quanto isso era importante para ele e entendia qual seria a punição caso fracassasse: o Sr. Manx jamais o levaria para a Terra do Natal. Nunca nunca nunca nunca nunca.

O menino subiu o primeiro degrau. Depois o segundo.

– Estrelinha, estrelinha, a primeira que eu vir no espaço – sussurrou Bing, fechando os olhos e se preparando para agir. – Ouça este pedido que hoje faço: vá embora daqui, seu merdinha. Não estamos prontos.

Sorveu o ar, sentindo um gosto de borracha, e puxou o cão do grande revólver.

Então alguém apareceu na rua gritando pelo menino: *Wayne! Para, para!*

Bing teve um ataque nervoso e, por um triz, a arma não escorregou de sua mão suada. Um carro grande parecido com uma lancha prateada veio chegando pela rua, com raios de sol refletidos nos frisos. O carro parou bem em frente à casa de Victoria McQueen. A janela estava abaixada e o motorista pôs um braço flácido para fora e acenou para o menino.

– Wayne! Fala, cara!

– E aí, tudo beleza? – berrou o homem gordo.

– Pai! – berrou o moleque.

Esqueceu-se por completo de subir os degraus e bater na porta, virou-se e saiu correndo pelo caminho do quintal, e a porra daquele seu urso de estimação saiu galopando atrás.

Bing teve a sensação de que todos os ossos de seu corpo se liquefaziam; sentiu as pernas bambas de tanto alívio. Adernou para a frente, descansou a testa na porta e fechou os olhos.

Quando tornou a abri-los e espiou pelo olho mágico, o menino estava abraçado ao motorista do carro, um obeso mórbido com a cabeça raspada e pernas magrelas. Aquele só podia ser Louis Carmody. Bing lera sobre a família na internet e tinha uma noção geral de quem era quem, mas nunca vira uma foto daquele homem. Ficou estupefato. Não conseguia imaginar Carmody e Victoria transando – aquele animal gordo iria parti-la ao meio. Bing não era exatamente sarado, mas em comparação com Carmody parecia um astro do atletismo.

Perguntou-se o que aquele homem teria feito para convencê-la a transar com ele. Talvez os dois tivessem negociado algum acordo financeiro. Bing havia passado um bom tempo observando-a e não ficaria surpreso se esse fosse o caso. Todas aquelas tatuagens... Uma mulher podia fazer quantas tatuagens quisesse, mas todas diziam a mesma coisa: DISPONÍVEL PARA ALUGUEL.

A brisa levou os papéis que o garoto estava lendo para debaixo do carro. Quando o menino se soltou do pai, viu onde eles tinham ido parar, mas não se deu o trabalho de pegá-los. Aqueles documentos preocupavam Bing. Eles eram importantes.

Uma mulher cheia de cicatrizes, esquelética e com cara de drogada tinha trazido os papéis e tentado forçar Victoria a ficar com eles. Bing assistira a tudo por trás da cortina do quarto da frente. Victoria não gostava da mulher drogada. Gritara com ela e fizera cara feia. Tinha jogado os papéis na cara dela. As vozes haviam se propagado, não muito bem, mas o bastante para Bing poder ouvir uma delas dizer "Manx". Quisera acordar o Sr. Manx, mas não era possível despertá-lo quando ele estava daquele jeito.

Porque ele na verdade não está dormindo, pensou Bing, em seguida, afastou essa ideia infeliz.

Tinha ido até o quarto uma vez olhar o Sr. Manx estendido por cima dos lençóis, vestindo apenas uma cueca samba-canção. Ele exibia no peito um grande corte em forma de Y costurado com fio preto grosso, já parcialmente cicatrizado, mas ainda vertendo pus e sangue rosado; parecia um cânion reluzente aberto na carne. Bing havia passado vários minutos com os ouvidos atentos, mas não o escutara respirar sequer uma vez. A boca entreaberta do Sr. Manx exalava um cheiro levemente nauseante de formol e seus olhos abertos e vazios encaravam o teto. Bing se aproximara pé ante pé e tocara a mão do velho: estava tão fria e rígida quanto a de um cadáver e Bing fora tomado pela certeza de que o Sr. Manx estava morto. Mas então os olhos haviam se mexido um pouco e se virado para encará-lo, ainda que sem sinal de reconhecimento, e Bing tinha recuado.

Agora que o momento de crise havia passado, Bing foi até a sala com as pernas trêmulas e fracas. Tirou a máscara de gás, sentou-se com os De Zoet para ver televisão, pois precisava de um tempo para se recuperar, e segurou a mão da mulher.

Ficou assistindo a game shows, vez ou outra dando uma olhada na rua para ver o que estava acontecendo na casa dos McQueen. Pouco antes das sete, ouviu vozes e uma porta bater. Voltou à porta da frente e espiou pelo olho mágico. O céu tinha um tom pálido de vermelho e o menino e seu pai grotesco estavam atravessando o quintal até o carro alugado.

– Se precisar falar com a gente, vamos estar no hotel – avisou Carmody a Victoria, que se achava de pé nos degraus da casa.

Bing não queria que o menino fosse embora com o pai. O garoto e a mulher deviam ficar *juntos*. Manx queria os dois, assim como Bing. O menino era para Manx, mas a mãe era o presente de Bing, alguém com quem ele poderia se divertir na Casa do Sono. O simples fato de olhar para suas pernas finas e nuas o deixava com a boca seca. Uma última diversãozinha na Casa do Sono antes de ir embora para a Terra do Natal com o Sr. Manx e permanecer lá para todo o sempre.

Mas não, não havia motivo para se preocupar. Bing verificara a caixa de correio de Victoria McQueen e encontrara o boleto de cobrança de uma colônia de férias em New Hampshire. O menino estava inscrito na colônia até agosto. Bing não achava que ninguém fosse se comprometer a pagar 800 dólares por semana e depois desistir. No dia seguinte, seria o Quatro de Julho; sem dúvida o pai só tinha ido passar o feriado com o filho.

Carmody e o garoto foram embora de carro, deixando para trás o espírito profano de Victoria McQueen e fazendo voar os papéis que Bing tanto queria ver.

Victoria também estava de partida. Tornou a entrar na casa, mas deixou a porta aberta e, após três minutos, saiu com a chave do carro em uma das mãos e sacolas de compras na outra.

Bing a observou até ela sumir, depois passou mais algum tempo examinando a rua antes de finalmente sair de casa. O sol já havia baixado e deixado no horizonte uma névoa alaranjada e difusa. Algumas estrelas pareciam fazer buracos no céu preto com seu brilho.

– Era uma vez o Homem da Máscara de Gás, que tinha um pequeno revólver – cantarolava Bing baixinho; como costumava fazer quando estava nervoso.

– *De chumbo era sua bala, bala, bala. Ele foi até o regato, deu um tiro em Vic McQueen e a jogou na vala, vala, vala.*

Ele percorreu o meio-fio algumas vezes, para um lado e para outro, mas só encontrou uma única folha de papel amassada e manchada.

Não sabia o que estava esperando, mas com certeza não era um artigo de jornal impresso sobre o cara do Kentucky que tinha aparecido em sua casa fazia dois meses ao volante do Espectro. Dois dias depois, chegara o Sr. Manx, pálido, com um aspecto esfomeado, olhos brilhantes e todo sujo de sangue, a bordo de um Trans Am de bancos zebrados e com um grande martelo pousado em pé ao seu lado sobre o banco do carona. A essa altura, Bing já havia recolocado as placas no Espectro e NOS4A2 estava pronto para partir.

O homem de Kentucky, Nathan Demeter, tinha passado bastante tempo no pequeno porão da Casa do Sono antes de seguir seu rumo. Bing preferia moças, mas Nathan sabia exatamente o que fazer com a boca e, quando Bing acabou de usá-lo, os dois já haviam tido muitas longas e importantes conversas másculas sobre amor.

Bing ficou consternado ao rever Nathan Demeter na foto que acompanhava a matéria intitulada "Engenheiro da Boeing desaparece". Nem fazendo todo o esforço do mundo ele conseguia imaginar por que a mulher drogada tinha ido procurar Victoria McQueen com uma coisa daquelas.

– Ah, rapaz... – sussurrou ele, balançando o corpo. Automaticamente, recomeçou a cantarolar: – *Era uma vez o Homem da Máscara de Gás, que tinha um pequeno revólver. De chumbo era sua bala, bala...*

– A música não é assim – disse uma vozinha fina atrás dele.

Bing virou a cabeça e viu uma menininha loura montada em uma bicicleta rosa com rodinhas; tinha vindo do churrasco no final da rua. Risadas de adulto chegavam trazidas pelo ar quente e úmido da noite.

– Meu pai leu esse livro para mim – continuou ela. – Era uma vez um homenzinho, que tinha um pequeno revólver. Ele atira em um pato, né? Quem é o Homem da Máscara de Gás?

– Aahhh – respondeu Bing. – Ele é legal. Todo mundo o adora.

– Bom, *eu*, não.

– Mas se conhecesse adoraria.

A garota deu de ombros, deu meia-volta com a bicicleta e começou a descer a rua outra vez. Bing a observou partir antes de voltar para a casa dos

De Zoet segurando bem apertado o artigo sobre Demeter, impresso no papel timbrado de alguma biblioteca de Iowa.

Estava sentado em frente à TV com os De Zoet uma hora mais tarde quando o Sr. Manx apareceu, inteiramente vestido com sua camisa de seda, seu fraque e suas botas de bico fino. À luz azul bruxuleante do aparelho, seu rosto esfomeado e cadavérico tinha um brilho pouco saudável.

– Bing, pensei que eu tivesse mandado você pôr o Sr. e a Sra. De Zoet no quarto de hóspedes!

– Bom, eles não estão fazendo mal a ninguém – retrucou Bing.

– Não. É claro que não estão fazendo mal a ninguém. Eles estão mortos! Mas isso tampouco é motivo para ficar colado neles! Pode me explicar por que está sentado aqui com eles?

Bing o encarou por um longo tempo. O Sr. Manx era a pessoa mais inteligente e mais observadora que ele já conhecera, mas às vezes não compreendia as coisas mais simples.

– É melhor do que não ter companhia nenhuma – respondeu.

Boston

LOU E O MENINO ESTAVAM hospedados em um quarto no último andar do Hilton do Aeroporto de Logan – uma noite ali custava o mesmo que Lou ganhava em uma semana, dinheiro que ele não tinha, mas foda-se, esse era o dinheiro mais fácil de se gastar – e, nessa noite, só foram dormir bem depois do programa de David Letterman. Já passava de uma da manhã e Lou teve certeza de que Wayne já dormia, portanto se sobressaltou ao ouvir sua voz bem alto no escuro. Foram apenas oito palavras, mas elas bastaram para fazer o coração de Lou subir até a boca e ficar preso ali feito um bocado de comida que não desce:

– Esse tal de Charlie Manx... Ele é importante?

Lou pressionou o punho cerrado entre seus volumosos peitos para fazer o coração voltar ao lugar. Ele não se dava muito bem com o coração, que sofria quando o dono precisava subir escadas. Naquela noite, Lou e Wayne tinham passeado por toda a extensão de Harvard Square e do porto e ele precisara parar duas vezes para recuperar o fôlego.

Estava dizendo a si mesmo que aquilo acontecera por não estar acostumado a viver no nível do mar, porque seus pulmões e seu coração haviam se adaptado ao ar das montanhas. Mas Lou não era nenhum idiota. Não tivera a intenção de ficar tão gordo. O mesmo acontecera com seu pai, que passara os últimos seis anos de vida zumbindo pelo supermercado a bordo de um daqueles carrinhos de golfe para pessoas tão gordas que não conseguiam andar. Lou preferiria cortar fora as próprias banhas com uma serra elétrica a subir em um daqueles veículos.

– Sua mãe falou alguma coisa sobre ele? – indagou.

Wayne suspirou e passou alguns instantes em silêncio, tempo suficiente para Lou perceber que havia respondido à pergunta do filho sem querer.

– Não – falou o menino, por fim.

– Então como você ouviu falar dele?

– Uma mulher apareceu hoje na casa da mamãe. Maggie não sei das quantas. Queria falar sobre Charlie Manx e mamãe ficou muito brava. Pensei que fosse chutar o traseiro da mulher.

– Ah – fez Lou, perguntando-se quem seria a tal Maggie e como ela teria irritado Vic.

– Ele foi preso porque matou um cara, né?

– Essa tal Maggie *disse* que Manx matou um cara?

Wayne deu outro suspiro, rolou na cama e encarou o pai. Seus olhos cintilavam como gotas de tinta no escuro.

– Se eu explicar como sei o que Manx fez, vou ficar encrencado? – perguntou.

– Comigo não. Você o procurou na internet?

Wayne arregalou os olhos e Lou pôde ver que ele nem havia *pensado* em fazer isso. Mas iria procurar agora. Lou quis dar um tapa na própria testa. Parabéns, Carmody. Parabéns, porra. Além de gordo, *burro*.

– A mulher deixou uma pasta com umas matérias dentro. Eu meio que li. Acho que mamãe não queria que eu lesse. Você não vai contar para ela, vai?

– Que matérias?

– Sobre como ele morreu.

Lou aquiesceu, começando a entender o que acontecera.

Manx tinha morrido menos de três dias após a mãe de Vic falecer. Lou ficara sabendo no mesmo dia, pelo rádio. Fazia apenas cinco meses que Vic saíra da clínica de reabilitação, para depois passar a primavera inteira vendo a mãe definhar, logo Lou não quisera lhe dizer nada por medo de a notícia a fazer perder o prumo. Pretendia lhe contar, mas a oportunidade nunca havia se apresentado e, então, se tornou impossível abordar o assunto. Ele tinha esperado demais.

Maggie não sei das quantas devia ter descoberto que Vic era a menina que conseguira escapar de Charlie Manx, aliás, a única criança a fazer isso. Talvez a mulher fosse jornalista ou uma escritora de livros sobre crimes que estava trabalhando em um novo título. Fora procurar Vic em busca de uma declaração e conseguira: sem dúvida algo impublicável e provavelmente ginecológico.

– Não vale a pena pensar em Manx. Ele não tem nada a ver com a gente.

– Mas por que alguém iria querer falar com a mamãe sobre ele?

– Isso você vai ter que perguntar para a sua mãe. Eu não posso dizer nada. Se disser, quem vai estar encrencado sou *eu*. Entendeu?

Esse era o combinado, o acordo com Vic, que haviam feito depois de ela descobrir que estava grávida e decidir que queria ter o bebê. Vic deixou Lou escolher o nome da criança, foi morar com ele e cuidar do bebê. Quando o filho estivesse dormindo, eles dois poderiam se divertir um pouco. Ela garantiu que seria sua esposa em tudo, menos no nome. Mas o menino não poderia saber *nada* sobre Charlie Manx, a menos que *ela* decidisse contar.

Na época, Lou concordou; tudo lhe pareceu bastante razoável. Mas não tinha previsto que esse acordo impediria o filho de saber a melhor coisa sobre o próprio pai. De saber que o pai um dia havia superado o próprio medo em um instante de verdadeiro heroísmo digno do Capitão América. Pusera uma linda garota na garupa de sua moto e a levara para longe de um monstro. E quando o monstro os havia alcançado e botado fogo em um homem, fora Lou quem apagara as chamas – é bem verdade que tarde demais para salvar uma vida, mas tinha feito a coisa certa e agido sem nem ao menos pensar no risco que estava correndo.

Lou detestava pensar no que o filho sabia a seu respeito: que ele era um gordo ridículo, que ganhava a vida de forma medíocre rebocando pessoas atoladas na neve e consertando caixas de câmbio, que não conseguira segurar Vic.

Queria ter outra chance de resgatar alguém enquanto Wayne estivesse olhando. Usaria de bom grado seu corpanzil para deter uma bala, contanto que o filho estivesse presente para assistir. Então poderia se esvair em sangue em meio à glória.

Será que havia alguma vontade humana mais lamentável – ou mais intensa – do que desejar outra chance?

Wayne suspirou e se deitou de costas na cama.

– Mas me conta sobre o seu verão – pediu Lou. – Qual foi a melhor parte até agora?

– Ninguém está na reabilitação.

Junto à baía

LOU ESTAVA ESPERANDO ALGUMA COISA explodir – era algo iminente, iria acontecer a qualquer momento agora – quando Vic se aproximou com as mãos enfiadas na sua jaqueta do Exército e perguntou:

– Esta cadeira é para mim?

Ele olhou para a mulher que nunca havia sido sua esposa, mas que lhe dera um filho e fizera sua vida ter significado. Pensar que ele um dia havia segurado sua mão, beijado sua boca ou transado com ela parecia agora tão improvável quanto ser picado por uma aranha radioativa.

Era preciso admitir, porém, que Vic era maluca: não dava para saber para quem uma esquizofrênica tiraria a roupa.

Wayne estava trepado junto com outras crianças na mureta que dava para o porto. O hotel inteiro tinha saído para ver os fogos e as pessoas se amontoavam nas velhas casas de tijolo de frente para o mar e a linha de prédios de Boston. Algumas estavam sentadas em cadeiras de jardim de ferro batido, outras andavam de um lado para outro bebendo champanhe em *flûtes*. Crianças corriam para lá e para cá com aquelas estrelinhas de bolo de aniversário e, com suas faíscas, pintavam riscos vermelhos na escuridão.

Vic observou o filho de 12 anos com um misto de afeto e triste nostalgia. Wayne não a tinha visto e ela não foi cumprimentá-lo nem fez nada para alertá-lo quanto à sua presença.

– Você chegou bem na hora de tudo fazer bum – informou Lou.

Sua jaqueta de motoqueiro estava dobrada sobre o lugar vazio ao seu lado. Ele a recolheu e pôs em cima do joelho para abrir espaço.

Antes de se sentar, Vic abriu o sorriso que era sua marca registrada, no qual apenas um dos cantos da boca se erguia, de certa forma parecendo sugerir ao mesmo tempo arrependimento e felicidade.

– Meu pai fazia isso antigamente – comentou. – Acendia os fogos do Quatro de Julho. Era um espetáculo e tanto.

– Você nunca pensa em ir a Dover com Wayne visitar seu pai? Não deve ficar a mais de uma hora do Lago.

– Acho que eu o procuraria se precisasse explodir alguma coisa. Se precisasse de um pouco de ANFO.

– Um pouco de quê?

– ANFO. Um explosivo que meu pai usa para remover tocos de árvores, pedras, pontes, essas coisas. Basicamente, é um saco grande e escorregadio de bosta de cavalo, feito para destruir coisas.

– O quê, o ANFO ou o seu pai?

– Ambos. Eu já sei sobre o que você quer falar.

– Talvez eu só queira que a gente passe o Quatro de Julho junto, em família – disse Lou. – Não poderia ser isso?

– Wayne falou alguma coisa sobre a mulher que apareceu lá em casa ontem?

– Ele me perguntou sobre Charlie Manx.

– Ai, merda. Eu o mandei entrar. Não achei que ele tivesse escutado a nossa conversa.

– Bom, ele escutou um bocado.

– Quanto? Que partes?

– Umas coisas soltas. O suficiente para ficar curioso.

– Você sabia que o Manx tinha morrido? – perguntou Vic.

– Ah, cara... Primeiro você estava na clínica, depois sua mãe ficou mal... Eu não quis sobrecarregar você com mais uma coisa. Ia contar em algum momento. Eu juro. Não gosto de deixar você estressada. Sabe como é, ninguém quer que você... – Sua voz falhou e ele não concluiu a frase.

Ela tornou a abrir o sorriso enviesado.

– Fique pirada?

Ele fitou o filho em meio à escuridão. Wayne tinha acendido mais uma estrelinha. Movia os braços para cima e para baixo como se fosse voar enquanto as faíscas ardiam e chispavam. Parecia Ícaro logo antes de tudo começar a dar errado.

– Eu quero que as coisas sejam fáceis para você. Para você poder ficar com o Wayne. Não que eu esteja culpando ninguém! – acrescentou depressa. – Isso não é um sermão por... por qualquer tipo de problema. Wayne e eu temos nos saído bem sozinhos. Eu sempre vejo se ele escovou os dentes, se fez o dever de casa. A gente faz uns serviços juntos. Eu deixo ele operar o guincho. Ele adora. É *louco* por guinchos e coisas assim. Só acho que ele sabe conversar com você. Ou talvez você saiba escutar. Sei lá. É uma coisa de mãe. – Ele fez uma pausa. – Mas eu deveria ter avisado a você sobre a morte do Manx. Só para você saber que talvez aparecesse algum jornalista.

– Jornalista?

– É. Essa mulher de ontem... Ela não era jornalista?

Os dois estavam sentados sob uma árvore baixa cheia de flores cor-de-rosa. Algumas pétalas caíram e ficaram presas nos cabelos de Vic. Lou estava tão feliz que chegava a doer e pouco importava qual fosse o assunto da conversa. Era julho, ele estava com Vic e havia flores em seus cabelos. Era romântico feito uma música do Journey, uma das boas.

– Não – respondeu Vic. – Era uma doida.

– Alguém do hospital, você quer dizer?

Vic franziu a testa, pareceu sentir as pétalas nos cabelos, moveu uma das mãos para trás e as retirou. Adeus, romantismo: Vic era tão romântica quanto uma caixa de velas de ignição.

– Você e eu nunca falamos muito sobre Charlie Manx – disse ela. – Sobre como eu fui parar lá com ele.

Aquela conversa estava tomando um rumo que não agradava a Lou: ele não queria saber como o velho escroto a molestara sexualmente e a mantivera trancada no porta-malas durante dois dias. Conversas sérias sempre deixavam Lou com um frio na barriga; preferia bater papo sobre o Lanterna Verde.

– Imaginei que, se você quisesse falar a respeito, teria tocado no assunto.

– Eu nunca falei a respeito porque não sei o que aconteceu.

– Você quer dizer que não se lembra. Tá bom, eu entendo, eu também bloquearia uma merda desse tipo.

– *Não.* Estou dizendo que eu *não sei*. Lembrar eu lembro, mas eu *não sei*.

– Mas... se você lembra, então sabe o que aconteceu. Lembrar e saber não são a mesma coisa?

– Não se você lembrar de dois jeitos diferentes. Na minha cabeça existem duas histórias sobre o que aconteceu comigo e ambas parecem verdade. Você quer ouvir?

Não. Não mesmo.

Ainda assim, ele assentiu.

– Em uma das versões, aquela que contei para o promotor federal, eu tive uma briga com minha mãe. Acabei indo parar em uma estação de trem tarde da noite. Liguei para o meu pai perguntando se poderia ir para sua casa e ele disse que eu tinha de voltar para casa. Quando desliguei, senti uma picada na bunda. Ao me virar, minha visão embaçou e caí nos braços do Charlie Manx, que me pôs no porta-malas do seu carro e me levou para o outro lado do país. Só me tirava de lá para me manter drogada. Eu tinha uma vaga noção de que havia outra criança, um menino pequeno, mas ele nos mantinha quase sempre separados. Quando chegamos ao Colorado, ele me deixou na mala e foi fazer alguma coisa com o menino. Eu escapei. Forcei o porta-malas. Pus fogo na casa dele para distraí-lo e fugi correndo até a rodovia, em meio àquela floresta horrível com enfeites de Natal penhorados nas árvores. Corri para você, Lou. E o resto você sabe. Essa é uma das versões da qual eu me lembro. Quer ouvir a outra?

Ele não tinha certeza se queria, mas voltou a assentir.

– Então, em uma versão diferente da minha vida, eu tinha uma bicicleta. Meu pai me deu quando eu era pequena. E eu conseguia usar essa bicicleta para encontrar objetos. Pedalava por uma ponte coberta imaginária que sempre me levava para onde eu precisava ir. Tipo, um dia minha mãe perdeu uma pulseira, eu passei de bicicleta por essa ponte e saí em New Hampshire, a 65 quilômetros de casa. E a pulseira estava lá, em uma lanchonete chamada Terry's Sanduíches. Está conseguindo acompanhar até aqui?

– Ponte imaginária, bicicleta com superpoderes. Entendi.

– Ao longo dos anos, usei minha bicicleta para encontrar todo tipo de coisa: bichos de pelúcia, fotos... Não era sempre que eu saía para "encontrar", só uma ou duas vezes por ano. À medida que crescia, menos ainda. Aquilo começou a me dar medo, porque eu sabia que era impossível, que o mundo não funciona assim. Quando era pequena, se tratava só de um faz de conta. Mas, já mais velha, a coisa toda começou a parecer maluquice. Começou a me assustar.

– Me espanta você não ter usado o seu superpoder para encontrar alguém capaz de dizer que não havia nada de errado com você – comentou Lou.

Os olhos de Vic se arregalaram e Lou entendeu que, na realidade, ela fizera exatamente isso.

– Como é que você... – começou Vic.

– Eu leio muitos quadrinhos. Pela lógica, esse é o passo seguinte: encontrar o anel mágico, procurar os Guardiões do Universo... É o procedimento-padrão. Quem foi a tal pessoa?

– A ponte me levou até uma bibliotecária de Iowa.

– Uma bibliotecária. *Lógico.*

– Essa menina não era muito mais velha do que eu e tinha o seu próprio superpoder. Ela usava o jogo Palavras Cruzadas para descobrir segredos. Para revelar mensagens do além. Esse tipo de coisa.

– Uma amiga imaginária.

Vic lhe abriu um pequeno sorriso amedrontado de quem se desculpa e balançou de leve a cabeça.

– *Nada* parecia imaginário. Nunca. Tudo parecia real.

– Inclusive a parte em que você ia de bicicleta até Iowa?

– Pela ponte do Atalho.

– E quanto tempo você levou para ir de Massachusetts até a capital americana do milho?

– Sei lá. Uns trinta segundos? Um minuto, no máximo.

– Levou trinta segundos para pedalar de Massachusetts até Iowa? E essa parte não pareceu imaginária?

– Não. Eu me lembro de tudo como se tivesse mesmo acontecido.

– Tá. Entendi. Pode continuar.

– Então, como eu disse, essa menina de Iowa tinha um saco de peças do Palavras Cruzadas. Ela conseguia tirar as peças do saco e formar mensagens com elas. As letras a ajudavam a desvendar segredos, do mesmo jeito que a minha bicicleta me auxiliava a encontrar objetos. A garota me explicou que existiam outras pessoas iguais à gente. Pessoas capazes de fazer coisas impossíveis, contanto que tivessem o veículo certo. Foi ela quem me contou sobre Charlie Manx. Me alertou sobre ele. Disse que havia um homem, um homem mau que dirigia um carro do mal. Manx usava esse carro para sugar a vida de crianças. Era uma espécie de vampiro... um vampiro *das estradas.*

– Você sabia da existência de Charlie Manx *antes* de ele raptar você?

– *Nessa* versão da minha vida, ele não me raptou. *Nessa* versão, eu tive uma briga idiota com a minha mãe e usei minha bicicleta para ir à procura dele. Queria encrenca e foi o que arrumei. Atravessei a ponte do Atalho e fui parar na Casa Sino de Charlie Manx. Ele fez de tudo para me matar, mas eu consegui fugir e encontrei você. E a história que contei para a polícia, tudo aquilo sobre ficar trancada na mala do carro e ser violentada... foram só coisas que eu inventei porque sabia que ninguém iria acreditar. Eu podia contar qualquer história que quisesse sobre Charlie Manx, porque sabia que as coisas que ele tinha feito eram piores do que qualquer mentira. Lembre-se do seguinte: nessa versão, ele não é um velho pervertido que rapta crianças e, sim, a porra de um vampiro.

Apesar de não estar chorando, Vic tinha os olhos úmidos e brilhantes, tão luminosos que faziam as estrelinhas do Quatro de Julho parecerem opacas e sem vida.

– Quer dizer que ele sugava a vida das criancinhas – disse Lou. – E depois? O que acontecia com elas?

– Elas iam para um lugar chamado Terra do Natal. Não sei onde fica, não tenho nem certeza se fica neste mundo, mas lá tem um serviço de telefonia excelente, porque as crianças viviam me ligando de lá. – Vic olhou para Wayne e as crianças sobre a mureta e prosseguiu com um sussurro: – Depois de Manx sugar a vida delas, as crianças ficavam arruinadas. Não restava nada nelas a não ser ódio e dentes.

Lou estremeceu.

– Meu Deus.

Um grupinho de homens e mulheres ali perto explodiu em gargalhadas e Lou olhou para eles com raiva. Não lhe parecia que ninguém por perto tivesse o direito de estar se divertindo naquele exato momento.

Olhou para Vic e falou:

– Então, recapitulando: em uma versão da sua vida, Charlie Manx, um filho da puta pervertido assassino de criancinhas, raptou você em uma estação de trem. E você conseguiu escapar dele por um triz. Essa é a lembrança *oficial*. Mas existe outra lembrança, na qual você atravessou uma ponte imaginária montada em uma bicicleta dotada de poderes psíquicos e foi sozinha até ele no Colorado. Essa é a versão *extraoficial*.

– Isso.

– E essas duas lembranças parecem verdadeiras.

– Sim.

– Mas você sabe que essa história da ponte do Atalho é uma bobagem – prosseguiu Lou, observando-a com atenção. – Bem lá no fundo você sabe que é uma história que inventou para não ter que pensar no que aconteceu com você *de verdade*. Para não ter que pensar... que foi raptada e tudo o mais.

– Isso. Foi o que eu entendi no hospital psiquiátrico. A minha história sobre a ponte mágica é uma fantasia: eu não suportava a ideia de ser uma vítima, então inventei essa enorme ilusão para me tornar a heroína, incluindo uma série de lembranças de coisas que nunca aconteceram.

Lou se recostou na cadeira e respirou fundo, com a jaqueta de motoqueiro dobrada sobre um dos joelhos. Bem, não era tão ruim assim. Agora entendia o que Vic lhe dizia: que tivera uma experiência horrível e que isso a deixara louca por um tempo. Ela havia se refugiado por um tempo dentro de uma fantasia – qualquer um faria o mesmo! –, mas agora estava pronta para deixar a fantasia de lado e lidar com as coisas como elas eram.

– Ah – fez, quase distraído. – Que merda. Esse assunto meio que fugiu do que a gente estava falando. O que isso tudo tem a ver com a mulher que apareceu ontem na sua casa?

– Aquela mulher era Maggie Leigh.

– Maggie Leigh? Quem diabos é essa?

– A bibliotecária. A menina que eu conheci em Iowa quando tinha 13 anos. Ela foi atrás de mim lá em Haverhill para me avisar que Charlie Manx voltou do mundo dos mortos e está vindo atrás de mim.

O rosto grande, redondo e barbado de Lou era tão fácil de decifrar que quase chegava a ser cômico. Seus olhos não só se arregalaram como *se esbugalharam*, deixando-o parecido com um personagem de quadrinhos que acaba de tomar um gole de uma garrafa com o rótulo XXX. Se começasse a sair fumaça de suas orelhas, a imagem estaria completa.

Vic sempre gostara de tocar o rosto de Lou e quase não resistiu a fazer isso agora. Aquele rosto era tão convidativo quanto uma bola de borracha para uma criança.

Na primeira vez em que o beijara, ela era mesmo uma criança. Na realidade, ambos eram.

– Cara... Que porra é essa? Pensei que você tivesse dito que a bibliotecária era inventada. Igual à ponte da sua imaginação.

– É. Foi essa a conclusão à qual eu cheguei no hospital. Que todas essas lembranças tinham sido imaginadas. Uma história complexa que inventei para me proteger da verdade.

– Mas... ela *não pode* ser imaginária. Ela esteve na sua casa. O Wayne *viu* essa mulher. Ela deixou uma pasta lá. Foi onde Wayne leu sobre Charlie Manx. – Lou fez uma expressão consternada. – Ah, cara... Não era para eu ter contado isso.

– Wayne viu o que tinha na pasta? Que merda. Eu disse para ela levar a pasta embora. Não queria que o Wayne visse.

– Não posso deixar ele saber que eu contei. – Lou cerrou o punho e bateu com ele em um dos enormes joelhos. – Sou péssimo para guardar segredos.

– Você não tem maldade, Lou. É um dos motivos pelos quais eu amo você.

Ele ergueu a cabeça e a fitou com um olhar intrigado.

– Porque eu *amo* você, sabia? Não é culpa sua eu ter estragado tudo. Não é culpa sua se tudo que eu consigo fazer é só foder tudo sempre.

Lou baixou a cabeça e refletiu por um instante.

– Não vai me dizer que eu não sou tão ruim assim? – perguntou Vic.

– Humm, não. Eu estava pensando em como os homens adoram uma garota gostosa que já cometeu vários erros. Porque é sempre possível ela cometer um com você.

Vic sorriu e pousou a mão sobre a dele.

– Eu já cometi vários, vários erros, Louis Carmody, mas você não foi um deles. Ai, Lou, às vezes eu fico tão cansada de viver dentro da minha própria cabeça... Minhas cagadas são ruins e minhas desculpas, ainda piores. É esse o ponto em comum entre as duas versões da minha vida, entende? O *único* ponto em comum. Na primeira, eu sou um desastre ambulante porque mamãe não me abraçou o suficiente e papai não me ensinou a empinar pipas ou algo assim. Na outra, tenho permissão para ser a porra de uma doida varrida...

– Shhh. Para com isso.

– ... e estragar a sua vida e a do Wayne...

– Para de se martirizar.

– ... porque todas aquelas viagens pela ponte do Atalho de alguma forma me arruinaram. Porque a ponte era uma estrutura insegura desde o início e, toda vez que eu passava por ela, ficava um pouco mais arruinada. Porque aquilo é uma ponte, mas é também o interior da minha cabeça. Não espero que isso tudo vá fazer sentido. Eu própria mal compreendo. É uma coisa bem freudiana.

– Freudiana ou não, você fala como se fosse real. – Lou olhou ao redor e sorveu uma inspiração lenta e funda para se acalmar. – É real?

É, pensou Vic com uma urgência lancinante.

– Não – respondeu ela. – Não pode ser. Preciso que *não* seja. Lou, você lembra daquele cara que baleou uma deputada no Arizona? Loughner?

Ele achava que o governo estava tentando escravizar a humanidade por meio da gramática; não tinha dúvida disso. Havia provas a toda sua volta. Sempre que olhava pela janela e via alguém passeando com um cachorro, tinha *certeza* de que era um espião enviado pela CIA. Esquizofrênicos vivem inventando lembranças: encontros com famosos, raptos, triunfos heroicos. É essa a natureza da ilusão. A química do seu corpo embaralha toda a sua noção de realidade. Lembra aquela noite em que eu enfiei todos os telefones no forno e toquei fogo na nossa casa? Para mim, as crianças estavam ligando da Terra do Natal. Ouvia os telefones tocarem mesmo que ninguém mais ouvisse. Escutava vozes que ninguém mais escutava.

– Mas, Vic, Maggie Leigh foi *à sua casa*. A bibliotecária. Isso você não imaginou. Wayne também viu.

Vic se esforçou para dar um sorriso insincero.

– Tá bom. Vou tentar explicar como isso é possível. É mais simples do que você pensa. Não tem nada de mágico. Eu tenho as minhas lembranças da ponte do Atalho e da bicicleta que me permitia encontrar coisas. Só que não são lembranças, certo? São ilusões. E no hospital a gente fazia sessões de grupo em que todo mundo falava sobre as ideias malucas que tinha. *Muitos* pacientes daquele hospital ouviram minhas histórias sobre Charlie Manx e a ponte do Atalho. Acho que Maggie Leigh é um deles... um dos outros malucos. Ela se apoderou da minha fantasia e a tornou sua.

– Como assim, você *acha* que ela era um dos outros pacientes? Ela participou dessas suas sessões ou não?

– Não tenho lembrança dela nas sessões. Eu me recordo de ter encontrado Maggie em uma biblioteca de cidade pequena em Iowa. Mas é assim que a ilusão funciona. Eu vivo "lembrando". – Vic ergueu os dedos e fez no ar aspas invisíveis. – As recordações surgem na minha mente de uma vez só, como perfeitos capitulozinhos dessa história doida que eu escrevi na minha imaginação. Mas é claro que elas não têm nada de verdadeiras. São inventadas na hora e alguma parte de mim decide aceitá-las como fatos no instante em que elas são criadas. Maggie Leigh me disse que eu a conheci quando criança e a minha ilusão criou na mesma hora uma história que sustentasse essa afirmação. Lou, eu me lembro até do aquário na sala dela. Tinha uma carpa imensa lá dentro e, em vez de pedrinhas, o fundo era coberto por peças do Palavras Cruzadas. Olha só que doideira.

– Eu achei que você estivesse medicada. Achei que agora estivesse bem.

– Os remédios que eu tomo são como um peso de papel. A única coisa que eles fazem é segurar as fantasias. Mas elas continuam a existir e, a qualquer vento forte, posso senti-las chacoalhar lá dentro, tentando se libertar. – Ela o encarou antes de prosseguir. – Lou, pode confiar em mim. Eu vou me cuidar. Não só por mim. Por Wayne também. Eu estou bem. – Ela não disse que seu antipsicótico tinha acabado uma semana antes e que ela tivera de espaçar os últimos comprimidos para não ter uma crise de abstinência. Não queria preocupá-lo mais do que o necessário; além disso, planejava ir à farmácia buscar mais logo cedo no dia seguinte. – Eu não me lembro de ter encontrado Maggie Leigh no hospital, mas isso pode muito bem ter acontecido. Eles me drogaram tanto lá que eu posso ter encontrado Barack Obama e não me recordar. E essa Maggie, pobrezinha, é uma *louca*. Percebi isso na mesma hora que a vi. Ela exalava o cheiro de abrigos para sem-teto e tinha os braços cheios de cicatrizes de tanto se injetar ou se queimar com cigarro, ou os dois. Provavelmente os dois.

Sentado ao seu lado, de cabeça baixa, Lou estava imerso em pensamentos.

– E se ela aparecer de novo? Wayne ficou bem assustado.

– Vamos voltar para New Hampshire amanhã. Não acho que ela vá achar a gente lá.

– Vocês poderiam ir para o Colorado. Não precisariam ficar comigo. A gente não teria que ficar junto. Não estou pedindo nada. Mas a gente poderia arrumar um lugar para você trabalhar no *Máquina de Busca*. O garoto poderia passar os dias comigo e as noites com você. Lá no Colorado também tem árvores e água, sabia?

Vic se recostou na cadeira. O céu estava baixo, enfumaçado, e as nuvens refletiam as luzes da cidade em um tom de rosa opaco e sujo. Nas montanhas acima de Gunbarrel onde Wayne fora concebido, o céu à noite se enchia todinho de estrelas, mais estrelas do que jamais seria possível observar ao nível do mar. Lá no alto, havia outros mundos. Outras estradas.

– Acho que eu gostaria disso, Lou. Wayne vai voltar ao Colorado em setembro para começar as aulas. E eu iria com ele... se não tiver problema.

– É claro que não tem problema. Ficou maluca?

Por um breve instante, tempo suficiente para outra flor cair nos cabelos dela, nenhum dos dois disse nada. Eles trocaram um olhar e desataram a gargalhar. Vic riu tanto, com tanta espontaneidade, que chegou a arquejar.

– Desculpe – disse Lou. – Acho que não foi a melhor escolha de palavras.

A seis metros de distância, em cima da mureta, Wayne se virou para espiá-los. Segurava em uma das mãos uma única estrelinha já apagada, de onde emanava uma fumaça preta. Ele acenou.

– Volta para o Colorado e me arruma um lugar – falou Vic para Lou, acenando para Wayne. – Quando Wayne pegar o avião, eu vou com ele. Até iria agora, mas a gente alugou o chalé no lago até o fim de agosto e ele ainda tem mais três semanas já pagas na colônia.

– E você precisa terminar de consertar a moto – completou Lou.

– O Wayne contou?

– Mais do que contou. Ele me mandou fotos pelo celular. Toma. – Lou lhe jogou sua jaqueta.

A jaqueta de motoqueiro era uma peça grande e pesada, feita de algum tipo de material sintético preto semelhante ao náilon e com placas duras costuradas no forro, uma armadura de teflon. Desde a primeira vez que pusera os braços em volta dela, dezesseis anos antes, Vic a considerava a jaqueta mais bacana do mundo. A parte da frente estava coberta por decalques desbotados e puídos: ROTA 66 e um escudo do Capitão América. A roupa tinha o cheiro de Lou, o mesmo cheiro de casa. Árvores, suor, graxa e os ventos agradáveis que assobiavam pelos desfiladeiros das montanhas.

– Quem sabe essa jaqueta protege você e não a deixa morrer? – indagou Lou. – Use.

E, nesse exato instante, o céu acima do porto pulsou com um vivo clarão vermelho. Um morteiro explodiu com um estouro de perfurar os tímpanos. O céu se abriu e dele choveram centelhas brancas.

O espetáculo de fogos começara.

Rodovia Interestadual 95

VINTE E QUATRO HORAS DEPOIS, Vic levou Wayne e Hooper de volta para o lago Winnipesaukee. Choveu o caminho inteiro, um aguaceiro de verão que tamborilava no asfalto e a impedia de passar dos oitenta.

Já havia atravessado a divisa de New Hampshire quando percebeu que se esquecera de buscar seu antipsicótico na farmácia.

Foi necessária toda sua concentração para ver a estrada à frente e permanecer na faixa. No entanto, mesmo que olhasse pelo retrovisor, não teria reparado no carro que a seguia a uns duzentos metros de distância. À noite, todos os faróis se parecem.

Lago Winnipesaukee

WAYNE ACORDOU ANTES DA HORA na cama da mãe. Algo o havia despertado, mas ele só soube o que era quando tornou a acontecer: um suave *tum, tum, tum* na porta do quarto.

Apesar dos olhos abertos, não se sentia acordado e esse estado de espírito persistiria durante todo o dia e faria com que as coisas que escutasse e visse tivessem uma característica onírica. Tudo o que acontecia parecia hiperreal, dotado de um significado secreto.

Não se lembrava de ter ido se deitar na cama da mãe, mas não ficou surpreso ao constatar que estava lá. Muitas vezes ela o passava para a própria cama depois de ele pegar no sono. Wayne aceitava o fato de a sua companhia às vezes ser necessária, como um cobertor extra em uma noite fria. Vic não estava na cama com ele agora; quase sempre acordava antes.

– Oi? – chamou ele, esfregando os olhos com os punhos.

As batidas cessaram, então recomeçaram de forma entrecortada, quase hesitante: *Tum? Tum? Tum?*

– Quem é? – perguntou Wayne.

O som parou. A porta do quarto se entreabriu alguns centímetros com um rangido. Uma sombra subiu pela parede, o perfil de um homem. Wayne pôde ver a forma grande e adunca de um nariz e a curva alta da testa de Charlie Manx.

Wayne tentou gritar, tentou berrar o nome da mãe. Mas o único som que conseguiu produzir foi um chiado engraçado, como uma engrenagem quebrada girando inutilmente dentro de uma máquina gasta.

Na foto da ficha policial, Charles Manx fitava a câmera de frente com olhos esbugalhados, e os dentes superiores tortos cravados no lábio inferior lhe conferiam um ar de espanto retardado. Wayne não poderia reconhecê-lo pelo perfil, mas ainda assim identificou sua sombra em um instante.

A porta foi se movendo para dentro devagar. O *tum, tum, tum* tornou a soar. Wayne fez força para respirar. Queria gritar alguma coisa – *Socorro! Por favor, alguém me ajude!* –, mas a visão daquela sombra o manteve calado como se uma pessoa tampasse sua boca.

Fechou os olhos, sorveu uma inspiração desesperada e berrou:

– Sai daqui!

A porta continuou a se mover e gemeu nas dobradiças. A mão de alguém se apoiou pesadamente na borda da cama, bem junto ao seu joelho. Wayne conseguiu emitir um grito fino, um choramingo quase inaudível. Abriu os olhos para ver... e era Hooper.

O grande cão o encarava com ar alarmado e as patas dianteiras apoiadas na cama. Tinha os olhos úmidos desgostosos, infelizes até.

Wayne olhou para a porta parcialmente aberta atrás do animal, mas a sombra de Manx não estava mais lá. Em algum nível, entendia que *nunca* estivera lá, que transformara uma sombra sem significado em Manx. Outra parte de si tinha certeza do que vira, um perfil tão nítido que poderia estar pintado na parede. A porta estava aberta o suficiente para ele poder ver o corredor que se estendia por todo o comprimento da casa; não havia ninguém ali.

No entanto, com certeza escutara batidas; não poderia ter imaginado isso. Enquanto encarava o corredor, tornou a ouvir o *tum, tum, tum* e viu Hooper batendo com o rabo no chão.

– Ei, garoto – falou, enterrando os dedos na penugem macia atrás das orelhas do cão. – Você me assustou, sabia? O que está fazendo aqui?

Hooper continuou olhando para ele. Se alguém tivesse pedido para Wayne descrever a expressão na carantonha do são-bernardo, ele teria respondido que o cachorro parecia querer se desculpar. Só que devia estar era com fome.

– Vou pegar alguma coisa para você comer. É isso que você quer?

Hooper emitiu um barulho, uma recusa entre chiado e arquejo, como de uma engrenagem sem dentes girando inutilmente, sem conseguir se encaixar.

Mas... não. Wayne já tinha ouvido aquele ruído alguns segundos antes. Pensara que ele próprio o estivesse produzindo. Só que não vinha dele, nem de Hooper: era lá de fora, de algum lugar na escuridão do início da manhã.

Mesmo assim, Hooper continuou encarando-o com olhos tristes de súplica. *Desculpe*, disse-lhe o cão com o olhar. *Eu quis ser um bom cachorro. Quis ser* o seu *bom cachorro.* Wayne ouviu esse pensamento na cabeça do animal como se Hooper o estivesse enunciando feito um cão falante de história em quadrinhos.

Empurrou o bicho para o lado, levantou-se e olhou pela janela para o quintal da frente. Estava tão escuro que no início nada viu a não ser o próprio reflexo débil na vidraça.

Então o ciclope abriu um olho baço bem do outro lado da janela, a 2 metros de distância.

O coração de Wayne se acelerou repentinamente e, pela segunda vez no intervalo de três minutos, ele sentiu um grito subir pela garganta.

O olho se abriu lentamente e se arregalou, como se o ciclope estivesse acabando de acordar. Brilhou com um tom encardido situado em algum lugar entre a cor de suco de laranja e a de urina. Então, antes de Wayne conseguir berrar, o olho começou a se apagar até sobrar apenas a brasa de uma íris cobre cintilando no escuro. Um segundo depois, sumiu por completo.

Wayne expirou. Um farol. Era o farol dianteiro da moto.

Sua mãe se levantou ao lado da moto e afastou os cabelos do rosto. Vista através do vidro antigo e ondulado, não parecia estar de fato ali; era como um fantasma de si mesma. Usava apenas uma camiseta branca sem mangas e um velho short de algodão. No escuro, era impossível distinguir os detalhes de suas tatuagens; parecia que a própria noite estava aderida à sua pele. No entanto, pensando bem, Wayne sempre soubera que a mãe possuía certa escuridão particular.

Hooper já estava lá fora com ela, enroscando-se em suas pernas, o pelo escorrendo água. Pelo visto, tinha acabado de chegar do lago. Wayne levou alguns instantes para registrar que o cachorro se encontrava ao lado de Vic, o que não fazia sentido, uma vez que estava ali ao *seu* lado. Quando se virou, porém, viu que se achava sozinho.

Não pensou no assunto por muito tempo. Ainda estava cansado demais. Talvez tivesse sido acordado por um cão onírico. Talvez estivesse enlouquecendo igual à mãe.

Wayne vestiu uma bermuda esfiapada e saiu para o frio que precedia a aurora. Sua mãe trabalhava na moto com um trapo em uma das mãos e, na outra, uma curiosa ferramenta, aquela chave especial que mais parecia um gancho ou uma adaga curva.

– Como é que eu fui parar na sua cama? – perguntou ele.

– Foi um pesadelo.

– Não me lembro de ter tido um pesadelo.

– Não foi você.

Pássaros negros passaram voando pela bruma que rastejava acima da superfície do lago.

– Encontrou a engrenagem quebrada? – indagou Wayne.

– Como você sabe que tem uma engrenagem quebrada?

– Sei lá. Pelo barulho que ela fez quando você tentou dar a partida.

– Você tem ficado na oficina? Trabalhando com o seu pai?

– Às vezes. Ele diz que eu sou útil porque tenho as mãos pequenas. Consigo alcançar e desparafusar coisas que ele não consegue. Sou ótimo em desmontar coisas. Mas não tão bom em montar.

– Bem-vindo ao clube.

Ficaram os dois trabalhando na moto. Wayne não soube ao certo quanto tempo passaram nisso, só que, quando pararam, já fazia calor e o sol estava bem acima da linha das árvores. Mal haviam conversado; não havia motivo algum para arruinar o esforço de consertar a moto, cheio de graxa e machucados nas mãos, falando sobre sentimentos, seu pai ou garotas.

Em determinado momento, enquanto passava palha de aço no escapamento sarapintado de ferrugem, Wayne observou a mãe: ela tinha graxa até os cotovelos e no nariz, e sua mão direita sangrava com vários arranhões. Ele parou o trabalho para se olhar; estava tão imundo quanto ela.

– Não sei como a gente vai limpar esta porcaria – comentou.

– Tem o lago – lembrou ela, jogando os cabelos para o lado e fazendo um gesto em direção à água com a cabeça. – Que tal: se você chegar antes de mim ao deque flutuante, a gente toma café no Greenbough Diner.

– E se *você* chegar primeiro?

– Ganho o prazer de provar que uma coroa ainda pode derrotar um fedelho.

– O que é um fedelho?

– É um...

Mas Wayne já tinha começado a correr, agarrando a camiseta e puxando-a por cima da cabeça para jogá-la em cima de Hooper. Suas pernas e braços o impulsionavam com rapidez e facilidade, e os pés descalços atravessaram o orvalho que brilhava, ofuscante, sobre o mato alto.

Vic passou correndo por ele, pondo a língua para fora ao alcançá-lo.

Os dois chegaram ao cais ao mesmo tempo, os pés soando alto nas tábuas.

Quase na borda, Vic pôs a mão no ombro de Wayne e o empurrou. Ele a ouviu rir enquanto se desequilibrava para a frente feito um bêbado, agitando os braços no ar. Bateu na água e afundou no lago verde e lamacento. Instantes depois, escutou um *blush* baixo e grave quando a mãe mergulhou.

Wayne se debateu, voltou à tona cuspindo e nadou a toda velocidade em direção ao deque flutuante, a 6 metros de distância da borda. Era uma grande plataforma de tábuas cinzentas cheias de farpas que boiava sobre barris de óleo enferrujados, que deviam ser um risco ambiental. Hooper ficou bufando feito um louco no cais atrás deles: o cão não gostava de diversão em geral, a menos que fosse ele o responsável.

Quase no deque, Wayne percebeu que estava sozinho no lago. A água parecia uma chapa de vidro preto. Vic não estava visível em lugar algum.

– Mãe? – chamou ele, sem sentir medo. – Mãe?

– Perdeu – respondeu ela com uma voz grave, distante e cheia de ecos.

Ele mergulhou, prendeu a respiração, nadou debaixo d'água e emergiu sob o deque.

Lá estava sua mãe, no escuro, com o rosto molhado reluzente e os cabelos brilhando. Ela sorriu ao vê-lo surgir ao seu lado.

– Olha só isto: um tesouro perdido.

Vic apontou para uma teia de aranha trêmula com pelo menos meio metro de circunferência, decorada com milhares de contas cintilantes de prata, opala e diamante.

– A gente pode ir tomar café mesmo assim?

– Pode – respondeu ela. – Não dá para não ir. Ganhar de um fedelho tem várias vantagens, mas não chega a matar a fome.

Acesso de cascalho da garagem

SUA MÃE PASSOU A TARDE inteira trabalhando na moto.

O céu estava carregado. Um trovão rugiu, *pá-bum*, como um caminhão pesado passando por cima de uma ponte. Wayne esperou a chuva.

Mas ela não veio.

– Você às vezes preferiria ter adotado uma Harley-Davidson em vez de ter um filho? – perguntou a ela.

– Eu teria menos gastos com alimentação. Me passa aquele pano. Wayne obedeceu.

Vic limpou as mãos, encaixou o assento de couro acima de uma bateria novinha em folha e passou a perna por cima do banco. Com seu jeans cortado, as botas de motoqueiro pretas grandes demais para o seu tamanho e os braços e pernas cobertos de tatuagens, ela não se parecia com uma pessoa que pudesse ser chamada de "mãe".

Girou a chave e pressionou o botão de ligar. O ciclope abriu o olho.

Vic pousou um dos calcanhares sobre o pedal da partida, ergueu o corpo e deixou o peso cair com força. A moto deu uma espécie de espirro.

– *Gesundheit* – falou Wayne.

Vic se levantou e tornou a descer com força. O motor expirou e soprou sujeira e folhas pelos canos de descarga. Wayne não gostou do modo como a mãe jogou todo o peso sobre o pedal; teve medo de algo se quebrar. Não necessariamente a moto.

– Vamos lá – disse ela, em voz baixa. – Nós duas sabemos por que o garoto encontrou você, então vamos logo com isso.

Pisou no pedal de novo, depois outra vez, e seus cabelos caíram na frente do rosto. A ignição chacoalhou e o motor emitiu um peido débil, breve e distante.

– Tudo bem se não funcionar – afirmou Wayne. De repente, não estava gostando nada daquilo; tudo lhe parecia uma loucura, o tipo que não via na mãe desde que era pequeno. – Mais tarde você dá um jeito, ok?

Vic o ignorou: ergueu o corpo e apoiou a bota bem no centro do pedal.

– Vamos lá *encontrar*, sua vadia. – Pisou de novo. – Fala comigo.

O motor fez um estrondo e uma fumaça azul suja emanou dos canos de descarga. Wayne quase caiu do poste da cerca onde estava sentado. Hooper se encolheu e latiu assustado.

Vic acelerou e o motor rugiu. O barulho foi assustador. Mas também emocionante.

– FUNCIONA! – bradou Wayne. Vic assentiu.

– O QUE ELA ESTÁ DIZENDO? – gritou Wayne para se fazer ouvir acima do barulho do motor, que tomava tudo.

Vic franziu a testa.

– VOCÊ DISSE PARA A MOTO FALAR COM VOCÊ. O QUE ELA ESTÁ DIZENDO? EU NÃO FALO A LÍNGUA DAS MOTOS.

– AH, ELA ESTÁ DIZENDO "AIÔ, SILVER!".

– DEIXA EU PEGAR MEU CAPACETE!

– VOCÊ NÃO VEM COMIGO.

– POR QUE NÃO?

– AINDA NÃO É SEGURO. EU NÃO VOU MUITO LONGE. VOLTO DAQUI A CINCO MINUTOS.

– PERAÍ! – gritou Wayne, erguendo um dedo no ar, virando-se e correndo até a casa.

O sol era um ponto frio e branco brilhando por entre os montes baixos de nuvens.

Vic queria sair dali. A necessidade de ir em disparada era como uma espécie de comichão enlouquecedora, tão difícil de resistir quanto uma picada de mosquito. Queria entrar na autoestrada e ver o que conseguiria tirar daquela moto. O que conseguiria encontrar.

A porta da frente se fechou com um estalo e seu filho voltou correndo trazendo um capacete e a jaqueta de Lou.

– VÊ SE VOLTA VIVA, TÁ?

– É ESSE O PLANO. – Ainda vestindo a jaqueta, completou: – EU VOLTO LOGO. NÃO ESQUENTA.

Wayne aquiesceu.

A força do motor fazia o mundo em volta de Vic vibrar: as árvores, a rua, o céu, a casa, tudo estremecia com fúria, correndo o risco de se estilhaçar. Ela já tinha virado a moto para a via.

Enfiou o capacete na cabeça. Deixou a jaqueta aberta.

Logo antes de ela soltar o freio de mão, Wayne se abaixou em frente à moto e recolheu alguma coisa do chão.

– O QUE É ISSO? – perguntou Vic.

Ele lhe entregou a ferramenta que parecia uma faca curva com a palavra TRIUMPH gravada. Vic meneou a cabeça para agradecer e a enfiou no bolso do short.

– VÊ SE VOLTA – disse Wayne.

– ME ESPERA AQUI.

Então ergueu o pé do chão, engatou a primeira e começou a deslizar.

No mesmo instante que começou a se mover, tudo parou de tremer. A cerca de madeira foi deslizando à direita. Ela tombou a moto de leve ao dobrar para entrar na via e a sensação foi a mesma de um avião se inclinando: ela não teve a menor impressão de estar tocando o asfalto.

Passou a segunda. A casa ficou bem para trás. Lançou um último olhar por cima do ombro: Wayne estava em pé no acesso da garagem, acenando; Hooper tinha ido até a rua e a encarava com um olhar de curiosidade imponente.

Vic acelerou e passou a terceira, a Triumph deu um pinote e ela teve que apertar o guidom para não cair. Um pensamento lhe passou pela cabeça, a lembrança de uma camiseta de motoqueiro que ela tivera durante algum tempo: SE VOCÊ CONSEGUE LER ISSO É PORQUE A VADIA CAIU.

A jaqueta aberta se encheu de ar e formou um balão à sua volta. Ela seguiu zunindo para o meio da névoa baixa.

Não viu um par de faróis descer a rua atrás dela, brilhando debilmente na bruma.

Wayne também não viu.

Rodovia 3

ÁRVORES, CASAS E QUINTAIS PASSAVAM chispando, formas escuras e borradas fracamente discernidas em meio à bruma.

Não havia pensamentos em sua cabeça; a moto a carregava depressa para longe deles. Vic sabia que seria assim, sabia desde o primeiro instante em que vira aquela moto na cocheira que ela era veloz e poderosa o bastante para afastá-la da pior parte de si mesma, da que tentava compreender as coisas.

Tornou a acionar a embreagem, depois de novo, e a cada nova marcha engatada a Triumph dava um pulo para a frente, devorando a estrada.

A névoa se adensou à sua volta, perolada, evanescente, e os raios solares que vinham da esquerda faziam o mundo inteiro ao redor reluzir como se irradiasse luz. Vic sentiu que ninguém poderia desejar algo mais belo do que aquilo.

A estrada úmida sibilava sob os pneus como se fosse estática.

Uma dorzinha suave, quase delicada acariciou seu globo ocular esquerdo.

Em meio ao movimento da bruma, ela viu um galpão, uma estrutura comprida, alta, inclinada e estreita. Uma ilusão de ótica provocada pelo vapor o fez parecer estar bem no meio da estrada, a menos de cem metros de distância, embora Vic soubesse que dali a mais um instante a autoestrada iria dobrar à esquerda e o galpão ficaria para trás. Quase sorriu ao pensar no quanto ele se parecia com sua antiga ponte imaginária.

Abaixou a cabeça e escutou o sussurro dos pneus sobre o asfalto molhado, aquele som tão parecido com o ruído branco do rádio. O que se escutava ao sintonizar na estática, perguntou-se? Lembrava-se de ter lido em algum lugar que era a radiação de fundo do universo.

Esperou a estrada dobrar à esquerda e fazê-la rodear o galpão, mas a pista seguiu reta. A forma alta, escura e angular assomou à sua frente até ela ser engolfada por sua sombra. Não era galpão nenhum, mas ela só percebeu que a estrada ia direto para cima da construção quando já era tarde demais para desviar. A bruma escureceu e ficou fria, tão fria quanto um mergulho no lago.

Tábuas bateram sob os pneus, um ruído de estalos em rápida sucessão.

Vic rasgou a bruma e inspirou fundo, sentindo o fedor dos morcegos.

Cravou o calcanhar no freio e fechou os olhos. *Não é real*, pensou, quase sussurrando para si mesma.

O pedal desceu até o fundo, manteve-se ali por alguns instantes – e então se soltou por completo, caindo nas tábuas com um ruído grave e distante. Uma porca e várias arruelas saíram rolando atrás dele.

O cabo que transportava o fluido de freio bateu na coxa de Vic, cuspindo líquido. O calcanhar de sua bota tocou as tábuas gastas do chão e foi como enfiar o dedão em uma espécie de debulhadeira do século XIX. Parte de si insistia que ela estava tendo uma alucinação; outra sentiu a bota bater na ponte e entendeu que aquele delírio iria parti-la ao meio caso ela deixasse a moto cair.

Teve tempo de olhar para baixo e para trás na tentativa de processar o que estava acontecendo. Uma junta de cabeçote rodopiou pelo ar e traçou um arco rebuscado pelas sombras. O pneu dianteiro oscilou junto com o mundo ao redor e depois derrapou para trás, provocando um estrépito nas tábuas soltas.

Vic se levantou do assento e projetou o peso com força para a esquerda, segurando a moto em pé mais por força de vontade do que por força física. A Triumph escorregou de lado, chacoalhou pelas tábuas. Os pneus finalmente ganharam aderência, a moto parou com um tremor e na mesma hora quase caiu. Ela pousou um pé no chão primeiro e a sustentou, mas por um triz, trincando os dentes e lutando contra o peso repentino.

Sua respiração entrecortada ecoou no interior semelhante a um galpão da ponte do Atalho, que em nada mudara nos 16 anos desde que ela a vira pela última vez.

Vic estremeceu e sentiu um suor frio.

– Não é real – falou, e fechou os olhos.

Ouviu o farfalhar suave e seco dos morcegos lá em cima.

– Não é real.

Um ruído branco silvava baixinho, bem do outro lado das paredes.

Vic se concentrou na própria respiração, inspirando lenta e regularmente e depois expirando por entre os lábios contraídos. Desceu da moto e ficou em pé ao seu lado, segurando-a pelo guidom.

Abriu os olhos, mas manteve o olhar fixo nos próprios pés. Viu as tábuas do piso, velhas, marrom-acinzentadas, gastas. Viu a estática tremeluzindo entre as tábuas.

– *Não é real.*

Tornou a fechar os olhos. Virou a moto na direção da entrada e começou a andar. Sentiu as tábuas afundarem sob os pés com o peso da Triumph. Seus pulmões tensos dificultavam uma respiração adequada, deixando-a enjoada. Teria que voltar para o hospital psiquiátrico. No final das contas, não seria a mãe de Wayne. E esse pensamento fez sua garganta se contrair de tristeza.

– Isto aqui *não é real.* Não existe ponte nenhuma. Fiquei sem tomar os remédios e estou vendo coisas. Só isso.

Deu um passo, depois outro, mais outro, então tornou a abrir os olhos e se viu em pé na rodovia ao lado da moto quebrada.

Quando virou a cabeça para olhar por cima do ombro, viu apenas a autoestrada.

A casa no lago

A NÉVOA DE FIM DE tarde foi como uma capa que se abriu esvoaçante para acolher Vic McQueen e sua máquina infernal, em seguida se fechou atrás dela, engolindo até mesmo o ronco do motor.

– Vem, Hooper – disse Wayne. – Vamos entrar.

Parado junto ao meio-fio, o cachorro o encarou com um ar de incompreensão.

Já dentro de casa, Wayne tornou a chamá-lo, segurou a porta aberta e esperou o cão entrar. Em vez disso, Hooper virou a cabeçorra peluda e tornou a espiar a rua – não na direção para onde Vic fora, mas na outra.

Wayne não soube dizer para que o bicho estava olhando. Quem poderia saber o que os cachorros viam? O que significavam para eles as formas na bruma? Que estranhos e supersticiosos pensamentos os acometiam? Tinha certeza de que os cães eram tão supersticiosos quanto os seres humanos. Talvez até mais.

– Como quiser – falou, e fechou a porta.

Sentou-se em frente à TV com o iPhone em uma das mãos e passou alguns minutos trocando mensagens de texto com o pai:

Já tá no aeroporto?

Já. Passaram meu voo pras 3, vou mofar aqui

Q saco. O q vc vai fazer?

Me acabar na praça de alimentação

Mamãe consertou a moto. Ela foi dar uma volta

De capacete?

Sim. Eu obriguei ela. De jaqueta tb

Isso aí. Aquela jaqueta é um +5 em qualquer artefato

Kkk. Te amo. Bom voo

Se eu morrer num acidente de avião lembra sempre de guardar direito suas HQs na estante. Tb te amo

Então não houve mais nada a dizer. Wayne pegou o controle remoto, ligou a televisão e viu que estava passando Bob Esponja. Oficialmente, ele não gostava mais daquele desenho, mas como a mãe não estava ali, podia fazer o que quisesse.

Hooper latiu.

Wayne se levantou e foi até a grande janela, mas não conseguiu mais ver o cachorro; o são-bernardo tinha sumido no meio do vapor branco aguado.

Apurou os ouvidos, pensando se a moto estaria voltando. Parecia fazer mais de cinco minutos desde que sua mãe saíra de casa.

Seus olhos ajustaram o foco e ele viu a TV refletida no vidro da janela. De cachecol, Bob Esponja conversava com o Papai Noel, que lhe cravou um gancho de aço no cérebro e o jogou dentro de seu saco de brinquedos.

Wayne virou a cabeça rapidamente, mas Bob Esponja apenas conversava com Patrick e não havia Papai Noel nenhum.

Estava andando de volta para o sofá quando ouviu Hooper na porta da frente, fazendo *tum, tum, tum* com o rabo como naquela manhã.

– Já vai – disse. – Aguenta as pontas.

Abriu a porta, mas quem estava do outro lado não era Hooper e, sim, um homem baixo, peludo e gordo, de calça e casaco de corrida cinzentos com listras douradas e as mangas arregaçadas deixando à mostra os antebraços. Tinha os cabelos curtos e falhados, como se estivesse com sarna. Seus olhos saltavam das órbitas acima do nariz largo e achatado.

– Olá – cumprimentou ele. – Posso usar seu telefone? Tivemos um acidente horrível. Acabamos de atropelar um cachorro com nosso carro. – Ele falava de maneira hesitante, como se estivesse lendo um bilhete, mas não conseguisse muito bem distinguir as palavras.

– O quê? – indagou Wayne. – O que foi que o senhor disse?

– Olá? Posso usar seu telefone. Tivemos um acidente horrível? Acabamos de atropelar um cachorro. Com nosso carro! – Eram as mesmas palavras, mas com ênfase em locais diferentes, como se ele não tivesse certeza de quais frases eram perguntas e quais eram afirmações.

Wayne olhou para trás do homenzinho feio. Na rua, viu o que parecia um tapete branco e marrom sujo enrolado caído em frente a um carro. Devido à névoa, era difícil ver com nitidez o carro ou o montinho branco. Só que não era um tapete, claro; Wayne sabia exatamente o que era aquilo.

– Nós não o vimos e ele estava bem no meio da rua. Batemos nele com nosso carro – continuou o homenzinho, gesticulando por cima do ombro.

No meio da bruma, junto ao pneu direito da frente, estava parado um homem alto. Curvado, com as mãos nos joelhos, ele examinava o cachorro com ar especulativo, quase como se esperasse que Hooper fosse se levantar outra vez.

O homenzinho baixou os olhos por um instante para a palma da própria mão, em seguida tornou a olhar para cima e disse:

– Foi um terrível acidente. – Sorriu, esperançoso. – Posso usar seu telefone?

– O quê? – repetiu Wayne, apesar de ter entendido muito bem o que o homem tinha dito, apesar do silvo em seus ouvidos. Além do mais, o homem falara a mesma coisa três vezes, quase sem variação nenhuma. – Hooper? Hooper!

Empurrou o homenzinho para passar. Não correu, mas avançou com um andar veloz e passos entrecortados e rígidos.

Hooper parecia ter caído de lado e adormecido na rua em frente ao carro com as pernas esticadas. Seu olho esquerdo aberto encarava o céu, leitoso e opaco, mas quando Wayne se aproximou, se moveu para acompanhá-lo. O cachorro ainda estava vivo.

– Ai, meu Deus, ai, garoto – lamentou Wayne, caindo de joelhos na rua. – Hooper.

Sob a luz forte dos faróis, a bruma parecia milhares de pequeninos grãos de água estremecendo no ar. Leves demais para cair, ficavam rodopiando suspensos, uma chuva que não chovia.

Com a língua grossa, Hooper empurrou uma saliva cremosa para fora da boca. Seu ventre se movia com respirações rápidas e ofegantes. Wayne não viu sangue nenhum.

– Deus do céu – disse o homem que olhava para o cachorro. – Isso é mesmo o que se chama de má sorte! Eu sinto muito. Pobrezinho. Mas pode apostar que ele nem sabe o que lhe aconteceu, se isso serve de consolo!

Wayne foi subindo os olhos, observando o homem à frente do carro: suas botas pretas chegavam quase até os joelhos e ele usava um fraque com fileiras duplas de botões de latão. Avaliou também o automóvel, uma antiguidade – uma velharia valiosa, como diria seu pai.

Na mão do homem, havia um martelo prateado do tamanho de um taco de croquê e a camisa sob o fraque era de chamalote branco, tão liso e brilhante quanto leite fresco.

Por fim, Wayne ergueu os olhos para o rosto; Charlie Manx o encarou lá de cima com um olhar dilatado cheio de fascínio.

– Que Deus abençoe os cães e as crianças – falou ele. – Este mundo é um lugar duro demais para eles. O mundo é um ladrão que rouba de você a própria infância e todos os seus melhores cachorros também. Mas acredite no seguinte: ele agora está a caminho de um mundo melhor!

Charlie Manx ainda se parecia com a foto da ficha policial, embora estivesse mais velho – quase caquético, na verdade. Os lábios finos entreabertos deixavam à mostra uma língua medonha descorada, branca feito pele morta. Ele era tão alto quanto Lincoln e estava tão morto quanto. Wayne pôde sentir nele o cheiro da morte, o fedor da decomposição.

– Não toca em mim – ordenou.

Levantou-se com as pernas bambas e deu apenas um passo para trás antes de esbarrar no homenzinho feio, que o segurou pelos ombros, obrigando-o a permanecer de frente para Manx.

Wayne girou a cabeça e olhou para trás. Se tivesse ar nos pulmões, teria gritado. O homem que ali estava tinha agora um rosto novo: usava uma máscara de gás de borracha com uma válvula grotesca no lugar da boca e janelas de plástico brilhante à guisa de olhos. Se os olhos eram as janelas da alma, os do Homem da Máscara de Gás proporcionaram a visão de um vazio profundo.

– Socorro! – gritou Wayne. – Alguém me ajude!

– É justamente o que eu pretendo fazer – replicou Manx.

– *Socorro!*

– Grita um, grita dois, grita quem vier depois – disse o Homem da Máscara de Gás. – Pode gritar à vontade. Veja se vai conseguir alguma coisa. Uma dica, rapazinho: não se ganha nada no grito!

– ***SOCORRO!***

Manx tapou as orelhas com os dedos esqueléticos e fez uma cara de dor.

– Que barulho horrível.

– Quem faz barulho horrível não é uma pessoa incrível – disse o Homem da Máscara de Gás. – Ninguém dá trela a quem se esgoela.

Wayne sentiu vontade de vomitar. Fez menção de dar outro grito, mas Manx esticou a mão e encostou um dedo nos seus lábios. *Shhh*. O cheiro quase fez Wayne se retrair: o dedo recendia a formol e sangue.

– Não vou machucar você; seria incapaz de machucar uma criança. Não precisa abrir esse berreiro todo, meu negócio é com a sua mãe. Tenho certeza de que você é um ótimo menino. Todas as crianças são... por um tempo. Mas a sua mãe é uma safadinha mentirosa que deu falso testemunho contra mim. E não foi só isso. Eu também tenho meus próprios filhos e ela me obrigou a passar anos e anos afastado deles. Passei uma década sem poder ver seus belos rostinhos sorridentes, embora sempre escutasse sua voz em sonhos. Podia ouvi-los me chamar e sei que eles estavam com fome. Você não imagina o que é ver os filhos passarem necessidade e não poder ajudar. Isso leva um homem são à loucura. É claro, há quem diga que não precisei percorrer um caminho muito longo!

O comentário fez os dois homens rirem.

– Por favor – suplicou Wayne. – Me solta.

– Sr. Manx, está na hora de um pouco de fumaça de pão de mel?

Manx uniu as mãos na altura da cintura e franziu a testa.

– Um pequeno cochilo talvez seja a melhor opção. É difícil convencer uma criança tão alterada.

O Homem da Máscara de Gás obrigou Wayne a andar, para dar a volta na frente do carro. Então, o menino viu que aquilo era um Rolls-Royce e, em sua mente, surgiu uma das matérias deixadas por Maggie Leigh, algo sobre um homem que sumira no Kentucky com um Rolls 1938.

– Hooper! – berrou Wayne.

Ele estava sendo empurrado para longe do cachorro. O são-bernardo girou a cabeça como se tentasse espantar uma mosca, movendo-a com mais vida do que Wayne teria imaginado possível, e cravou os dentes no tornozelo esquerdo do Homem da Máscara de Gás, que guinchou e cambaleou. Por um instante, Wayne pensou que poderia se desvencilhar com um salto, mas o homenzinho tinha braços compridos e fortes como os de um babuíno e o reteve pelo pescoço.

– Ai, Sr. Manx – gemeu o Homem da Máscara de Gás. – Ele me mordeu! O cachorro me mordeu! Ele cravou os *dentes* em mim!

Manx ergueu a ferramenta prateada e a desferiu na cabeça de Hooper como um homem em um parque de diversões usando um martelo grande para testar a própria força, acertando um alvo para ver se conseguia fazer um sino tocar. O crânio de Hooper se esmigalhou feito uma lâmpada sob um salto de bota. Manx ainda deu um segundo golpe para ter certeza. O Homem da Máscara de Gás soltou o pé, virou-se e, para arrematar, deu um chute no cachorro.

– Cão miserável! – berrou ele. – Espero que tenha doído! Espero que tenha doído *muito*!

Quando Manx se endireitou, sangue fresco reluzia em sua camisa no formato aproximado de um Y, empapando a seda, vazando de algum ferimento no peito do velho.

– Hooper – disse Wayne. Quis gritar o nome do cachorro, mas o que saiu foi um sussurro quase inaudível até para si próprio.

O pelo branco de Hooper estava agora todo sujo de vermelho; parecia sangue sobre a neve. Wayne não conseguiu olhar para sua cabeça.

Manx se abaixou junto ao cão, recuperando o fôlego.

– Bem, este filhote aqui perseguiu seu último bando de pombos.

– Você matou Hooper – falou Wayne.

– É, parece que matei mesmo. Coitadinho. Que pena. Sempre tentei ser amigo dos cachorros e das crianças. Vou tentar me redimir com você, rapazinho. Pode considerar que lhe devo essa. Ponha-o dentro do carro, Bing, e dê a ele alguma coisa para distraí-lo das suas preocupações.

O Homem da Máscara de Gás empurrou Wayne à sua frente e o seguiu saltitando, sem apoiar o peso no tornozelo direito.

A porta traseira do Rolls-Royce se escancarou. Não havia ninguém sentado lá dentro. Ninguém tinha colocado a mão na maçaneta. Wayne ficou pasmo –

maravilhado, até –, mas não se demorou refletindo sobre isso. As coisas agora estavam acontecendo depressa e ele não podia se dar ao luxo de ficar pensando.

Entendeu que, se entrasse naquele automóvel, jamais tornaria a sair; seria como entrar no próprio túmulo. Hooper lhe mostrara o que fazer: mesmo quando você parece totalmente dominado, ainda pode mostrar os dentes.

Virou a cabeça e cravou os dentes no antebraço do gordo. Travou a mandíbula e mordeu até sentir gosto de sangue.

O Homem da Máscara de Gás soltou um grito agudo.

– Está doendo! Ele está me machucando!

Sua mão abria e fechava. Wayne viu palavras escritas com pilot preto na palma da sua mão:

TELEFONE
ACIDENTE
CARRO

– Bing! – silvou o Sr. Manx. – *Shhh!* Ponha ele no carro e cale a boca! Bing agarrou um punhado de cabelos de Wayne e puxou com força. Wayne teve a sensação de que o seu couro cabeludo estava se rasgando feito um carpete velho. Ainda assim, ergueu um dos pés e o apoiou na lateral do carro. O Homem da Máscara de Gás gemeu e deu um soco na lateral de sua cabeça.

Foi como se uma lâmpada queimasse. Só que, em vez de um clarão de luz branca, o que houve foi um clarão preto atrás dos seus olhos. A perna de Wayne pendeu e, enquanto sua visão clareava, ele foi empurrado pela porta aberta e caiu de quatro sobre o tapete.

– Bing! – gritou Manx. – Feche essa porta! Vem vindo alguém! Aquela mulher horrível está chegando!

– Sua bunda tem grama – disse o Homem da Máscara de Gás para Wayne. – Sua bunda tem *muita* grama. E eu sou o cortador. Vou cortar sua bunda, e depois vou foder com ela. Vou foder você bastante.

– Bing, obedeça!

– Mãe! – berrou Wayne.

– Já vou! – gritou ela de volta, cansada; sua voz vinha de uma grande distância e sem qualquer urgência especial.

O Homem da Máscara de Gás bateu a porta do carro.

Wayne se ajoelhou. Sua orelha esquerda latejava, a lateral do rosto ardia, a boca tinha um leve gosto ruim de sangue.

Ele olhou por cima dos bancos dianteiros e através do para-brisa.

Uma forma escura vinha subindo a estrada, distorcida e alargada pela bruma. Parecia um corcunda grotesco empurrando uma cadeira de rodas.

– Mãe! – tornou a berrar Wayne.

A porta do carona se abriu. O Homem da Máscara de Gás entrou, fechou a porta, então se virou no assento e apontou uma arma para a cara de Wayne.

– É melhor você calar essa boca ou vai virar uma peneira – disse ele. – Encho de chumbo sua cabeça inteira. Você iria gostar? Aposto que não iria se deliciar!

O Homem da Máscara de Gás examinou o braço direito. A mordida de Wayne havia deixado um hematoma roxo deformado envolto por sangue vivo.

Manx se acomodou atrás do volante, pousando o martelo prateado na superfície de couro entre ele e Bing. O carro já estava ligado e o motor produzia um ronronar grave e ressonante que, mais do que ouvido, era sentido, uma espécie de vibração luxuosa.

O corcunda com a cadeira de rodas se aproximou pela bruma até de repente se transformar em uma mulher empurrando uma moto pelo guidom com grande esforço.

Wayne abriu a boca para gritar pela mãe outra vez. O Homem da Máscara de Gás fez que não com a cabeça. Wayne encarou o círculo preto do cano da arma. Não era aterrorizante, mas fascinante, como a visão da borda de um paredão.

– Chega de brincadeira – ordenou Bing. – Chega de falação. Quem falar primeiro é um tremendo bundão.

Charlie Manx engatou a marcha do carro com um forte ruído e tornou a olhar por cima do ombro.

– Não dê atenção a ele: é um velho estraga-prazeres. Acho que nós vamos conseguir nos divertir um pouco. Tenho quase certeza. Na verdade, eu próprio vou me divertir neste momento.

Rodovia 3

A MOTO NÃO PEGOU. SEQUER emitiu ruídos encorajadores. Ela pulou sobre o pedal tantas vezes que suas pernas ficaram exaustas, mas nem uma vez a Triumph emitiu o ruído grave e profundo de quem pigarreia para sugerir que o motor estava perto de pegar. Em vez disso, emitiu um sopro débil, como um homem que solta um suspiro de desprezo por entre os lábios: *pfff*.

Não havia outro jeito senão voltar a pé.

Ela se curvou para segurar o guidom e começou a empurrar. Deu três passos com esforço, então parou e tornou a olhar por cima do ombro. Nenhuma ponte ainda. Nunca houvera ponte alguma.

Durante a caminhada, pensou em uma forma de iniciar a conversa com Wayne.

Oi, garoto, más notícias: soltei alguma coisa da moto e ela quebrou. Ah, e soltei alguma coisa dentro da minha cabeça que também a arruinou. Vou ter que ir para a oficina. Quando estiver internada no hospital, mando um cartão-postal.

Ela riu. Aos seus ouvidos, a risada soou bem parecida com um soluço. *Wayne, eu quero mais do que tudo ser a mãe que você merece. Só que eu não consigo. Não consigo.*

Pensar em dizer uma coisa dessas lhe deu vontade de vomitar. Mesmo que fosse verdade, nem por isso parecia menos covarde.

Wayne, espero que você saiba que eu o amo. Espero que saiba que eu tentei. A névoa flutuava acima da estrada e parecia atravessar seu corpo. O dia havia ficado inexplicavelmente frio para o início de julho.

Outra voz, forte, nítida e masculina, falou nos seus pensamentos: era a voz de seu pai. *Não tente enrolar um enrolão, garota. Você queria achar a ponte. Saiu para procurar a ponte. Foi por isso que parou de tomar os remédios.*

Foi por isso que consertou a moto. Do que está com medo, na verdade? De ser maluca? Ou de não ser?

Muitas vezes, Vic ouvia o pai lhe dizer coisas que não queria ouvir, embora nos últimos dez anos só tivesse falado com ele um punhado de vezes. Isso a deixava intrigada: por que precisava da voz de um homem que a havia abandonado sem olhar para trás?

Foi empurrando a moto pela úmida friagem da névoa. A água se condensava na superfície esquisita e cerosa da jaqueta de motoqueiro. Quem poderia saber de que material aquela roupa era feita? Alguma mistura de lona, teflon e, provavelmente, couro de dragão.

Vic tirou o capacete e o pendurou no guidom, mas ele não parou no lugar e caiu no asfalto. Tornou a enfiá-lo na cabeça e seguiu empurrando, caminhando com dificuldade pelo acostamento da pista. Ocorreu-lhe que poderia deixar a moto ali e voltar mais tarde para buscá-la, mas nunca chegou a considerar seriamente a questão. Já tinha largado sua antiga bicicleta, a Raleigh, e a melhor parte de si ficara para trás com ela. Quando se tinha um veículo capaz de levar você a qualquer lugar, não se podia abandoná-lo.

Talvez pela primeira vez na vida, Vic desejou ter um celular. Às vezes parecia ser a última pessoa nos Estados Unidos a não ter um. Fingia que era um jeito de demonstrar sua liberdade em relação às armadilhas tecnológicas do século XXI. Na verdade, porém, não conseguia suportar a ideia de carregar um telefone consigo o tempo inteiro, aonde quer que fosse. Não se sentiria à vontade sabendo que poderia receber uma ligação urgente da Terra do Natal e ouvir alguma criança morta dizer do outro lado: *Oi, Sra. McQueen, está com saudades da gente?*

Enquanto andava, cantarolava entre os dentes; durante um bom tempo, nem percebeu que estava fazendo isso. Imaginou Wayne em casa, junto à janela, observando a chuva e a névoa, passando o peso de um pé para o outro de tão aflito.

Percebeu e tentou reprimir uma sensação crescente de pânico desproporcional à situação. Sentia que estavam precisando dela em casa. Havia passado tempo demais fora. Estava com medo das lágrimas e da raiva de Wayne, mas ao mesmo tempo ansiava por elas, por vê-lo e saber que ele estava lá. Seguiu empurrando. Seguiu cantando:

– *Silent night, holy night.*

Quando se deu conta da música, parou de entoá-la, mas ela continuou em sua cabeça, plangente e desafinada: *All is calm, all is bright.*

Sentia-se febril dentro daquele capacete. Tinha as pernas encharcadas e frias por causa da névoa e o rosto quente e suado devido ao esforço. Queria se sentar – aliás, deitar – na grama para admirar o céu baixo e revolto de nuvens. Mas enfim viu a casa alugada, um retângulo escuro à sua esquerda, quase sem contorno em meio à névoa.

O dia agora já estava meio escuro e ela ficou surpresa por não haver nenhuma luz acesa no chalé, com exceção da fraca claridade azul da TV. Também não esperava que Wayne não estivesse na janela à sua espera.

Mas então o escutou:

– Mãe! – Por causa do capacete, a voz soou abafada, muito distante. Ela deixou pender a cabeça, aliviada: ele estava bem.

– Já vou! – berrou ela, cansada.

Tinha quase chegado ao acesso da garagem quando ouviu um carro ligado. Ergueu os olhos. Faróis brilhavam na névoa. O automóvel estava encostado junto ao meio-fio, mas começou a se mover na hora em que ela o viu.

Vic ficou parada olhando o carro avançar, afastando a bruma, sem a mínima surpresa. Ela o mandara para a prisão e lera seu obituário, mas alguma parte de si passara toda a vida adulta esperando reencontrar Charlie Manx e seu Rolls-Royce.

O Espectro deslizou para fora da névoa, um trenó preto rasgando uma nuvem e deixando rastros de gelo. Em pleno mês de julho. A fumaça branca rodopiante se afastou da placa velha, amassada e manchada de ferrugem: NOS4A2.

Vic soltou a moto, que caiu no chão com grande estrondo. O retrovisor do lado esquerdo explodiu em cacos prateados.

Ela se virou e começou a correr.

A cerca de madeira estava à sua esquerda e, com dois passos, ela começou a escalá-la. Tinha chegado ao travessão de cima quando ouviu o carro subir o aclive atrás de si. Pulou, aterrissou no gramado e deu mais um passo, mas então o Espectro derrubou a cerca.

Um tronco de madeira saiu girando pelo ar feito a hélice de um helicóptero, *vup- vup-vup*, e a acertou na altura dos ombros. Vic foi derrubada e caiu em um abismo sem fundo, em meio a uma fumaça rodopiante fria e sem fim.

A casa no lago

O ESPECTRO BATEU NA CERCA de troncos descascados e Wayne foi projetado do banco de trás para o chão, seus dentes batendo com um estalo seco.

Troncos se partiram e saíram voando. Um deles ricocheteou no capô com um tamborilar. Na cabeça de Wayne, aquilo era o barulho do corpo de sua mãe batendo no carro e ele começou a gritar.

Manx parou o automóvel e virou-se para encarar o Homem da Máscara de Gás.

– Não quero que ele tenha de assistir a nada disso. Ver o cachorro morrer já foi triste o suficiente. Pode fazer ele dormir para mim, Bing? Qualquer um consegue ver que ele está exausto.

– Eu deveria ajudar o senhor com a mulher.

– Obrigado, Bing. É muito atencioso da sua parte. Mas não, eu a tenho sob controle.

O carro se balançou quando os dois homens saltaram.

Wayne se esforçou para ficar ajoelhado e levantou a cabeça para olhar por cima do banco da frente e pela janela.

Com o martelo em uma das mãos, Manx dava a volta pela frente do carro. Vic estava caída no gramado em meio a troncos espalhados.

A porta esquerda traseira se abriu e o Homem da Máscara de Gás entrou. Wayne se esticou para a direita tentando chegar à outra porta, mas Bing o segurou pelo braço e o puxou.

O homem segurava em uma das mãos uma latinha de aerossol azul. Na lateral estava escrito PURIFICADOR DE AR AROMA PÃO DE MEL junto ao desenho de uma mulher que tirava do forno uma travessa de bonecos de pão de mel.

– Deixe eu lhe falar sobre isto. Pode até estar escrito Aroma Pão de Mel, mas na verdade tem cheiro de hora de dormir. Se você respirar um pouco, vai apagar até quarta-feira.

– Não! – gritou Wayne. – Não faça isso!

Ele agitou os braços como um pássaro com uma das asas pregadas a uma tábua de madeira: não iria voar para lugar algum.

– Ah, não vou fazer mesmo. Você me mordeu, seu merdinha. Como sabe que eu não tenho aids? *Você* pode ter pegado.

Wayne olhou através do para-brisa. Manx andava em volta de sua mãe, que ainda não havia se mexido.

– Eu deveria morder você, sabia? – disse Bing. – Deveria morder você *duas vezes*, uma pelo que fez e outra por aquele seu cachorro imundo. Poderia morder você nesse rostinho bonito. Você tem o rosto de uma menina bonita, mas não ficaria tão bonito se eu arrancasse a sua bochecha e a cuspisse no chão. Mas nada disso, vamos apenas ficar sentados aqui e assistir ao espetáculo. Veja o que o Sr. Manx faz com putas imundas que contam mentiras desprezíveis. E quando ele terminar o que vai fazer com ela... aí vai ser a *minha* vez. E eu não tenho nem metade da bondade do Sr. Manx.

Vic mexeu a mão direita, abriu e fechou os dedos em um punho sem firmeza. Wayne sentiu alguma coisa relaxar dentro de si; foi como se alguém estivesse em pé sobre seu peito e de repente houvesse saído, permitindo-lhe inspirar completamente em sabe-se lá quanto tempo. Sua mãe não estava morta. Não estava morta. *Não estava morta*.

Vic deslizou a mão de um lado para o outro com delicadeza, como quem tateia a grama em busca de algo perdido. Recolheu a perna direita e apoiou o joelho, parecendo querer levantar.

Manx se inclinou acima dela com o imenso martelo, ergueu-o e deu um golpe, acertando-a no ombro esquerdo. Wayne ouviu o osso fazer *ploc* feito um nó de pinho explodindo em uma fogueira. A força da pancada a fez cair de bruços outra vez.

Wayne gritou pela mãe. Gritou com todo o ar que tinha nos pulmões, fechou os olhos, abaixou a cabeça...

E o Homem da Máscara de Gás o agarrou pelos cabelos e puxou sua cabeça para trás, batendo na sua cara com a latinha de purificador.

– Abra bem os olhos e veja – ordenou ele.

Vic moveu a mão direita para tentar se levantar e rastejar para longe, mas Manx tornou a acertá-la. A coluna vertebral dela se estilhaçou com um barulho como o de alguém que pisa em uma pilha de pratos de porcelana.

– Preste atenção – disse Bing. Ele ofegava tanto que chegava a embaçar o interior da máscara. – Estamos quase chegando à parte boa.

Debaixo

VIC NADAVA.

Estava debaixo d'água, dentro do lago. Havia mergulhado quase até o fundo, onde o mundo era escuro e vagaroso. Não sentia necessidade alguma de ar e tampouco tinha consciência de estar prendendo a respiração. Sempre gostara de mergulhar até os recônditos imóveis, silenciosos e escuros dos peixes.

Poderia ter ficado debaixo d'água para sempre, estava pronta para virar uma truta, mas Wayne a chamava lá da superfície. A voz do menino estava muito distante, mas ainda assim ela pôde ouvir sua urgência. Foi preciso certo esforço para ir à tona. Seus braços e pernas não queriam se mover. Ela tentou se concentrar em apenas uma das mãos, no ato de fazê-la deslizar pela água. Abriu os dedos. Fechou os dedos.

Abriu a mão sobre a grama. Vic estava deitada no caminho de terra batida, de bruços, embora a sensação vagarosa de estar submersa persistisse. Por mais que tentasse, não conseguia entender como havia acabado esparramada no próprio quintal. Não se lembrava do que a atingira. *Alguma coisa* a atingira. Era difícil levantar a cabeça.

– Está me ouvindo, Sra. Victoria McQueen Espertalhona? – perguntou alguém.

Ela o escutou, mas não conseguiu registrar o que dizia. Era irrelevante. O importante era Wayne. Estava certa de ter ouvido Wayne gritar seu nome; sentira nos próprios ossos. Precisava se levantar e ver se ele estava bem.

Fez um esforço para ficar de quatro e Manx desferiu o martelo no seu ombro. Ela ouviu o osso se partir e o braço cedeu sob seu peso. Ela desabou e bateu com o queixo no chão.

– Não falei que você podia se levantar. Perguntei se estava me ouvindo. Você vai querer me ouvir.

Manx. Manx estava ali, não estava morto. E Wayne estava dentro do Rolls--Royce. Teve tanta certeza disso quanto do próprio nome, embora já fizesse meia hora ou mais que não via o filho. Vic precisava tirá-lo de lá.

Começou a se levantar outra vez e Manx tornou a golpeá-la, só que nas costas, e ela ouviu a própria coluna se partir com um barulho que lembrava alguém pisando em um brinquedo vagabundo: um estalo seco de plástico. A brutalidade a deixou sem ar e a fez desabar de bruços novamente.

Wayne estava gritando outra vez.

Vic desejou olhar em volta para procurá-lo, para se situar, mas erguer a cabeça era quase impossível. Sentia-a estranha, impossível de sustentar, demasiado pesada para seu pescoço magro suportar. Era o capacete, pensou. Ela ainda estava com o capacete e a jaqueta de Lou.

A jaqueta de Lou.

Vic mexera uma das pernas, planejando se pôr de pé. Podia sentir a terra batida sob o joelho e o músculo posterior da coxa tremia. Tinha ouvido Manx pulverizar sua coluna vertebral com o segundo golpe e não sabia ao certo como ainda conseguia sentir as pernas nem por que não sentia mais dor. Suas panturrilhas doíam mais do que todo o resto, contraídas depois de empurrarem a moto por quase um quilômetro. Tudo lhe doía, mas não havia nada quebrado. Nem mesmo o ombro que escutara fazer *ploc*. Ela inspirou fundo, trêmula, e suas costelas se expandiram sem dificuldade, embora ela as tivesse ouvido se partir feito galhos em uma ventania.

Mas o que havia quebrado não tinham sido seus ossos e, sim, as placas de Kevlar costuradas no forro das costas e ombros da pesada jaqueta de motoqueiro. Lou dissera que com aquela roupa era possível se chocar contra um poste a 30 por hora e mesmo assim ter uma chance de conseguir se levantar.

Na vez seguinte que Manx a atingiu, na lateral do corpo, ela gritou – mais de surpresa do que de dor – e ouviu outro estalo forte.

– É para me responder quando estou falando com você – avisou Manx.

O flanco de Vic latejou; ela havia sentido aquele golpe. O estalo, porém, fora apenas mais uma placa. Sua mente já estava quase desanuviada e ela pensou que, se fizesse um grande esforço, conseguiria se levantar.

Não faz isso, aconselhou seu pai, tão perto que poderia ter sussurrado em seu ouvido. *Fica no chão e deixa ele se divertir. Não chegou a hora ainda, Pirralha.*

Vic já desistira do pai. Não tinha utilidade nenhuma para ele e tornava suas raras conversas o mais breves possível. Não queria ter notícias dele. Mas agora o pai estava ali e falava com o mesmo tom calmo e controlado que costumava usar para lhe ensinar a pegar uma bola baixa no beisebol ou explicar por que Hank Williams era uma figura importante.

Ele acha que detonou você para valer, garota. Acha que você está derrotada. Se tentar se levantar agora, ele vai saber que não está tão mal quanto ele pensa e, aí sim, vai pegar você. Espera. Espera o momento certo. Você vai saber quando ele chegar.

A voz de seu pai, a jaqueta de seu namorado. Por um instante, Vic teve consciência de que os dois homens da sua vida estavam ali cuidando dela. Pensara que estivessem melhor sem ela, e ela sem eles, mas agora, ali no chão de terra batida, ocorreu-lhe que na verdade nunca tinha ido a lugar algum sem os dois.

– Está me ouvindo? Está ouvindo a minha voz? – perguntou Manx.

Ela não respondeu. Ficou totalmente imóvel.

– Talvez esteja ouvindo, talvez não – continuou ele após alguns instantes de reflexão. Fazia mais de uma década que Vic não escutava sua voz, mas ainda era o mesmo falar arrastado e burro de um jeca. – Como você parece uma puta, se arrastando pelo chão com esse shortinho de brim. Eu me lembro de uma época, não faz muito tempo, em que até mesmo uma puta como você teria tido vergonha de aparecer em público vestida desse jeito e de abrir as pernas para andar de moto, como uma paródia obscena do ato carnal. – Ele fez outra pausa. – Da última vez você também estava montada, só que numa bicicleta. Eu me lembro muito bem. Também me recordo da ponte. Essa moto é tão especial quanto a bicicleta? Eu sei tudo sobre viagens especiais, Victoria McQueen, e sobre estradas secretas. Espero que você tenha saracoteado o quanto quis. Porque não vai mais saracotear.

Ele desferiu o martelo contra sua lombar e foi como receber uma bola de beisebol nos rins. Ela gritou por entre os dentes cerrados; suas entranhas pareciam geleia.

Naquela parte não havia proteção. Nenhuma das outras vezes tinha sido como aquela. Mais um golpe daqueles e ela precisaria de muletas para se levantar. Mais um golpe daqueles e ela iria mijar sangue.

– Também não vai poder ir de moto ao bar, nem à farmácia para pegar o remédio que toma para essa sua cabeça maluca. Ah, eu sei tudo sobre você,

Victoria McQueen, Srta. Mentirosa de Perna Curta. Sei que você uma beberrona lamentável, não tem competência para ser mãe e ficou internada na casa dos doidos. Sei que teve seu filho sem estar casada, algo bem comum para putas como você. E pensar que vivemos em um mundo em que uma mulher como você tem permissão para ser mãe. Bom! O seu menino agora está *comigo*. Você roubou minhas crianças de mim com suas mentiras e agora eu vou roubar a sua de você.

Vic sentiu um nó nas tripas; foi tão ruim quanto levar outra porrada. Teve medo de vomitar dentro do capacete. Com a mão direita, pressionou com força a lateral do corpo, bem no lugar da sensação de enjoo e retesamento em seu abdômen. Seus dedos tatearam o contorno de algo dentro do bolso da jaqueta, um objeto em forma de foice.

Manx se abaixou junto dela e continuou a falar, agora em um tom brando.

– O seu filho está comigo e você *nunca mais* vai tê-lo de volta. Não espero que acredite no que vou lhe dizer, Victoria, mas ele está melhor comigo. Vou proporcionar a ele mais felicidade do que você jamais foi capaz. Na Terra do Natal, prometo que ele nunca mais vai ser infeliz. Se você tivesse um mínimo de gratidão, iria me agradecer. – Ele a cutucou com o martelo e chegou mais perto. – Vamos, Victoria. Diga. Diga obrigada.

Vic enfiou a mão direita no bolso. Seus dedos se fecharam em volta da ferramenta. Seu polegar sentiu as saliências da palavra TRIUMPH gravada no metal.

Agora. Chegou a hora. Vai com tudo, instruiu seu pai.

Lou a beijou na têmpora, roçando os lábios de leve em sua pele.

Vic empurrou o chão e se levantou. Sentiu um espasmo nas costas, tão doloroso que quase a fez cambalear, mas nem se permitiu um grunhido de dor.

Viu Manx em meio a um borrão. Ele tinha uma altura que ela associava àqueles espelhos de parque de diversões que deformam as pessoas: pernas feito dois cambitos, braços que não acabavam nunca. Tinha uns olhos imensos, fixos e vidrados, e pela segunda vez em poucos minutos ela pensou em peixes. Ele parecia um peixe com pernas. Era incompreensível que a vida inteira de Vic tivesse sido um carrossel de infelicidade, álcool, promessas não cumpridas e solidão, tudo girando em volta de uma única tarde em que ela havia encontrado aquele homem.

Puxou a chave do bolso, mas ela agarrou no tecido e, por um terrível instante, quase escapuliu de seus dedos. Vic a segurou firme, desenganchou e desferiu contra os olhos de Manx. O golpe saiu um pouco alto demais. A ponta afiada da ferramenta o atingiu acima da têmpora esquerda e abriu um talho de dez centímetros na pele curiosamente esponjosa e solta. Ela sentiu o atrito áspero de metal em osso.

– Obrigada – disse ela.

Manx levou uma das mãos esqueléticas à testa. Sua expressão fez pensar em um homem que acaba de ser acometido por um pensamento súbito e consternador. Ele cambaleou para longe dela e um de seus calcanhares escorregou na grama. Vic tentou atingi-lo no pescoço, mas Manx já estava fora do seu alcance, caindo sobre o capô do Espectro.

– Mãe, *mãe*! – gritou Wayne, de algum lugar.

Vic sentiu as pernas bambas, mas não deu atenção a isso: partiu atrás de Manx. Agora que estava em pé, pôde ver que ele era um homem muito, muito velho. Pelo aspecto, deveria estar em uma casa de repouso, com um cobertor sobre os joelhos, segurando um copo de leite batido com um regulador intestinal. Ela podia enfrentá-lo. Podia imobilizá-lo contra o capô e cravar a chavinha pontuda na porra dos seus olhos.

Estava quase em cima de Manx quando ele ergueu o martelo na mão direita. Desferiu um golpe amplo, em curva – Vic ouviu o assobio do movimento –, e a acertou na lateral do capacete, com força suficiente para fazê-la dar um giro de 180 graus e cair com um dos joelhos no chão. Ela ouviu címbalos ecoarem dentro do crânio, igualzinho ao efeito sonoro de um desenho animado. Ele parecia ter entre 80 e 1.000 anos, mas houve no seu golpe uma força ágil e natural que sugeria a potência de um adolescente. Lascas vítreas do capacete choveram sobre a grama. Se Vic não o estivesse usando, o cérebro estaria despontando para fora da caixa craniana feito uma massa disforme de estilhaços vermelhos.

– Ai! – gritava Manx. – Ai, meu Deus! Fui cortado feito um pedaço de carne!

Vic se levantou depressa demais. O fim de tarde à sua volta escureceu quando o sangue se esvaiu de sua cabeça. Ela ouviu a porta de um carro bater.

Virou-se, segurando o capacete com as duas mãos para tentar eliminar as pavorosas reverberações. O mundo estremecia de leve, como se ela estivesse outra vez sentada sobre a moto ligada.

Manx continuava desabado sobre o capô. Seu rosto estúpido e esquelético reluzia de sangue. Só que agora havia outro homem, em pé junto à terceira do carro. Pelo menos tinha o aspecto de um homem. Mas sua cabeça era a de um inseto gigante de filme em preto e branco dos anos 1950, como a de um monstro de cinema feito de borracha, com uma boca grotesca e olhos vítreos e sem vida.

O homem-inseto estava segurando uma arma. Vic a viu flutuar para cima e encarou o cano preto, um buraco surpreendentemente pequeno, pouco maior do que a íris de um olho humano.

– *Bang, bang* – fez ele.

O quintal

QUANDO BING VIU O SR. Manx desabar por cima do capô, sentiu aquilo como uma espécie de choque físico, uma contração. Tivera mais ou menos a mesma sensação, só que em seu braço, no dia que havia disparado a pistola de pregos contra a têmpora do pai; dessa vez o coice atingiu o próprio âmago do seu ser. O Sr. Manx, o Homem Bom, tinha sido apunhalado no rosto e a piranha estava indo para cima dele. A piranha pretendia matá-lo, um pensamento tão inimaginável, tão horrível quanto o próprio sol se apagar. A piranha estava chegando e o Sr. Manx precisava dele.

Bing agarrou a latinha de purificador, apontou-a para a cara do menino e lançou um jato sibilante de fumaça branca sobre sua boca e olhos, algo que deveria ter feito minutos antes, que *teria* feito se não estivesse com tanta raiva, se não tivesse decidido fazer o garoto *assistir*. O menino se retraiu e tentou virar o rosto, mas Bing o segurou pelos cabelos e continuou acionando o spray. Wayne fechou os olhos e cerrou os lábios.

– Bing! Bing! – gritava Manx.

O próprio Bing também gritou, desesperado para sair do carro e agir, ao mesmo tempo consciente de que não jogara gás o suficiente. Pouco importava. Não havia tempo e o menino agora estava dentro do carro e não podia sair. Bing o soltou e largou a latinha dentro de um dos bolsos do casaco de corrida. Sua mão direita já tateava em busca do revólver no outro bolso.

Ele saiu do carro, bateu a porta atrás de si e sacou a grande arma lubrificada. A piranha estava usando um capacete preto de motoqueiro que deixava à mostra apenas os olhos, agora arregalados ao ver o revólver em sua mão, ao ver a última coisa que iria ver. Ela estava a três passos de distância, no máximo, bem no seu raio de alcance.

– Bing, Bing, chegou minha hora de subir no ringue.

Já tinha começado a pressionar o gatilho quando Manx se levantou do capô, ficando bem na sua frente. A arma disparou e a orelha esquerda de Manx explodiu com um jorro de pele e sangue.

Manx gritou e levou a mão à lateral da cabeça, de onde agora pendiam fragmentos de orelha.

Bing também gritou e tornou a disparar, dessa vez para o meio da névoa. O barulho do segundo tiro, para o qual ele não estava preparado, deu-lhe um susto tão grande que ele peidou, um chiado alto dentro da calça.

– Sr. Manx! Ai, meu Deus! Está tudo bem, Sr. Manx?

Manx desabou contra a lateral do carro e virou a cabeça para olhar na sua direção.

– Bom, o que você acha? Fui apunhalado no rosto e levei um tiro que despedaçou minha orelha! Tenho sorte de os meus miolos não estarem escorrendo pela frente da camisa, seu imbecil!

– Ai, meu Deus! Que idiota eu sou! Não era essa a minha intenção! Sr. Manx, eu preferiria morrer a ferir o senhor! O que devo fazer agora? Ai, meu Deus! Eu deveria dar um tiro em mim mesmo!

– Deveria dar um tiro *nela*, é isso que você deveria fazer! – berrou Manx, tirando a mão da lateral da cabeça. – Agora! Atire nela agora! Abata essa vadia! Abata essa vadia e acabe logo com isso!

Bing desgrudou o olhar do Homem Bom; sentia o coração lhe esmurrar o peito, *cá-bam-bam-bam*, feito um piano empurrado escada abaixo que produzia um imenso estrondo de sons discordantes e choques de madeira. Percorreu o gramado com os olhos e encontrou Victoria já correndo, saltando para longe dele com suas pernas morenas e compridas. Seus ouvidos apitavam tanto que ele mal conseguiu escutar a própria arma quando ela disparou outra vez, rasgando com um clarão a seda espectral da névoa.

Aeroporto de Logan

DEPOIS DE PASSAR PELO CONTROLE de segurança, Lou Carmody ainda tinha uma hora para matar, então foi ao McDonald's da praça de alimentação. Disse a si mesmo que comeria uma salada de frango grelhado e beberia água, mas o ar estava tomado por aquele cheiro de batata frita que dava água na boca e, quando chegou sua vez no caixa, se ouviu pedindo ao garoto cheio de espinhas dois Big Macs, uma batata grande e um Milk-shake de baunilha extragrande – o mesmo de sempre, desde os 13 anos.

Enquanto esperava, olhou para a direita e viu um menininho que não devia ter mais de 8 anos, de olhos escuros como os de Wayne, com a mãe no caixa ao lado. A criança ergueu os olhos para Lou – para seu queixo duplo e seus peitos flácidos –, não com repulsa, mas com uma estranha tristeza. O pai de Lou era tão gordo que eles tiveram de pagar um caixão sob medida, uma porra enorme que mais parecia uma mesa de jantar com tampa.

– O milk-shake pode ser pequeno – corrigiu Lou. Descobriu-se incapaz de olhar de novo para o garoto, com medo de que ele o estivesse encarando.

O que lhe dava mais vergonha não era a obesidade mórbida, como chamava seu médico (que adjetivo mais estranho, como se a partir de um determinado ponto estar acima do peso fosse moralmente comparável à necrofilia). O que ele detestava, o que o deixava desconfortável e enjoado, era a própria incapacidade de mudar seus hábitos. Ele de fato não conseguia dizer as coisas que precisava, não conseguia pedir a salada quando sentia cheiro de batata frita. No último ano que passara com Vic, sabia que ela precisava de ajuda – que estava bebendo escondida, atendendo a ligações imaginárias –, mas não conseguia estabelecer um limite com ela, fazer exigências ou dar ultimatos. Quando ela estava muito louca e queria trepar, não conseguia admitir que estava preocupado com ela; apenas colava as mãos na sua bunda e enterrava o rosto entre seus peitos nus. Tinha sido seu cúmplice até o dia em que ela enchera o forno de telefones e pusera fogo na casa em que eles moravam. Lou fizera tudo, menos riscar o fósforo com as próprias mãos.

Acomodou-se em uma mesa projetada para um anão anoréxico, em uma cadeira na qual só cabia a bunda de uma criança de 10 anos. Será que o McDonald's não entendia sua clientela? Onde eles estavam com a cabeça ao pôr móveis como aqueles? Pegou o laptop e o conectou ao wi-fi gratuito do local.

Checou seu e-mail e ficou olhando fotos de gatas fazendo cosplay de Supergirl. Deu uma passada nos fóruns do site do quadrinista Mark Millar; alguns amigos seus travavam um debate sobre qual deveria ser a próxima cor do Hulk. Lou ficava constrangido com assuntos idiotas como aquele. Era óbvio que o Hulk deveria ser cinza ou verde. As outras cores eram ridículas.

Lou estava pensando se poderia dar uma espiada nas mulheres do SuicideGirls sem ninguém passar e reparar, quando seu celular começou a vibrar dentro do bolso da bermuda. Ergueu o traseiro e, na hora que ia pegar o aparelho, se deu conta da música que tocava no sistema de som do aeroporto. Por mais improvável que fosse, era aquela antiga canção natalina de Johnny Mathis chamada "Sleigh Ride". Naquela tarde específica de julho, Boston tinha um clima tão temperado quanto o de Vênus; o simples fato de *olhar* para fora já fazia Lou suar. E não era só isso: até um segundo antes de o telefone tocar, o sistema de som do aeroporto estava tocando outra música. Lady Gaga, Amanda Palmer, algo assim. Alguma doida bonitinha acompanhada por um piano.

Com o celular já fora do bolso, Lou parou para observar a mulher na mesa ao lado, uma mamãe totalmente comível que tinha uma vaga semelhança com Sarah Palin.

– Cara, está ouvindo isso? – perguntou a ela, apontando para o teto. – Estão tocando uma música de Natal! No meio do verão!

A mulher se imobilizou com uma garfada de *coleslaw* a meio caminho dos lábios vermelhos e carnudos e o fitou com um misto de incompreensão e desconforto.

– A música – insistiu Lou. – Está ouvindo essa música?

A mulher franziu a testa e o encarou do mesmo jeito que poderia ter fitado uma poça de vômito.

Lou relanceou os olhos para o telefone e viu o nome de Wayne no identificador de chamadas. Estranhou, pois os dois tinham trocado mensagens de texto pouco antes. Talvez Vic tivesse voltado de seu passeio com a Triumph e quisesse conversar com ele sobre como a moto estava funcionando.

– Deixa para lá – falou para a Quase Sarah Palin, acenando com uma das mãos.

Atendeu o celular.

– Fala, camarada.

– Pai – disse Wayne, com um sussurro áspero; estava fazendo força para conter o choro. – Pai. Estou no banco de trás de um carro. Não consigo sair.

Lou sentiu uma dor leve atrás do esterno, no pescoço e, curiosamente, atrás da orelha esquerda.

– Como assim? Que carro?

– Eles vão matar a mamãe. Os dois homens. São dois, eles me puseram dentro de um carro e eu não consigo sair do banco de trás. É o Charlie Manx, pai. E um outro com uma máscara de gás. Ele... – Wayne deu um grito.

Ao fundo, Lou ouviu uma saraivada de estalos. A primeira coisa que lhe veio à mente foram fogos de artifício. Só que não eram isso.

– Eles estão atirando, pai! – berrou Wayne. – Estão atirando na mamãe!

– Desce do carro – Lou se ouviu dizer com uma voz estranha, fina, aguda demais. Mal teve consciência de ter se levantado. – Destranca a porta e sai correndo.

– Eu não consigo. *Não consigo.* A porta não destranca e, quando eu tento passar para o banco da frente, sempre acabo voltando para o de trás.

Wayne se engasgou com um soluço.

A cabeça de Lou parecia um balão cheio de gás hélio erguendo-o do chão em direção ao teto. Ele corria o risco de sair flutuando para fora do mundo real.

– Não é possível que a porta não destranque. Olha em volta, Wayne.

– Tenho que ir. Eles estão voltando. Ligo quando puder. Não liga para mim, talvez eles ouçam. Talvez ouçam até se eu puser no silencioso.

– Wayne! Wayne! – gritou Lou. Ouviu um estranho apito nos ouvidos.

O celular ficou mudo.

Todos na praça de alimentação o encaravam em silêncio. Dois seguranças se aproximavam, um deles com a mão pousada no cabo de plástico moldado da .45.

Liga para a polícia do estado, pensou Lou. *Para a polícia de New Hampshire. Faz isso agora*. No entanto, quando afastou o celular do rosto para digitar o número da emergência, o aparelho escorregou da sua mão. Ao se curvar para apanhá-lo, pegou-se apertando o próprio peito e sentindo de repente a dor ali dobrar de volume e espetá-lo com suas pontas afiadas; foi como se alguém houvesse disparado uma pistola de grampos em um de seus peitos. Tentou segurar a mesa para se equilibrar, mas seu cotovelo dobrou e ele caiu de queixo. Bateu na quina, sentiu os dentes se chocarem, grunhiu e desabou no chão, derrubando o milk-shake junto. O copo de papel encerado estourou e ele se estatelou no meio de uma poça gelada e doce de sorvete de baunilha.

Tinha só 36 anos. Jovem demais para enfartar, mesmo com o histórico da família. Sabia que iria pagar por não ter pedido a salada.

Lago Winnipesaukee

QUANDO O HOMEM DA MÁSCARA de Gás apareceu com seu revólver, Vic tentou recuar, mas aparentemente não conseguiu transmitir a ordem para as próprias pernas. O cano da arma a manteve no lugar, hipnotizante como o relógio de bolso de um mágico. Era como se ela estivesse enterrada no chão até o quadril.

Então, Manx se interpôs entre ela e o atirador, o .38 disparou e a orelha esquerda do assassino foi arrancada em um clarão vermelho.

Manx deu um grito desesperado, não de dor, mas de fúria. O revólver disparou pela segunda vez. Vic viu a bruma agitada rodopiar à sua direita, varada pelo rastro da bala.

Se ficar aqui mais um segundo, ele vai matar você na frente do Wayne, disse--lhe seu pai com a mão apoiada na base das suas costas. *Não fica aí parada, não deixa o Wayne ver isso.*

Ela olhou de relance através do para-brisa, vendo o filho no banco de trás do carro. Wayne tinha o semblante afogueado e rígido e acenava para ela furiosamente com uma das mãos: *Vai, vai! Vai embora daqui!*

Vic tampouco queria abandoná-lo. Todas as outras vezes em que o havia deixado na mão não eram nada em comparação com aquele derradeiro e imperdoável fracasso.

Um pensamento cruzou sua mente como uma bala que penetra a bruma: *Se você morrer aqui, ninguém vai conseguir encontrar Manx.*

– Wayne! – gritou ela. – Eu vou voltar! Aonde quer que você vá, vou encontrá-lo!

Não dava para saber se ele a escutara. Mal conseguiu escutar a si mesma. Seus ouvidos apitaram, quase ensurdecidos pelo disparo do .38 do Homem da Máscara de Gás. Mal conseguiu ouvir Manx berrar "Agora, atire nela agora!".

Seu calcanhar guinchou na grama molhada quando ela se virou. Enfim estava em movimento. Abaixou a cabeça e segurou o capacete para tirá-lo antes de chegar ao seu objetivo. Sentia-se ridícula de tão lenta, como se os pés se movessem desesperadamente sem ir a lugar algum enquanto a grama deslizava, se embolando como um tapete. Não havia ruído no mundo, a não ser as batidas pesadas de seus pés no chão e sua respiração amplificada no interior do capacete.

O Homem da Máscara de Gás iria lhe acertar nas costas, disparar uma bala em sua coluna vertebral, e ela torceu para que esse projétil a matasse, pois não queria ficar estirada na grama, paralisada, esperando levar outro tiro. *Nas costas*, pensou, *nas costas, nas costas*, as únicas palavras que seu cérebro parecia conseguir conectar. Todo o seu vocabulário fora reduzido a elas duas.

Vic já havia descido metade do declive.

Finalmente arrancou o capacete e o jogou para o lado.

O tiro ecoou.

Algo ricocheteou na água à sua direita, como se uma criança houvesse atirado uma pedra na superfície do lago.

Os pés de Vic pisaram as tábuas do cais, que se balançou e estalou sob seu peso. Ela deu praticamente três saltos e pulou no lago.

Atingiu a superfície – pensou novamente na bala varando a névoa – e mergulhou.

Foi quase até o fundo, onde o mundo era escuro e vagaroso.

Teve a impressão de que segundos antes estivera no mundo aquático da penumbra verde do lago e de que agora voltava ao estado calmo e tranquilo da inconsciência.

A mulher avançou pela imobilidade fria.

Uma bala acertou o lago à sua esquerda, a menos de 30 centímetros, abrindo um túnel na água e rodopiando rumo à escuridão enquanto perdia velocidade rapidamente. Vic se retraiu e agitou os membros depressa como se assim pudesse espantar a bala. Sua mão se fechou em torno de algo quente. Ao abri-la, viu o que parecia um peso de chumbo dos que se usa para lastrear uma linha de pesca. A correnteza agitada o retirou de sua mão e o fez afundar na água e só depois de o objeto desaparecer foi que ela compreendeu que havia segurado uma bala.

Girou o corpo e se impulsionou com as pernas, agora olhando para cima e sentindo os pulmões começarem a doer. Viu a superfície, um lençol de prata brilhante. O deque flutuante ainda estava entre três a cinco metros de distância.

Vic avançou pela água.

Seu peito ardia como se tomado por fogo.

Ela seguiu dando impulso até chegar sob o retângulo negro do deque.

Debateu-se em direção à superfície. Pensou no pai, na substância que ele usava para detonar pedras, nos sacos escorregadios de plástico branco cheios de ANFO. Seu peito estava cheio dela, prestes a explodir.

Sua cabeça emergiu da água e ela arquejou, enchendo os pulmões de ar.

Estava no meio de uma sombra profunda debaixo das tábuas do deque, entre as fileiras de latões enferrujados. O ar recendia a creosoto e podridão.

Esforçou-se para respirar em silêncio. Cada expiração ecoava no espaço apertado e baixo.

– Eu sei onde você está! – gritou o Homem da Máscara de Gás. – Você não pode se esconder de mim!

A voz dele soava aguda, entrecortada e infantil. Vic entendeu então que ele era uma criança. Podia ter 30, 40 ou 50 anos, mas era apenas mais uma das crianças envenenadas de Manx.

E devia mesmo saber onde ela estava.

Vem me pegar, seu escrotinho, pensou, e enxugou o rosto.

Então ouviu outra voz: era Manx, quase cantarolando:

– Victoria, Victoria, Victoria McQueen!

Havia uma brecha entre dois latões com 2 ou 3 centímetros de largura. Ela nadou até lá e olhou para o outro lado. A uns 10 metros de distância, viu Manx em pé na beira do cais e o Homem da Máscara de Gás logo atrás. Manx tinha o rosto tingido de vermelho, como se houvesse mergulhado a cara em um balde cheio de sangue para pescar maçãs com a boca.

– Ai, ai, poxa! Você me cortou feio, Victoria McQueen. Fez meu rosto virar purê e meu companheiro aqui conseguiu estraçalhar minha orelha. Que amigos! Bom, estou coberto de sangue. A partir de agora vou ser o último menino a ser tirado para dançar, você vai ver! – Ele riu. – É verdade o que dizem. A vida realmente avança em círculos bem pequenos. Aqui estamos nós outra vez. Você é tão difícil de segurar quanto um peixe. O lago é um bom lugar para você. – Ele fez outra pausa e depois acrescentou, quase em um tom bem-humorado. – Talvez seja melhor assim. Você não me matou.

Só tirou minhas crianças. É justo. Eu posso ir embora e deixá-la como está. Mas você precisa entender que o seu filho agora está comigo e que nunca mais o terá de volta. Embora eu suponha que ele vá ligar de vez em quando da Terra do Natal. Ele vai ser feliz lá. Eu nunca vou machucá-lo. Não importa o que você esteja pensando agora, no momento em que tornar a ouvir a voz dele, saberá. Verá que é melhor ele ficar comigo do que com você.

O cais rangeu sobre a água. O motor do Rolls-Royce ronronava. Vic se livrou do peso encharcado da jaqueta de motoqueiro. Achou que a roupa fosse afundar na hora, mas ela boiou feito uma substância preta e tóxica.

– É claro que você vai se sentir inclinada a tentar nos encontrar – continuou Manx; havia ironia em sua voz. – Como já me encontrou antes. Eu tive muitos e muitos anos para pensar sobre aquela ponte entre as árvores. A sua ponte impossível. Sei tudo sobre pontes como aquela. Sei tudo sobre estradas que só podem ser encontradas dentro da mente. É por uma delas que consigo chegar à Terra do Natal. Existe a Estrada da Noite, os trilhos de trem que levam a Orphanhenge, as portas para o Mundo Médio e a velha trilha que conduz à Casa da Árvore da Mente, e existe também a maravilhosa ponte coberta de Victoria. Você ainda sabe chegar lá? Vá me procurar se puder, Vic. Estarei à sua espera na Casa do Sono. Darei uma passada lá antes de chegar à Terra do Natal. Vá me procurar, então conversaremos mais.

Ele se virou e se afastou da borda do cais, os passos ecoando.

O Homem da Máscara de Gás deu um profundo suspiro infeliz, ergueu o .38 e o cano arrotou fumaça.

Uma das tábuas de pinho acima da cabeça de Vic se partiu e projetou farpas. Um segundo projétil zuniu rente à água à sua direita, costurando a superfície do lago. Vic se jogou para trás e chapinhou para longe da brecha estreita pela qual estava espiando. Uma terceira bala ricocheteou na escada enferrujada. A última fez um *plof* suave e quase imperceptível bem em frente ao deque.

Chapinhando, ela avançou pela água.

Portas de carro bateram.

Vic ouviu os pneus sobre o cascalho e os troncos caídos da cerca quando o automóvel deu ré.

Pensou que fosse um truque, que Manx estivesse no carro e o Homem da Máscara de Gás houvesse ficado para trás com o revólver, fora de seu campo de visão. Fechou os olhos. Apurou os ouvidos.

Quando tornou a abrir os olhos, viu que estava encarando uma imensa aranha peluda suspensa no que lhe restava de teia, que não passava de farrapos cinzentos. Alguma coisa – um tiro ou aquela confusão toda – a havia destruído. Assim como Vic, não sobrava para a aranha mais nada do mundo que tecera para si.

MÁQUINA DE BUSCA
6 A 7 DE JULHO

O Lago

ASSIM QUE SE VIU SOZINHO no carro, Wayne fez a única coisa sensata: tentou dar o fora dali.

Sua mãe descera voando o declive – parecia-lhe que tinha voado mais do que corrido – e o Homem da Máscara de Gás partira atrás dela com uma espécie de andar embriagado e passos compridos. Então, o próprio Manx começara a andar em direção ao lago, com uma das mãos na lateral da cabeça.

A visão de Manx descendo o morro deteve Wayne por um instante. O dia havia se transformado em uma lama azul aguada; o mundo agora era líquido. Uma névoa espessa da mesma cor do lago envolvia as árvores. Do banco traseiro do automóvel, Wayne mal conseguia distinguir o deque flutuante sobre a superfície do lago no pé do declive.

Contra esse fundo de vapor flutuante, Manx parecia uma atração circense: um esqueleto humano com pernas de pau, uma figura inacreditavelmente esquelética, alta, devastada, vestida com um fraque antiquado. A cabeça calva e deformada e o nariz adunco lembravam abutres. A bruma brincava com sua sombra, criando a impressão de que ele descia por uma série de portas escuras que tinham a forma da sua silhueta, cada uma maior do que a anterior.

Desgrudar os olhos daquilo foi a coisa mais difícil do mundo. *Purificador de ar aroma pão de mel*, pensou Wayne. Ele havia respirado um pouco da substância que o Homem da Máscara de Gás borrifara em seu rosto, por isso estava ficando mais lento. Esfregou o rosto com as mãos até ficar totalmente alerta, em seguida começou a se mover.

Já tinha tentado abrir as portas de trás, mas as travas não soltavam por mais que ele as puxasse, da mesma forma que as janelas não abaixavam. O banco da frente era outra história: não apenas a porta do motorista estava visivelmente destrancada, mas a janela estava abaixada até a metade, o suficiente para Wayne se espremer e sair por ali caso a porta resolvesse não colaborar.

Forçou-se a levantar do banco e efetuou a longa e cansativa jornada pelo compartimento de trás, percorrendo a imensa distância de um metro. Segurou o encosto à frente, apoiou-se ali para se levantar e...

Desabou no chão.

O movimento rápido o deixou tonto, com uma sensação estranha na cabeça. Ele permaneceu de quatro por vários segundos, respirando fundo, tentando aplacar o turbilhão revolto em seu estômago, tentando entender o que exatamente havia acabado de acontecer.

O gás o desorientara e ele mal sabia distinguir o que ficava em cima ou embaixo. Percebeu, então, que tinha perdido o senso de direção e tornado a desabar sobre o banco traseiro.

Levantou-se para tentar outra vez. O mundo girava à sua volta, mas ele esperou um pouco e as coisas por fim pararam de se mover. Respirou fundo (sentiu de novo o cheiro do purificador de ar), suspendeu o corpo... e tornou a cair sentado no chão.

Seu estômago se revirou e, por um instante, ele sentiu na boca o que tinha comido no café da manhã. Engoliu tudo de novo; o gosto fora melhor da primeira vez.

Lá no pé do declive, Manx dizia alguma coisa para o lago com uma voz calma.

Wayne olhou para o compartimento traseiro à sua volta, tentando entender como parara ali *outra vez*. Era como se o banco de trás não acabasse nunca. Como se não houvesse nada *além* do banco de trás. Sentiu-se tonto como se houvesse acabado de sair daquele brinquedo no parque de diversões que faz você girar cada vez mais depressa até a força centrífuga o deixar colado à parede.

Levanta. Não desiste. Viu essas palavras na mente com a mesma clareza de letras pretas pintadas nas tábuas de uma cerca branca.

Dessa vez abaixou a cabeça, tomou impulso, pulou para cima do banco dianteiro e... caiu mais uma vez no chão acarpetado. Seu iPhone escapuliu do bolso do short.

Ele ficou de quatro, agarrado ao tapete felpudo para não cair de lado. Teve a sensação de que o carro se movia, derrapando sobre um gelo negro, girando em um círculo imenso e nauseante. Wayne teve que fechar os olhos por um instante para bloquear aquela sensação avassaladora.

Quando se atreveu a levantar a cabeça e olhar em volta, a primeira coisa que viu foi o celular caído no tapete a cerca de um metro de distância.

Estendeu a mão para pegá-lo com o movimento vagaroso de um astronauta.

Ligou para o pai, o único número armazenado na discagem direta. Sentiu que só era capaz de um toque.

– Fala, camarada – atendeu Louis Carmody, e sua voz soou tão calorosa, simpática e despreocupada que Wayne sentiu que ia soluçar.

Até esse instante, não havia percebido o quanto estava à beira das lágrimas. Sua garganta se contraiu perigosamente. Não teve certeza se conseguiria respirar, quanto mais dizer alguma coisa. Fechou os olhos e teve uma lembrança breve, mas vívida, da própria bochecha encostada no rosto áspero do pai, em seus pelos espetados castanhos de urso da barba de três dias.

– Pai. Pai. Estou no banco de trás de um carro. Não consigo sair.

Tentou explicar, mas foi difícil. Tinha muita dificuldade de inspirar

todo o ar de que precisava para falar, ainda mais em meio às lágrimas. Sua visão embaçou. Era complicado explicar sobre o Homem da Máscara de Gás, sobre Charlie Manx, Hooper e o purificador de ar, sobre como o banco traseiro não acabava nunca. Não soube muito bem o que falou. Alguma coisa sobre Manx. Alguma coisa sobre o carro.

Então o Homem da Máscara de Gás recomeçou a atirar. A arma disparou várias vezes no instante em que ele alvejou o deque flutuante. O revólver pulava em sua mão e lançava clarões no escuro. Quando é que havia ficado tão escuro?

– Eles estão atirando, pai! – exclamou Wayne, com um tom de voz rouco e engasgado que mal reconheceu. – Estão atirando na mamãe!

Olhou pelo para-brisa para o exterior escuro, mas não soube dizer se alguma das balas havia ou não atingido sua mãe. Não conseguia vê-la. Ela fazia parte do lago, da escuridão. Sua mãe se identificava com o escuro. Com facilidade, escorregou para longe dele.

Manx não ficou para ver os disparos do Homem da Máscara de Gás; já estava na metade do aclive. Sua mão se achava junto à lateral da cabeça, como um homem que tenta escutar em um fone de ouvido uma mensagem dos superiores. Embora fosse impossível imaginar alguém que pudesse mandar em Manx.

Depois de esvaziar o revólver, o Homem da Máscara de Gás também deu as costas ao lago. Cambaleou e começou a caminhar como alguém que sustenta um peso enorme nos ombros. Os dois logo chegariam ao carro. Wayne não sabia o que iria acontecer nessa hora, mas restava-lhe tino suficiente para saber que, se eles vissem seu celular, iriam confiscá-lo.

– Tenho que ir – disse Wayne ao pai. – Eles estão voltando. Ligo quando puder. Não liga para mim, talvez eles ouçam. Talvez ouçam até se eu puser no silencioso.

Lou gritava seu nome, mas não houve tempo para falar mais nada. Wayne encerrou a ligação e colocou o aparelho no silencioso.

Procurou um lugar para esconder o telefone e pensou em enfiá-lo entre os bancos. Mas viu gavetas de nogueira com puxadores de prata escovada embutidas sob os bancos da frente. Abriu uma delas, pôs o celular lá dentro e a fechou com um chute bem na hora em que Manx abria a porta do motorista.

Manx deixou cair o martelo sobre o banco dianteiro e pôs metade do corpo para dentro do automóvel. Segurava um lenço de seda contra a lateral do rosto, mas abaixou-o quando viu Wayne ajoelhado no chão. Ao ver o rosto de Manx, Wayne emitiu um som baixo e agudo de terror: dois fiapos distintos de orelha estavam pendurados na cabeça; o rosto comprido e macilento estava tomado por sangue, uma aba de pele pendia da testa com um pedaço de sobrancelha preso e o osso reluzia mais abaixo.

– Eu devo estar metendo medo – disse Manx, e sorriu, deixando à mostra dentes manchados de rosa. Apontou para a lateral da cabeça. – Era uma vez uma orelha.

Wayne se sentiu fraco. A traseira do carro pareceu inexplicavelmente escura, como se Manx houvesse trazido a noite consigo ao abrir a porta.

O homem alto se acomodou atrás do volante. A porta e a janela *se fecharam sozinhas*. Não foi Manx, não poderia ter sido. Ele estava segurando a orelha novamente com uma das mãos enquanto a outra apertava de leve a aba solta de pele da sobrancelha.

O Homem da Máscara de Gás havia chegado à porta do carona e, na hora que começou a puxar a maçaneta, o trinco baixou sozinho.

A alavanca de marchas estremeceu e engatou na ré. O carro se projetou alguns metros para trás, fazendo chover pedrinhas de baixo dos pneus.

– Não! – gritou Bing.

Ele quase foi derrubado e arrastado, cambaleou atrás do automóvel, tentando manter uma das mãos no capô, como se assim pudesse reter o Rolls-Royce no lugar.

– Não! Sr. Manx! Não vá embora! *Me desculpe!* Não foi por querer! Foi um erro!

Sua voz estava entrecortada devido ao terror e à tristeza. Ele correu até a porta do carona, segurou a maçaneta e tornou a puxar.

Manx se inclinou na sua direção e falou pela janela:

– Você agora está na minha lista negra, Bing Partridge. Está maluco se acha que eu vou levá-lo para a Terra do Natal depois da confusão que aprontou. Tenho medo de deixar você entrar: como vou saber que não vai crivar o carro de balas?

– Eu juro que vou ser bonzinho! Vou ser bonzinho, vou ser um docinho! Não vá embora! Eu sinto muito. Sinto *moooitchuuu*. – O interior de sua máscara de gás estava todo embaçado e ele falava entre soluços. – Queria ter atirado em mim mesmo! Queria que tivesse sido a *minha* orelha! Ai, Bing, Bing, como você é burro!

– Chega desse seu barulho ridículo. Minha cabeça já está doendo demais.

O trinco tornou a subir com um estalo. O Homem da Máscara de Gás abriu a porta com um puxão e caiu dentro do carro.

– Eu não fiz por querer! Juro que não foi por querer. Faço qualquer coisa! Qualquer coisa! – Um clarão de inspiração arregalou seus olhos. – Poderia cortar a *minha* orelha! Minha própria orelha! Eu não ligo! Não preciso dela, tenho duas! Quer que eu corte a minha própria orelha?

– Quero que você cale a boca. Se quiser cortar alguma coisa, pode começar pela sua língua. Aí pelo menos poderemos ter um pouco de paz.

O carro deu a ré até bater sobre o asfalto, raspando o chassi, fez uma curva para a direita e entrou totalmente na via, apontado na direção da autoestrada. A alavanca de marchas tornou a se mexer para que o automóvel pudesse avançar.

Durante todo esse tempo, Manx não tocou no volante nem na alavanca, mas continuou segurando a orelha, virado no banco para encarar o Homem da Máscara de Gás.

O purificador de ar, pensou Wayne com uma espécie de assombro anestesiado. Ele o estava fazendo ver coisas. Carros não dirigiam por conta própria. Bancos de trás não eram infinitos.

O Homem da Máscara de Gás se balançava para a frente e para trás enquanto emitia ruídos de dar dó e balançava a cabeça.

– Burro – sussurrava ele. – Que *burro* eu sou. – Bateu duas vezes com a cabeça no painel, bem forte.

– Pare com isso agora mesmo ou eu largo você na beira da estrada. Não há motivo algum para descontar seus fracassos no belo interior do meu carro – falou Manx.

O carro deu um tranco para a frente e começou a se afastar depressa do chalé. Manx não tirou as mãos do rosto, mas o volante se movia com precisão, guiando o Rolls pela rua. Wayne estreitou os olhos e os fixou no volante. Beliscou a própria bochecha com força, mas a dor não ajudou a clarear sua visão. O carro continuou dirigindo sozinho, portanto ou o pão de mel estava provocando alucinações ou então... Mas nessa linha de raciocínio não havia "ou então". Ele não queria pensar em outra possibilidade.

Virou a cabeça e olhou pelo vidro traseiro. Teve uma última visão do lago sob seu cobertor de névoa baixa. A água parecia uma placa de aço recém-fundido, lisa feito a lâmina de uma faca. Não viu sinal algum da mãe.

– Bing, se der uma olhada no porta-luvas, acho que você vai encontrar uma tesoura e um rolo de esparadrapo.

– O senhor quer que eu corte minha própria língua? – perguntou o Homem da Máscara de Gás, esperançoso.

– Não. Quero que faça um curativo na minha cabeça. A menos que você prefira me ver sangrar até morrer. Imagino que seria um espetáculo divertido.

– Não!

– Muito bem. Então vai ter que fazer o que puder pela minha orelha e pela minha cabeça. E tire essa máscara: é impossível conversar com você quando está com esse troço.

Houve um *poc* bem alto no momento que Bing retirou a máscara, um som bem parecido com o de uma rolha saindo da garrafa. O rosto que surgiu estava afogueado e lágrimas riscavam as bochechas flácidas e trêmulas. Ele vasculhou o porta-luvas e tirou de lá um rolo de esparadrapo cirúrgico e uma tesourinha prateada. Baixou o zíper do casaco de corrida e deixou aparentes uma camiseta branca sem mangas e ombros tão peludos que faziam pensar em gorilas. Despiu a camiseta e voltou a fechar o casaco.

O pisca-pisca acendeu sozinho. O carro diminuiu a velocidade antes de uma parada obrigatória, então entrou na autoestrada.

Bing cortou com a tesoura várias tiras de camiseta. Dobrou uma delas com cuidado e a pôs sobre a orelha de Manx.

– Segure no lugar – instruiu, e deu um soluço miserável.

– Gostaria de saber o que ela usou para me cortar – comentou Manx. Tornou a olhar para o banco de trás e encarou Wayne. – Eu tenho um histórico ruim com a sua mãe, sabia? É como brigar com um saco de gatos.

– Queria que ela estivesse sendo devorada por vermes – falou Bing. – Que os vermes estivessem devorando seus olhos.

– Que imagem horrível.

Bing enrolou outra tira de camiseta na cabeça de Manx para segurar o primeiro pedaço junto à orelha e cobrir o corte na testa. Começou a prender a camiseta no lugar com pedaços diagonais perpendiculares de esparadrapo.

Manx ainda olhava para Wayne.

– Você é um menino bem quieto. Tem algo a dizer para se defender?

– Me deixa sair daqui.

– Vou deixar.

Eles passaram pelo Greenbough Diner, onde Wayne e Vic tinham comido sanduíches no café da manhã. Pensar na manhã daquele dia era como recordar mal um sonho. Ele vira a sombra de Charlie Manx ao acordar? Parecia que sim.

– Eu sabia que o senhor estava chegando – afirmou Wayne, espantado consigo mesmo por falar isso. – Desde que acordei, eu sabia.

– É difícil impedir uma criança de pensar em presentes na véspera do Natal – explicou Manx. Ele se retraiu quando Bing pressionou no lugar mais um pedaço de esparadrapo.

O volante virava suavemente para um lado e para o outro e o carro fazia as curvas com estabilidade.

– O carro está andando sozinho? – perguntou Wayne. – Ou eu só estou vendo isso porque ele borrifou aquele negócio na minha cara?

– Você não precisa falar! – berrou o Homem da Máscara de Gás. – Chega de brincadeira, chega de falação! Quem falar primeiro é um temendo bundão e vai perder a porcaria da língua!

– Dá para parar com essa conversa de cortar línguas? – interveio Manx. – Acho que você tem uma fixação por isso. Estou conversando com o menino; não preciso que você regule nada.

Consternado, o Homem da Máscara de Gás voltou a cortar tiras de esparadrapo.

– Você não está vendo coisas e o carro *não está* andando sozinho – explicou Manx. – *Eu* estou guiando o carro. Eu sou o carro e o carro sou eu. Este é um autêntico Rolls-Royce Wraith, montado em Bristol em 1937 e despachado para os Estados Unidos em 1938; existem menos de quinhentos automóveis iguais por aqui. Mas ele também é uma extensão do meu pensamento e pode me levar a estradas que só existem na imaginação.

– Pronto – avisou Bing. – Prontinho.

Manx riu.

– Para eu estar prontinho, teríamos que voltar e procurar o resto da minha orelha no gramado daquela mulher.

O rosto de Bing murchou, seus olhos se estreitaram até virarem duas fendas e seus ombros começaram a se convulsionar, movidos por soluços mudos.

– Mas ele *borrifou* um negócio na minha cara – insistiu Wayne. – Um negócio com cheiro de pão de mel.

– Foi só uma coisinha para deixar você tranquilo. Se Bing tivesse usado seu spray do jeito certo, você já estaria repousando em paz. – Manx lançou para seu companheiro de viagem um olhar frio de repulsa.

Wayne refletiu sobre aquilo. Refletir era como empurrar um caixote pesado por uma sala: exigia muito esforço.

– Como *vocês dois* não estão repousando em paz? – indagou Wayne, por fim.

– Hum? – fez Manx, com os olhos abaixados para a camisa de seda branca que usava, agora tingida de vermelho pelo sangue. – Ah. Você aí atrás está no seu próprio universo de bolso. Eu não deixo nada chegar até aqui na frente. – Ele suspirou fundo. – Esta camisa não tem salvação! Devemos fazer um instante de silêncio em sua homenagem. Esta é uma camisa de seda pura da Riddle-McIntyre, há cem anos o melhor fabricante de camisas do Ocidente. Gerald Ford só usava camisas dessa marca. Agora vou poder usá-la para limpar peças do motor. Manchas de sangue em seda não saem nunca.

– Manchas de sangue em seda não saem nunca – sussurrou Wayne. A afirmação tinha uma qualidade epigramática e parecia um fato importante.

Manx o observava do banco da frente com uma expressão calma. Wayne retribuía o olhar em meio a lampejos de luz e sombra, como nuvens passando em frente ao sol. Só que esse dia não estava ensolarado: aquele brilho latejava da sua cabeça, atrás dos olhos. Ele estava à beira de um estado de choque, um lugar onde o tempo era diferente, avançando aos trancos.

Wayne ouviu um ruído bem distante, como um lamento zangado e urgente. Por um instante pensou que fosse alguém gritando, lembrou-se de Manx batendo em sua mãe com o martelo prateado e achou que fosse passar mal. Porém, o som chegou mais perto e se intensificou e o garoto o identificou como uma sirene de polícia.

– Ela não brinca em serviço – comentou Manx. – Tenho que dar à sua mãe o devido crédito. Ela não perde tempo quando se trata de criar problemas para mim.

– O que o senhor vai fazer quando a polícia nos vir? – indagou Wayne.

– Não acho que eles vão nos incomodar; estão indo para a casa da sua mãe.

Carros começaram a encostar de ambos os lados da estrada na sua frente. Uma luz estroboscópica azul-prateada surgiu no alto de um morro baixo mais adiante, desceu pela encosta e veio em disparada na sua direção. O Espectro se aproximou do acostamento e diminuiu a velocidade consideravelmente, mas não parou.

A viatura os ultrapassou chispando a quase cem por hora. Wayne virou a cabeça para vê-la partir. O policial nem sequer relanceou os olhos para eles. Manx continuou dirigindo. Ou melhor, o carro continuou a andar sozinho. Manx ainda não havia encostado no volante. Tinha abaixado o visor e estava examinando a si mesmo no espelho.

Os flashes claro-escuros agora se sucediam mais devagar, como a roda de uma roleta que vai perdendo velocidade, cuja bolinha logo irá se imobilizar em uma casa vermelha ou preta. Wayne ainda não sentia terror; deixara isso para trás no quintal com a mãe. Levantou-se do chão e se acomodou no banco.

– O senhor deveria ir ao médico. Se me deixasse em algum lugar da floresta, poderia ir ao médico e mandar consertar sua orelha e sua cabeça antes de eu conseguir voltar a pé para a cidade ou de alguém me encontrar.

– Obrigado pela sua preocupação, mas eu preferiria não receber tratamento médico algemado – replicou Manx. – A estrada vai me fazer melhorar. Sempre faz.

– Para onde a gente está indo? – indagou Wayne. Sua voz parecia vir de muito longe.

– Para a Terra do Natal.

– Terra do Natal... Onde fica isso?

– Em um lugar especial. Um lugar especial para crianças especiais.

– Sério? – Wayne refletiu a respeito por algum tempo. – Não acredito. O senhor só está dizendo isso para eu não ficar com medo. – Fez outra pausa, então decidiu se atrever a fazer mais uma pergunta. – O senhor vai me matar?

– Fico surpreso que você precise perguntar isso. Teria sido fácil matar você lá na casa da sua mãe. Não, não. E a Terra do Natal é bastante real. Não é um lugar muito fácil de achar. Não se pode chegar lá por qualquer estrada deste mundo, mas existem outras estradas fora aquelas que se encontra nos mapas. Ela fica fora do nosso mundo e, ao mesmo tempo, fica a apenas alguns quilômetros de Denver. Além disso, fica bem aqui dentro da minha cabeça – ele bateu com um dedo na têmpora direita – e eu a levo comigo aonde for. Tem outras crianças lá e nenhuma delas fica se não quiser. Elas não iriam embora por nada. Estão ansiosas para conhecer você, Wayne Carmody. Ansiosas para se tornarem suas amigas. Você não vai demorar a encontrá-las... e quando finalmente encontrar, vai ter a sensação de estar em casa.

Os pneus produziam baques e um zumbido no asfalto.

– A última hora foi cheia de acontecimentos – continuou Manx. – Descanse a cabeça, criança. Pode deixar que, se acontecer alguma coisa interessante, eu acordo você.

Não havia motivo algum para obedecer a Charlie Manx, mas em pouco tempo Wayne se viu deitado de lado, com a cabeça pousada no assento de couro fofo. Se existia um ruído no mundo mais tranquilizador do que a estrada murmurando sob os pneus, Wayne não conhecia.

A roleta foi girando até por fim se imobilizar. A bola caiu em uma casa preta.

O Lago

VIC NADOU DE PEITO ATÉ a parte rasa, depois de crawl pelos últimos metros que a separavam da margem. Então, rolou até ficar de costas, com as pernas ainda dentro do lago. Tremia violentamente com espasmos intensos, quase paralisantes, e emitia ruídos raivosos demais para serem soluços. Talvez estivesse chorando. Não teve certeza. Sentia uma forte dor nas entranhas, como se houvesse passado um dia inteiro vomitando.

Em um rapto, nada é mais importante do que aquilo que acontece na primeira meia hora, pensou, repetindo mentalmente algo que um dia havia escutado na TV.

Não achava que o que fosse fazer na meia hora seguinte tivesse importância: nenhum policial poderia encontrar Charlie Manx e o Espectro. Mesmo assim, forçou-se a ficar em pé porque precisava fazer o que estivesse ao seu alcance.

Caminhou feito uma bêbada andando contra o vento, aos tropeços, e seguiu um caminho sinuoso até chegar à porta dos fundos, onde tornou a cair. Subiu os degraus de quatro e usou o corrimão para se levantar. O telefone começou a tocar. Vic se forçou a seguir em frente apesar de outra explosão de dor lancinante, intensa o suficiente para deixá-la sem ar.

Entrou na cozinha aos tropeços, estendeu a mão para o telefone e atendeu no terceiro toque, logo antes de cair na secretária eletrônica:

– Preciso de ajuda. Quem está falando? Preciso que me ajude. Levaram o meu filho.

– Ah, não fique assim, Sra. McQueen – disse a garotinha do outro lado da linha. – Papai vai dirigir com cuidado e garantir que Wayne se divirta bastante. Ele vai chegar aqui na Terra do Natal daqui a pouco e a gente vai mostrar todas as nossas brincadeiras para ele. Não é legal?

Vic desligou, em seguida telefonou para o 911.

Uma mulher lhe informou que ela havia ligado para o serviço de emergência. Sua voz soava calma, neutra.

– Qual é o seu nome e qual é a natureza da sua emergência?

– Victoria McQueen. Eu fui atacada. Um homem raptou meu filho. Posso descrever o carro. Eles acabaram de sair daqui. Por favor, mande alguém.

A atendente tentou manter o tom de voz, mas não conseguiu de todo: a adrenalina mudava tudo.

– Qual é a gravidade dos ferimentos?

– Esqueça isso. Vamos falar sobre o sequestrador. O nome dele é Charles Talent Manx. Ele está... sei lá, está *velho*. – *Está morto*, pensou Vic. – Deve ter 70 e poucos anos. Tem quase 1,90 metro, é meio careca e deve pesar 90 quilos. Tem outro homem com ele, um pouco mais novo. Eu não o vi muito bem. – *Porque ele estava usando a porra de uma máscara de gás*. – Eles estão dirigindo um Rolls-Royce Wraith, um carro clássico dos anos 1930. Meu filho está no banco de trás. Ele tem 12 anos e seu nome é Bruce, mas ele não gosta de ser chamado assim. – Sem conseguir se conter, Vic começou a chorar. – Ele tem cabelos pretos, 1,52 metro e estava usando uma camiseta branca lisa.

– Victoria, a polícia está a caminho. Algum desses homens estava armado?

– Sim. O mais jovem tinha um revólver. E Manx estava com uma espécie de martelo. Bateu em mim com ele algumas vezes.

– Vou mandar uma ambulância para cuidar dos seus ferimentos. A senhora por acaso anotou a placa do carro?

– O carro é a porra de um Rolls-Royce da década de 1930, com meu filhinho no banco de trás. Quantos carros assim a senhora acha que estão andando pelas ruas? – Sua voz falhou com um soluço. Ela pigarreou e cuspiu a placa do automóvel: – N-O-S-4-A-2. Uma placa de mentira. O som é o mesmo de um nome em alemão: Nosferatu.

– O que significa esse nome?

– Que diferença isso faz? Vá pesquisar, porra.

– Sinto muito. Entendo que a senhora esteja abalada. Vamos emitir um alerta de busca agora mesmo. Vamos fazer todo o possível para resgatar seu filho. Sei que a senhora está com medo. Fique calma. Por favor, tente manter a calma. – Vic teve a sensação de que a atendente meio que estava falando consigo mesma. Sua voz tinha um tom instável, como se a mulher fizesse força para não chorar. – A ajuda está a caminho. Victoria...

– Pode me chamar de Vic. Obrigada. Desculpe ter falado palavrão com a senhora.

– Tudo bem. Não se preocupe. Vic, ótimo eles estarem em um carro raro feito um Rolls-Royce. Vão chamar a atenção. Eles não vão conseguir ir muito longe em um automóvel desses. Se estiverem na estrada, alguém vai vê-los.

Só que ninguém viu.

Quando os socorristas tentaram escoltá-la até a ambulância, Vic se debateu e lhes disse para tirarem as porras das mãos de cima dela.

Uma policial de origem indiana, baixinha e gorducha, interpôs-se entre Vic e os homens.

– Podem examiná-la aqui mesmo – falou, conduzindo Vic de volta ao sofá. Sua voz tinha um levíssimo sotaque, uma cadência que tornava cada afirmação ao mesmo tempo vagamente musical e semelhante a uma pergunta. – É melhor ela não sair de casa. E se o sequestrador ligar?

Vic se encolheu no sofá ainda vestida com o short encharcado e enrolada em um cobertor. Um socorrista de luvas azuis postou-se ao seu lado e lhe pediu para largar o cobertor e tirar a camiseta. Isso chamou a atenção dos policiais do recinto, que lançaram olhares dissimulados na direção de Vic, mas ela obedeceu sem pestanejar. Despiu-se e jogou a roupa no chão. Como estava sem sutiã, tapou os seios com um dos braços, curvando-se para a frente para permitir que o socorrista examinasse suas costas.

O homem deu um arquejo abrupto.

A policial – seu crachá dizia CHITRA – ficou em pé do outro lado de Vic e baixou os olhos para suas costas. Ela também emitiu uma leve exclamação de empatia.

– Pensei que ele tivesse *tentado* atropelar a senhora, e não conseguido – comentou.

– Ela vai ter que assinar um formulário – interveio o socorrista. – Dizendo que se recusou a entrar na ambulância. Preciso me garantir num caso desses. Ela pode estar com alguma costela quebrada ou o baço rompido e eu posso acabar deixando passar. Quero que fique registrado que, na minha opinião, atender a vítima aqui não é o melhor para ela, do ponto de vista médico.

– Pode não ser o melhor para mim do ponto de vista médico, mas é o melhor para *o senhor* – replicou Vic.

Ela ouviu um barulho percorrer a sala – não uma risada, mas quase, um ronco grave de alegria masculina. A essa altura, já havia seis ou sete policiais no recinto, todos em pé fingindo que não estavam olhando para seu peito e a tatuagem de um motor de seis válvulas acima dos seios.

Um dos agentes estava sentado do outro lado; foi o primeiro que ela viu sem uniforme. Usava um blazer azul curto demais nos punhos e uma gravata vermelha manchada de café e tinha um rosto que teria vencido de lavada qualquer concurso de feiura: sobrancelhas peludas amareladas nas pontas, dentes manchados de nicotina, um nariz engraçado de tão bata-tudo, um queixo protuberante e fendido.

Ele vasculhou um bolso, depois outro, em seguida levantou o traseiro largo e chato do sofá e achou no bolso de trás um bloquinho de anotações. Abriu-o e ficou olhando para o papel com um ar de total estupefação, como se houvessem lhe pedido para escrever um ensaio de quinhentas palavras sobre pintura impressionista.

Mais do que tudo, foi esse olhar vazio que fez Vic perceber que aquele não era O Cara. Era um substituto. A pessoa que importava – a que iria conduzir a busca por seu filho, que iria coordenar recursos e compilar informações – ainda não tinha chegado.

Mesmo assim, respondeu às perguntas dele. O policial começou do jeito certo, por Wayne: idade, altura, peso, como o menino estava vestido, se ela tinha uma foto recente. Em determinado momento, Chitra se afastou e voltou trazendo um suéter extragrande de capuz com os dizeres POLÍCIA ESTADUAL NH estampados na frente. Vic o vestiu; a roupa batia em seus joelhos.

– E o pai? – indagou o feioso, cujo nome era Daltry.

– Mora no Colorado.

– Vocês são divorciados?

– Nunca fomos casados.

– O que ele acha sobre a senhora ter a guarda do menino?

– Eu não tenho a guarda. É que Wayne... Nós nos damos bem em relação ao nosso filho. Não é um problema.

– A senhora tem um número de contato dele?

– Tenho, mas neste momento ele está a bordo de um avião. Veio nos visitar devido ao Quatro de Julho. Está voltando para casa hoje à noite.

– Tem certeza? Como a senhora sabe que ele embarcou?

– Tenho certeza de que ele não teve nada a ver com o que aconteceu, se é isso que o senhor quer saber. Nós *não* estamos brigando por causa do nosso filho. O meu ex é o cara mais inofensivo e mais relaxado do mundo.

– Ah, não sei, não. Já conheci uns caras bem relaxados. Sei de um lá no Maine que lidera um grupo de terapia com inspirações budistas, que ensina as pessoas a administrarem a raiva e os vícios graças à meditação transcendental. A única vez que esse cara perdeu a calma foi no dia em que a esposa entrou com uma ordem de restrição contra ele. Primeiro o homem jogou para o alto o ar zen, depois meteu dois balaços na nuca dela. Mas o grupo de terapia que ele lidera é muito popular no seu bloco de celas em Shawshank. Lá tem vários caras que não sabem administrar a própria raiva.

– Lou não teve nada a ver com o que aconteceu. Eu já disse, eu *sei* quem levou o meu filho.

– Tá bom, tá bom. Eu preciso perguntar essas coisas. Me fale sobre o cara que machucou suas costas. Não. Peraí. Primeiro me fale sobre o carro dele.

Vic contou.

Daltry balançou a cabeça e emitiu um som que poderia ter sido uma risada caso expressasse algum humor, mas se tratava apenas de incredulidade.

– O seu homem não é muito inteligente. Se ele estiver na estrada, cálculo que tenha menos de meia hora.

– Para quê?

– Para estar de bruços na porra do chão com a bota de um policial no pescoço. Ninguém sequestra uma criança em um carro antigo e vai embora. É uma burrice tão grande quanto dirigir uma carrocinha de sorvete. Meio que chama a atenção. As pessoas olham. Todo mundo vai reparar em um Rolls-Royce velho.

– O carro não vai chamar atenção.

– Como assim?

Vic não sabia responder, então ficou em silêncio.

– E a senhora reconheceu um dos seus agressores. O nome dele é... – Daltry consultou o bloquinho – Charles... Manx. De onde o conhece?

– Ele *me* raptou quando eu tinha 17 anos. E me manteve presa por dois dias.

Isso fez a sala silenciar.

– Podem procurar – prosseguiu Vic. – Está na ficha dele. Charles Talent Manx. E ele tem bastante talento para se esquivar. Preciso tirar este short molhado e pôr uma calça de moletom. Queria fazer isso no quarto, se vocês não se importarem. Acho que a mamãe já deu showzinho suficiente por hoje.

Vic guardava na mente a última visão de Wayne, preso no banco de trás do Rolls. Via-o agitando a mão no ar – *Vai, vai! Vai embora daqui!* – quase como se estivesse bravo com ela. O filho já estava tão pálido quanto um cadáver.

A cada lampejo de Wayne, era como se o martelo a estivesse golpeando outra vez, só que agora no peito em vez de nas costas. Sentado e nu dentro de uma caixa de areia, nos fundos de sua casa em Denver, um menino gordinho de 3 anos com um chumaço de cabelos pretos usando uma pazinha para enterrar um telefone de plástico. No Natal, na clínica de desintoxicação, sentado na superfície de plástico ressecada e rachada de um sofá tentando abrir um embrulho de presente, depois rasgando-o até encontrar o iPhone dentro da caixinha branca. Andando até o deque com uma caixa de ferramentas pesada demais para ele.

Cada imagem do filho a atingia com um baque e fazia suas entranhas machucadas se contraírem outra vez. *Pá*, Wayne bebê, dormindo pelado junto ao seu seio nu. *Pá*, Wayne ajoelhado ao seu lado no chão de cascalho, com os braços sujos de graxa até os cotovelos, ajudando-a a encaixar a corrente da moto nas engrenagens. Algumas vezes a dor foi tão intensa, tão crua, que o cômodo escureceu nos limites de seu campo de visão e ela se sentiu fraca.

Em determinado momento, teve que se mover; não conseguia mais ficar ali naquele sofá.

– Se alguém estiver com fome, eu posso preparar alguma coisa para comer. – Já eram quase nove e meia da noite. – A geladeira está cheia.

– Nós vamos pedir comida, não se incomode – avisou Daltry.

Eles haviam ligado a televisão no canal de notícias a cabo da Nova Inglaterra. O alerta sobre Wayne fora emitido uma hora antes. Vic já o vira uma vez e sabia que não conseguiria assistir de novo.

Primeiro eles mostravam a foto que ela lhes dera de Wayne usando uma camiseta do Aerosmith e um gorro de lã de um time de hóquei, cerrando os olhos por causa do sol primaveril. Vic já estava arrependida de ter fornecido essa foto: não gostava do jeito que o gorro escondia seus cabelos pretos e fazia suas orelhas sobressaírem.

Depois, vinha uma imagem da própria Vic, tirada do site da série Máquina de Busca. Ela imaginou que a polícia estivesse mostrando essa foto para pôr uma garota bonita na telinha – ela estava maquiada, usava uma saia preta e botas de caubói e tinha a cabeça jogada para trás, rindo, uma imagem impactante para a atual situação.

Eles não mostravam Manx nem diziam o nome dele. Descreviam os sequestradores apenas como dois homens brancos que dirigiam um Rolls-Royce preto antigo.

– Por que eles não dizem quem estão procurando? – quis saber Vic, na primeira vez que viu o alerta.

Daltry deu de ombros, disse que iria tentar descobrir, levantou-se do sofá e saiu para o quintal para falar com alguns homens. Quando voltou, porém, não deu mais nenhuma informação. O alerta foi transmitido pela segunda vez e a polícia continuava procurando dois homens brancos dentre os cerca de catorze milhões de homens brancos que se podia encontrar na Nova Inglaterra.

Se ela visse o alerta pela terceira vez e não aparecesse uma foto de Charlie Manx – se ninguém falasse o nome dele –, seria capaz de jogar uma cadeira na televisão.

– Por favor – suplicou Vic. – Tem *coleslaw* e presunto frio. E um pão inteiro. Posso servir sanduíches.

Daltry se mexeu no assento e olhou com hesitação para alguns dos outros policiais no recinto, dividido entre a fome e a decência.

– Acho que é uma boa ideia – disse a agente Chitra. – Vou ajudá-la.

Foi um alívio sair daquela sala abarrotada, com policiais entrando e saindo e walkie-talkies chiando sem parar. Vic parou para olhar o gramado pela porta da frente aberta. À luz forte dos refletores, o quintal estava mais claro à noite do que antes, sob a névoa do meio-dia. Ela viu os postes caídos da cerca e um homem de luvas de borracha medindo as marcas de pneu impressas na terra macia.

As luzes das viaturas piscavam como se aquilo fosse a cena de uma emergência, apesar de já ter se passado muito tempo do chamado da polícia.

Wayne também piscava na mente de Vic e, por alguns instantes, ela se sentiu perigosamente tonta.

Chitra a viu oscilar e a segurou pelo cotovelo para ajudá-la a percorrer o resto do caminho até a cozinha. Lá dentro era melhor; estavam só as duas no recinto.

As janelas da cozinha davam para o cais e para o lago. O cais estava iluminado por outros daqueles refletores montados em tripés. Um policial com uma lanterna em punho havia entrado na água até as coxas, mas Vic não conseguia entender por quê. Outro policial, à paisana, observava da borda do cais, apontando e dando instruções.

Uma embarcação passou a mais de dez metros da margem. Na proa, um menino em pé ao lado de um cachorro observava os policiais, os refletores, a casa. Ao ver o animal, Vic se lembrou de Hooper. Não pensara nele uma vez sequer desde que vira os faróis do Espectro em meio à névoa.

– Alguém precisa... procurar o cachorro. Ele deve estar... em algum lugar lá fora. – Teve que parar a cada poucas palavras para recuperar o fôlego.

Chitra a encarou com grande sensibilidade.

– Não se preocupe com o cachorro agora, Sra. McQueen. A senhora bebeu água? É importante se hidratar.

– Estranho ele não... não estar latindo... feito um louco. Com toda essa confusão.

Chitra alisou o braço de Vic com a mão, em seguida apertou seu cotovelo. Vic a encarou com uma súbita compreensão.

– A senhora tinha muitas outras coisas com que se preocupar – explicou a policial.

– Ai, meu Deus – falou Vic, e recomeçou a chorar, o corpo inteiro tremendo.

– Ninguém queria que a senhora ficasse mais abalada ainda.

Vic se balançava, abraçando o próprio corpo, chorando como não chorava desde aqueles primeiros dias depois que o pai tinha saído de casa. Precisou se apoiar na bancada por um tempo, pois não tinha certeza se as pernas seriam fortes o bastante para sustentá-la. Chitra esticou a mão e, com um gesto hesitante, afagou as costas dela.

– Shhh – fez a mãe de Vic, morta dois meses antes. – Respire, Vicki, respire. Respire comigo.

Apesar do leve sotaque indiano, Vic reconheceu a voz da mãe. Reconheceu a sensação da mão de Linda nas costas. Todo mundo que você perde continua com você, então quem sabe na verdade ninguém se perca.

A menos que fosse embora com Charlie Manx.

Pouco depois, Vic se sentou e bebeu um copo d'água. Estava tão sedenta que secou o copo inteiro em cinco goles, sem parar para respirar. A água estava morna, adocicada e boa, com o sabor do Lago.

Chitra abriu armários à procura de pratos de papel. Vic se levantou e, sem dar ouvidos às objeções da outra mulher, começou a ajudar com os sanduíches. Alinhou os pratos e foi pondo duas fatias de pão branco em cima de cada um enquanto lágrimas escorriam do seu nariz e molhavam o pão.

Torceu para Wayne não saber que Hooper estava morto. Às vezes achava que o filho era mais próximo do cachorro do que dela ou de Lou.

Pegou o presunto, o *coleslaw* e um saco de Doritos e começou a encher os pratos.

– Os sanduíches da polícia têm um segredo – disse uma mulher atrás dela.

Bastou um olhar para Vic saber que aquele era O Cara por quem estava esperando, mesmo que O Cara não fosse um homem. A mulher tinha cabelos castanhos crespos e um nariz pequeno e arrebitado. Era sem graça à primeira vista e extremamente bonita à segunda. Usava uma jaqueta de tweed com cotoveleiras de veludo e uma calça jeans, e poderia ter passado por uma pós-graduanda em alguma universidade não fosse a 9 milímetros presa sob o braço esquerdo.

– Qual? – indagou Vic.

– Vou mostrar – falou ela, aproximando-se.

Pegou a colher e despejou *coleslaw* em um dos sanduíches, por cima do presunto. Fez um "telhado" de Doritos, esguichou mostarda de Dijon por cima, passou manteiga em uma segunda fatia de pão e espremeu tudo junto.

– O importante é a manteiga.

– Funciona como cola, não é?

– É. E os policiais são ímãs de colesterol natos.

– Pensei que o FBI só aparecesse nos casos de sequestro em que a criança é levada de um estado para o outro.

A mulher de cabelos crespos franziu a testa, em seguida baixou os olhos para o crachá laminado pregado no peito da própria jaqueta com uma foto sua séria:

FBI
AVAL. PSI.
Tabitha K. Hutter

– Tecnicamente, nós ainda não entramos no caso. Mas a sua casa fica a quarenta minutos de três divisas estaduais e a menos de duas horas do Canadá. Seus agressores já estão com seu filho há quase...

– Meus *agressores*? – repetiu Vic, sentindo o rosto arder. – Por que vocês ficam dizendo *meus agressores* como se não soubéssemos nada sobre eles? Isso está começando a me irritar. *Quem fez isso foi Charlie Manx.* Charlie Manx e outro homem estão por aí com meu filho dentro de um carro.

– Sra. McQueen, Charlie Manx está morto. Ele morreu em maio.

– Vocês têm o corpo?

Hutter franziu os lábios e respondeu:

– Existe um atestado de óbito. Há fotos dele no necrotério. Fizeram uma autópsia. O peito dele foi aberto. O legista tirou o coração e pesou. São motivos convincentes para acreditar que ele não atacou a senhora.

– E eu tenho meia dúzia de motivos para acreditar que atacou – rebateu Vic. – Eles estão espalhados por toda a extensão das minhas costas. Quer que eu tire a blusa para lhe mostrar os hematomas? Todos os outros policiais por aqui já deram uma boa olhada.

Hutter apenas a encarou; seu olhar tinha a mesma curiosidade simples de uma criança pequena. Vic ficou incomodada por ser *observada* de maneira tão atenta. Muito poucos adultos se permitiam encarar daquela forma.

Por fim, Hutter desviou os olhos e os dirigiu para a mesa da cozinha. – Vamos nos sentar um pouco?

Sem esperar resposta, pegou uma bolsa de couro tipo carteiro que trouxera consigo e se acomodou à mesa da cozinha. Ergueu os olhos com uma expressão de expectativa, esperando Vic se juntar a ela.

Vic olhou para Chitra como quem pede conselho, lembrando-se de como pouco antes a indiana a havia reconfortado e sussurrado em seu ouvido como se fosse sua mãe. Mas a policial estava entretida terminando os sanduíches.

Vic se sentou.

Hutter tirou da bolsa um iPad, que se acendeu. Parecia mais do que nunca uma estudante, quem sabe preparando uma dissertação sobre as irmãs Brontë. Depois de passar o dedo pela tela para percorrer algum tipo de arquivo, ela ergueu os olhos.

– O último exame médico a que Charlie Manx foi submetido indica que ele tinha aproximadamente 85 anos.

– Acha que ele está velho demais para ter feito o que fez?

– Acho que ele está *morto* demais. Mas me conte o que aconteceu e vou tentar me convencer.

Vic não reclamou de já ter contado a história três vezes do início ao fim. As outras vezes não contavam, porque aquela era a primeira pessoa da polícia que realmente importava. Se é que alguém da polícia importava; Vic não tinha muita certeza disso. Fazia tempo que Charlie Manx vinha ceifando vidas sem nunca ser pego, passando pelas redes que os órgãos de segurança pública lançavam para capturá-lo como se elas fossem apenas uma fumaça prateada. Quantas crianças teriam subido no seu carro e nunca mais foram vistas?

Centenas, foi a resposta sussurrada.

Vic contou sua história – as partes que sentia que *podia* contar. Deixou de fora Maggie Leigh. Não mencionou que havia entrado de moto em uma impossível ponte coberta pouco antes de Manx tentar atropelá-la. Não falou sobre os psicotrópicos que não estava mais tomando.

Quando chegou à parte em que Manx a acertava com o martelo, Hutter franziu a testa e pediu a Vic que descrevesse o martelo com detalhes enquanto digitava no iPad. No momento em que ela falou que se levantara do chão e partira para cima de Manx com a chave da Triumph, Hutter perguntou:

– Chave do quê?

– Da moto. A Triumph fabricava uma chave especial para suas motos. É um tipo de ferramenta. Eu estivera consertando a moto e a chave estava no meu bolso.

– Onde ela está agora?

– Não sei. Estava com ela na mão quando tive que sair correndo. Devia estar segurando ainda ao mergulhar no lago.

– Foi nessa hora que o outro homem começou a atirar em você. Me fale sobre isso.

Vic obedeceu.

– Ele deu um tiro na cara de Manx? – indagou Hutter.

– Não foi bem assim. A bala passou de raspão na orelha.

– Vic, quero que você me ajude a refletir sobre isso. Esse homem, Charlie Manx, estamos de acordo que ele devia ter 85 anos na época do último exame médico. Ele passou dez anos em coma. A maioria dos pacientes de coma precisa de meses de reabilitação antes de conseguir andar outra vez. Você está me dizendo que o cortou com essa chave e depois ele levou um tiro, mas ainda assim teve forças para sair dirigindo?

O que Vic não podia falar era que Manx não era igual aos outros homens, pelo modo como brandira o martelo, com uma força condensada que destoava de sua idade avançada e de seu físico macilento. Hutter insistia que Manx fora aberto e seu coração, removido durante a autópsia. Vic não duvidava: para um homem cujo coração fora remexido, um tiro na orelha não era grande coisa.

Apesar disso tudo, respondeu:

– Talvez o outro cara tenha dirigido. Quer que eu explique isso? Pois não sei explicar. Só posso dizer o que aconteceu. O que a senhora está tentando provar? Manx levou meu filho de 12 anos no carro dele e vai matá-lo para se vingar de mim, mas por algum motivo nós estamos falando sobre os limites da sua imaginação. Por que será? – Ela encarou Hutter, seu olhar neutro, calmo, e compreendeu. – Meu Deus. Você não está acreditando em porra nenhuma do que estou falando, certo?

Hutter passou algum tempo pensando. Quando ela falou, Vic teve a sensação de que estava escolhendo as palavras com cuidado:

– Eu acredito que o seu filho sumiu e que a senhora foi ferida. Acredito que, neste exato momento, a senhora está vivendo um inferno. Fora isso, estou mantendo a mente aberta. Espero que a senhora considere isso uma vantagem e colabore. Nós duas queremos a mesma coisa: que o seu menino volte são e salvo. Se fosse adiantar alguma coisa, eu mesma estaria de carro pela rua à procura dele. Mas não é assim que encontro os bandidos. Eu os encontro coletando informações e separando o que é útil do que não é. Na verdade, não é muito diferente dos seus livros. As histórias da série Máquina de Busca.

– Você conhece os meus livros? Quantos anos *a senhora* tem?

Hutter abriu um pequeno sorriso.

– Não sou tão jovem assim. Está na sua ficha. Além disso, um dos instrutores em Quantico usa as ilustrações da série Máquina de Busca em suas palestras para nos mostrar como é difícil detectar detalhes relevantes em uma bagunça de elementos visuais.

– O que *mais* tem na minha ficha?

O sorriso de Hutter estremeceu um pouco, mas o olhar se manteve firme.

– Que a senhora foi condenada por incêndio criminoso no Colorado em 2009. Que passou um mês em um hospital psiquiátrico do Colorado, onde recebeu um diagnóstico de transtorno do estresse pós-traumático e esquizofrenia severos. Que a senhora toma antipsicóticos e tem um histórico de abuso de álcool...

– Caramba. A surra que eu levei foi uma *alucinação*? – questionou Vic, sentindo o ventre se contrair. – A senhora acha que eu *inventei* ter levado aqueles tiros?

– Ainda temos que confirmar que houve tiros.

Vic empurrou a cadeira para trás.

– Ele atirou em mim. Disparou seis balas. Esvaziou o revólver.

Ela começou a refletir. Estava de costas para o lago. Era possível que todas as balas, mesmo a que tinha acertado a orelha de Manx, tivessem ido parar dentro d'água.

– Ainda estamos procurando as cápsulas.

– Meus hematomas.

– Não duvido que alguém tenha espancado a senhora. Acho que disso *ninguém* duvida.

Houve algo nessa afirmação – alguma perigosa implicação – que Vic não conseguiu entender. Quem teria batido nela senão Manx? Mas estava exausta e emocionalmente exaurida para tentar dar sentido àquela frase. Não teve forças para compreender o que Hutter tentava disfarçar.

Tornou a olhar para o crachá da mulher: AVAL. PSI.

– Peraí. Peraí, *porra*... A senhora não é inspetora. A senhora é *médica*.

– Que tal olharmos algumas fotos? – sugeriu Hutter.

– Não. É uma total perda de tempo. Eu não preciso ver fotos de suspeitos. Já cansei de falar: um deles estava usando uma máscara de gás, o outro era Charlie Manx. Eu conheço a cara de Charlie Manx. Por que estou falando com uma médica, porra? Quero falar com um *inspetor*.

– Eu não ia pedir para a senhora olhar fotos de criminosos, mas de *martelos*.

A frase foi tão inesperada que Vic simplesmente ficou sentada, com a boca aberta, incapaz de emitir qualquer som.

Antes de Vic conseguir pensar em qualquer coisa, uma confusão se iniciou no outro cômodo. A voz de Chitra ficou mais alta, trêmula e chorosa, e Daltry falou algo. Em seguida, ouviu-se uma terceira voz, cheia de emoção, com sotaque do Meio-Oeste, que Vic reconheceu na hora, mas não conseguiu entender o que ela estava fazendo na sua casa quando deveria estar a bordo de um avião ou até, àquela altura, em Denver. Desnorteada, demorou a reagir, de modo que não havia se levantado por completo da cadeira no momento em que Lou entrou na cozinha seguido por uma comitiva de policiais.

Estava quase irreconhecível. Tinha o rosto cinzento e seus olhos saltavam no rosto grande e redondo. Parecia ter perdido uns 5 quilos desde que Vic o vira pela última vez, dois dias antes. Ela se levantou e estendeu os braços para ele e, no mesmo instante, Lou a envolveu em um abraço.

– O que a gente vai fazer? – perguntou ele. – O que a gente vai fazer agora, Vic?

A cozinha

OS DOIS SE SENTARAM À mesa e Vic segurou a mão de Lou; era o gesto mais natural do mundo. Ficou espantada ao sentir o calor nos dedos gorduchos e tornou a olhar para o rosto cansado, reluzente de suor. Ele parecia gravemente doente, mas achou que fosse medo.

Daltry agora também se encontrava na cozinha, apoiado na bancada, e assoava o nariz de alcoólatra com um lenço de pano. A agente Chitra, em pé na soleira da porta, havia tirado os outros policiais da sala por ordem de Hutter.

– O senhor é Louis Carmody – disse Hutter. Falava como se fosse a diretora da peça de teatro da escola avisando a Lou que ele iria atuar no espetáculo da primavera. – O pai.

– Culpado.

– Como é? – estranhou Hutter.

– Culpado desse crime. Eu sou o pai. E a senhora, quem é? Tipo uma assistente social?

– Sou agente do FBI. Meu nome é Tabitha Hutter. Muitos caras no escritório me chamam de Tabby the Hutt. – Ela deu um pequeno sorriso.

– Que engraçado. Muitos caras onde eu trabalho me chamam de *Jabba* the Hutt. Só que eles fazem isso porque eu sou gordo.

– Achei que o senhor estivesse em Denver.

– Eu perdi o voo.

– Sério mesmo? – indagou Daltry. – Algum imprevisto?

– Inspetor Daltry, pode deixar que eu faço as perguntas, obrigada – interveio Hutter.

Daltry levou a mão ao bolso do blazer.

– Tem problema se eu fumar?

– Tem – respondeu Hutter.

Daltry passou alguns instantes segurando o maço antes de guardá-lo no bolso outra vez. Seus olhos exibiam uma expressão vazia e sem foco que fez Vic pensar na membrana que recobria os olhos de um tubarão logo antes de ele abocanhar uma foca.

– Por que perdeu o avião, Sr. Carmody? – perguntou Hutter.

– Porque falei com Wayne.

– O senhor *falou* com Wayne?

– Ele me ligou do carro pelo iPhone. Disse que estavam atirando na Vic. Manx e o outro cara. A gente só falou por um minuto. Ele teve que desligar porque Manx e o outro cara estavam voltando para o carro. Estava com medo, apavorado mesmo, mas segurando a onda. Ele é um homenzinho de verdade, sabe? Sempre foi corajoso. – Lou cerrou os punhos em cima da mesa e abaixou a cabeça. Fez uma careta, como se houvesse sentido uma forte pontada de dor em algum lugar da barriga, e piscou. Lágrimas pingaram sobre o móvel; o choro veio de repente, sem sobreaviso. – Ele teve que virar adulto, porque Vic e eu fomos umas merdas como adultos. – Vic pôs as duas mãos sobre a dele.

Hutter e Daltry se entreolharam, mal parecendo reparar no fato de Lou ter caído em prantos.

– O senhor acha que o seu filho *desligou* o celular depois de vocês conversarem? – indagou Hutter.

– Eu pensava que, se o telefone tivesse chip, pouco importava estar ligado ou desligado – comentou Daltry. – Pensava que vocês federais conseguissem dar um jeito.

– Vocês podem usar o celular dele para encontrá-lo – disse Vic, sentindo a pulsação acelerar.

Hutter a ignorou e respondeu a Daltry:

– Podemos fazer isso. Levaria um tempo. Eu precisaria ligar para Boston. Mas se for um iPhone e estiver ligado, podemos usar a função Buscar iPhone para localizá-lo agora, aqui mesmo. – Ela indicou o iPad.

– Isso – disse Lou. – É isso mesmo. Eu ativei o Buscar iPhone no dia em que compramos o celular, porque não queria que ele o perdesse.

Lou deu a volta na mesa para espiar a tela de Hutter por cima de seu ombro. Sua tez não foi valorizada pela luz fria do monitor.

– Qual é o e-mail e a senha dele? – indagou a psicóloga, virando a cabeça para encarar Lou.

Ele estendeu uma das mãos para digitar, mas a agente do FBI o segurou pelo pulso e pressionou dois dedos como para medir a pulsação. Mesmo de onde estava sentada, Vic pôde ver um ponto em que a pele reluzia e parecia exibir um pedacinho de pasta seca grudada.

Hutter desviou os olhos para o rosto de Lou.

– O senhor fez um eletrocardiograma hoje?

– Eu desmaiei. Fiquei abalado. Foi tipo um ataque de pânico, cara. Um maluco filho da puta levou meu filho. Essas porras acontecem com quem é gordo.

Até então, Vic estava concentrada demais em Wayne para prestar muita atenção em Lou: em seu aspecto cinzento, exausto. Mas, ao ouvir isso, sentiu-se fulminada por uma súbita e nauseante apreensão.

– Ai, Lou. Como assim, você *desmaiou*?

– Foi depois que o Wayne desligou na minha cara. Eu passei tipo um minuto apagado. Estava bem, mas os seguranças do aeroporto me obrigaram a sentar no chão e fazer um eletro, para ter certeza de que o meu motor não iria bater pino ali mesmo.

– O senhor contou a eles que o seu filho tinha sido raptado? – perguntou Daltry.

Hutter lhe lançou um olhar de alerta que o policial fingiu não ver.

– Não sei muito bem o que eu disse. Fiquei meio confuso no início. Tipo, *com vertigem*. Sei que falei para eles que o meu filho precisava de mim. Eu só pensava em chegar ao carro. Em determinado momento, eles avisaram que iam me pôr em uma ambulância e eu mandei eles irem... ahn... se catar. Aí me levantei e fui embora. É possível que um cara tenha me segurado pelo braço e que eu o tenha arrastado por alguns metros. Estava com pressa.

– Quer dizer que o senhor não falou com a polícia no aeroporto sobre o que tinha acontecido com o seu filho? – indagou Daltry. – Não achou que poderia chegar mais depressa aqui se tivesse uma escolta policial?

– Isso nem me passou pela cabeça. Eu queria conversar com Vic primeiro – respondeu Lou, e Vic viu Daltry e Hutter se entreolharem.

– Por que quis falar com Victoria primeiro? – questionou Hutter.

– Que diferença faz?! – exclamou Vic. – Será que podemos pensar no Wayne?

– Sim – disse Hutter, piscando e tornando a fitar o iPad. – Tem razão. Vamos manter o foco em Wayne. Qual é a senha, então?

Vic empurrou a cadeira para trás enquanto Lou tocava a tela com o dedo grosso. Levantou-se e deu a volta na mesa para olhar. Sua respiração estava acelerada, curta. Sua ansiedade era tão intensa quanto a ardência de um corte na pele.

No tablet, surgiu a janela do Buscar iPhone, que exibiu um mapa-múndi, continentes azul-claros contra um fundo de oceano azul-escuro. No canto superior direito, apareceu:

iPhone de Wayne
Localizando
Localizando
Localizando
Localizando
Localizado

Um borrão cinza indistinto escondeu a imagem do mapa. Um pontinho azul brilhante surgiu no meio da superfície prateada. Quadradinhos de paisagem começaram a surgir e o mapa foi se redesenhando até mostrar a localização do iPhone em close. Vic viu o pontinho azul percorrer uma estrada identificada como VIA PANORÂMICA S. NICOLAU.

Todos agora estavam inclinados sobre o iPad, Daltry tão próximo de Vic que ela pôde sentir seu contato no traseiro e seu hálito fazendo cócegas no pescoço. Ele recendia a café e nicotina.

– Afaste o zoom – pediu Daltry.

Hutter tocou a tela uma vez, depois outra e mais outra.

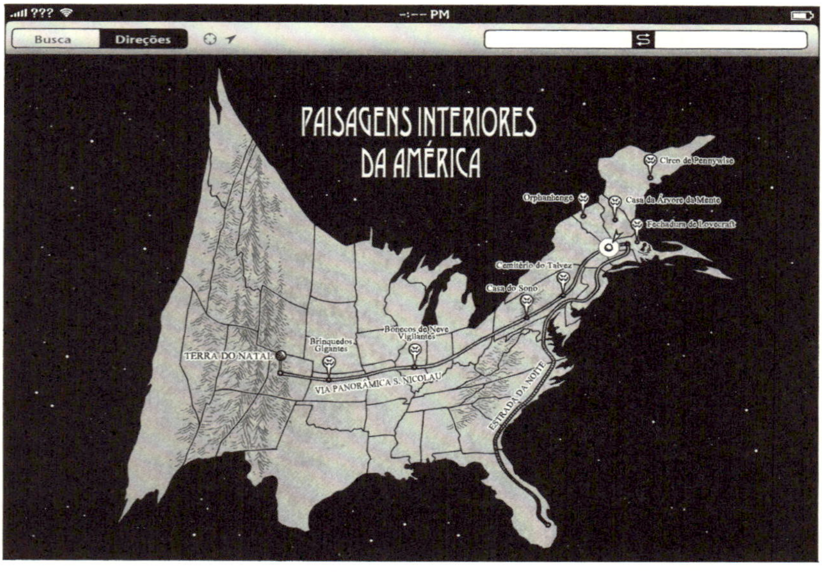

O mapa mostrava um pedaço de continente que lembrava um pouco os Estados Unidos. Era como se alguém tivesse confeccionado uma versão do país em massa de pão e depois dado um soco no meio: Cape Cod tinha quase metade do tamanho da Flórida e as Rochosas mais pareciam os Andes, quase 2 mil quilômetros de terra devastada de forma grotesca, grandes pedaços de rocha jogados uns por cima dos outros. O país como um todo, porém, encolhera substancialmente, afundado em direção ao centro.

A maioria das grandes cidades desaparecera, mas outros pontos tinham surgido em seu lugar. Em Vermont havia uma densa floresta que rodeava um lugar chamado ORPHANHENGE; em New Hampshire, se achava a CASA DA ÁRVORE DA MENTE. Um pouco ao norte de Boston ficava uma coisa chamada FECHADURA DE LOVECRAFT, uma cratera no formato aproximado de uma fechadura. No Maine, em volta da área metropolitana de Lewiston/Auburn/Derry, havia o CIRCO DE PENNYWISE. Uma estreita rodovia chamada ESTRADA DA NOITE seguia para o sul e ia ficando mais vermelha à medida que avançava, até se transformar em um rastro de sangue a escorrer para dentro da Flórida.

A Via Panorâmica São Nicolau era coalhada de pontos. Em Illinois havia os BONECOS DE NEVE VIGILANTES. No Kansas, os BRINQUEDOS GIGANTES. Na Pensilvânia, a CASA DO SONO e o CEMITÉRIO DO TALVEZ.

E nos cumes das montanhas do Colorado, ficava o ponto em que a Via Panorâmica São Nicolau terminava: a TERRA DO NATAL.

O território boiava no meio de um mar ermo, preto e cheio de estrelas; o título do mapa não dizia ESTADOS UNIDOS DA AMÉRICA e, sim, PAISAGENS INTERIORES DA AMÉRICA.

O pontinho azul se moveu, deslocando-se pelo que deveria ter sido a parte ocidental de Massachusetts, em direção à Terra do Natal. Só que o mapa não correspondia exatamente aos Estados Unidos. A distância entre Laconia, New Hampshire, e Springfield, Massachusetts, devia ser de 250 quilômetros, mas naquele mapa era como se fosse metade disso.

Ficaram todos encarando a tela.

Daltry tirou o lenço do bolso e deu uma boa assoada no nariz.

– Alguém está vendo a Terra dos Doces nesse mapa? – Ele deu um pigarro áspero que não foi bem um tossido, tampouco uma risada.

Vic sentiu a cozinha desaparecer; o mundo nos limites do seu campo de visão virou um borrão. O iPad e a mesa continuaram nítidos, em foco, mas curiosamente distantes.

Precisava de algo para ancorá-la. Sentiu que corria o risco de se desprender do chão da cozinha... como um balão que escapa da mão de uma criança. Segurou o pulso de Lou; era algo em que se agarrar. Ele sempre estivera presente quando Vic precisara de amparo.

Ao olhar para ele, no entanto, viu um reflexo do próprio choque: suas pupilas eram dois pontinhos minúsculos, a respiração estava acelerada, arquejante.

Com um tom de voz surpreendentemente normal, Hutter indagou:

– Não entendo o que estou vendo. Isto significa alguma coisa para um de vocês dois? Esse mapa esquisito? Terra do Natal? Via Panorâmica São Nicolau?

– Significa? – repetiu Lou, lançando um olhar impotente para Vic.

A verdadeira pergunta, entendeu ela, era "Nós QUEREMOS contar a ela sobre a Terra do Natal? Sobre as coisas em que você acreditava quando estava maluca?".

– Não – sussurrou Vic, respondendo ao mesmo tempo a todas as perguntas, as ditas e as não ditas.

O quarto

VIC DISSE QUE PRECISAVA DESCANSAR e perguntou se poderia deitar um pouco. Tabitha concordou e falou que não adiantaria nada ela se forçar tanto a ponto de ter um colapso.

No quarto, quem se jogou na cama foi Lou. Vic não conseguiu relaxar. Olhou pela persiana para o circo armado no quintal em frente à casa. A noite estava tomada pelo chiado de rádios e pelo murmúrio de vozes masculinas. Alguém lá fora riu baixinho. Era assombroso pensar que a menos de cem passos dali era possível existir felicidade.

Se algum dos policiais na rua a viu espiando, decerto supôs que ela estivesse com o olhar perdido, na esperança digna de pena de que uma viatura chegasse rugindo e com as luzes piscando, a sirene cortando o ar e seu filho são e salvo no banco de trás. São e salvo. A caminho de casa. Com a boca grudenta e cor-de-rosa por causa do sorvete que os policiais haviam lhe comprado.

Só que ela não estava fitando a rua e torcendo do fundo de seu coração para alguém lhe trazer Wayne de volta. Ela mesma teria que resgatá-lo. Vic estava olhando a Triumph caída no mesmo lugar em que a havia abandonado.

Esparramado sobre a cama, Lou parecia um peixe-boi encalhado na praia. Quando falou, foi ao teto que se dirigiu.

– Pode vir se esticar aqui comigo um pouquinho? – perguntou ele, encarando o teto. – Só... ficar aqui do meu lado?

Vic soltou as persianas e foi até a cama. Passou a perna por cima das dele e grudou-se contra seu flanco de um jeito que não fazia há muitos anos.

– Sabe aquele cara que parece o gêmeo mau do Mickey Rooney? O Daltry? Ele disse que você está ferida.

E ela se deu conta de que Lou não sabia a história. Ninguém lhe contara o que havia acontecido com ela.

Vic contou outra vez. No início, apenas repetiu o que dissera a Tabitha e aos outros policiais, como se fossem falas decoradas para uma peça, recitadas sem pensar.

Mas então contou como tinha saído para dar uma volta com a Triumph e percebeu que não precisava omitir a parte da ponte. Podia, *devia* contar a Lou como havia reencontrado o Atalho em meio à bruma, porque isso acontecera *de verdade*.

– Eu vi a ponte – falou baixinho, levantando-se para encará-lo. – Entrei nela com a moto. Saí à sua procura e ela estava lá. Você acredita em mim?

– Acreditei na primeira vez que você me falou dela.

– Seu filho da puta mentiroso – disse Vic, mas não pôde reprimir um sorriso.

Lou estendeu a mão e a pousou na curva do seu seio esquerdo.

– Por que não iria acreditar? Isso explica você melhor do que qualquer outra coisa. E eu sou que nem aquele cartaz pregado na parede no *Arquivo X*: "Eu quero acreditar." Esse é o resumo da minha vida, mulher. Pode continuar. Você atravessou a ponte com a moto. E aí?

– Eu *não* atravessei. Fiquei com medo. Com medo mesmo, Lou. Pensei que fosse uma alucinação. Que eu tivesse pirado outra vez. Pisei no freio com tanta força que umas peças da moto saíram voando.

Vic lhe contou como tinha dado meia-volta com a Triumph e empurrado a moto para fora da ponte, de olhos fechados e pernas bambas. Descreveu o som que ouvira dentro do Atalho, o chiado e o rugido, como se ela estivesse atrás de uma cachoeira. Disse que soube que a ponte havia desaparecido quando não conseguira mais ouvir o barulho, e depois só lhe restara a longa volta para casa.

Vic seguiu falando que Manx e o outro homem estavam à sua espera, que Manx tinha partido para cima dela com o martelo. Lou fez caretas, remexeu--se, xingou. Ao ouvir como ela havia machucado a cara de Manx com a chave da moto, comentou: "Queria que você tivesse arrombado o crânio dele com essa chave." Vic lhe garantiu que dera o melhor de si. Na parte em que o Homem da Máscara de Gás deu um tiro na orelha de Manx, Lou deu um soco na própria perna. Estava escutando com o corpo todo e havia nele uma espécie de tensão trêmula que lembrava um arco esticado ao máximo, com a flecha prestes a voar.

Mas ele só a interrompeu no momento em que ela contou que descera correndo o declive até o lago para fugir:

– Foi nessa hora que o Wayne me ligou.

– O que aconteceu com você no aeroporto? *De verdade.*

– O que eu disse: eu desmaiei. – Ele fez um movimento com a cabeça, como que para estalar o pescoço, e arrematou: – O mapa. Com a estrada até a Terra do Natal. Que lugar é aquele?

– Sei lá.

– Mas não fica no nosso mundo, fica?

– Não sei. Eu acho... eu acho que *é* o nosso mundo. Pelo menos uma versão do nosso mundo. A versão que Charlie Manx tem na cabeça. Todo mundo vive em dois mundos, não é? Tem o mundo físico... mas tem também nossos próprios mundos particulares, internos, o mundo de nossos pensamentos. Um mundo que não é feito de *coisas*, mas de *ideias*. É tão real quanto o outro, mas fica dentro da gente. É uma *paisagem interior*. Todo mundo tem uma e todas essas paisagens também estão interligadas, do mesmo jeito que New Hamsphire está conectado a Vermont. E talvez algumas pessoas consigam entrar nesse mundo de pensamento se tiverem o veículo certo. Uma chave. Um carro. Uma bicicleta. Qualquer coisa.

– Como o seu mundo de pensamento pode estar interligado ao meu?

– Sei lá. Mas... mas, tipo, se o Keith Richards inventar uma música e você a escutar no rádio, os pensamentos dele vão entrar na sua cabeça. As minhas ideias podem entrar na sua cabeça com tanta facilidade quanto um passarinho pode atravessar voando a divisa do estado.

Lou franziu o cenho.

– Então, tipo, um cara feito Manx tira crianças do mundo das coisas e as leva para o seu próprio mundo de ideias. Tá. Isso eu posso aceitar. É estranho, mas eu posso aceitar. Vamos voltar para a sua história: o cara da máscara de gás estava armado.

Vic relatou que tinha mergulhado no lago e que o Homem da Máscara de Gás havia atirado nela e depois Manx lhe falara enquanto ela permanecia escondida debaixo do deque flutuante. Ao terminar, fechou os olhos e aninhou o rosto no pescoço de Lou. Estava mais do que exausta: cruzara a fronteira rumo a um novo conceito de cansaço. Nesse mundo, a gravidade era mais leve. Se não estivesse presa a Lou, teria saído voando.

– Ele *quer* que você vá atrás dele – retrucou Lou.

– Eu posso encontrá-lo – assegurou Vic. – Posso encontrar essa tal Casa do Sono. Já disse: antes de foder com a moto, eu encontrei a ponte.

– A corrente deve ter saído. Você tem sorte de a moto não ter caído.

Ela abriu os olhos e afirmou:

– Lou, você tem que consertar a Triumph. Tem que ser hoje, esta noite. O mais rápido possível. Diga a Tabitha e à polícia que você não está conseguindo dormir. Diga que precisa fazer alguma coisa para se distrair. As pessoas têm reações esquisitas ao estresse e você é mecânico. Ninguém vai questioná-lo.

– Manx disse para você ir encontrá-lo. O que acha que ele vai fazer com você quando isso acontecer?

– Ele deveria estar pensando no que *eu* vou fazer com *ele*.

– E se ele não estiver nessa tal Casa do Sono? Será que a moto vai levar você até onde ele estiver? Mesmo se ele estiver em movimento?

– Não sei – respondeu Vic, mas o que pensou foi: *Não*.

Não soube muito bem de onde vinha essa certeza nem como podia saber tal coisa. Lembrava-se vagamente de ter saído certa vez à procura de um gato perdido – *Taylor*, era o nome do gato – e tinha certeza de que só o encontrara porque ele estava morto. Se estivesse vivo e em movimento, a ponte não teria conseguido achar um ponto no qual se ancorar. Lou viu a dúvida no rosto de Vic, que prosseguiu:

– Mas enfim, isso não importa. Porque Manx alguma hora precisa parar, não é? Para dormir? Para comer?

Na verdade, Vic não tinha certeza se ele precisava de comida ou descanso. O sujeito morrera, sofrera uma autópsia, tivera o coração removido... depois se levantara e fora embora assobiando. Quem poderia saber quais eram as necessidades de um homem assim? Talvez o próprio fato de pensar nele como um homem já partisse de um pressuposto equivocado. No enquanto, Manx sangrava. Podia ser ferido. Vic tinha visto como ele estava pálido, como cambaleava. Calculava que no mínimo ele fosse precisar se recuperar, parar e cochilar um pouco, igual a qualquer criatura ferida. A placa do seu carro era uma brincadeira ou uma bravata, *nosferatu*, palavra alemã que significava vampiro; de certa forma, uma admissão do que ele era. Nas histórias, porém, até mesmo os vampiros às vezes rastejavam de volta para seus caixões e fechavam a tampa. Ela deixou de lado esses pensamentos e concluiu:

– Mais cedo ou mais tarde ele vai ter que parar por algum motivo e, quando parar, vou conseguir encontrá-lo.

– Você me perguntou se eu a achava maluca por causa dessa história toda sobre a ponte. E eu respondi que não. *Isso aí* que é uma maluquice. Usar a moto para chegar até Manx, para ele poder acabar com você. Terminar o serviço que o cara começou hoje de manhã.

– É tudo o que nos resta. – Ela relanceou os olhos para a porta. – E, Lou, esse é o único jeito de a gente talvez... de a gente *com certeza* conseguir trazer o Wayne de volta. Essas pessoas aí fora não vão conseguir encontrá-lo. *Eu* vou. Você conserta a moto?

Ele deu um profundo suspiro irregular, e respondeu:

– Vou tentar, Vic. Vou tentar. Com uma condição.

– Qual?

– Quando eu consertar a moto, você vai ter que me levar junto.

Via Panorâmica São Nicolau

WAYNE PASSOU UM LONGO TEMPO dormindo, um intervalo infinito de silêncio e paz... e quando abriu os olhos entendeu que tudo estava bem.

NOS4A2 tinha varado a noite a toda velocidade, um torpedo penetrando as profundezas insondáveis. Eles subiam por morros baixos e o Espectro se agarrava às curvas como se andasse sobre trilhos. Wayne estava subindo rumo a algo maravilhoso.

A neve caía em flocos suaves e leves como penas de ganso. Os limpadores de para-brisa faziam *sup*, *sup* ao removê-los.

Eles passaram por um solitário poste no meio da noite, uma bengala listrada com 4 metros de altura feita de doce e encimada por uma jujuba, que lançava uma luz cereja e transformava os flocos em plumas de fogo.

O Espectro fez uma curva alta que proporcionava uma vista da vasta planície abaixo, prateada, lisa e chapada e, bem lá no final, as montanhas! Wayne nunca vira montanhas assim; em comparação, as Rochosas pareciam reles morrinhos. A menor tinha as mesmas dimensões do Everest. Elas formavam uma imensa cordilheira de dentes de pedra, uma fileira torta de presas afiadas e grandes o suficiente para devorar o céu. Rochas de 12 mil metros perfuravam a noite, sustentavam a escuridão e penetravam as estrelas.

Acima de tudo isso, flutuava uma lua que parecia uma foice prateada. Wayne ergueu os olhos para ela, desviou-os, em seguida tornou a olhar. O satélite tinha um nariz adunco, uma boca franzida e pensativa e um único olho agora fechado durante o sono. Quando ela expirava, um vento se espalhava pelas planícies e vultos prateados de nuvens corriam pela noite. Wayne quase bateu palmas, tamanho seu deleite ao ver aquela lua.

Mas era impossível manter os olhos afastados das montanhas por muito tempo. Os imensos picos inclementes atraíam o olhar de Wayne como um ímã atrai ferro, pois lá em cima, em uma reentrância situada a dois terços da altura da maior das montanhas, ficava uma joia brilhante incrustada na fachada da rocha. Reluzia mais do que a própria lua, mais do que qualquer estrela, qual uma tocha.

A Terra do Natal.

– Você deveria abaixar o vidro e tentar pegar um desses flocos de açúcar! – aconselhou o Sr. Manx do banco da frente.

Por um instante, Wayne esquecera quem estava dirigindo o carro. Havia parado de se preocupar com isso. O importante era chegar lá. Sentiu-se bastante ansioso para passar com o carro entre as bengalas de doce que formavam o portão.

– Flocos de açúcar? O senhor não quis dizer flocos de neve?

– Se quisesse dizer flocos de neve, teria *dito* flocos de neve! Isso são flocos de puro açúcar de cana e, se estivéssemos dentro de um avião, estaríamos rasgando nuvens de algodão-doce! Vamos, abaixe um dos vidros! Pegue um floco e veja se estou mentindo!

– Não vai estar frio? – perguntou Wayne.

O Sr. Manx o encarou pelo retrovisor com rugas nos cantos dos olhos provocadas por um sorriso.

Ele não estava mais assustador. Estava jovem e, mesmo não sendo bonito, pelo menos tinha um ar estiloso, com aquelas luvas de couro pretas e aquele casaco preto. Seus cabelos agora também estavam pretos, penteados para trás sob a boina de aba de couro que deixava à mostra a testa grande.

O Homem da Máscara de Gás dormia ao seu lado com um doce sorriso no rosto gordo com barba por fazer. Estava usando um uniforme branco de fuzileiro naval com o peito cheio de medalhas. Uma segunda olhada, porém, mostrava que elas eram na verdade moedas de chocolate envoltas em papel-alumínio dourado, nove ao todo.

Wayne entendia agora que chegar à Terra do Natal era melhor do que entrar para a Escola de Hogwarts, melhor do que ir à Fantástica Fábrica de Chocolate, à Cidade das Nuvens de *Star Wars* ou a Valfenda, de *O Senhor dos Anéis*. Menos de uma criança em um milhão tinha permissão para entrar na Terra do Natal, e só chegavam até lá as que realmente *precisavam*. Era impossível ser infeliz lá, naquele lugar em que todas as manhãs eram a manhã de Natal e todas as noites eram a véspera do Natal, onde chorar era contra a lei e crianças voavam como anjos. Ou flutuavam. Wayne não sabia muito bem qual era a diferença.

Sua mãe detestava o Sr. Manx porque ele não queria levá-la para a Terra do Natal. E, se ela não podia ir, também não queria que Wayne fosse. O motivo pelo qual sua mãe bebia tanto era porque ficar doidona era o mais perto que uma pessoa podia chegar da sensação que se tinha ao estar na Terra do Natal – muito embora uma garrafa de gim fosse tão similar à Terra do Natal quanto um biscoito para cachorro se assemelhava a um filé mignon.

Sua mãe sempre soubera que Wayne algum dia iria para a Terra do Natal. Era por isso que não suportava ficar perto dele. Era por isso que tinha fugido dele durante tantos anos.

Wayne não queria pensar nisso. Ligaria para ela assim que chegasse à Terra do Natal. Diria que a amava e que estava tudo bem. Telefonaria todos os dias se fosse preciso. Era verdade que ela às vezes o odiava, que odiava ser mãe, mas ele estava decidido a amá-la mesmo assim, a dividir com ela a sua felicidade.

– Frio? – gritou Manx, puxando os pensamentos de Wayne de volta para o presente. – Você parece minha tia Mathilda! Vamos, abaixe a janela. Além disso, eu conheço você, Bruce Wayne Carmody. Você está pensando coisas sérias, não está? Que rapazinho mais sério! Precisamos curá-lo disso! E vamos curar mesmo! A receita do Dr. Manx é uma xícara de chocolate quente com hortelã e uma volta no Expresso do Ártico com as outras crianças. Se depois disso ainda estiver cabisbaixo, não há esperança para você. Vamos, abaixe a janela! Deixe o ar da noite espantar a tristeza! Não seja uma velha rabugenta! Parece que estou andando com uma vovozinha em vez de com um menino!

Wayne se virou para abaixar a janela, mas teve uma surpresa desagradável: sua avó Linda estava sentada ao seu lado. Fazia muitos meses que ele não a via. Era difícil visitar parentes que estavam mortos.

Linda continuava morta. Estava vestida com uma camisola de hospital desamarrada que deixava à mostra suas costas nuas esqueléticas, com a bunda de fora sobre o banco de couro bege de boa qualidade. Tinha pernas raquíticas, horrorosas, muito brancas no escuro, percorridas por varizes pretas. Seus olhos estavam escondidos atrás de um par de moedas de cinquenta centavos brilhantes, prateadas e recém-cunhadas.

Wayne abriu a boca para dar um grito, mas vovó Lindy levou o dedo aos lábios. *Shhh.*

– viagem da velocidade a diminuir pode você ,contrário ao pensar Se Wayne ,verdade da longe para você levando está Ele – alertou ela, com um tom grave.

Manx inclinou a cabeça como quem tenta escutar um barulho desagradável vindo de baixo do capô. Lindy havia falado com clareza suficiente para Manx ouvi-la, mas ele não se virou completamente e sua expressão sugeria que ele *pensava* ter ouvido alguma coisa, mas não tinha certeza.

A visão da avó já era ruim o suficiente, mas as palavras sem sentido que ela dizia – situadas enlouquecedoramente no limite da razão – fizeram um choque de medo tomar o corpo de Wayne. As moedas nos olhos dela cintilaram.

– Vai embora – sussurrou ele.

– juventude sua roubar e trás para alma sua deixar Vai .arrebentar você até ,elástico um feito você esticar Vai .alma própria sua da você afastar vai Ele – explicou vovó Lindy, pressionando um dedo frio no esterno de Wayne de vez em quando para dar mais ênfase.

O menino emitiu um gemido fino meio abafado e se retraiu para impedir que ela o tocasse. Ao mesmo tempo, pegou-se tentando entender aquela algaravia recitada com tanta gravidade. *Ele vai te arrebentar*, foi o que entendeu. *Elástico um?* Não, devia ser *um elástico*. Ah, sim. Ela dissera as coisas de trás para a frente e, em certo nível, Wayne compreendeu que era por isso que o Sr. Manx não conseguia escutá-la muito bem do banco da frente: porque ele estava indo para a frente e ela estava correndo ao contrário. Wayne tentou se lembrar o que mais a avó falara, para ver se conseguia desfazer os nós daquela sintaxe morta, mas as palavras já se dissipavam para longe.

– Abaixe a janela, garotinho! Abaixe! – ordenou o Sr. Manx. Sua voz de repente soava dura, não tão simpática quanto antes. – Quero que pegue um pouco dessa doçura para você! Depressa! Estamos quase chegando em um túnel.

Mas Wayne não conseguia abaixar a janela. Para fazer isso, teria que esticar a mão à frente de Lindy e isso lhe dava medo. Tinha tanto medo dela quanto costumava ter de Manx. Queria tapar os próprios olhos para não ter que vê-la. Respirava com pequenos arquejos, como um velocista na última volta de uma prova, e suas expirações soltavam vapor como se fizesse frio ali no banco de trás, embora ele não sentisse nada parecido.

Olhou para o banco dianteiro em busca de ajuda, mas o Sr. Manx mudara. Não tinha orelha esquerda, apenas fragmentos de carne, fiapos escarlate se balançando junto à bochecha. Estava sem chapéu e a cabeça se tornara calva e cheia de calombos e manchas, com apenas alguns fios grisalhos penteados por cima. Uma grande aba de pele vermelha solta pendia de sua testa. Ele não tinha mais olhos e, no lugar em que seus olhos antes ficavam, havia dois buracos vermelhos chiando – não órbitas ensanguentadas e, sim, crateras contendo carvões em brasa.

Ao seu lado, o Homem da Máscara de Gás dormia vestido com seu uniforme engomado, sorrindo feito um homem de barriga cheia e pés aquecidos.

Pelo para-brisa, Wayne pôde ver que eles estavam perto de um túnel escavado em uma parede de rocha, um cano negro que penetrava o flanco da montanha.

– Quem está aí atrás com você? – indagou Manx com uma voz que zumbia, horrível, parecendo o som de mil moscas.

Wayne olhou em volta à procura de Lindy, mas ela desaparecera.

O túnel engoliu o Espectro. No escuro, havia apenas aqueles buracos vermelhos nos quais deveriam estar os olhos de Manx, encarando-o.

– Eu não quero ir para a Terra do Natal – afirmou Wayne.

– Todo mundo quer ir para a Terra do Natal – replicou a coisa no banco da frente que antes era um homem e que talvez já não o fosse havia cem anos.

Eles se aproximavam depressa de um círculo muito claro de raios solares no final do túnel. Era noite quando haviam adentrado o buraco na montanha, mas estavam avançando na direção de uma claridade estival e, mesmo a mais de 30 metros de distância, a luz já fazia doerem os olhos de Wayne.

Wayne cobriu o rosto com as mãos e gemeu, desconfortável. A luz queimou seus dedos e foi ficando cada vez mais intensa até passar através de suas mãos e ele poder ver os gravetos pretos dos próprios ossos enterrados em tecido reluzente. Sentia que, a qualquer segundo, aquele sol poderia fazê-lo entrar em ignição.

– Não estou gostando disso! Não estou *gostando*!

O carro sacolejou e bateu na estrada esburacada, com força suficiente para obrigá-lo a afastar as mãos do rosto. Um sol matinal o fez piscar.

Bing Partridge, o Homem da Máscara de Gás, endireitou-se, virou-se no banco e olhou para Wayne. Seu uniforme tinha desaparecido e ele voltara a usar o conjunto esportivo manchado da véspera.

– Eu também não sou uma pessoa matinal – disse ele, enfiando um dedo no ouvido.

Sugarcreek, Pensilvânia

-SOL, SOL, VÁ EMBORA - disse o Homem da Máscara de Gás com um bocejo. – Volte de novo outra hora. – Ele passou alguns instantes em silêncio antes de falar com uma voz tímida: – Eu tive um sonho lindo. Sonhei com a Terra do Natal.

– Espero que tenha gostado – comentou Manx. – Com a confusão que você aprontou, sonhar com a Terra do Natal é o máximo que você vai fazer!

Bing afundou no banco e cobriu as orelhas com as mãos.

Estavam no meio de uma paisagem de morros e mato alto, sob um céu azul de verão. Um lago de formato alongado brilhava logo abaixo, à esquerda, uma comprida lasca de espelho largada entre pinheiros com 30 metros de altura. Os vales retinham punhados de névoa matinal que logo iria se dissipar.

Wayne esfregou as mãos com força nos olhos; seu cérebro ainda estava meio embotado. Sentia a testa e as bochechas febris. Deu um suspiro – e espantou-se ao ver um vapor claro lhe escapar das narinas, igualzinho ao do sonho. Não tinha percebido que fazia tanto frio ali no banco de trás.

– Estou congelando – falou, embora na realidade sentisse calor, não frio.

– Manhãs como esta podem ser bem frias – disse Manx. – Você logo vai se sentir melhor.

– Onde a gente está? – perguntou Wayne.

– Na Pensilvânia. Passamos a noite inteira na estrada e você dormiu feito um bebê.

Wayne piscou, perturbado, embora tenha levado alguns instantes para entender por quê. O pedaço de gaze branca continuava pregado sobre o que restava da orelha esquerda de Manx, mas ele havia removido a atadura enrolada na testa. O corte de 20 centímetros estava preto e tinha um aspecto rançoso, como um Frankenstein, mas ainda assim parecia estar cicatrizando há doze dias, não doze horas. Manx estava com uma cor melhor e um olhar mais focado, aceso de tanto bom humor.

– Seu rosto está melhor – comentou Wayne.

– O aspecto melhorou um pouco, eu acho, mas ainda não posso participar de um concurso de beleza!

– Como pode ter melhorado?

Manx pensou um pouco.

– O carro cuida de mim. Vai cuidar de você também.

– É porque nós estamos na estrada para a Terra do Natal – respondeu o Homem da Máscara de Gás, olhando por cima do ombro e sorrindo. – Ela é tão sensacional que acaba com qualquer baixo-astral, não é, Sr. Manx?

– Não estou com disposição nenhuma para as suas bobagens rimadas, Bing – retrucou Manx. – Que tal brincar de ficar em silêncio?

Ninguém disse nada por algum tempo e NOS4A2 seguiu avançando para o sul.

Wayne avaliou sua situação. Durante toda sua vida, nunca sentira tanto medo quanto na tarde anterior. Ainda estava com a garganta rouca de tanto gritar. Agora, porém, era como se ele fosse uma jarra dentro da qual já não restasse uma única gota de sentimento ruim. O interior do Rolls-Royce era preenchido por uma luz dourada e carneirinhos de poeira brilhavam em um facho. Wayne ergueu a mão para tocá-los e fazê-los girar como areia que rodopia dentro d'água...

Sua mãe havia mergulhado na água para fugir do Homem da Máscara de Gás, lembrou, sobressaltado. Por um instante, sentiu uma pontada do medo da véspera, tão visceral quanto se houvesse tocado um fio de cobre desencapado e levado um choque. O que o assustou não foi pensar que era prisioneiro de Charlie Manx, mas ter, por um instante, *esquecido* que era um prisioneiro. Por alguns segundos ele ficara admirando a luz e sentira-se quase feliz.

Moveu os olhos para a gaveta de nogueira embutida sob o banco à sua frente, onde havia escondido o celular. Então viu que Manx o observava pelo retrovisor, exibindo um pequeno sorriso. Tornou a afundar no assento.

– Você disse que me devia uma – lembrou Wayne.

– Devia. E ainda devo.

– Eu quero ligar para a minha mãe. Quero avisar a ela que estou bem.

Manx assentiu, com os olhos na estrada e as mãos no volante. O carro tinha mesmo andado sozinho na véspera? Wayne se lembrava do volante girando sozinho enquanto Manx gemia e o Homem da Máscara de Gás limpava seu sangue do rosto – mas essa recordação lhe vinha à memória com um aspecto hiper-realista, como naqueles sonhos que as pessoas têm quando estão acamadas com uma gripe especialmente forte. Agora, sob o sol brilhante da manhã, não tinha certeza de que isso de fato acontecera. Além do mais, o dia estava esquentando; ele não conseguia mais ver a própria respiração.

– Você tem razão ao querer ligar para ela e avisar que está bem. Ao chegarmos lá aonde estamos indo, imagino que vá querer telefonar todos os dias! É uma questão de consideração! E é claro que ela vai querer saber como você está. Temos que ligar assim que der. Não posso contabilizar isso como o favor que você me deve! Que tipo de monstro não deixaria um filho ligar para a própria mãe? Infelizmente, não há nenhum lugar bom para dar uma parada e nenhum de nós dois se lembrou de trazer um telefone. – Manx virou a cabeça e tornou a encarar Wayne. – Imagino que *você* não tenha pensado em trazer um, certo? – Ele sorriu.

Ele sabe, pensou Wayne. Sentiu algo murchar dentro de si e, por um instante, chegou perigosamente perto das lágrimas.

– Não – respondeu com uma voz que soou quase normal, se esforçando para não fitar a gaveta de madeira aos seus pés.

Manx tornou a se concentrar na estrada.

– Ah, bem. De todo modo, está cedo para ligar. Não são nem seis horas da manhã e, depois do dia que ela teve ontem, é melhor nós a deixarmos dormir até mais tarde! – Ele suspirou. – Sua mãe tem mais tatuagens do que um marinheiro.

– Era uma vez uma mocinha aqui do lado – disse o Homem da Máscara de Gás. – Cheia de poemas tatuados no rabo. E no traseiro dela, para os cegos alegrar, havia outra versão que eles podiam tocar.

– Você rima demais – disse Wayne.

Manx soltou uma risada alta e grosseira que mais parecia um relincho e deu um tapa no volante.

– Com certeza! O bom e velho Bing Partridge é um demônio das rimas! Se você ler a Bíblia, verá que esse é o tipo mais reles de demônio, mas eles têm lá a sua serventia.

Bing encostou a testa no vidro da janela e olhou para o campo que desfilava lá fora. Ovelhas pastavam.

– Ovelhinha tantã, tantã – entoou ele, baixinho para si mesmo. – Que bonita a sua lã, sua lã.

– Todas aquelas tatuagens que a sua mãe tem... – começou Manx.

– O que tem? – retrucou Wayne, pensando que, se olhasse na gaveta, o celular não estaria mais lá; havia uma excelente chance de eles o terem pegado enquanto dormia.

– Eu posso até ser antiquado, mas considero isso um convite para os olhares de homens de má índole. Você acha que ela gosta desse tipo de atenção?

– Era uma vez uma puta peruana... – sussurrou o Homem da Máscara de Gás, e riu baixinho consigo mesmo.

– As tatuagens são bonitas – disse Wayne.

– Foi por isso que o seu pai se divorciou dela? Porque não gostava que ela saísse desse jeito, com as pernas de fora e toda pintada, distraindo os homens?

– Eles não se divorciaram. Na verdade, nunca foram casados.

Manx deu outra risada.

– Que grande surpresa.

Eles haviam saído da autoestrada e do meio dos morros e adentrado o centro adormecido de uma cidade. Era um lugar triste, com ar de abandono. Vitrines embaçadas exibiam placas de ALUGA-SE. Tábuas de compensado tinham sido pregadas por dentro nos batentes das portas do cinema, e o letreiro na marquise dizia FELIZ NA AL SUGAR EEK PA! Embora fosse julho, havia luzinhas de Natal penduradas.

Wayne não conseguiu suportar a dúvida em relação ao celular. Esticando o pé todo, conseguiu alcançar a gaveta. Foi pondo o dedão por baixo da maçaneta.

– Uma coisa eu reconheço: ela tem um visual forte e atlético – comentou Manx, embora Wayne mal estivesse escutando. – Imagino que tenha namorado.

– Ela diz que o namorado dela sou eu – falou Wayne.

– Ha, ha. Toda mãe diz isso para o filho. O seu pai é mais velho do que a sua mãe?

– Não sei. Acho que sim. Um pouco.

Wayne segurou a maçaneta com o dedão e a puxou 2 centímetros. O celular continuava lá dentro. Ele fechou a gaveta devagar. Mais tarde. Se tentasse pegar o aparelho agora, eles iriam tomá-lo.

– Você acha que ela gosta de homens mais velhos? – quis saber Manx.

Wayne estava assombrado com o jeito como Manx falava de sua mãe. Não teria ficado mais confuso se Manx tivesse começado a lhe fazer perguntas sobre leões-marinhos ou carros esportivos. Não conseguia se lembrar de como tinham chegado àquele assunto específico e esforçou-se para recordar, para repassar a conversa de trás para a frente.

Se você pensar ao contrário, pensou Wayne. *Contrário. Ao. Pensar. Você. Se.* Sua falecida vovó Lindy tinha aparecido no seu sonho e ela dizia tudo ao contrário. Ele já havia esquecido a maior parte do que ela falara, mas essa parte lhe voltou à mente com perfeita clareza, como uma mensagem em tinta invisível que escurece e surge em um papel suspenso acima de uma chama. Se ele pensasse ao contrário, o que iria acontecer? Não sabia.

O carro parou em um cruzamento. Uma mulher de meia-idade estava em pé no meio-fio a 2,5 metros de distância. De short e faixa na cabeça, corria sem sair do lugar. Embora não houvesse tráfego, esperava o sinal ficar verde.

Wayne agiu sem pensar: jogou-se em cima da porta e bateu com as mãos na janela.

– Socorro! – gritou – Me ajude!

A corredora franziu a testa e olhou em volta, encarando o Rolls-Royce.

– Por favor, me ajude! – gritou Wayne, batendo no vidro com a mão espalmada.

A mulher sorriu e acenou.

O sinal ficou verde. Manx atravessou o cruzamento devagar.

À esquerda, do outro lado da rua, Wayne viu um homem de uniforme saindo de uma loja de rosquinhas. Usava o que parecia ser um quepe de policial e um casaco quebra-vento azul.

Wayne se jogou para o outro lado do carro e começou a socar a outra janela. Quando o homem entrou em foco, o garoto viu que era um carteiro, não um policial, um senhor roliço de 50 e poucos anos.

– Socorro! Estou sendo raptado! *Socorro, socorro, socorro!* – berrava Wayne com uma voz esganiçada.

– Ele não vai ouvir – avisou Manx. – Ou melhor, não vai ouvir o que você quer que ele ouça.

O carteiro olhou para o Rolls que passava. Com um sorriso, levou dois dedos ao quepe para um breve cumprimento. Manx seguiu em frente.

– Já acabou de dar seu chilique? – perguntou.

– Por que ninguém me escuta? – indagou Wayne.

– É como o que dizem sobre Las Vegas: o que acontece no Espectro fica no Espectro.

Eles já estavam saindo do centro e começavam a acelerar, deixando para trás os quatro quarteirões de prédios de tijolo e vitrines empoeiradas.

– Não se preocupe – disse Manx. – Se estiver cansado da estrada, nós já vamos sair dela. Eu pelo menos já estou farto de tanta rodovia. Estamos bem perto do nosso destino.

– A Terra do Natal? – quis saber Wayne.

– Não. Ainda estamos longe de lá.

– A Casa do Sono – respondeu o Homem da Máscara de Gás.

O Lago

VIC FECHOU OS OLHOS POR alguns instantes e, quando tornou a abri-los, estava encarando o relógio sobre a mesinha de cabeceira – 5:59. Então as placas de celuloide passaram para 6:00 e o telefone tocou.

Os dois eventos foram tão simultâneos que, a princípio, Vic pensou que o despertador estivesse tocando e não conseguiu entender por que o havia colocado para tão cedo. O telefone tornou a tocar e a porta do quarto se abriu com um clique. Tabitha espiou dentro do cômodo; seus olhos brilhavam por trás dos óculos redondos.

– É um prefixo 603 – informou ela. – Uma empresa de demolição em Dover. É melhor a senhora atender. Não deve ser ele, mas...

– Não é ele – garantiu Vic, tateando para pegar o aparelho e o atendendo.

– Só fiquei sabendo bem tarde – falou seu pai do outro lado da linha. – E levei algum tempo para conseguir seu número. Esperei o máximo que consegui, para o caso de você estar tentando dormir. Como você está, garota?

Vic afastou o fone da boca e avisou a Thabita:

– É o meu pai.

– Avise que ele está sendo gravado. Todas as ligações para este número serão gravadas até segunda ordem.

– Ouviu isso, Chris?

– Ouvi. Não tem problema. Eles têm que fazer tudo o que puderem. Nossa, garota, como é bom ouvir a sua voz.

– O que você quer?

– Saber como você está. Quero que saiba que eu estou aqui se precisar de mim.

– Tem sempre uma primeira vez para tudo, não é?

– Entendo o que você está passando. Eu também já passei por isso, sabe? Eu amo você, garota. Me diga se eu puder fazer alguma coisa.

– Não pode. Não tem nada para você detonar no momento. Já está tudo arruinado. Não ligue mais, pai. Já estou sofrendo o suficiente. Você só piora as coisas.

Ela desligou. Tabitha a observava da porta.

– A senhora pediu para os seus experts em celular tentarem localizar o aparelho do Wayne? Houve algum resultado diferente do dado pelo Buscar iPhone? Imagino que não. Se tivesse alguma informação nova, não teria me deixado dormir.

– Eles não conseguiram localizar o celular.

– Não conseguiram? Ou viram que ele está na Via Panorâmica São Nicolau, em algum lugar a leste da Terra do Natal?

– Afinal, isso *tem ou não* algum significado para a senhora? Charlie Manx tinha uma casa no Colorado. As árvores em volta da casa eram todas decoradas com enfeites de Natal. A imprensa batizou o lugar de Casa Sino. É *lá* que fica a Terra do Natal?

Não, pensou Vic automaticamente. *Porque a Casa Sino fica no* ***nosso*** *mundo. A Terra do Natal fica na paisagem interior de Manx. A Manxilândia.*

Tabitha sabia esconder muito bem o que estava pensando e encarava Vic com uma expressão de calma observadora. Se dissesse àquela mulher que a Terra do Natal era um lugar situado na quarta dimensão, onde críticas mortas entoavam cantigas de Natal e davam telefonemas interurbanos, a expressão de Tabitha continuaria a mesma. Ela continuaria a fitar Vic com aquele olhar frio e clínico enquanto policiais a segurariam e um médico a sedaria.

– Eu não sei onde fica nem *o que é* a Terra do Natal – respondeu, o que era em grande parte verdade. – Não entendo por que isso aparece quando vocês tentam localizar o telefone do Wayne. Quer dar uma olhada nos martelos?

A casa continuava cheia de gente, embora as pessoas agora parecessem menos policiais e mais funcionários nerds de uma loja de informática. Três rapazes haviam instalado laptops sobre a mesa de centro da sala: um asiático magro e alto cheio de tatuagens tribais, um judeu magrelo com cabelos ruivos muito armados e cerca de um bilhão de sardas, e um negro vestido com um suéter preto de gola rolê que parecia saído do armário de Steve Jobs. A casa cheirava a café. Na cozinha, um novo bule estava sendo preparado.

Tabitha serviu uma xícara para Vic e pôs creme e uma colherada de açúcar, exatamente como ela gostava.

– Isso está na minha ficha? – perguntou Vic. – Como eu tomo meu café?

– O creme estava na geladeira; a senhora deve usar para alguma coisa. E tinha uma colher dentro do açucareiro.

– Elementar, meu caro Watson.

– Eu costumava me fantasiar de Sherlock Holmes no Dia das Bruxas. Cachimbo, chapéu típico... Que fantasia você usava?

– Camisa de força. Eu me fantasiava de fugitiva de um manicômio. Foi um bom treino para o resto da minha vida.

O sorriso de Tabitha se desfez e sumiu.

Ela se sentou à mesa com Vic e lhe passou o iPad, explicando como percorrer a galeria de fotos para olhar os variados martelos.

– Que importância tem o martelo que ele usou para bater em mim? – indagou Vic.

– Nós só sabemos o que é importante depois de ver. Portanto, tentamos verificar tudo.

Vic foi passando as imagens: ferramentas de loja de ferragens, tacos de croquê...

– Que diabo é isso? Uma base de dados dedicada a assassinos que usam martelos e afins?

– Isso.

Vic lhe lançou um olhar. A expressão de Tabitha tornara a adquirir seu ar impassível habitual.

Vic seguiu em frente, então parou.

– Este. Foi este aqui.

Tabitha olhou para a tela, onde se via um martelo de 30 centímetros de comprimento, cabeça retangular de aço inox, cabo texturizado e um gancho afiado e curvo na ponta.

– Tem certeza?

– Tenho. Por causa do gancho. É esse mesmo. Que droga de martelo é esse?

Tabitha mordeu o lábio inferior, em seguida empurrou a cadeira para trás e se levantou.

– Não é do tipo que se compra em uma loja de ferragens. Tenho que dar um telefonema.

Com uma das mãos pousada no encosto da cadeira de Vic, ela hesitou.

– A senhora acha que teria disposição para conceder uma declaração à imprensa hoje à tarde? Nós tivemos um bom espaço nos canais a cabo. As reportagens foram dos mais diversos tipos. Todo mundo conhece as histórias da Máquina de Busca, então, lamento dizer, muitas das matérias estão considerando a investigação um jogo da Máquina de Busca na vida real. Um apelo pessoal pode ajudar a manter a notícia no ar. E informar as pessoas é a nossa melhor arma.

– A imprensa já descobriu que Manx também me raptou quando eu era adolescente? – perguntou Vic.

Tabitha franziu a testa, como que refletindo.

– Humm... Não, eles ainda não fizeram essa ligação. E eu não acho que a senhora deva mencionar isso na sua declaração. É importante manter a mídia focada na informação relevante. Precisamos que as pessoas procurem o seu filho e o carro. É disso que vamos falar. Todo o resto é insignificante, no melhor dos casos, e no pior dos casos uma distração.

– O carro, meu filho e Manx – retrucou Vic. – Queremos que todo mundo procure Manx.

– Sim. Claro. – Ela deu dois passos em direção à porta, então se virou. – Victoria, a senhora tem sido maravilhosa. Tem demonstrado muita força em um momento assustador. Já fez tanta coisa que detesto pedir mais. Mas hoje, quando estiver pronta, precisaremos sentar juntas para que eu ouça a história toda da sua boca. Preciso saber mais sobre o que Manx fez com a senhora. Isso pode aumentar muito a nossa chance de encontrar seu filho.

– Eu já *disse* o que ele fez comigo. Já contei a história toda ontem. Ele me acertou com um martelo, me perseguiu até o lago e foi embora com o menino.

– Desculpe, não fui clara o suficiente. Não estou falando sobre o que Manx fez com a senhora *ontem*, mas sobre 1996. Quando ele a raptou.

Vic tinha a sensação de que Tabitha era uma mulher que não dava ponto sem nó. Uma mulher paciente e sensível que se encaminhava para a conclusão de que Manx era apenas uma alucinação de Vic. Mas se ela não acreditava que Wayne fora levado por Manx, *o que* achava que tinha acontecido?

Vic estava consciente de ameaças que não conseguia identificar muito bem. Como alguém que está dirigindo e de repente descobre haver gelo sob os pneus e que qualquer movimento brusco pode precipitar o carro em uma espiral descontrolada.

Não duvido que alguém tenha espancado a senhora, dissera Tabitha. *Acho que disso* ninguém *duvida.*

E também: *A senhora passou um mês em um hospital psiquiátrico do Colorado, onde recebeu um diagnóstico de transtorno do estresse pós-traumático e esquizofrenia severos.*

Sentada à mesa diante de seu café, em um estado de relativa calma e imobilidade, Vic enfim conseguiu entender. Quando tudo se encaixou, teve uma sensação fria na nuca e um arrepio no couro cabeludo, indicadores físicos tanto de assombro quanto de horror. Engoliu um pouco de café morno para espantar o frio nauseante e não ficar tão alarmada. Fez um esforço para se manter totalmente controlada enquanto repassava tudo na própria mente.

Tabitha achava que *a própria Vic* tinha matado Wayne durante um surto psicótico. Que tinha matado o cachorro e depois afogado o filho no lago. A sua palavra era o único indício dos disparos; ninguém encontrara uma bala ou cápsula sequer. O chumbo caíra na água e o latão ficara dentro da arma. A cerca estava destruída e o quintal, revirado; era a única parte da sua história que eles ainda não conseguiam compreender. Mais cedo ou mais tarde, porém, iriam encontrar uma explicação para isso também. Inventariam algo e forçariam essa coisa a se encaixar com os outros fatos.

Achavam que ela era mais uma Susan Smith, aquela mulher da Carolina do Sul que tinha afogado os próprios filhos e contado uma mentira rocambolesca, dizendo que eles haviam sido raptados por um homem negro, o que provocara um frenesi de histeria racial que assolara o país durante uma semana. Era por isso que os noticiários não estavam mencionando o nome de Manx: a polícia não acreditava na existência dele. A polícia nem acreditava que houvera sequestro, mas por enquanto aceitava essa parte, decerto para se respaldar judicialmente.

Vic terminou o café, pôs a xícara dentro da pia e saiu pela porta dos fundos.

Não havia ninguém no quintal. Percorreu a grama molhada de orvalho até a cocheira e olhou pela janela.

Lou dormia no chão ao lado da moto. Desmontada, a Triumph estava sem as tampas laterais e com a corrente solta. Lou havia dobrado uma lona sob a cabeça para servir de travesseiro. Tinha as mãos cobertas de graxa.

Suas bochechas exibiam impressões digitais pretas nos lugares em que ele tocara o rosto durante o sono.

– Ele passou a noite inteira trabalhando aí dentro – disse alguém atrás dela.

Daltry a seguira até o gramado. Ele sorria, exibindo um dente de ouro, e segurava um cigarro.

– Já vi isso acontecer. Várias vezes. É assim que as pessoas reagem diante da impotência. A senhora não iria acreditar em quantas mulheres ficam tricotando na sala de espera antes de saber se o filho vai sobreviver a uma cirurgia de vida ou morte. Quando a pessoa se sente impotente, faz praticamente qualquer coisa para não pensar.

– É – concordou Vic. – Tem razão. Ele é mecânico. Isso é o tricô dele. Me arruma um cigarro?

Talvez fumar pudesse lhe dar firmeza e acalmar seus nervos.

– Não vi cinzeiro nenhum na casa – comentou Daltry.

Ele tirou um maço do blazer vagabundo e o sacudiu para lhe entregar um cigarro.

– Larguei por causa do meu filho – explicou ela.

Daltry aquiesceu. Sacou um isqueiro grande e dourado com algum tipo de ilustração impressa na lateral. Acionou o mecanismo de acender, provocando ruídos ásperos e faíscas.

– Está quase sem fluido.

Vic pegou o isqueiro, acionou-o e uma pequena chama amarela e tremeluzente surgiu na ponta. Ela acendeu o cigarro, fechou os olhos e tragou. Foi como mergulhar em um banho morno. Ergueu os olhos, deu um suspiro e fitou o desenho na lateral do isqueiro: era Popeye desferindo um soco. CATAPOU, estava escrito no meio de uma explosão de ondas de choque amarelas.

– Sabe o que mais me espanta? – indagou Daltry enquanto ela dava mais uma funda tragada no cigarro e enchia os pulmões com a fumaça deliciosa. – Ninguém ter visto o seu grande Rolls-Royce antigo. Como é que um carro desses passa despercebido? Isso não a surpreende?

Ele a observava com um olhar brilhante, quase feliz.

– Não – respondeu Vic, e era a verdade.

– Não – repetiu Daltry. – A senhora não está surpresa. Como isso aconteceu, então?

– É que Manx tem talento para não ser visto.

– Dois homens a bordo de um Rolls-Royce Wraith 1938. É bem fora do comum. Sabia que hoje restam menos de quatrocentos Rolls-Royces Wraith no mundo? Menos de cem aqui nos Estados Unidos. É um carro raro pra caramba. E a única pessoa que o viu foi a senhora. Deve achar que está ficando maluca.

– Eu não estou ficando maluca. Estou com medo. É diferente.

– Imagino que deva saber a diferença – comentou Daltry. Deixou o cigarro cair na grama e o esmagou com o bico do sapato.

Vic só reparou que ainda estava com o isqueiro na mão quando o policial já tinha desaparecido dentro da casa.

A Casa do Sono

O QUINTAL DE BING ESTAVA repleto de flores de papel-alumínio em cores vivas que giravam à luz da manhã.

A casa parecia um pequeno bolo cor-de-rosa, cheia de detalhes brancos e lírios pendentes. Um lugar ao qual uma velhinha bondosa convidaria uma criança para comer biscoitos de pão de mel, a prenderia dentro de uma gaiola e passaria semanas engordando-a até por fim colocá-la no forno. Aquela era a Casa do Sono. Wayne ficou com sono só de ver as flores girarem.

Ali perto, em cima de um morro, ficava uma igreja que fora quase destruída por um incêndio. Restava pouco dela, a não ser a fachada com o campanário alto e pontudo, as altas portas brancas e as janelas sujas de fuligem. Os fundos eram um monte de ruínas feito de vigas carbonizadas e concreto queimado. Na frente havia uma placa, uma daquelas pranchas com letras móveis pelas quais o pastor avisava aos fiéis sobre o horário das missas. Só que alguém tinha mexido nas letras para compor um recado que não devia representar muito bem as opiniões da congregação:

TABERNÁCULO DA NOVA FÉ
DEUS MORREU QUEIM ADO
SÓ SOBRARAM DEMÔNIOS

O vento soprava nos altos e velhos carvalhos que emolduravam o estacionamento em volta da ruína da igreja carbonizada. Mesmo com as janelas fechadas, Wayne sentiu cheiro de queimado.

NOS4A2 virou e entrou em um acesso de carros que conduzia a uma garagem separada. Bing se remexeu, vasculhou o bolso e sacou um controle remoto. O portão subiu e o automóvel entrou.

A garagem era um bloco de cimento oco, fresco e sombreado que recendia a óleo e ferro. O cheiro metálico vinha da meia dúzia de cilindros verdes altos e enferrujados, com palavras em vermelho gravadas a estêncil na lateral: INFLAMÁVEL; CONTEÚDO SOB PRESSÃO; SEVOFLURANO. Estavam alinhados como soldados em um exército alienígena de robôs à espera da inspeção. Atrás dos cilindros havia uma escada estreita que subia para um loft no primeiro andar.

– Rapaz, hora do café da manhã – anunciou Bing, e olhou para Charlie Manx. – Vou preparar o melhor café da manhã que o senhor já tomou. Juro de pés juntos. *O melhor.* É só dizer o que o senhor quer.

– Quero um tempo sozinho, Bing – respondeu Manx. – Quero um tempo para descansar a cabeça. Se não estou com muita fome, provavelmente é porque estou cheio da sua falação. *Isso, sim*, é desperdício de energia.

Bing murchou. Suas mãos subiram em direção às orelhas.

– Não tape os ouvidos para fingir que não está me escutando. Você foi um fracasso total.

O rosto de Bing se enrugou e seus olhos se fecharam. Fazendo uma cara medonha, ele começou a chorar.

– Eu seria capaz de dar um tiro em mim mesmo! – exclamou.

– Ah, quanta asneira! De qualquer forma, o mais provável seria você errar o alvo e me acertar.

Wayne riu.

Espantou todos eles, inclusive a si mesmo. A risada fora como um espirro, uma reação totalmente involuntária. Manx e Bing se viraram para olhá-lo no banco de trás. Lágrimas escorriam dos olhos de Bing, cujo rosto gordo e feio estava deformado de tristeza. Mas Manx observava Wayne com uma espécie de curiosidade bem-humorada.

– Cala essa boca! – berrou Bing. – Não *se atreva* a rir de mim! Eu corto a sua cara fora! Pego a minha tesoura e corto você todo em pedacinhos!

Manx estava segurando o martelo prateado, que pressionou no peito de Bing para empurrá-lo de volta em direção à porta do carro.

– Shhh – fez Manx. – Qualquer criança ri das besteiras de um palhaço. Nada mais natural.

Por um instante, uma imagem surgiu como um clarão na mente de Wayne: como seria engraçado se Manx batesse com o martelo na cara de Bing e quebrasse o seu nariz. Na sua imaginação, o nariz de Bing explodia feito um balão d'água cheio de refrigerante vermelho, algo tão hilário que ele quase tornou a rir.

Uma parte de Wayne muito distante e tranquila perguntou-se como ele conseguia achar graça em *alguma* coisa. Talvez ainda estivesse confuso por causa de todo o gás que Bing Partridge borrifara no seu rosto. Tinha dormido a noite inteira, mas não se sentia repousado e, sim, doente, esgotado e com calor. Mais do que tudo, com calor: parecia ferver dentro da própria pele e queria tomar uma ducha fria, dar um mergulho no lago ou engolir um punhado de neve gelada.

Manx olhou de esguelha para Wayne outra vez e deu uma piscadela. Wayne se retraiu e seu estômago se revirou.

Esse homem é um veneno, pensou, e então repetiu a frase para si mesmo, só que de trás para a frente. *Veneno um é homem esse*. Depois de ter formado essa sentença, sentiu-se estranha e curiosamente melhor em relação a si mesmo, embora não soubesse por quê.

– Se quiser fazer algum trabalho doméstico, pode fritar uma fatia de bacon para o rapazinho. Tenho certeza de que ele iria gostar.

Bing abaixou a cabeça e chorou.

– Vai logo – disse Manx. – Vai bancar o chorão lá na sua cozinha, onde eu não seja obrigado a escutar. Daqui a pouco vou cuidar de você.

Bing desceu do carro, fechou a porta e passou ao lado do Rolls-Royce, em direção ao acesso da garagem. Quando estava próximo da traseira do automóvel, olhou para Wayne com ódio. Wayne nunca vira ninguém encará-lo daquele jeito, como se realmente desejasse a sua morte, como se desejasse estrangulá-lo. Era engraçado. Quase deu outra risada.

Soltou o ar de forma lenta, hesitante; não queria pensar mais naquilo. Alguém havia destampado um vidro de mariposas pretas, que agora voavam em círculos frenéticos dentro da sua cabeça como um redemoinho de ideias: ideias *engraçadas*. Engraçadas feito um nariz quebrado ou um homem que dava um tiro na própria cabeça.

– Prefiro dirigir à noite – comentou Manx. – No fundo sou uma pessoa noturna. Tudo o que é bom de dia fica ainda melhor à noite. Um carrossel, uma roda-gigante, o beijo de uma garota. Tudo. Além do mais, quando fiz 85 anos, o sol começou a incomodar meus olhos. Você quer fazer pi-pipiu?

– Você quer dizer... fazer xixi?

– Ou fazer um bolo de chocolate?

Wayne tornou a rir, uma espécie de latido alto, e logo em seguida bateu com a mão espalmada na boca como se pudesse engolir a risada de volta.

Manx o observava com um olhar brilhante de fascínio, sem piscar. Aliás, Wayne não o vira piscar sequer uma vez durante todo o tempo que haviam passado juntos.

– O que o senhor vai fazer comigo? – perguntou Wayne.

– Levar você para longe de todas as coisas que algum dia já o deixaram infeliz. E quando chegarmos lá aonde estamos indo, você vai ter deixado a sua tristeza para trás. Vamos, tem um banheiro aqui na garagem.

Ele saltou do banco do motorista e, no mesmo instante, o trinco da porta à direita de Wayne se abriu com um estalo tão alto que Wayne se retraiu.

O menino planejava sair correndo assim que pisasse o chão, mas o ar úmido e quente prejudicou seus movimentos. O ar grudava nele, ou quem sabe era ele quem grudava no ar como uma mosca presa em um papel pega-moscas. Conseguiu dar apenas um passo antes de Manx o segurar pela nuca. O toque não foi doloroso nem violento, mas foi *firme*. Sem esforço algum, fez Wayne se virar na direção oposta à do portão da garagem.

O olhar de Wayne recaiu sobre as fileiras de cilindros verdes enferrujados e ele franziu a testa: SEVOFLURANO.

Manx acompanhou o olhar de Wayne e um dos cantos de sua boca se ergueu com um sorriso cúmplice.

– O Sr. Partridge trabalha na equipe de zeladores de uma fábrica de produtos químicos a 5 quilômetros daqui. O sevoflurano é um anestésico narcótico muito apreciado pelos dentistas. Na minha época, o dentista anestesiava os pacientes, até mesmo as crianças, usando conhaque, mas o sevoflurano é considerado bem mais ético e eficaz. Às vezes os cilindros são considerados danificados e Bing os tira de uso. E às vezes eles não estão tão danificados quanto parecem.

Manx conduziu Wayne em direção à escada. Sob os degraus, havia uma porta parcialmente aberta.

– Posso abusar da sua orelha um pouquinho, Wayne?

Wayne imaginou Manx segurando sua orelha esquerda e torcendo até ele gritar e cair de joelhos. Alguma parte horrível e profunda de si mesma também achou *isso* engraçado; ao mesmo tempo, a pele da sua nuca sob a mão descarnada de Manx ficou arrepiada.

Antes de ele conseguir responder, Manx tornou a falar:

– Estou intrigado com algumas coisas. Tomara que você consiga solucionar um mistério para mim.

Com a outra mão, ele pegou debaixo do casaco uma folha de papel dobrada, suja e manchada. Desdobrou-a e a segurou em frente ao rosto de Wayne.

ENGENHEIRO DA BOEING DESAPARECE

– Uma mulher com os cabelos de uma cor ridícula apareceu na casa da sua mãe outro dia. Tenho certeza de que você se lembra. Ela levou uma pasta cheia de reportagens sobre mim. Sua mãe e essa senhora fizeram uma cena e tanto no jardim da sua mãe. Bing me contou tudo. Você vai se espantar, mas Bing assistiu a tudo da casa do outro lado da rua.

Wayne franziu a testa e se perguntou como Bing poderia ter feito isso. Do outro lado da rua ficava a casa dos De Zoet. Uma resposta se insinuou em sua mente. E ela não era nem um pouco engraçada.

Os dois chegaram à porta sob a escada. Manx puxou a maçaneta e a abriu, revelando um banheirinho com um telhado oblíquo.

Ele estendeu a mão para uma corrente que pendia de uma lâmpada nua e a puxou, mas o recinto permaneceu escuro.

– Bing está deixando esta casa cair aos pedaços. Vou manter a porta aberta para entrar um pouco de luz.

Empurrou Wayne de leve para dentro do banheiro escuro. A porta permaneceu entreaberta uns 15 centímetros, mas o velho se afastou para dar ao menino um pouco de privacidade.

– Como é que a sua mãe conhece aquela senhora esquisita e por que as duas estariam conversando *sobre mim*?

– Não sei. Eu nunca tinha visto aquela mulher antes.

– Mas você leu as matérias que ela levou. A maioria era sobre mim. As reportagens sobre o meu caso estão repletas de mentiras ultrajantes. Eu nunca matei criança nenhuma. Nenhuma. E tampouco molesto crianças. Nem todo o fogo do inferno basta para gente assim. A mulher que visitou sua mãe não parecia pensar que eu estava morto. Essa é uma ideia espantosa de se ter, levando em conta que os jornais noticiaram amplamente não apenas a minha morte, mas também a minha autópsia. Por que você acha que aquela mulher acredita que eu continuo vivo?

– Também não sei. – Em pé, Wayne segurava o próprio pinto, mas não conseguia urinar. – Minha mãe falou que ela era maluca.

– Não está de sacanagem comigo, está, Wayne?

– Não, senhor.

– O que aquela mulher de cabelo engraçado falou sobre mim?

– Minha mãe me mandou entrar em casa. Eu não ouvi nada.

– Ah, essa é boa, Bruce Wayne Carmody – comentou Manx, mas sem parecer zangado. – Está tendo dificuldades com a sua varinha?

– Minha o quê?

– Seu pipiu. Seu pintinho.

– Ah. Um pouco, talvez.

– É porque estamos conversando. Nunca é fácil tirar água do joelho com alguém escutando. Vou me afastar três passos.

Wayne ouviu os calcanhares de Manx se arrastarem no concreto. Quase na mesma hora, sua bexiga relaxou e a urina saiu. Ele deixou escapar um longo suspiro de alívio e inclinou a cabeça para trás.

Havia um cartaz pregado acima da privada. Era uma mulher nua, de joelhos, com as mãos amarradas nas costas, o rosto coberto por uma máscara de gás. Um homem de uniforme nazista em pé ao seu lado segurava uma coleira que a cingia pelo pescoço.

Wayne fechou os olhos e empurrou sua varinha – aliás, pênis; "varinha" era uma palavra grotesca – de volta para dentro do short e virou as costas para o cartaz. Lavou as mãos em uma pia com uma barata na lateral, aliado por constatar que não achara graça nenhuma naquele cartaz horrível.

É o carro. Quando se fica dentro daquele carro, tudo parece engraçado, mesmo se é algo horrível.

Assim que teve esse pensamento, tomou-o como verdade.

Saiu do banheiro e viu Manx segurando a porta traseira aberta do Espectro; na outra mão, estava o martelo prateado. Ele sorriu, exibindo os dentes manchados. Wayne achou que conseguiria correr até o acesso da garagem antes de Manx esmagar sua cabeça.

– O negócio é o seguinte – começou Manx. – Eu realmente gostaria de saber mais sobre a confidente da sua mãe. Tenho certeza de que, se você se concentrar, vai se lembrar de alguns detalhes. Por que não senta no carro e pensa um pouco? Vou pegar seu café da manhã. Quando eu voltar, talvez alguma coisa já tenha vindo à sua cabeça. O que me diz?

Wayne deu de ombros, mas seu coração se encheu de esperança diante da perspectiva de ficar sozinho dentro do Rolls-Royce. O celular. Ele só precisava de um minuto sozinho para ligar para o pai e lhe contar tudo. Sugarcreek, Pensilvânia; uma casa rosa no pé de um morro onde ficava uma igreja incendiada. A polícia poderia chegar antes de Manx voltar com seus ovos e bacon. Ele entrou no carro de bom grado, sem hesitar.

Manx fechou a porta e bateu no vidro.

– Volto daqui a pouquinho! Não vá fugir!

Ele riu quando o trinco baixou.

Wayne se ajoelhou no banco e observou, pelo vidro traseiro, Manx desaparecer nos fundos da casa. Então, virou-se, jogou-se no chão, agarrou a gaveta de nogueira debaixo do banco do motorista e a abriu para pegar seu celular.

Mas ele tinha sumido.

A garagem de Bing

EM ALGUM LUGAR, UM CACHORRO latiu, um cortador de grama foi ligado e o mundo seguiu seu curso, mas ali dentro do Rolls-Royce o mundo estava congelado porque o celular tinha sumido.

Wayne puxou a gaveta até o fim e enfiou a mão para tatear o interior de feltro como se o telefone pudesse de algum jeito estar escondido sob o revestimento. Sabia que não estava enganado sobre a gaveta, mas ainda assim fechou-a e olhou dentro da outra, localizada embaixo do banco do carona. Encontrou-a igualmente vazia.

– Cadê *você*? – exclamou, embora já soubesse.

Sem dúvida Manx pegara o celular quando Wayne estava lavando as mãos. Decerto estava andando com o aparelho no bolso do casaco naquele exato instante. O garoto sentiu vontade de chorar. Construíra um frágil castelo de esperança bem lá no fundo de si e Manx o pisoteara e incendiara. DEUS MORREU QUEIMADO, SÓ SOBRARAM DEMÔNIOS.

Apesar de ser uma burrice inútil, Wayne tornou a abrir a primeira gaveta para dar mais uma olhada.

Encontrou-a cheia de enfeites de Natal.

Eles não estavam ali da primeira vez: eram um anjo esmaltado de olhos trágicos e caídos, um imenso floco de neve coberto de purpurina e uma lua azul adormecida usando um gorro de Papai Noel.

– O que é isso? – perguntou Wayne, mal percebendo que tinha falado em voz alta.

Ergueu os enfeites um de cada vez.

O anjo pendia de uma alça dourada e girava devagar, tocando sua corneta.

O floco de neve tinha o aspecto mortal de uma arma, uma estrela ninja.

A lua sorria dos próprios devaneios.

Wayne tornou a guardar os enfeites na gaveta onde os encontrara e a fechou com delicadeza.

Então tornou a abri-la.

A gaveta estava vazia.

Ele soltou um suspiro frustrado e fumegante e bateu a gaveta, sussurrando, furioso:

– Quero meu celular de volta.

Alguma coisa no banco da frente fez um clique. Wayne ergueu os olhos a tempo de ver o porta-luvas se abrir.

Seu celular estava pousado sobre uma pilha de mapas rodoviários. Wayne ficou em pé sobre o banco traseiro. Precisou se curvar, a parte de trás de sua cabeça pressionada contra o teto, mas conseguiu. Teve a sensação de que acabara de ver um truque: um mágico havia passado a mão sobre um buquê e o fizera se transformar no seu iPhone. Sua surpresa veio misturada a uma nauseante consternação.

O Espectro o estava provocando.

O Espectro ou Manx, pois Wayne tinha a impressão de que eles eram a mesma coisa, de que um era a extensão do outro. O Espectro fazia parte de Manx assim como a mão direita de Wayne fazia parte de seu corpo.

Ele encarou o celular, já sabendo que precisaria tentar pegá-lo, já sabendo que o carro o manteria fora do seu alcance de alguma forma.

Mas pouco importava o telefone: a porta do motorista estava destrancada e nada o impedia de saltar e sair correndo. Nada, a não ser o fato de que, nas últimas três vezes em que tentara passar para o banco da frente, acabara indo parar não sabia como outra vez no banco de trás.

Porém, naquela ocasião, ele estava drogado e mal conseguia se levantar do chão. Não era de espantar que não parasse de cair. O verdadeiro assombro era ter conseguido se aferrar à própria consciência durante todo aquele tempo.

Wayne ergueu a mão esquerda e percebeu que ainda segurava o enfeite de Natal em forma de lua. Na realidade, já fazia agora um minuto inteiro que estava esfregando o polegar na curva lisa em forma de foice, um gesto curiosamente tranquilizador. Ficou atordoado por um instante, pois jurava que tinha colocado os três enfeites na gaveta.

Aquela lua, percebeu Wayne, com suas bochechas carnudas, seu narigão e seus cílios longos, de certo modo se parecia com seu pai. Ele a pôs no bolso, em seguida tornou a erguer a mão e a estendeu na direção do porta-luvas.

Quando cruzaram o banco da frente, seus dedos *minguaram*: as pontas se transformaram em tocos de carne que terminavam na primeira falange. Seus ombros se sobressaltaram com um reflexo nervoso, mas ele não puxou a mão. Aquilo era grotesco, mas também fascinante.

Ainda podia sentir as pontas dos dedos. Podia esfregá-los uns nos noutros e sentir a superfície rugosa do polegar roçar a ponta do indicador. Só não conseguia *vê-las*.

Estendeu a mão mais ainda pelo espaço dianteiro, até toda ela ultrapassar a barreira invisível. Seu braço se transformou em um coto liso e rosa, amputado de forma indolor. Ele abriu e fechou um punho invisível. Podia sentir que sua mão estava ali. Só não tinha certeza de onde ficava esse *ali*.

Estendeu mais um pouco o braço na direção aproximada do porta-luvas e do celular.

Alguma coisa o cutucou nas costas. Ao mesmo tempo, os dedos de sua mão direita invisível bateram em algo sólido.

Wayne olhou para trás.

Um braço – o *seu* braço – se estendia para fora do banco atrás dele. Não parecia ter rasgado o estofado e, sim, *brotado* dele. A mão e o pulso eram feitos de pele, porém o resto do braço ia se tornando mais escuro e mais duro até se transformar em um couro bege e gasto que saía do próprio banco, causando uma tensão visível no material em volta.

A coisa mais natural a se fazer teria sido gritar, mas Wayne já tinha exaurido seu limite de gritos. Cerrou o punho direito e a mão bizarra fechou os dedos. Controlar um braço desencarnado lhe causava uma sensação esquisita no estômago.

– Você deveria fazer uma "queda de polegar" consigo mesmo – falou Manx.

Wayne deu um pulo e, de tão assustado, recolheu o braço direito. O membro que brotava do banco sumiu, foi *aspirado* para dentro do couro, e no instante seguinte já estava novamente no lugar, preso ao seu ombro. Wayne levou a mão ao peito; seu coração batia acelerado.

Curvado, Manx espiava pela janela traseira do carona, sorrindo, com os dentes superiores tortos e salientes à mostra.

– Dá para se divertir bastante no banco traseiro desse carro velho! Não existe diversão maior sobre quatro rodas!

Ele segurava um prato com ovos mexidos, bacon e torradas em uma das mãos. Na outra, um copo de suco de laranja.

– Você vai gostar de saber que esta refeição não tem nada de saudável, nada mesmo! Está cheia de manteiga, sal e colesterol. Até o suco de laranja faz mal. Na realidade, é uma coisa chamada "refresco de laranja". Mas eu nunca tomei uma vitamina sequer na minha vida e cheguei a uma idade avançada. A felicidade é melhor para a saúde do que qualquer droga milagrosa que os boticários possam inventar!

Wayne se sentou no banco. Manx abriu a porta, inclinou-se para dentro do carro e lhe estendeu o prato e o copo. Wayne reparou que não havia garfo. Manx podia até se comportar como se eles fossem melhores amigos, mas não iria proporcionar a seu passageiro uma arma que pudesse ser cravada... e isso foi um lembrete perfeitamente claro de que Wayne não era um amigo e, sim, um prisioneiro. Ele pegou o prato e Manx se acomodou ao seu lado.

Apesar de o velho ter dito que todo o fogo do inferno não bastava para homens que molestavam crianças, Wayne imaginou que fosse ser tocado nesse instante. Manx estenderia a mão até o meio de suas pernas e lhe perguntaria se ele costumava brincar com sua varinha.

Quando ele agisse, Wayne estava pronto para lutar. Iria jogar sua comida em cima do sujeito. Iria morder.

Mas não adiantaria: se Manx quisesse baixar a calça de Wayne e fazer... fazer *o que fosse*, faria. Ele era maior. Simples assim. Wayne faria o possível para aguentar. Fingiria que seu corpo pertencia a outra pessoa, pensaria na avalanche que tinha visto com o pai. Imaginaria que estava enterrado na neve com uma espécie de alívio silencioso. E algum dia ele *seria* enterrado em algum lugar e o que Manx tivesse feito com Wayne já não teria mais importância. Só torcia para sua mãe nunca descobrir. Ela já era tão infeliz, já se esforçava tanto para não ser maluca, para não beber, que ele não suportava pensar em ser a causa de mais um sofrimento.

Mas Manx não o tocou. Apenas suspirou e esticou as pernas.

– Estou vendo que você já escolheu um enfeite para pendurar quando chegarmos à Terra do Natal. Para marcar sua entrada naquele mundo.

Wayne olhou para a própria mão direita e se espantou ao ver que estava segurando de novo aquela lua adormecida e alisando sua curva com o polegar. Não se lembrava de ter tirado o enfeite do bolso.

– Minhas filhas levaram anjinhos para marcar o fim das suas viagens – comentou Manx com uma voz distante, pensativa. – Cuide bem desse enfeite, Wayne. Proteja-o como se fosse a sua própria vida!

Ele deu um tapinha nas costas de Wayne e meneou a cabeça em direção à frente do carro. Wayne viu que ele indicava o porta-luvas aberto. O celular.

– Achou mesmo que conseguiria esconder alguma coisa de mim? Dentro deste carro?

Não parecia o tipo de pergunta que exigisse resposta.

Manx cruzou os braços em volta de si, praticamente abraçando a si mesmo. Estava sorrindo; não parecia nem um pouco zangado.

– Esconder alguma coisa dentro deste carro é o mesmo que guardá-la no bolso do meu casaco. Eu vou perceber com certeza. Mas não posso culpá-lo por tentar! Qualquer menino tentaria. Você deveria comer os ovos. Vão esfriar.

Wayne se pegou fazendo força para não chorar. Jogou a lua no chão.

– Ora, o que é isso! Não fique triste! Não suporto nenhuma criança infeliz! Você se sentiria melhor se falasse com a sua mãe?

Wayne piscou. Uma única lágrima pingou sobre um pedaço gorduroso de bacon. Pensar em ouvir a voz da mãe provocou uma pequena explosão dentro de seu corpo, um latejamento de necessidade.

Ele aquiesceu.

– Sabe o que faria *eu* me sentir melhor? Se você me contasse sobre a mulher que levou todas aquelas notícias para a sua mãe. Uma mão lava a outra!

– Eu não acredito – sussurrou Wayne. – O senhor não vai ligar para ela. Pouco importa o que eu fizer.

Manx olhou por cima da divisória para o banco da frente.

O porta-luvas se fechou com um *claque* bem alto. A surpresa de Wayne foi tão grande que ele quase derrubou o prato de ovos.

A gaveta debaixo do banco do motorista abriu sozinha, quase sem ruído.

E lá dentro estava o celular.

Wayne encarou o aparelho; tinha a respiração rasa, difícil.

– Até agora eu não menti para você nenhuma vez – afirmou Manx.

– Mas entendo que relute em acreditar em mim. O negócio é o seguinte: você sabe que eu não vou lhe dar o celular se não me contar sobre a mulher que foi visitar sua mãe. Vou pôr seu telefone no chão e dar ré com o carro em cima dele. Vai ser divertido! Para ser sincero, eu considero os celulares uma invenção do demo. Agora pense no que eu faria se você me *contasse* o que eu quero saber. De uma forma ou de outra, terá aprendido uma lição importante. Se eu não o deixar ligar para sua mãe, vai aprender que eu sou um mentiroso e nunca mais vai ter de confiar em mim em relação a nada. Mas seu eu *deixar* você ligar para ela, aí você vai saber que eu cumpro a minha palavra.

– Mas eu não sei *nada* sobre Maggie Leigh que *o senhor* já não saiba!

– Bem, agora você me disse o nome dela. Está vendo? O processo de aprendizado já começou.

Wayne se encolheu; teve a sensação de que acabara de cometer uma traição imperdoável.

– A Sra. Leigh falou alguma coisa que assustou a sua mãe. O que foi? Se você me disser, eu deixo você ligar para a sua mãe logo que terminar!

Wayne abriu a boca, sem saber muito bem o que ia responder, mas Manx o deteve. Segurou-o pelo ombro e lhe deu um leve apertão.

– Não comece a inventar histórias, Wayne! Se você não for sincero comigo desde o começo, nada feito! Se distorcer a verdade, por pouco que seja, vai se arrepender!

Manx pegou um pedaço de bacon no prato. Uma lágrima de Wayne reluzia sobre a comida como uma pedra preciosa brilhante e gordurosa. Manx mordeu metade e começou a mastigar, com lágrima e tudo.

– E então?

– Ela falou que o senhor estava na estrada. Que tinha saído da prisão e que mamãe precisava ficar atenta. E eu acho que foi isso que a deixou assustada.

Manx franziu a testa e mastigou devagar, movendo o maxilar de forma exagerada.

– Eu não ouvi mais nada. Sério.

– De onde sua mãe conhece essa mulher? Wayne deu de ombros.

– Maggie Leigh disse que conheceu minha mãe quando ela era criança, mas minha mãe retrucou que nunca a tinha visto antes.

– E qual das duas você acha que estava contando a verdade? – indagou Manx.

A pergunta pegou Wayne desprevenido e ele demorou a responder.

– Minha... mãe.

Manx engoliu o pedaço de bacon e exibiu uma expressão radiante.

– Está vendo? Foi fácil. Bem. Tenho certeza de que a sua mãe vai ficar feliz em ter notícias suas. – Ele começou a se inclinar para pegar o telefone... mas então tornou a se recostar no banco. – Ah! Mais uma coisa: essa tal de Maggie Leigh disse alguma coisa sobre uma *ponte*?

O corpo inteiro de Wayne pareceu pulsar em reação a essa pergunta; uma espécie de comichão latejante percorreu seu corpo e ele pensou: *Não conte.*

– Não – respondeu, antes de ter tempo para pensar. Sua voz ficou pastosa e Wayne se engasgou, como se a mentira fosse um pedaço de torrada que houvesse entalado na garganta por um instante.

Manx se virou para ele com um sorriso dissimulado, sonolento. Suas pálpebras baixaram até a metade. Ele começou a se mover e pôs um pé para fora do carro, levantando-se para sair. Ao mesmo tempo, a gaveta que continha o celular ganhou vida e se fechou com um baque alto.

– Quer dizer, *sim*! – exclamou Wayne, segurando-o pelo braço. Com o movimento súbito, o prato em seu colo caiu, derrubando ovos e torrada no chão. – *Sim*, ela disse sim! Disse que minha mãe precisava encontrar o senhor outra vez! Perguntou se minha mãe poderia usar a ponte para encontrá-lo!

Manx parou com metade do corpo para fora do carro; Wayne ainda segurava seu braço. O velho baixou os olhos para sua mão com uma expressão sonhadora e bem-humorada.

– Pensei que tivéssemos combinado que você diria a verdade desde o início.

– Para mim era verdade! Só esqueci por um instante! Por favor!

– Esqueceu... Certo. Me esqueceu de dizer a verdade!

– Desculpe!

Manx não parecia nem um pouco chateado.

– Bem. Foi um lapso momentâneo. Talvez eu ainda possa permitir um telefonema. Mas vou fazer mais uma pergunta e quero que você *pense* antes de responder. E quero que me diga a *verdade*, que jure por Deus. Maggie Leigh falou alguma coisa sobre como a sua mãe iria *chegar* a essa ponte? O que ela disse sobre o veículo?

– Ela... ela não disse nada sobre veículo nenhum! – Manx começou a puxar o próprio braço para se soltar e Wayne arrematou: – Não, eu juro! Ela não sabia nada sobre a Triumph!

Manx hesitou.

– Que Triumph?

– A moto da mamãe. Lembra, a que ela estava empurrando pela rua. Ela passou semanas consertando aquela moto. Passa o tempo inteiro trabalhando nela, mesmo quando deveria estar dormindo. É isso que o senhor quer saber, certo?

O olhar de Manx havia se tornado frio e distante. Sua expressão ficou mais suave. Ele mordeu o lábio inferior com os dentes miúdos, parecendo débil mental.

– Ah! Sua mãe vai tentar arrumar um novo meio de transporte. Para poder fazer aquilo de novo. Para poder me *encontrar*. Sabe de uma coisa? Assim que eu a vi empurrando aquela moto, me perguntei se ela estaria tentando fazer das suas outra vez! E essa tal de Maggie Leigh... imagino que ela deva ter seu próprio meio de transporte. Ou pelo menos ela sabe sobre aqueles que *viajam* por outras estradas. Bom... Tenho mais algumas perguntas, mas acho melhor fazê-las diretamente à Sra. Leigh.

Manx enfiou a mão no bolso do casaco, pegou a cópia da notícia sobre Natham Demeter e virou a folha para Wayne poder olhar. Indicou o cabeçalho do velho papel timbrado:

BIBLIOTECA PÚBLICA DE AQUI
AQUI, IOWA

– É em *Aqui* que eu devo procurar por ela! – disse Manx. – Que bom que fica no nosso caminho!

Wayne respirava depressa, como se houvesse acabado de correr uma distância bem longa.

– Eu quero ligar para a minha mãe.

– Não – negou Manx, soltando o braço com um tranco. – Nós tínhamos um acordo. A verdade, toda a verdade, nada além da verdade. Meus ouvidos ainda estão zumbindo por causa daquela lorota que você tentou me passar! Uma pena. Em breve você vai aprender que é bem difícil esconder alguma coisa de mim!

– Não! – berrou Wayne. – Eu disse tudo o que o senhor queria saber! O senhor prometeu! Falou que eu teria mais uma chance!

– Eu falei que *talvez* deixasse você dar um telefonema se você me dissesse a verdade sobre o meio de transporte da sua mãe. Mas você não sabia nada e, de todo modo, eu não prometi o telefonema para *hoje*. Acho que vamos ter de esperar até amanhã. Acho que, assim, você vai aprender uma lição muito valiosa: ninguém gosta de um grande cascateiro, Wayne!

Ele bateu a porta. O trinco desceu sozinho.

– Não! – tornou a gritar Wayne, mas Manx já tinha virado as costas e se afastava pela garagem, serpenteando entre os cilindros de gás em direção à escada que conduzia ao andar de cima. – Não! Não é justo!

Wayne se deixou cair do banco no chão do carro. Segurou o puxador de latão da gaveta que continha seu celular e puxou, mas ela não saiu do lugar; era como se estivesse pregada. Apoiou um dos pés na divisória e jogou o peso inteiro do corpo para trás. Suas mãos escorregadias de suor deixaram escapulir o puxador e ele caiu em cima do banco.

– Por favor! Por favor!

No pé da escada, Manx tornou a olhar para o carro. Seu rosto exibia uma expressão trágica e cansada; os olhos estavam úmidos de empatia. Ele balançou a cabeça, mas foi impossível dizer se era um gesto de recusa ou de simples decepção.

Manx apertou um botão na parede. A porta automática da garagem desceu sacolejando. Ele acionou um interruptor e apagou as luzes antes de subir a escada e deixar Wayne sozinho dentro do Espectro.

O Lago

À TARDE, QUANDO TABITHA TERMINOU de lhe fazer perguntas, Vic sentiu-se exaurida, como se estivesse se recuperando de uma gastrenterite: tinha as articulações doloridas, suas costas latejavam. Apesar de estar louca de fome, quase foi dominada pela ânsia de vômito ao receber um sanduíche de peru. Não conseguiu engolir nem um pedaço inteiro de torrada.

Contou a Tabitha todas as velhas mentiras sobre Manx: como ele lhe injetara alguma coisa e a pusera dentro do carro, como ela havia escapado dele na Casa Sino, no Colorado. As duas estavam sentadas na cozinha, Tabitha perguntava e Vic respondia da melhor forma possível enquanto policiais entravam e saíam.

Depois de Vic narrar seu rapto, Tabitha indagou sobre os anos subsequentes: sobre os problemas mentais que tinham levado Vic a passar um período internada, sobre a ocasião em que ela botara fogo na própria casa.

– Eu não queria incendiar a casa – alegou Vic. – Estava só tentando me livrar dos telefones. Enfiei todos eles no forno. Parecia a maneira mais simples de acabar com as ligações.

– As ligações das pessoas mortas?

– Das crianças mortas. É.

– É esse o tema dominante das suas alucinações? Elas sempre têm a ver com crianças mortas?

– Era. Tinham. No passado.

Tabitha a encarou com o mesmo afeto de um domador de cobras que se aproxima de uma naja venenosa. *Pergunta de uma vez e acaba logo com isso*, pensou Vic. *Pergunta se eu matei meu filhinho. Fala logo e pronto.* Sustentou o olhar de Tabitha sem piscar nem se retrair. Havia apanhado com um martelo, levado tiros, quase sido atropelada, já fora internada, dopada, quase morrera queimada e em várias ocasiões tivera de correr para salvar a própria vida. Um olhar hostil não era nada.

– Talvez a senhora queira descansar e tomar um banho – comentou Tabitha. – Marquei sua declaração para as 17h20. Assim devemos conseguir a maior veiculação no horário nobre.

– Queria saber alguma coisa... queria ter alguma coisa para dizer que a ajudasse a encontrá-lo.

– A senhora ajudou muito. Obrigada. Tenho muitas informações úteis aqui.

Tabitha olhou para o outro lado e Vic supôs que fosse o fim da conversa. No entanto, quando ela se levantou para sair da cozinha, a agente estendeu a mão para pegar algo encostado na parede: algumas folhas de cartolina.

– Tem mais uma coisa – falou.

Vic ficou parada, com a mão no encosto da cadeira.

Tabitha pôs a pilha de cartolinas em cima da mesa e a virou para que Vic pudesse ver os desenhos. Os *seus* desenhos, páginas do novo livro *Máquina de Busca – Quinta Marcha*, a aventura de férias. O trabalho que ela estava fazendo nos intervalos do conserto da Triumph. Tabitha começou a folhear, dando a Vic tempo de absorver cada imagem esboçada em lápis azul, depois contornada com tinta e finalizada em aquarela. O atrito do papel fez Vic pensar em uma vidente embaralhando as cartas de um tarô, preparando-se para fazer uma previsão bem ruim.

– Como já contei, lá em Quantico eles usam os enigmas da Máquina de Busca para ensinar os alunos a serem observadores. Quando vi que a senhora tinha começado um livro novo na cocheira, não consegui me conter. Fiquei pasma com os desenhos. A senhora realmente é do mesmo nível do Escher. Aí olhei mais de perto e comecei a pensar... Estes desenhos são para uma aventura de Natal, não são?

O impulso de se afastar da pilha de cartolina – de fugir dos próprios desenhos como se fossem fotos de animais esfolados – se avolumou dentro de Vic e foi sufocado no instante seguinte. Ela quis dizer que nunca tinha visto nenhum daqueles desenhos antes, gritar que não sabia de onde vinham. Ambas as afirmações teriam sido fundamentalmente verdadeiras, mas Vic as reprimiu.

– É. Foi ideia do meu editor – respondeu, por fim, com uma voz cansada e casual.

– Bom, e a senhora acha... quer dizer, será possível... que *isto aqui* seja a Terra do Natal? – indagou Tabitha. – Que a pessoa que levou seu filho saiba no que a senhora está trabalhando e que haja algum tipo de ligação entre o seu novo livro e o que vimos quando tentamos rastrear o iPhone do seu filho?

Vic encarou o primeiro desenho. Máquina de Busca e a pequena Bonnie se abraçavam em cima de um pedaço de gelo flutuante em algum ponto do oceano Ártico. Vic se lembrava de ter desenhado uma lula mecânica que irrompia da água pilotada por Möbius Stripp, o Louco. Mas aquele desenho mostrava também crianças de olhos mortos sob o gelo, estendendo as mãos pelas rachaduras feito garras brancas ossudas. Sorrindo, elas exibiam bocas repletas de dentes no delicado formato de ganchos.

Em outra página, Máquina de Busca tentava sair de um labirinto de imensas bengalas de doce listradas. Vic se lembrava de ter desenhado aquilo tomada por um transe lento e agradável, balançando-se ao som do The Black Keys. Não se recordava de ter feito crianças escondidas nos cantos e becos laterais, empunhando tesouras. Tampouco se lembrava de ter desenhado a pequena Bonnie cambaleando às cegas, cobrindo os olhos com as mãos. *Eles estão brincando de tesoura-no-mendigo*, pensou aleatoriamente.

– Não acho possível – respondeu. – Ninguém viu esses desenhos. Tabitha correu o polegar por uma das bordas da pilha.

– Fiquei um pouco surpresa que a senhora tenha desenhado cenas natalinas no auge do verão. Tente pensar: existe alguma chance de o seu trabalho recente estar ligado ao...

– À vingança de Charlie Manx? – completou Vic. – Acho que não. Acho que a questão é bem direta. Eu o deixei zangado e agora chegou a hora dele revidar. Se não houver mais nada, eu gostaria de deitar um pouco.

– Claro. A senhora deve estar cansada. E quem sabe se descansar um pouco acaba lembrando mais alguma coisa?

Apesar do tom calmo de Tabitha, Vic pensou ter detectado nessa última frase uma insinuação, a sugestão de que ambas sabiam que Vic tinha mais coisas a dizer.

Vic não reconheceu a própria casa. Havia quadros brancos magnetizados apoiados nos sofás da sala. Um deles mostrava um mapa do nordeste do país; outro exibia uma linha do tempo escrita em pilot vermelho. Pastas cheias de folhas impressas formavam pilhas por toda parte. O esquadrão de nerds comandado por Tabitha estava espremido no sofá feito universitários em frente a um videogame; um deles falava em um microfone bluetooth e os outros mexiam em laptops. Ninguém olhou para Vic. Ela não tinha importância.

Lou estava no canto do quarto, na cadeira de balanço. Ela entrou, fechou a porta sem provocar ruído e caminhou pé ante pé no escuro em direção a ele. As cortinas estavam fechadas, o quarto escuro e abafado.

A camiseta de Lou estava toda suja de marcas de dedos pretas. Ele exalava o cheiro da moto e da cocheira, uma colônia não de todo desagradável. Uma folha de papel pardo estava pregada em seu peito. O rosto redondo e grande parecia cinzento sob a luz fraca e, com aquele bilhete pendurado, Lou parecia o daguerreótipo de um pistoleiro morto: É ISSO QUE NÓS FAZEMOS COM FORAS DA LEI.

Vic o examinou, primeiro preocupada, em seguida alarmada. Já estava com a mão estendida para seu antebraço rechonchudo para ver se encontrava uma pulsação – teve *certeza* de que ele não respirava – quando ele inspirou de repente, o ar saindo assobiado por uma das narinas. Havia pegado no sono com as botas ainda calçadas.

Ela recolheu a mão. Nunca o vira com um aspecto tão cansado ou tão doentio. Sua barba por fazer exibia fios grisalhos. De alguma forma parecia errado que Lou, um cara que amava quadrinhos, o próprio filho, seios, cerveja e festas de aniversário pudesse um dia envelhecer.

Vic estreitou os olhos para ler o bilhete: *Moto ainda não 100%, precisa de peças que vão levar semanas para chegar. Me acorda quando quiser falar sobre isso.*

Ler as palavras "moto ainda não 100%" foi quase tão ruim quanto ler "acharam o Wayne morto". Vic sentiu que as duas frases tinham uma perigosa proximidade.

Não pela primeira vez na vida, desejou que Lou nunca a tivesse resgatado em sua moto naquele dia, desejou ter escorregado, caído no fundo da calha de roupa suja e morrido sufocada ali, poupando-se assim o trabalho de arrastar o próprio corpo pelo resto de sua lamentável existência. Não teria perdido Wayne para Manx, pois Wayne não existiria. Morrer sufocada com fumaça era mais fácil do que sentir o que sentia agora, como se a dilacerassem. Ela era um lençol sendo rasgado em vários pontos ao mesmo tempo, e logo só restariam farrapos.

Sentou-se na borda da cama, com o olhar perdido no escuro, e visualizou os próprios desenhos, as páginas do *Máquina de Busca* que Tabitha Hutter lhe mostrara. Não sabia como alguém podia olhar para aquelas imagens e achar que ela fosse inocente: todas aquelas crianças afogadas, todas aquelas nevascas, toda aquela falta de esperança. Eles iriam prendê-la e aí seria tarde demais para fazer qualquer coisa por Wayne. Iriam trancafiá-la e ela não podia culpá-los; desconfiava que Tabitha Hutter fosse uma fraca por já não a ter algemado.

Seu peso afundou o colchão. Lou tinha jogado o dinheiro e o celular no meio da colcha e eles deslizaram na sua direção até encostarem em seu quadril. Desejou ter alguém para quem ligar, alguém que lhe dissesse o que fazer e que tudo iria ficar bem. Ocorreu-lhe então que, na verdade, tinha.

Pegou o celular de Lou, entrou no banheiro e fechou a porta. O banheiro tinha uma segunda porta na parede oposta que ia dar no quarto de Wayne. Vic caminhou em direção a ela para fechá-la, mas hesitou.

Ele estava *ali*, no seu quarto, debaixo de sua cama, encarando-a com o rosto pálido e assustado. Vic teve uma sensação parecida com um coice bem no meio do peito, seu coração deu um pinote, mas ela olhou de novo e viu apenas um macaco de pelúcia caído de lado. Os olhos castanhos do brinquedo eram vidrados, desalentadores. Ela fechou a porta do quarto do filho e pousou a testa na madeira até a respiração se normalizar.

Fechou os olhos e visualizou o número de telefone de Maggie: código de área 319 para Iowa, a data de aniversário da própria Vic e as letras FUFU. Tinha certeza de que Maggie havia pagado um bom dinheiro por esse número, pois sabia que assim Vic se lembraria dele. Talvez soubesse que Vic *precisava* se lembrar dele. Talvez soubesse que Vic a mandaria embora da primeira vez em que as duas se encontrassem. Eram muitas dúvidas, mas para Vic apenas uma importava: seu filho ainda estava vivo?

O telefone tocou várias vezes sem que ninguém atendesse e ela pensou que, se caísse na caixa postal, não conseguiria deixar recado, seria incapaz de forçar qualquer som a sair pela garganta quase fechada. No quarto toque, quando já ia desistir, Maggie atendeu.

– *V-V-V-Vic!* – exclamou antes de Vic conseguir pronunciar qualquer palavra.

Seu identificador de chamadas devia ter lhe avisado que ela estava recebendo um telefonema da oficina Carma dos Carros Carmody; ela não podia *saber* que era Vic ligando, mas sabia, e Vic não ficou surpresa.

– Quis ligar logo que fiquei sabendo, mas não t-t-tive certeza se era uma boa ideia. Como você está? Deu na t-t-televisão que você foi atacada.

– Esqueça isso. Preciso saber se o Wayne está bem. Sei que você pode descobrir.

– Eu *já* descobri. Ele não está ferido.

As pernas de Vic começaram a tremer e ela teve que se apoiar na bancada para não cair.

– Vic? V-V-Vic?

Vic não conseguiu responder na mesma hora. Foi preciso toda sua concentração para não chorar.

– Oi – respondeu ela, por fim. – Estou aqui. Quanto tempo eu tenho? Quanto tempo o *Wayne* tem?

– Não sei como funciona essa p-p-pa-parte. Não sei mesmo. O que você contou à p-p-p-po-po-polícia?

– O que tive de falar. Nada sobre você. Fiz o melhor que pude para soar crível, mas acho que eles não estão acreditando.

– Vic. P-p-por favor. Eu quero ajudar. Me diga como ajudar.

– Você já ajudou – garantiu Vic, e desligou.

Ele não estava morto. E ainda havia tempo. Pensou isso repetidas vezes como uma espécie de mantra, um cântico de louvor: *Ele não está morto, não está morto, não está morto, não está morto.*

Quis voltar ao quarto, sacudir Lou para acordá-lo e lhe dizer que a moto precisava funcionar, que ele tinha de consertá-la, mas imaginava que ele estivesse dormindo havia poucas horas e não estava gostando daquela sua palidez cinzenta. No fundo, sentia-se atormentada pela consciência de que ele não fora sincero com ninguém sobre o que o havia derrubado no aeroporto de Logan.

Talvez ela devesse mexer sozinha na moto. Não entendia o que podia haver de tão errado com a Triumph para Lou não conseguir consertá-la. Na véspera mesmo a moto tinha funcionado.

Saiu do banheiro e largou o celular em cima da cama. Ele deslizou pela colcha e caiu no chão do outro lado com estrépito. O barulho fez os ombros de Lou se sobressaltarem e Vic prendeu a respiração, mas ele não acordou.

Ela abriu a porta do quarto e foi a sua vez de se sobressaltar: Tabitha estava bem na sua frente. Vic a surpreendera no gesto de erguer o punho, prestes a bater.

As duas mulheres se entreolharam e Vic pensou: *Tem alguma coisa errada.* Seu segundo pensamento, é claro, foi que eles tinham encontrado Wayne – dentro de uma vala qualquer, exangue, com a garganta cortada de orelha a orelha.

Mas Maggie dissera que ele estava vivo e Maggie *não podia errar*, então não era isso. Era outra coisa.

Vic olhou além de Tabitha, no final do corredor, e viu o inspetor Daltry e um agente da polícia estadual alguns metros atrás.

– Victoria – chamou Tabitha, com um tom neutro. – Precisamos conversar.

Vic saiu para o corredor e fechou a porta do quarto com cuidado atrás de si.

– O que houve?

– Tem algum lugar onde possamos falar reservadamente?

Vic tornou a olhar para Daltry e para o agente uniformizado. O policial tinha 1,85 metro de altura, pele bronzeada e um pescoço da mesma grossura da cabeça. Daltry estava de braços cruzados, com as mãos enfiadas debaixo das axilas e a boca contraída em uma fina linha branca. Segurava uma lata de alguma coisa em uma das grandes mãos calosas, talvez um spray de pimenta.

Vic meneou a cabeça em direção à porta do quarto de Wayne.

– Ali dentro não vamos incomodar ninguém.

Ela seguiu a mulher baixinha até dentro do quarto que tinha sido de Wayne por apenas algumas semanas antes de ele ser levado embora. A cama estava em parte desfeita, junto à cabeceira, como se aguardasse que ele se deitasse, a colcha estampada com cenas de *A Ilha do Tesouro*. Vic se sentou na beirada do colchão.

Volta, pediu ela a Wayne com toda a força de seu coração. Quis cheirar a roupa de cama, encher as narinas com o aroma do seu menino. *Volta para mim, Wayne*.

Tabitha se apoiou na cômoda e seu casaco se abriu, deixando à mostra a Glock embaixo do braço. Ao erguer os olhos, Vic viu que nessa tarde a policial estava de brincos: pentágonos dourados esmaltados com o símbolo do Super-Homem.

– Não deixe Lou ver esses brincos: ele pode ser dominado por um desejo irrefreável de abraçar a senhora. Os geeks são a kryptonita dele.

– A senhora precisa me dizer a verdade.

Vic se curvou para a frente, levou a mão até debaixo da cama, encontrou o macaco de pelúcia e o pegou. O bicho tinha pelo cinza e braços compridos e usava uma jaqueta de couro e um capacete de motociclista. Estava escrito MACACO GRAXA no lado esquerdo de seu peito. Vic não se lembrava de ter comprado aquele brinquedo.

– Sobre o quê? – indagou, sem olhar para Tabitha. Pousou o macaco sobre a cama com a cabeça em cima do travesseiro, bem onde Wayne deveria estar.

– A senhora não foi honesta comigo. Nenhuma vez. Não sei por quê. Talvez haja coisas das quais tem medo de falar. Com certeza há coisas das quais tem vergonha de falar em uma sala cheia de homens. Ou pode ser que esteja protegendo seu filho de alguma forma. Talvez esteja protegendo outra pessoa. Eu não sei o que é, mas é agora que vai me dizer.

– Eu não menti para a senhora em relação a nada.

– Chega de babaquice – retrucou Tabitha com sua voz tranquila e sem paixão. – Quem é Margaret Leigh? Que relação ela tem com a senhora? Como ela sabe que o seu filho não está ferido?

– Vocês grampearam o telefone do Lou? – Vic não precisou nem terminar a pergunta para se sentir meio idiota.

– É *claro* que grampeamos. Ele pode muito bem ter tido alguma participação nessa história. Até onde sabemos, *a senhora* também pode ter tido. A senhora disse a Margaret Leigh que tentou fazer sua história soar crível, mas que a polícia não estava acreditando. Tem razão. Eu não estou acreditando. Nunca acreditei.

Vic se perguntou se conseguiria pular sobre Tabitha Hutter, empurrá-la para cima da cômoda e pegar sua Glock. Mas aquela piranha metida devia saber algum tipo de kung fu especial do FBI e, mesmo que não lutasse, de que iria adiantar? O que Vic faria em seguida?

– Última chance, Vic. Quero que a senhora me entenda. Vou ter que prendê-la por suspeita de envolvimento...

– Em quê? Em uma agressão a mim mesma?

– Nós não sabemos *quem* a machucou. Pode muito bem ter sido o seu filho tentando se desvencilhar.

Então era isso. Vic constatou que não sentia surpresa alguma. Mas talvez a verdadeira surpresa fosse eles não terem chegado àquela situação mais cedo.

– Não quero acreditar que a senhora teve participação no sumiço do seu filho. Mas a senhora conhece alguém capaz de lhe dar informações sobre o bem-estar do menino. Omitiu alguns fatos. A sua explicação para o que aconteceu parece uma alucinação paranoica clássica. Esta é a sua última oportunidade de esclarecer as coisas, se conseguir. Pense bem antes de falar. Porque depois de conversar com a senhora eu vou falar com Lou. Ele também tem escondido pistas, tenho certeza. Nenhum pai passa dez horas seguidas tentando consertar uma moto um dia após o filho ser raptado. Toda vez que eu faço perguntas que ele não quer responder, Lou liga o motor para não me escutar. Parece um adolescente aumentando o som para não ouvir a mãe dizer que está na hora de arrumar o quarto.

– Como assim... ele ligou o motor? Ele deu a partida na Triumph?

Tabitha soltou um longo suspiro, lento e cansado. Sua cabeça pendeu; seus ombros caíram. Finalmente havia em seu rosto uma expressão distinta da calma profissional: era de exaustão, e talvez também de derrota.

– Tudo bem – sussurrou ela. – Vic, eu sinto muito. Sinto mesmo. Estava torcendo para conseguirmos...

– Posso perguntar uma coisa?

Tabitha a encarou.

– O martelo. A senhora me fez olhar uns cinquenta martelos diferentes. Pareceu surpresa com o que eu escolhi, o que falei que Manx usou para me bater. Por quê?

Vic viu algo nos olhos da mulher, um tremor de incerteza quase imperceptível.

– Aquilo é um martelo de osso – explicou Tabitha. – É usado para fazer autópsias.

– E sumiu um do necrotério do Colorado onde eles estavam guardando o cadáver do Manx?

Tabitha não respondeu a essa pergunta, mas passou a língua no lábio superior; era o mais próximo de um gesto de nervosismo que Vic já a vira exibir. Por si só, aquilo já era uma resposta.

– Cada palavra do que eu falei à senhora é verdade – afirmou Vic. – Se deixei algumas coisas de fora, foi só porque sabia que a senhora não iria aceitar. Que iria descartá-las como uma alucinação, e ninguém poderia culpá-la por isso.

– Temos que ir agora, Vic. Vou ter que algemar a senhora. Mas se quiser podemos cobrir suas mãos com um suéter. Ninguém precisa ver. A senhora vai sentada comigo no banco da frente do meu carro. Quando sairmos daqui, ninguém vai achar nada demais.

– E Lou?

– Infelizmente não posso deixar a senhora falar com ele agora. Lou virá em um carro atrás do nosso.

– Não dá para deixar ele dormir? Ele não está bem e passou 24 horas direto acordado.

– Desculpe, o meu trabalho não é zelar pelo bem-estar de Lou, mas pelo bem-estar do seu filho. Levante-se, por favor. – Ela abriu a parte direita da jaqueta de tweed e Vic viu algemas presas em seu cinto.

A porta à direita da cômoda se abriu Lou saiu cambaleando do banheiro, fechando a braguilha. Tinha os olhos injetados de cansaço.

– Acordei. E aí? O que está acontecendo, Vic?

– Guarda! – chamou Tabitha enquanto Lou dava um passo à frente. Seu corpo ocupava um terço do cômodo e, quando ele avançou até o centro, ficou bem entre Vic e Tabitha. Vic se levantou e deu a volta nele até a porta aberta do banheiro.

– Eu preciso ir.

– Então vai – disse Lou, fincando os pés entre ela e Tabitha.

– Guarda! – Tabitha tornou a gritar.

Vic atravessou o banheiro e entrou no quarto, fechando a porta atrás de si. Como não havia tranca, arrastou um armário pequeno pelo piso de tábuas para bloquear a porta do banheiro. Passou o trinco na porta que dava para o corredor. Com mais dois passos, chegou à janela que se abria para o quintal.

Afastou a veneziana, destrancou a janela.

Homens gritaram no corredor.

Ela ouviu Lou levantar a voz com um tom de indignação:

– O que é isso, cara? Que tal todo mundo se acalmar?

– Guarda! – gritou Tabitha. – Rápido, mas sem atirar!

Vic ergueu a janela, encostou o pé na tela e empurrou, fazendo-a se desprender da moldura e cair no quintal. Sentou-se no peitoril com as pernas dependuradas e pulou o metro e meio que a separava do chão.

Estava usando o mesmo short da véspera e uma camiseta da turnê The Rising Tour, de Bruce Springsteen, e não tinha capacete nem jaqueta. Nem sabia se a chave estava na moto ou junto ao dinheiro de Lou sobre a cama.

Dentro do quarto, ouviu alguém se jogar em cima de uma porta. – Fica frio! – gritou Lou. – Cara, é *sério*!

O lago refletia o céu e se assemelhava a um lençol de prata chapado, a cromo derretido. O ar parecia inflado com algo líquido e sombrio.

Vic se viu sozinha no quintal dos fundos. Dois homens bronzeados de short e chapéu de palha pescavam em um barco de alumínio a uns cem metros da margem. Um deles ergueu a mão para acenar, como se considerasse perfeitamente normal ver uma mulher sair de casa pela janela.

Vic entrou na cocheira pela porta lateral.

A Triumph estava apoiada no descanso. A chave estava no contato. As portas da cocheira estavam abertas e Vic pôde ver o acesso da garagem até onde a imprensa havia se reunido para ouvir a declaração que ela jamais daria. Um pequeno arbusto de câmeras plantado no meio do acesso apontava para um buquê de microfones no canto do quintal. Emaranhados de cabos serpenteavam na direção das vans estacionadas à esquerda. Não seria fácil virar à esquerda e se esquivar dos veículos, mas à direita, na direção norte, a via continuava aberta.

Dentro da cocheira não dava para ouvir a confusão no interior do chalé. Ali, havia um silêncio abafado de uma tarde escaldante no auge do verão. Era a hora da sesta, hora de ficar parado, de os cachorros cochilarem debaixo das varandas. O calor era excessivo até para as moscas.

Vic montou na moto e girou a chave até a posição LIGADO. O farol dianteiro se acendeu, um bom sinal.

Moto ainda não 100%, lembrou. Não conseguiria dar a partida. Tinha certeza. Quando Tabitha Hutter entrasse na cocheira, Vic estaria pulando que nem uma louca sobre o pedal da partida, como se quisesse copular com o selim. Tabitha já pensava que ela fosse louca; essa imagem linda só faria confirmar suas suspeitas.

Vic se levantou e baixou todo o peso do corpo sobre o pedal da partida e a Triumph ganhou vida com um rugido que fez folhas e sujeira voarem pelo chão e estremeceu os vidros das janelas.

Ela engatou a primeira, soltou a embreagem e a Triumph deslizou para fora da cocheira.

Ao sair para a luz do dia, Vic olhou para a direita e teve uma breve visão do quintal dos fundos. Tabitha estava parada a meio caminho da cocheira, afogueada, com uma mecha de cabelos crespos grudada na bochecha. Não havia sacado a arma e não a sacou nessa hora. Nem chamou por Vic; simplesmente ficou ali vendo-a partir. Vic meneou a cabeça para ela como se as duas tivessem firmado um acordo e sentiu gratidão por Tabitha cumprir a sua parte. No instante seguinte, já a deixara para trás.

Pouco mais de meio metro separava os limites do quintal da ilhota de câmeras e Vic mirou bem nessa direção. Quando se aproximou da estrada, porém, um homem surgiu à frente com a câmera apontada para ela. Segurava o equipamento na altura da cintura, fitando um monitor lateral. Manteve os olhos grudados na pequena tela apesar de a imagem ali ser provavelmente ameaçadora: 180 quilos de aço em movimento pilotados por uma louca percorrendo o declive direto até ele. O homem não sairia da frente – não a tempo.

Vic afundou o pé no freio. O pedal suspirou e nada aconteceu.

Moto ainda não 100%.

Algo bateu no lado interno de sua coxa esquerda e, ao olhar para baixo, ela viu um pedaço de tubo plástico preto pendurado. Era o cabo do freio traseiro. Não estava preso a nada.

Não havia como passar pelo palhaço da câmera, pelo menos não sem sair do acesso. Ela acelerou a Triumph, engatou a segunda e foi ganhando velocidade.

Uma invisível mão de ar quente pressionou seu peito: foi como acelerar para dentro de um forno aberto.

A moto adentrou o gramado. O cinegrafista finalmente pareceu ouvir o ronco estremecedor da Triumph e ergueu a cabeça de súbito, bem a tempo de ver Vic passar chispando por ele, perto o suficiente para bater em seu rosto. Recuou tão depressa que se desequilibrou.

O rastro da moto fez o cinegrafista girar como um pião e desabar na rua, sem conseguir salvar a câmera, que se espatifou no asfalto.

Quando Vic entrou na via, o pneu traseiro arrancou a camada superior de grama exatamente do mesmo jeito que ela costumava remover a película de cola seca da palma das mãos na aula de artes do terceiro ano fundamental. A Triumph tombou para um dos lados e ela sentiu que estava prestes a deixar a moto cair e esmagar sua perna.

Mas a sua mão direita se lembrou do que fazer: ela acelerou mais ainda, o motor rugiu e a moto se endireitou como uma rolha que alguém houvesse mergulhado na água e depois soltado. Os pneus aderiram ao asfalto e a Triumph saiu zunindo para longe das câmeras, dos microfones, de Tabitha, de Lou, do chalé e de sua sanidade mental.

A Casa do Sono

WAYNE NÃO CONSEGUIA DORMIR E não tinha nada com que distrair a mente. Queria vomitar, mas estava de barriga vazia. Queria sair do carro, mas não via jeito.

Teve a ideia de tirar uma das gavetas de madeira e bater na janela com ela, na esperança de quebrar o vidro. Mas é claro que as gavetas não abriram quando ele as puxou. Cerrou o punho e arremeteu todo o peso do corpo em um soco violento, acertando uma das janelas com o máximo de força de que foi capaz. Um choque trêmulo e uma pontada de dor subiram pelas articulações de seus dedos até o pulso.

A dor não o deteve; pelo contrário, tornou-o ainda mais desesperado e imprudente. Ele jogou a cabeça para trás e acertou o vidro com ela. Teve a sensação de que alguém tinha encostado um prego de trilho de 8 centímetros na sua testa e batido nele com o martelo de Charlie Manx. Wayne foi arremessado de volta à escuridão. Foi tão horrível quanto despencar de um lance alto de escada, um súbito mergulho no escuro que lhe revirou o estômago.

Em poucos instantes, sua visão clareou. Ou pelo menos ele pensou que tivessem sido poucos instantes – talvez uma hora mais tarde. Ou três horas. Enfim, quando sua visão e seus pensamentos clarearam, ele descobriu que a sua calma também tinha voltado. O interior de sua cabeça estava preenchido por um vazio cheio de ecos, como se, minutos antes, alguém tivesse tocado um acorde sonoro e alto no piano e as últimas reverberações das notas só estivessem se dissipando agora.

Uma lassidão entorpecida – não de todo desagradável – se apoderou dele. Não sentia vontade de se mexer, gritar, fazer planos, chorar ou se preocupar com o que iria acontecer depois. Sua língua tocou com delicadeza um dos dentes inferiores da frente, que estava solto e com gosto de sangue. Wayne se perguntou se teria batido a cabeça com tanta força a ponto de tirar parcialmente o dente do lugar. Sentiu sob a língua o céu da boca áspero, abrasivo, como uma lixa. Não ficou muito apreensivo, foi só algo em que reparou.

Quando enfim se moveu, foi apenas para esticar um braço e catar o enfeite de lua do chão. O objeto era liso como um dente de tubarão e seu formato lhe lembrou um pouco a chave especial que sua mãe usara na Triumph. Aquilo era uma espécie de chave, pensou. Sua lua era uma chave para abrir os portões da Terra do Natal. Essa ideia o deleitou. Não se podia contrariar o deleite. Era como ver uma menina bonita com o sol nos cabelos, como comer panquecas e tomar chocolate quente em frente a uma lareira crepitante. O deleite era uma das forças fundamentais da existência, como a gravidade.

Uma grande borboleta cor de bronze rastejou pelo exterior da janela; seu corpo peludo tinha a mesma grossura do dedo de Wayne. Era tranquilizador ver o inseto caminhar, sacudindo as asas de vez em quando. Se a janela estivesse aberta, ainda que só uma frestinha, a borboleta poderia ir se juntar a ele no banco de trás e ele teria um bicho de estimação.

Wayne acariciou sua lua da sorte, movendo o polegar para a frente e para trás, um gesto simples, distraído, quase masturbatório. Sua mãe tinha sua moto e o Sr. Manx tinha o Espectro, mas Wayne tinha uma lua inteira só para si.

Ficou divagando sobre o que faria com sua nova borboleta de estimação. Gostava da ideia de ensiná-la a pousar sobre seu dedo como um falcão adestrado. Pôde visualizá-la parada na ponta de seu indicador, agitando lenta e tranquilamente as asas. A boa e velha borboleta. Wayne a batizaria de Sunny, pois ela era ensolarada.

Um cão ladrou ao longe, trilha sonora de um dia indolente de verão. Wayne desprendeu o dente frouxo e o guardou no bolso do short, limpando o sangue na camiseta. Quando recomeçou a acariciar a lua, seus dedos espalharam sangue por toda ela.

O que borboletas comeriam? Tinha quase certeza de que comiam pólen. Perguntou-se o que mais poderia ensinar a Sunny: a voar por dentro de aros em chamas, a caminhar sobre uma corda bamba em miniatura. Viu a si mesmo como um artista de rua de cartola, com um bigodinho postiço preto engraçado: o Bizarro Circo da Borboleta do Capitão Bruce Carmody! Na sua imaginação, usava o enfeite de lua na lapela como uma divisa de general.

Pensou se poderia ensinar a borboleta a dar cambalhotas no ar, feito um avião em uma exibição de acrobacias. Ocorreu-lhe a ideia de que poderia arrancar uma de suas asas e, então, a borboleta com certeza voaria dando cambalhotas. Imaginou que a asa se rasgaria como um pedaço de papel adesivo, primeiro com uma leve resistência, depois com um agradável barulhinho de algo se descolando.

A janela abaixou sozinha uns 2 centímetros e a maçaneta rangeu baixinho. Wayne não se levantou. A borboleta chegou ao alto da vidraça, bateu as asas uma vez e pousou no seu joelho.

– Oi, Sunny – cumprimentou Wayne.

Estendeu a mão para acariciá-la com o dedo e a borboleta tentou sair voando, o que não teve a menor graça. Ele se sentou e a segurou com uma das mãos.

Passou algum tempo tentando lhe ensinar truques, mas a borboleta não demorou a se cansar. Wayne a colocou no chão e tornou a se esticar no banco para descansar, pois ele próprio estava meio cansado. Cansado, mas bem. Tinha conseguido arrancar umas duas boas cambalhotas da borboleta antes de ela parar de se mexer.

Fechou os olhos. Sua língua não parava de tocar o céu áspero da boca. Sua gengiva continuava sangrando, mas tudo bem, o sangue tinha um gosto bom. Mesmo quando ele pegou no sono, o polegar seguiu acariciando a pequena lua lustrosa.

Só tornou a abrir os olhos ao ouvir a porta da garagem chacoalhar em direção ao teto. Sentou-se com algum esforço, sentindo a agradável letargia dominar os músculos.

Manx diminuiu o passo ao se aproximar da lateral do carro. Curvou-se e inclinou a cabeça para um dos lados – movimento que lembrou um cachorro –, olhando através da janela para Wayne.

– O que houve com a borboleta?

Wayne olhou para o chão. A borboleta era agora um montinho, com as duas asas e todas as patas arrancadas. Ele franziu a testa, sem entender: o inseto estava bem quando eles tinham começado a brincar.

Manx estalou a língua.

– Bom, já nos demoramos o suficiente aqui. É melhor irmos embora. Quer fazer pi-pipiu?

Wayne negou. Tornou a olhar para a borboleta com uma crescente sensação de desconforto, talvez até de vergonha. Lembrava-se de ter arrancado pelo menos uma asa, mas na hora isso lhe parecera... *excitante*. Como remover a fita adesiva de um presente de Natal embrulhado.

Você assassinou Sunny, pensou. Inconscientemente, apertou o enfeite de lua em um dos punhos fechados. *Você a mutilou.*

Não queria se lembrar de ter arrancado as patas da borboleta uma de cada vez enquanto ela se debatia furiosamente. Recolheu os restos mortais de Sunny com uma das mãos. Havia pequenos cinzeiros embutidos nas portas, com tampas de nogueira. Wayne abriu um deles, pôs os pedaços do inseto lá dentro e o fechou. Pronto. Bem melhor.

A chave girou sozinha na ignição e o carro acordou com um tranco. O rádio começou a tocar: Elvis Presley prometia chegar em casa a tempo para o Natal. Manx se acomodou ao volante.

– Você roncou o dia inteiro – disse ele. – Depois de toda a emoção de ontem, isso não me espanta! Infelizmente, acho que perdeu o almoço. Teria acordado você, mas imaginei que precisasse mais dormir do que comer.

– Não estou com fome – retrucou Wayne.

A visão de Sunny esquartejada o deixara enjoado e pensar em comida lhe deu náuseas; por algum motivo, veio-lhe à mente a imagem de salsichas pingando gordura.

– Bem, hoje à noite estaremos em Indiana. Espero que até lá você já tenha recuperado o apetite! Havia uma lanchonete na Interestadual 80 que servia cestas de batata-doce frita cobertas com canela e açúcar. *Isso, sim*, vai ser um sabor sensacional para você descobrir! Só dá para parar de comer depois de acabar com todas as batatas e lamber o papel. – Ele deu um suspiro. – Como eu *gosto* de doce. Poxa, é um milagre meus dentes não terem caído de podres!

Ele se virou e sorriu para Wayne por cima do ombro, exibindo uma boca cheia de presas marrons e manchadas, cada qual apontando para um lado. Wayne já tinha visto cães idosos com dentes mais limpos e de aspecto mais saudável.

Manx segurava em uma das mãos um punhado de papéis presos por um grande clipe amarelo e folheou-os de um jeito apressado. As páginas pareciam já ter sido bem manuseadas e Manx só as examinou por meio minuto antes de se inclinar para a frente e guardá-las no porta-luvas.

– Bing trabalhou bastante no computador. Lembro-me de uma época em que podiam cortar seu nariz se você o metesse nos assuntos alheios. Hoje é possível descobrir qualquer coisa sobre qualquer pessoa com apenas um clique. Não existe privacidade nem consideração e todo mundo bisbilhota o que não lhe diz respeito. Com certeza deve dar para descobrir a cor da cueca que estou usando. Mas a tecnologia desta época desavergonhada tem lá suas vantagens! Você não vai acreditar em quanta informação Bing encontrou sobre essa tal de Margaret Leigh. Sinto dizer que a amiga da sua mãe é uma viciada em drogas, uma mulher de pouco caráter. Isso não me espanta: levando-se em conta as tatuagens e a forma de falar pouco feminina da sua mãe, esse é exatamente o tipo de gente com quem eu imaginaria que ela convivesse. Pode ler tudo sobre a Sra. Leigh você mesmo, se desejar. Não quero que fique entediado enquanto estivermos na estrada.

A gaveta sob o banco do motorista se abriu. Os papéis sobre Maggie Leigh se achavam lá dentro. Wayne já tinha visto aquele truque algumas vezes e deveria estar acostumado, mas não estava.

Inclinou-se para a frente, pegou os papéis e a gaveta se fechou com força, batendo tão depressa e tão alto que Wayne deu um grito e deixou tudo cair no chão. Manx riu, os relinchos altos e roucos de um caipira babaca que acaba de ouvir uma piada sobre um judeu, um preto e uma feminista.

– A gaveta decepou seu dedo? Hoje em dia os carros vêm com todo tipo de recursos sem qualquer serventia. Rádios transmitidos por satélite, aquecedores de assento, aparelhos de GPS para pessoas ocupadas demais para prestar atenção na estrada... que em geral não leva a lugar nenhum! Mas este Rolls tem um acessório que você não vai encontrar em muitos veículos modernos: senso de humor! É melhor ficar esperto enquanto estiver no Espectro, Wayne! A velha senhora quase pegou você desprevenido!

Wayne pensou que, se tivesse sido um pouco mais lento, havia uma boa chance de a gaveta ter partido seus dedos. Deixou os papéis no chão.

Manx passou o braço por cima da divisória e virou a cabeça para olhar pelo vidro traseiro, dando ré. A cicatriz lívida e rosada em sua testa parecia ter dois meses. Ele havia tirado a atadura da orelha, que continuava destruída, mas os restos destroçados tinham cicatrizado e se transformado em um coto irregular um pouco mais agradável de se olhar.

Metade do NOS4A2 saiu da garagem e Manx parou o carro. Bing atravessava o quintal segurando uma mala xadrez em uma das mãos. Usava agora um boné e uma camisa manchados e sujos do Corpo de Bombeiros de Nova York, além de uns óculos escuros cor-de-rosa grotescamente juvenis e femininos.

– Ah – fez Manx. – Teria sido melhor você passar esta parte do dia dormindo também. Temo que os próximos minutos possam ser indigestos, meu jovem Wayne. Nunca é agradável para uma criança ver adultos brigarem.

Bing caminhou a passos céleres até o porta-malas, curvou-se e tentou abri-lo. Só que ele continuou fechado. Bing franziu a testa e o forçou. Virado, Manx o observava pelo vidro traseiro. Apesar da promessa de algo desagradável, um sorriso ameaçava surgir.

– Sr. Manx! – chamou Bing. – Não estou conseguindo abrir o porta-malas!

Manx não respondeu.

Bing mancou até a porta do carona, tentando tirar o peso do tornozelo mordido por Hooper. Enquanto caminhava, a mala batia em sua perna.

Quando ele encostou a mão na maçaneta, o trinco baixou. Bing sacudiu o puxador.

– Sr. Manx?

– Não posso ajudá-lo, Bing. O carro não quer você.

O Espectro começou a deslizar de ré.

Bing não soltou a maçaneta e foi arrastado com o carro. Deu outro puxão. Suas bochechas flácidas estremeceram.

– Sr. Manx! Não vá embora! Espere por mim, Sr. Manx! O senhor disse que eu podia ir!

– Isso foi antes de você a deixar escapar, Bing. Você nos decepcionou. *Eu* talvez o perdoe. Você sabe que eu sempre o considerei um filho. Mas não posso fazer nada neste caso. Você a deixou ir embora e agora o Espectro está deixando *você* ir embora. O Espectro é feito uma mulher, sabe! Não se pode contrariar uma mulher! Elas não são como os homens. Não funcionam de modo racional! Posso sentir que o Espectro está louco de raiva por você ter sido tão descuidado com seu revólver.

– Não! Sr. Manx! Me dê mais uma chance. Por favor! Eu quero mais uma chance!

Ele cambaleou e a mala tornou a bater na perna, se abrindo e espalhando camisetas, cuecas e meias por todo o acesso da garagem.

– Bing – falou Manx. – Bing, Bing, vá embora. Eu volto para brincar outra hora.

– Eu posso melhorar! Farei tudo o que o senhor quiser! Por favor, ah, por favor, Sr. Manx! *Eu quero uma segunda chance!* – Ele agora estava berrando estridentemente.

– Todos nós gostamos de uma segunda chance, não é mesmo? Mas a única pessoa que conseguiu uma segunda chance foi Victoria McQueen. E isso não está certo, Bing.

Enquanto dava ré, o carro começou a virar de frente para a rua. Bing foi empurrado e caiu no asfalto. O Espectro o arrastou por vários metros gritando e puxando a maçaneta.

– Qualquer coisa! *Qualquer* coisa! Sr. Manx! *Eu faço qualquer coisa pelo senhor! Dou minha própria vida! Pelo senhor!*

– Meu pobre menino – lamentou Manx. – Meu doce e pobre menino. Não me deixe triste. Você está fazendo eu me sentir muito mal! Solte a porta, por favor! Isto já é duro o suficiente!

Bing soltou a porta, mas Wayne não soube dizer se estava obedecendo à ordem ou se apenas havia desistido. Deixou-se cair na rua de bruços, soluçando.

O Espectro começou a acelerar para longe da casa de Bing, para longe da igreja arruinada no alto do morro. Bing se levantou atabalhoadamente e correu atrás do carro por uns 10 metros, talvez, mas logo ficou para trás. Então parou no meio da via e começou a bater com os punhos fechados na própria cabeça, socando as orelhas. Os óculos pendiam tortos, com uma das lentes quebrada. Seu rosto largo e feio tinha um tom vivo e venenoso de vermelho.

– Eu faria *qualquer coisa*! *Qualquer coisa! Me! Dê! Só! Mais! Uma! Chance!*

O Espectro se deteve em uma parada obrigatória, depois dobrou a esquina, e Bing desapareceu.

Wayne se virou para a frente.

Manx o espiou pelo retrovisor.

– Sinto muito por você ter que presenciar isso tudo, Wayne. É horrível ver alguém tão chateado assim, principalmente um sujeito de bom coração como Bing. Mas também foi... também foi uma atitude um pouco tola, você não acha? Viu como ele não quis largar a porta? Pensei que fôssemos arrastá-lo até o Colorado!

Manx tornou a rir com vontade.

Wayne tocou os próprios lábios e percebeu, com uma pontada de náusea, que estava sorrindo.

Rodovia 3, New Hampshire

A ESTRADA TINHA UM CHEIRO limpo de sempre-vivas, água e floresta.

Vic pensou que haveria sirenes, mas, ao olhar pelo retrovisor esquerdo, tudo que viu foi um quilômetro de asfalto vazio, sem qualquer ruído a não ser o rugido contido da Triumph.

Um avião de passageiros passou no céu a 7 mil metros de altitude: um traço brilhante de luz seguindo rumo ao oeste.

Na curva seguinte, ela saiu da estrada do Lago e dobrou na direção dos morros verdes que se erguiam acima de Winnipesaukee, seguindo-a também para o oeste.

Não sabia como chegar à parte seguinte, mas tinha muito pouco tempo para descobrir. Conseguira encontrar o caminho da ponte na véspera, mas isso lhe parecia muitíssimo remoto, quase tão remoto quanto a sua infância.

O dia parecia ensolarado demais para algo impossível acontecer. A claridade insistia em um mundo que fazia sentido, que operava segundo leis conhecidas. Após cada curva, havia apenas mais estrada e o asfalto sob o sol tinha um aspecto fresco e luxuriante.

Vic avançou pelas curvas fechadas, subindo sempre os morros, para longe do Lago. Suas mãos transpiravam no guidom e seu pé doía de tanto empurrar a embreagem escorregadia para passar as marchas. Foi andando cada vez mais depressa, como se apenas aumentando a velocidade fosse conseguir abrir aquele rasgo no mundo.

Passou zunindo por uma cidadezinha, pouco mais do que uma luz de atenção amarela pendurada acima de um cruzamento. Pretendia seguir com a moto até acabar a gasolina e depois talvez largá-la no chão e começar a correr pelo meio da estrada até a porra da ponte do Atalho aparecer ou suas pernas perderem as forças.

Só que a ponte não iria aparecer, pois ela não existia. O único lugar em que o Atalho existia era na sua mente. A cada quilômetro percorrido, isso ficava mais claro para Vic.

A ponte era aquilo em que o seu psiquiatra sempre insistira: uma válvula de escape nas situações em que ela não conseguia suportar a realidade, a fantasia reconfortante de uma mulher profundamente deprimida e com um histórico de traumas.

Ela acelerou, agora fazendo as curvas a quase cem por hora.

Estava indo tão depressa que dava para fingir que a água escorrendo de seus olhos era uma reação ao vento que batia no rosto.

A Triumph começou a subir outra vez, rente à encosta de um morro. Em uma curva perto do topo, uma viatura passou zunindo no sentido contrário. Vic estava próxima da faixa dupla e sentiu o ar deslocado pelo carro atingi-la e desequilibrar a moto por um breve e perigoso instante. Por um segundo, o motorista ficou a um braço de distância dela. Sua janela estava abaixada e ele tinha o cotovelo para fora, um cara de queixo duplo com um palito no canto da boca. Vic passou tão perto que poderia ter arrancado o palito.

No instante seguinte, ele sumiu e ela começou a descer o morro pelo outro lado. Sem dúvida o policial estaria chispando em direção ao cruzamento com a luz amarela, pretendendo interceptá-la. Teria de seguir a estrada sinuosa em que estava até chegar à cidade antes de poder dar meia-volta e ir atrás dela. Vic talvez tivesse um minuto inteiro de vantagem em relação a ele.

A moto fez uma curva alta, fechada, e ela viu de relance lá embaixo a baía de Paugus, azul-escura e fria. Perguntou-se onde ficaria presa, quando tornaria a ver água. Havia passado boa parte da vida adulta em instituições, comendo comida institucional e vivendo segundo regras institucionais. Apagar das luzes às oito e meia da noite. Comprimidos em um copinho de papel. Água com gosto de ferrugem e canos velhos. Tampas de privada feitas de aço inox. A única vez que você via água azul era ao dar descarga.

A estrada subiu e desceu, e abaixo, à esquerda, surgiu uma lojinha de zona rural. Era um estabelecimento de dois andares feito de troncos sem casca, com um cartaz de plástico branco acima da porta: LOCADORA DE VÍDEO NORTH COUNTRY. Ali as pessoas ainda alugavam vídeos – não só DVDs, mas fitas de VHS também. Vic tinha quase passado pela locadora quando resolveu entrar no estacionamento de terra batida para se esconder. A área rodeava o estabelecimento e era sombreada por pinheiros.

Pisou no freio traseiro, já se preparando para entrar na curva, mas lembrou que *não tinha* freio traseiro. Apertou o dianteiro. Pela primeira vez lhe ocorreu que talvez ele tampouco estivesse funcionando.

Estava. O freio dianteiro travou com força e ela quase foi arremessada por cima do guidom. O pneu traseiro produziu um gemido agudo ao arrastar no chão e fez no asfalto uma listra preta de borracha. Vic ainda estava derrapando quando entrou no estacionamento; os pneus maltrataram a terra batida e ergueram nuvens de fumaça marrom.

A Triumph ainda deslizou por mais 4 metros, passou pela locadora e, por fim, parou fazendo estalar o cascalho nos fundos do estacionamento.

Uma escuridão densa a aguardava sob as sempre-vivas. Atrás da lojinha, um pedaço de corrente frouxa impedia o acesso a uma trilha, uma trincheira empoeirada escavada em meio às ervas daninhas e samambaias. Uma trilha desativada de mountain bike, talvez, ou de caminhada. Ela não a tinha visto da estrada; ninguém teria, escondida como estava nas sombras.

Só ouviu o carro de polícia quando ele chegou bem perto, pois seus ouvidos estavam tomados pelo som da própria respiração entrecortada e das batidas aceleradas de seu coração. A viatura passou com sua sirene aguda, e o fundo da carroceria bateu nas deformações do asfalto causadas pelo congelamento no inverno.

Ela detectou um leve movimento na periferia de seu campo visual. Ergueu os olhos para uma janela de vidro temperado quase toda coberta por cartazes de publicidade. Uma menina gorda com piercing no nariz a encarava do interior da loja, com os olhos arregalados em alerta, falando ao telefone.

Vic olhou para a trilha do outro lado da corrente. O sulco estreito coalhado de agulhas de pinheiro percorria um declive pronunciado. Tentou pensar no que poderia haver lá embaixo. A Rodovia 11, muito provavelmente. Mesmo que a trilha não conduzisse à autoestrada, Vic pelo menos poderia segui-la até o final e parar a moto entre os pinheiros. Seria tranquilo entre as árvores, um bom lugar para se sentar e aguardar a polícia.

Ela andou com a moto até o outro lado da corrente. Então pôs os pés nas pedaleiras e deixou a gravidade se encarregar do resto.

Foi avançando por uma escuridão de veludo que exalava um cheiro doce de pinheiros, de Natal... e isso lhe provocou um calafrio. Aquilo lhe lembrou

Haverhill, o bosque da cidade e a encosta atrás da casa de sua infância. Os pneus batiam em raízes e pedras e a moto escorregava pelo terreno irregular. Foi preciso muita concentração para guiá-la pelo sulco estreito. Vic ficou em pé nas pedaleiras para examinar o pneu dianteiro. Precisava parar de pensar, tinha de esvaziar a mente, não podia deixar espaço algum dentro da cabeça para a polícia, para Lou, para Manx, nem mesmo para Wayne. Não podia tentar entender as coisas agora; precisava, isso sim, concentrar-se no próprio equilíbrio.

De toda forma, era difícil continuar histérica naquela penumbra tomada por pinheiros, com a luz caindo de viés por entre os galhos e um aglomerado de nuvens brancas lá em cima. A base de suas costas estava rígida e tensa, mas era uma dor gostosa que lhe dava consciência do próprio corpo funcionando em sincronia com a moto.

Um vento soprou rente às copas dos pinheiros com um leve rugido, como um rio na cheia.

Ela desejou ter levado Wayne para andar naquela moto. Se pudesse lhe mostrar aquilo, aquela mata, com seu imenso tapete de agulhas de pinheiro cor de ferrugem sob um céu aceso pela melhor luz do mês de julho, iria ser uma lembrança para os dois guardarem pelo resto da vida. Que incrível seria percorrer de moto aquelas sombras perfumadas, Wayne segurando-a firme, seguir uma trilha de terra batida até encontrar um lugar tranquilo onde pudessem parar, compartilhar um almoço caseiro e algumas garrafas de refrigerante, tirar uma soneca lado a lado junto à moto naquela casa do sono ancestral, com seu chão de terra limosa e seu alto teto de galhos entrecruzados. Ao fechar os olhos, quase pôde sentir os braços de Wayne em volta da sua cintura.

Mas só se atreveu a fechar os olhos por um segundo. Expirou, olhou para cima – e nesse instante a moto chegou ao pé do declive e cruzou 6 metros de terreno plano até a ponte coberta.

O Atalho

VIC CUTUCOU COM O PÉ o freio traseiro, gesto automático que não adiantou nada. A moto seguiu em frente e já tinha quase chegado à ponte do Atalho quando ela se lembrou do freio dianteiro e foi parando devagar.

Era ridículo: uma ponte coberta com cem metros de comprimento bem no meio da floresta, sem ligar nada a lugar nenhum. Além da entrada cheia de hera emaranhada, reinava uma escuridão assustadora.

– É. Certo. Você é bem freudiana.

Só que não era. Aquilo não era a perereca da mamãe, não era o canal do nascimento; a moto não era o seu pau simbólico nem uma metáfora para o ato sexual. Aquilo era uma ponte que percorria a distância entre o perdido e o achado, uma ponte além do possível.

Algo produziu um barulho esvoaçante entre as vigas. Vic inspirou profundamente e sentiu o cheiro dos morcegos: um odor animal úmido, selvagem e pungente.

Em todas as outras ocasiões nas quais havia atravessado a ponte, nunca se tratara da fantasia de uma mulher emocionalmente perturbada. Pensar isso era confundir causa e efeito. Em determinados momentos de sua vida, Vic fora uma mulher emocionalmente perturbada por causa de todas aquelas travessias da ponte. O Atalho podia não ser um símbolo, mas era uma expressão do pensamento, do *seu* pensamento, e todas as suas viagens haviam despertado a vida lá dentro. Tábuas do piso tinham estalado. Lixo fora espalhado. Morcegos tinham acordado e voado a esmo pelo interior.

Logo depois da entrada, em spray verde, ela pôde ler:

CASA DO SONO→

Engatou a primeira e avançou. Não se perguntou se o Atalho estava realmente ali, se estaria adentrando uma ilusão. A questão estava resolvida: a ponte estava ali.

Morcegos cobriam o teto lá em cima, com as asas fechadas em volta do corpo para esconder aquelas caras que eram iguais à da própria Vic. Os bichos não paravam de se contorcer.

As tábuas fizeram *cataplá-plá-plá* sob os pneus da Triumph. Eram soltas, irregulares, e havia algumas faltando. A estrutura inteira tremeu com a força e o peso da moto. Poeira caiu das vigas como um chuvisco. Em sua última travessia, a ponte não estava em tão mau estado. Agora as paredes pendiam nitidamente para a direita como o corredor inclinado de um parque de diversões.

Ela passou por uma brecha na parede onde faltava uma tábua. Uma névoa de partículas luminosas se agitava do outro lado do espaço estreito. Vic desacelerou até quase parar, para poder observar melhor. Mas então uma das tábuas sob os pneus estalou com o mesmo barulho de uma arma disparada e ela sentiu a roda afundar uns cinco centímetros. Girou o acelerador e a moto deu um pinote. Ao se lançar para a frente, ouviu uma segunda tábua se partir sob o pneu traseiro.

O peso da moto era quase excessivo para a madeira velha. Se ela parasse, as tábuas apodrecidas talvez cedessem e a fizessem cair naquele... naquele... fosse lá o que fosse. O abismo entre pensamento e realidade, talvez entre imaginar e ter.

Não conseguia ver onde o túnel ia dar. Além da saída, viu apenas uma luz ofuscante, uma claridade que feriu seus olhos. Desviou o rosto e avistou sua velha Raleigh azul e amarela jogada contra a parede, com o guidom e os raios repletos de teias de aranha.

O pneu dianteiro da Triumph tocou o asfalto.

Vic foi parando a moto e pôs o pé no chão. Protegeu os olhos com uma das mãos e olhou em volta.

Estava atrás de uma igreja que fora destruída pelo fogo. Restava apenas a fachada, o que lhe dava o aspecto de um cenário de cinema, uma única parede sugerindo uma construção inteira mais atrás. Havia alguns bancos escurecidos e um mar de vidro estilhaçado e preto de fumaça, pontilhado por latas enferrujadas de cerveja. Nada mais restara. Um estacionamento descorado pelo sol, amplo e vazio, se estendia até onde seus olhos alcançavam.

Ela engatou a primeira e foi até a frente do que imaginava ser a Casa do Sono. Ali tornou a parar; o motor rugia de maneira irregular, com engasgos ocasionais.

Na frente da construção havia uma placa com letras móveis; parecia mais o tipo de letreiro para se colocar em frente a uma leiteria do que a uma igreja. Vic leu o que estava escrito ali e um arrepio percorreu seu corpo:

TABERNÁCULO DA NOVA FÉ
DEUS MORREU QUEIMADO
SÓ SOBRARAM DEMÔNIOS

Mais adiante, uma rua de subúrbio dormitava sob o calor estuporante do final do dia. Ela se perguntou onde estava. Talvez aquilo ainda fosse New Hampshire – mas não, a luz não era a mesma. Em New Hampshire, o dia estava claro, azul e límpido. Ali fazia mais calor e havia as nuvens opressivas amontoadas no céu. Parecia que iria cair uma tempestade e, de fato, enquanto ela se achava ali parada em cima da moto, ouviu a primeira explosão ribombante de um trovão ao longe. Dali a um ou dois minutos, talvez começasse a chover.

Tornou a examinar a igreja. Havia um par de portas oblíquas encostadas nos alicerces de concreto. As portas do porão estavam trancadas com uma pesada corrente e um brilhante cadeado de latão.

Mais adiante, no meio das árvores, ficava uma espécie de barracão ou celeiro branco com teto de telhas azuis, que ostentavam uma camada de limo, e algumas ervas daninhas e dentes-de-leão brotavam ali. Na frente havia uma grande porta, com tamanho suficiente para deixar passar um carro, e uma passagem lateral com apenas uma janela. Uma folha de papel tapava o vidro por dentro.

Ali, pensou ela, engolindo em seco. *Ele está lá dentro.*

Era um replay do Colorado: o Espectro estava estacionado dentro do barracão e Wayne e Manx estavam sentados no carro esperando o dia passar.

O vento quente rugiu nas folhas. Houve outro ruído em algum lugar atrás de Vic, uma espécie de giro frenético e mecânico, um ronco enferrujado. Ela olhou para a estrada. A residência mais próxima era uma pequena e bem-cuidada casa de fazenda pintada de rosa com detalhes brancos que a faziam parecer um daqueles bolinhos vendidos em embalagens individuais cobertos de coco ralado rosa. O gramado estava repleto de flores de papel-alumínio daquele tipo que as pessoas fincavam nos quintais para servir de cata-vento. Elas estavam enlouquecidas.

Um aposentado baixote e feio parado no acesso da própria garagem com uma podadeira na mão estreitava os olhos na sua direção. Devia ser tipo um vigia de bairro, ou seja, se dali a cinco minutos ela não tivesse de fugir da chuva, teria de fugir da polícia.

Ela levou a moto até o final do estacionamento e a desligou, deixando a chave no contato; queria estar pronta para ir embora depressa. Tornou a olhar para o barracão. Reparou, quase distraída, que não tinha mais saliva nenhuma; sua boca estava tão seca quanto as folhas que o vento fazia farfalhar.

Sentiu uma pressão aumentar atrás do olho esquerdo, uma sensação que recordava da infância.

Saltou da moto e começou a andar em direção ao barracão sobre as pernas repentinamente fracas. Na metade do caminho, curvou-se e pegou um pedaço solto de asfalto do tamanho de um prato de jantar. O ar vibrou com outra distante explosão ribombante de uma trovoada.

Sabia que seria um erro chamar pelo filho, mas ainda assim se pegou formando a palavra: *Wayne, Wayne.*

Seus olhos latejavam, dando a mesma sensação ao mundo à sua volta. O vento superaquecido recendia a aparas de aço.

Quando estava a cinco passos da porta lateral, pôde ler o aviso manuscrito pregado por dentro no vidro:

ENTRADA PROIBIDA
SOMENTE FUNCIONÁRIOS MUNICIPAIS!

O pedaço de asfalto quebrou a janela com um belo estrondo e arrancou o papel. Vic não estava mais raciocinando, apenas agindo. Já tinha vivido aquela cena uma vez e sabia o que iria acontecer.

Talvez precisasse carregar Wayne no colo caso houvesse algo de errado com ele, como havia com Brad McCauley. Se ele estivesse como McCauley – metade zumbi, alguma espécie de vampiro congelado –, Vic iria consertá-lo como fizera à moto. Iria conseguir os melhores médicos. Ela o havia fabricado dentro do próprio corpo; Manx não podia simplesmente desconjuntá-lo com seu carro.

Enfiou a mão pela janela quebrada e segurou a maçaneta interna. Tateou em busca do trinco, muito embora já pudesse ver que o Espectro não estava lá dentro. Havia espaço para um carro, mas não havia nenhum. Sacos de adubo se empilhavam contra as paredes.

– Ei! O que está fazendo aí? – questionou uma voz fina em algum lugar atrás dela. – Eu posso chamar a polícia! Posso chamar agora mesmo!

Vic girou o trinco, abriu a porta e ficou parada, arquejando, olhando para o espaço pequeno, fresco e escuro do barracão vazio.

– Já deveria ter chamado a polícia! Posso mandar prender *todos* vocês por invasão de propriedade privada! – gritou quem quer que fosse.

Vic mal escutou. No entanto, mesmo que estivesse prestando muita atenção, talvez não reconhecesse a voz, que soava rouca, engasgada, como se o homem houvesse chorado recentemente ou estivesse prestes a chorar agora. Ali, em cima do morro, nem uma vez passou por sua cabeça que já pudesse ter escutado aquela voz.

Girando nos calcanhares, ela deparou com um sujeito atarracado e feio vestido com uma camiseta do Corpo de Bombeiros de Nova York: o aposentado que vira no quintal com a podadeira. Ainda estava segurando a ferramenta. Tinha os olhos esbugalhados por trás de óculos com uma grossa armação de plástico preto. Seus cabelos eram curtos, espetados e falhos, pretos entremeados de grisalho.

Vic o ignorou. Correu os olhos pelo chão, encontrou um pedaço de pedra azul, catou-o e caminhou a passos largos até as portas oblíquas que conduziam ao subsolo da igreja incendiada. Apoiou um dos joelhos no chão e começou a golpear o grande cadeado de latão que mantinha as portas fechadas. Se Wayne e Manx não estavam dentro do barracão, aquele era o único lugar que restava. Ela não sabia onde Manx tinha guardado o carro e, se o encontrasse adormecido lá embaixo, não planejava lhe fazer nenhuma pergunta a respeito antes de desferir a pedra na sua cabeça.

– Vai – falou para si mesma. – Vai, porra, abre logo.

Continuou batendo no cadeado com a pedra. Faíscas voaram.

– Isto aqui é propriedade particular! – gritou o homem feio. – Você e seus amigos não têm o direito de entrar! Chega! Vou chamar a polícia!

Foi então que Vic se deu conta.

Jogou a pedra de lado, enxugou o suor do rosto e se levantou. Quando ela se aproximou, o homem deu dois passos assustados para trás e quase tropeçou nos próprios pés. Ergueu a podadeira entre eles.

– *Não! Não me machuque!*

Vic devia estar com cara de criminosa e de maluca. Se era isso que ele via, não podia culpá-lo: tinha sido mesmo as duas coisas em diferentes épocas da vida.

Estendeu as mãos e as sacudiu no ar em um gesto tranquilizador.

– Não vou machucar o senhor. Não quero nada do senhor. Só estou procurando uma pessoa. Pensei que ela pudesse estar em algum lugar lá dentro. – Meneou a cabeça para trás em direção às portas do porão. – O que foi que o senhor disse sobre os "meus amigos"? Que amigos?

O homem engoliu em seco.

– Eles não estão aqui. As pessoas que você está procurando. Já foram embora. Saíram de carro faz pouco tempo. Meia hora, mais ou menos. Talvez menos.

– *Quem?* Por favor. *Me ajude. Quem* foi embora? Foi alguém com um...

– Um carro antigo. Como uma antiguidade. Ele tinha estacionado aqui dentro do barracão... acho que passou a noite aqui! – Ele apontou para as portas oblíquas do subsolo. – Pensei em chamar a polícia. Não é a primeira vez que pessoas entram aqui para se drogar. Mas eles já foram embora! Não estão mais aqui. Ele foi embora faz pouco tempo. Uma meia hora...

– O senhor já me disse isso. – A vontade de Vic era segurá-lo pelo pescoço gordo e sacudi-lo. – Tinha um menino com ele? No banco de trás do carro?

– Ora, como vou saber! – exclamou o homem, mas então levou os dedos aos lábios e ergueu os olhos para o céu com uma expressão de assombro quase cômica no rosto. – *Achei* que tivesse alguém com ele. No banco de trás. Sim. Sim, aposto que tinha *mesmo* uma criança no carro! – Ele tornou a encará-la. – Você está bem? Está com uma cara horrível. Quer usar meu telefone? Deveria beber alguma coisa.

– Não. Sim. Eu... Obrigada. Vou aceitar.

Ela cambaleou como se tivesse se levantado depressa demais. Ele estivera ali. Wayne estivera ali e fora embora. Meia hora antes.

Sua ponte a levara a um lugar que não era nem de longe o certo. Talvez aquilo ali fosse a Casa do Sono, aquela igreja em ruínas, aquela pilha de vigas carbonizadas e vidro quebrado, e ela houvesse desejado ardentemente encontrar aquele local, mas só porque achava que Wayne fosse estar ali. Wayne deveria estar *ali*, não na estrada com Charlie Manx.

Então era isso, pensou, cansada. Assim como as peças de Maggie Leigh não conseguiam informar nomes próprios – Vic se lembrava disso agora, estava recordando várias coisas naquela manhã –, sua ponte precisava ancorar as duas extremidades em terra firme. Se Manx estivesse em algum ponto de uma rodovia interestadual, a ponte não conseguia fazer a ligação. Seria como tentar interceptar uma bala no ar com um graveto. (Subitamente, veio à memória de Vic o momento em que conseguira pegar uma bala dentro do lago.) O Atalho não sabia como transportá-la até algo que não estivesse parado, portanto fizera o melhor possível. Em vez de conduzi-la até onde Wayne estava, conduzira-a até o último lugar em que ele estivera.

Flores vermelhas pálidas margeavam os alicerces da casa rosa. Ela ficava recuada, longe das outras residências, um lugar quase tão solitário quanto o chalé de uma bruxa em um conto de fadas – e, à sua maneira, fantástico como uma casa feita de biscoito. A grama era bem-cuidada. O homenzinho feio a fez dar a volta na casa até uma porta de tela que dava para a cozinha.

– Eu queria ter uma segunda chance – disse ele.

– De quê?

– Uma chance de fazer tudo de novo. Poderia ter impedido os dois de irem embora. O homem e o seu filho.

– Como é que o senhor poderia saber?

– Você veio de muito longe? – perguntou o homem com sua voz aguda, desafinada.

– Vim. De certa forma. Na verdade, não.

– Ah. Agora entendi – retrucou ele sem o menor indício de sarcasmo.

O homem segurou-lhe a porta e Vic entrou primeiro na cozinha. O ar-condicionado foi um alívio, quase tão bom quanto um copo d'água aromatizado com um ramo de hortelã.

Era uma cozinha para uma velhota que soubesse fazer biscoitos caseiros e bonecos de pão de mel. A casa até tinha um certo cheiro desses bonequinhos. Placas de cozinha fofinhas com versos pendiam das paredes e Vic reparou primeiro na seguinte:

REZO A DEUS AJOELHADO
PARA MAMÃE ME DAR MELADO

Ela viu um cilindro velho de metal verde apoiado em uma cadeira. Aquilo a fez pensar nos cilindros de oxigênio entregues semanalmente na casa de sua mãe durante os últimos meses de vida de Linda. Imaginou que o homem tivesse uma esposa doente.

– Meu telefone é todo seu – afirmou ele.

O trovão rugiu do lado de fora com força suficiente para estremecer o piso.

Ela se encaminhou para um velho telefone preto preso à parede junto à porta do porão, não sem notar que, sobre a mesa, havia uma mala aberta, dentro da qual estavam emboladas roupas de baixo e camisetas, além de um chapéu e luvas de inverno. A correspondência tinha sido jogada da mesa e caíra no chão, mas ela só se deu conta disso quando já estava pisando nos papéis. Saiu rapidamente de cima deles.

– Desculpe.

– Não se preocupe! A bagunça é minha, deixe que eu arrumo. – Ele se abaixou e recolheu os envelopes com as mãos grandes e ossudas. – Bing, Bing, seu desmiolado. Você é mesmo um sujeito enrolado!

A rima era péssima e Vic desejou que ele não a tivesse feito. Parecia algo que uma pessoa diria em um sonho que começasse a tomar um rumo ruim.

Virou-se para o telefone, um aparelho grande, pesado, de disco. Sua intenção era empunhar o fone, mas em vez disso ela encostou a cabeça na parede e fechou os olhos. Estava muito cansada e seu olho esquerdo doía pra caralho. Queria avisar Tabitha Hutter sobre a igreja no alto do morro, a casa de Deus incendiada (DEUS MORREU QUEIMADO, SÓ SOBRARAM DEMÔNIOS) onde Manx e seu filho haviam passado a noite. Queria que a agente fosse até ali conversar com o velho que os vira, o tal Bing. Mas ela ainda nem sabia *onde* estava e talvez não fosse bom contatar a polícia antes de saber.

Bing. Esse nome por algum motivo a desconcertou.

– Como o senhor disse que se chamava? – indagou, achando que poderia tê-lo entendido mal.

– Bing.

– Igual à ferramenta de busca?

– É. Mas eu uso o Google.

Ela riu – um som que denotou exaustão mais do que bom humor – e lançou um olhar de viés na direção dele. Agora de costas para ela, Bing retirava alguma coisa de um gancho junto à porta. Parecia um chapéu preto disforme. Vic fitou novamente aquele cilindro verde velho e amassado e reparou que, no fim das contas, aquilo não era oxigênio. As letras escritas com estêncil na lateral diziam SEVOFLURANO, INFLAMÁVEL.

Deu as costas para o homem e tornou a se virar para o telefone. Tirou o fone do gancho, mas ainda não sabia para quem ligar.

– Que engraçado, eu tenho a minha própria ferramenta de busca. Posso fazer uma pergunta estranha para o senhor?

– Claro.

Ela deslizou o dedo em volta do disco do telefone sem girá-lo.

Bing. Bing. Era menos um nome e mais o som que um martelinho de prata fazia ao acertar um sino de vidro.

– Estou um pouco cansada e o nome desta cidade me fugiu. Pode me dizer em que raio de lugar estou?

Manx tinha um martelo prateado e o homem que o acompanhava tinha uma arma. "Bang. Bang", dissera ele, logo antes de atirar nela. Só que havia falado de um jeito engraçado, cantarolado, fazendo soar menos como uma ameaça e mais como uma canção para pular corda.

– É claro que posso – respondeu Bing atrás dela com a voz abafada, como se segurasse um lenço em frente ao nariz.

Aquela voz soara abafada na última vez que fora escutada e seus ouvidos estavam zumbindo por causa dos tiros, mas Vic a reconheceu.

Virou-se, já sabendo o que iria ver. Bing estava usando outra vez sua antiquada máscara de gás da Segunda Guerra Mundial. Ainda segurava a podadeira na mão direita.

– Aqui é a Casa do Sono. É o fim da linha para você, sua piranha.

E ele quebrou seu nariz com a podadeira.

A Casa do Sono

VIC DEU TRÊS PASSINHOS CAMBALEANTES para trás e seus calcanhares bateram na soleira de uma porta. A única porta aberta era a do porão. Teve tempo de se lembrar disso antes de suas pernas cederem e ela cair para trás, como se fosse sentar, só que não havia nenhuma cadeira. Tampouco havia chão. Ela continuou caindo.

Vai doer, pensou. Não houve alarme algum nesse pensamento; era a simples aceitação de um fato.

Experimentou a breve sensação de estar suspensa e suas entranhas ficaram elásticas, esquisitas. O vento passou zunindo por suas orelhas. Viu de relance uma lâmpada nua no teto e folhas de compensado entre vigas expostas.

Caiu de bunda sobre um degrau com um baque ossudo e deu uma cambalhota, da mesma forma casual que alguém poderia jogar um travesseiro no ar. Pensou no pai dispensando o cigarro pela janela de um carro em movimento, em como a guimba atingia o asfalto e faíscas voavam com o impacto.

Bateu no degrau seguinte com o ombro direito e foi novamente arremessada. O joelho esquerdo se chocou com alguma coisa. A bochecha esquerda colidiu com outra – foi como levar um chute de bota na cara.

Imaginou que, quando chegasse ao pés da escada, fosse se espatifar feito um vaso, mas aterrissou em cima de um monte volumoso de algo macio envolto em plástico. Seu rosto encontrou o chão e a parte inferior do corpo continuou em movimento, seus pés pedalando alucinadamente no vazio. *Olha, mãe, estou plantando bananeira!* Lembrou-se de ter gritado isso em um Quatro de Julho, vendo um mundo em que o céu havia se transformado em grama e o chão, em estrelas. Por fim, imobilizou-se com um último impacto e ficou deitada de costas, agora com a escada atrás de si.

O alto dos degraus íngremes estavam de cabeça para baixo. Não conseguia sentir o braço direito. Calculou que a pressão no joelho esquerdo logo fosse virar uma dor excruciante.

O Homem da Máscara de Gás desceu a escada segurando o cilindro de metal verde em uma das mãos pela válvula. Havia deixado a podadeira para trás. Era terrível o modo como a máscara transformava grotescamente o rosto do homem. Parte de Vic quis gritar, mas ela estava atordoada demais para emitir qualquer som.

Ele desceu o último degrau e se postou com uma bota de cada lado da sua cabeça. Ocorreu-lhe, tarde demais, que Bing iria machucá-la de novo. Ele ergueu o cilindro com as duas mãos e o abaixou sobre a sua barriga, tirando todo o ar de seus pulmões. Vic deu um tossido explosivo e rolou de lado. Quando conseguiu respirar, pensou que fosse vomitar.

Com um clangor, o cilindro foi colocado no chão. O Homem da Máscara de Gás segurou um punhado de seus cabelos e puxou. Apesar da decisão de permanecer calada, a dor lancinante arrancou dela um grito fraco. Bing queria que Vic ficasse de quatro e ela obedeceu porque era a única forma de fazer cessar a dor. A mão livre dele deslizou até debaixo de seu corpo e agarrou seu seio, apertando-o como se faz com uma toranja no mercado, para ver se está firme. Ele deu uma risadinha.

Bing começou a arrastá-la. Vic engatinhou o quanto pôde, pois assim a dor era menor, mas a ele pouco importava que doesse ou não e, quando os braços dela perderam a força, continuou a puxá-la pelos cabelos. Vic ficou horrorizada ao ouvir a própria voz gritar "Por favor!".

Só conseguiu ter impressões confusas do porão, que parecia menos um cômodo e mais um corredor comprido. Viu uma lavadora e uma secadora de roupas; um manequim de mulher nu usando uma máscara de gás; um busto sorridente de Jesus puxando a roupa de lado para exibir um coração, com a lateral da face toda marrom e coberta de bolhas como se tivesse sido queimada. Ouviu uma sineta metálica, insistente e ininterrupta vinda de algum lugar.

O Homem da Máscara de Gás parou no final do corredor e Vic ouviu um clangor metálico quando ele empurrou uma pesada porta de ferro sobre um trilho. Suas percepções não conseguiam acompanhar o ritmo dos acontecimentos. Parte de si ainda estava no corredor e acabara de ter um vislumbre do Jesus queimado. Outra parte ainda estava na cozinha vendo o cilindro verde encostado na cadeira: SEVOFLURANO, INFLAMÁVEL. Parte de si estava lá em cima nas ruínas incendiadas do Tabernáculo da Nova Fé, segurando uma pedra com as duas mãos e usando-a para golpear um brilhante cadeado de latão com força suficiente para fazê-lo soltar faíscas. Mais outra parte estava em New Hampshire, filando um cigarro do inspetor Daltry e surrupiando seu isqueiro com o desenho do Popeye.

O Homem da Máscara de Gás a forçou a passar de joelhos por cima do trilho, ainda puxando-a pelos cabelos. Na outra mão arrastava o cilindro de sevoflurano. Era isso que estava tilintando: ao ser arrastada pelo chão de concreto, a base do cilindro produzia um som baixo e contínuo. Parecia uma tigela de oração tibetana na qual um monge rolava o martelo.

Bing lhe deu um puxão violento para a frente e ela se pegou outra vez de quatro. Ele empurrou sua bunda com o pé e os braços dela cederam.

Vic caiu de queixo no chão. Seus dentes bateram e uma escuridão saltou de todos os objetos do recinto – a luminária no canto, a pequena cama, a pia –, como se cada peça de mobiliário tivesse um duplo de sombra secreto que pudesse ser despertado e incitado a fugir como um bando de andorinhas.

Por alguns instantes, a aglomeração escura ameaçou soterrá-la. Ela o espantou com um grito. Aquele lugar recendia a encanamento velho, concreto, roupa suja e estupro.

Vic quis se levantar, mas já era difícil demais permanecer consciente. Podia sentir aquela escuridão trêmula, viva, pronta para se avultar e se fechar a toda sua volta. Se desmaiasse agora, pelo menos não sentiria o estupro. Tampouco sentiria a morte.

A porta se fechou com um estrondo metálico que reverberou no ar. O Homem da Máscara de Gás agarrou Vic pelo ombro e a empurrou para que ela ficasse de costas. A cabeça de Vic girou, frouxa, e seu crânio bateu no concreto esburacado. Bing se ajoelhou por cima dela segurando em uma das mãos uma máscara de plástico transparente moldada para se encaixar sobre sua boca e nariz. Ele puxou sua cabeça para cima pelos cabelos para pôr a máscara sobre seu rosto; um tubo de plástico transparente a ligava ao cilindro.

Vic tentou bater na mão que prendia a máscara junto a seu rosto, tentou arranhar seu pulso, mas Bing agora estava usando um par de pesadas luvas de jardinagem feitas de lona. Ela não conseguiu tocar nenhum pedaço vulnerável de pele.

– Respire fundo, você vai se sentir melhor. É só relaxar. O dia terminou, o sol nos deixou. Deus morreu queimado e fui eu quem o matou.

Bing continuou segurando a máscara com uma das mãos. Levou a outra até as próprias costas e girou uma válvula no cilindro. Vic ouviu um silvo e sentiu alguma coisa fria ser soprada dentro de sua boca, em seguida se engasgou com o jato açucarado de algo que tinha cheiro de pão de mel.

Segurou o tubo, enrolou-o em uma das mãos e puxou. Ele se desprendeu da válvula com um estalo metálico e um jato visível de vapor branco começou a sair. O Homem da Máscara de Gás olhou para o cilindro atrás de si, mas não pareceu perturbado.

– Mais ou menos metade das mulheres faz isso. Isso não me agrada, porque desperdiça o cilindro, mas, se você quiser fazer as coisas do jeito mais difícil, nós podemos.

Ele arrancou a máscara de plástico do rosto de Vic e a jogou no canto. Ela começou a se levantar apoiada nos cotovelos, mas Bing lhe deu um soco na barriga. Vic dobrou o corpo ao meio até envolver a dor com os braços, como se fosse uma pessoa amada. Inspirou fundo, arquejante, e o recinto foi tomado pelo perfume estonteante do gás com aroma de pão de mel.

O Homem da Máscara de Gás era gorducho e 15 centímetros mais baixo do que Vic, porém se movia com a mesma agilidade de um artista de rua, um sujeito capaz de tocar banjo enquanto passeava sobre pernas de pau. Segurou o cilindro com as duas mãos e o moveu na direção de Vic, apontando a válvula aberta na sua direção. O gás que saía era um jato branco, mas logo se dispersava e ficava invisível. Ela sorveu mais uma golfada de ar com gosto de sobremesa. Moveu-se para trás sobre as mãos e os pés e arrastando a bunda. Quis prender a respiração, mas não conseguiu. Seus músculos trêmulos ansiavam por oxigênio.

– Aonde você vai? – perguntou Bing, andando atrás dela com o cilindro. – Isto aqui é um espaço a vácuo. Pode ir aonde quiser, mas ainda assim vai ter de respirar. Eu tenho 300 litros de gás dentro deste cilindro. Poderia derrubar uma tenda cheia de elefantes com 300 litros, meu bem.

Ele chutou um de seus pés, fazendo suas pernas desabarem tortas no chão, e encostou a ponta do tênis esquerdo no seu sexo. Vic engasgou com um grito de repulsa. Teve uma sensação passageira, porém intensa, de ter sido violada. Por um instante, desejou que o gás já a tivesse apagado, pois não queria sentir o pé dele ali, não queria saber o que iria acontecer em seguida.

– Piranha, piranha, vamos para a caminha. Vamos tirar um cochilo enquanto eu te arrombo todinha. – Ele deu mais uma risada abafada.

Vic se arrastou até um canto e bateu com a cabeça na parede revestida de gesso. Ele continuava a andar na sua direção com o cilindro na mão, deixando o recinto enevoado. O sevoflurano era uma bruma branca que tornava todos os objetos suaves e difusos nas bordas. Do outro lado do recinto, onde antes havia uma cama, agora Vic avistava três camas que se sobrepunham uma à outra, meio escondidas atrás da fumaça. Na névoa cada vez mais densa, o próprio Homem da Máscara de Gás se partiu em dois, em seguida tornou a ficar inteiro.

O chão debaixo de Vic ia se inclinando lentamente, transformando-se em um escorrega, e a qualquer momento ela iria descer por ele para longe da realidade, rumo à inconsciência. Chutou com os calcanhares, esforçando-se para se segurar, para se agarrar àquele canto do cômodo. Prendeu a respiração, mas seus pulmões não estavam cheios de ar e, sim, de dor, e seu coração parecia o motor da Triumph.

– Você está aqui e tudo ficou melhor! – guinchava o Homem da Máscara de Gás, com uma voz delirante de excitação. – Você é a minha segunda chance! Você está aqui e agora o Sr. Manx vai voltar e eu vou poder ir para a Terra do Natal! Você está aqui e eu *finalmente* vou ter o que mereço!

Imagens se sucederam depressa na mente de Vic feito cartas embaralhadas por um mágico. Ela estava outra vez no quintal dos fundos do chalé, Daltry acionava o isqueiro sem conseguir acendê-lo e ela o pegava de sua mão, fazendo saltar um fogo azul na primeira tentativa. Tinha parado para olhar o desenho na lateral do isqueiro: Popeye desferindo um soco e uma onomatopeia que não conseguia recordar. Então visualizou o aviso na lateral do cilindro de sevoflurano – INFLAMÁVEL – e lhe veio um pensamento simples, uma decisão: *Vou levar esse cara comigo. Vou matar esse escrotinho.*

O isqueiro estava em seu bolso direito – pelo menos ela achava que sim. Fez menção de pegá-lo, mas foi como enfiar a mão no saco sem fundo de peças de Maggie: parecia não ter fim.

Postado junto a seus pés, o Homem da Máscara de Gás segurava o cilindro com as duas mãos e apontava a válvula para ela. Vic podia ouvir o sussurro do cilindro, uma ordem longa e mortal para que ela permanecesse calada: *shhh.*

Seus dedos tocaram uma superfície de metal e se fecharam ao seu redor. Ela tirou a mão do bolso com um safanão e ergueu o isqueiro entre si e o Homem da Máscara de Gás como se fosse uma cruz para espantar um vampiro.

– Não me obrigue a fazer isso – ameaçou, ofegando, e sentiu mais uma golfada venenosa de pão de mel.

– Obrigar você a fazer o quê?

Vic abriu a tampa do isqueiro. Bing ouviu o estalo, viu o objeto pela primeira vez e deu um passo para trás.

– Ei – falou, com um indício de alarme na voz. Deu outro passo para trás, abraçando o cilindro como se fosse uma criança. – Não faça isso! Não é seguro! Você ficou *maluca*?

Vic acionou o mecanismo de aço, que emitiu um ruído áspero e cuspiu uma saraivada de centelhas brancas; por um milagroso segundo, acendeu no ar uma fita de fogo azul. A chama se desdobrou feito uma serpente, incendiando o ar e correndo direto na direção do cilindro. O débil vapor branco que jorrava da válvula se transformou em uma selvagem língua de fogo.

Por um breve instante, o cilindro se transformou em um lança-chamas de curto alcance, soltando labaredas para um lado e outro enquanto o Homem da Máscara de Gás cambaleava para longe de Vic. Ele ainda deu mais três passos trôpegos para trás – salvando assim sem querer a vida dela. À luz do fogo, Vic conseguiu ler o que estava escrito na lateral do isqueiro: CATAPOU.

Foi como se Bing tivesse apontado um lançador de foguetes para o próprio peito e o disparado à queima-roupa. O fundo do cilindro explodiu, um jorro de gás branco flamejante e estilhaços de metal que o ergueram do chão e projetaram-no de encontro à porta. Trezentos litros de sevoflurano pressurizado explodiram ao mesmo tempo, transformando o cilindro em uma banana de dinamite gigante. Vic não tinha com o que comparar o barulho daquela detonação, um imenso estrondo que lhe deu a sensação de ter os tímpanos perfurados por agulhas.

O Homem da Máscara de Gás bateu na porta de metal com força quase suficiente para arrancá-la do trilho. Vic o viu se estatelar sobre a superfície em meio a uma explosão que parecia feita de pura luz; o ar reluzia com um brilho gasoso que fez o cômodo inteiro desaparecer por um segundo em um clarão branco e ofuscante. Por instinto, ela ergueu as mãos para proteger o rosto e viu os finos pelos dourados dos braços nus se encresparem e se chamuscarem com o calor.

Depois do estouro, o mundo era outro. O recinto pulsava feito o seu coração acelerado. O ar estava tomado por uma fumaça dourada e rodopiante.

Ao entrar naquele porão, ela tinha visto sombras pularem de trás dos móveis. Agora, eles emitiam lampejos de claridade. Assim como o cilindro de gás, pareciam tentar se inflar e explodir.

Ela sentiu algo molhado escorrer pela bochecha e pensou que fossem lágrimas, mas quando tocou o rosto, seus dedos voltaram vermelhos.

Decidiu que tinha de sair dali. Levantou-se e deu um passo, mas o cômodo girou violentamente para a esquerda e ela tornou a cair.

Ergueu-se sobre um joelho, igualzinho ensinavam a fazer na liga infantil de beisebol quando alguém se machucava. Destroços em chamas caíam pelo ar. O cômodo emborcou para a direita, e ela desabou com ele.

A claridade saltou da cama, da pia, piscou em volta das bordas da porta. Vic não sabia que todos os objetos do mundo podiam conter um núcleo secreto tanto de escuridão quanto de luz, que precisavam apenas de um choque violento para revelar um ou outro. A cada pinote de seu coração, a claridade ficava mais forte. Ela não conseguia ouvir som algum a não ser o mecanismo rascante dos próprios pulmões.

Respirou fundo o perfume de pão de mel queimado. O mundo era uma bolha de luz brilhante que dobrou de volume na sua frente, inflou, se tensionou, ocupou seu campo de visão e cresceu em direção ao inevitável...

Poc.

TERRA DO NATAL
7 A 9 DE JULHO

Via Panorâmica São Nicolau

AO NORTE DE COLUMBUS, WAYNE fechou os olhos por um instante e, quando tornou a abri-los, a lua natalina dormia no céu e os dois lados da rodovia estavam abarrotados de bonecos de neve que viravam as cabeças para ver o Espectro passar.

À sua frente erguiam-se as montanhas, uma parede monstruosa de pedra negra na borda do mundo. Os picos eram tão altos que parecia que a lua poderia ficar presa neles.

Em um recanto um pouco abaixo da parte mais alta da mais alta montanha havia um cesto de luzes. Ele brilhava no escuro, visível a centenas de quilômetros, um grande e reluzente enfeite de Natal. A visão foi tão emocionante que Wayne mal conseguiu ficar sentado. Aquilo era um cálice de fogo, um punhado de carvões em brasa. A visão latejava, e Wayne latejava junto com ela.

O Sr. Manx segurava o volante com a mão frouxa. De tão reta, a estrada poderia ter sido desenhada com uma régua. O rádio estava ligado, e um coro de meninos cantava "O Come All Ye Faithful", chamando todos os fiéis. O coração de Wayne respondia ao seu convite sagrado: *Estamos indo. Estamos indo o mais depressa possível. Guardem um pouco do Natal para nós.*

Os bonecos de neve se erguiam em grupos, famílias, e a brisa gerada pelo carro sacudia seus cachecóis listrados. Pais de neve e mães de neve, com seus filhos de neve e seus cães de neve. Havia muitas cartolas, muitos cachimbos de espiga de milho e narizes de cenoura. Com os braços feitos de gravetos tortos, eles acenavam para cumprimentar o Sr. Manx, Wayne e o NOS4A2. Os carvões negros de seus olhos reluziam mais escuros do que a noite, mais brilhantes do que as estrelas. Um cão de neve tinha um osso na boca. Um papai de neve tinha um ramo de visco na cabeça, enquanto uma mamãe de neve estava congelada no gesto de beijar sua bochecha branca e redonda. Uma criança de neve postada entre os pais decapitados segurava um machado. Wayne ria e batia palmas; aqueles bonecos de neve vivos eram a coisa mais incrível que ele já tinha visto. Quantas bobagens faziam!

– O que você quer fazer primeiro quando chegarmos lá? – indagou o Sr. Manx da escuridão do banco da frente. – Quando chegarmos à Terra do Natal?

As possibilidades eram tão empolgantes que era difícil ordená-las.

– Quero ir à caverna de doce ver o Abominável Homem das Neves. Não! Quero andar no Trenó do Papai Noel e salvá-lo dos piratas da nuvem!

– É um bom plano! Primeiro os brinquedos! Depois as brincadeiras!

– Que brincadeiras?

– As crianças têm uma brincadeira chamada tesoura-no-mendigo, é a maior diversão que você já viu! Tem também o espeta-cego. Meu filho, se você nunca brincou de espeta-cego com alguém bem ágil, não sabe o que é diversão. Olhe! Olhe ali, à direita! Um leão de neve arrancando a cabeça de uma ovelha de neve com os dentes!

Wayne virou o corpo todo para olhar pela janela da direita, mas deparou com a avó.

Ela estava exatamente no mesmo lugar em que ele a vira da última vez. Brilhava mais do que qualquer coisa, mais do que a neve sob o luar. Seus olhos estavam escondidos atrás de moedas prateadas de cinquenta centavos que cintilavam e reluziam. Sempre que ele fazia aniversário, sua avó lhe mandava moedas de cinquenta centavos, mas ela própria nunca ia visitá-lo; dizia que não gostava de andar de avião.

– falso é céu Esse .coisa mesma a são não diversão e Amor .contrário ao pensar tentando está Não .lutar tentando está não Você – disse Linda McQueen.

– Como assim, o céu é falso? – perguntou Wayne.

Ela apontou para a janela e Wayne esticou o pescoço e olhou para cima. Pouco tempo antes, o céu estava cheio de neve rodopiante. Agora, porém, estava tomado por estática: um milhão, um bilhão de pequeninas partículas pretas, cinzentas e brancas zumbindo furiosamente acima das montanhas. As terminações nervosas atrás dos globos oculares de Wayne pulsaram ao vê-las. A claridade não chegou a provocar dor – na verdade, era bastante tênue –, mas algo naquela movimentação furiosa tornava difícil olhar para ela. Wayne se retraiu, fechou os olhos e recuou. Sua avó o encarava com os olhos escondidos atrás das moedas.

– Se você quisesse brincar comigo, deveria ter ido me visitar no Colorado – retrucou ele. – A gente poderia ter falado ao contrário o quanto você quisesse. Quando você estava viva, a gente não conversava nem normalmente. Não entendo por que você quer conversar agora.

– Com quem você está falando, Wayne? – indagou Manx.

– Com ninguém.

Wayne estendeu a mão por trás de Linda McQueen, abriu a porta e a empurrou para fora do carro.

Ela não pesava nada. Foi fácil como empurrar um saco de gravetos. Sua avó caiu do carro, bateu no asfalto com um baque seco e se estilhaçou com um belo ruído musical e, nesse instante, Wayne despertou com um sobressalto em...

Indiana

VIROU A CABEÇA E OLHOU pelo vidro traseiro. Uma garrafa havia se espatifado na estrada. Vidro pulverizado cobria o asfalto, cacos tilintavam e se espalhavam. Manx tinha jogado uma garrafa de alguma coisa lá fora; Wayne já o vira fazer isso uma ou duas vezes. Charlie Manx não parecia ser o tipo de cara que praticava a reciclagem.

Quando Wayne se sentou – esfregando os olhos com os nós dos dedos –, os bonecos de neve tinham sumido, assim como a lua adormecida, as montanhas e a pedra preciosa da Terra do Natal.

Ele viu altos milharais verdes e um bar de beira de estrada com um letreiro de neon no qual se via uma loura gigante vestida com minissaia e botas de caubói. Quando o letreiro piscava, ela esticava um dos pés para a frente, jogava a cabeça para trás, fechava os olhos e beijava o escuro.

Manx olhou para ele pelo espelho retrovisor. Wayne estava tonto e confuso de tanto dormir e, talvez por isso, não tenha ficado surpreso ao ver como Manx estava jovem e saudável.

Ele havia tirado o chapéu e ainda estava careca, mas seu couro cabeludo era agora liso e rosado, não branco e cheio de manchas. Na véspera mesmo, aquele crânio parecia um globo exibindo um mapa de continentes que ninguém em sã consciência iria querer visitar: a Ilha do Sarcoma, a Mancha Senil do Norte. Os olhos de Manx espiavam por baixo de sobrancelhas pontiagudas e arqueadas da mesma cor da geada. Wayne achava que não o vira piscar sequer uma vez em todos os dias que haviam passado juntos. Até onde ele sabia, o homem não tinha pálpebras.

Na manhã anterior, Manx se assemelhava a um cadáver ambulante. Agora parecia um homem de 60 e poucos anos cheio de vitalidade e saúde.

Entretanto, havia em seus olhos uma espécie de ávida estupidez – a estupidez gananciosa de um pássaro que vê uma carniça na estrada e se pergunta se conseguiria arrancar alguns pedaços apetitosos sem ser atropelado.

– O senhor vai me devorar? – perguntou Wayne.

Manx riu, um cacarejo áspero; até o som que ele emitia era igual ao de um corvo.

– Se eu ainda não lhe dei uma mordida, isso é pouco provável. Não tenho certeza se você daria uma boa refeição. Não tem muita carne nesse seu corpo e a carne que *tem* está começando a ficar com um cheiro meio rançoso. Vou esperar por mais uma porção daquelas batatas-doces fritas.

Havia alguma coisa errada com Wayne, ele podia sentir. Não conseguia identificar exatamente o quê. Estava dolorido, encarquilhado e febril; poderia ser apenas por ter dormido no carro, só que aquilo era algo diferente. O máximo que ele conseguia identificar era a sensação de que as suas reações a Manx não estavam normais. Quase tinha começado a rir quando ele dissera "rançoso". Nunca ouvira uma palavra assim ser pronunciada em uma conversa antes e ela lhe pareceu hilária. Mas uma pessoa normal não riria da escolha de palavras do próprio sequestrador.

– Mas o senhor é um vampiro – replicou Wayne. – Está tirando alguma coisa de mim e pondo dentro do senhor.

Manx o examinou por um breve instante pelo retrovisor.

– O automóvel está fazendo nós dois melhorarmos. É feito um daqueles carros que existem agora, aqueles híbridos. Já ouviu falar nos híbridos? Eles funcionam metade a gasolina, metade a boas intenções. Mas este aqui é o híbrido *original*! Este veículo funciona metade a gasolina, metade a *más* intenções! Pensamentos e sentimentos não passam de um tipo diferente de energia, iguaizinhos à gasolina. Este Rolls-Royce antigo está rodando muito bem com todos os seus sentimentos ruins e todas as coisas que já machucaram e amedrontaram você. E não estou falando apenas metaforicamente. Você tem alguma cicatriz?

– Eu me cortei com uma faca e fiquei com uma cicatriz bem aqui.

Wayne levantou a mão direita mas não conseguiu encontrar a cicatriz fina que sempre tivera na base do polegar. Não entendia o que poderia ter acontecido com ela.

– A estrada rumo à Terra do Natal remove todas as tristezas, alivia toda a dor e apaga todas as cicatrizes. Ela leva embora todas as partes de você que não estavam lhe fazendo bem e tudo o que ela deixa para trás fica limpo e purificado. Quando chegarmos ao nosso destino, você estará purificado não apenas da dor, mas também da *lembrança* da dor. Toda a sua infelicidade é como a sujeira em uma janela. Depois que o carro tiver acabado de agir em você, a sujeira terá sido levada embora e você vai reluzir de tão limpo. E eu também.

– Ah – fez Wayne. – Mas e se eu não estivesse dentro do carro com o senhor? E se o senhor fosse sozinho para a Terra do Natal? Nesse caso o carro também iria deixá-lo mais... jovem? Também o faria reluzir?

– Nossa, quantas perguntas! Aposto que você é um aluno nota 10! Não. Eu não posso ir sozinho para a Terra do Natal. Não consigo encontrar a estrada sozinho. Sem um passageiro, o carro é apenas um carro. E essa é a melhor parte! Eu só posso ficar curado e feliz se deixar *outras pessoas* curadas e felizes também. O carro não me permite pegar tudo só para mim. Tenho que fazer bem para os outros se quiser que alguém faça bem para mim. Ah, quem dera o resto do mundo funcionasse assim!

– Esta é a estrada da cura para a Terra do Natal? – perguntou Wayne, olhando pela janela. – Parece mais a Interestadual 80.

– E *é* a Interestadual 80... agora que você está acordado. Mas um minuto atrás você estava tendo belos sonhos e nós estávamos na Via Panorâmica São Nicolau debaixo do velho Sr. Lua. Não está lembrado? Dos bonecos de neve e das montanhas ao longe?

Se eles tivessem passado por uma cratera na estrada, ele não teria dado um salto tão grande no assento como o que deu. Não gostava de pensar que Manx estivera dentro de seu sonho. Teve um breve flash daquele céu perturbado cheio de estática. *falso é céu Esse.* Sabia que vovó Lindy estava tentando dizer alguma coisa – lhe proporcionar um modo de se proteger do que Manx e seu carro estavam fazendo com ele –, mas não entendia o que era, e precisava se esforçar ao extremo para compreender. Além do mais, era meio tarde para ela começar a lhe dar conselhos. Sua avó não tinha feito exatamente muita força para lhe dizer qualquer coisa útil durante a vida e Wayne desconfiava que ela só não gostasse de Lou porque ele era gordo.

– Quando você adormecer, nós vamos encontrar a Terra do Natal outra vez – continuou Manx. – Quanto mais cedo chegarmos lá, mais cedo você vai poder andar na Montanha-Russa do Trenó e brincar de espeta-cego com minhas filhas e seus amiguinhos.

Eles estavam em uma estrada que cortava um milharal. Acima dele, pairavam máquinas, braços metálicos pretos que formavam arcos no céu. Deviam ser borrifadoras cheias de veneno. Iriam encharcar o milho com uma chuva letal para evitar que ele fosse devorado por espécies invasoras para que as pessoas pudessem comê-lo. Essas duas palavras – "espécies invasoras" – ecoaram em sua mente.

– Alguém vai embora da Terra do Natal? – perguntou ele.

– Depois que chegar lá, você nunca mais vai querer ir embora. Tudo o que poderia querer vai estar lá mesmo. Todas as melhores brincadeiras. Todos os melhores brinquedos para se andar. Lá tem mais algodão-doce do que você poderia comer em cem anos.

– Mas eu *conseguiria* sair da Terra do Natal? Se quisesse?

– Pensando bem, talvez alguns professores achassem que você os estava importunando com todas essas perguntas. Como eram as suas notas?

– Não muito boas.

– Bem, você vai gostar de saber que na Terra do Natal não existem escolas. Eu próprio detestava a escola. Preferia fazer história do que ler a respeito. Todo mundo adora dizer que aprender é uma aventura. Mas isso é uma bobajada. Aprender é aprender. Aventura é aventura. Na minha opinião, depois que se aprende a somar e subtrair e a ler razoavelmente bem, qualquer outra coisa talvez conduza a grandes ideias e gere problemas.

Wayne entendeu, então, que não poderia sair da Terra do Natal.

– Tenho direito aos meus últimos pedidos?

– Olhe aqui, você está agindo como se tivesse sido condenado. Só que não está no corredor da morte. Vai chegar à Terra do Natal melhor do que nunca!

– Mas se eu não irei voltar, se vou ter que ficar na Terra do Natal para sempre... tem algumas coisas que eu gostaria de fazer antes de chegar lá. Posso fazer uma última refeição?

– Como assim? Você acha que não vai ter comida na Terra do Natal?

– E se eu quiser alguma comida que não tem lá? Na Terra do Natal dá para conseguir tudo o que se quer comer?

– Lá tem algodão-doce, chocolate quente, cachorro-quente e aqueles pirulitos que sempre fazem meus dentes doerem. Lá tem tudo o que uma criança poderia desejar.

– Eu bem que gostaria de um milho verde. Um milho verde com manteiga. E uma cerveja.

– Tenho certeza de que não seria problema nenhum conseguir um milho verde e... O que mais você disse? Uma cerveja sem álcool? Aqui no Meio-Oeste tem boas cervejas sem álcool. Melhor ainda são as bebidas à base de plantas.

– Cerveja sem álcool, não. Uma cerveja *de verdade*. Eu quero uma Coors Silver Bullet.

– Por que você quer uma cerveja?

– Meu pai disse que, quando eu fizesse 21 anos, poderia tomar uma com ele em frente à nossa casa. No Quatro de Julho eu poderia tomar uma e ficar olhando os fogos. Eu estava ansioso para esse dia chegar. Acho que agora isso não vai mais acontecer. Além do mais, o senhor falou que na Terra do Natal é sempre Natal. Suponho que isso signifique o fim do Quatro de Julho. O pessoal lá na Terra do Natal não é muito patriota. Também gostaria de estrelinhas. Lá em Boston eu ganhava essas varetas de faíscas.

Eles passaram por uma ponte comprida e baixa. O metal estriado zumbia dolente sob os pneus. Manx só tornou a falar quando eles chegaram ao outro lado.

– Você está muito falante hoje. Já percorremos 1.600 quilômetros e nunca ouvi você falar tanto. Vamos ver se entendi certinho. Você gostaria que eu lhe comprasse uma latona de cerveja, uma espiga de milho verde e fogos de artifício suficientes para o seu Quatro de Julho particular. Tem certeza de que não quer mais nada? Por acaso estava planejando comer patê de fígado e caviar com sua mãe após se formar no ensino médio?

– Eu não quero meu Quatro de Julho particular. Só quero umas estrelinhas. E quem sabe um ou dois rojões. – Ele fez uma pausa. – O senhor disse que me devia uma. Por ter matado o meu cachorro.

Seguiu-se um intervalo de silêncio soturno.

– É, eu disse mesmo – reconheceu Manx. – Tinha esquecido. Não me orgulho disso. Estaríamos quites se eu lhe comprasse uma cerveja, uma espiga de milho e uns fogos de artifício?

– Não. Mas não vou pedir mais nada. – Wayne olhou pela janela para a lua, que era uma nesga lascada de osso, distante e sem rosto. Não era tão boa quanto a lua da Terra do Natal. Tudo na Terra do Natal era melhor, imaginou Wayne. – Mas *como foi* que o senhor conheceu a Terra do Natal?

– Levei minhas filhas para lá. E minha primeira mulher. – Manx ficou um tempo calado. – Minha primeira mulher era difícil. Difícil de satisfazer. A maioria das ruivas é assim. Ela carregava uma longa lista de reclamações contra mim e fez minhas próprias filhas desconfiarem de mim. Nós tivemos duas filhas. O pai dela me deu dinheiro para montar um negócio e eu gastei tudo em um carro. Este carro. Pensei que Cassie... era esse o nome dela... fosse ficar feliz quando eu chegasse em casa com o carro. Mas ela se mostrou impertinente e difícil como sempre. Disse que eu tinha jogado o dinheiro fora. Eu falei que iria virar chofer. Ela retrucou que nós quatro iríamos virar indigentes. Era uma mulher cheia de desprezo e me humilhou na frente das meninas, e isso é algo que homem nenhum deveria suportar. – Manx flexionou as mãos no volante; as articulações de seus dedos embranqueceram. – Uma vez minha mulher jogou um lampião a óleo nas minhas costas e meu melhor casaco pegou fogo. Você acha que ela se desculpou? Que nada! Longe disso. Ela zombava de mim nos dias de Ação de Graças e nas reuniões de família me imitando. Corria de um lado para outro fazendo gluglu feito um peru, agitando os braços e gritando: "Apaguem meu fogo, apaguem meu fogo!" As irmãs dela sempre riam muito. Vou lhe dizer uma coisa: o sangue de uma ruiva é mais frio do que o de uma mulher normal; isso já foi estabelecido por estudos médicos. – Ele lançou um olhar de ironia para Wayne pelo retrovisor. – É claro que justamente aquilo que torna a convivência com elas impossível faz com que seja difícil um homem ficar longe delas, se é que você me entende.

Wayne não entendia, mas ainda assim aquiesceu.

– Bem – prosseguiu Manx. – Então está certo. Acho que chegamos a um acordo. Conheço um lugar onde podemos comprar fogos de artifício tão sonoros e brilhantes que você vai ficar surdo e cego! Devemos chegar à Biblioteca de Aqui logo depois do anoitecer de amanhã. Podemos soltar os fogos lá. Quando tivermos acabado de lançar os rojões e as bombinhas, as pessoas vão pensar que a Terceira Guerra Mundial está chegando. – Ele fez uma pausa antes de retomar com um tom maroto: – Talvez a Sra. Margaret Leigh venha comemorar conosco. Eu não me importaria de acender um pavio bem debaixo dela e lhe ensinar uma ou duas coisinhas sobre cuidar da própria vida.

– Por que ela é importante? Por que não deixamos ela em paz e pronto?

Uma grande mariposa verde bateu no para-brisa com um ruído suave e seco, deixando no vidro um rastro verde-esmeralda.

– Você é um menino inteligente, Wayne Carmody. Leu todas as matérias sobre ela. Estou certo de que, se pensar bem, verá por que ela é importante para mim.

Quando ainda havia luz, Wayne tinha folheado os papéis que Manx levara para o carro, coisas que Bing descobrira na internet sobre Margaret Leigh. Eram ao todo doze textos que contavam uma única história sobre abandono, vício, solidão... e estranhos e perturbadores milagres.

A primeira matéria era do início dos anos 1990 e fora publicada na *Gazeta de Cesar Rápida*: "Vidência ou pura sorte? Palpite de bibliotecária da região salva criança". Contava a história de um homem chamado Seis Archer, que morava em Sacramento, tinha embarcado os dois filhos em seu Cesta novinho em folha e decolado com eles para um voo noturno pelo litoral da Califórnia. Seu brevê de piloto também era recente. Quarenta minutos depois de levantar voo, a aeronave fez várias manobras sem sentido e sumiu do radar. Temeu-se que o piloto houvesse perdido a visibilidade do terreno por causa da névoa cada vez mais densa e caído no mar ao tentar encontrar o horizonte. Como Archer era dono de uma pequena fortuna, a reportagem teve algum destaque no noticiário nacional.

Margaret Leigh havia telefonado para a polícia da Califórnia e dito que Archer e os filhos não estavam mortos, mas pousaram e desceram um desfiladeiro. Ela não sabia a localização exata, porém sugeriu que a polícia vasculhasse o litoral em busca de algum ponto onde fosse possível encontrar sal.

O Cessna foi encontrado a mais de dez metros de altura, de cabeça para baixo, no topo de uma sequoia em um lugar chamado – veja só – Parque Estadual Ponta do Sal. Os meninos estavam ilesos. O pai tinha quebrado a coluna, mas esperava-se que fosse sobreviver. Maggie contou que a improvável previsão lhe ocorrera em um clarão enquanto ela jogava Palavras Cruzadas. O texto vinha acompanhado por uma foto do avião virado de cabeça para baixo e outra da própria Maggie curvada por cima de um tabuleiro em um torneio, com a seguinte legenda: *Com esses palpites, é uma pena Maggie preferir Palavras Cruzadas à loteria!*

Houvera outros palpites ao longo dos anos: uma criança encontrada no fundo de um poço, informações sobre um homem perdido no mar ao tentar dar a volta ao mundo de veleiro. Mas as previsões passaram a ocorrer com frequência cada vez menor, cada vez mais espaçadas. A última – uma pequena matéria sobre quando Maggie ajudara a localizar uma criança fugida de casa – remontava ao ano 2000. Depois disso, não houvera nada até 2008, e as reportagens posteriores a essa data não falavam sobre milagres, mas sobre algo que era praticamente o contrário.

Primeiro houvera uma enchente em Aqui, Iowa, com danos extensos e uma biblioteca inundada. Maggie quase morrera afogada tentando resgatar livros e fora socorrida com hipotermia. Eventos beneficentes não haviam conseguido arrecadar dinheiro suficiente para manter a biblioteca em funcionamento e ela tinha sido fechada.

Em 2009, Maggie fora acusada de pôr em risco a segurança pública por causar um incêndio em um prédio abandonado. Na ocasião, ela estava portando material usado por viciados em drogas.

Em 2010, havia sido presa e indiciada por ocupação irregular e posse de heroína.

Em 2011, fora presa por prostituição. Maggie Leigh podia até prever o futuro, mas seu dom psíquico não a alertara sobre manter distância do policial disfarçado no lobby de um hotel de beira de estrada em Cedar Rapids. Ela tinha pegado trinta dias de cadeia. Mais tarde no mesmo ano, fora presa novamente, mas dessa vez seu destino não havia sido a cadeia e, sim, o hospital: ela apresentava sintomas de exposição severa às intempéries. Nessa matéria, sua situação fora descrita como "muito frequente entre os sem-teto de Iowa", e foi assim que Wayne descobriu que ela estava vivendo na rua.

– O senhor quer encontrar Maggie porque ela sabia sobre a sua vinda e avisou à minha mãe – disse ele, por fim.

– Eu *preciso* vê-la porque ela sabia que eu estava na estrada e queria me causar *problemas*. E se eu não falar com ela, não poderei ter certeza de que ela não vai me criar problemas de novo. Esta não é a primeira vez que tenho de lidar com alguém da sua laia. Sempre que possível, tento evitar pessoas como ela. São sempre irritantes.

– Pessoas como ela... outros bibliotecários, o senhor quer dizer? – Manx deu um muxoxo.

– Você está se fazendo de bobo. Fico grato em constatar que recuperou o senso de humor. Existem outras pessoas além de mim capazes de acessar os mundos secretos e compartilhados do pensamento. – Ele indicou a própria têmpora. – Eu tenho o meu Espectro e, quando estou ao volante, consigo achar meu caminho para as estradas secretas que levam à Terra do Natal. Já conheci outras pessoas capazes de usar seus totens pessoais para virar a realidade do avesso, para remoldá-la como a argila mole que é. Houve Craddock McDermott, segundo quem o próprio espírito residia dentro de seu terno preferido. Há o Homem que Anda de Costas, dono de um relógio horrível que avança para trás. Você não vai querer encontrar o Homem que Anda de Costas em um beco escuro, menino! Nem em qualquer outro lugar! Existe a tribo do Nó Verdadeiro, que vive na estrada e trabalha mais ou menos no mesmo ramo que eu. Eu os deixo em paz e eles retribuem de bom grado. E a nossa Maggie Leigh deve ter o seu próprio totem, que usa para bisbilhotar e espionar. Devem ser as tais peças de Palavras Cruzadas que ela menciona. Bem, ela parece ter desenvolvido um interesse e tanto por mim. Calculo que, se formos passar por lá, seria educado lhe fazer uma visita. Eu gostaria de encontrá-la e ver se consigo curá-la de sua curiosidade!

Ele balançou a cabeça e riu. Aquele seu cacarejo rouco e áspero era a risada de um velho. A estrada rumo à Terra do Natal podia rejuvenescer seu corpo, mas não podia fazer nada em relação à maneira como ele ria.

Manx seguiu dirigindo; a linha amarela passava entrecortada à esquerda.

Por fim, ele suspirou e recomeçou a falar:

– Não me importo em lhe dizer isso, Wayne: quase todos os problemas que eu já tive na vida começaram com uma mulher. Margaret Leigh, sua mãe e minha primeira mulher eram todas farinha do mesmo saco e Deus sabe que deve haver muitas outras de onde elas saíram. Quer saber de uma coisa? Todos os momentos mais felizes da minha vida foram momentos em que fiquei livre da influência feminina! Quando não fui obrigado a fazer concessões. Os homens passam a maior parte da vida passando de mulher em mulher e tendo que servir a elas. Você não pode imaginar a vida de que eu o salvei! Os homens não conseguem parar de pensar em mulher. Começam a pensar em uma e é como um esfomeado pensando em um bife malpassado. Se você está com fome e sente cheiro de bife na grelha, sua garganta se tensiona e você para de pensar. As mulheres sabem disso. Tiram vantagem. Elas estabelecem regras, do mesmo jeito que a sua mãe faz antes do jantar. Se você não arrumar seu quarto, trocar de camiseta e lavar as mãos, não vai poder se sentar à mesa. A maioria dos homens imagina que vale alguma coisa se consegue respeitar as regras. Mas se você tira a mulher de cena, o homem consegue ter um pouco de tranquilidade. Caso não haja ninguém com quem negociar a não ser você próprio e outros homens, você consegue entender a si mesmo. Isso é sempre bom.

– Por que o senhor não se divorciou da sua primeira mulher, se não gostava dela? – quis saber Wayne.

– Naquela época ninguém se divorciava. Isso nunca me passou pela cabeça. Só pensei em ir embora. Cheguei a sair de casa uma ou duas vezes. Mas eu sempre voltava.

– Por quê?

– Ficava com vontade de comer um bife.

– Quanto tempo faz isso... que o senhor se casou pela primeira vez?

– Quer saber quantos anos eu tenho?

– Quero.

– Em nosso primeiro encontro, Cassie e eu fomos assistir a um filme mudo! Um tempão, não é?

– Que filme?

– Um filme de terror alemão, mas as cartelas eram em inglês. Nas horas assustadoras, Cassie pressionava o rosto contra o meu corpo, escondendo-o. Nós fomos assistir ao filme com o pai dela; se ele não tivesse ido, acho que ela teria subido no meu colo. Tinha só 16 anos na época, era uma coisinha de nada, graciosa, atenciosa, tímida. É assim com muitas mulheres. Na juventude, são como pedras preciosas, repletas de possibilidades. Vivem trêmulas e febris de vida, de desejo. Quando ficam amarguradas, são como um pinto que perde a penugem em troca de penas mais escuras! Muitas vezes, as mulheres perdem a ternura do mesmo jeito que uma criança perde os dentes de leite.

Wayne aquiesceu e, com ar pensativo, puxou um dos dentes superiores para fora da boca. Enfiou a língua no buraco surgido e sentiu o sangue brotar em um filete morno. Um dente novo começava a brotar no mesmo lugar do antigo, embora parecesse mais um anzol de pesca.

Guardou o dente perdido no bolso do short com os outros. Nas 36 horas desde que havia entrado no Espectro, tinha perdido cinco dentes. Não estava preocupado com isso. Podia sentir várias fileiras de dentinhos novos despontando.

– Mais tarde minha mulher me acusou de ser um vampiro, sabe, igual a você – continuou Manx. – Disse que eu era igual ao monstro daquele primeiro filme que vimos juntos, o tal alemão. Falou que eu estava sugando a vida de nossas duas filhas, que me alimentava delas. Mas aqui estamos nós, tantos anos mais tarde, e minhas filhas continuam fortes, felizes, jovens e cheias de alegria! Se eu estava tentando sugar a vida delas, imagino que tenha feito um péssimo trabalho. Durante alguns anos, minha mulher me deixou tão infeliz que eu quase cheguei ao ponto de me matar e levá-la junto com as meninas, só para acabar com aquilo. Mas hoje em dia posso olhar para trás e rir. Dê uma espiada na placa do meu carro um dia desses. Eu peguei as ideias horrendas que minha mulher tinha a meu respeito e as transformei em piada. É assim que se sobrevive! Você precisa aprender a rir, Wayne. Precisa estar sempre procurando formas de se divertir! Acha que consegue se lembrar disso?

– Acho que sim.

– Que coisa boa. Dois caras andando de carro juntos à noite! Que maravilha. Você é uma companhia melhor do que Bing Partridge. Pelo menos não se sente obrigado a transformar tudo em uma cançãozinha boba. – Com uma voz esganiçada e aguda, ele cantou: – *Um, dois, três, quatro, cinco, mil, não tem coisa melhor do que brincar com meu pipiu!* – Ele balançou a cabeça. – Já fiz algumas viagens longas com Bing e cada uma era mais comprida do que a anterior. Você não imagina o alívio que é estar com alguém que não vive entoando cançõezinhas bobas ou fazendo perguntas bobas.

– Podemos comprar logo alguma coisa para comer?

– Acho que falei cedo demais... porque se essa não é uma pergunta boba, chega bem perto, meu jovem Wayne! Eu lhe prometi batatas-doces fritas e, por Deus, pretendo mesmo lhe dar. Já levei mais de cem crianças para a Terra do Natal no último século e até hoje não matei nenhuma de fome.

A lanchonete que vendia as famosas batatas-doces fritas ficava mais uns vinte minutos para o oeste, um estabelecimento de metal cromado e vidro no meio de um estacionamento do tamanho de um estádio de futebol. Lâmpadas de vapor de sódio na ponta de postes com 10 metros de altura iluminavam o asfalto como se fosse dia. O estacionamento estava cheio de carretas e, pelas janelas da frente, Wayne pôde ver que todos os bancos do bar estavam ocupados como se fosse meio-dia, e não meia-noite.

O país inteiro procurava um velho acompanhado por um menino em um Rolls-Royce antigo, mas ninguém na lanchonete olhou para fora ou reparou neles, e isso não deixou Wayne espantado. A essa altura, ele já tinha aceitado que o carro podia ser *visto*, mas não *percebido*. Era como um canal que só transmitisse estática – ninguém se demorava nele. Manx estacionou em frente ao estabelecimento, com a frente do automóvel encostada na lateral da construção, e nem uma vez ocorreu a Wayne pular, gritar ou bater no vidro.

– Não saia daqui – ordenou Manx, e piscou para Wayne antes de saltar do carro e entrar.

Wayne podia ver o interior da lanchonete através do para-brisa; observou Manx serpentear entre a multidão aglomerada em volta do balcão principal. As televisões acima do bar mostravam carros chispando por uma pista de corrida; depois o presidente agitando o dedo atrás de um púlpito; em seguida uma loura platinada falando em um microfone em pé diante de um lago.

Wayne franziu a testa. O lago parecia conhecido. A imagem mudou e, de repente, o garoto viu a casa alugada no lago Winnipesaukee, várias viaturas paradas na rua em frente. Lá dentro da lanchonete, Manx também estava olhando para a TV, a cabeça inclinada para ver melhor.

A imagem tornou a mudar e Wayne avistou sua mãe saindo da cocheira montada na Triumph. Estava sem capacete, os cabelos esvoaçando às costas, e foi direto para cima da câmera. O cinegrafista não conseguiu sair da frente a tempo. Sua mãe desviou dele e passou chispando. Ao cair, a câmera proporcionou uma visão rodopiante de céu, grama e cascalho antes de bater no chão.

Charlie Manx saiu da lanchonete a passos rápidos, sentou-se ao volante e NOS4A2 deslizou para a estrada outra vez.

O velho tinha os olhos embaçados e os cantos da boca contraídos em uma expressão dura e desagradável.

– Suponho que não vamos mais comer as tais batatas-doces fritas – comentou Wayne.

Se Charlie Manx o escutou, não deu qualquer indício.

A Casa do Sono

VIC NÃO SE SENTIA FERIDA; não estava sentindo dor alguma. A dor viria mais tarde.

Tampouco lhe pareceu que tivesse acordado, nem que tivesse tido um instante sequer consciente. Pelo contrário: suas partes começaram a se encaixar de novo com relutância. Foi um processo tão lento e demorado quanto consertar a Triumph.

Ela se lembrou da moto antes mesmo de se lembrar do próprio nome. Em algum lugar, um telefone tocou. Ela ouviu com clareza o som metálico e antiquado produzido por um martelo em uma sineta: um toque, dois, três, quatro toques. O som a chamou de volta ao mundo, mas quando ela percebeu que estava acordada já tinha se calado.

Vic sentiu a lateral do rosto molhada e fria; estava caída de bruços no chão, com a cabeça virada de lado e a bochecha dentro de uma poça. Tinha os lábios secos, rachados, e não se lembrava de algum dia ter sentido tanta sede. Lambeu a água e sentiu gosto de terra e cimento, mas a poça estava fresca e agradável. Ela passou a língua pelos lábios para umedecê-los.

Junto ao seu rosto havia uma bota; ela podia ver a borracha preta dentada na sola e um cadarço solto. Já fazia uma hora que via aquela mesma bota de forma intermitente, registrando-a por um segundo, depois esquecendo-a quase na mesma hora em que tornava a fechar os olhos.

Não saberia dizer onde estava. Achou melhor se levantar e descobrir. Havia uma boa chance de que os fragmentos cuidadosamente encaixados de si mesma se desintegrassem outra vez em um pó cintilante quando ela tentasse levantar, mas não via outra solução, pois pressentia que nem tão cedo alguém iria encontrá-la.

Ela sofrera um acidente. Com a moto? Não. Estava dentro de um porão. Viu paredes de concreto cuja superfície esfarelada deixava entrever a pedra por baixo. Pôde distinguir também um leve cheiro de porão mesclado com odores de metal queimado e de matéria fecal, fazendo-a recordar uma latrina aberta.

Pôs as mãos debaixo do corpo e se ergueu até ficar de joelhos.

Não doeu tanto quanto imaginou que fosse acontecer. Sentiu as articulações, a base das costas e a bunda doloridas, mas eram como as dores causadas por uma gripe, não por ossos quebrados.

Foi quando o viu que ela lembrou tudo de uma vez só: a fuga do lago Winnipesaukee, a ponte, a igreja em ruínas, o homem chamado Bing que havia tentado sedá-la e estuprá-la.

O Homem da Máscara de Gás se achava dividido em dois pedaços ligados por uma única tripa gordurosa de intestino. A metade superior estava no corredor; as pernas, logo depois da soleira da porta, com as botas próximas de onde Vic estivera caída.

Bing ainda segurava o regulador de pressão acoplado à parte de cima do cilindro metálico de sevoflurano, que fora destruído e agora era apenas um domo em formato de capacete composto por varetas de metal retorcido. Era o homem quem exalava aquele cheiro de fossa séptica rompida, provavelmente porque sua fossa séptica interna de fato se rompera. O cheiro que ela estava sentindo era dos seus intestinos.

O recinto parecia inclinado. Vic ficou tonta ao olhar em volta, como se houvesse levantado depressa demais. A cama tinha sido virada e ela agora a via por baixo, suas molas e pernas. A pia fora arrancada da parede e pendia em um ângulo de 45 graus acima do chão, sustentada apenas por um par de canos que haviam se soltado das braçadeiras. Água borbulhava de um sifão rachado e empoçava no chão. Vic pensou que, se tivesse dormido por mais tempo, poderia muito bem ter se afogado.

Foi preciso algum esforço para ficar em pé. Sua perna esquerda resistiu a dobrar e ela sentiu uma pontada de dor forte o suficiente para fazê-la sorver uma inspiração arquejante por entre os dentes cerrados. Sua patela estava colorida por hematomas em tons de verde e azul. Vic não se atreveu a apoiar o peso nessa perna, pois desconfiava que qualquer pressão de verdade a faria ceder.

Deu uma última olhada no recinto à sua volta, como uma visitante na sombria exposição de algum museu do sofrimento. Não, não havia mais nada para ver ali. Vamos indo, pessoal, temos algumas peças incríveis para examinar na sala ao lado.

Passou entre as pernas do Homem da Máscara de Gás e por cima dele, tomando cuidado para não emaranhar um dos pés naquela comprida armadilha de tripa. A visão era tão surreal que ela nem conseguiu ficar com nojo.

Começou a dar a volta na parte superior do cadáver; não quis olhar para o rosto e manteve os olhos afastados ao passar. No entanto, antes de dar dois passos, não se conteve e olhou por cima do ombro.

A cabeça dele estava virada de lado. As córneas límpidas exibiam um olhar fixo e chocado. O respirador fora projetado para trás e preenchia a boca aberta como uma mordaça de plástico derretido e fibra carbonizada.

Ela seguiu pelo corredor; foi como atravessar o convés de um navio que começava a adernar rumo a um redemoinho escuro. Descambou várias vezes para a direita e levou uma das mãos à parede para se equilibrar. Uma vez se esqueceu de tomar cuidado e apoiou o peso na perna esquerda. Seu joelho se dobrou na hora e ela estendeu um braço depressa à procura de algo em que se amparar. Sua mão se fechou em volta do busto de Jesus Cristo, que estava em cima de uma estante abarrotada de material pornográfico. Jesus lhe sorriu com lascívia e sua mão ficou toda suja de cinzas. DEUS MORREU QUEIMADO, SÓ SOBRARAM DEMÔNIOS.

Não tornaria a esquecer a perna esquerda. Ocorreu-lhe um pensamento aleatório sem sentido: *Que bom que a moto é britânica.*

No pé da escada, seus pés se emaranharam em um saco de lixo volumoso, um peso envolto em plástico, e ela desabou em cima dele pela segunda vez. Havia aterrissado em cima daquele mesmo monte quando o Homem da Máscara de Gás a empurrara escada abaixo; o lixo tinha aparado sua queda e muito provavelmente evitara que ela quebrasse o pescoço ou a cabeça.

O objeto era frio e pesado, mas não de todo rígido. Vic sabia o que havia debaixo do plástico, soube pela extremidade protuberante e pontuda de um quadril e pela superfície plana de um tórax. Não queria ver nem saber, mas ainda assim suas mãos rasgaram o plástico. O cadáver estava envolto em uma mortalha de sacos de lixo presa por fita adesiva.

O cheiro que saiu lá de dentro não foi o de decomposição, porém, sob certos aspectos, foi ainda pior: um odor nauseante de pão de mel. O homem era magro e sem dúvida fora bonito um dia. Não havia propriamente se decomposto e, sim, se mumificado: tinha a pele seca e amarelada, os olhos afundados nas órbitas. Seus lábios estavam entreabertos como se ele houvesse morrido no meio de um grito, embora isso talvez fosse um efeito da pele retesada e afastada dos dentes.

Vic expirou, parecendo dar um soluço. Levou a mão ao rosto frio do cadáver.

– Eu sinto muito – lamentou ela.

Não conseguiu se conter: teve que chorar. Nunca tinha sido chorona, mas em alguns momentos as lágrimas eram a única reação sensata. Chorar era uma espécie de luxo; os mortos não sentiam perda alguma, não choravam por ninguém nem por nada.

Vic tornou a afagar a bochecha do morto e tocou seus lábios com o polegar, e foi então que viu a folha de papel embolada e enfiada em sua boca.

O morto a fitava com um ar de súplica.

– Tá bom, amigo – disse Vic, e puxou o papel da sua boca.

Fez isso sem qualquer repulsa. O morto tivera um fim ruim e o enfrentara sozinho, fora abusado, ferido e depois jogado fora. Vic queria escutar seus dizeres, mesmo que fosse tarde demais para intervir.

O bilhete estava escrito em um pedaço rasgado de embrulho de Natal, numa caligrafia trêmula com lápis borrado:

Minha mente está clara o sufisienti para escrever. Única vez em dias. O básico:

- Meu nome é Nathan Demeter e eu moro em Brandenburg, KY
- Bing Partridge me manteve preso
- Ele trabalha para um homem chamado Manks
- Tenho uma filha chamada Michelle, uma menina linda e boa. Graças a Deus o carro me levou e não levou ela. Digam a Michelle o seguinte:

Eu te amo, garota. Ele não pode me machucar muito porque quando eu fecho os olhos vejo você.

Chore, mas não desista nunca das risadas.

Não desista nunca da felicidade.

Você precisa dessas duas coisas. Eu tive as duas.

Te amo, garota — Seu pai

Vic leu o bilhete sentada, encostada no cadáver, e tomou cuidado para não chorar em cima do papel.

Depois de algum tempo, enxugou o rosto com as costas da mão e olhou para o alto da escada. Pensar na maneira como tinha descido aqueles degraus causou-lhe uma breve, porém intensa sensação de tontura. Ficou assombrada por ter despencado dali e sobrevivido. Havia descido bem mais depressa do que iria subir. Seu joelho esquerdo agora latejava com vigor e irradiava lancinantes pontadas de dor no mesmo ritmo da sua pulsação.

Ela achou que teria todo o tempo do mundo para subir a escada, mas no meio da subida o telefone recomeçou a tocar. Vic hesitou ao ouvir o clangor metálico do martelo na sineta. Então começou a saltitar, agarrando-se ao corrimão e mal tocando o pé no chão. *Senhoras e senhores, ponham a mão no chão. Senhoras e senhores, pulem de um pé só*, entoava em sua mente uma voz aguda de menina.

Ela chegou ao último degrau e atravessou a porta rumo a um sol ofuscante, opressivo. O mundo brilhava tanto que a deixou tonta. O telefone tocou pela terceira ou quarta vez; muito em breve iria parar de novo.

Vic segurou o aparelho preto pregado na parede logo à direita da porta do porão. Apoiou-se no batente com a mão esquerda e percebeu, distraída, que ainda estava com o bilhete de Nathan Demeter. Levou o fone ao ouvido.

– Pelo amor de Deus, Bing – falou Charlie Manx. – Onde você se meteu? Já liguei várias vezes. Estava começando a temer que você tivesse feito alguma bobagem. Não é o fim do mundo você não ter vindo comigo, sabe? Pode ser que haja outra oportunidade e, enquanto isso, tem várias coisas que você pode fazer por mim. Para começar, pode me dar as últimas notícias sobre nossa amiga, a Sra. McQueen. Vi uma reportagem na TV dizendo que ela fugiu de seu pequeno chalé em New Hampshire e sumiu. Algum sinal dela? O que você acha que ela anda fazendo?

Vic respirou lentamente.

– Ah, ela tem andado muito ocupada. A última coisa que ela fez foi ajudar Bing a redecorar o porão da casa dele. Achei que lá embaixo estivesse faltando um pouco de cor, então pintei as paredes com aquele filho da puta.

Manx passou tempo suficiente em silêncio para Vic se perguntar se ele tinha desligado. Estava prestes a chamá-lo quando tornou a ouvir sua voz:

– Minha nossa. Isso significa que o pobre Bing morreu? Lamento ouvir isso. Nós tivemos uma despedida infeliz. Agora me sinto mal por isso. Sob muitos aspectos, ele era uma criança. Fez algumas coisas horríveis, imagino, mas não se pode culpá-lo! Ele não sabia distinguir o certo do errado.

– Cala essa boca, ele não importa. Escuta bem o que eu vou dizer. Eu quero meu filho de volta, Manx, e estou indo buscá-lo. Estou indo e você não vai querer estar com ele quando eu o encontrar. Encosta esse carro. Esteja onde estiver, encosta o carro. Deixa o meu filho saltar no acostamento, ileso. Fala para ele me esperar, que mamãe vai chegar antes do que ele imagina. Se fizer isso, não precisa se preocupar com o fato de eu ir atrás de você. Eu libero você e estaremos quites.

Ela não sabia se o que estava dizendo era verdade, mas soava bem.

– Como você chegou até Bing Partridge, Victoria? É isso que eu quero saber. Foi que nem no Colorado? Chegou a ele pela sua ponte?

– Wayne está ferido? Ele está bem? Eu quero falar com ele. Passa o telefone para ele.

– As pessoas no inferno sempre querem água gelada. Se você responder às minhas perguntas, vou pensar se responderei às suas. Me diga como chegou à casa de Bing e veremos o que posso fazer.

Vic tremia de forma incontrolável; era o início do estado de choque.

– Primeiro me diz se ele está vivo. Se não estiver, que Deus o proteja. Se ele *não estiver* vivo, Manx, o que eu fiz com Bing não é nada comparado ao que vou fazer com você.

– Ele está bem. Ele é um perfeito raiozinho de sol! É isso que você vai saber por enquanto, e só isso. Me conte como chegou à casa de Bing. Foi na moto? No Colorado você tinha uma bicicleta. Mas agora acho que tem um novo transporte. Ele a levou à sua ponte? Se me responder, eu a deixo falar com o garoto.

Vic tentou decidir o que responder, mas nenhuma mentira lhe ocorreu e ela não teve certeza se o fato de ele saber mudaria alguma coisa.

– É. Eu atravessei a ponte e ela me trouxe até aqui.

– Quer dizer que você arrumou um tremendo par de rodas. Uma bicicleta com uma marcha a mais, é isso? Mas ela não a trouxe até *mim*. Levou-a à Casa do Sono. Ora, eu acho que existe um motivo para isso. Eu próprio agora tenho um transporte com algumas marchas a mais e entendo um pouco o modo como eles funcionam. Esses mecanismos têm lá os seus caprichos.

– Ele fez uma pausa. – Você ordenou que eu encostasse o carro e deixasse seu filho saltar. Afirmou que iria chegar antes do que ele imagina. A ponte só consegue levá-la a pontos fixos, é isso? Faria sentido. Afinal de contas, trata-se de uma *ponte*. As duas extremidades precisam estar apoiadas em alguma coisa, mesmo que sejam apenas duas ideias fixas.

– Meu filho. Quero ouvir a voz dele. Você prometeu.

– Nada mais justo – concordou Manx. – Aqui está ele, Vic. Aqui está o rapazinho em pessoa.

Fábrica de Fogos Atire na Lua, Illinois

À LUZ EMPOEIRADA DO INÍCIO da tarde, o Sr. Manx saiu da estrada com o Espectro e entrou no pátio de um depósito de fogos de artifício. O letreiro mostrava uma lua imensa e furiosa com um foguete enfiado em um dos olhos, sangrando fogo. Wayne riu só de ver aquilo, riu e apertou seu enfeite de lua.

A loja era uma construção inteiriça e comprida, com um poste de madeira na frente para amarrar cavalos. Ocorreu a Wayne que eles estavam outra vez no Oeste, onde ele havia passado a maior parte da vida. Às vezes, quando queriam transmitir um ar rústico, os estabelecimentos do Norte tinham postes para atrelar cavalos, mas, à medida que se avançava rumo ao Oeste, por vezes se via pilhas de esterco seco; era o indício de que se estava novamente na terra dos caubóis. Embora hoje muitos caubóis dirigissem carros com tração nas quatro rodas e ouvissem Eminem.

– Lá na Terra do Natal tem cavalos? – perguntou Wayne.

– Renas. Renas branquinhas e mansas.

– Dá para montar nelas?

– Você pode dar comida para elas com a mão!

– O que elas comem?

– Tudo o que você der: feno, açúcar, maçãs... Elas não são muito exigentes.

– E são todas brancas?

– Sim. Raramente dá para vê-las, porque é difícil distingui-las da neve ao fundo. Na Terra do Natal sempre neva.

– A gente poderia pintar as renas! – exclamou Wayne, animado. – Aí seria mais fácil vê-las. – Nos últimos tempos, ele vinha tendo muitos pensamentos excitantes.

– Sim, seria divertido.

– Pintar de vermelho. Renas vermelhas. Como carros de bombeiros.

– Seria bem interessante.

Wayne sorriu ao pensar em renas mansas pacientemente paradas enquanto ele as pintava com um rolo de tinta até ficarem do mesmo vermelho-vivo das maçãs do amor. Passou a língua pelos dentes novos e pontiagudos, refletindo. Após chegar à Terra do Natal, iria fazer um furo em seus antigos dentes, passá-los em um barbante e usá-los como colar.

Manx se inclinou até o porta-luvas, abriu-o e pegou o celular de Wayne. Havia usado o telefone várias vezes durante a manhã; Wayne sabia que ele estava ligando para Bing Partridge sem obter resposta. O Sr. Manx nunca deixava recado.

Wayne olhou pela janela. Um homem saía da loja de fogos com uma sacola debaixo de um dos braços. Estava de mãos dadas com uma menininha loura que saltitava ao seu lado. Seria engraçado pintar uma menina de vermelho-vivo. Tirar a roupa dela, segurá-la no chão e pintar seu corpinho rijo enquanto ela se contorcia. Pintá-la todinha. Para pintá-la direito, seria melhor raspar todos os seus cabelos. Wayne imaginou o que se poderia fazer com um saco cheio de cabelos louros. Devia haver algo bem divertido para fazer com eles.

– Pelo amor de Deus, Bing. Onde você se meteu? – questionou o Sr. Manx. Ele abriu a porta, saltou do carro e ficou em pé no estacionamento.

A menina e o pai subiram em uma picape que em seguida deu ré pelo chão de cascalho. Wayne acenou. A garota o viu e acenou de volta. Nossa, que cabelos lindos. Daria para fazer uma corda de mais de um metro com todo aquele cabelo liso e dourado. Depois um nó sedoso para enforcar a menina. Que ideia sensacional! Wayne se perguntou se alguém já teria sido enforcado com os próprios cabelos.

Manx passou algum tempo ao telefone, andando de um lado para outro; suas botas erguiam nuvens esbranquiçadas no chão claro de terra batida.

O trinco da porta atrás do banco do motorista estalou. Manx abriu-a e se inclinou para dentro do carro.

– Wayne? Lembra quando eu disse ontem que, se você fosse bonzinho, poderia falar com a sua mãe? Eu detestaria deixar você pensando que Charlie

Manx não sabe manter sua palavra! Aqui está ela. Sua mãe quer saber como você está.

Wayne pegou o celular.

– Mãe? Mãe, sou eu. Como você está?

A linha silvou e chiou e ele então escutou a voz da mãe, embargada:

– Wayne.

– Estou aqui. Está me ouvindo?

– Wayne. *Wayne.* Você está bem?

– Estou! A gente parou para comprar fogos de artifício. O Sr. Manx vai me comprar umas estrelinhas e um rojão. Você está bem? Parece que está chorando.

– Estou com saudades de você. Mamãe precisa que você volte, Wayne. Eu preciso que você volte e vou aí buscar você.

– Ah. Então tá. Eu perdi um dente. *Alguns* dentes, na verdade! Mãe, eu te amo! Está tudo bem. Eu estou bem. A gente está se divertindo!

– Wayne. Você *não* está bem. Ele está fazendo alguma coisa com você. Está entrando na sua cabeça. Você tem que impedir isso. Tem que lutar. Ele não é um homem bom.

Wayne sentiu uma comichão nervosa na barriga. Passou a língua pelos novos dentes reluzentes em formato de gancho.

– Ele vai me comprar fogos – replicou, com a voz emburrada.

Passara a manhã inteira pensando nos fogos, pensando em abrir furos na noite com rojões, em incendiar o céu. Desejou ser possível pôr fogo nas nuvens. Seria uma visão e tanto! Jangadas de nuvens em chamas caindo do céu, cuspindo fumaça preta.

– Wayne, ele matou o Hooper – disse ela, e foi como um tapa na cara. Wayne se retraiu. – O Hooper morreu lutando por você. *Você* tem que lutar.

Hooper. Parecia-lhe que não pensava em Hooper havia muitos anos. Mas se lembrou do cão agora, de seus olhos grandes, tristonhos e observadores encarando-o do meio dos pelos emaranhados de sua cara de monstro das neves. Lembrou-se do mau hálito, da pelagem morna e macia, da alegria boba... e de como o cão tinha morrido. Ele mordera o Homem da Máscara de Gás no tornozelo, e aí o Sr. Manx... aí o Sr. Manx...

– Mãe – falou ele de repente. – Mãe, eu acho que estou doente. Acho que estou todo envenenado por dentro.

– Ai, meu amor. – Estava chorando outra vez. – Ai, meu amor, aguenta firme. Continue sendo *você mesmo*. Eu estou chegando.

Os olhos de Wayne arderam e, por alguns instantes, o mundo embaçou e se duplicou. Sentir-se à beira das lágrimas o deixou espantado. Afinal, ele não estava se sentindo nada triste; era mais como uma lembrança da tristeza.

Diga algo que ela possa usar, pensou. *Usar. Algo.* ***Diga.***

– Eu vi a vovó Lindy – contou. – Em um sonho. Ela estava falando tudo embaralhado, mas tentou me dizer alguma coisa sobre lutar contra ele. Só que é difícil. Feito tentar enfrentar um rochedo com uma colher.

– Não sei o que ela falou, mas faça isso. Pelo menos tente.

– Tá. Tá bom, vou tentar. Mãe. Mãe, mais uma coisa. – Sua voz se acelerou com uma urgência repentina. – Ele está levando a gente para encontrar...

Manx estendeu a mão para o banco traseiro e arrancou o celular da mão de Wayne. Seu rosto comprido e macilento estava corado e os olhos exibiam uma expressão irritada, como se ele houvesse perdido uma rodada de cartas que esperava ganhar.

– Bom, chega de papo – sentenciou o Sr. Manx com uma voz alegre que não combinava com o brilho raivoso dos olhos antes de bater a porta na cara de Wayne.

Assim que a porta se fechou, foi como se uma corrente elétrica houvesse sido cortada. Wayne afundou outra vez no estofamento de couro sentindo-se cansado, com o pescoço rígido e as têmporas latejando. Percebeu que estava abalado. A voz da mãe, o som de seu pranto e a lembrança de Hooper mordendo e morrendo o deixavam preocupado e com dor na barriga.

Eu estou envenenado, pensou. *Envenenado estou eu.* Tocou o bolso da frente, sentiu o calombo formado por todos os dentes que havia perdido e pensou em envenenamento por radiação. *Envenenamento por radiação*. "Radiação" era uma palavra engraçada, uma palavra que trazia à mente formigas gigantes em filmes preto e branco, o tipo de longa que ele costumava assistir com o pai.

Wayne se perguntou o que aconteceria com formigas dentro de um micro-ondas. Imaginou que fossem fritar e pronto; não lhe pareceu provável que crescessem. Mas não dava para descobrir sem tentar! Ele acariciou seu pequeno enfeite de lua e imaginou formigas estourando feito pipoca. Havia uma vaga percepção no fundo de sua mente – algo sobre tentar *pensar* de trás para a frente –, mas não conseguiu se ater a ela. Não havia diversão ali.

Quando Manx entrou no carro, Wayne já sorria outra vez. Não sabia muito bem quanto tempo fazia, mas Manx tinha encerrado sua ligação e entrado na Atire na Lua. Trazia na mão um fino saco de papel pardo, e um comprido tubo verde despontava para fora do saco envolto em uma embalagem de celofane. As etiquetas na lateral o identificavam como AVALANCHE DE ESTRELAS – O FINAL PERFEITO PARA A NOITE PERFEITA!

Manx olhou para Wayne por cima do banco da frente com os olhos um pouco saltados e os lábios esticados em um esgar decepcionado.

– Comprei estrelinhas e um rojão para você. Se vamos usá-los ou não, são outros quinhentos. Tenho certeza de que você ia contar à sua mãe que vamos encontrar a Srta. Maggie Leigh. Isso teria estragado a minha diversão. Não entendo muito bem por que eu deveria me esforçar para você se divertir quando você parece determinado a negar os *meus* pequenos prazeres.

– Estou morrendo de dor de cabeça – comentou Wayne.

Manx sacudiu a cabeça com fúria, bateu a porta e saiu do estacionamento empoeirado cantando pneus, erguendo uma nuvem de fumaça marrom. Passou 5 quilômetros de cara amarrada, mas, perto da divisa com Iowa, um gordo porco-espinho tentou atravessar pesadamente a estrada e o Espectro o atropelou com um baque alto. O barulho foi tão forte e inesperado que Wayne não conseguiu se conter e soltou uma gargalhada que pareceu um ganido. Manx olhou para trás e lhe abriu a contragosto um sorriso caloroso, em seguida ligou o rádio, os dois começaram a cantar “O Little Town of Bethlehem” e tudo melhorou.

A Casa do Sono

– MÃE, MAIS UMA COISA. Ele está levando a gente para encontrar... – disse Wayne, mas depois disso houve um chacoalhar, uma batida e a pancada bem alta de uma porta se fechando.

– Bom, chega de papo – interveio Manx com uma voz animada. – O rapazinho passou por muita coisa ultimamente. Não quero deixá-lo assoberbado!

Vic apoiou um punho fechado na bancada da cozinha e chorou ao telefone, o corpo todo estremecendo.

O menino que ela escutara do outro lado da linha falara com a voz de Wayne... mas não era Wayne. Não exatamente. Havia uma desconexão sonhadora, distraída – não apenas em relação à situação, mas também ao menino sério e controlado que seu filho sempre fora. Na verdade, só havia soado como ele mesmo no final, depois de ela mencionar Hooper. Por alguns instantes, embora confuso e amedrontado, parecera ele próprio. Parecera drogado também, como alguém que desperta de uma profunda anestesia.

O carro o estava anestesiando de alguma forma enquanto sugava a essência que o fazia ser Wayne e deixava para trás apenas uma *coisa* feliz e desmiolada. Um vampiro, supunha ela, igual a Brad McCauley, o menininho frio que tentara matá-la no chalé acima de Gunbarrel tantos anos antes. Havia nisso uma linha de raciocínio que Vic não conseguia suportar seguir, para a qual precisava virar as costas a fim de não começar a gritar.

– Você está bem, Victoria? Quer que eu ligue outra hora?

– Você está matando meu filho. Ele está morrendo.

– Ele nunca esteve mais vivo! Wayne é um bom menino. Estamos nos dando bem feito Butch Cassidy e Sundance Kid! Pode confiar que vou tratá-lo bem. Na verdade, prometo não machucá-lo. Eu nunca machuquei criança alguma.

Mas ninguém sabe disso, pois você contou todas aquelas mentiras a meu respeito. Eu passei a vida inteira a serviço das crianças, mas você espalhou alegremente que eu era um tremendo molestador de crianças. Eu teria pleno direito de fazer coisas terríveis com seu filho, sabia? Estaria apenas correspondendo às histórias fantasiosas que você inventou sobre mim. Detesto não fazer jus ao mito. Porém, não consigo ser cruel com crianças. – Ele fez uma pausa. – Já os adultos são outra história.

– Solta o meu filho. Por favor, solta o meu filho. Isso não tem nada a ver com ele. Você sabe que não tem. Você só quer dar o troco em mim. Eu entendo isso. Estaciona em algum lugar. Basta estacionar e esperar. Vou usar minha ponte. Vou encontrar vocês. A gente pode fazer uma troca: você deixa o Wayne saltar do carro e eu embarco, e aí pode fazer comigo o que quiser.

– Você teria muito do que se redimir. Contou ao mundo inteiro que eu a molestei sexualmente. Sinto-me mal por ter sido acusado de algo que jamais tive o prazer de tentar.

– É isso que você quer? Isso deixaria você feliz?

– Estuprar você? Pelo amor de Deus, não! Só estou sendo rabugento. Não entendo atos depravados desse tipo. Tenho consciência de que muitas mulheres gostam de uns tapas vigorosos no traseiro durante o ato sexual e de serem chamadas de nomes degradantes, mas tudo isso é só brincadeira. Possuir uma mulher contra a sua vontade? Não mesmo! Você pode não acreditar, mas eu sou pai de duas filhas. Às vezes eu acho que você e eu começamos com o pé esquerdo! Sinto muito por isso. Nós nunca tivemos oportunidade de nos conhecer. Aposto que você teria gostado de mim se tivéssemos nos conhecido em outras circunstâncias!

– Puta que pariu.

– Não é tão inacreditável assim! Eu já fui casado duas vezes e raramente fiquei sem a companhia de uma mulher. Alguém achou *alguma coisa* para gostar.

– Que papo é esse? Você quer me *namorar*, porra?

Ele soltou um assobio.

– Que palavreado! Você deixaria encabulado um estivador! Considerando como correu seu primeiro encontro com Bing Partridge, acho que seria melhor para a minha saúde a longo prazo nós apenas conversarmos. Pensando bem, os poucos encontros que tivemos não foram lá muito românticos. Você cansa os homens, Victoria. – Ele tornou a rir. – Você me cortou, mentiu sobre mim e me botou na cadeia. É pior do que a minha primeira mulher. Mesmo assim... tem alguma coisa que faz um homem querer sempre mais! Você sabe mesmo deixar os rapazes devaneando!

– Vou dizer uma coisa para fazer *você* devanear: você não vai poder ficar dirigindo para sempre. Mais cedo ou mais tarde vai ter que estacionar. Mais cedo ou mais tarde, vai ter que parar em algum lugar para fechar os olhos por um instante. E quando você abrir os olhos de novo eu vou estar lá. Seu amigo Bing se safou fácil, Charlie. Eu sou uma piranha cruel e psicopata e vou queimar você vivo dentro do seu carro e pegar meu filho de volta.

– Tenho certeza de que vai *tentar*, Victoria. Mas já parou para pensar o que vai fazer se finalmente nos encontrar e ele *não quiser* ir com você?

O telefone ficou mudo.

Depois de Manx desligar, Vic dobrou o corpo aos arquejos, como se houvesse acabado de completar uma corrida longa e vigorosa. Seu choro foi raivoso, tão físico e exaustivo quanto o ato de vomitar. Sua vontade era pegar o fone e o esmigalhar contra a parede, mas uma parte mais sensata de si mesma a conteve.

Se você vai ficar maluca, ouviu seu pai aconselhar, *então usa isso a favor em vez de ser usada.*

Seu pai algum dia tinha dito isso? Vic não sabia.

Quando o choro cessou, seus olhos estavam doloridos e seu rosto ardia. Ela começou a andar em direção à pia, sentiu algo puxar sua mão e percebeu que ainda segurava o fone preso à parede por um comprido fio preto enrolado.

Pôs o fone no gancho e ficou olhando para o disco giratório. Sentia-se vazia, dolorida, mas agora que o acesso de choro havia passado, sentia também, pela primeira vez em muitos dias, uma espécie de paz, muito parecida com a calma que experimentava enquanto esboçava uma de suas ilustrações do Máquina de Busca.

Poderia ligar para certas pessoas. Precisava tomar decisões.

Os quebra-cabeças do Máquina de Busca tinham sempre muitas informações visuais distrativas, muito *ruído*. O clímax do primeiro volume acontecia dentro de uma nave espacial alienígena. Máquina de Busca precisava percorrer o labirinto de um corte transversal da nave e acionar vários interruptores de autodestruição pelo caminho até finalmente chegar à cápsula de fuga. Entre ele e a liberdade havia lasers, portas trancadas, compartimentos cheios de radiação e extraterrestres irados que pareciam grandes cubos de nata de coco. Solucionar o quebra-cabeça era mais difícil para os adultos do que para as crianças. Aos poucos, Vic percebera que isso se devia ao fato de os adultos sempre tentarem ver o caminho inteiro até o final, algo impossível, pois havia informações demais. As crianças, por sua vez, não se afastavam do quebra--cabeça para ter uma visão geral. Elas fingiam *ser* o Máquina de Busca, o herói da história, e só olhavam para o pedacinho que *ele* podia ver, para cada passo do caminho. Vic passara a acreditar que a diferença entre infância e idade adulta era o que separava imaginação e resignação. Você trocava uma pela outra e se perdia no caminho.

Vic já tinha entendido que, na verdade, não *precisava* encontrar Manx. Isso era tão impossível quanto acertar uma flecha em movimento com outra. Ela o fizera pensar que tentaria usar a ponte para alcançá-lo. Só que Vic sabia para onde Manx estava indo. Para onde *tinha* que ir. Podia ir para lá quando quisesse.

Mas estava se precipitando. A Terra do Natal ficava bem mais para a frente na estrada, tanto no sentido figurado quanto no literal.

Precisava estar pronta para lutar quando tornasse a encontrar Manx. Acabaria sendo obrigada a matá-lo e era necessário saber como fazer isso. E ainda havia Wayne. Precisava saber se Wayne ainda seria ele mesmo ao chegar à Terra do Natal, se o que estava acontecendo com ele era reversível.

Conhecia uma pessoa capaz de responder sobre Wayne e outra que poderia lhe ensinar a lutar – alguém que poderia até arrumar as armas de que necessitava para ameaçar a única coisa que Manx obviamente valorizava. Só que as duas também estavam mais adiante na estrada. Vic iria procurá-las uma de cada vez. Em breve.

Mas primeiro faltava uma coisa. Uma jovem chamada Michelle Demeter perdera o pai e tinha que tomar conhecimento do que acontecera com ele. Já havia passado tempo suficiente no escuro.

Vic fitou o feixe de luz que entrava pela janela da cozinha e concluiu que era fim de tarde. O céu era um domo de um azul profundo; a tempestade que se aproximava no momento que ela chegara já devia ter se dissipado. Se alguém tinha ouvido o cilindro de sevoflurano explodir e rasgar Bing Partridge ao meio, provavelmente pensara que fosse apenas uma trovoada. Ela calculava ter passado três, quatro horas inconsciente. Deu uma olhada no maço de envelopes sobre a bancada, na correspondência do Homem da Máscara de Gás.

BING PARTRIDGE
BLOCH LANE, 25
SUGARCREEK, PENSILVÂNIA 16323

Aquilo seria meio difícil de explicar. Quatro horas não era tempo suficiente para ir de New Hampshire até a Pensilvânia, nem mesmo com o acelerador a toda. Então lhe ocorreu que ela não *precisava* explicar. Outras pessoas poderiam se preocupar com explicações.

Ela discou. Sabia o telefone de cor.

– Alô? – atendeu Lou.

Não tivera certeza de que Lou atenderia; imaginara que Tabitha o faria. Ou talvez o outro agente, o policial feio das sobrancelhas brancas peludas, Daltry. Ela poderia lhe dizer onde estava o seu isqueiro.

O som da voz de Lou a deixou um pouco fraca e a privou momentaneamente da certeza que sentia. Teve a sensação de nunca tê-lo amado da forma que ele merecia – e de que ele sempre a amara *mais* do que ela merecia.

– Sou eu. Eles estão escutando?

– Ah, Vic, que merda. O que você acha?

– Oi, Vic – interveio Tabitha. – Você deixou muita gente por aqui bem chateada. Quer conversar sobre o motivo da sua fuga?

– Fui buscar meu filho.

– Eu sei que tem coisas que você não me disse. Talvez coisas que teve *medo* de me dizer. Mas eu preciso ouvir tudo, Vic. O que quer que você tenha feito nas últimas 24 horas, tenho certeza de que pensou que *precisava* fazer. Tenho certeza de que pensou que era o certo...

– Vinte e quatro horas? Como assim... 24 horas?

– Estamos atrás de você esse tempo todo. Você conseguiu um sumiço e tanto. Algum dia precisamos conversar sobre como fez isso. Por que não me diz onde...

– Já faz *24 horas*?! – tornou a exclamar Vic. Pensar em um dia inteiro perdido lhe parecia de certa forma tão incrível quanto um carro que se abastecia com almas humanas.

Com uma voz baixa e paciente, Tabitha tornou a falar:

– Vic, eu quero que você fique onde está.

– Não posso fazer isso.

– Você precisa...

– Não. Cala a boca. Cala a boca e escuta. Você tem que encontrar uma moça chamada Michelle Demeter. Ela mora em Brandenburg, no Kentucky. O pai dela sumiu um tempo atrás. Ela deve estar louca de preocupação. Ele está aqui. No porão. Está morto. Acho que já está morto há alguns dias. Entendeu?

– Entendi, eu...

– Tratem de cuidar bem dele. Não o enfiem na porra de uma gaveta no necrotério e pronto. Arrumem alguém para ficar com ele até a filha chegar. Ele já passou tempo demais sozinho.

– O que houve com ele?

– Foi morto por um homem chamado Bing Partridge. Bing era o cara de máscara de gás que atirou em mim. O cara que vocês acharam que não existisse. Ele estava trabalhando com o Manx. Acho que eles têm uma longa história em comum.

– Vic, Charlie Manx morreu.

– Morreu nada. Eu o vi e Nathan Demeter também. Demeter vai confirmar o que estou dizendo.

– Vic, você acabou de falar que Nathan Demeter está morto. Como é que ele vai confirmar a sua história? Quero que fique calma. Você passou por muita coisa. Acho que está tendo uma...

– Porra, eu não estou tendo nenhuma alucinação. Não tive conversas imaginárias com um morto. Demeter deixou um bilhete, tá? Um bilhete que cita Manx. Lou! Lou, você ainda está aí?

– Estou, Vic. Estou aqui. Tudo bem com você?

– Eu falei com o Wayne hoje de manhã, Lou. Ele está vivo. Ele ainda está vivo e eu vou trazê-lo de volta.

– Ai, meu Deus – disse Lou com uma voz rouca de emoção, e Vic soube que ele estava tentando não chorar. – Ai, meu Deus. O que foi que ele falou?

– Ele não foi ferido.

– Victoria – interveio Tabitha. – Onde você...

– Peraí! – exclamou Lou. – Vic, cara, você não pode fazer isso sozinha. Não pode atravessar essa ponte sozinha.

Vic se preparou para o que ia falar, como se apontasse um fuzil para um alvo distante, e avisou com a voz mais calma e nítida de que foi capaz:

– Escuta o que eu vou dizer, Lou. Preciso parar num lugar e depois vou visitar um homem que pode me conseguir um pouco de ANFO. Com o ANFO certo, posso explodir o mundo de Manx.

– Info? Que info? – perguntou Tabitha. – Victoria, Lou tem razão. Você não pode lidar com isso sozinha. Volte. Volte e fale conosco. Que homem é esse que você vai visitar? Que informação é essa de que precisa?

A voz de Lou saiu lenta e embargada.

– Sai daí, Vic. Outra hora a gente continua esse papinho de bosta. Eles estão indo pegar você. Sai logo daí e vai fazer o que precisa.

– Sr. Carmody? – chamou Tabitha, com um toque súbito de tensão na voz. – *Sr. Carmody?*

– Fui, Lou. Eu te amo.

– Eu também – disse ele, soando engasgado.

Vic pôs o fone no gancho devagar.

Achava que Lou tivesse entendido seu recado. Ele respondera "Outra hora a gente continua esse papinho de bosta". No contexto, a frase *quase* fazia sentido. Havia uma mensagem subliminar nela, mas ninguém exceto Vic teria conseguido detectá-la. Bosta: o estrume de cavalo era um dos principais componentes do ANFO, substância que seu pai usava havia décadas para explodir pedreiras.

Ela mancou até a pia e abriu a torneira de água fria para molhar o rosto e as mãos. Sangue e sujeira rodopiaram em volta do ralo formando belos arabescos rosados. Vic tinha pedaços do Homem da Máscara de Gás por todo o corpo: gotas de Bing liquefeito escorriam por sua camiseta, salpicavam seus braços, talvez houvessem se entranhado em seus cabelos. Ao longe, ouviu o lamento de uma sirene de polícia. Ocorreu-lhe que deveria ter tomado uma ducha antes de ligar para Lou. Ou vasculhado a casa em busca de uma arma. Provavelmente precisava mais de uma arma do que de lavar os cabelos.

Abriu a porta de tela com um empurrão e desceu os degraus dos fundos, tomando cuidado para não apoiar o peso no joelho esquerdo. Seria preciso mantê-lo esticado quando estivesse na moto. Por um segundo, ficou apreensiva ao pensar como conseguiria passar as marchas com o pé esquerdo – então lembrou que a moto era britânica. A embreagem ficava à direita, configuração antiga que não era mais autorizada nos Estados Unidos desde antes de ela nascer.

Vic subiu o morro com o rosto virado para o sol. Fechou os olhos para concentrar os sentidos naquele calor agradável sobre a pele. O barulho da sirene foi ficando cada vez mais alto atrás dela e o efeito Doppler o fazia subir e descer, aumentar e diminuir. Tabitha faria cabeças rolarem quando descobrisse que eles haviam se aproximado da casa com as sirenes aos berros, alertando Vic com bastante antecedência da sua chegada.

No alto do morro, enquanto seguia depressa até o estacionamento do Tabernáculo da Nova Fé, olhou para trás e viu uma viatura dobrar na Bloch Lane e parar com uma leve derrapada em frente à casa de Bing, bloqueando metade da rua. O policial que estava dirigindo saltou tão depressa que bateu com a cabeça no batente da porta; seu chapéu caiu no chão. Era muito jovem. Vic não conseguia nem se imaginar saindo com aquele rapaz, que dirá sendo presa por ele.

Ela avançou e, três passos depois, não conseguia mais ver a casa lá embaixo. Teve alguns instantes para se perguntar o que faria caso a moto não estivesse lá, caso alguns jovens a tivessem encontrado com a chave na ignição e saído para um passeio. Mas a Triumph se achava exatamente onde ela a deixara, inclinada sobre o descanso enferrujado.

Não foi fácil erguê-la. Vic emitiu um pequeno soluço de dor ao fazer força com a perna esquerda para endireitá-la.

Girou a chave, ligou-a e acionou o acelerador.

A moto tinha passado a noite inteira ao relento, tomando chuva, e Vic não teria se espantado caso a Triumph não houvesse pegado. Mas não foi o que aconteceu: ela pareceu quase indócil para partir.

– Que bom que uma de nós duas está pronta – comentou Vic.

Andou com a moto em círculo e a fez rodar para fora das sombras. Deu a volta na ruína da igreja enquanto a chuva começava a cair do céu ensolarado, em gotas cintilantes e frias como o mês de outubro. O contato da chuva foi gostoso em sua pele, em seus cabelos secos e sujos de sangue.

– Chuva, chuva, volte agora e leve embora a confusão desta hora.

Ela traçou um grande arco em torno dos espetos calcinados do que um dia fora um templo.

Quando ela chegou a seu ponto de partida, a ponte estava lá, escondida na mata, do mesmo jeito que na véspera, só que virada ao contrário. Na parede à sua esquerda havia letras pintadas em spray verde:

Ela seguiu pelas tábuas apodrecidas. A madeira chacoalhou sob os pneus. Conforme o barulho do motor foi se perdendo ao longe, um corvo pousou na entrada da ponte e espiou para dentro de sua bocarra escura.

Dois minutos depois, a ponte sumiu toda de uma vez, deixando de existir com o mesmo estalo de um balão estourado por um alfinete. Chegou até a emitir uma onda de choque tremeluzente que atingiu o corvo feito um carro em alta velocidade, arrancou-lhe metade das penas e o arremessou a 6 metros dali. Ao cair no chão, o pássaro já estava morto – apenas mais uma vítima da estrada.

Laconia, New Hampshire

EMBORA A COISA TENHA ACONTECIDO na frente de todo mundo, Tabitha foi a primeira a ver. Lou Carmody começou a desabar. Seu joelho direito se dobrou e ele esticou a mão em direção à grande mesa oval da sala de reuniões.

– Sr. Carmody – chamou ela.

Lou desabou sobre uma das cadeiras giratórias da sala com um baque suave. Seu grande rosto barbado adquirira uma palidez leitosa; a testa reluzia com um suor seboso. Ele encostou ali um dos pulsos como se verificasse se estava com febre.

– *Sr. Carmody* – repetiu Tabitha, tentando alcançá-lo.

Lou estava cercado por homens; Tabitha não entendeu como eles podiam ficar ali parados e não notar que o cara estava tendo um ataque cardíaco.

– Fui, Lou – avisou Vic McQueen pelo fone bluetooth no ouvido de Tabitha. – Eu te amo.

– Eu também – disse Carmody.

Estava usando um fone igualzinho ao de Tabitha Hutter; quase todo mundo na sala tinha o seu e a equipe inteira havia escutado a conversa.

Estavam em uma sala de reuniões no quartel-general da polícia do estado, nos arredores de Laconia. O local poderia muito bem ser a sala de conferência de um hotel da rede Hilton ou Marriott: um espaço amplo, neutro, com uma mesa oval comprida no centro e janelas viradas para uma área de estacionamento.

Vic McQueen desligou. Tabitha arrancou o fone do ouvido.

Cundy, o chefe de TI, manuseava o laptop aberto no Google Maps. O mapa exibia um close de Sugarcreek, Pensilvânia, centrado em Bloch Lane. Cundy ergueu os olhos para ela.

– Os carros vão chegar lá daqui a três minutos. Talvez menos. Acabei de falar com a polícia de lá e eles estão a caminho com as sirenes a toda.

Tabitha abriu a boca com a intenção de dizer "Fala para eles desligarem as porras das sirenes". Não se avisa a um foragido federal que a polícia está chegando. Era algo elementar.

Mas nessa hora Lou Carmody encostou o rosto na mesa, o nariz espremido. Ele grunhiu baixinho e apertou o tampo da mesa como se estivesse no mar se agarrando a um grande pedaço de madeira.

Então Tabitha ordenou:

– Ambulância. Agora.

– A senhora quer... que mandemos uma ambulância para Bloch Lane? – indagou Cundy.

– Não. Quero que mandem uma ambulância para cá – respondeu ela, afastando-se rapidamente dele e dando a volta na mesa. – Senhores, por favor, deem espaço para o Sr. Carmody respirar – mandou, mais alto. – Para trás. Por favor, para trás.

Nesse exato momento, a cadeira de Lou, que estava rolando lentamente para trás, deslizou de baixo dele e Carmody desabou como se tivesse despencado por um alçapão.

Daltry era o que estava mais próximo, em pé logo atrás da cadeira segurando uma caneca com os dizeres MELHOR AVÔ DO MUNDO. Ele pulou de lado e derramou café na camisa rosa.

– Que porra deu nele?

Tabitha se agachou sobre um dos joelhos ao lado de Carmody, que agora estava com metade do corpo debaixo da mesa. Pousou a mão sobre um dos grandes ombros caídos e deu um empurrão. Foi como virar um colchão. Ele caiu de costas; com a mão direita, torcia a camiseta do Homem de Ferro que estava usando sob os seios volumosos até formar um nó. Tinha as bochechas flácidas, os lábios acinzentados. Soltou um arquejo longo e entrecortado. Seus olhos chispavam de um lado para outro como se ele tentasse se localizar.

– Fique conosco, Lou – pediu Tabitha. – O socorro já vai chegar.

Ela estalou os dedos e Lou finalmente focalizou o olhar nela. Piscou e deu um sorriso hesitante.

– Gostei dos seus brincos. Supergirl. Nunca teria imaginado que a senhora fosse a Supergirl.

– Ah, não? Quem eu seria? – perguntou ela, só para fazê-lo continuar falando.

Fechou os dedos em volta do seu pulso. Durante um tempo, não sentiu nada, mas então o pulso deu um tranco, apenas um coice forte seguido por outro intervalo e depois por uma sequência de batidas rápidas.

– A Velma. Sabe, aquela do Scooby-Doo.

– Por quê? Porque nós duas somos baixinhas?

– Não. Porque as duas são inteligentes. Estou com medo. Pode segurar minha mão?

Ela segurou sua mão. Lou ficou alisando os nós de seus dedos devagarinho com o polegar.

– Eu sei que a senhora não acredita em nada do que Vic contou sobre Manx – disse ele com um sussurro repentino e intenso. – Sei que acha que ela está louca. Não pode deixar os fatos atrapalharem o caminho da verdade.

– Gente! – exclamou ela. – Qual é a diferença?

Ele a espantou com uma risada, um som breve, impotente e arquejante. Thabita teve que acompanhá-lo até o hospital na ambulância: ele não queria soltar sua mão.

Aqui, Iowa

QUANDO VIC SURGIU DO OUTRO lado da ponte, diminuíra a velocidade até quase parar. Lembrava-se muito bem de sua última visita à Biblioteca Pública de Aqui, de como fora arremessada de cabeça em um meio-fio e deslizara por um caminho de concreto até ficar com o joelho ralado. Não achava que fosse conseguir aguentar um tombo no estado em que estava agora. A Triumph continuou a descer com um baque para a rua asfaltada que passava atrás da biblioteca e seu motor morreu com um chiado fino e desanimado.

Antigamente, a faixa de parque atrás da biblioteca estava nivelada com um ancinho, limpa e sombreada, um lugar para estender um cobertor e ler um livro. Agora eram 2 mil metros quadrados de lama sulcada pelas marcas de empilhadeiras e caminhões de entulho. Os carvalhos e bétulas centenários tinham sido arrancados e amontoados por escavadeiras até formar uma pilha de madeira morta com 4 metros de altura em um dos cantos.

No parque restava um único banco. Antes verde-escuro e com braços e pés de ferro batido, estava agora descascado e a madeira cheia de farpas fora castigada pelo sol até ficar quase descorada. Em uma das pontas, Maggie cochilava sentada sob o sol inclemente, com o queixo apoiado no peito. Segurava em uma das mãos uma caixa de limonada e uma mosca zumbia em volta da tampa da embalagem. Sua camiseta sem manga deixava à mostra braços esqueléticos cobertos com as cicatrizes de dezenas de queimaduras de cigarro. Os cabelos estavam pintados com uma tinta laranja fluorescente, mas as raízes castanhas e grisalhas já apareciam. Nem a mãe de Vic ao morrer parecera tão velha.

Ver Maggie assim – tão envelhecida e maltratada, e também tão sozinha – machucou Vic ainda mais do que a dor no joelho esquerdo. Ela se obrigou a recordar, com meticulosos detalhes, como em um instante de raiva e pânico tinha jogado papéis na cara daquela mulher e ameaçado chamar a polícia. A vergonha que sentiu foi intensa, mas ela não se permitiu descartá-la. Deixou-a arder como a ponta de um cigarro aceso encostada com firmeza no braço.

O freio dianteiro da Triumph emitiu um ruído estridente quando Vic parou. Maggie levantou a cabeça, afastou dos olhos um punhado daqueles cabelos laranja de aspecto quebradiço e deu um sorriso cheio de sono. Vic baixou o descanso da moto.

O sorriso de Maggie sumiu com a mesma rapidez como havia surgido. Ela se levantou com as pernas bambas.

– Ai, V-V-Vic. O que foi que você *fez*? Está com ss-sangue pelo corpo inteiro.

– Se serve de consolo, a maior parte não é minha.

– Não é nenhum consolo. Faz eu ficar t-t-t-t-*tonta*. Lembra que precisei pôr uns band-aids em você na última vez que esteve aqui?

– É. Acho que sim.

Vic olhou para trás de Maggie em direção à biblioteca. As janelas do térreo estavam cobertas com folhas de compensado. Uma fita amarela da polícia se entrecruzava em frente à porta de ferro dos fundos.

– Maggie, o que houve com a sua biblioteca?

– Já viu dias m-melhores. Igual a m-*m*-m-mmm-mim – respondeu Maggie, sorrindo, e Vic notou que lhe faltavam alguns dentes.

– Ai, Maggie – gemeu Vic, e por um instante sentiu-se muito próxima das lágrimas. Não sabia se era o batom borrado cor de Fanta Uva que Maggie estava usando. Ou a pilha de árvores mortas. Ou o sol, quente e claro demais. Maggie merecia um pouco de sombra para sentar. – Não sei qual de nós duas precisa mais de um médico.

– Ah, nossa, eu estou bem! A m-m-minha g-ga-gagueira que piorou.

– E os seus braços.

Maggie baixou os olhos para os próprios braços e os estreitou para fitar a série de queimaduras com uma expressão intrigada, depois tornou a erguê-los.

– Isso m-m-me ajuda a falar normalmente. E ajuda com outras coisas.

– Isso o quê?

– A dor. Vem. Vamos entrar. M-M-Maggie vai dar um t-t-t-trato em você.

– Eu preciso de mais do que um trato, Maggie. Tenho perguntas para o seu Palavras Cruzadas.

– T-t-*ta*-talvez eu não t-t-tenha respostas – avisou Maggie, virando-se para subir o caminho. – As peças não funcionam t-tt-tão bem quanto antes: agora g-g-ga-gaguejam. Mas vou t-t-tentar. Depois que a gente limpar e cuidar um pouco de você.

– Não sei se posso me dar ao luxo de receber cuidados.

– É claro que pode – retrucou Maggie. – Ele ainda não chegou à T-T-Te--Terra do Natal. Você não vai conseguir pegá-lo antes disso. S-s-seria como querer pegar um punhado de névoa.

Vic desceu da moto com cuidado. Estava quase saltitando para não apoiar o peso na perna esquerda. Maggie passou um braço em volta da sua cintura. Vic quis lhe dizer que não precisava de apoio, mas na verdade precisava, sim – duvidava que fosse conseguir chegar aos fundos da biblioteca sem ajuda –, e pôs o braço automaticamente em volta dos ombros de Maggie. As duas deram uns passos, então Maggie parou e virou a cabeça para trás em direção ao Atalho, outra vez estendido sobre o Cedar. O rio parecia mais largo do que na lembrança de Vic e a água agitada chegava até a beira da rua estreita que serpenteava atrás da biblioteca. A margem coberta de arbustos tinha sido varrida pela enxurrada.

– O que há do outro lado da ponte desta vez?

– Uns dois cadáveres.

– Mas alguém vai s-s-s-se-seguir você?

– Acho que não. A polícia está me procurando lá do outro lado, mas a ponte vai desaparecer antes de eles a encontrarem.

– A polícia veio *aqui*.

– Atrás de mim?

– S-s-sei lá! T-t-t-*ta*-talvez! Eu t-tinha ido à farmácia e vi carros de polícia por t-to-toda parte aqui perto. Então fui embora. Eu alterno: fico aqui por um t-te-tempo, às vezes em outros lugares.

– Onde? Acho que na primeira vez que a gente se encontrou, você disse alguma coisa sobre morar com parentes... um tio, algo assim?

Maggie fez que não com a cabeça.

– Ele faleceu. E o estacionamento de t-t-trailers foi destruído pela enchente.

As duas mancaram em direção à porta dos fundos.

– Eles devem estar procurando você porque eu liguei. Talvez estejam rastreando o seu celular – comentou Vic.

– Pensei nisso. Joguei ele fora depois de você ligar. S-s-sabia que você não precisaria ligar de novo para m-me encontrar. Não fique preocupada!

A fita listrada de amarelo e preto dizia PERIGO. Uma folha de papel dentro de um envelope plástico transparente preso à porta de ferro toda oxidada afirmava que a estrutura não era sólida. Ela não estava trancada, mas era mantida entreaberta por um pedaço de concreto. Maggie se abaixou para passar por baixo da fita e empurrou a porta. Vic a seguiu para dentro da escuridão e da ruína.

As estantes antigamente formavam um imenso e cavernoso recinto perfumado com o cheiro de dezenas de milhares de livros, mas agora várias delas estavam tombadas feito dominós de 4 metros de altura. A maioria das obras tinha sumido, embora restassem algumas em pilhas apodrecidas dispersas, recendendo a mofo e decomposição.

– A g-g-grande enchente foi em 2008 e as paredes *ainda* estão m-mm--mmmolhadas.

Vic correu uma das mãos pelo concreto frio e úmido e viu que era verdade.

Maggie a amparou enquanto avançavam cuidadosamente pelo meio do entulho. Vic chutou uma pilha de latinhas. À medida que seus olhos se adaptavam à penumbra, viu que as paredes tinham sido pichadas com os típicos paus de 2 metros de altura e peitos proporcionais do tamanho de pratos de jantar. Mas havia também uma enorme mensagem rabiscada em tinta vermelha escorrida:

POR FAVOR FASSAO SILENSIO NA BIBLIOECA
TEM JENTE TENTANDO FICAR DOIDONA!

– Eu sinto muito, Maggie – disse Vic. – Sei que você amava este lugar. Alguém está fazendo alguma coisa para ajudar? Os livros foram transferidos para outro lugar?

– É claro.

– Perto daqui?

– Bem perto. O lixão da cidade fica a m-m-menos de 2 quilômetros rio abaixo.

– Alguém não poderia vir fazer alguma coisa pela biblioteca? Quantos anos tem isto aqui? Uns cem? Ela *com certeza* é tombada.

– Na verdade, este lugar está prestes a tombar, meu bem – respondeu Maggie, sem o menor sinal de gagueira.

Nas sombras, Vic viu de relance a expressão de Maggie. Realmente a dor a ajudava a não gaguejar.

A biblioteca

A SALA DE MAGGIE LEIGH atrás do aquário de certa forma ainda existia. O aquário, agora vazio, tinha o fundo coberto por peças empilhadas do jogo Palavras Cruzadas e as paredes de vidro sujo permitiam ver o que antes era a seção infantil da biblioteca. A escrivaninha de metal cinza-chumbo continuava ali, mas com a superfície raspada e riscada, e alguém pichara uma vulva vermelha aberta em uma das laterais. Uma vela apagada despontava de uma poça de cera roxa. O peso de papel de Maggie – a arma de Tchekhov; sim, agora Vic entendia a piada – marcava a página do livro de capa dura que ela estava lendo: *Ficções*, de Borges. Havia um sofá de tweed do qual Vic não se lembrava. Era um móvel de segunda mão com alguns rasgos remendados com fita adesiva e outros buracos abertos, mas pelo menos não estava úmido nem fedia a mofo.

– O que aconteceu com a sua carpa? – perguntou Vic.

– Não sei m-muito bem. Alguém deve t-t-ter comido. Espero que t-tenham feito bom proveito. Ninguém deveria passar fome.

No chão havia seringas e tubos de borracha. Tomando cuidado para não pisar em nenhuma agulha, Vic andou até o sofá e afundou nele.

– Essas coisas não são m-m-minhas – afirmou Maggie, meneando a cabeça para as seringas antes de ir pegar a vassoura encostada em um canto, que agora substituía o antigo cabideiro: o velho fedora imundo de Maggie estava pendurado nela. – Não m-me pico desde o ano passado. É m-mu-*muito* caro. Não ss-ss-sei como alguém consegue ficar doidão com a economia do jeito que está.

Maggie pousou o chapéu sobre os cabelos cor de laranja com a dignidade e o cuidado de um dândi embriagado prestes a sair do antro no qual acabou de tomar absinto para a chuvosa noite de Paris. Pegou a vassoura e começou a varrer. As seringas chacoalharam feito vidro pelo chão de cimento.

– Posso amarrar s-sua perna e dar oxicodona para você – ofereceu. – É *bem* m-mais barato do que heroína.

Curvando-se até junto da mesa, ela pegou uma chave e destrancou a gaveta de baixo. Pôs a mão lá dentro e pegou um frasco alaranjado de comprimidos, um maço de cigarros e uma bolsinha roxa e puída de peças do Palavras Cruzadas.

– E ficar limpa é mais barato ainda – retrucou Vic.

Maggie deu de ombros.

– Eu injeto apenas quando preciso.

Enfiou um cigarro no canto da boca e acendeu um fósforo com a unha do polegar: um bom truque.

– E quando é que você precisa?

– A oxicodona é um analgésico. Eu a injeto para aplacar a dor. – Ela tragou, pousou o fósforo. – Afinal, o que houve com você, Vi-V-V-Vic?

Vic se acomodou com a cabeça sobre o braço do sofá. Não conseguia dobrar nem desdobrar totalmente o joelho esquerdo; mal podia suportar mexê-lo. Mal podia suportar *olhar* para ele: tinha quase o dobro do tamanho do outro, um mapa de hematomas roxos e marrons.

Ela narrou os dois últimos dias da melhor maneira que conseguiu se lembrar, tirando os acontecimentos da ordem e dando explicações que pareciam mais confusas do que os fatos. Maggie não a interrompeu nem pediu esclarecimentos. Uma torneira foi aberta por meio minuto e em seguida se fechou. Vic soltou um arquejo incisivo de dor quando Maggie encostou um pano molhado frio em seu joelho esquerdo e o segurou ali com delicadeza.

Maggie abriu o frasco de remédios e o sacudiu para pegar um pequeno comprimido branco. Uma fumaça azul perfumada se desprendia do cigarro e o envolvia como um cachecol.

– Eu não posso tomar isso – falou Vic.

– É claro que pode. Não precisa engolir a s-s-seco. T-t-tenho limonada aqui. Está um pouco quente, m-mas gostosa!

– Não, esse remédio vai me fazer dormir. Eu já dormi demais.

– Em um chão de concreto? Depois de levar g-g-gás na cara? Isso não é dormir. – Ela passou o comprimido de oxicodona para Vic. – É apagar.

– Talvez depois de a gente acabar de conversar.

– Se eu t-t-tentar ajudar você a descobrir o que quer s-s-saber, você promete que não vai embora antes de t-te-ter descansado?

Vic estendeu a mão, segurou a de Maggie e apertou-a.

– Prometo. – Maggie sorriu e afagou os nós dos dedos de Vic, mas ela não a soltou. – Obrigada, Maggie. Por tudo. Por tentar me avisar. Por me ajudar. Eu daria tudo para não ter feito o que fiz quando a vi lá em Haverhill. Fiquei com medo de você. Mas isso não é desculpa. Não existe desculpa. Tem muitas coisas que eu gostaria de refazer. Você não tem ideia. Queria poder fazer alguma coisa para mostrar o quanto estou arrependida. Alguma coisa que eu pudesse lhe dar além de palavras.

O rosto de Maggie se iluminou todo; ela parecia uma criança que vira uma pipa subir pelo céu muito azul.

– Ah, V-V-Vic, puxa vida, assim você vai m-m-me fazer chorar! E existe coisa m-melhor do que palavras? Além disso, você *já está* fazendo alguma coisa. Você está *aqui*. É t-t-tão bom conversar com alguém! Não que seja m-m-muito divertido conversar comigo!

– Sshh. Pare com isso. Sua gagueira incomoda muito mais a você do que a mim – replicou Vic. – Quando a gente se conheceu, você me disse que as suas peças e a minha bicicleta eram facas para cortar as costuras entre realidade e pensamento. Você tinha razão. E não é só isso que elas conseguem cortar. Elas acabaram cortando nós duas bem direitinho. Eu sei que a minha ponte, o Atalho, me estragou. Aqui dentro. – Ela indicou a têmpora esquerda. – Eu a atravessei vezes demais e ela soltou um parafuso na minha cabeça. Eu nunca bati bem da bola. Toquei fogo na minha própria casa. Toquei fogo na minha própria vida. Fugi dos dois garotos que amo porque tive medo de estragar os dois ou de não estar à altura deles. Foi isso que a minha faca fez comigo. E você tem essa coisa com a sua fala...

– É como se eu t-t-tivesse cortado a língua com a faca.

– Parece que o único que nunca acaba machucado de tanto usar sua faca psíquica é o Manx.

– Ah, não! Ah, não, V-V-V-*Vic*! O M-M-Manx é o que s-s-sofreu as piores consequências! Ele foi s-s-sangrado até a última g-g-gota!

Maggie baixou as pálpebras e sorveu uma funda e generosa tragada de fumaça. A ponta de seu cigarro piscou no escuro. Ela o tirou da boca, fitou-o por alguns instantes com um ar pensativo e o apagou na própria coxa por um dos rasgos na calça jeans.

– Meu Deus! – gritou Vic.

Sentou-se tão de repente que o recinto se inclinou em uma direção e seu estômago despencou com força na outra. Tonta, voltou a desabar sobre o braço do sofá.

– É por uma causa nobre – explicou Maggie por entre os dentes cerrados. – Quero conseguir *conversar* com você e não ficar cuspindo na s-sua cara. – O ar saía de seus pulmões em expirações curtas, doloridas. – De toda forma, é o único jeito de eu conseguir que as minhas peças digam alguma coisa, e às vezes nem isso basta. Do que a gente estava falando?

– Ai, Maggie...

– Sem drama. Vamos logo com isso ou vou precisar fazer outra vez. E quanto mais eu faço, menos f-f-funciona.

– Você disse que o Manx tinha sangrado até a última gota.

– Isso. O Espectro o deixa jovem e forte. Preservado. Mas isso lhe custou a capacidade de s-sentir arrependimento ou empatia. Foi isso que a faca cortou nele: a humanidade.

– É. Só que ela vai cortar a mesma coisa do meu filho também. O carro transforma as crianças que Manx leva consigo nas viagens até a Terra do Natal. Faz elas virarem vampiros ou alguma porra do gênero. Não é?

– Por aí. – Maggie balançou o corpo para a frente e para trás, de olhos fechados por causa da dor na perna. – A Terra do Natal é uma paisagem interior, certo? Um lugar que Manx inventou a partir do pensamento.

– Um lugar imaginário.

– Ah, não, ele é real. As ideias são tão reais quanto pedras. A sua ponte também é real, sabia? Não é *de fato* uma ponte coberta, claro. As vigas, o telhado, as tábuas sob os seus pneus... eles são apenas a cenografia de algo m-mais básico. Quando você saiu da casa do Homem da Máscara de Gás e veio para cá, não atravessou uma ponte. Você atravessou uma ideia que *parecia* uma ponte. E quando M-M-Manx chegar à Terra do Natal, vai chegar a uma ideia de felicidade que parece... sei lá... a oficina do Papai Noel?

– Acho que é um parque de diversões.

– Parque de diversões. É, provavelmente. Manx não t-tem mais felicidade. Apenas diversão. É a ideia da diversão infinita, da juventude eterna travestida de uma forma que a mentezinha estúpida dele possa entender. Seu veículo é o instrumento que abre o caminho. O s-s-sofrimento e a infelicidade proporcionam a energia que move o carro e abre passagem até esse lugar. É por isso t-também que ele precisa levar as crianças. O carro precisa de uma coisa que ele não tem mais. Ele suga a infelicidade das crianças como um vampiro de filme B chupa s-s-sangue.

– E quando ele acaba de usar as crianças, elas viraram monstros.

– Acho que continuam crianças. Crianças que não conseguem estender *nada* a não ser a diversão. Elas foram remoldadas para se encaixar no conceito de infância perfeita de Manx. Ele quer que as crianças fiquem inocentes *para s-s-sempre*. A inocência não é isso tudo o que dizem, sabe? Criancinhas inocentes arrancam asas de moscas porque não sabem distinguir o certo do errado. *Isso* é inocência. O carro pega o que Manx precisa e modifica os passageiros para que eles possam viver no seu mundo de pensamento. Afia seus dentes e tira deles a necessidade de calor. Aposto que um mundo de puro pensamento deve ser bem frio. Agora tome seu remédio, Vic. Você precisa descansar e recuperar as forças antes de s-s-sair daqui para encarar Manx outra vez. – Ela estendeu a mão com o comprimido na palma.

– Talvez seja mesmo bom eu tomar alguma coisa. Não só para o meu joelho. Para a cabeça – comentou Vic, e então se retraiu ao sentir uma nova pontada de dor no globo ocular esquerdo. – Por que toda vez que eu uso a minha ponte sinto uma dor atrás do olho esquerdo? É assim desde que sou pequena. – Ela deu uma risada trêmula. – Eu chorei sangue uma vez, sabia?

– Ideias criativas se formam do lado direito do cérebro. Mas sabia que o lado direito do seu cérebro vê através do olho esquerdo? Deve ser preciso muita energia para expulsar um pensamento da sua cabeça para o mundo real. E toda essa energia atinge você bem aqui. – Maggie apontou para o olho esquerdo da outra.

Vic encarou o comprimido com um ar desejoso. Mesmo assim, ainda hesitava.

– Você vai responder às minhas perguntas, não vai? Com as suas peças?

– Você ainda não perguntou nada que precise delas.

– Preciso saber como *matar* o Manx. Ele morreu na prisão, mas não permaneceu morto.

– Acho que você já sabe a resposta para essa pergunta.

Vic pegou a oxicodona da mão de Maggie e aceitou a limonada que ela lhe estendeu. A bebida estava quente, pegajosa, doce e deliciosa. Ela engoliu o remédio com um gole só. O comprimido deixou um leve rastro amargo.

– O carro – disse Vic. – O Espectro.

– Isso. Quando o carro se desintegrou, *ele* se desintegrou. Em determinado momento, alguém deve ter tirado o motor do Rolls e ele finalmente morreu. Mas depois recolocaram o motor e consertaram o carro, e pronto. Enquanto o carro estiver na estrada, ele também vai estar.

– Então se eu destruir o carro... eu o destruo.

Maggie deu um longo trago no cigarro. Sua brasa era o ponto mais brilhante naquela escuridão.

– Aposto que sim.

– Tá.

Fazia apenas um ou dois minutos que Vic havia tomado o comprimido, mas já podia sentir seus efeitos. Quando fechou os olhos, teve a sensação de estar deslizando silenciosamente montada em sua antiga bicicleta Tuff Burner, avançando por uma floresta escura e sombreada...

– Vic – chamou Maggie com uma voz suave, e Vic ergueu a cabeça do braço do sofá e piscou várias vezes, percebendo que estivera a ponto de pegar no sono.

– Santo comprimido – comentou.

– O que você precisa saber das minhas peças? – instou Maggie. – É melhor perguntar logo enquanto ainda consegue.

– Meu filho. Vou ter que ir até a Terra do Natal buscá-lo. Eles vão chegar lá hoje à noite, eu acho, ou amanhã de manhã bem cedo, e eu vou estar lá também. Mas a essa altura o Wayne já vai ter... ficado diferente. Pude ouvir isso na voz dele quando a gente se falou. Ele tem lutado, mas o carro o está transformando em uma daquelas porras. Eu vou conseguir consertar meu filho? Preciso saber isso. Se conseguir resgatá-lo, existe algum jeito de curá-lo?

– Não sei. Nenhuma criança nunca voltou da T-Terra do Natal.

– Então pergunte. A sua bolsinha de letras consegue responder, não consegue?

Maggie deslizou da borda do sofá até o chão e sacudiu de leve a bolsinha roída pelas traças. As peças chacoalharam lá dentro.

– Vejamos o que dá para v-v-ver – falou, e mergulhou uma das mãos na bolsinha. Tateou lá dentro, retirou um punhado de peças e as jogou no chão.

XOXOOXOXXO

Maggie encarou as peças com um ar de consternação cansada.

– Na maioria das vezes é só isso que eu consigo. As peças enxotam a menina solitária e g-gaga. – Correndo uma das mãos pelo chão, ela recolheu as peças e as enfiou de volta na bolsinha.

– Tudo bem. Não tem problema. Valia a pena tentar. Você não pode saber tudo. Não pode descobrir tudo.

– Não. Quem vem até uma biblioteca querendo se informar sobre alguma coisa t-tem que conseguir.

Ela enfiou a mão na bolsinha e retirou outro punhado de peças, que atirou no chão.

PPPPPPPPP

– Não m-mostrem a língua.

Pegou as peças, deixou-as cair na bolsinha, em seguida mergulhou a mão novamente lá dentro. Dessa vez seu braço desapareceu quase até o cotovelo e Vic ouviu o que pareciam centenas de peças chacoalharem umas contra as outras. Maggie tirou outro punhado e largou no chão.

FUFUFUFU

– Me foder? Vocês querem que eu vá *me foder*?! Estão jogando meus brincos na minha cara? Vão se f-f-f-foder *vocês*!

Ela tirou o cigarro da boca, mas, antes que conseguisse enterrá-lo no próprio braço, Vic se sentou no sofá e a agarrou pelo pulso.

– Para – ordenou.

A sala se moveu de um lado para outro como se ela estivesse sentada em um balanço. Mesmo assim, continuou segurando o braço de Maggie, que lhe ergueu os olhos, brilhantes em suas órbitas encovadas... Brilhavam de medo e de exaustão.

– Outro dia a gente consegue, Maggie. Vai ver eu não sou a única que precisa descansar. Uma semana e meia atrás você estava no Massachusetts. Voltou de ônibus o caminho inteiro?

– Peguei algumas caronas.

– Quando foi a última vez que você comeu?

– Ontem comi um s-s-sss-sanduíche de s-s-ssss...

E com isso ela ficou muda. Seu rosto passou de vermelho a um tom profundo e grotesco de roxo, como se ela estivesse sufocando. A saliva se acumulou nos cantos da boca.

– Shhh. Shhh. Está tudo bem. Vamos arrumar alguma coisa para você comer.

Maggie soltou a fumaça, olhou em volta à procura de um lugar para apagar o cigarro, em seguida o apagou no outro braço do sofá. A brasa silvou e uma pequena coluna preta de fumaça subiu em direção ao teto.

– Depois do seu cochilo, V-V-Vic.

Vic assentiu e se deixou afundar novamente; não estava com energia para contradizer Maggie.

– Vamos cochilar as duas. Depois arrumamos alguma comida. Umas roupas para você. Vamos salvar o Wayne. Salvar a biblioteca. Fazer tudo melhorar. Vamos fazer isso tudo. Supergêmeas, ativar. Deitada.

– Tá bom. Pode ficar com o sofá. Eu tenho um cobertor velhinho bem gostoso. Posso me esticar no ch-ch-ch...

– Deitada *comigo*, Maggie. Tem lugar para nós duas neste sofá.

Apesar de acordada, Vic parecia ter perdido a capacidade de abrir os olhos.

– Você não acha ruim?

– Não, querida – respondeu Vic, como se estivesse falando com o filho.

Maggie se deitou no sofá ao seu lado e pressionou o corpo contra o flanco de Vic, com o quadril ossudo encostado no seu e o ombro pontudo por cima da sua barriga.

– Vic, me dá um abraço? – pediu ela com a voz trêmula. – Já faz um t-t--tempão que ninguém me abraça. Quero dizer, s-s-sei que você não gosta de m-m-meninas, já que t-t-t-tem um filho, mas...

Vic passou o braço pela cintura de Maggie e puxou a mulher magra e trêmula para junto de si.

– Você pode calar a boca agora, sabia?

– Ah – fez Maggie. – Ah, tá. Que alívio.

Laconia

NÃO DEIXARAM LOU ANDAR PARA lugar algum, pois não queriam correr o risco de o homem gordo ficar tonto e cair de cara no chão. Portanto, depois de ser examinado, ele se sentou em uma cadeira de rodas e um enfermeiro o empurrou até a sala de recuperação.

O enfermeiro tinha a sua idade, uns olhos sonolentos cercados de olheiras e uma testa protuberante de homem de Cro-Magnon. Seu nome improvável, conforme informava o crachá, era Bilbo. Ele tinha uma nave tatuada em um dos braços peludos: a *Serenity*, do seriado *Firefly*.

– "Eu sou uma folha solta ao vento" – citou Lou.

– Não fala isso, cara – retrucou Bilbo. – Não quero começar a chorar no emprego.

O inspetor de polícia vinha atrás, trazendo as roupas de Lou dentro de um saco de papel. Lou não gostava do cheiro de nicotina e mentol que o sujeito exalava – sobretudo de nicotina – nem do jeito como ele parecia pequeno demais para as roupas que vestia, todas frouxas: a camisa, a calça bege, o paletó surrado.

– Sobre o que vocês estão falando? – quis saber Daltry.

– Sobre *Firefly* – respondeu Bilbo sem olhar para trás.

– Vaga-lumes? Vocês gostam de brilhar? – indagou Daltry, e riu da própria piada ruim.

– Sério, que babaca – resmungou Bilbo, mas não alto o suficiente para Daltry escutar.

A sala de recuperação era um cômodo amplo com duas fileiras de camas, cada qual separada por cortinas verde-claras. Bilbo empurrou Lou quase até o final do cômodo antes de virar em direção a um leito vazio à direita.

– Seus aposentos, monsieur.

Lou se ergueu pesadamente para cima do colchão enquanto Bilbo pendurava um saco brilhante de fluido no suporte de aço inox em pé junto à cama. Lou ainda estava com a cânula intravenosa espetada no braço direito e Bilbo a conectou ao fluido. Ele sentiu o líquido na hora: uma corrente forte e gelada que diminuía consideravelmente a temperatura global de seu corpo.

– É para eu ficar com medo? – perguntou ele.

– Por causa da angioplastia? Não. Na escala de complexidade da medicina, é uma cirurgia só um pouquinho mais delicada do que a extração de um siso. É só fazer e pronto. Sem medo.

– Aham. Mas eu não estava falando da angioplastia. É sobre esse negócio que vocês estão injetando. Alguma coisa séria?

– Ah. Isso aí não é nada. Como você não vai entrar na faca hoje, não vai ter direito ao bagulho bom. Isso é só um afinador de sangue. Também vai deixar você mais tranquilo. É preciso promover a tranquilidade.

– Eu vou dormir?

– Mais depressa do que se estivesse assistindo a uma maratona de *Dra. Quinn*.

Daltry largou o saco de papel sobre a cadeira ao lado da cama. As roupas de Lou estavam dobradas e empilhadas, com a cueca samba-canção por cima, do mesmo tamanho de uma fronha.

– Quanto tempo ele vai ter que passar aqui? – indagou ao enfermeiro.

– Vamos mantê-lo em observação até amanhã.

– O momento não poderia ser pior.

– A estenose arterial tem fama de ser inconveniente – retrucou Bilbo. – Ela nunca avisa quando vai aparecer. Simplesmente se mete na festa quando dá na telha.

Daltry tirou o celular do bolso.

– Não é permitido usar isso aqui.

– Onde é permitido?

– Tem que voltar pelo pronto-socorro e sair do prédio.

Daltry aquiesceu e fitou Lou com um olhar demorado e reprovador.

– Não saia daqui, Sr. Carmody.

Virou-se e começou a percorrer o recinto.

– E lá foi ele remando na sua canoa de cuzão – comentou Bilbo.

– E se *eu* precisar dar um telefonema? – perguntou Lou. – Posso fazer uma ligação antes de apagar? É o meu filho, cara. Você soube o que aconteceu com o meu filho? Preciso ligar para os meus pais. Eles só vão conseguir dormir hoje depois que eu avisar o que está acontecendo.

Mentira. Se Lou conseguisse falar com a mãe e começasse a lhe contar sobre Wayne, ela não entenderia nada. A mãe morava em uma casa de repouso e só conseguia reconhecer Lou uma a cada três vezes. Mais surpreendente ainda seria o seu pai se interessar pelos últimos acontecimentos: fazia quatro anos que ele estava morto.

– Eu arrumo um celular para você. Alguma coisa para a gente plugar ao lado da cama. Só tenta relaxar um pouco. Volto daqui a cinco minutos.

Ele se afastou da cama, fechou a cortina e foi embora.

Lou não esperou nem pensou antes de agir. Era novamente o rapaz de moto suspendendo a magrela Vic McQueen para sua garupa e sentindo seus braços trêmulos em volta da cintura.

Colocou as pernas para fora da cama e arrancou a cânula do braço. Uma gorda bolha de sangue brotou do buraco da agulha.

Assim que ouvira a voz de Vic ao telefone, sentira o sangue subir à cabeça e a pulsação martelar nas têmporas. Sua cabeça começara a pesar, como se o crânio estivesse recheado não de massa cinzenta, mas de metal líquido. O pior, porém, era que o cômodo havia começado a girar à sua volta, deixando--o enjoado, e ele tivera de encarar a mesa fixamente para o mal-estar passar. Mas sua cabeça ficara tão pesada que ele havia se inclinado para a frente e derrubado a cadeira.

Eu não tive um enfarte, tive?, indagara à médica enquanto ela auscultava sua garganta com o estetoscópio. *Porque se tiver sido um enfarte, não é tão ruim quanto eu pensei que seria.*

Não. Não foi um enfarte. Mas o senhor pode ter tido um ataque isquêmico transitório, respondeu a médica, uma negra bonita de rosto liso, escuro, de idade indefinida.

Ah, tá. Imaginei que fosse ou um enfarte ou um ataque sistêmico transitório. Ataque sistêmico transitório era a minha segunda opção.

Isquêmico. É uma espécie de miniderrame. Estou ouvindo um pfff *oco na sua carótida.*

Ah. É isso que a senhora está ouvindo. Eu estava quase dizendo que acho que o meu coração fica mais embaixo.

Ela sorriu. Pareceu querer beliscar sua bochecha e lhe dar um biscoito.

O que eu estou ouvindo é um sério acúmulo de placa.

Sério? Eu escovo os dentes duas vezes por dia.

Outro tipo de placa. No seu sangue. É de tanto comer bacon. Ela deu uns tapinhas na barriga dele. *Manteiga demais na sua pipoca. O senhor vai precisar fazer uma angioplastia. Talvez precise colocar um stent. Se não fizer isso, pode ter um derrame grave, talvez até fatal.*

Eu tenho pedido salada quando vou ao McDonald's, alegou, ficando espantado ao sentir lágrimas arderem atrás dos olhos. Sentiu um alívio irracional pelo fato de a agente do FBI gatinha não estar presente para vê-lo chorar outra vez.

Lou pegou o saco de papel pardo em cima da cadeira e vestiu a cueca e o jeans por baixo da camisola do hospital.

Tinha desmaiado depois de falar com Vic; o mundo ficara gorduroso e escorregadio e ele não conseguira se segurar. O mundo escapulira por entre os seus dedos. Até o instante do desmaio, porém, estava escutando o que ela dizia. Pelo simples tom de sua voz, percebeu que ela queria que ele fizesse algo: "Preciso parar num lugar e depois vou visitar um homem que pode me conseguir um pouco de ANFO. Com o ANFO certo, posso explodir o mundo de Manx."

Assim como todos os outros policiais que ouviam a conversa, Tabitha Hutter tinha escutado o que Vic *queria* que escutasse: "info", em vez de "ANFO". Era igual a uma daquelas ilustrações do Máquina de Busca feitas por Vic, só que, no lugar de cores, vinham os sons. Você não percebia o que estava bem na sua frente porque não sabia como procurar – ou, nesse caso, como escutar. Mas Lou sempre soubera escutar Vic.

Ele arrancou a camisola do hospital e vestiu a camiseta.

ANFO. O pai de Vic era um homem que ganhava a vida explodindo coisas – usava ANFO para detonar rochas, arrancar tocos de árvores e velhas estacas – e havia explodido a própria filha para longe sem olhar para trás. Nem tinha segurado Wayne no colo, e Vic devia ter falado com ele umas dez vezes. Já Lou se comunicara com ele mais frequentemente, enviando-lhe fotos e vídeos de Wayne por e-mail. Pelo que Vic lhe contara, sabia que o cara batia em mulheres e era infiel. Mas Lou tinha certeza de que Vic sentia sua falta e que o amava com uma intensidade que talvez só rivalizasse com o sentimento que nutria pelo filho.

Lou nunca tinha visto o pai de Vic, mas sabia onde ele morava e qual era seu telefone – e sabia que Vic iria lhe fazer uma visita. Lou a estaria esperando quando chegasse. Ela queria que ele estivesse lá, caso contrário não teria avisado.

Ele espichou a cabeça por entre as cortinas e deparou com um corredor formado por várias outras cortinas.

Viu um médico e uma enfermeira em pé juntos, conferindo itens em uma prancheta, mas os dois estavam de costas. Segurando os tênis com uma das mãos, entrou no corredor de cortinas, virou à direita e atravessou portas de vaivém para dentro de um corredor largo e branco.

Foi avançando pelo prédio, andando em uma direção que parecia conduzi-lo para longe da entrada do pronto-socorro. Sem parar de caminhar, calçou os tênis.

A recepção tinha um pé-direito de 15 metros e grandes placas de cristal rosa penduradas no teto, fazendo Lou se lembrar do quartel-general do Super-Homem, a Fortaleza da Solidão. A água chapinhava em um chafariz de ardósia preta nos fundos. Vozes ecoavam. Um cheiro de café e rosquinhas vindo de uma lojinha fez a barriga de Lou se contrair de fome. Pensar em comer uma rosquinha de geleia salpicada de açúcar foi como se imaginar enfiando o cano de uma arma carregada na boca.

Eu não preciso viver para sempre, pensou. *Mas, por favor, me faça viver o tempo que for preciso para resgatar meu filho.*

Duas freiras desciam de um táxi bem em frente à porta giratória. Para Lou, aquilo foi bem próximo de uma intervenção divina. Ele segurou a porta do automóvel para as duas saltarem, em seguida entrou.

– Para onde vamos? – indagou o taxista. *Para a cadeia*, pensou Lou, mas respondeu:

– Para a estação de trem.

Bilbo Prince viu o táxi se afastar do meio-fio em meio a um jorro de fumaça azul imunda do cano de escapamento, anotou o número e a placa, então virou as costas e se afastou. Percorreu corredores, subiu e desceu escadas e, por fim, chegou à entrada do pronto-socorro, do lado oposto do hospital. Daltry esperava ali, fumando um cigarro.

– Ele deu no pé – informou Bilbo. – Como o senhor disse que daria. Pegou um táxi.

– Você anotou o número?

– E a placa – completou Bilbo, e lhe passou as duas coisas.

Daltry aquiesceu e abriu o celular. Apertou uma tecla só e levou o aparelho até a orelha, em seguida virou o corpo parcialmente de costas para Bilbo.

– Isso. Ele está a caminho – falou ao telefone. – Tabitha disse para só ficarmos de olho, então vamos ficar de olho. Vamos ver para onde ele vai e ficar prontos para intervir se o gordo tiver outro piripaque.

Daltry desligou, jogou fora a guimba e começou a se afastar rumo ao estacionamento. Bilbo saiu trotando atrás dele e lhe deu uma batidinha no ombro. O policial olhou para trás, franzindo a testa, como se reconhecesse Bilbo, mas já não conseguisse recordar muito bem quem ele era.

– Isso é tudo, camarada? Cadê o agrado?

– Ah. Ah, claro. – Daltry vasculhou o bolso e pegou uma nota de dez dólares, que enfiou na mão do enfermeiro. – Tome. Vida longa e prosperidade. Não é isso que os *trekkers* dizem?

Bilbo olhou para a cédula encardida – estava esperando pelo menos uma de 20 –, depois para a tatuagem no próprio braço cabeludo.

– É. Acho que sim. Mas eu não sou fã de *Star Trek*. Este desenho é da nave *Serenity*, não da *Enterprise*. Eu sou fã de *Firefly*, um autêntico Casaco-Marrom, cara.

– Está mais para vira-casaca – replicou Daltry, e riu. Perdigotos acertaram o rosto de Bilbo.

O enfermeiro quis jogar os 10 dólares no chão a seus pés e ir embora para mostrar àquele escroto feio e linguarudo o que pensava do seu dinheiro, mas mudou de ideia e guardou a nota no bolso. Estava economizando para uma tatuagem da *Buffy* no outro braço; não seria nada barata.

Aqui, Iowa

QUANDO MAGGIE ACORDOU, ESTAVA COM o braço em volta da cintura de Vic, cuja cabeça repousava sobre o seu esterno. Era a mulher mais bonita com quem Maggie já tinha deitado e ela quis beijá-la, mas não se atreveu. O que realmente queria fazer era pentear os cabelos embaraçados de Vic e fazê-los brilhar, lavar seus pés e massageá-los com óleo. Desejou que as duas tivessem mais tempo juntas e uma oportunidade para falar sobre algo que não fosse Charlie Manx. Não que Maggie quisesse falar. Ela queria era ouvir. Em qualquer conversa, tinha pavor do instante no qual chegava a sua vez de abrir aquela boca g-g-grande e estúpida.

Sentiu que não dormira muito e teve quase certeza de que, por muitas horas, não conseguiria mais dormir. Soltou-se de Vic, alisou-lhe os cabelos para longe do rosto e se afastou. Era a hora de soletrar e, agora que Vic estava dormindo, Maggie podia fazer o que era preciso para obrigar as peças a se comportarem.

Acendeu um cigarro. Acendeu uma vela. Ajeitou o fedora meticulosamente. Pousou a bolsinha de peças à sua frente e afrouxou o cordão dourado. Passou alguns segundos observando a escuridão lá dentro enquanto tragava fundo o cigarro. Estava tarde e sua vontade era esmigalhar uns comprimidos de oxicodona e cheirar, mas só poderia fazer isso depois de executar aquela tarefa para Vic. Puxou para baixo a gola da camiseta branca sem mangas até deixar à mostra o seio esquerdo. Tirou o cigarro da boca, fechou os olhos e o apagou na pele delicada no alto do seio, mantendo-o lá por muito tempo, enquanto soltava uma expiração fina e chiada por entre os dentes cerrados. Pôde sentir o cheiro da própria carne queimando.

Jogou fora o cigarro apagado e curvou-se por cima da mesa com os pulsos apoiados na borda, piscando para conter as lágrimas. A dor em seu seio esquerdo era intensa e maravilhosa. Sagrada.

Agora, pensou. *Agora, agora.* Maggie dispunha de um breve espaço de tempo para usar as peças e extrair algum sentido daquela algaravia: um minuto, dois no máximo. Às vezes pensava que aquela era a única luta que valia a pena: o combate para transformar o caos do mundo em alguma coisa significativa, para traduzi-lo em palavras.

Catou um punhado de letras, lançou-as diante de si e começou a separá-las. Foi movendo as peças para um lado e para o outro. Havia passado toda a vida adulta disputando aquele jogo e, em poucos minutos, conseguiu entender, soletrou sem qualquer dificuldade.

Deixou escapar uma expiração longa e satisfeita, como se houvesse acabado de largar um peso enorme. Não fazia a menor ideia do que a mensagem significava. Havia nela um quê de epigrama: parecia menos um fato e mais a última estrofe de uma cantiga de ninar. Mas Maggie teve certeza de que tinha acertado. Sempre sabia quando acertava. Era algo tão simples como enfiar uma chave dentro de uma fechadura e destravar um trinco. Talvez Vic conseguisse ver algum sentido na mensagem. Maggie iria lhe perguntar quando ela acordasse.

Copiou a frase da Grande Bolsa do Destino do Palavras Cruzadas para uma folha de papel timbrado da Biblioteca Pública de Aqui manchada de água. Releu o que acabara de escrever. Estava bom. Teve consciência de um raro sentimento de satisfação; estava desacostumada a se sentir feliz consigo mesma.

Recolheu as peças uma por uma e as recolocou dentro da bolsinha. Seu seio latejava; a dor já não tinha mais nada de transcendente. Ela estendeu a mão para pegar os cigarros, não para se queimar outra vez, só para fumar mesmo.

Um menino atravessou a outrora seção infantil da biblioteca segurando uma vareta de faíscas.

Ela o viu através do vidro embaçado do velho aquário, uma silhueta contra a escuridão mais pálida do recinto logo atrás. Enquanto caminhava, o garoto balançava o braço direito e a estrelinha desenhava linhas vermelhas no escuro. Sua aparição foi bem rápida.

Maggie se inclinou em direção ao aquário para bater no vidro, assustar o menino e fazê-lo sair correndo, mas então se lembrou de Vic e se conteve. Crianças viviam entrando ali para jogar bombinhas, fumar cigarros e cobrir as paredes com pichações, e ela odiava isso. Certa vez topara com um bando de adolescentes no meio das estantes fumando um baseado em volta de uma fogueira abastecida com velhos livros de capa dura e virara uma verdadeira louca, enxotando-os com uma perna de cadeira quebrada; sabia que, se o papel de parede descolado pegasse fogo, iria perder sua última e melhor casa. Havia gritado: *Queimadores de livros!* E na ocasião não tinha gaguejado nem um pouco. *Queimadores de livros! Vou cortar fora os seus sacos e estuprar suas mulheres!* Apesar de serem cinco, os jovens tinham fugido dela como se houvessem visto um fantasma. Maggie às vezes achava *mesmo* que era um fantasma, que na verdade morrera na enchente com a biblioteca e só não percebera ainda.

Deu uma última olhada em Vic encolhida sobre o sofá, com os punhos cerrados sob o queixo. Dessa vez não conseguiu se conter. A porta ficava perto do sofá e, ao passar, Maggie curvou-se e a beijou de leve na têmpora. Ainda dormindo, Vic curvou um dos cantos da boca para cima em um sorriso maroto.

Maggie foi procurar o menino nas sombras e fechou a porta atrás de si. O carpete fora removido em várias tiras bolorentas e enrolado junto à parede até formar uma série de rolos fedidos. O piso era de concreto molhado. Um dos cantos do aposento era ocupado por metade de um imenso globo, um hemisfério norte virado de cabeça para baixo, cheio de água e penas de pombo, com as laterais todas sujas de cocô de pássaro. Ela reparou, distraída, que ainda segurava a bolsinha de peças; se esquecera de guardá-la na escrivaninha. Que burrice.

Em algum ponto à sua direita, ouviu um barulho parecido com manteiga chiando em uma frigideira. Deu a volta na mesa de nogueira em formato de U à qual costumava se sentar, onde trabalhara emprestando exemplares de *Coraline*, *O mistério do relógio na parede* e *Harry Potter e a pedra filosofal.* Ao se aproximar da galeria de pedra que conduzia de volta ao prédio central, viu saltar um brilho amarelo.

O menino estava em pé no final da galeria com a estrelinha na mão. Uma forma pequena, atarracada, com o capuz erguido para esconder o rosto. Ficou ali encarando-a, com a vareta apontada para o chão cuspindo centelhas e fumaça. Na outra mão segurava uma comprida lata prateada de alguma coisa. Maggie sentiu cheiro de tinta fresca.

– conter me consigo Não – disse ele, com uma voz rouca, esquisita, e deu uma gargalhada.

– O quê? Menino, sai daqui com esse troço!

Ele balançou a cabeça, virou-se e se afastou, um filho das sombras que se movia feito um personagem onírico iluminando o caminho de alguma caverna do inconsciente. Cambaleou como um bêbado e quase trombou em uma das paredes. Aliás, ele estava *mesmo* bêbado; dava para sentir o cheiro de cerveja.

– Ei!

O menino sumiu. Em algum lugar lá na frente, ela ouviu uma risada ecoar. Na penumbra distante da sala dos periódicos, viu outra luz: o brilho trêmulo e opaco de uma chama.

Começou a correr. Chutou seringas e garrafas pelo chão de concreto, passou correndo por janelas tapadas com folhas de compensado. O menino pichara uma mensagem na parede à sua direita: DEUS MORREU QUEIMADO, SÓ SOBRARAM DEMÔNIOS. A tinta ainda escorria, vermelho-viva, como se as paredes sangrassem.

Ela entrou correndo na sala de periódicos, um espaço tão amplo quanto uma capela de dimensões medianas e pé-direito igualmente alto. Durante a enchente, a sala tinha virado um mar raso com revistas que faziam as vezes de algas, uma camada inchada de *National Geographics* e *New Yorkers*. Agora, era um recinto nu de cimento com jornais secos endurecidos grudados no chão e nas paredes, pilhas podres de revistas amontoadas nos cantos, alguns sacos de dormir espalhados nos pontos que os sem-teto haviam escolhido para acampar – e uma lixeira de tela de arame da qual saía uma fumaça engordurada. O escrotinho bêbado largara a vareta de faíscas em cima de um monte de livros e revistas. Centelhas verdes e cor de laranja jorravam de algum lugar bem lá no fundo daquele ninho em chamas. Maggie viu um exemplar de *Fahrenheit 451* se encolher e ficar preto.

O menino a espiava do outro canto da sala, sob um arco de pedra escuro e alto.

– Ei! – gritou ela outra vez. – *Ei,* seu merdinha!

– demais tarde é mas ,consigo que máximo o lutando Estou .siga me não *,favor por* ,favor por ,favor Por – falou ele, balançando-se para um lado e para o outro.

– Ei! – berrou ela sem escutar, sem *conseguir* escutar, pois nada parecia fazer sentido mesmo.

Olhou em volta à procura de algo para abafar as chamas. Segurando a bolsinha de peças sob um dos braços, pegou um dos sacos de dormir, azul, seboso e com um leve cheiro de vômito, e o jogou em cima da lixeira, empurrando-o com força. O calor e o cheiro a fizeram se retrair, um odor de fósforo e metal queimados e náilon carbonizado.

Quando tornou a erguer os olhos, o menino tinha sumido.

– Porra, seu peste, sai da minha biblioteca! Sai daqui antes que eu pegue você!

Ele riu em algum lugar. Era difícil saber onde ele estava. A risada soou arquejante, cheia de ecos, como um pássaro batendo as asas bem no alto das vigas de uma igreja abandonada. Maggie teve um pensamento aleatório: *Deus morreu queimado, só sobraram demônios.*

Seguiu até a recepção com as pernas trêmulas. Se pegasse aquele escrotinho maluco e embriagado, ele não iria pensar que Deus tinha morrido queimado. Iria pensar que Deus era uma bibliotecária sapatona, isso sim, e iria conhecer sua ira.

Já estava no meio da sala de periódicos quando o rojão disparou com um assobio alto. O som foi um choque para suas terminações nervosas e a fez querer gritar e se jogar no chão para se proteger. Ela correu, curvada como um soldado sob fogo inimigo, e sentiu todo o ar ser expelido de dentro dos pulmões.

Chegou à grande sala central com seu pé-direito de 20 metros a tempo de ver o rojão acertar o teto, rodopiar, ricochetear em um arco e descer em direção ao chão de mármore opaco: um míssil de chamas verde-esmeralda e faíscas crepitantes. Uma fumaça com cheiro de produtos químicos subiu pelo recinto. Brasas de luz verde berrante caíam como os flocos de uma neve infernal e radioativa. Aquele pirralho maluco estava ali para *tocar fogo* no prédio. O rojão atingiu a parede à sua direita e explodiu com um clarão brilhoso e sibilante e o mesmo barulho de um tiro, e ela gritou, encolheu-se e protegeu a lateral do rosto. Uma brasa tocou a pele de seu antebraço e ela se retraiu com a pontada abrupta de dor.

Na sala de leitura, o menino riu, ofegante, e continuou a correr.

O rojão havia se apagado, mas a fumaça na recepção ainda tremeluzia, irradiando um tom de jade espectral.

Já sem raciocinar, abalada, zangada e com medo, Maggie saiu correndo atrás dele. O menino não poderia escapar pela porta da frente – trancada por fora com uma corrente –, mas a sala de leitura tinha uma saída de incêndio que os sem-teto escoravam para manter aberta. Essa porta dava para o estacionamento do lado leste. Ela poderia capturá-lo ali. Não sabia o que faria quando pusesse as mãos nele e parte de si temia descobrir. Ao chegar à sala de leitura, viu a porta que dava para fora já se fechando.

– Seu merda – sussurrou. – Seu *merda*.

Maggie irrompeu para o estacionamento. No espaço asfaltado, um solitário poste projetava um halo de luz. O centro do estacionamento estava bem iluminado, mas o restante se achava no escuro. O menino aguardava junto ao poste. O escrotinho tinha acendido outra estrelinha e estava em pé não muito longe de uma caçamba repleta de livros.

– Ficou maluco, cacete? – questionou Maggie.

– Estou vendo você pela minha janela mágica! – gritou o menino. Então desenhou um círculo brilhante no ar, na mesma altura no rosto. – Agora sua cabeça está em chamas!

– Se provocar um incêndio aqui, s-s-seu *babaquinha*, alguém pode se machucar! – disse Maggie. – Você, por exemplo!

Ofegante e trêmula, ela sentiu um formigamento esquisito nas extremidades do corpo. Apertou com firmeza a bolsinha de peças com uma das mãos úmidas de suor. Começou a atravessar o estacionamento a passos largos. Atrás dela, a porta de incêndio se fechou com um clique. Que droga, o menino tinha chutado a pedra que a impedia de se trancar. Maggie agora teria de dar a volta inteira no prédio para entrar de novo.

– Olha! – exclamou o menino. – Olha! Eu sei escrever com fogo!

Ele rasgou o ar com a ponta da vareta e a risca de luz foi tão intensa que gravou uma imagem brilhante no nervo óptico de Maggie e criou a ilusão de letras pulsando no ar:

F
O
G
E

– Quem é você? – perguntou ela, cambaleando um pouco e se imobilizando no meio do estacionamento, sem saber ao certo se vira o que pensava ter visto.

– Olha! Eu sei desenhar um floco de neve! Sei criar o Natal no mês de julho! – E o menino mostrou que era verdade.

Os braços de Maggie ficaram arrepiados.

– Wayne?

– Fala!

– Ai, Wayne. Ai, meu Deus.

Dois faróis se acenderam à direita de Maggie, nas sombras atrás da caçamba. Um carro estava ligado junto ao meio-fio, um automóvel antigo com os faróis dianteiros bem juntos, tão negro que ela não o vira em meio à escuridão.

– Olá! – chamou uma voz de algum lugar atrás daqueles faróis. O homem estava do lado do carona do carro... não, espere, era o lado do motorista; tudo era invertido nos carros britânicos. – Que noite para se dirigir! Venha cá, Srta. Margaret Leigh! O seu nome é *mesmo* Margaret Leigh, não é? A senhora está igualzinha à sua foto no jornal!

Maggie apertou os olhos por causa da luz. Ordenava a si mesma para se mexer, para sair do meio do estacionamento, mas suas pernas estavam presas no lugar. A distância até a porta de incêndio era impossível de percorrer, doze passos que poderiam muito bem ser cem, e de toda forma ela ouvira a porta se fechar atrás de si.

Ocorreu-lhe que tinha no máximo mais um minuto de vida. Pensou se estaria pronta para aquilo. Pensamentos chispavam como andorinhas ao crepúsculo justo no momento em que ela mais desejava ter a mente tranquila.

Ele não sabe que Vic está aqui.

Pega o menino. Pega o menino e leva ele embora.

Por que Wayne não foge?

Porque ele não podia mais fugir. Porque não sabia que deveria fugir. Ou então *sabia*, mas não conseguia transformar isso em ação.

Mas Wayne havia tentado dizer a *ela* para fugir, escrevera isso com fogo na escuridão. Talvez até, à sua maneira distorcida, tivesse tentado alertá-la ainda dentro da biblioteca.

– Sr. Manx? – chamou ela, ainda incapaz de mover os pés.

– A senhora passou a vida inteira me procurando! Bem, eis-me aqui enfim! Sem dúvida você tem várias perguntas para mim. Eu tenho várias para a senhora! Venha sentar aqui conosco. Venha comer um milho verde!

– Deixa o m-m-m-m... – começou Maggie, mas se engasgou e não conseguiu pronunciar a palavra, com a língua tão paralisada quanto as pernas. Não conseguia dizer *menino ir embora.*

– O g-g-gato comeu s-s-sua língua? – berrou Manx.

– Vá se foder – xingou ela. A frase saiu bem clara.

– Venha cá, sua piranha magrela. Entre no carro. Ou você vem conosco ou nós passamos por cima de você. Última chance.

Maggie respirou fundo e sentiu cheiro de livros encharcados, um odor de papelão e papel apodrecidos e secos sob a fornalha do sol de julho. Se uma única inspiração pudesse resumir uma vida inteira, pensou que aquela deveria servir. Estava quase na hora.

Ocorreu-lhe, então, que não tinha mais nada a dizer a Manx. Já dissera tudo. Virou a cabeça e cravou os olhos em Wayne.

– Você tem que fugir, Wayne! Corre e vai se esconder!

A vareta que o menino segurava havia se apagado; uma fumaça escura emanava da ponta.

– Por que eu faria isso? – retrucou ele. – .muito sinto Eu – Ele tossiu. Seus ombros frágeis se sobressaltaram. – Hoje à noite a gente vai para a Terra do Natal! Vai ser divertido! ...mesmo muito sinto Eu – Ele tornou a tossir e deu um grito estridente. – Que tal *você* correr em vez de mim? Isso, sim, seria *divertido*! !mesmo eu ser consigo Não

Pneus chiaram sobre o asfalto. A paralisia de Maggie se rompeu. Ou talvez ela nunca tivesse estado paralisada. Talvez os seus músculos e nervos houvessem compreendido desde o início o que a consciência não queria saber: que já era tarde demais para sair da frente. Ela correu pelo estacionamento em direção a Wayne com a ideia vaga e absurda de que iria conseguir alcançá-lo e puxá-lo para dentro da floresta até um lugar seguro. Passou bem em frente ao Espectro. Uma luz gélida se ergueu à sua volta. O motor rugiu. Ela olhou com o rabo do olho e pensou: *Por favor, faça com que eu esteja pronta.* O carro surgiu, com a grade dianteira tão próxima que ela sentiu o coração inteiro na boca. Manx não mirou o Rolls nela, mas passou chispando ao lado. Tinha uma das mãos no volante e o corpo esticado para fora da janela aberta. O vento lambia seus cabelos pretos para longe da testa alta. Seus olhos bem abertos tinham uma expressão de ávida hilaridade e o rosto estampava uma alegria triunfante. Na mão direita, ele segurava um martelo prateado enorme.

Maggie não sentiu o contato do martelo na nuca. Um som ecoou como se ela tivesse pisado em uma lâmpada. Ela viu um clarão, uma explosão de luz branca e intensa. Seu chapéu fedora saiu rodopiando pelo ar feito um frisbee. Os pés continuaram a correr sobre o asfalto, mas quando ela olhou para baixo, viu que estavam pedalando no vazio: Maggie fora erguida do chão.

Chocou-se contra a lateral do carro ao descer rumo ao chão. Girou, bateu no asfalto e rolou, com os braços se agitando. Foi rolando até chegar ao meio-fio e parar de costas, com a bochecha encostada no asfalto áspero. *Pobre Maggie*, pensou com empatia sincera.

Descobriu que não conseguia levantar a cabeça nem virá-la. Na periferia de seu campo visual, despontava sua perna esquerda dobrada na direção errada, de uma forma nem um pouco natural.

A bolsinha havia caído perto de sua cabeça e vomitado peças pelo estacionamento. Ela viu um H, um M, um U e mais algumas letras. Dava para soletrar HUM, uma palavra inútil. *Está sentindo alguma coisa, Srta. Leigh? HUM, acho que alguém soltou um pum*, improvisou ela, e tossiu de um jeito que poderia ter passado por risada. Uma bolha rosada lhe escapou dos lábios. Quando é que sua boca se enchera de sangue?

Wayne caminhou balançando os braços para a frente e para trás. Seu rosto tinha um brilho branco, doentio, mas os dentes eram novos e brilhantes. Lágrimas escorriam pelas faces.

– Você está engraçada. Foi divertido!

Ele piscou por causa das lágrimas. De forma inconsciente, passou as costas de uma das mãos pelo rosto e espalhou uma mancha brilhante pela bochecha coberta de penugem.

Ainda ligado, o carro aguardava a 3 metros. A porta do motorista se abriu. Botas arranharam o asfalto.

– Não achei nada engraçado quando ela bateu na lateral do Espectro! – praguejou Manx. – Agora o meu Espectro está com uma bela mossa. Para ser bem sincero, essa piranha magrela ficou com uma mossa maior ainda. Volte para o carro, Wayne. Temos que percorrer alguns quilômetros se quisermos chegar à Terra do Natal antes de o sol nascer.

Wayne se agachou sobre um dos joelhos ao lado de Maggie. Suas lágrimas haviam deixado riscas vermelhas nas bochechas pálidas.

Sua mãe te ama, Maggie se imaginou falando, mas tudo que saiu de sua boca foi um chiado e sangue. Então tentou lhe dizer com os olhos. *Ela te quer de volta*. Estendeu a mão para segurar a do menino, e Wayne pegou sua mão e apertou.

– .muito sinto Eu .eu que do forte mais Foi

"Não tem problema", articulou ela, sem conseguir emitir som algum.

Wayne soltou sua mão.

– Descanse – falou para ela. – Fique descansando aqui. Sonhe alguma coisa bonita. Sobre a Terra do Natal!

Ele se levantou com um pulo e se afastou com uma corridinha. Uma porta se abriu e se fechou.

Maggie focou as botas de Manx. Ele estava quase pisando nas suas peças dispersas. Ela viu outras letras: um P, um R, um T, um I. Quase dava para soletrar TRIPA. *Ele me quebrou toda... Será que vai sair alguma TRIPA?*, pensou ela, tornando a sorrir.

– Por que está sorrindo? – indagou Manx; tinha a voz trêmula de ódio. – Você não tem motivo algum para sorrir! Vai morrer e eu vou ficar vivo. Você também poderia ter vivido, sabe? Pelo menos mais um dia. Havia coisas que eu queria saber... como, por exemplo, com quem mais você falou sobre mim. Eu queria... Pare de olhar para o outro lado quando estou falando com você!

Maggie havia fechado os olhos. Não queria encarar o rosto invertido de Manx ali do chão. Não porque ele fosse feio. Porque ele parecia burro. Porque sua boca entreaberta deixava exposta a arcada dentuça e os dentes marrons e tortos. Porque seus olhos se esbugalhavam nas órbitas.

Manx pisou na barriga dela. Se houvesse alguma justiça no mundo, Maggie não teria sentido nada, mas não havia, nem nunca houvera, justiça no mundo, e ela gritou. Quem diria que uma pessoa poderia sentir tanta dor e, mesmo assim, não desmaiar?

– Escute bem o que eu vou dizer. A senhora não precisava morrer desse jeito! Eu não sou um cara tão mau assim! Sou amigo das crianças e não desejo mal a ninguém, exceto àqueles que tentam impedir o meu trabalho! A senhora não precisava ficar contra mim. Só que ficou, e veja só aonde isso a levou. Eu vou viver para sempre, o menino também. Vamos levar uma vida boa enquanto a senhora vira pó dentro de um caixão. Além do mais...

Foi então que ela entendeu. Foi nessa hora que juntou as letras e viu que palavra elas formavam. Emitiu um som que foi como um bufo, cuspindo uma chuva de sangue sobre as botas de Manx. Era o barulho inconfundível de uma risada.

Manx recuou, como se ela tivesse tentado mordê-lo.

– Qual é a graça? Que *graça* tem o fato de a senhora morrer e eu viver? Eu vou embora no meu carro e ninguém vai me deter, e a senhora vai ficar sangrando aqui até a morte. O que tem de engraçado nisso?

Ela tentou responder. Moveu os lábios para formar a palavra. Mas tudo o que conseguiu fazer foi chiar e cuspir mais sangue. Havia perdido por completo a faculdade da fala e pensar isso lhe causou um leve arrepio de alívio. Ela não era mais gaga. Não precisaria mais tentar desesperadamente se fazer entender enquanto a língua se recusava a colaborar.

Manx chutou as letras e espalhou a palavra: *TRIUMPH.*

Ele se afastou depressa, parando apenas para catar o fedora de Maggie do chão, tirar o pó da aba e depositá-lo sobre a própria cabeça. Uma porta bateu, o rádio foi ligado. Maggie ouviu o tilintar de sinos de Natal e uma voz masculina calorosa cantando "Jingle Bells".

O carro engatou a marcha e começou a se mover. Maggie fechou os olhos.

TRIUMPH, o nome da moto que também queria dizer "triunfo": 45 pontos, contanto que você conseguisse colocar as peças sobre as casas de triplo valor da palavra e duplo valor da letra. *TRIUMPH,* pensou Maggie. Vic vai vencer.

Hampton Beach, New Hampshire

VIC EMPURROU A PORTA DO Terry's Sanduíches, onde o ar estava quente, úmido e carregado com o cheiro dos anéis de cebola que chiavam dentro da fritadeira.

Pete estava ao balcão, o bom e velho Pete, com a cara toda queimada de sol e uma risca de pomada sobre o nariz.

– Eu sei o que você veio pegar – disse ele, levando a mão até debaixo do balcão. – Tenho uma coisa aqui para você.

– Não. Foda-se a pulseira da minha mãe. Estou atrás do Wayne. Você viu o Wayne?

Vic estava confusa por se ver de volta ao Terry's, tendo de se abaixar sob as tiras de papel pega-moscas. Pete não podia ajudá-la a encontrar Wayne. Zangou-se consigo mesma por perder tempo ali quando precisava estar lá fora tentando achar seu filho.

Uma sirene de polícia soou na avenida. Talvez alguém tivesse visto o Espectro. Talvez eles tivessem encontrado seu filho.

– Não – replicou Pete. – Não é uma pulseira. É outra coisa.

Ele se abaixou atrás da caixa registradora, então se levantou e pousou um martelo prateado sobre o balcão. Havia sangue e cabelos grudados na ponta.

Vic sentiu o sonho se fechar à sua volta, como se o mundo fosse um saco de celofane gigante que estivesse repentinamente murchando.

– Não, eu não quero isso. Não é o que eu vim buscar. Isso aí não é bom.

Do lado de fora, a sirene se interrompeu com um *som* engasgado.

– Pois *eu* acho bom – retrucou Charlie Manx, empunhando o cabo texturizado. Era Charlie Manx do outro lado da bancada desde o início, vestido de cozinheiro, com um avental sujo de sangue, um chapéu alto e branco inclinado e uma faixa de pomada no nariz ossudo. – E o que é bom continua bom para sempre, por mais cabeças que você quebre com ele.

Ele ergueu o martelo e Vic gritou e se jogou para trás, para longe dele e para fora do sonho, e foi cair na...

Vida real

VIC ACORDOU CONSCIENTE DE QUE já era tarde e havia alguma coisa errada.

Ouviu vozes abafadas pela pedra e pela distância e detectou que eram homens falando, embora não pudesse distinguir o que diziam. Sentiu um cheiro muito leve de fósforo queimado. Pensou, atarantada, que devia ter dormido enquanto acontecia alguma confusão, lacrada no sarcófago à prova de som criado pelos remédios de Maggie.

Rolou o corpo até ficar sentada, com a sensação de que deveria se vestir e ir embora.

Após alguns instantes, verificou que já estava vestida; nem havia tirado os tênis antes de pegar no sono. Seu joelho esquerdo exibia um tom de roxo raivoso e estava tão gordo quanto um dos joelhos de Lou.

Uma vela vermelha ardia na escuridão e refletia sua imagem no vidro do aquário. Havia um bilhete sobre a mesa, que Maggie devia ter deixado antes de ir embora. Que gesto atencioso. Vic viu que o papel estava preso pelo revólver de Tchekhov. Ansiava por instruções, uma série de passos simples que lhe trouxessem Wayne de volta, fizessem sua perna sarar, sua cabeça parar de doer e sua vida melhorar. Se não isso, um simples recado falando aonde Maggie tinha ido já estaria bom: *Fui dar um pulo no mercadinho pra comprar macarrão instantâneo e drogas, volto já, bjs.*

Vic tornou a ouvir vozes. Não muito longe, alguém chutou uma lata de cerveja. As pessoas estavam andando na sua direção, já próximas, e se ela não apagasse a vela iriam entrar na antiga seção infantil da biblioteca e ver a luz brilhando através do aquário. No exato instante em que esse pensamento lhe ocorreu, ela entendeu que já era quase tarde demais. Ouviu vidro estalar sob sapatos e saltos de bota se aproximando.

Levantou-se com um salto. Seu joelho não aguentou. Ela caiu para o lado esquerdo, engolindo um grito.

Ao tentar se levantar, a perna se recusou a cooperar. Ela a esticou atrás de si com grande cuidado – fechando os olhos e avançando através da dor –, em seguida se arrastou pelo chão usando as mãos fechadas e o pé direito. Aquilo a poupava da agonia, mas em compensação era humilhante.

Segurou o encosto da cadeira de rodinhas com a mão direita. Com a esquerda, apoiou-se na mesa. Ela usou ambas para subir no móvel e deslizar pelo tampo. Os homens estavam no outro cômodo, bem do outro lado da parede. Suas lanternas ainda não haviam se movido na direção do aquário e ela pensou ser possível que eles ainda não tivessem reparado no brilho débil e acobreado da chama da vela. Então, inclinou-se à frente para apagá-la e se pegou encarando o bilhete de Maggie no papel timbrado da Biblioteca de Aqui:

"QUANDO OS ANJOS CAEM, AS CRIANÇAS VOLTAM PARA CASA."

O papel estava salpicado de manchas d'água, como se muito tempo atrás alguém tivesse lido aquelas palavras e chorado.

Vic ouviu uma das vozes no recinto contíguo: *Hank, tem uma luz aqui.* Instantes depois, a frase foi seguida por um crepitar de vozes em um walkie-talkie, uma pessoa transmitindo uma mensagem em código numerado. Houvera um 10-57 na biblioteca pública, seis agentes estavam no local, a vítima estava morta. Ao escutar as palavras "vítima" e "morta", Vic novamente se deteve no movimento de apagar a vela. Continuou inclinada para a frente, com os lábios franzidos, mas esqueceu o que pretendia fazer.

A porta atrás dela se moveu e a madeira raspou em pedra, atingindo pedaços de vidro soltos.

– Com licença? – disse a voz atrás dela. – Senhora, será que poderia vir até aqui? Por favor, mantenha as mãos em um lugar visível.

Vic empunhou o revólver de Tchekhov, virou-se e o apontou para o peito do homem.

– Não.

Eram dois. Nenhum deles havia sacado a arma, mas isso não a espantou. Duvidava que a maioria dos policiais abrisse o coldre em serviço ao longo de um ano comum. Os dois agentes eram jovens, brancos e gordinhos. O da frente apontava para ela uma potente lanterna de bolso. O outro estava parado no vão da porta atrás do colega, ainda com metade do corpo dentro da seção infantil.

– Cacete! – guinchou o rapaz da lanterna. – Arma de fogo, arma de fogo!

– Cala a boca. Fiquem parados. Tirem as mãos do cinto. E você, larga essa lanterna. Está bem na porra do meu olho.

O policial largou a lanterna, que se apagou assim que saiu de sua mão, caindo no chão com alarde.

Ficaram os dois ali, a luz da vela subindo e descendo por seus rostos. Um deles talvez fosse treinar o time da Liga Juvenil de Beisebol do filho no dia seguinte. O outro provavelmente gostava de ser policial porque podia tomar milk-shakes de graça no McDonald's. Os dois fizeram Vic pensar em crianças brincando de se fantasiar.

– Quem morreu? – indagou ela.

– Senhora, é melhor abaixar essa arma. Ninguém quer se machucar aqui hoje – disse um deles. Sua voz tremia como a de um adolescente.

– *Quem morreu?* – ela tornou a perguntar, sentindo a voz engasgar e tremer no limite de um grito. – Alguém falou no seu rádio sobre uma morte. Quem foi? Me diz agora.

– Uma mulher – respondeu o policial de trás.

O da frente ergueu as mãos com as palmas para cima. Vic não conseguiu ver o que o outro estava fazendo com as mãos – talvez sacando a arma –, mas isso não importava, pois o homem estava preso atrás do colega e teria de atirar através dele para atingir Vic.

– Ela estava sem identidade.

– De que cor era o cabelo dela? – gritou Vic.

– A senhora a conhecia? – perguntou o segundo policial.

– De que cor era o cabelo dela, porra?

– Estava pintado de laranja. Tipo Fanta Laranja. A senhora sabe quem ela é? – indagou novamente o homem que já devia ter sacado a arma.

Foi difícil para Vic aceitar a realidade da morte de Maggie. Era como se alguém tivesse lhe pedido para dividir frações no meio de um resfriado – trabalhoso demais. Segundos antes, as duas estavam deitadas juntas no sofá, o braço de Maggie em volta da sua cintura e as pernas dela encostando na parte de trás de suas coxas. O calor de Maggie tinha embalado o sono de Vic. Espantava-se com o fato de que a ex-bibliotecária tivesse saído de fininho para ir morrer em outro lugar. Já era ruim o suficiente que, poucos dias antes, tivesse gritado com Maggie, que a tivesse xingado e ameaçado. Parecia muito pior, deselegante e sem consideração, continuar a dormir tranquilamente enquanto Maggie morria na rua lá fora.

– Como? – questionou.

– Um carro, talvez. Parece que ela foi atropelada. Meu Deus, abaixe essa arma. Abaixe essa arma e vamos conversar.

– Não vamos, não – retrucou Vic, e virou a cabeça para soprar a vela, fazendo os três mergulharem na...

Escuridão

VIC NÃO TENTOU CORRER; SERIA o mesmo que tentar voar.

Recuou rapidamente, apoiando as costas na parede, mantendo os policiais à sua frente. O breu era completo, como se ela houvesse ficado cega. Um dos homens gritou e cambaleou no escuro. Calcanhares de botas se arrastaram no chão. Vic teve a impressão de que o de trás tinha empurrado o da frente para fora do caminho.

Ela arremessou o peso de papel, que produziu um baque alto, deslizando e chacoalhando ao se afastar pelo chão. Aquilo lhes daria algo em que pensar e os confundiria em relação à sua localização. Vic começou a se mover, mantendo a perna esquerda rígida e tentando não apoiar muito peso ali. Sentiu mais do que viu uma estante de ferro à sua esquerda e se escondeu atrás dela. Em algum lugar daquele mundo noturno, um policial derrubou a vassoura encostada à parede, que caiu com um estalo seguido por um ganido de susto.

Vic pisou a borda de um degrau. *Se algum dia você precisar fugir depressa, por exemplo, da polícia, basta lembrar o seguinte: fique sempre à direita e siga descendo os degraus*, lhe dissera Maggie uma vez, mas Vic não se lembrava quando. Em algum lugar no fim de inúmeros degraus havia uma saída de toda aquela escuridão. Vic foi descendo.

Avançou saltitando e, em determinado momento, seu calcanhar aterrissou em um livro molhado e esponjoso e ela quase caiu de bunda. Bateu na parede, equilibrou-se e prosseguiu. Em algum lugar atrás de si, ouviu gritos; eram mais de dois homens agora. Sentia a respiração arranhar a garganta e ocorreu-lhe mais uma vez que Maggie estava morta. Quis chorar por ela, mas tinha os olhos tão secos que chegavam a doer. Queria que a morte de Maggie tornasse tudo silencioso e imóvel – assim devia ser uma biblioteca –, mas ouvia uma confusão de policiais aos gritos, sua respiração chiada e o martelar da própria pulsação.

Desceu um último lance curto de escada e viu uma nesga de escuridão noturna destacada contra a escuridão mais densa das estantes. A porta dos fundos estava parcialmente aberta, escorada por uma pedra.

Diminuiu o passo ao se aproximar da porta, esperando avistar um festival de policiais no descampado lamacento atrás da biblioteca, mas não viu ninguém. Estavam todos no lado oposto do prédio, o lado leste. A Triumph se achava sozinha junto ao banco onde ela a deixara. O rio Cedar borbulhava e espumava. O Atalho não estava ali, mas ela tampouco esperava que estivesse.

Abriu a porta com um puxão e passou por baixo da fita amarela, mantendo a perna esquerda esticada e avançando com seus saltinhos tortos. O som dos rádios da polícia ecoava no calor pesado e úmido da noite. Vic não conseguia ver os carros, mas um deles tinha as luzes acesas, piscando contra as nuvens baixas e opacas no céu acima.

Ela subiu na moto, soltou o descanso e pisou no pedal de partida.

A Triumph rugiu.

A porta dos fundos da biblioteca se abriu. O policial que passou por ela, rasgando a fita amarela ao sair, segurava com as duas mãos uma arma apontada para o chão.

Vic fez a moto girar em um círculo lento e fechado, desejando que a ponte estivesse ali sobre o rio Cedar. Ela avançava a menos de 10 quilômetros por hora e essa velocidade não bastava. Nunca tinha conseguido encontrar o Atalho indo assim tão devagar. Era uma questão de velocidade e de vazio – de esvaziar a mente e seguir.

– Ei! Desce da moto! – berrou o policial. Ele começou a correr na sua direção com a arma apontada para o lado.

Vic guiou a Triumph pela rua estreita que passava atrás da biblioteca, engatou a segunda e acelerou morro acima. O vento fustigava seus cabelos emaranhados e empapados de sangue.

Subiu a rua até a fachada do prédio, que dava para uma larga avenida abarrotada de viaturas; a noite pulsava com tantas luzes estroboscópicas. Ao ouvir o motor da Triumph, vários homens de azul viraram a cabeça para olhar. Havia também um pequeno grupo contido por cavaletes amarelos, silhuetas com o pescoço espichado na esperança de ver um pouco de sangue. Um dos carros bloqueava a rua.

Você está encurralada, sua imbecil, pensou Vic.

Virou a moto para voltar por onde tinha vindo. A Triumph percorreu o declive como se despencasse de uma ribanceira. Ela passou a terceira e acelerou ainda mais. Passou chispando pela biblioteca à sua esquerda. Foi direto para o descampado no qual Maggie a havia esperado. Quem a esperava ali agora era um policial, junto ao banco de Maggie.

Vic agora já conseguira acelerar a Triumph até quase 65 por hora. Apontou a moto para o rio.

– Funciona, sua filha da puta. Não estou com tempo para as suas babaquices.

Engatou a quarta. Seu farol único correu pelo asfalto, pela terra batida, pelo turbilhão marrom lamacento do rio. Foi zunindo em direção à água. Se tivesse sorte, talvez se afogasse. Melhor do que ser resgatada e presa e saber que Wayne iria para a Terra do Natal e ela não poderia fazer nada por ele.

Fechou os olhos e pensou: *Que se foda que se foda que se foda* ***que se foda***. Talvez essas tenham sido as únicas palavras de prece que ela conseguia articular com total sinceridade. Seus ouvidos rugiam com o som do próprio sangue.

A moto bateu no chão lamacento, voou por ele em direção ao rio e ela ouviu o estalo da madeira sob os pneus e a Triumph começou a derrapar. Abriu os olhos e constatou que avançava tremendo no escuro pelas velhas tábuas apodrecidas da ponte do Atalho. Do outro lado só havia breu. O rugido em seus ouvidos não era sangue, mas estática. Uma tempestade de luz branca rodopiava entre as rachaduras das paredes. Toda a ponte inquinada parecia estremecer à sua volta com o peso da moto.

Ela passou correndo por sua velha Raleigh coberta de teias de aranha e foi arremessada em uma escuridão úmida, cheia de insetos e com cheiro de pinheiros; seu pneu traseiro abria sulcos na terra macia. Enfiou o pé no freio com defeito e apertou por reflexo o que ainda funcionava. A moto virou de lado e escorregou. O chão estava coberto por um leito primaveril de musgo que se embolou sob os pneus da Triumph como se fosse um tapete.

Vic estava em um barranco levemente inclinado, em uma floresta de pinheiros. Embora não chovesse, água pingava dos galhos. Vic conseguiu manter a moto em pé enquanto ela derrapava de lado pelo chão, então desligou o motor e baixou o descanso.

Olhou para trás em direção à ponte. Do outro lado, pôde ver a biblioteca e o policial sardento e branquelo em pé junto à entrada do Atalho. Ela girou a cabeça devagar para olhar a passagem. Dali a mais um segundo, iria entrar.

Vic fechou os olhos com força e abaixou a cabeça. Seu olho esquerdo doía como se um parafuso de metal estivesse sendo apertado na sua órbita.

– Vai embora! – berrou ela, e trincou os dentes.

Um grande estampido ecoou, como se alguém tivesse batido uma imensa porta, e uma onda de ar quente com cheiro de ozônio – como uma frigideira de metal queimada – foi lançada na sua cara e quase derrubou a moto com ela em cima.

Vic ergueu a vista. No início, não conseguiu enxergar grande coisa com o olho esquerdo: sua visão estava prejudicada por trechos borrados, como manchas de água barrenta em uma vidraça. Com o outro olho, porém, viu que a ponte sumira e fora substituída por altos pinheiros cujos troncos avermelhados cintilavam devido a uma chuva recente.

E o que teria acontecido com o policial do outro lado da ponte? E se ele tivesse posto um pé dentro do Atalho ou enfiado a cabeça?

Visualizou uma criança enfiando os dedos sob uma guilhotina de papel e abaixando a lâmina comprida.

– Você não pode fazer nada – falou para si mesma, e teve um calafrio.

Virou-se e, pela primeira vez, avaliou o ambiente que a cercava. Estava atrás de uma casa de um andar feita com toras de madeira; uma luz brilhava na janela de uma cozinha. Do outro lado da construção, um comprido acesso de cascalho conduzia a uma estrada. Apesar de nunca ter visto aquele lugar antes, Vic achou que sabia onde estava e, um segundo depois, teve certeza. A porta dos fundos se abriu e um homem baixo e magro surgiu por trás da tela e olhou morro acima para o ponto em que ela se achava, com uma xícara de café em uma das mãos. Vic o reconheceu apenas pelo formato do corpo, pela forma de inclinar a cabeça, embora fizesse mais de dez anos que não o via.

Vic estava finalmente na casa do pai. Tinha conseguido escapar da polícia e chegar à casa de Chris McQueen.

Dover, New Hampshire

UM ESTAMPIDO ALTO, COMO A maior porta do mundo se fechando. Um apito eletrônico. Um rugido ensurdecedor de estática.

Tabitha deu um grito e jogou os fones de ouvido no chão.

Sentado à sua direita, Daltry se retraiu, mas manteve os fones nos ouvidos por mais alguns instantes, com o semblante contorcido de dor.

– Que diabo foi isso? – perguntou Tabitha a Cundy.

Eram cinco agentes amontoados na traseira de um furgão cuja lateral informava o nome de uma delicatéssen fictícia – uma ideia adequada para a situação, já que estavam espremidos ali feito salsichas. O veículo estava parado ao lado de um posto de gasolina do outro lado da estrada, uns 30 metros ao sul da estradinha que conduzia à casa de Christopher McQueen.

Havia homens na floresta, mais perto do chalé de McQueen, gravando imagens e usando microfones parabólicos para escutar o que se dizia lá dentro. O vídeo e o som estavam sendo transmitidos para dentro do furgão. Até poucos segundos antes, Tabitha podia ver em dois monitores o acesso à casa tingido com o verde-esmeralda sobrenatural da visão noturna. Agora, porém, os televisores transmitiam apenas uma nevasca verde.

A imagem desaparecera ao mesmo tempo que eles perderam o áudio. Em um instante Tabitha estava escutando Chris McQueen e Lou Carmody conversarem em voz baixa na cozinha. O anfitrião havia perguntado ao outro homem se ele queria um café. No momento seguinte, as vozes sumiram e foram substituídas por uma furiosa explosão de estática.

– Sei lá – respondeu Cundy. – Caiu tudo. – Ele digitou com força no teclado do pequeno laptop, mas a tela era uma superfície lisa de vidro preto. – É como se a gente tivesse sido atingido pela porra de um pulso eletromagnético.

Era engraçado ver Cundy falando palavrão: um negro baixinho e delicado, com voz aguda e um resquício de sotaque britânico, fingindo que vinha das ruas e não do MIT.

Daltry arrancou seu fone também. Deu uma olhada no relógio de pulso e riu, um som seco e espantado sem qualquer relação com bom humor.

– O que foi? – perguntou Tabitha.

Daltry girou o pulso para ela poder ver o mostrador do relógio. O aparelho parecia quase tão velho quanto o dono: um mostrador analógico e uma pulseira de prata escurecida que alguma vez já fora tingida para parecer de ouro. O ponteiro dos segundos girava loucamente, para *trás*. Os da hora e do minuto estavam parados.

– Estragou meu relógio – disse ele. E tornou a rir, dessa vez olhando para Cundy. – Foi essa merda toda que fez isso? Esses seus aparelhos? Foi essa merda que ferrou meu relógio?

– Eu não sei o que foi. Talvez tenha caído um raio.

– Que porra de raio o quê! Você por acaso escutou alguma trovoada?

– Escutei um estampido alto – interveio Tabitha. – Bem na hora em que tudo caiu.

Daltry levou uma das mãos ao bolso do casaco, sacou os cigarros e pareceu lembrar que Tabitha estava sentada ao seu lado, lançando-lhe um olhar enviesado de decepção irônica. Deixou o maço cair de volta dentro do bolso.

– Quanto tempo vai demorar para o vídeo e o áudio voltarem? – indagou ela.

– Talvez tenha sido uma mancha solar – falou Cundy, como se Tabitha não tivesse perguntado nada. – Ouvi dizer que vai haver uma tempestade solar em breve.

– Mancha solar – repetiu Daltry, e uniu as palmas das mãos como quem vai rezar. – Está achando que é uma mancha solar? Quer saber, dá para ver que você fez seis anos de faculdade e se formou em neurociência ou alguma merda assim, porque só mesmo uma mente superdotada poderia se convencer de uma babaquice assim. Está de noite, seu autista imbecil.

– *Cundy* – chamou Tabitha, antes que o técnico se virasse na cadeira e desse início a algum tipo de competição entre machos para ver quem tinha o pau maior. – Quanto tempo para a comunicação voltar?

O técnico deu de ombros.

– Sei lá. Cinco minutos? Dez? O tempo de reiniciar o sistema? A não ser que tenha estourado uma guerra nuclear. Nesse caso, provavelmente vai levar mais tempo.

– Vou lá fora ver se avisto uma nuvem em formato de cogumelo – avisou Tabitha, levantando-se do banco e arrastando os pés de lado em direção às portas traseiras do furgão.

– É – concordou Daltry. – Eu também vou. Se já tiverem disparado os mísseis, quero fumar um cigarro antes de morrer.

Tabitha girou o trinco, abriu a pesada porta de metal e saltou para a noite úmida. A névoa envolvia os postes de luz. A noite latejava com o canto dos insetos. Do outro lado da estrada, vaga-lumes faziam brilhar as samambaias e o mato em clarões verdes vaporosos.

Daltry se abaixou ao seu lado e os joelhos dele estalaram.

– Meu Deus do céu, eu tinha certeza de que com esta idade já teria morrido de alguma coisa.

A companhia dele não a alegrava, apenas a tornava mais consciente ainda da própria solidão. Tabitha tinha pensado que fosse ter mais amigos àquela altura da vida. Lembrou-se do que dissera seu último namorado pouco antes de os dois terminarem: "Sei lá, vai ver eu sou chato, mas nunca tenho a sensação de que você está presente quando a gente sai para jantar. Você vive dentro da sua própria cabeça. Eu não posso viver aí. Não tem espaço para mim. Sei lá, talvez você se interessasse mais por mim se eu fosse um livro."

Na época ela detestara o cara, e um pouco a si mesma, mas depois, ao olhar para trás, concluíra que, mesmo se aquele namorado *fosse* um livro, seria um da seção Administração & Finanças: ela teria passado direto por ele e ido procurar algum outro título em Ficção Científica & Fantasia.

Tabitha e Daltry ficaram em pé lado a lado no estacionamento quase vazio. Ela conseguia ver o interior do posto pelas grandes janelas de vidro temperado. O paquistanês atrás da caixa registradora não parava de lançar olhares nervosos na sua direção. Tabitha garantira que ele não estava sendo vigiado, que o governo federal lhe agradecia pela cooperação, mas o homem com certeza achava que seu telefone fora grampeado e que eles o consideravam um terrorista em potencial.

– Você acha que seria melhor ter ido para a Pensilvânia? – perguntou Daltry.

– Dependendo de como correrem as coisas aqui, talvez amanhã eu vá.

– Porra, que show de horror aquilo lá.

Tabitha passara a noite recebendo recados de voz e e-mails sobre a casa em Bloch Lane, Sugarcreek. A polícia tinha coberto a casa com uma tenda e era preciso vestir um macacão de borracha e pôr uma máscara de gás para entrar pela porta. Estavam tratando o lugar como se estivesse contaminado com o vírus ebola. Uma dezena de peritos estaduais e federais estavam passando o pente fino em tudo. Durante a tarde inteira, desenterraram ossos de uma das paredes do porão. O cara que morava ali, Bing Partridge, tinha derretido a maior parte dos restos mortais com lixívia; o que não conseguirá destruir guardara dentro de pequenos buracos tapados com uma leve camada de barro, mais ou menos como uma abelha guarda mel.

Não tivera tempo de dissolver sua mais recente vítima, um homem chamado Nathan Demeter, do Kentucky – o cadáver que Vic McQueen mencionara ao telefone. Demeter tinha sumido pouco mais de dois meses antes com seu Rolls-Royce Wraith. Comprara o carro em um leilão federal havia mais de uma década.

O proprietário anterior do carro era Charles Talent Manx, ex-detento do Presídio Federal de Englewood, no Colorado.

Demeter citava Manx no bilhete que havia escrito pouco antes de morrer estrangulado; redigira o sobrenome errado, mas estava bem claro a quem se referia. Tabitha tivera acesso a uma imagem escaneada da mensagem, que já lera mais de dez vezes.

A policial havia aprendido a classificação decimal de Dewey e os livros de seu apartamento em Boston eram organizados de acordo com ela. Tinha uma caixa de plástico cheia de receitas cuidadosamente manuscritas ordenadas por região e tipo de comida (prato principal, entrada, sobremesa, e uma categoria chamada "l.p.s.": lanchinhos pós-sexo). Desfragmentar o disco rígido de seu computador lhe proporcionava um prazer secreto e quase culpado.

Ela às vezes imaginava a própria mente como um apartamento futurista com chão e escadas de vidro transparentes e móveis feitos de plástico transparente, no qual os objetos pareceriam flutuar: tudo limpo, brilhante e ordenado.

Mas agora as coisas não estavam assim e, sempre que ela tentava pensar no que havia acontecido ao longo das últimas 72 horas, sentia-se sobrecarregada e confusa. Queria acreditar que a compreensão aumentava proporcionalmente em relação à quantidade de informações. No entanto tinha a desconcertante sensação – e não era a primeira vez – de que muitas vezes acontecia o contrário.

As informações eram um pote cheio de moscas e, quando você desatarraxava a tampa, as moscas voavam para todos os lados e boa sorte para quem tentasse reuni-las outra vez.

Tabitha sorveu o ar limoso da noite, fechou os olhos e começou a catalogar as moscas:

Victoria McQueen fora raptada aos 17 anos por Charles Manx, um homem que, era quase certo, já havia sequestrado outras pessoas. Na época, ele dirigia um Rolls-Royce Wraith de 1938. Vic conseguira escapar e Manx fora preso por atravessar a divisa do estado com ela e assassinar um soldado da ativa. Porém, de certa forma, Vic não conseguira escapar. Como tantos outros sobreviventes de trauma e provável abuso sexual, fora aprisionada inúmeras vezes depois dessa primeira – pelos próprios vícios, pela loucura. Roubava, usava drogas, tivera um filho sem estar casada e uma série de relacionamentos fracassados.

Manx havia passado quase vinte anos trancafiado no Presídio Federal de Englewood. Após passar a maior parte de uma década entrando e saindo do coma, morrera na primavera anterior. O legista estimara sua idade em 90 anos – ninguém sabia o número exato; quando ainda estava lúcido, Manx afirmara ter 116. O corpo fora roubado do necrotério por vândalos, causando um pequeno escândalo, mas não havia dúvida de que ele morrera. O coração de Manx pesava 289 gramas, um pouco leve para um homem do seu tamanho; Tabitha vira uma foto do órgão.

Victoria afirmava ter sido agredida apenas três dias antes por Charlie Manx e um homem usando uma máscara de gás. Segundo ela, esses dois homens tinham fugido levando seu filho de 12 anos no banco de trás de um Rolls-Royce antigo.

Era razoável pôr em dúvida a sua história. Ela apanhara bastante, mas os ferimentos poderiam ter sido causados por um menino de 12 anos lutando para salvar a própria vida. Havia marcas de pneu no gramado, porém elas poderiam tanto ter sido deixadas pela moto de Victoria quanto por um carro – a terra macia e molhada não proporcionara impressões úteis. Ela afirmava ter sido alvejada, mas os peritos não haviam encontrado uma bala sequer.

Além disso, o mais intrigante: Victoria entrara em contato secretamente com uma tal Margaret Leigh, uma prostituta viciada em drogas do Meio-Oeste que parecia ter informações sobre o garoto desaparecido. Quando confrontada, Victoria fugira de moto sem levar nada. E desaparecera como se tivesse caído dentro de uma mina.

Fora impossível localizar a Sra. Leigh. Ela já havia passado por vários abrigos e centros de reintegração em Iowa e Illinois e, desde 2008, não pagava impostos nem tinha um emprego remunerado. Sua vida formava um arco de inconfundível tragédia: ela um dia fora uma bibliotecária e jogadora de Palavras Cruzadas muito querida na sua região, apesar de excêntrica. Também já tinha sido considerada uma espécie de vidente amadora que ocasionalmente auxiliara a polícia. O que significava isso?

E havia o martelo, que não saía da cabeça de Tabitha fazia muitos dias. Quanto mais informações ela acumulava, maior o peso daquele martelo em seus pensamentos. Se Vic quisesse inventar uma história, por que não dizer que Manx a golpeara com um taco de beisebol, uma pá ou uma barra de ferro? A Sra. McQueen tinha descrito uma arma igualzinha ao martelo de osso desaparecido com o cadáver de Manx – detalhe que jamais fora mencionado em nenhuma reportagem.

Por fim, havia Louis Carmody, namorado ocasional de Vic McQueen, pai de seu filho, o homem que a ajudara a fugir de Charlie Manx tantos anos atrás. A estenose de Carmody não era fingida; Tabitha tinha conversado com o médico que o atendera, confirmando que ele tivera um, talvez dois episódios de "pré-derrame" no intervalo de uma semana.

– Ele não deveria ter saído do hospital – falou o médico, como se ela fosse culpada pela partida de Lou. De certa forma, era mesmo. – Sem uma angioplastia, qualquer pressão no coração dele pode acarretar um efeito isquêmico em cascata. A senhora sabe o que é isso? Uma avalanche cerebral. Um enfarte grave.

– Ele pode ter um derrame – resumiu Tabitha.

– A qualquer minuto. Cada minuto que ele passa fora do hospital é como se estivesse deitado no meio de uma estrada. É uma questão de tempo para ser atropelado.

Apesar disso, Carmody fora embora do hospital e pegara um táxi até a estação de trem a pouco menos de um quilômetro. Lá havia comprado uma passagem para Boston, possivelmente em uma tentativa mal-sucedida de despistar a polícia, mas depois descera a rua até uma farmácia, de onde fizera uma ligação para Dover, New Hampshire. Quarenta e cinco minutos mais tarde, Christopher McQueen chegara em uma picape e Carmody se acomodara no banco do carona. E ali estavam eles.

– Então, no que você acha que Vic McQueen estava metida? – perguntou Daltry.

A ponta de seu cigarro brilhava no escuro e lançava uma luz infernal sobre seu rosto marcado e feio.

– Metida?

– Ela partiu direto para a casa desse tal de Bing Partridge. Caçou o cara para conseguir informações sobre o filho. E conseguiu. Ela mesma disse isso, não foi? É óbvio que estava envolvida com alguns marginais barra-pesada. Foi por isso que pegaram o menino, você não acha? Foram os comparsas dela lhe ensinando uma lição.

– Sei lá. Vou perguntar a ela quando a encontrar.

Daltry levantou a cabeça e soprou a fumaça para o meio da névoa clara.

– Aposto que é tráfico humano. Ou pornografia infantil. Ué, faz sentido, não faz?

– Não – respondeu Tabitha, e começou a andar.

A princípio, queria apenas esticar as pernas, ansiosa para se mexer. Andar a ajudava a pensar. Pôs as mãos nos bolsos do casaco do FBI e deu a volta no furgão até a beira da estrada. Olhando para o outro lado, pôde ver algumas luzes da casa de McQueen por entre os pinheiros.

O médico dissera que Carmody estava deitado no meio da estrada esperando ser atropelado, mas era pior do que isso: ele estava andando pelo meio da rua na direção do tráfego. Porque havia alguma coisa naquela casa de que ele precisava. Aliás, de que *Wayne* precisava. Algo importante o suficiente para que todas as outras considerações fossem postas de lado, inclusive a sobrevivência do próprio Lou. Algo que estava ali, a 60 metros de distância.

Daltry a alcançou quando ela começou a atravessar a estrada.

– Então, o que fazemos agora?

– Vou ficar com uma das equipes de vigilância. Se quiser vir, vai ter que apagar esse cigarro.

Daltry largou o cigarro na estrada e pisou em cima.

Após chegarem ao outro lado, eles caminharam pelo acostamento de cascalho. Estavam a uns 15 metros do acesso ao chalé de McQueen quando alguém chamou, baixinho:

– Senhora?

Uma mulher baixa e corpulenta, usando uma capa de chuva azul-escura, surgiu de baixo dos galhos de um abeto. Era a indiana, Chitra. Trazia uma comprida lanterna de aço inox em uma das mãos, mas não a acendeu.

– Sou eu, Tabitha. Quem está aí?

– Paul Hoover, Gibran Peltier e eu. – Os três formavam uma das duas equipes encarregadas de vigiar a casa. – Tem alguma coisa errada com o equipamento. O amplificador auricular pifou. A câmera não quer ligar.

– Estamos sabendo – disse Daltry.

– O que houve? – quis saber Chitra.

– Mancha solar – respondeu ele.

Casa de Christopher McQueen

VIC DEIXOU A TRIUMPH JUNTO às árvores, no leve aclive acima da casa do pai. Quando desceu da moto, o mundo girou. Ela teve a sensação de ser um bonequinho dentro de um globo de vidro cheio de neve, sacudido para um lado e para o outro por uma criança pequena insensível.

Começou a descer a encosta e espantou-se ao constatar que não conseguia andar em linha reta. Se um policial a parasse, duvidava que fosse conseguir passar em um teste básico de sobriedade; pouco importava não ter bebido uma gota sequer. Então lhe ocorreu que, se um policial a detivesse, sem dúvida iria algemá-la e lhe dar uma ou duas bordoadas com o cassetete só para garantir.

À silhueta de seu pai na porta dos fundos veio se juntar a de um homem grande, de peito largo, com uma barriga descomunal e um pescoço ainda mais grosso do que a cabeça raspada. Era Lou. Vic teria sido capaz de identificá-lo no meio de uma multidão a 150 metros de distância. Dois dos três homens que a haviam amado na vida a observavam; o único ausente era Wayne.

Homens, pensou ela, eram um dos poucos confortos infalíveis do mundo, como uma lareira acesa em uma noite fria de outubro, chocolate quente ou um par de chinelos gastos. Seu afeto desajeitado, seus rostos ásperos e sua disposição para fazer o que tinha de ser feito – preparar um omelete, trocar lâmpadas, contentar-se com um abraço – às vezes tornava quase divertido o fato de ser mulher.

Desejou não ter tanta consciência do abismo entre o que os homens da sua vida *pensavam* que ela valesse e seu valor real. Parecia-lhe ter sempre pedido, esperado demais e dado de menos. Era quase como se tivesse um impulso perverso de fazer qualquer um que gostasse dela se arrepender disso, descobrir a coisa que mais consternaria essas pessoas e repeti-la até elas serem obrigadas a fugir para se autopreservar.

Seu olho esquerdo parecia um imenso parafuso girando lentamente, apertando-se cada vez mais dentro da órbita.

Por uns dez passos, seu joelho se recusou a dobrar. Então, no meio do quintal, a perna se flexionou sem aviso e ela desabou; parecia que Manx estava esmagando a rótula com o martelo.

Seu pai e Lou saíram pela porta e correram na sua direção. Ela gesticulou como se quisesse dizer "Não se preocupem, estou bem". Constatou, porém, que não conseguia se levantar de novo. Agora que estava apoiada sobre o joelho, a perna não queria mais se esticar.

Seu pai passou um braço em volta da sua cintura e levou a outra mão à sua bochecha.

– Você está pelando. Caramba, vamos lá para dentro.

Ele a segurou por um dos braços e Lou pelo outro e, juntos, os dois a puseram de pé. Vic recostou a cabeça em Lou um instante e inspirou. Seu rosto redondo e desgrenhado estava pálido e sebento de suor, e gotas de chuva escorriam por seu crânio calvo. Não pela primeira vez na vida, Vic pensou que ele errara de século e de país: Lou teria dado um perfeito João Pequeno e teria se sentido inteiramente à vontade pescando na floresta de Sherwood.

Eu ficaria tão feliz se você encontrasse alguém que merecesse o seu amor, Lou Carmody.

No escuro, Chris McQueen parecia o mesmo homem da infância de Vic – o que brincava com ela enquanto cobria seus arranhões com band-aid e a levava para passear na garupa de sua Harley. Porém, no momento que eles alcançaram a luz que saía pela porta dos fundos aberta, Vic viu um homem de cabelos brancos, bigode feioso e a pele de quem fumara a vida inteira, com rugas profundas escavadas nas faces. Seu jeans estava frouxo e largo na bunda inexistente e nos cambitos das pernas.

– Que negócio é esse na sua cara, pai? É para fazer cosquinha em xoxota? – perguntou Vic.

Chris lhe lançou um olhar de viés espantado, então balançou a cabeça. Abriu a boca e logo fechou. Tornou a balançar a cabeça.

Nem Lou nem seu pai queriam largá-la, portanto os três tiveram que passar pela porta de lado. Chris entrou primeiro e a ajudou a atravessar a soleira.

Pararam em um corredor dos fundos com uma lavadora e uma secadora e prateleiras de uma despensa. Seu pai voltou a olhar para ela.

– Ai, Vic. Pelo amor de Deus, o que fizeram com você? – E caiu em prantos, deixando-a em choque.

Foi um choro ruidoso e feio, que sacudiu seus ombros finos. Chris chorava de boca aberta, expondo as obturações metálicas dos dentes de trás. A própria Vic sentiu uma pequena vontade de chorar, sem acreditar que pudesse estar com um aspecto pior do que o do pai. Tinha a impressão de que fazia muito pouco tempo que o vira pela última vez – uma semana, parecia – e ele era um homem em forma, ágil e sempre a postos, dono de olhos claros e calmos que sugeriam que jamais fugiria de nada. Embora *tivesse* fugido. Mas e daí? Vic não se saíra muito melhor. Sob muitos aspectos, provavelmente se saíra pior ainda.

– Você precisa ver o outro cara – replicou ela.

Seu pai produziu um ruído engasgado, a meio caminho entre o soluço e a risada.

Lou olhou para fora através da porta de tela. A noite recendia a mosquito – um cheiro que era uma mistura de fio desencapado com chuva.

– A gente ouviu um barulho – comentou ele. – Um estampido.

– Pensei que fosse a explosão de um motor. Ou um tiro – completou Chris.

Lágrimas escorriam por suas bochechas e ficavam dependuradas como pedras preciosas no bigode manchado de nicotina. Só faltava uma estrela dourada no peito e um par de revólveres Colt.

– Foi a sua ponte? – perguntou Lou, a voz baixa e suave devido ao assombro. – Você acabou de atravessar?

– É. Acabei de atravessar.

Eles a ajudaram a entrar na pequena cozinha. Só havia uma luz acesa, um disco de vidro fumê pendurado acima da mesa. O cômodo estava tão bem-arrumado quanto uma cozinha de showroom e a única indicação de que alguém morava ali eram os filtros esmagados no cinzeiro âmbar e a névoa de fumaça de cigarro suspensa no ar. E o ANFO.

O ANFO estava em cima da mesa, dentro de uma mochila escolar com o zíper aberto, vários sacos mais ou menos do tamanho de um pão de fôrma inteiro. O plástico escorregadio e branco que os envolvia estava coberto com etiquetas de advertência. Vic soube sem levantá-los que deviam ser pesados, como suspender sacos de concreto seco.

Os dois a fizeram sentar em uma cadeira de cerejeira. Ela esticou a perna esquerda. Tinha consciência de um suor pegajoso nas bochechas e na testa que não podia ser enxugado. A luz acima da mesa era forte demais, como se um lápis apontado fosse forçado delicadamente em seu olho até o cérebro.

– Dá para apagar isso?

Lou acionou o interruptor e a cozinha ficou escura. Em algum lugar no final de um corredor, outra luz acesa emitia um brilho acastanhado. Essa não a incomodava tanto.

Lá fora, a noite pulsava com o som dos grilos, que fazia Vic pensar no zumbido entrecortado de um imenso gerador.

– Eu fiz ela sumir. A ponte. Para ninguém poder me seguir. É por isso... é por isso que estou pegando fogo. Atravessei a ponte algumas vezes nos últimos dois dias. Isso me deixa um pouco febril. Mas tudo bem. Não é nada.

Lou afundou em uma cadeira na sua frente. A madeira rangeu. Ele ficava ridículo sentado diante daquela mesinha de madeira, feito um urso usando um tutu de balé.

Chris se inclinou por cima da bancada com os braços cruzados em frente ao peito magro. O escuro era um alívio para ambos, pensou Vic. Ali os dois eram sombras e Chris podia ser ele mesmo outra vez, o homem que se sentava em seu quarto quando ela adoecia e lhe contava histórias sobre os lugares que visitara com a moto, sobre as brigas que tivera. E Vic podia ser quem era quando os dois moravam na mesma casa: uma menina de quem ela gostava muito, de quem sentia muita saudade, com quem tinha muito pouco em comum.

– Você ficava assim direto na infância – lembrou o pai, cujo raciocínio talvez estivesse seguindo o mesmo curso. – Chegava de um passeio pela cidade com a sua bicicleta, em geral com alguma coisa na mão. Uma boneca perdida. Uma pulseira perdida. Estava sempre meio febril e contava umas mentiras. Sua mãe e eu vivíamos conversando sobre isso. Sobre o lugar aonde você ia. A gente achava que você tinha a mão leve, que estivesse... ahn, pegando coisas emprestadas e depois devolvendo quando as pessoas davam por falta.

– *Você* não pensava isso. Que eu estivesse roubando.

– Não. Acho que essa teoria era em grande parte da sua mãe.

– E a *sua* teoria, qual era?

– Que você estava usando a bicicleta como uma varinha rabdomântica. Sabe o que é? O povo daqui antigamente pegava um graveto de teixo ou castanho e o sacudia de um lado para o outro para encontrar água. Parece loucura, mas onde eu fui criado ninguém cavava um poço sem primeiro falar com o cara da varinha.

– Você não está muito longe da verdade. Lembra-se do Atalho?

Ele abaixou a cabeça, pensativo. De perfil, parecia quase o mesmo homem que era aos 30 anos.

– Uma ponte coberta – respondeu. – Você e as outras crianças desafiavam umas às outras para ver quem iria atravessar. Aquele troço me dava arrepios, parecia prestes a desabar dentro do rio. Foi demolida em... 1985?

– Em 1986. Só que para mim ela nunca foi demolida. Toda vez que eu precisava encontrar alguma coisa, entrava de bicicleta na floresta, a ponte aparecia e eu a atravessava até chegar ao objeto perdido. Quando era pequena, usava minha Raleigh. Lembra aquela Tuff Burner que você me deu de aniversário?

– Era grande demais para você.

– Eu cresci. Como você disse que aconteceria. – Ela fez uma pausa, então meneou a cabeça em direção à porta. – Agora eu uso a Triumph que está lá fora. Da próxima vez que eu atravessar a ponte do Atalho, vai ser para encontrar Charlie Manx. Foi ele quem levou Wayne.

Seu pai ficou em silêncio, ainda de cabeça baixa.

– Não sei se isso vale grande coisa, Sr. McQueen, mas eu acredito em cada palavra maluca que ela acabou de dizer – afirmou Lou.

– Você acabou de atravessar? Agorinha mesmo? – indagou Chris. – Essa tal ponte?

– Três minutos atrás eu estava em Iowa. Visitando uma mulher que sabe... que *sabia* sobre Manx.

Lou franziu a testa ao ouvir Vic mencionar Maggie no pretérito, mas ela prosseguiu antes de ele poder interrompê-la e fazer uma pergunta que ela não suportaria responder:

– Não precisa acreditar só na minha palavra. Depois que você me explicar como usar o ANFO, vou fazer a ponte reaparecer para poder ir embora. Você vai *ver*. É maior do que a sua casa. Lembra o Funga-Funga do *Vila Sésamo*?

– O amigo imaginário do Garibaldo? – Vic sentiu que ele estava sorrindo no escuro.

– A ponte não é como ele. Não é algo imaginário que só eu consigo ver. Se você precisasse mesmo enxergá-la, eu poderia trazê-la de volta agora mesmo, mas... prefiro fazer isso apenas quando estiver na hora de ir embora.

– Inconscientemente, ela estendeu a mão para esfregar a bochecha abaixo do olho esquerdo. – Estou sentindo que uma bomba vai explodir dentro da minha cabeça.

– Você não vai embora agora mesmo – retrucou Chris. – Acabou de chegar. Olha só o seu estado. Não está em condições, precisa descansar. E provavelmente precisa de um médico.

– Já descansei tudo o que precisava descansar e, se eu for para o hospital, qualquer médico que me atender vai receitar um par de algemas e uma viagem até a prisão. A polícia federal acha que... sei lá o que eles acham. Que eu matei Wayne, talvez. Ou que estou metida em alguma coisa ilegal e ele foi raptado para me ensinar uma lição. Eles não acreditam no que eu disse sobre Charlie Manx. Não posso culpá-los. Manx morreu. Um médico chegou a fazer uma autópsia parcial no cadáver. Eu pareço mesmo uma doida varrida. – Ela espiou o pai no escuro. – Como é que *você* acredita em mim?

– Porque você é a minha menina.

Ele disse isso de forma tão direta e delicada que Vic não pôde evitar odiá-lo e sentiu uma súbita e inesperada náusea subir pelo peito. Teve que olhar para o outro lado e respirar fundo para que sua voz não tremesse.

– Você me abandonou, pai. Não abandonou só a mamãe. Abandonou *nós duas*. Eu estava com problemas e você foi embora.

– Quando eu me dei conta de que tinha sido um erro, já era tarde para retornar. Em geral é assim que acontece. Pedi à sua mãe para me aceitar de volta e ela negou, e estava certa.

– Mesmo assim você poderia ter ficado por perto. Eu poderia ter ido para a sua casa nos finais de semana. A gente poderia ter convivido mais. Eu queria você por perto.

– Eu sentia vergonha. Não queria que você visse a garota com quem eu estava. A primeira vez em que vi vocês duas juntas foi quando percebi que não deveria ficar com ela. – Ele aguardou um instante antes de continuar: – Não posso dizer que fui feliz com a sua mãe, que gostei de passar quase vinte anos sendo julgado por ela e considerado inconveniente.

– E usou as mãos para falar isso a ela uma vez ou outra, pai? – questionou Vic, a voz alterada pelo desprezo.

– Sim. Na época em que eu bebia. Pedi que me perdoasse antes de morrer e ela perdoou. Já é alguma coisa, embora eu mesmo não me perdoe.

Poderia dizer que daria tudo para voltar atrás, mas não acredito que esse tipo de frase valha grande coisa.

– Ela te perdoou *quando*?

– Sempre que a gente conversou. Falei com ela diariamente nos últimos seis meses. Ela ligava durante suas reuniões do AA. Para jogar conversa fora. Me dar notícias suas. Contar o que você estava desenhando. O que Wayne andava fazendo. Como você e Lou estavam se virando. Ela me mandou fotos do Wayne por e-mail. – Ele a encarou no escuro. – Não espero que você me perdoe. Eu fiz algumas escolhas imperdoáveis. As piores coisas que você conseguir pensar a meu respeito... é tudo verdade. Mas eu amo você, sempre amei, e se eu puder fazer alguma coisa para ajudá-la agora, vou fazer.

Vic abaixou a cabeça até quase entre os joelhos. Estava sem ar, tonta. A escuridão à sua volta parecia inchar e se contrair como uma espécie de líquido, feito a superfície de um lago negro.

– Não vou tentar justificar minha vida para você. Não existe justificativa – continuou Chris. – Eu fiz algumas coisas boas, mas nunca morri de amores por mim mesmo.

Vic não conseguiu evitar uma risada, que fez doer seus flancos e provocou uma leve sensação de golfada. Mas, quando ela ergueu a cabeça, percebeu que conseguia encarar o pai.

– É. Eu também. Na maioria das vezes, meu maior talento era destruir. Igual a você.

– Falando em destruir – interveio Lou –, o que a gente vai fazer com isso? – Ele gesticulou na direção da mochila cheia de ANFO.

Havia uma pulseira de papel em volta de seu pulso exposto. Vic a encarou. Ele a pegou olhando, enrubesceu e enfiou a mão dentro da manga do casaco de flanela.

– É um explosivo, certo? – prosseguiu. – É seguro você ficar fumando perto dele aqui dentro?

Chris tragou fundo o cigarro, depois se inclinou entre os dois e apagou a guimba com um gesto exagerado no cinzeiro ao lado da mochila.

– Razoavelmente seguro, contanto que você não jogue o troço dentro de uma fogueira ou algo desse tipo. Os detonadores estão naquela bolsa pendurada na cadeira da Vic. – Ela olhou para trás e viu uma sacola de supermercado pendurada. – Qualquer um desses sacos de ANFO daria para detonar o prédio federal que vocês quisessem. Espero que não seja esse o seu plano.

– Não – respondeu Vic. – Charlie Manx está indo para um lugar chamado Terra do Natal. É tipo um reinozinho que ele fabricou para si, onde pensa que ninguém pode alcançá-lo. Eu vou encontrá-lo lá e pegar Wayne de volta. E vou aproveitar para explodir a porra toda. Aquele filho da puta maluco quer que todo dia seja igual ao Natal, mas eu vou dar a ele a porra do Quatro de Julho.

Lá fora

TODA VEZ QUE TABITHA SE acalmava e ficava imóvel, os mosquitos voltavam e começavam a zumbir em um de seus ouvidos. Ela levou a mão ao rosto e espantou dois deles. Quando precisava ficar de tocaia, preferia o carro; gostava de ar-condicionado e do seu tablet.

Não reclamar era uma questão de princípios. Preferiria morrer de hemorragia, sugada até a medula por aqueles malditos minivampiros. Sobretudo, não iria reclamar dos mosquitos na frente de Daltry, que estava agachado junto aos outros parecendo uma estátua, com um leve sorriso nos lábios e as pálpebras semicerradas. Sempre que um mosquito pousava na têmpora dele, ela o matava com um tapa e deixava um borrão vermelho na pele. Daltry se sobressaltava, mas em seguida meneava a cabeça de forma aprovadora.

– Eles adoram você. Os mosquitos. Adoram essa pele feminina macia marinada em pós-graduação. Você deve ter gosto de vitela.

Havia três outros agentes naquele posto de observação na floresta, entre os quais Chitra, e todos usavam leves capas de chuva pretas por cima de coletes à prova de balas. Um dos policiais segurava o amplificador auricular: uma pistola preta com o cano igual a um megafone e um fio de telefone preto enrolado que ia até o receptor em seu ouvido.

Tabitha se inclinou para a frente, deu-lhe um tapinha no ombro e sussurrou:

– Está captando alguma coisa?

O homem fez que não com a cabeça.

– Espero que eles estejam captando alguma coisa lá no outro posto. Eu aqui só estou ouvindo estática. Desde aquela pequena trovoada tenho ouvido apenas estática.

– Não foi trovoada – retrucou Daltry. – Aquilo não foi barulho de trovoada.

O homem deu de ombros.

À frente do chalé, havia uma picape estacionada. Uma lâmpada fraca em uma sala de estar na parte dianteira era a única luz acesa. Uma das persianas estava aberta pela metade e Tabitha podia ver uma TV desligada, um sofá, uma gravura de caça na parede. Cortinas de renda branca femininas penduradas em outra janela na parte dianteira da casa indicavam um quarto de dormir. Não podia haver muito mais lá dentro: uma cozinha na parte de trás, um banheiro, talvez um segundo quarto, embora fosse pouco provável. Ou seja, Carmody e McQueen estavam nos fundos da casa.

– Será que eles estão sussurrando e o seu equipamento não é sensível o suficiente para captar? – indagou Tabitha.

– Quando está funcionando, esse aparelho é tão sensível que capta até pensamentos – respondeu o homem do fone. – Deve ter captado algum tipo de explosão que danificou um capacitador.

Chitra enfiou a mão em uma bolsa de ginástica e sacou um repelente em spray.

– Obrigada – agradeceu Tabitha, pegando o frasco. Olhou para Daltry. – Vai querer?

Os dois se levantaram juntos para ela borrifá-lo com o repelente.

Em pé, ela pôde ver parte da encosta atrás da casa que subia até a linha das árvores. Dois quadrados de luz âmbar se espalhavam pelo gramado: eram as janelas dos fundos do chalé.

Ela pressionou o botão do repelente e borrifou Daltry com uma névoa branca. Ele fechou os olhos.

– Sabe o que eu acho que foi aquele barulhão? – disse ele. – Aquele gordo filho da mãe que emborcou. Obrigado, está bom assim. – Tabitha parou de borrifar e Daltry abriu os olhos. – Você vai ficar bem se ele morrer?

– Ele não precisava ter fugido.

– E você não precisava ter deixado. – Ele sorriu. – Foi você quem permitiu. Tabitha sentiu um impulso súbito de borrifar repelente nos olhos de Daltry.

Era esse o motivo de seu desconforto, de sua inquietação. Louis Carmody parecia confiável, prestativo, preocupado demais com o filho, gentil demais com a ex-mulher para ter alguma coisa a ver com o sumiço de Wayne. Embora o considerasse inocente, Tabitha o usara como isca para ver aonde ele iria levá-la, e pouco importava que ele pudesse cair duro com um derrame a qualquer momento. Se o gordo capotasse, a culpa seria sua? Imaginava que sim.

– A gente precisava saber o que ele iria fazer. Lembre-se: o importante aqui não é o bem-estar *dele*. É o bem-estar do menino.

– Sabe por que eu gosto de você, Tabitha? Por que gosto *mesmo* de você? Porque você é mais filha da puta do que eu.

Não pela primeira vez, Tabitha pensou que detestava muitos policiais. Eram uns beberrões feios e mesquinhos que só acreditavam no pior das pessoas.

Fechou os olhos e borrifou repelente no topo da cabeça, no rosto e no pescoço. Quando tornou a abri-los e expirou para afastar o veneno, viu que as luzes nos fundos da casa haviam se apagado; não teria reparado nisso se estivesse agachada.

Então, fitou o cômodo da frente. Pôde ver o corredor que conduzia à parte de trás do chalé, mas ninguém apareceu ali. Continuou olhando, à espera de que alguém acendesse uma luz. Nada.

Daltry se abaixara com os outros, mas Tabitha permaneceu de pé.

Após um minuto, ele inclinou a cabeça para trás e olhou para ela.

– Está fingindo ser uma árvore?

– Quem está vigiando os fundos da casa? – perguntou ela.

O segundo agente da polícia estadual, que ainda não havia aberto a boca, encarou-a. Tinha o rosto pálido cheio de sardas e os cabelos ruivos lhe davam certa semelhança com o comediante Conan O'Brien.

– Ninguém. Mas não tem nada lá atrás. Só quilômetros de floresta sem nenhuma trilha. Mesmo que eles conseguissem nos ver, não iriam fugir nessa...

Tabitha já estava se afastando a passos largos, com as mãos estendidas em frente ao corpo para se proteger dos galhos.

Chitra a alcançou em quatro passos. Teve de se apressar para acompanhá-la e as algemas chacoalharam em seu cinto.

– Está preocupada? – indagou.

Atrás de si, ouviu um galho se partir e sapatos pisarem as folhas no chão. Devia ser Daltry, seguindo-as sem nenhuma pressa especial. O cara era tão inconveniente quanto os mosquitos; ela precisava de um repelente para ele.

– Não – respondeu Tabitha. – Não havia nenhum motivo para não manter a sua posição. Se eles saírem, vai ser pela porta da frente. Faz total sentido.

– Então...?

– Estou intrigada.

– Com...?

– É porque eles estão sentados no escuro. Apagaram as luzes aqui atrás, mas não foram para a frente da casa. Isso significa, portanto, que eles estão sentados nos fundos com a luz apagada. Não parece estranho?

No passo seguinte, seu pé afundou em uma água fria e salobra, com sete centímetros de profundidade. Ela segurou o tronco esguio de uma muda de bétula para se equilibrar. Dali a mais um metro, estava submersa até os joelhos. A água tinha exatamente o mesmo aspecto do chão: uma superfície preta atapetada com folhas e galhos.

Quando alcançou as duas mulheres, Daltry mergulhou na água até as coxas, cambaleou e quase caiu.

– Uma lanterna poderia ajudar – comentou Chitra.

– Um snorkel também – rebateu Daltry.

– Não temos lanterna – retrucou Tabitha. – E pode voltar se não quer se molhar.

– O quê? E perder toda a diversão? Prefiro morrer afogado.

– Não alimente nossas esperanças – replicou Tabitha.

Lá dentro

CHRIS MCQUEEN SENTOU-SE À MESA no escuro com eles. Tinha a sacola de detonadores no colo e havia pegado um, que segurava em uma das mãos. Lou não se sentiu reconfortado ao ver que o objeto não se parecia em nada com aqueles artefatos de alta tecnologia usados para detonar explosivos no seriado *24 Horas* ou nos filmes da série *Missão impossível*. Eram pequenos timers pretos comprados em uma loja de ferragens dos quais pendiam fios de aspecto curiosamente familiar, com ponteiras de latão.

– Ahn, Sr. McQueen? Cara... – disse Lou. – Isso daí parece o timer que eu uso para acender as luzinhas de Natal ao anoitecer.

– E é isso mesmo – garantiu Chris. – Foi o melhor que consegui em tão pouco tempo. Os sacos de ANFO já estão preparados, ou seja, os componentes foram encharcados em diesel e equipados com uma pequena carga. Basta prender o fio, do mesmo jeito que você faria com os pisca-piscas. O ponteiro preto indica que horas são. O vermelho, quando a luz vai acender. Ou, nesse caso, quando vai haver uma explosão de cerca de 27 mil joules. O suficiente para arrancar a fachada de um prédio de três andares, se a carga for posicionada no lugar certo. – Ele olhou para Vic. – Só conecte os fios no momento que chegar ao local certo. Você não vai querer ficar sacolejando em cima da moto com esses negócios ligados.

Lou não soube muito bem o que mais o assustava: a mochila cheia de ANFO ou o jeito como aquele cara olhava para a filha, com os olhos tão límpidos e frios que pareciam não ter cor.

– Tudo muito simples e prático, bem ao estilo Al-Qaeda – continuou McQueen, tornando a guardar o timer dentro da sacola de supermercado. – Isto aqui não seria aprovado segundo os padrões estaduais, mas em Bagdá serviria.

Crianças de 10 anos vivem prendendo estas coisas no próprio corpo e explodindo a si mesmas sem problema algum. Nada consegue levar você mais depressa até Alá. É tiro e queda.

– Entendi – falou Vic, estendendo a mão para a mochila e se levantando da cadeira. – Preciso ir, pai. Não é seguro eu ficar aqui.

– Tenho certeza de que você não teria vindo se não fosse necessário. Ela se inclinou na sua direção e o beijou na bochecha.

– Eu sabia que você me daria apoio.

– Sempre.

Chris a segurou com o braço em volta da cintura. Seu olhar fez Lou pensar em certos lagos de montanha que parecem cristalinos e puros porque a chuva ácida matou tudo dentro deles.

– A distância mínima de segurança para uma explosão ao ar livre, ou seja, uma bomba detonada no nível do chão, é de 30 metros. Qualquer pessoa dentro desse raio vai ficar com as tripas feito geleia por causa da onda de choque. Você já viu esse lugar? Essa tal Terra do Natal? Já sabe onde vai pôr os explosivos? Com certeza vai precisar de uma hora ou duas para conectar e preparar tudo com segurança.

– Vai dar tempo – assegurou ela, mas Lou pôde ver, pelo jeito como ela sustentou o olhar do pai e pela expressão de perfeita calma em seu rosto, que ela estava blefando.

– Eu não vou deixar ela se matar, Sr. McQueen – garantiu Lou, levantando-se e pegando a sacola cheia de timers antes de Chris conseguir se mexer. – Pode confiar em mim.

Vic empalideceu.

– Que papo é esse?

– Eu vou com você. Wayne é meu filho também, porra. De qualquer forma, a gente já tinha combinado isso, lembra? Eu consertaria a moto e você me levaria. Não vai sair por aí fazendo isso sem eu estar junto para garantir que não vai explodir vocês dois. Não se preocupe, eu vou na garupa.

– E eu? – indagou Chris. – Acham que eu conseguiria seguir vocês por essa ponte mágica do arco-íris na minha picape?

Vic deu um curto arquejo.

– Não. Quero dizer... não mesmo. Nenhum de vocês pode vir. Eu sei que vocês querem ajudar, mas nenhum dos dois pode ir comigo. Olhem aqui, essa ponte... ela é real e vocês dois vão poder vê-la. A ponte vai estar aqui conosco, neste mundo. Mas ao mesmo tempo, de alguma forma que eu não compreendo, ela também quase que só existe dentro da minha cabeça. E a estrutura não é mais muito segura. Já não era segura quando eu era adolescente. Ela talvez não aguente o peso de transportar outra mente. Além disso, eu talvez tenha que voltar com Wayne na garupa. Provavelmente *vou ter* que fazer isso. Se ele estiver na moto, onde você vai sentar, Lou?

– Talvez eu possa seguir vocês a pé na volta. Já pensou nessa possibilidade?

– É uma péssima ideia. Se você visse, entenderia.

– Bom, veremos – replicou Lou.

Vic lhe lançou um olhar de dor e súplica, de quem está segurando o choro.

– Eu *preciso* ver – explicou ele. – Preciso saber que isso é real, e não é porque estou com medo de você ser louca, mas porque preciso acreditar que existe uma chance de Wayne voltar para casa.

Vic balançou a cabeça com violência, girou nos calcanhares e andou mancando até a porta dos fundos.

Conseguiu dar dois passos antes de começar a cair. Lou a segurou pelo braço.

– Olha só o seu estado. *Cara*... Você mal consegue ficar em pé.

– Eu estou bem – retrucou ela. – Daqui a pouco isso tudo vai acabar

Mas os seus olhos exibiam um brilho opaco de algo ainda pior do que o medo: desespero, talvez. Seu pai dissera que qualquer bobalhão com 10 anos era capaz de prender ANFO no próprio corpo e se explodir para encontrar Alá, e então ocorreu a Lou que esse era mais ou menos o plano que Vic tinha em mente.

Eles saíram para o frescor da noite. Lou havia reparado que Vic estava passando a mão debaixo do olho esquerdo. Não era choro, mas seu olho vertia água sem parar, um filete fino, mas constante. Ele já tinha visto isso antes, na fase ruim lá no Colorado, quando ela atendia telefones que não tocavam e falava com pessoas que não existiam.

Só que as pessoas *existiam*. Estranho a rapidez com que ele se habituara a essa ideia; fora preciso pouco esforço para ele aceitar que, no fim das contas, não se tratava de loucura de Vic. Talvez não fosse assim tão incrível. Ele já acreditava havia muito tempo que cada um tinha seu próprio mundo interior, tão real quanto o mundo compartilhado por todos, mas inacessível aos outros. Vic contara que conseguia trazer sua ponte para este mundo, mas que de certa forma ela também só existia na sua mente. Isso parecia uma alucinação, mas só até você lembrar que as pessoas viviam transformando o imaginário em real: pegavam uma música que inventavam e gravavam, visualizavam uma casa e a construíam. A fantasia era sempre uma realidade esperando ser ativada, só isso.

Eles passaram pela pilha de lenha, além do beiral do telhado, e adentraram a bruma suave e trêmula. Lou olhou para trás quando a porta de tela tornou a se fechar; Christopher McQueen tinha saído atrás deles. O pai de Vic acionou o isqueiro e abaixou a cabeça para acender outro cigarro, em seguida ergueu o rosto e semicerrou os olhos em meio à fumaça para olhar a moto da filha.

– Evel Knievel costumava andar de Triumph.

Ninguém comentou mais nada, pois nesse instante os policiais saíram do meio da floresta.

– EFE-BÊ-I! – gritou uma voz conhecida lá da linha das árvores. – NINGUÉM SE MEXE! MÃOS AO ALTO, MÃOS AO ALTO TODO MUNDO!

Um latejar difuso de dor subiu pelo lado esquerdo do pescoço de Lou, algo que ele sentiu na mandíbula, nos *dentes*. Passou-lhe pela cabeça que Vic não era a única em posse de explosivos de alta potência: ele próprio tinha uma granada prestes a ser detonada dentro do cérebro.

Dos três, só ele pareceu pensar que "Mãos ao alto" fosse mais do que uma sugestão. Ela ergueu as mãos com as palmas para fora, embora ainda segurasse a sacola de detonadores com a alça enganchada em um dos polegares. Podia ver Chris McQueen na periferia de seu campo de visão, junto à pilha de lenha. Ele estava totalmente imóvel, ainda curvado, com a brasa já acesa, o isqueiro na mão.

Porém, Vic tinha se sobressaltado com o primeiro grito, afastando-se de Lou e cambaleando pelo quintal com a perna esquerda rígida, ainda sem conseguir dobrá-la. Lou deixara as mãos caírem e as estendera para ela, mas Vic estava a três metros. Quando se ouviu "todo mundo!", ela já tinha passado uma das pernas por cima da Triumph. O outro pé deu a partida. A moto ganhou vida com um rugido ensurdecedor; era difícil imaginar que um saco de ANFO pudesse fazer mais barulho.

– NÃO, VIC, NÃO, VIC, *NÃO*! EU *VOU TER* QUE ATIRAR EM VOCÊ! – gritou Tabitha.

A mulher baixinha atravessou a grama molhada com uma espécie de corridinha lateral enquanto segurava com as duas mãos uma pistola automática, do jeito que os policiais faziam nos filmes. Já estava bem perto – entre cinco a sete metros de distância –, o suficiente para Lou ver seus óculos salpicados por gotas de chuva. Havia duas outras pessoas com ela: o inspetor Daltry e uma agente da polícia estadual que Lou reconheceu, uma indiana. A calça de Daltry estava encharcada até a virilha, com folhas mortas grudadas nas pernas, e ele parecia mal-humorado. Estava armado, mas apontava a pistola para longe e para o chão, à frente do corpo. Ao vê-los, Lou percebeu, de forma semiconsciente, que apenas um deles representava um perigo imediato, já que Tabitha não conseguiria enxergar bem através dos óculos. A indiana, porém, tinha a arma voltada para Vic e seus olhos exibiam uma expressão trágica, como se dissessem: *Por favor,* **por favor,** *não me obrigue a fazer uma coisa que eu não quero fazer.*

– Estou indo buscar Wayne, Tabitha! – gritou Vic. – Se você atirar em mim, vai matá-lo também. Só eu posso fazê-lo voltar para casa.

– Parem! – berrou Lou. – Parem! Ninguém atira em ninguém!

– PARADO! – vociferou Tabitha.

Lou não entendeu a quem diabos ela se dirigia: Vic estava sentada na moto e Chris, junto à pilha de lenha, não dera um passo sequer. Foi só quando ela moveu a pistola e a apontou para ele que percebeu quem estava se mexendo: *ele próprio*. Sem pensar, com as mãos acima da cabeça, ele havia começado a atravessar o quintal para se posicionar entre Vic e os policiais.

Tabitha agora se achava a apenas três passos largos de distância. Apertou os olhos por trás dos óculos, o cano abaixado para a imensa superfície da barriga de Lou. Ela podia não vê-lo muito bem, mas ele imaginou que fosse como atirar em um celeiro: difícil errar.

Daltry tinha se virado para Christopher McQueen, mas, em uma demonstração de profunda indiferença, nem se dera o trabalho de mirá-lo.

– Calma, pessoal – pediu Lou. – Ninguém aqui é criminoso. O criminoso é Charlie Manx.

– Charlie Manx morreu – rebateu Tabitha.

– Fale isso para Maggie Leigh – retrucou Vic. – Manx acabou de assassinar Maggie lá em Iowa, na Biblioteca Pública de Aqui. Uma hora atrás. Podem verificar: eu estava lá.

– Você estava... – começou Tabitha, então sacudiu a cabeça como se quisesse espantar um mosquito. – Vic, desça dessa moto e deite de bruços no chão.

Ao longe, Lou ouviu gritos, galhos se partindo e pessoas correndo pela vegetação rasteira. Os barulhos vinham do outro lado da casa, ou seja, eles deviam ter no máximo vinte segundos antes de serem cercados.

– Preciso ir – avisou Vic, e engatou a primeira marcha.

– Eu vou com ela – disse Lou.

Tabitha continuou a se aproximar. O cano da pistola estava quase perto o suficiente para ser agarrado.

– Agente Surinam, pode algemar esse indivíduo? – pediu ela.

Chitra começou a rodear Tabitha. Baixou a arma e estendeu a mão direita para as algemas penduradas no cinto de utilidades. Lou sempre quisera ter um acessório daqueles, igual ao do Batman, com um lança-ganchos e algumas bombas de efeito moral. Se tivesse isso tudo, poderia lançar uma bomba e cegar os policiais e ele e Vic conseguiriam escapar. Só que agora apenas carregava uma sacola cheia de timers de pisca-piscas comprados em uma loja de ferragens.

Lou deu um passo para trás até junto da moto, perto o bastante para sentir o calor escaldante dos canos trepidantes.

– Lou, me dá a sacola – falou Vic.

– Srta. Hutter – chamou Lou. – Srta. Hutter, por favor, *por favor*, passe um rádio para o seu pessoal e pergunte sobre Maggie Leigh. Pergunte o que acabou de acontecer lá em Iowa. A senhora está prestes a prender a única pessoa capaz de trazer meu filho de volta. Se quiser ajudar nosso filho, precisa deixar a gente ir.

– Chega de conversa, Lou – replicou Vic. – Eu preciso ir.

Tabitha apertou os olhos, com dificuldade de enxergar.

Chitra se aproximou mais de Lou. Ele estendeu uma das mãos como para detê-la, então ouviu um barulho metálico e percebeu que a agente havia prendido em seu pulso uma das argolas das algemas.

– Opa! Calma aí, cara!

Tabitha tirou do bolso um celular, um retângulo prateado do tamanho de um sabonete de hotel. Não digitou número algum, mas apenas apertou uma única tecla. O telefone emitiu alguns bipes e uma voz masculina soou em meio à estática:

– Cundy falando. Conseguiu pegar os bandidos aí?

– Cundy, alguma notícia da caça a Maggie Leigh?

O telefone chiou.

– Sr. Carmody, a outra mão, por favor – pediu Chitra. – Sua outra mão.

Em vez de obedecer, Lou levantou a mão esquerda, deixando-a fora do alcance da policial; a sacola de plástico continuava pendurada, como se ele fosse o valentão da escola que houvesse roubado balas e não estivesse com a menor intenção de devolver.

A voz de Cundy se fez ouvir em meio à chiadeira, em um tom infeliz:

– Ahn, por acaso seus poderes de vidência estão particularmente aguçados hoje? Nós acabamos de saber. Cinco minutos atrás. Eu ia contar quando vocês voltassem.

Os gritos do outro lado da casa estavam mais próximos.

– Me conte agora – ordenou Tabitha.

– Que *porra* é essa? – questionou Daltry.

– Ela morreu – informou Cundy. – Margaret Leigh morreu espancada. A polícia de lá acha que foi McQueen. Ela foi vista deixando a cena do crime na moto.

– Não – replicou Tabitha. – Não... não, impossível. Onde foi isso?

– Aqui, em Iowa. Pouco mais de uma hora atrás. Por que é imposs...

Mas Tabitha tornou a pressionar uma tecla e desligou. Olhou para Vic, que, virada sobre o selim, a encarava.

– Não fui eu – garantiu ela. – Foi Manx. Eles vão descobrir que ela foi morta com um martelo.

Em algum momento, Tabitha havia abaixado a pistola por completo. Guardou o celular no bolso da capa de chuva e enxugou a água que molhava seu rosto.

– Um martelo de osso – captou a policial. – O que Manx levou quando foi embora daquele necrotério no Colorado. Eu não entendo... não *consigo* entender isso. Estou tentando, Vic, mas simplesmente não faz sentido para mim. Como ele pode estar vivo? *Como* você pode estar aqui se acabou de sair de Iowa?

– Não tenho tempo para explicar. Mas se você quiser saber como cheguei de Iowa até aqui, fique onde está. Eu vou mostrar.

– Agente Surinam, por favor... pode tirar as algemas do Sr. Carmody? – pediu Tabitha a Chitra. – Elas não vão ser necessárias. Talvez nós todos devêssemos apenas conversar.

– Eu não tenho tempo para... – começou Vic, mas ninguém ouviu o resto.

– Ah, mas que porra é essa?! – exclamou Daltry, virando as costas para Chris McQueen e apontando a pistola para Vic. – Desça dessa moto.

– Inspetor, guarde a pistola! – mandou Tabitha.

– Vou guardar o cacete. Você enlouqueceu, Hutter. Desligue essa moto, McQueen. Desligue essa moto *agora*.

– Inspetor! Quem manda aqui sou eu! É para...

– No chão! – berrou o primeiro agente do FBI a surgir pela quina leste da casa. Estava armado com um fuzil de assalto. Lou achava que era um M16. – NO CHÃO, PORRA!

Todos pareciam estar gritando e Lou sentiu outra onda difusa de dor na têmpora e no lado esquerdo do pescoço. Chitra não estava olhando para ele; a indiana tinha a cabeça virada para o outro lado e fitava Tabitha com um misto de ansiedade e assombro.

Chris jogou o cigarro na cara de Daltry. A brasa o atingiu abaixo do olho direito e soltou uma chuva de faíscas vermelhas; quando o inspetor se retraiu, o cano de sua pistola se afastou do alvo. Com a mão livre, Chris pegou um pedaço de lenha no alto da pilha e acertou Daltry no ombro com força suficiente para fazê-lo cambalear.

– Vai nessa, Pirralha! – incitou ele.

Daltry deu três passos cambaleantes pela terra barrenta, equilibrou-se, ergueu a arma e atirou na barriga e na garganta de McQueen.

Vic deu um grito. Lou se virou para ela e, sem querer, esbarrou com o ombro em Chitra, que recebeu o golpe como a trombada de um cavalo. Ela pisou na terra empapada, dobrou o tornozelo para o lado errado e caiu sentada na grama molhada.

– Todo mundo, abaixe as armas! – ordenou Tabitha. – PAREM DE ATIRAR!

Lou estendeu os braços na direção de Vic. A melhor forma de enlaçá-la foi passar uma perna por cima da traseira da moto.

– Desçam da moto, desçam da moto! – bradou um dos homens de roupa de combate. Três deles vinham pela grama com suas metralhadoras em punho.

O rosto de Vic estava virado na direção do pai, a boca aberta para um último grito, os olhos cegos de espanto. Lou beijou sua bochecha febril.

– Temos que ir – lembrou ele. – Agora.

Fechou os braços em volta da cintura dela e, um segundo depois, a Triumph partiu e a noite se acendeu com o ratatá furioso das metralhadoras.

Lá atrás

O BARULHO DAS METRALHADORAS SACUDIU tudo. Vic sentiu todo aquele barulho rasgá-la e o confundiu com o impacto de balas; por reflexo, sua mão girou o acelerador. O pneu traseiro fumegou e derrapou na terra molhada, soltando uma tira comprida e empapada de grama. A Triumph deu um salto para a frente rumo à escuridão.

Parte de si ainda olhou para trás e viu o pai dobrar o corpo e levar a mão ao pescoço, os cabelos caindo na frente dos olhos, a boca se abrindo como se ele quisesse vomitar.

Parte de si o amparou antes de ele cair ajoelhado e o abraçou.

Parte de si beijou seu rosto. *Estou aqui, pai. Estou bem aqui com você.* Ele estava tão perto que ela pôde sentir o cheiro de cobre recém-fundido de seu sangue.

A bochecha mole e áspera de Lou pressionava a lateral de seu pescoço. Ele estava agarrado a ela, com a mochila cheia de explosivos imprensada entre seus corpos.

– Vai – incitou-a. – Leva a gente para onde a gente precisa. Não olha, vai em frente.

As rodas levantaram terra do chão à direita quando ela virou a moto e a apontou encosta acima, em direção às árvores. Seus ouvidos registraram o som das balas acertando o solo atrás deles. Em meio ao estardalhaço dos tiros, ela distinguiu a voz de Tabitha, trêmula pelo esforço:

– PAREM DE ATIRAR, PAREM DE ATIRAR!

Vic não conseguia pensar, mas nem precisava: as mãos e pés sabiam o que fazer. O pé direito engatou a segunda, depois a terceira. A moto subiu a encosta em zigue-zague. Os pinheiros se erguiam à sua frente qual uma parede escura.

Ela abaixou a cabeça enquanto eles chispavam entre os troncos. Um galho a arranhou na boca, fez seus lábios arderem. Eles saíram da vegetação rasteira e os pneus da Triumph encontraram as tábuas da ponte do Atalho e começaram a avançar chacoalhando por elas.

– Que porra é essa?! – gritou Lou.

Ela não tinha entrado em linha reta, ainda estava com a cabeça baixa e bateu com o ombro na parede. O braço ficou inerte e ela foi empurrada de encontro a Lou.

Em sua mente, o pai tornava a cair nos seus braços.

Vic puxou o guidom e virou a moto para a esquerda, afastando-os da parede.

Em sua mente, ela dizia *Estou bem aqui* enquanto os dois afundavam juntos até o chão.

Uma das tábuas se partiu sob o pneu dianteiro e o guidom foi arrancado de sua mão.

Ela beijou a têmpora do pai. *Estou bem aqui, pai.*

A Triumph se inclinou contra a parede esquerda. O braço esquerdo de Lou foi esmagado contra a parede e ele grunhiu. A força de seu corpo se chocando com a parede fez a ponte inteira estremecer.

Vic pôde sentir cheiro de suor nos cabelos do pai. Queria lhe perguntar havia quanto tempo ele estava sozinho, por que não tinha nenhuma mulher na casa. Saber como ele se virava, o que fazia para passar as noites. Queria dizer que sentia muito e que ainda o amava; apesar de todos os pesares, ela ainda o amava.

Então Chris McQueen desapareceu. Vic teve que deixá-lo partir, escorregar de seus braços. Precisou seguir em frente sem ele.

Morcegos piaram no escuro. Soou um barulho como o de alguém embaralhado cartas, só que amplificado. Lou girou a cabeça para espiar sob as vigas. O grande, gentil e inabalável Lou não gritou, quase não emitiu ruído algum, mas sorveu uma brusca inspiração e se encolheu quando dezenas, talvez centenas de morcegos, incomodados em seu repouso, desceram voando do teto e choveram em cima deles, rodopiando pelo ar estagnado. Rodearam-nos por todos os lados, roçando em seus braços e pernas. Um deles zuniu junto à cabeça de Vic e ela sentiu o contato da asa na bochecha e viu de relance a cara do bicho: pequena, rosada e disforme, mas ainda assim estranhamente humana. Estava olhando, é claro, para o próprio rosto. Mal conseguiu conter um grito enquanto lutava para manter a Triumph no rumo.

A moto agora estava quase do outro lado da ponte. Alguns morcegos saíram voando preguiçosamente para a noite lá fora e Vic pensou: *Lá se vai parte da minha mente.*

Sua antiga Raleigh surgiu à frente. A bicicleta pareceu vir depressa na sua direção e o farol da moto correu por cima dela. Meio segundo tarde demais, Vic percebeu que iria trombar com a Tuff Burner e as consequências seriam brutais. O pneu dianteiro acertou-a em cheio.

A Triumph pareceu se prender à bicicleta enferrujada e, ao sair da ponte coberta, já estava virando e caindo. Uma dezena de morcegos saiu com eles.

Os pneus rasgaram um chão de terra batida, em seguida de grama. Vic viu o solo desaparecer: eles estavam prestes a cair de um barranco. Teve um vislumbre de pinheiros decorados com anjos e flocos de neve.

Eles despencaram, a moto deu uma cambalhota e os jogou para o lado. Então desabou por cima deles e os acertou feito uma avalanche de ferro quente. O mundo se partiu ao meio e eles mergulharam na escuridão.

Casa Sino

LOU JÁ ESTAVA ACORDADO HAVIA quase uma hora quando ouviu um leve crepitar seco e viu pequenos flocos brancos caírem sobre as folhas em volta. Inclinou a cabeça para trás e apertou os olhos para tentar enxergar melhor no escuro: havia começado a nevar.

– Lou? – chamou Vic.

O pescoço dele estava ficando duro e abaixar o queixo doía. Ele olhou para Vic deitada no chão à sua direita. Ela estivera dormindo até pouco antes, mas agora estava acordada ali ao seu lado, de olhos bem abertos.

– Oi – respondeu Lou.

– Minha mãe ainda está aqui?

– Sua mãe está com os anjos, gata.

– Os anjos... Tem anjos nas árvores. – Uma pausa. – Está nevando.

– Eu sei. Em pleno julho. Morei a vida inteira nas montanhas. Sei de lugares que têm neve o ano inteiro, mas nunca vi *começar* a cair neve nesta época do ano. Nem aqui em cima.

– Onde?

– Logo acima de Gunbarrel. Onde tudo começou.

– Tudo começou no Terry's Sanduíches, quando minha mãe esqueceu a pulseira dela no banheiro. Para onde ela foi?

– Ela não estava aqui. Ela morreu, Vic. Lembra?

– Ela passou um tempo sentada com a gente. Logo ali. – Vic ergueu o braço direito e apontou para o barranco acima deles. Os pneus da moto tinham aberto fundos sulcos na encosta, longas trincheiras barrentas. – Disse alguma coisa sobre o Wayne. Que ele ainda vai ter algum tempo quando chegar à Terra do Natal porque está indo ao contrário. A cada dois quilômetros para a frente, dá dois passos para trás. Ele não vai virar uma daquelas coisas. Não ainda.

Ela estava deitada de costas, braços estendidos junto ao corpo, tornozelos unidos. Lou a cobrira com seu casaco forrado de flanela; a roupa era tão grande que a protegia até os joelhos como se fosse um cobertor de criança. Vic virou a cabeça e olhou para ele, exibindo uma expressão vazia que o assustou.

– Ai, Lou – gemeu ela com uma voz quase sem tonalidade. – Coitado do seu rosto.

Ele tocou a face direita, dolorida e inchada da boca ao canto do olho. Não lembrava o que causara aquilo. Mas recordava o motivo de as costas de sua mão esquerda estarem muito queimadas e latejando de dor sem parar: quando eles tinham caído, ela ficara presa debaixo da moto, encostada em um cano quente. Lou não suportava olhar para a própria mão; a pele estava preta, rachada, reluzente. Manteve-a abaixada junto ao corpo, onde Vic não podia ver.

Sua mão pouco importava. Ele não achava que lhe restasse muito tempo. Aquela sensação de dor e pressão na garganta e na têmpora esquerda agora era constante. O sangue parecia espesso como ferro derretido. Estava andando com uma arma apontada para a própria cabeça e pensou que, em determinado momento, antes de aquela noite acabar, a arma iria disparar. Queria ver Wayne de novo antes de isso acontecer.

No momento que os dois despencaram da ribanceira, Lou tirara Vic de cima da moto e conseguira rolar o corpo para que ela ficasse por baixo. A Triumph havia raspado em suas costas. Se a moto tivesse acertado Vic – que devia pesar 47 quilos com um tijolo em cada bolso –, teria quebrado sua espinha como se fosse um graveto seco.

– Você acredita nessa neve? – perguntou ele.

Vic piscou, remexeu o maxilar e olhou para a noite. Flocos de neve caíram sobre seu rosto.

– Ela quer dizer que ele está quase chegando. Lou aquiesceu: fora o que imaginara.

– Alguns dos morcegos fugiram – disse Vic. – Saíram da ponte com a gente.

Ele reprimiu um calafrio, mas não conseguiu evitar que a pele se eriçasse. Desejou que ela não tivesse mencionado os morcegos. Tinha visto um deles de relance quando o animal passara roçando nele com a boca aberta, emitindo um pio quase inaudível. Assim que olhou, quis poder *desver*. A cara rosada e ressequida tinha uma horrível semelhança com a de Vic.

– É. Acho que sim.

– Aquelas coisas são... elas são eu. São o que tem dentro da minha cabeça. Sempre que eu uso a ponte, existe uma chance de alguns deles fugirem. – Ela girou a cabeça e tornou a fitar Lou. – É o preço a se pagar. Sempre há um. Maggie tinha uma gagueira que piorava quanto mais ela usava as peças do jogo. Manx deve ter tido uma alma algum dia, mas o seu carro a sugou. Você entende?

– Acho que sim.

– Se eu disser algo que não faça sentido, você precisa me avisar. Se eu começar a parecer confusa, precisa me corrigir. Está me ouvindo, Lou Carmody? Charlie Manx vai chegar daqui a pouco. Preciso ter certeza de que você vai me dar cobertura.

– Sempre.

– Ótimo. Muito bom. Isso vale ouro. O que é de ouro continua de ouro para sempre, sabia? É por isso que o Wayne vai ficar bem.

Um floco de neve se prendeu a um de seus cílios. Para Lou, essa visão era uma beleza quase dolorosa. Duvidava que algum dia fosse tornar a ver algo tão lindo assim na vida. Para ser sincero, não tinha esperanças de sobreviver àquela noite.

– A moto – disse ela. Tornou a piscar, alarmada, e se sentou, apoiando os cotovelos no chão. – A moto precisa estar em ordem.

Lou havia tirado a Triumph da lama e a apoiara no tronco de um pinheiro. O farol pendia do encaixe e não havia mais retrovisor algum.

– Ah – fez Vic, ao avistá-la. – Tudo bem, então.

– Bom. Não sei bem. Ainda não tentei dar a partida. A gente não sabe o que pode se soltar. Quer que eu...

– Não. Tudo bem. Ela vai pegar.

A brisa enviesava a pouca neve que caía. A noite foi tomada por leves ruídos melodiosos.

Vic ergueu o queixo e olhou para os galhos que os encimavam, cheios de anjos, Papais Noé is, flocos de neve, bolas prateadas e douradas.

– Por que será que eles não quebram? – perguntou Lou.

– São horcruxes – respondeu Vic.

Ele lhe lançou um olhar duro, preocupado.

– Tipo as do Harry Potter?

Ela riu, um som assustador e infeliz.

– Olha só quantos enfeites. Tem mais ouro e mais rubis nessas árvores do que em toda Ofir. E o fim aqui vai ser o mesmo de lá.

– "Toda ouvir"? Vic, você não está dizendo coisa com coisa. Volta para mim.

Ela abaixou a cabeça, balançou-a como se tentasse clarear os pensamentos, então encostou uma das mãos no pescoço e fez uma careta de dor.

Olhou para Lou por baixo dos cabelos. Ele ficou chocado: de repente, Vic parecia ela mesma. Exibia no rosto seu típico sorriso maroto e, nos olhos, aquela expressão que sempre o deixara excitado.

– Você é um homem bom, Lou Carmody. Eu posso ser uma piranha maluca, mas amo você. Me arrependo de várias coisas pelas quais fiz você passar e queria que você tivesse conhecido alguém melhor do que eu. Mas não me arrependo de a gente ter tido um filho. Ele tem a minha cara e o seu coração. E eu sei qual dos dois vale mais.

Ele apoiou os punhos no chão e deslizou o traseiro para se aproximar dela. Quando chegou ao seu lado, pôs o braço à sua volta e a apertou junto ao peito. Pousou o rosto em seus cabelos.

– Quem disse que existe alguém melhor? Você fala coisas sobre si mesma que eu não deixaria ninguém mais no mundo falar e sair impune. – Ele beijou-lhe a cabeça. – A gente fez um bom menino. Está na hora de resgatá-lo.

Ela se afastou e o encarou.

– O que houve com os timers? E os explosivos?

Lou estendeu a mão para pegar a mochila, que estava aberta a alguns metros de distância.

– Já comecei a mexer neles – informou ele. – Um tempinho atrás. Só para ter alguma coisa com que ocupar as mãos enquanto esperava você acordar.

Ele gesticulou, como para mostrar como as mãos vazias eram inúteis.

Então abaixou a esquerda, torcendo para Vic não ter visto a gravidade da queimadura.

As algemas pendiam do pulso de sua outra mão. Vic sorriu de novo e as puxou.

– Depois a gente inventa alguma sacanagem para fazer com isto aqui. Sua voz saiu com um tom de cansaço indescritível, que sugeria não

expectativa erótica, mas a lembrança distante de vinho tinto e beijos demorados.

Lou enrubesceu; sempre tivera facilidade para corar. Vic riu e o beijou de leve na bochecha.

– Me mostre o que você fez.

– Bom, não foi grande coisa. Alguns timers não estão mais funcionando... quebraram durante a nossa grandiosa fuga. Consegui armar quatro.

Ele pôs a mão dentro da sacola e retirou um dos sacos brancos e escorregadios de ANFO, do qual saíam dois fios, um vermelho e outro verde, conectados a um timer.

– Os timers, na verdade, são apenas despertadores. Um ponteiro dá as horas, o outro mostra quando estão armados para disparar. Está vendo? E você aperta aqui para dar a partida.

O simples fato de segurar um dos explosivos fez brotar suor nas axilas de Lou. A porra de um timer de pisca-piscas era a única coisa separando-os de uma explosão que não deixaria sequer fragmentos.

– Tem uma coisa que eu não entendo – disse ele. – Quando você vai colocar os explosivos? E onde?

Lou se levantou, espichou a cabeça e olhou para os dois lados, como uma criança prestes a atravessar uma rua movimentada.

Os dois estavam abrigados entre as árvores no solo afundado da floresta. O caminho que subia até a Casa Sino estava bem atrás dele, uma estradinha de cascalho que margeava o barranco e mal tinha largura suficiente para permitir a passagem de um carro só.

À sua esquerda estava a rodovia onde, quase dezesseis anos antes, uma adolescente magrela de pernas compridas irrompera da vegetação rasteira com o rosto todo sujo de fuligem e fora vista por um rapaz de 24 anos montado em uma Harley. Na ocasião, Lou estava fugindo de uma violenta discussão com o pai: lhe pedira um pouco de dinheiro, pois queria tirar o certificado de ensino médio e depois se candidatar à faculdade estadual para estudar produção editorial. Quando o pai quis saber por quê, Lou respondeu que era para abrir a própria editora de quadrinhos. O pai tinha fechado a cara e dito que aquilo era igual a usar dinheiro como papel higiênico. Se Lou quisesse estudar, podia fazer o que *ele* fizera e se tornar um fuzileiro naval. Talvez assim conseguisse perder um pouco de banha e cortar os cabelos direito.

Lou saíra de moto para que a mãe não o visse chorar. Sua ideia era ir até Denver, alistar-se e sumir da vida do pai, passar um ou dois anos servindo no exterior. Só iria voltar quando fosse um homem diferente, magro, duro e frio, alguém que deixaria o pai abraçá-lo mas não o abraçaria de volta. Chamaria o pai de "senhor", ficaria sentado bem ereto na cadeira em postura de alerta e evitaria sorrir. *O que achou do meu corte de cabelo, senhor?*, poderia perguntar. *Ele corresponde aos seus padrões?* Sua vontade era ir embora e voltar refeito, um homem desconhecido para os pais. No caso, foi mais ou menos isso que aconteceu, só que ele nunca chegou a alcançar Denver.

À sua direita ficava a casa na qual Vic quase havia morrido queimada. Não que aquilo ainda fosse uma casa, pelo menos não segundo qualquer definição convencional. Tudo o que restava era uma plataforma de cimento encardida de fuligem e um emaranhado de gravetos carbonizados. Em meio às ruínas havia uma geladeira enorme antiga, descascada e enegrecida, uma estrutura de cama negra e deformada, e parte de uma escada. Uma única parede do que antes era a garagem parecia quase intocada; uma porta aberta sugeria um convite para entrar, afastar umas madeiras queimadas, acomodar-se e passar um tempo ali. Cacos de vidro coalhavam o entulho.

– Mas isto aqui... isto aqui não é a Terra do Natal, é?

– Não – respondeu Vic. – É o portal. Ele provavelmente não *precisa* vir aqui para atravessar, mas por aqui é mais fácil.

Com trombetas junto aos lábios, anjos flutuavam e oscilavam entre os flocos de neve.

– Já o seu portal... – disse Lou. – A ponte. Ela sumiu. Já tinha sumido no momento que a gente chegou ao pé do barranco.

– Consigo trazê-la de volta quando quiser.

– Queria ter trazido aqueles policiais com a gente. Quem sabe eles poderiam apontar aquelas metralhadoras para o cara certo?

– Acho que quanto menos peso a ponte tiver de suportar, melhor. Ela é uma passagem de último caso. Nem *você* eu queria trazer.

– Bom, agora eu estou aqui. – Ele depositou cuidadosamente um dos sacos de ANFO junto aos outros e suspendeu a mochila. – Qual é o plano agora?

– A primeira parte do plano é você me dar esses troços.

Ela segurou a alça da mochila. Lou a encarou por alguns instantes, sem ter certeza se deveria deixar que ela a pegasse, depois a soltou. Já tinha conseguido o que queria: estava ali e Vic não podia se livrar dele. Ela pôs a mochila no ombro.

– A segunda parte... – começou, mas então virou a cabeça e olhou na direção da rodovia.

Um carro deslizava pela noite e a luz de seus faróis dianteiros ia e vinha entre os troncos dos pinheiros e lançava sombras absurdamente compridas pelo caminho de cascalho. Diminuiu a velocidade ao se aproximar da entrada que conduzia à casa. Lou sentiu uma dor difusa latejar atrás da orelha esquerda. A neve caía em grandes flocos que pareciam penas de ganso e já começava a se acumular na estrada de terra batida.

– Meu Deus – sussurrou Lou, e quase não reconheceu a própria voz engasgada. – É ele. A gente não está pronto.

– Volta aqui – falou Vic.

Ela o segurou pela manga e recuou, fazendo-o atravessar o tapete de folhas secas mortas e agulhas de pinheiro. Os dois se esgueiraram para dentro de um grupo de bétulas. Pela primeira vez, Lou reparou que sua respiração se condensava na noite prateada de luar.

O Rolls-Royce Wraith virou para entrar na comprida estradinha de cascalho. Um reflexo da lua cor de osso flutuou no para-brisa, preso em uma cama de gato de galhos pretos.

Vic e Lou ficaram observando a imponente aproximação do carro. Ele sentiu as pernas grossas tremerem. *Só preciso ser corajoso mais um pouquinho*, pensou. Acreditava em Deus do fundo de seu coração, e isso desde que, na infância, vira George Burns no filme *Alguém lá em cima gosta de mim*. Nesse instante, articulou uma prece silenciosa para o magrelo e enrugado George Burns: *Por favor, eu já fui corajoso uma vez, permita que seja de novo. Permita que eu seja corajoso para Wayne e Vic. Eu vou morrer mesmo; permita que seja do jeito certo.* Ocorreu-lhe, então, que muitas vezes sonhara acordado com isso: uma última chance de mostrar que podia deixar de lado o medo e fazer o que precisava ser feito. Sua grande chance enfim havia chegado.

O Rolls passou por eles fazendo o cascalho estalar sob os pneus. Pareceu diminuir a velocidade ao chegar a menos de cinco metros de onde eles estavam, como se o motorista os observasse. Mas o carro não parou, apenas prosseguiu seu caminho sem pressa.

– E a segunda parte? – murmurou Lou, consciente da pulsação que latejava dolorosa em sua garganta. Meu Deus do céu, esperava não ter um derrame antes de aquilo tudo terminar.

– O quê? – perguntou Vic, de olho no automóvel.

– Qual era a segunda parte do plano?

– Ah – fez ela, pegando a outra argola das algemas de Lou e fechando-a em volta do tronco estreito de uma bétula. – A segunda parte é: você fica aqui.

Nas árvores

O ROSTO GENTIL, REDONDO E barbado de Lou estampou a expressão de uma criança que acabou de ver um carro dar ré em cima de seu brinquedo favorito. Seus olhos se encheram de lágrimas, o que fez deles a coisa mais brilhante na escuridão. Vic se afligia por vê-lo à beira das lágrimas, por ver seu choque e a sua decepção, mas o barulho da algema se fechando – o clique abrupto e nítido que ecoou no ar gelado – era o som de uma decisão final, uma escolha já feita, irreversível.

– Lou – sussurrou ela, levando uma das mãos ao seu rosto. – Não chore, Lou. Está tudo bem.

– Eu não quero que você vá sozinha. Queria estar ao seu lado. Eu falei que estaria ao seu lado.

– E está. Você me acompanha a todos os lugares, você faz parte da minha paisagem interior. – Ela lhe deu um beijo na boca e sentiu gosto de lágrimas, mas não soube dizer se eram dele ou suas. Afastou-se e tornou a falar: – De uma forma ou de outra, Wayne vai embora daqui hoje e, se eu não estiver junto, ele vai precisar de você.

Lou piscou, agora chorando sem qualquer pudor. Não tentou se soltar das algemas. A bétula devia ter vinte centímetros de espessura e dez metros de altura. A algema quase não cabia em volta do tronco. Lou a encarou com tristeza e estupefação. Abriu a boca, mas não encontrou palavras.

O Espectro estacionou ao lado da casa em ruínas, rente à única parede ainda em pé, e manteve o motor ligado. Vic olhou na sua direção. Ao longe, pôde ouvir a voz de Burl Ives.

– Eu não entendo – disse Lou.

Vic estendeu a mão para a pulseira de papel que Lou havia recebido no hospital, a mesma que ela vira lá na casa de seu pai.

– O que é isso, Lou? – perguntou.

– Ah, isso? – Ele produziu um ruído que foi metade risada, metade soluço. – Eu desmaiei de novo. Não foi nada.

– Não acredito em você. Esta noite eu acabei de perder meu pai e não posso perder você também. Se acha que eu vou fazer você correr mais riscos, então é mais maluco do que eu. Wayne precisa do pai.

– Ele também precisa da mãe. Assim como eu.

Vic abriu seu típico sorriso, um pouco maroto, um pouco perigoso.

– Não posso prometer nada. Você é o melhor, Lou Carmody. Não é só um homem bom. Você é um herói de verdade, juro por Deus. E não estou falando isso porque você me pôs na garupa da sua moto e me levou embora daqui. Essa foi a parte fácil. Estou falando isso porque você esteve presente para o Wayne todo santo dia. Porque preparou a merenda dele, o levou ao dentista, leu histórias para ele dormir. Eu amo você, moço.

Ela tornou a olhar para a estradinha; Manx tinha saltado do carro. Ele atravessou o facho dos próprios faróis e, pela primeira vez em quatro dias, Vic pôde observá-lo com atenção. Ele estava usando seu casaco antiquado tipo fraque, com a fileira dupla de botões. Os cabelos pretos e brilhantes penteados para trás deixavam à mostra a enorme protuberância da testa. Manx parecia um homem de 30 anos. Em uma das mãos segurava um imenso martelo prateado. A outra estava fechada em torno de algum objeto pequeno. Ele saiu do raio de alcance dos faróis e entrou no meio das árvores, desaparecendo por um instante nas sombras.

– Preciso ir – falou Vic, e beijou a bochecha de Lou.

Ele estendeu-lhe a mão, mas ela se desvencilhou e caminhou em direção à Triumph, olhando a moto de cima a baixo. Uma mossa do tamanho de um punho marcava o tanque de gasolina e um dos canos, solto, tinha cara de que iria se arrastar no chão. Mas a moto pegaria. Vic pôde senti-la à sua espera.

Manx saiu do meio da floresta e se postou entre os faróis traseiros do Espectro. Deu a impressão de olhar diretamente para Vic, embora não parecesse possível que ele a visse naquela escuridão e com a neve que caía.

– Olá! – chamou ele. – Está aqui conosco, Victoria? Está aqui com a sua máquina infernal?

– Solta ele, Charlie! – gritou Vic. – Se quiser viver, deixa ele ir embora!

Mesmo a sessenta metros de distância, pôde ver Manx encarando-a com uma expressão radiante.

– Acho que a esta altura você já deve saber que eu não morro facilmente! Mas vamos lá, Victoria! Siga-me até a Terra do Natal! Vamos para a Terra do Natal dar um fim nesta história! Seu filho vai gostar de vê-la!

Sem esperar resposta, ele se sentou ao volante do Espectro. Os faróis traseiros ficaram mais fortes, depois mais fracos, e o carro recomeçou a avançar.

– Ai, meu Deus, Vic – praguejou Lou. – Ai, meu Deus. Isso é um erro. Ele está pronto para você. Tem que ter algum outro jeito. Não faça isso. Não vá atrás dele. Fique comigo, a gente dá outro jeito.

– Hora de ir, Lou. Fique de olho no Wayne; ele vai aparecer daqui a pouco.

Ela passou a perna por cima do selim e girou a chave na ignição. O farol dianteiro estremeceu com um brilho fraco por alguns instantes, em seguida apagou. Tremendo por estar vestindo apenas short jeans, uma camiseta fina e tênis, Vic pousou o calcanhar no pedal de partida e jogou todo o peso para baixo. A Triumph tossiu e engasgou. Ela tornou a pular e o motor produziu um barulho chocho de flatulência: *prrrr.*

– Vamos lá, meu bem – incentivou Vic, baixinho. – Nossa última viagem. Vamos trazer nosso menino para casa.

Ficou toda ereta. A neve se prendia nos finos pelos de seu braço. Ela desceu o corpo. A Triumph despertou com um rugido.

– Vic! – chamou Lou, mas ela não podia olhar para ele agora.

Se o visse chorando, iria querer abraçá-lo e talvez perdesse a coragem. Ela engatou a primeira.

– Vic!

Ela subiu a toda a curta e íngreme encosta do barranco. A neve fazia o pneu traseiro rabear na grama escorregadia e ela teve que pousar um pé no chão e *empurrar* para passar pela borda do barranco.

Tinha perdido o Espectro de vista. O carro dera a volta na ruína do velho chalé de caça e desaparecera por uma brecha nas árvores do outro lado. Ela passou a segunda, depois a terceira, e acelerou para alcançá-lo.

Os pneus faziam pedras voarem. A moto lhe parecia solta e instável sobre a neve, que formava uma fina camada sobre o cascalho.

Vic deu a volta na ruína, adentrou o mato alto e pegou uma espécie de trilha de terra batida entre as árvores onde mal caberia o Espectro. Na realidade eram apenas dois sulcos estreitos com samambaias crescendo no espaço entre eles.

Os galhos dos pinheiros pendiam acima dela e formavam um corredor apertado, escuro e estreito. O Espectro tinha desacelerado para permitir que ela o alcançasse e agora estava a apenas 15 metros. NOS4A2 continuou em frente e Vic seguiu seus faróis traseiros. O vento gélido atravessava sua camiseta e enchia seus pulmões com um ar ardido, congelado.

As árvores começaram a se afastar de ambos os lados até darem lugar a uma clareira coberta de pedras. À frente havia um muro de pedra no qual se abria um túnel velho de tijolos que quase não comportava o Espectro. Vic pensou na sua ponte. *Essa é a ponte dele*, pensou. Pregada à pedra junto à entrada do túnel havia uma placa branca de metal: O PARQUE ESTÁ ABERTO TODOS OS DIAS, O ANO INTEIRO! CRIANÇAS, PREPAREM-SE PARA GRITAR HIP-HIP-*NEVE*-HURRA!

O Espectro entrou no túnel. A voz de Burl Ives ecoou até Vic pela passagem que ela duvidava que existisse dez minutos atrás.

Vic o seguiu. O cano de escapamento direito da moto arrastava nas pedras do chão e lançava faíscas; o ronco do motor ecoava nas paredes.

O Espectro saiu da passagem. Em seu encalço, ela emergiu rugindo da escuridão, passou pelos portões feitos de bengalas de doce, cruzou com Quebra-Nozes de três metros de altura que montavam guarda e adentrou, por fim, a Terra do Natal.

TRIUMPH
UMA ETERNA VÉSPERA DE NATAL

Terra do Natal

O ESPECTRO A CONDUZIU PELO bulevar principal, chamado Avenida Jujuba. Conforme o carro avançava, Charlie Manx dava repetidamente três toques na buzina: *da-da-da*, *da-da-da*, os inconfundíveis primeiros acordes de "Jingle Bells".

Vic foi atrás; o frio agora lhe causava tremores incontroláveis e ela teve que se esforçar para não bater os dentes. Quando o vento se erguia, atravessava a camiseta como se ela estivesse completamente nua e floquinhos de neve cortavam sua pele como cacos de vidro.

Os pneus da moto não aderiam muito bem aos paralelepípedos cobertos de neve. A Avenida Jujuba parecia escura e deserta, como uma via que cortasse uma aldeia abandonada do século XIX: velhos postes de ferro, prédios estreitos com beirais e águas-furtadas escuras, portas recuadas em nichos.

No entanto, à medida que o Espectro avançava, os lampiões a gás dos postes se acendiam e chamas azuis ganhavam vida dentro das cúpulas cobertas de gelo. Lamparinas a óleo luziram vida nas janelas das lojas para iluminar vitrines elaboradas. Vic passou por uma loja de doces chamada Le Chocolatier, cuja vitrine exibia trenós, renas e uma imensa mosca, todos de chocolate, além de um bebê de chocolate com a cabeça de um bode. Passou por outra loja chamada Punch & Judy cheia de marionetes de madeira penduradas na vitrine. Uma menina com vestido azul de pastora cobria o rosto com as mãos de madeira e sua boca aberta formava um perfeito "O" de surpresa. Um menino de calça curta segurava um machado com manchas vivas de sangue. Aos seus pés jazia uma série de cabeças e braços de madeira.

Além dessa pequena zona comercial, se erguiam os brinquedos, tão escuros e sem vida quanto a rua principal no momento da sua chegada. Ela viu a

Montanha-Russa do Trenó se assomando na noite como o esqueleto de uma colossal criatura pré-histórica. Viu o grande anel preto da roda-gigante. E atrás disso tudo se avultava a montanha, uma parede rochosa quase vertical congelada em milhares de toneladas de neve.

No entanto, o que prendeu a atenção de Vic foi o imenso espaço acima da montanha. Um aglomerado de nuvens prateadas preenchia por completo metade do céu noturno, e flocos suaves e graúdos flutuavam preguiçosamente até o chão. O resto do céu estava livre, um porto de escuridão e estrelas, e pendurada no centro disso tudo...

Uma gigantesca lua crescente prateada com um rosto.

Tinha uma boca torta, um nariz adunco e, como ela agora cochilava, o imenso e único olho estava fechado. Os lábios azuis estremeciam e ela emitia um ronco alto feito um 747 levantando voo; cada expiração fazia as próprias nuvens vibrarem. De perfil, a lua se parecia muito com o próprio Charlie Manx.

Vic tinha sido louca por vários anos, mas em todo esse tempo jamais havia sonhado ou visto nada parecido. Se houvesse alguma coisa no meio da rua, ela teria batido com a moto; foi preciso dez segundos para conseguir desgrudar os olhos daquela lua.

O que finalmente a fez olhar para baixo foi um leve movimento na periferia de seu campo de visão.

Era uma criança em pé dentro de um beco escuro entre a Loja de Relógios Tempos Idos e a Barraquinha de Cidra do Sr. Manx. Quando o Espectro passou, os relógios ganharam vida e começaram a tiquetaquear, bater, estalar e tocar. Instantes depois, uma engenhoca de cobre reluzente posicionada na vitrine da barraquinha pôs-se a bufar, resfolegar e soltar vapor.

A criança estava usando um casaco de pele sujo e tinha cabelos compridos e maltratados que pareciam indicar o sexo feminino, embora Vic não pudesse ter certeza. Aquela coisa tinha dedos ossudos que terminavam em unhas compridas e amarelas. O rosto liso e branco apresentava uma leve teia negra sob a pele que lhe dava o aspecto de uma máscara de esmalte rachada e desprovida de qualquer expressão. A criança a observou passar sem dizer nada. Seus olhos brilharam, vermelhos como os de uma raposa, ao refletir a luz dos faróis que passavam.

Querendo ver melhor, Vic girou a cabeça para espiar por cima do ombro e viu três outras crianças emergirem do beco mais atrás. Uma parecia segurar uma foice; duas estavam descalças. Descalças na neve.

A coisa está feia, pensou. *Eu já estou cercada.*

Tornou a olhar para a frente e viu logo adiante uma rotatória em torno da maior árvore de Natal que já vira na vida. A árvore devia ter bem mais de quarenta metros de altura; a base do tronco era tão larga quanto um pequeno chalé.

Duas outras ruas partiam da grande rotatória e a parte remanescente do círculo era margeada por uma mureta de pedra na altura do quadril que dava para... o vazio. Era como se o mundo terminasse ali e despencasse para uma noite sem fim. Enquanto percorria metade do círculo no encalço do Espectro, Vic analisou aquilo. A neve recém-caída fazia cintilar a superfície da mureta. Depois dela, o que havia era uma mancha de óleo feita de escuridão e coagulada com estrelas, que formavam ondas congeladas e arabescos impressionistas. Aquilo era mil vezes mais vívido do que o céu real, mas ao mesmo tempo tão falso quanto qualquer outro que Vic houvesse desenhado em seus livros do Máquina de Busca. O mundo *realmente* terminava ali: ela estava fitando os frios e insondáveis confins da imaginação de Charlie Manx.

Sem qualquer aviso, a grande árvore de Natal se acendeu toda de uma vez e mil luzinhas elétricas iluminaram as crianças reunidas à sua volta.

Algumas estavam sentadas nos galhos mais baixos, mas a maioria – talvez chegassem a trinta – se achava de pé debaixo dos galhos, vestindo roupas de dormir, casacos de pele, trajes de baile de cinquenta anos antes, chapéus de pele, macacões ou uniformes da polícia. À primeira vista, todas pareciam estar usando delicadas máscaras de vidro branco e tinham a boca fixa em sorrisos cheios de covinhas, com lábios excessivamente carnudos e vermelhos demais. Após uma análise mais detida, as máscaras se transformavam em rostos, as finíssimas rachaduras eram veias, visíveis através da pele translúcida, e os sorrisos forçados exibiam bocas repletas de pequeninos dentes pontiagudos. Aquelas crianças, na verdade, eram mais como antigas bonecas de porcelana.

Um menino sentado em um galho empunhava uma faca de lâmina curva do mesmo tamanho de seu antebraço.

Uma garotinha segurava uma corrente com um gancho na ponta. Uma terceira criança – Vic não soube dizer o sexo – carregava um cutelo de açougueiro e usava um colar feito de dedos ensanguentados.

Ela agora estava perto o suficiente para ver os enfeites que decoravam a árvore e sentiu o ar ser forçado para fora de seus pulmões. Eram cabeças com a pele grossa feito couro, escurecida mas não podre, preservadas pelo frio.

Cada uma tinha dois buracos onde antes ficavam os olhos. Bocas pendiam abertas em gritos mudos. Uma delas era a de um homem de rosto magro e cavanhaque louro, com óculos de lentes verdes e armação em forma de coração cravejada de cristais. As cabeças eram os únicos rostos adultos que se via na Terra do Natal.

O Espectro parou, bloqueando a rua. Vic engatou a primeira na Triumph, pressionou o freio e se deteve também, dez metros atrás do carro.

Crianças começaram a se espalhar, vindas de baixo da árvore; a maioria foi em direção ao Espectro, mas algumas a rodearam por trás até formar uma barricada humana. Ou inumana, no caso.

– Solta ele, Manx! – gritou Vic.

Foi preciso toda sua força de vontade para manter as pernas firmes, pois ela estava dominada por uma mistura de frio e medo. O ar cortante da noite fazia arder suas narinas e queimava seus olhos. Não havia nenhum lugar seguro para onde olhar. Na árvore estavam pendurados todos os outros adultos desafortunados o bastante para irem parar na Terra do Natal. E à sua volta se encontravam as bonecas sem vida de Manx.

A porta do Espectro se abriu e Charlie Manx surgiu.

Ao se erguer, ele ajeitou um chapéu na cabeça – Vic identificou o fedora de Maggie. Posicionou-o em um ângulo preciso, arrumando a aba. Agora mais jovem até do que Vic, Manx estava quase bonito: malares saltados, um queixo anguloso. Ainda faltava um pedaço de sua orelha esquerda, mas a cicatriz estava rosada, brilhante e lisa. Em uma das mãos ele segurava o martelo prateado, que balançava lentamente para a frente e para trás, feito o pêndulo de um relógio contando os segundos em um lugar onde o tempo não importava.

A lua roncou. O chão estremeceu.

Manx sorriu para Vic e tocou o chapéu de Maggie em um cumprimento, mas em seguida se virou para olhar as crianças vindo na sua direção. As longas abas do casaco rodopiaram à sua volta.

– Olá, pequeninos – disse ele. – Que saudade! Vamos acender uma luz para eu poder ver vocês melhor.

Ele ergueu a mão livre e puxou uma cordinha imaginária suspensa no ar.

A Montanha-Russa do Trenó se iluminou com uma fieira emaranhada de luzes azuis. A roda-gigante brilhou. Em algum lugar ali perto, um carrossel pôs-se a girar e uma música começou a sair de alto-falantes invisíveis. Com sua voz doce e libidinosa, safada e inocente, Eartha Kitt cantava para o

Papai Noel que tinha sido uma menina boazinha em um tom que sugeria o contrário.

Sob as luzes fortes do parque de diversões, Vic pôde notar que as roupas das crianças estavam sujas de terra e sangue. Viu uma menina pequena correr de braços abertos, a camisola branca rasgada com marcas de mãos impressas em sangue. Ela alcançou Manx e envolveu sua perna com os bracinhos. Ele levou a mão à parte de trás de sua cabeça e a pressionou contra si.

– Ah, pequena Lorrie – falou Manx à menina. Outra garota um pouco mais alta, com cabelos compridos e lisos que chegavam à parte de trás dos joelhos, veio correndo e abraçou Manx pelo outro lado. – Millie, meu doce.

Millie usava o uniforme vermelho e azul de um Quebra-Nozes, com bandoleiras cruzadas sobre o peito magro. Trazia uma faca presa ao cinto dourado e a lâmina nua era tão brilhante quanto a superfície de um lago de montanha.

Manx endireitou o corpo, mas manteve os braços em volta de suas meninas. Virou-se e olhou para Vic com o semblante contraído reluzindo com algo que poderia até ser orgulho.

– Tudo o que fiz, Victoria, foi por causa das minhas filhas. Este lugar fica além da tristeza, além da culpa. Aqui todo dia é Natal, para sempre. Todo dia tem chocolate quente e presentes. Veja só o que eu dei para minhas duas filhas, carne da minha carne e sangue do meu sangue, e para todas essas outras crianças felizes e perfeitas! Você realmente consegue dar algo melhor para o seu filho? Algum dia já deu?

– Ela é bonita – comentou um menino pequeno atrás de Vic, de voz miúda. – Tão bonita quanto a minha mãe.

– Como será que ela vai ficar sem nariz? – perguntou outro garoto, e deu uma risada ofegante.

– O que você pode proporcionar a Wayne exceto infelicidade, Victoria? – indagou Manx. – Por acaso pode lhe dar estrelas só dele, uma lua só dele, uma montanha-russa que se reconfigura a cada dia com novos arcos e novos loopings, uma loja de chocolate cujo estoque nunca termina? Pode lhe dar amigos, brincadeiras, diversão, mantê-lo livre das doenças, livre da morte?

– Eu não vim aqui negociar, Charlie! – tornou a gritar Vic.

Era difícil encará-lo. Ela não parava de olhar para os lados, lutando contra o impulso de olhar por cima do próprio ombro. Podia sentir as crianças se aproximarem com suas correntes, machadinhas, facas e colares de dedos decepados.

– Eu vim aqui matar você. Se não me devolver meu filho, tudo isto aqui vai sumir. Você, suas crianças e toda esta fantasia idiota. Última chance.

– Ela é a garota mais bonita que eu já vi – continuou o menino de voz miúda. – Tem olhos bonitos. Os olhos dela são iguais aos da minha mãe.

– Tá bom – falou o garoto que rira antes. – Pode ficar com os olhos, eu fico com o nariz.

Da escuridão sob as árvores, uma voz ensandecida e histérica entoou uma canção:

Vamos fazer uma Menina de Neve aqui na Terra do Natal!
E depois vamos fingir que ela é uma débil mental!
Com a Menina de Neve vamos nos divertir de montão
Até as outras criancinhas a derrubarem no chão!

O menino deu uma risadinha.

As outras crianças se calaram. Vic nunca tinha presenciado um silêncio mais aterrador.

Manx levou o mindinho aos lábios um instante, no gesto afetado de quem reflete.

– Você não acha que deveríamos perguntar a Wayne o que *ele* acha? Curvando-se, sussurrou para Millie.

A filha de Manx caminhou descalça até a traseira do Espectro.

Vic ouviu pés se arrastarem no chão à sua esquerda, virou a cabeça depressa e viu uma criança a menos de dois metros de distância. Era uma garotinha roliça vestida com um casaco de pele todo emaranhado e aberto, mostrando que ela não usava nada por baixo a não ser uma calcinha imunda da Mulher--Maravilha. Quando Vic a encarou, a menina ficou totalmente imóvel, como se elas estivessem disputando algum tipo demente daquela brincadeira de estátua. A criança empunhava uma machadinha. Por sua boca aberta, Vic viu um cilindro cheio de dentes e pensou ter discernido três fileiras distintas que chegavam a descer pela garganta da menina.

Olhou de novo para o carro no momento que Millie estendeu a mão para abrir a porta.

Por um instante, nada aconteceu. A porta aberta estava preenchida por uma escuridão de breu.

Vic viu Wayne segurar a borda da porta com uma das mãos nuas, em seguida um dos pés despontou para fora. Ele deslizou do banco e pisou as pedras do calçamento.

Tinha a boca aberta de assombro e o rosto erguido para as luzes e para a noite. Estava limpo e bonito, os cabelos pretos penteados para trás acima da testa terrivelmente branca e a boca vermelha aberta em um sorriso de espanto...

E Vic notou os dentes: lâminas de osso em fileiras afiadas e delicadas. Iguais aos de todas as outras crianças.

– Wayne – chamou. Sua voz foi um soluço engasgado. Ele virou a cabeça e a fitou com prazer e incredulidade.

– Mãe! *Ei!* Ei, mãe, não é *incrível*? É tudo de verdade! Tudo de verdade *mesmo*!

Ele olhou por cima da mureta de pedra para o céu, para a imensa lua baixa com seu rosto prateado e adormecido, e riu. Vic não conseguiu se lembrar da última vez que o filho rira com tanto abandono, com tanta facilidade.

– Mãe! A lua tem uma cara!

– Vem cá, Wayne. Neste segundo. Vem até aqui. A gente precisa ir embora.

Ele a encarou e uma covinha de incompreensão surgiu entre suas sobrancelhas escuras.

– Por quê? A gente acabou de chegar.

Por trás, Millie passou um dos braços em volta da cintura de Wayne e grudou-se às suas costas como se fosse uma namorada. Ele se contorceu e olhou em volta, espantado, mas se imobilizou quando Millie começou a sussurrar em seu ouvido. Ela era linda de morrer, com as maçãs do rosto saltadas, os lábios carnudos e as têmporas afundadas. Ele ouviu atentamente, os olhos arregalados, e sua boca se escancarou e deixou à mostra um número ainda maior daqueles dentes pontiagudos.

– Ah! Ah, está *de brincadeira*! – Ele olhou para Vic, atônito. – Ela está dizendo que a gente *não pode* ir embora! Não pode ir a lugar nenhum porque eu tenho que abrir meu presente de Natal!

Millie se inclinou e pôs-se a sussurrar freneticamente no ouvido de Wayne.

– Sai de perto dela, Wayne – mandou Vic.

A gordinha do casaco de pele deu mais alguns passos arrastados na direção de Vic e chegou quase perto o suficiente para cravar a machadinha em sua perna. Vic ouviu mais passos atrás de si quando as outras crianças se aproximaram.

Intrigado, Wayne olhou de esguelha para a menina, franziu a testa para si mesmo e exclamou:

– É claro que você pode ajudar a abrir o meu presente! Todo mundo pode ajudar! Cadê meu presente? Vamos lá pegar e vocês podem começar a rasgar agora mesmo!

A menina sacou sua faca e a apontou para Vic.

Debaixo da grande árvore

– O QUE VOCÊ TINHA dito, Victoria? – perguntou Manx. – Última chance? Acho que é a *sua* última chance. Eu daria meia-volta com essa moto enquanto ainda é possível.

– Wayne! – chamou ela, ignorando Manx e cravando os olhos nos do filho. – Ei, você ainda está pensando ao contrário como sua avó mandou? Me diz que ainda está pensando ao contrário.

Ele a encarou com um olhar vazio, como se ela houvesse feito uma pergunta em um idioma estrangeiro. Sua boca estava entreaberta. Então, bem devagar, falou:

– *.difícil* é mas ,mãe ,tentando Estou

Manx sorria, mas seu lábio superior se afastou até deixar à mostra os dentes tortos e Vic pensou ter visto uma centelha de algo semelhante à irritação atravessar seus traços macilentos.

– Que bobajada é essa? Está fazendo joguinhos, Wayne? Porque eu adoro um joguinho... contanto que não me deixem de fora. O que você acabou de dizer?

– Nada! – respondeu Wayne com um tom de voz que sugeria total sinceridade e a mesma incompreensão de Manx. – Por quê? O que *pareceu* que eu disse?

– Wayne disse que ele é meu, Manx – interveio Vic. – Que você não pode ficar com ele.

– Mas eu já estou com ele, Victoria – retrucou Manx. – Já estou com ele e não vou deixá-lo ir embora.

Vic tirou a mochila do ombro e a segurou no colo. Abriu o zíper, mergulhou uma das mãos lá dentro e pegou um dos sacos de ANFO.

– É melhor você soltar meu filho, porra, senão o Natal vai acabar para todo mundo aqui! Vou fazer esta merda voar pelos ares.

Manx empurrou o fedora para trás da cabeça com o polegar.

– Nossa, quanto palavrão! Nunca consegui me acostumar com esse palavreado na boca de uma moça. Sempre achei que isso faz uma garota parecer o pior tipo de vadia!

A gordinha de casaco de pele deu mais meio passo arrastado para a frente. Seus olhos, recuados entre pequenas dobras de gordura, brilharam com um vermelho que lembrava a doença da raiva. Vic acelerou um tiquinho a moto, que pulou alguns metros para a frente. Queria abrir alguma distância entre si e as crianças cada vez mais próximas. Virou o ANFO de cabeça para baixo, encontrou o timer, acertou-o para o que parecia ser dali a cinco minutos e apertou o botão de ligar. Nesse instante, imaginava que um derradeiro clarão aniquilante de luz branca fosse acabar com o mundo, e suas tripas se contraíram com força, preparando-se para uma última e lancinante explosão de dor. Só que nada assim aconteceu. Aliás, *nada* aconteceu. Vic nem teve certeza de que o timer fora ligado; o mecanismo não emitia ruído algum.

Ela segurou o ANFO acima da cabeça.

– O timer deste negócio aqui é bem ruinzinho, Manx. Eu acho que vai explodir daqui a três minutos, mas pode ser que esteja errando um ou dois minutos para mais ou para menos. E tem vários outros iguais a este aqui dentro da mochila. Manda o Wayne vir até aqui. Agora. Quando ele estiver em cima da moto, eu desligo o timer.

– O que é isso aí? – indagou Manx. – Parece um daqueles travesseirinhos que a gente recebe no avião. Eu andei de avião uma vez, de Saint Louis até Baton Rouge. Nunca mais faço isso! Tive sorte de sair vivo. O avião sacudiu a viagem inteira, como se estivesse em cima de um barbante e Deus estivesse brincando de ioiô conosco.

– Um saco de bosta. Igual a você.

– Um... Como é que é?

– Isto aqui é ANFO. Um fertilizante enriquecido. Quando você encharca esta bosta aqui em diesel, ela se transforma no explosivo mais potente do mundo depois de um caixote de TNT. Timothy McVeigh destruiu um prédio federal de doze andares com dois sacos iguais a este. Eu posso fazer a mesma coisa com todo este seu mundinho e tudo o que ele contém.

Mesmo a dez metros de distância, Vic pôde ver nos olhos de Manx que ele estava calculando enquanto refletia. Então, o sorriso dele se alargou.

– Eu não acredito que você vá fazer isso. Explodir também você mesma e seu filho. Só se fosse maluca.

– Ah, cara, será que você só entendeu isso agora?

O sorriso dele foi morrendo aos poucos. Suas pálpebras afundaram e seus olhos adquiriram uma expressão baça e decepcionada.

Ele abriu a boca para gritar e, nesse instante, a lua abriu seu único olho e começou a berrar.

O olho da lua, vermelho e esbugalhado, mais parecia um saco de pus com uma íris no meio. A boca era um rasgo serrilhado na noite. E a voz era a de Manx, tão amplificada que quase ensurdecia:

PEGUEM ELA! *MATEM ELA!* ELA VEIO AQUI PARA ACABAR COM O NATAL! MATEM ELA *AGORA*!

O chão estremeceu. Os galhos da imensa árvore de Natal se agitaram no escuro. O freio escapuliu da mão de Vic e a Triumph pulou mais 15 centímetros para a frente. A mochila cheia de ANFO escorregou de seu colo e caiu sobre as pedras do calçamento.

Os prédios se sacudiram com os gritos da lua. Vic nunca tinha vivenciado um terremoto na vida e não conseguiu controlar a própria respiração; seu terror era algo indizível abaixo do nível do pensamento consciente e da linguagem. A lua começou a rugir, um som desarticulado de fúria que fez os flocos de neve no ar rodopiarem e se agitarem feito loucos.

A menina gorda deu um passo e lançou a machadinha para cima de Vic, igual a um índio apache em um filme de faroeste. A extremidade mais pesada e rombuda acertou Vic no joelho esquerdo machucado; a dor foi avassaladora.

A mão de Vic tornou a soltar o freio e a Triumph deu outro pinote. A mochila, porém, não foi deixada para trás: uma das alças tinha agarrado na pedaleira traseira que Lou havia baixado ao subir na garupa. Como sempre, Lou Carmody vinha em seu socorro. Ela ainda estava com o ANFO, mesmo que fora do seu alcance.

O ANFO. Nesse exato momento, ela estava segurando um dos pacotes bem apertado junto ao peito com a mão esquerda e o timer, em tese, estava ligado: não fazia tique-taque ou qualquer outro ruído que sugerisse o funcionamento.

Livre-se desse pacote, pensou ela. *Em algum lugar que mostre a ele o estrago que pode fazer com esses troços.*

As crianças avançaram para cima dela, saindo de baixo da árvore, coalhando o chão de pedras. Ela ouviu leves batidas de pés atrás de si. Olhou em volta à procura de Wayne e viu Millie ainda abraçada a ele. Os dois estavam em pé junto ao Espectro e, por trás, a menina enlaçava delicadamente o peito do seu filho. Na outra mão, segurava a faca em forma de meia-lua que Vic sabia que planejava usar em Wayne antes de soltá-lo.

No segundo seguinte, uma criança pulou em cima dela. Vic deu um puxão no acelerador. A Triumph saltou para a frente e a criança errou feio e se espatifou de barriga no chão. Ainda presa à pedaleira, a mochila quicava sobre as pedras cobertas de neve.

Vic acelerou a moto direto para cima do Rolls-Royce, como se pretendesse passar por cima do carro. Manx agarrou a menina – Lorrie? – e se encolheu atrás da porta aberta, no gesto protetor de qualquer pai. E com esse gesto Vic entendeu tudo. O que quer que as crianças tivessem se tornado, o que quer que ele houvesse feito com elas, sua intenção era deixá-las seguras, para impedir que fossem atropeladas pelo mundo. Manx acreditava sinceramente na própria decência. Era assim com todos os monstros de verdade, supunha ela.

Vic apertou o freio, cerrou os dentes por causa da dor lancinante e violenta no joelho esquerdo, virou o guidom e fez um giro de quase 180 graus com a moto. Uma fila de mais de dez crianças a perseguia correndo pela rua. Ela tornou a acelerar e a Triumph avançou rugindo para cima delas; quase todas se espalharam feito folhas secas durante um furacão.

Uma menina magra de camisola rosa agachou-se e continuou na frente da moto. Vic desejou passar direto por cima dela, atropelar aquela filha da puta, mas no último segundo virou o guidom para tentar contorná-la: não conseguiu evitar; não podia atropelar uma criança.

A moto se balançou perigosamente sobre as pedras escorregadias e perdeu velocidade e, de repente, a menina montou na garupa. Segurou a perna de Vic com as garras de uma velha megera, com unhas compridas e irregulares, e se suspendeu para cima do banco atrás dela.

Vic acelerou de novo e a moto deu um pinote para a frente, aumentando a velocidade à medida que dava a volta na rotatória.

A garota na garupa emitia ruídos, barulhos engasgados e rosnados iguais aos de um cachorro. Escorregou uma das mãos em volta da cintura de Vic, que quase gritou devido ao frio, tão intenso que chegou a arder.

A menina segurava um pedaço de corrente com a outra mão, que ergueu e baixou bem em cima do joelho esquerdo de Vic, como se de algum modo soubesse o que mais iria machucá-la. Um fogo de artifício explodiu atrás da patela de Vic, que soluçou e deu um tranco para trás com o cotovelo, acertando a criança bem no rosto.

A garota deu um grito – um som estrangulado, partido – e, quando Vic a encarou, seu coração teve um sobressalto de repulsa; na mesma hora, ela perdeu o controle da Triumph.

O outrora belo rostinho tinha se deformado e seus lábios esticados, agora do tamanho dos de um verme, formavam um buraco serrilhado rosa revestido por dentes que desciam até o esôfago. Sua língua era preta e seu hálito recendia a carne velha. Ela abriu a boca até ficar grande o suficiente para alguém enfiar um braço pela garganta, então cravou os dentes no ombro de Vic.

Foi como ser atingida por uma serra elétrica. A manga da camiseta de Vic e a pele por baixo se transformaram em uma papa ensanguentada.

A moto tombou para o lado direito, acertou o chão em meio a uma chuva de faíscas douradas e escorregou pelas pedras com um ruído estridente. Vic não soube dizer se pulara ou fora jogada, mas se deu conta de que estava fora da moto, rolando pelo chão.

ELA CAIU, ELA CAIU, CORTEM ELA, MATEM ELA!

O chão sob Vic tremeu com os gritos da lua, como se um comboio de carretas estivesse passando.

Ela estava caída de costas, com os braços abertos e a cabeça sobre as pedras. Olhou para os galeões prateados das nuvens lá em cima (*levanta*).

Tentou avaliar a extensão dos próprios ferimentos. Não conseguia mais sentir a perna esquerda (*levanta daí*).

Sentiu o lado esquerdo do quadril ralado e dolorido. Levantou a cabeça de leve e o mundo girou à sua volta de forma repentina e nauseante (*levanta* ***levanta***).

Vic piscou e, por um segundo, o céu se encheu não de nuvens, mas de estática, um denso chuvisco de partículas pretas e brancas (*LEVANTA LOGO DAÍ*).

Apoiou-se nos cotovelos para se sentar e olhou para a esquerda. A Triumph a fizera dar meia volta do círculo até uma das ruas que conduziam ao parque de diversões. Do outro lado da rotatória, viu crianças – talvez chegassem a cinquenta – avançarem na sua direção pelo escuro em uma corrida silenciosa. Atrás delas se erguia a árvore alta feito um edifício de dez andares e, mais além, em algum lugar, estariam o Espectro e Wayne.

A lua a fitava com ódio lá do céu com seu medonho olho vermelho esbugalhado.

TESOURA-NO-MENDIGO! TESOURA-NA-*PIRANHA*!

Por um segundo, porém, ela sumiu de vista igual a uma TV quando alguém troca de canal. O céu virou um caos de ruído branco. Vic pôde até ouvir os sibilos.

LEVANTA, pensou, e então, abruptamente, pegou-se de pé, segurando a moto pelo guidom. Pressionou o peso contra a Triumph e deu um grito no momento que uma nova onda de dor excruciante varou seu joelho e quadril esquerdos.

A menininha da boca de verme fora jogada contra a porta de uma loja na esquina: Loja de Fantasias do Charlie! Encostada na porta, a coisa – ou melhor, *a garota* – balançava a cabeça como quem tenta clarear os pensamentos. Vic viu que o saco de ANFO tinha, não se sabe como, ido parar entre seus tornozelos.

ANFO, pensou Vic – a palavra havia adquirido as características de um mantra – e esticou o corpo para pegar a mochila ainda enganchada na pedaleira. Soltou-a, pendurou-a no ombro bom e passou uma das pernas por cima da Triumph.

As crianças que corriam na sua direção deviam estar berrando, mas pareciam avançar em um movimento silencioso, afastando-se do círculo central coberto de neve e espalhando-se pelas pedras do calçamento. Vic pulou em cima do pedal de partida.

A Triumph tossiu e não pegou.

Ela tornou a pular. Um dos canos de escapamento, agora solto e caído por cima das pedras, cuspiu uma fumaça rala, mas o motor emitiu apenas um ruído cansado e engasgado antes de morrer.

Uma pedra a acertou na cabeça por trás e um clarão negro explodiu atrás de seus olhos. Quando sua visão voltou ao normal, o céu se encheu de estática durante um segundo e se borrou, reconstituindo-se em nuvens e escuridão. Vic pisou no pedal de partida.

Ouviu engrenagens girarem sem engatar e perderem a força.

A primeira das crianças a alcançou. Era um menino e não carregava nenhum tipo de arma – talvez ele tivesse jogado a pedra –, mas seu maxilar se escancarou, exibindo uma caverna rosada e obscena ocupada por várias fileiras de dentes. Ele grudou a boca na perna nua de Vic; dentes em formato de anzol furaram a carne e agarraram o músculo.

Vic gritou de dor e deu um tranco com o pé direito para se livrar do garoto. Seu calcanhar acertou o pedal de partida e o motor acordou. Ela girou o acelerador e a Triumph avançou, jogando longe o garoto.

Olhando por cima do ombro esquerdo, ela disparou pela rua lateral em direção à Montanha-Russa do Trenó e ao Carrossel das Renas.

Vinte, trinta, talvez quarenta crianças tenham corrido pela rua em seu encalço, muitas descalças, com os tornozelos estalando nas pedras.

A menina que fora projetada contra as portas da Loja de Fantasias do Charlie agora estava sentada. Curvando-se para a frente, estendeu a mão para a embalagem de ANFO junto a seus pés.

Um clarão branco rebentou.

A explosão fez um tremor e uma ondulação de calor percorrerem o ar e Vic pensou por um instante que a moto fosse ser arrancada do chão e lançada para longe.

Todas as vitrines da rua se estilhaçaram. O clarão branco se transformou em uma gigantesca bola de fogo. A Loja de Fantasias do Charlie desabou sobre si mesma e desmoronou com uma avalanche de tijolos em chamas e uma nevasca de vidro em pó cintilante. O fogo se alastrou pela rua, arrebanhou umas dez crianças como se fossem gravetos e as arremessou noite adentro. Pedras voaram do calçamento.

A lua abriu a boca para dar um grito horrorizado e seu único e imenso olho se esbugalhou de fúria – então, a onda de choque atingiu aquele céu de mentira e o fez estremecer inteiro, como uma imagem refletida em um espelho de parque de diversões. Lua, estrelas e nuvens se dissolveram até virar um campo branco de neve elétrica. A detonação se propagou rua abaixo. Prédios tremeram. Vic inspirou uma lufada de ar queimado, fumaça de diesel e tijolo em pó. As repercussões ondulantes da explosão se acalmaram e o céu piscou e voltou a existir.

A lua não parava de gritar; o som era quase tão alto e violento quanto a própria detonação.

Vic passou chispando por uma casa de espelhos e por um museu de cera até chegar por fim ao carrossel que girava, muito iluminado, com renas no lugar dos cavalinhos. Uma vez lá, apertou o freio e parou a moto com um cavalo de pau. Tinha os cabelos chamuscados por causa do calor da explosão e seu coração martelava dentro do peito.

Olhou para trás em direção aos destroços do que antes era a praça comercial. Precisou de alguns segundos para processar, para aceitar o que estava vendo. Primeiro uma criança, depois outra, em seguida uma terceira, emergiram da fumaça e puseram-se a percorrer a rua na sua direção. Uma delas, com os cabelos chamuscados, ainda fumegava. Outras estavam sentadas pela rua. Vic viu um menino sacudir os cabelos meticulosamente para se livrar dos cacos de vidro. Deveria ter sido arremessado contra uma parede de tijolos e todos os ossos de seu corpo deveriam ter sido pulverizados, mas ali estava ele, pondo-se de pé, e Vic constatou que sua mente cansada não estava de todo surpresa. As crianças atingidas pela explosão, é claro, já estavam mortas antes mesmo de a bomba ser detonada. Não estavam *mais* mortas agora – nem menos inclinadas a persegui-la.

Vic tirou a mochila do ombro e verificou o conteúdo: não tinha perdido nada. Lou instalara timers em quatro dos sacos de ANFO, um dos quais já fora usado. Havia mais alguns no fundo da mochila, mas sem timer.

Tornou a pendurar a mochila no ombro e avançou com a moto; passou pelo Carrossel das Renas e percorreu mais algumas centenas de metros até os fundos do parque e a grande Montanha-Russa do Trenó.

O brinquedo estava funcionando vazio; os carrinhos em formato de trenós vermelhos mergulhavam e passavam rugindo sobre os trilhos, despencavam e tornavam a subir em direção à noite. Era uma montanha-russa das antigas, toda de madeira, do tipo em voga na década de 1930. A entrada tinha o formato de uma imensa cara de Papai Noel iluminada e era preciso entrar pela boca.

Vic pegou um saco de ANFO, acertou o timer para dali a cinco minutos e o atirou entre os maxilares abertos do Papai Noel. Estava prestes a dar o fora quando por acaso ergueu os olhos para a montanha-russa e viu os cadáveres mumificados: dezenas de homens e mulheres crucificados, com a pele preta e ressequida, sem olhos, usando roupas imundas e trapos congelados. Uma mulher de polainas cor-de-rosa obviamente saídas da década de 1980 fora despida até a cintura; enfeites de Natal pendiam de seus mamilos furados. Um homem encarquilhado de jeans e japona grossa tinha um rosto que lembrava Jesus Cristo, mas em vez da coroa de louros usava na cabeça uma guirlanda de azevinho.

Vic ainda estava encarando os corpos quando uma criança emergiu do escuro e plantou uma faca de cozinha na base das suas costas.

O menino devia ter no máximo 10 anos e um sorriso doce e encantador formava covinhas em suas bochechas. Estava descalço, de macacão e camisa xadrez, e tinha uma franja loura e olhos serenos que lhe davam o aspecto de um perfeito Tom Sawyer. A faca se enterrou até o cabo, rasgando o músculo, o tecido esponjoso que ficava logo abaixo, e quem sabe perfurando um intestino. Vic sentiu uma dor diferente de qualquer outra que já houvesse experimentado, uma torção abrupta e abençoada nas tripas, e pensou com genuína surpresa: *Ele acabou de me matar. Eu acabei de morrer.*

Tom Sawyer puxou a faca de volta e deu uma risada alegre. Seu próprio filho nunca tinha rido com um prazer tão despreocupado. Ela não sabia de onde aquele menino surgira. Parecia ter simplesmente se materializado; a noite havia se adensado e fabricado uma criança.

– Eu quero brincar com você – disse ele. – Fique aqui e brinque de tesoura-no-mendigo.

Ela poderia ter batido nele, ter lhe dado uma cotovelada, um chute, qualquer coisa. Em vez disso, acelerou a moto e se afastou com um rugido. O menino deu um passo para o lado e ficou observando sua partida com a faca em riste, molhada e reluzindo com seu sangue. Ainda sorria, mas com uma expressão intrigada e a testa franzida de incompreensão, como quem se pergunta: "Será que eu fiz alguma coisa errada?"

Os timers eram imprecisos. O primeiro saco de ANFO havia sido acionado para disparar após um intervalo que Vic calculara ser de cinco minutos, mas tinha levado mais de dez. Ela acertara o timer do ANFO da Montanha-Russa do Trenó exatamente para o mesmo intervalo e deveria ter tido tempo de sobra para alcançar uma distância segura. Entretanto, quando ainda estava perto, ele voou pelos ares. O chão deu um tranco debaixo dela e pareceu ondular feito uma vaga. Foi como se o próprio ar estivesse cozinhando. Ela sorveu uma inspiração quente o bastante para queimar seus pulmões. O vento escaldante a empurrou pelos ombros e pelas costas e a moto oscilou para a frente. Vic sentiu uma nova e incisiva pontada de dor no abdômen, como se houvesse sido apunhalada outra vez.

A montanha-russa desmoronou sobre si mesma como uma pilha de lenha que se despedaça na fogueira. Um dos carrinhos saiu dos trilhos e voou em chamas pela noite, um míssil flamejante que atingiu o Carrossel das Renas, despedaçando os animais brancos. O aço guinchou. Vic olhou para trás a tempo de ver um cogumelo de labaredas e fumaça preta se erguer no momento que a Montanha-Russa do Trenó ruía.

Desviou os olhos, tornou a avançar com a moto e deu a volta na cabeça fumegante de uma rena de madeira com a galhada desfeita em mil pedaços. Cortou por outra rua lateral que acreditava levá-la de volta à rotatória e sentiu um gosto ruim na boca, cuspindo sangue.

Estou morrendo, pensou, com uma calma surpreendente.

Ao pé da imensa roda-gigante, ela diminuiu um pouco a velocidade. Era um brinquedo lindo, com mil luzinhas azuladas na ponta dos raios com trinta metros de comprimento. Cabines para doze pessoas giravam lentamente, com janelas de vidro fumê e lampiões a gás acesos no interior.

Vic tirou outro saco de ANFO da mochila, ativou o timer para dali a mais ou menos cinco minutos e o jogou para cima. O explosivo ficou preso em um dos raios perto do eixo central. Vic pensou na Tuff Burner que tinha quando era pequena, na maneira como as rodas giravam e em como ela adorava a luz do outono na Nova Inglaterra. Não iria voltar lá, nunca mais veria aquela luz. O sangue não parava de inundar sua boca; ela agora estava sentada em uma poça de sangue. A sensação de punhalada na base de suas costas continuava a se repetir vezes sem conta. Só que ela não experimentava nenhuma dor no sentido convencional da palavra: assim como no parto, era uma experiência maior do que a dor, a percepção de que algo impossível se tornava possível, de que ela estava prestes a realizar um enorme feito.

Seguiu em frente e logo chegou novamente à rotatória.

A Loja de Fantasias do Charlie – um cubo compacto de chamas no qual mal se podia reconhecer um prédio – surgiu na esquina setenta, oitenta metros mais à frente. O Rolls-Royce estava estacionado além da imensa árvore de Natal; Vic pôde ver o brilho de seus faróis altos sob os galhos. Sem diminuir a velocidade, foi direto para cima da árvore e fez a mochila deslizar do ombro esquerdo. Enfiou uma das mãos lá dentro e, segurando o acelerador com a outra, pescou o último saco de ANFO com timer, girou o mostrador e apertou o botão de ligar.

Seu pneu dianteiro passou por cima de um meio-fio baixo de pedra e ela subiu na grama coberta de neve. A escuridão se coagulava na forma de crianças que iam surgindo à sua frente. Não teve certeza se elas iriam se mover; talvez ficassem paradas e a forçassem a atropelá-las.

Uma luz se ergueu à sua volta, um gigantesco clarão de brilho vermelho, e por um instante ela pôde ver a própria sombra, muito comprida, correr à sua frente. As crianças foram iluminadas dispostas em uma fila em zigue-zague, bonecas de pijama ensanguentado, criaturas armadas com tábuas partidas, facas, martelos, tesouras.

O mundo foi tomado pelos rugidos e gritos do metal torturado. A neve rodopiou no ar e crianças foram derrubadas no chão pela onda de choque. Atrás de Vic, a roda-gigante explodiu para os lados em dois jatos de fogo e o imenso círculo desabou das escoras e caiu direto no chão. O impacto fez tudo estremecer e tornou a transformar o céu acima da Terra do Natal em uma agitação de estática. Os galhos do imenso pinheiro arranharam a noite em uma espécie de histeria, como um gigante lutando pela própria vida.

Vic passou por baixo dos galhos descontrolados. Tirou a mochila do colo e atirou-a no tronco da árvore: seu presente de Natal para Charles Talent Manx.

Atrás dela, a roda-gigante rolou para dentro da cidade com um ribombante arrastar de ferro em pedra. Então, feito uma moeda que perde energia após rolar por uma mesa, inclinou-se de lado e tombou por cima de dois prédios.

Depois da roda-gigante caída, depois da ruína da Montanha-Russa do Trenó, uma imensa bancada de neve se soltou dos picos da montanha alta e escura e começou a desabar nos fundos da Terra do Natal. Apesar do rugido ensurdecedor das explosões e dos prédios que desmoronavam, ainda não houvera nenhum barulho como aquele. De certa forma, aquilo era mais do que um som: era uma vibração que penetrava até os ossos. Um jorro de neve atingiu as torres e lojinhas antiquadas atrás do parque e foram todas aniquiladas. Paredes de pedra colorida explodiram com a avalanche e foram imediatamente soterradas. Os fundos da cidade desabaram sobre si mesmos, sendo tragados por um mar revolto de neve, um maremoto profundo e abrangente o bastante para engolir a Terra do Natal inteirinha. A rocha sob seus pés estremecia com tanta força que Vic pensou se poderia se desprender do flanco da montanha e fazer o parque inteiro mergulhar em... em quê? No vazio que existia além da limitada imaginação de Charlie Manx. Nos estreitos cânions das ruas cobertas por uma enchente-relâmpago de neve alta o suficiente para consumir tudo diante de si. Na realidade, a avalanche não atingiu a Terra do Natal, mas *apagou-a*.

Após atravessar a rotatória, Vic viu o Espectro. Coberto por uma fina camada de pó de tijolo, o carro estava com o motor ligado e seus faróis iluminavam um ar tomado por minúsculas partículas, um bilhão de grãos de cinza, neve e pedra rodopiando no vento quente e cheio de faíscas. Vic viu a filha de Charlie Manx, Lorrie, sentada no banco do carona do Rolls-Royce olhando pela janela para a súbita escuridão. Nos últimos instantes, todas as luzes da Terra do Natal tinham piscado e se apagado e a única iluminação que restava era a estática sibilante e branca lá em cima.

Wayne estava parado junto ao porta-malas aberto, contorcendo-se para lá e para cá na tentativa de se livrar de Millie, que o segurava por trás, com um dos braços em frente ao seu peito para agarrar um pedaço de sua imunda camiseta branca. A outra mão da menina empunhava a faca curva. Ela tentava erguê-la para golpeá-lo no pescoço, mas Wayne segurava seu pulso e mantinha a lâmina apontada para o chão e o próprio rosto virado para longe do fio que tentava atingi-lo.

– Você tem que fazer o que papai está mandando! – gritava-lhe ela. – Tem que entrar no porta-malas! Já fez pirraça suficiente!

Manx estava se mexendo. Empurrara sua preciosa Lorrie para dentro do carro e agora percorria o chão irregular a passos largos, brandindo o martelo; com seu casaco de legionário abotoado até o pescoço, parecia um soldado. Os músculos se contraíam nos cantos de seu maxilar.

– Largue-o, Millie! Não temos tempo! – vociferou para a filha. – Largue-o e vamos embora!

Millie cravou seus dentes de verme na orelha de Wayne. O menino gritou, se debateu e deu um safanão com a cabeça, e o lóbulo da orelha se desprendeu do resto do rosto. Ele se encolheu e ao mesmo tempo fez um movimento de saca-rolhas engraçado, extraindo-se da camiseta que vestia e deixando Millie apenas com um trapo vazio e sujo de sangue.

– Ai, mãe! Ai, mãe! Ai... – Se dita ao contrário, a frase era a mesma. Deu dois passos correndo, escorregou na neve e caiu de quatro no meio da rua.

E a poeira rodopiou no ar. E a escuridão bradou com canhonadas, blocos de pedra caíram em cima de mais pedra e 150 toneladas de neve, toda a neve que Charlie Manx jamais imaginara, veio desmoronando em direção a eles, arrasando tudo pela frente.

Ainda em movimento, Manx estava agora a seis passos de Wayne, com o braço já erguido para desferir o martelo na cabeça abaixada do menino. Aquele martelo fora projetado para esmigalhar crânios e o de Wayne seria uma brincadeira de criança.

– Sai da minha frente, Charlie! – esgoelou-se Vic.

O deslocamento de ar causado pela moto o atingiu e ele girou, cambaleando para trás.

Então, os últimos sacos de ANFO, ainda na mochila, explodiram debaixo da árvore e pareceram levar o mundo inteiro consigo.

Avenida Jujuba

UM SILVO AGUDO.

Uma confusão de poeira e pequenas bolas de fogo vagando pelo ar.

O mundo deslizou para dentro de um envelope de silêncio no qual o único som era um leve chiado não muito diferente do áudio quando a programação da TV é interrompida.

O tempo diminuiu a velocidade e começou a passar com a lentidão modorrenta de um xarope que escorre pelo lado de fora de uma garrafa.

Vic deslizou por essa atmosfera de ruína e viu um pedaço de árvore em chamas do tamanho de um Cadillac quicar na sua frente, parecendo se mover a menos de um quinto da velocidade real.

Na silenciosa nevasca de detritos – uma fumaça rosa rodopiante –, Vic perdeu de vista Charlie Manx e seu carro. Só apreendeu de forma distante o instante em que Wayne ficou de quatro no chão feito um corredor que se prepara para dar a partida. Millie estava atrás dele com a faca, que agora segurava com as duas mãos. O chão estremeceu e a fez perder o equilíbrio, projetando-a de encontro à mureta de pedra na borda do precipício.

Vic serpenteou em volta de Millie, que virou a cabeça para vê-la se afastar com a boca de verme aberta em uma expressão de repulsa e raiva; as fileiras de dentes se agitavam dentro do buraco de sua garganta. Empurrou a mureta para se afastar e a construção de pedra cedeu, levando-a junto. Vic viu a menina despencar para trás rumo ao vazio e mergulhar naquela tempestade branca de luz.

Os ouvidos de Vic apitavam. Ela pensou estar chamando o nome de Wayne. Seu filho corria para longe dela, cego e surdo, sem olhar para trás.

A Triumph a levou até o lado dele. Vic girou a cintura, estendeu o braço, segurou o filho pelo cós do short e o puxou para cima da moto atrás de si sem desacelerar. Houve tempo de sobra para isso. Tudo se movia muito silenciosa e lentamente e ela poderia ter contado cada uma das brasas que flutuavam no ar. Seu rim perfurado reclamou com o choque desse movimento brusco da cintura, mas Vic, que agora estava morrendo depressa, não se deixou incomodar por isso.

Chovia fogo do céu.

Em algum lugar atrás dela, a neve de uma centena de invernos sufocou a Terra do Natal como um travesseiro pressionado sobre o rosto de um doente terminal.

Fora gostoso ser abraçada por Lou Carmody, sentir seu cheiro de pinheiro e de oficina, e era melhor ainda ter os braços do filho de Lou à sua volta de novo, enlaçando-lhe a cintura.

Naquela escuridão murmurante e apocalíptica, pelo menos não havia nenhuma música de Natal. Como ela odiava músicas de Natal. Sempre odiara.

Outro pedaço de árvore em chamas caiu à sua direita, bateu no chão de pedras e explodiu, arremessando brasas do tamanho de pratos de jantar. Uma flecha de fogo do mesmo comprimento do braço de Vic zuniu pelo ar e abriu sua testa logo acima da sobrancelha direita, mas ela nada sentiu.

Passou sem dificuldade a quarta marcha na Triumph.

Seu filho a apertou com mais força; ela sentiu outra pontada no rim. Wayne estava espremendo a vida para fora de seu corpo e essa era uma sensação agradável.

Vic pousou a mão nas do filho, unidas sobre seu umbigo. Afagou os pequenos nós brancos de seus dedos. Ele ainda lhe pertencia. Teve certeza disso porque sua pele continuava quente, não gelada e morta como a dos pequenos vampiros de Charlie Manx. Wayne seria seu para sempre. Ele era de ouro, e o ouro não descascava.

NOS4A2 irrompeu da fumaça que rodopiava atrás deles. No zunzum daquele silêncio morto, Vic escutou um rosnado inumano de ódio, engenharia precisa e articulação perfeita. Os pneus conduziam esse rugido trêmulo e estrondoso por um campo de pedras esmagadas. Os faróis dianteiros faziam a tempestade de poeira – aquela nevasca de pedrinhas – cintilar qual uma chuva de diamantes. Manx estava curvado sobre o volante, com a janela aberta.

– EU VOU MATAR VOCÊ, SUA PIRANHA MISERÁVEL! – Vic o escutava gritar, como se de muito longe, como o ruído produzido por uma concha do mar. – VOU ATROPELAR VOCÊS DOIS! VOCÊ MATOU TODA A MINHA FAMÍLIA E EU VOU MATAR A SUA!

O para-choque do Espectro bateu no pneu traseiro da moto, dando-lhe um tranco; o guidom quase escapou das mãos de Vic. Ela segurou firme. Se não fizesse isso, o pneu dianteiro iria virar com força para um dos lados, a Triumph os jogaria longe e o Rolls-Royce passaria por cima deles.

O para-choque do Espectro bateu neles outra vez. Vic foi empurrada para a frente com força e sua cabeça quase bateu no guidom.

Quando olhou para cima, o Atalho estava lá; a entrada era um breu em meio à névoa cor de algodão-doce. Vic expirou fundo e quase estremeceu de tanto alívio. A ponte estava lá e a levaria embora daquele lugar, de volta para onde ela precisava ir. À sua maneira, as sombras que aguardavam lá dentro eram tão reconfortantes quanto a mão fresca da mãe em sua testa febril. Vic sentiu saudades da mãe, do pai, de Lou, e lamentou que eles não tivessem tido mais tempo juntos. Pareceu-lhe que todos, não só Louis, estariam à sua espera do outro lado da ponte, esperando ela descer da moto e cair nos seus braços.

A Triumph subiu na ponte com um baque e começou a chacoalhar pelas tábuas. À sua esquerda, Vic viu os conhecidos dizeres em spray verde, três letras mal-traçadas.

LOU→

O Espectro subiu rugindo na ponte atrás dela, bateu na velha Raleigh enferrujada e fez a bicicleta voar pelos ares. A Tuff Burner passou assobiando pela direita de Vic. A neve veio rugindo atrás, uma explosão ensurdecedora de neve que soterrou a entrada da ponte atrás deles e a tapou feito uma rolha.

– SUA VACA TATUADA! – berrava Charlie Manx, a voz ecoando pelo grande espaço vazio. – SUA *PUTA* TATUADA!

O para-choque do Espectro bateu na roda traseira da Triumph. A moto derrapou para a direita e o ombro de Vic atingiu a parede com tanta força que ela quase foi atirada para longe. A tábua da parede se quebrou e revelou a estática furiosa do outro lado. O Atalho se sacudia e estremecia.

– Morcegos, mãe – disse Wayne com uma voz suave, a voz de um menino menor e mais jovem. – Olha só quantos morcegos.

O ar se encheu dos morcegos espantados do teto. Eles começaram a rodopiar em pânico e Vic baixou a cabeça e passou chispando por entre eles. Um dos animais bateu no seu peito, caiu em seu colo, agitou as asas com histeria e saiu voando outra vez. Outro roçou uma das asas sedosas na lateral do seu rosto, irradiando um calor suave, secreto e feminino.

– Não precisa ter medo – falou para Wayne. – Eles não vão machucar você. O seu nome é Bruce Wayne! Todos os morcegos aqui estão do *seu* lado, garoto.

– É. É mesmo. Meu nome é Bruce Wayne. Agora lembrei – concordou o menino, como se houvesse esquecido por um tempo. E talvez tivesse esquecido mesmo.

Vic olhou para trás e viu um morcego bater no para-brisa do Espectro com força suficiente para produzir uma rachadura feito uma teia de aranha, bem em frente ao rosto de Manx. Um segundo morcego se chocou contra o outro lado do para-brisa e projetou um jato de sangue e pelos. O animal ficou preso em um dos limpadores de para-brisa e pôs-se a bater freneticamente uma asa quebrada. Um terceiro e um quarto morcego atingiram o vidro, ricochetearam e saíram voando no escuro.

Manx não parava de gritar, mas não de medo: era um som de frustração. Vic não quis escutar a outra voz dentro do carro, da menina – "Não, papai, você está indo rápido demais, papai!" –, mas ainda assim escutou, pois todos os sons eram amplificados pelo espaço fechado da ponte.

O Espectro perdeu o rumo, descambou para a esquerda, e o para-choque dianteiro bateu na parede e arrancou um pedaço de um metro que revelou a estática sibilante do outro lado, um vazio além da imaginação.

Manx deu uma guinada no volante e o Espectro se projetou para o outro lado da ponte até bater na parede da direita. O barulho de tábuas rachando e partindo pareceu a saraivada de uma metralhadora; tábuas quebravam e se despedaçavam sob o carro. Uma chuva de morcegos se abateu sobre o para-brisa e o fez desabar. Outros vieram em seguida e puseram-se a rodopiar dentro da cabine e a bater na cabeça de Manx e da filha. A garota começou a gritar e Manx soltou o volante para tentar espantar os bichos.

– Saiam daqui! Saiam de cima de mim, suas coisas malditas! Então, ele passou apenas a gritar sem palavras.

Vic girou o acelerador e a moto se projetou para a frente, varando toda a extensão da ponte pela escuridão fervilhante de morcegos. Seguiu rumo à saída a 80, 100, 110 por hora, zunindo feito um foguete.

A dianteira do Espectro desabou pelo chão da ponte e a traseira se ergueu no ar. Manx escorregou para a frente por cima do volante e soltou um uivo de terror.

– Não! – Vic pensou tê-lo ouvido gritar. Ou talvez tenha sido outra coisa... quem sabe "Pinhão!".

O Espectro mergulhou de cabeça na neve, no rugido branco, partindo a ponte ao meio durante a queda. O Atalho pareceu se *dobrar* e, de repente, Vic estava correndo morro acima. A ponte desabou e as duas pontas se elevaram, como se ela tentasse se fechar igual a um livro, um romance que chegara ao fim, uma história que tanto o leitor quanto o escritor estavam prontos para deixar de lado.

NOS4A2 despencou pelo chão podre e esfarelado da ponte para dentro da luz branca enfurecida, mergulhou trezentos metros e 26 anos e caiu tempo adentro até ir bater no rio Merrimack no ano de 1986, onde foi esmagado como uma lata de cerveja ao se chocar contra a água. O bloco do motor varou o painel de um lado a outro e se enterrou no peito de Manx, um coração de ferro de quase duzentos quilos. Ele morreu com a boca cheia de óleo de motor. O corpo da criança sentada ao seu lado foi tragado pela corrente e arrastado quase até o porto de Boston. Quatro dias depois, o cadáver seria encontrado com vários morcegos emaranhados nos cabelos.

Vic acelerou: 130, 150 por hora. À sua volta, morcegos afluíam da ponte para dentro da noite, todos os seus pensamentos, lembranças, fantasias, culpas: beijar o grande peito nu de Lou na primeira vez em que havia tirado sua camisa; andar na bicicleta de dez marchas à sombra verde de uma tarde de agosto; esbarrar com os nós dos dedos no carburador da Triumph enquanto tentava apertar um parafuso. Foi bom ver todos eles voarem, vê-los todos libertos e ser libertada deles por sua vez, livrar-se enfim de qualquer pensamento. A Triumph chegou à saída e levantou voo por alguns instantes; a moto planou pela escuridão gelada. Seu filho a abraçou com força.

Os pneus bateram no chão com muita força. Vic foi arremessada com violência contra o guidom e a pontada em seu rim se transformou em uma agoniante sensação de algo se rasgando. *Não deixa a moto cair,* pensou ela, e começou a desacelerar depressa; o pneu dianteiro se sacudia e tremia e a Triumph inteira ameaçava jogá-los longe e cair com eles. O motor berrava enquanto a moto quicava no chão crivado de sulcos. Vic havia retornado à clareira na floresta de onde Manx os conduzira até a Terra do Natal. O mato roçava enlouquecido as laterais da moto.

Vic foi desacelerando cada vez mais e a moto engasgou e morreu, mas prosseguiu no embalo. Por fim, a Triumph parou na altura da linha das árvores e Vic pôde virar a cabeça com segurança e olhar para trás. Wayne também olhou, ainda agarrado a ela com força, como se os dois estivessem correndo a quase 130 por hora.

Do outro lado do descampado, ela viu o Atalho e um fluxo constante de morcegos sair para a noite estrelada. Então, de forma quase suave, a entrada da ponte caiu para trás – de repente não havia nada atrás dela – e desapareceu antes de bater no chão com um leve *pop*. Uma fraca ondulação se espalhou pelo mato alto.

Sentados na moto desligada, o menino e a mãe encaravam a cena. Morcegos piavam baixinho no escuro. Vic sentia a mente muito relaxada. Não tinha certeza se restava grande coisa lá dentro agora a não ser amor, e isso bastava.

Pisou no pedal de partida com o calcanhar. A Triumph suspirou, desolada. Vic tentou outra vez, sentiu os órgãos se rasgarem dentro do corpo e cuspiu mais sangue. Tentou uma terceira vez. O pedal quase se recusou a baixar e a moto não emitiu som algum.

– Mamãe, o que houve com a moto? – perguntou Wayne, com sua voz nova e suave de menino pequeno.

Vic sacudiu a moto entre as pernas para a frente e para trás; a Triumph apenas emitiu um leve rangido. Ela então entendeu e deu uma risada seca, fraca, mas sincera.

– Acabou a gasolina.

Ó VINDE, ADOREMOS OUTUBRO

Gunbarrel

WAYNE ACORDOU NO PRIMEIRO DOMINGO de outubro com o estrondo de sinos da igreja mais à frente no quarteirão. Seu pai estava ao seu lado, sentado na beira da cama.

– O que você estava sonhando? – perguntou-lhe aquele pai novo e quase magro.

Wayne balançou a cabeça.

– Não sei. Não me lembro – mentiu.

– Pensei que estivesse sonhando com a mamãe – disse o Novo Lou. – Você estava sorrindo.

– Eu devia estar pensando em alguma coisa divertida.

– Divertida ou boa? – perguntou Lou, observando o filho com seus olhos curiosos, perscrutadores e brilhantes. – Porque nem sempre é a mesma coisa.

– Não me lembro mais de nada.

Ele não queria responder que estava sonhando com Brad McCauley, Marta Gregorski e as outras crianças da Terra do Natal. Não que aquilo lá ainda fosse a Terra do Natal: agora era só O Branco. Só a estática branca enfurecida de um túnel morto por onde as crianças corriam e brincavam. O jogo da noite anterior se chamava morder-o-menor. Wayne ainda podia sentir o gosto do sangue. Moveu a língua para lá e para cá dentro da boca pastosa. No sonho, ele tinha mais dentes.

– Vou sair com o reboque – avisou Lou. – Tenho um serviço para fazer. Quer vir? Não que precise: Tabitha pode ficar aqui com você.

– Ela está aqui? Ela dormiu aqui em casa?

– Não! Não. – Lou pareceu genuinamente espantado com essa ideia. – Eu quis dizer que posso ligar e pedir para ela dar uma passada. – Franziu a testa ao se concentrar, e, após alguns instantes, ele acrescentou, dessa vez mais devagar: – Eu acho que não me sentiria bem por enquanto... se ela dormisse aqui. Acho que seria estranho para todo mundo.

Para Wayne, a parte mais interessante da fala do pai foi "por enquanto", sugerindo que Lou *talvez* fosse se sentir bem com a Srta. Tabitha Hutter dormindo na sua casa em algum momento no futuro.

Três noites antes, os três tinham ido ao cinema – faziam isso agora de vez em quando – e Wayne olhara para trás a tempo de ver o pai segurar Tabitha pelo cotovelo e beijá-la no canto da boca. Pelo modo como ela havia inclinado a cabeça e sorrido de leve, Wayne entendera que aquele não era o primeiro beijo. Fora casual demais, experiente demais. Então, Tabitha vira Wayne olhando e afastara o braço da mão de Lou.

– Eu não acharia ruim! – exclamou Wayne. – Sei que você gosta dela. Eu também gosto!

– Wayne. A sua mãe... a sua mãe era... sei lá, dizer que ela era minha melhor amiga não chega nem *perto* de explicar...

– Mas agora ela morreu. E você deveria ser feliz. Deveria se divertir! Lou o encarou com ar sério; uma espécie de tristeza, pensou Wayne.

– Bom, só estou dizendo que você pode ficar em casa se quiser. Tabitha mora na nossa rua; posso pedir para ela chegar em três minutos. É impossível não amar uma babá que já vem com a própria Glock.

– Não, vou fazer companhia para você. Aonde você falou que a gente vai mesmo?

– Eu não falei.

Tabitha deu as caras mesmo assim, sem avisar, tocando a campainha quando Wayne ainda estava de pijama. Ela fazia isso às vezes: aparecia levando croissants que, segundo ela, estaria disposta a trocar por café, pois dizia gostar do que Lou fazia. Wayne sabia reconhecer uma desculpa: o café de Lou não tinha nada de especial, a menos que você apreciasse um leve sabor de óleo de motor ao fundo.

Tabitha havia pedido transferência para o escritório de Denver, de modo a poder ajudar no caso McQueen, ainda aberto – um caso em que ninguém fora nem jamais seria indiciado. Morava em um apartamento em Gunbarrel e, em geral, fazia uma refeição por dia com Lou e Wayne, supostamente para conversar sobre o que Lou sabia. Só que o principal assunto da conversa entre os dois eram as Crônicas de Gelo e Fogo. Lou tinha acabado de ler o primeiro livro logo antes de ser internado para as simultâneas angioplastia e gastroplastia redutora. Tabitha estava presente quando ele acordou no dia seguinte aos procedimentos. Segundo ela, queria ter certeza de que ele estaria vivo para ler o resto da série.

– Olá, rapazes – cumprimentou Tabitha. – Fugindo de mim de fininho?

– Temos um serviço – respondeu Lou.

– Domingo de manhã?

– As pessoas detonam seus carros domingo de manhã também.

Ela disfarçou um bocejo com as costas da mão, uma mulher pequena, de cabelos crespos, vestida com uma camiseta desbotada da Mulher-Maravilha e uma calça jeans, sem maquiagem nem acessório algum. Tirando a 9 milímetros presa no quadril.

– Tá bom. Me faz um café antes de irmos?

Lou deu um meio sorriso, mas replicou:

– Você não é *obrigada* a ir. Talvez demore um pouco. – Ela deu de ombros.

– O que mais eu tenho para fazer? Foras da lei gostam de dormir até tarde. Eu trabalho no FBI há oito anos e nunca tive motivos para atirar em ninguém antes das onze da manhã. Quer dizer, contanto que tome o meu café.

Lou começou a preparar um café forte e foi dar a partida na picape. Tabitha o seguiu porta afora. Wayne estava sozinho no hall de entrada calçando os tênis quando o telefone tocou.

Olhou para o aparelho preto sobre uma mesinha lateral logo à sua direita. Faltavam alguns minutos para as sete da manhã e era cedo para uma ligação – mas talvez fosse sobre o serviço que eles estavam indo fazer. Quem sabe alguém já estivesse ajudando a pessoa que estragara o carro. Acontecia.

Wayne atendeu.

O telefone chiou: um rugido alto de estática.

– Wayne – disse uma menina de voz rouca e sotaque russo. – Quando é que você vai voltar para cá? Quando vai voltar para brincar?

Ele não conseguiu responder; sentiu a língua colada ao céu da boca e a pulsação latejar no pescoço. Não era a primeira vez que elas ligavam.

– A gente precisa de você. Você pode reconstruir a Terra do Natal. Pode *imaginar* tudo de volta. Todos os brinquedos. Todas as lojas. Todas as brincadeiras. Não tem nada para brincar aqui. Você precisa ajudar a gente. Agora que o Sr. Manx foi embora, só sobrou *você*.

Wayne ouviu a porta da frente se abrir e apertou o botão de desligar. Quando Tabitha entrou no hall, estava pondo o fone de volta na base.

– Alguém ligou? – perguntou ela, com uma espécie de inocência calma nos olhos cinza-esverdeados.

– Era engano – respondeu Wayne. – Aposto que o café já está pronto.

Wayne sabia que não estava bem. Crianças normais não atendiam ligações de crianças mortas. Crianças normais não tinham sonhos como os seus. Mas nenhuma dessas coisas – nem os telefonemas, nem os sonhos – era o indicador mais claro de que ele fosse Anormal. O que realmente o identificava como Anormal era o modo como se sentia quando via a foto de um acidente aéreo: *eletrizado*, tomado por animação e culpa, como se estivesse vendo pornografia.

Na semana anterior, Lou havia atropelado um esquilo que correra à frente do carro e Wayne dera uma risada de surpresa repentina. Seu pai tinha virado a cabeça e o encarava com uma expressão de assombro vazia, depois franzira os lábios para dizer alguma coisa, mas permanecera em silêncio – talvez pela expressão nauseada de choque e infelicidade no rosto do filho. Wayne *não queria* pensar que era engraçado um esquilinho morrer, riscado do mapa por um pneu. Era justamente esse tipo de coisa que fazia Charlie Manx rir. Mas Wayne não conseguia se controlar.

Quando vira um vídeo sobre o genocídio no Sudão, se pegara sorrindo.

Quando uma bonita lourinha de 12 anos, dona de um sorriso tímido, foi sequestrada em Salt Lake City, Wayne assistira às reportagens tomado por uma empolgação extática, sentindo *inveja* da menina.

E havia aquela sensação insistente de que ele tinha três conjuntos a mais de dentes, escondidos em algum lugar atrás de seu palato. Passava a língua pela boca de um lado para o outro e imaginava *sentir* esses dentes, uma série de pequenas protuberâncias cobertas pela mucosa. Sabia agora que só imaginara ter perdido seus dentes normais de menino, que tivera delírios sob efeito do sevoflurano, assim como alucinara sobre a Terra do Natal (*mentiras!*). Mas a lembrança desses outros dentes era muito mais real, mais vívida do que os fatos que compunham seu cotidiano: a escola, as idas ao analista, as refeições com o pai e Tabitha.

Ele às vezes tinha a sensação de ser um prato rachado ao meio que foi recolado e que as duas partes não tinham mais um encaixe perfeito. Uma das metades – a que simbolizava sua vida antes de Charlie Manx – estava microscopicamente desalinhada em relação à outra. Quando ele recuava para observar esse prato torto, não conseguia imaginar por que alguém iria querer guardá-lo: já não servia mais para nada. Wayne não pensava essas coisas com desespero de qualquer espécie, e isso era parte do problema. Fazia muito tempo que não sentia nada semelhante ao desespero. No enterro da mãe, havia adorado os hinos.

Na última vez em que vira a mãe com vida, ela estava sendo levada de maca às pressas para uma ambulância. Perdera muito sangue. Acabariam tendo de injetar 3 litros de sangue no seu corpo, o suficiente para mantê-la viva durante a noite, mas demoraram demais para cuidar do rim e do intestino perfurados, sem se dar conta de que o organismo dela estava sendo invadido pelos venenos do próprio corpo.

Wayne tinha corrido ao lado da maca, segurando sua mão. Os dois se achavam no estacionamento de cascalho de uma mercearia situada em frente à ruína do chalé de Manx, do outro lado da rua. Mais tarde, Wayne ficaria sabendo que seu pai e sua mãe haviam tido a primeira conversa ali mesmo.

– Você está bem, garoto – falou Vic.

Embora seu rosto estivesse todo salpicado de sangue e imundície, ela sorria. Uma ferida soltava pus acima da sobrancelha direita e um tubo fora enfiado em seu nariz para ajudá-la a respirar.

– O ouro não descasca. O que é bom continua bom para sempre, por mais maltratado que seja. Você está bem. Vai sempre ficar bem.

Wayne entendeu o que ela queria dizer: que ele não era igual às crianças da Terra do Natal, que ainda era ele mesmo.

Mas Manx dissera outra coisa: manchas de sangue em seda não saíam nunca.

Tabitha deu um golinho para experimentar o café e olhou pela janela acima da pia da cozinha.

– Seu pai já está com o reboque em frente à casa. Não quer pegar um casaco? Pode ser que faça frio. Vamos indo.

– Vamos passear – falou Wayne.

Os três se espremeram dentro do reboque; Wayne foi sentado no meio. Antigamente, os três não teriam cabido, mas o Novo Lou não ocupava tanto espaço quanto o antigo. O Novo Lou tinha um certo ar de Boris Karloff em *Frankenstein*: braços compridos desajeitados e uma barriga flácida abaixo do peito largo. Tinha também tantas cicatrizes quanto o monstro: saíam do colarinho da camisa, percorriam todo o pescoço e terminavam atrás da orelha esquerda, onde fora feita a angioplastia. Depois dessa intervenção e da gastroplastia redutora, sua gordura havia simplesmente derretido, como um sorvete esquecido debaixo do sol. O mais notável de tudo eram seus *olhos*. Não fazia sentido o emagrecimento mudar os olhos, mas Wayne agora tinha mais consciência daqueles olhos, mais consciência do olhar intenso e perscrutador do pai.

Acomodou-se ao lado dele e então se afastou do banco por causa de um incômodo às suas costas. Era um martelo – não um de autópsia, apenas um comum de carpinteiro, com o cabo de madeira gasto. Wayne o pousou junto ao quadril do pai.

O reboque foi subindo e se afastando de Gunbarrel, fazendo curvas fechadas em meio a velhos pinheiros e subindo sem parar rumo a um céu azul imaculado. Lá embaixo, fazia bastante calor sob o sol direto, mas ali em cima as copas das árvores farfalhavam sem parar à brisa fresca que trazia o perfume dos álamos cujas folhas já mudavam de cor. As encostas estavam cobertas de ouro.

– E o ouro não descasca – sussurrou Wayne, mas bastava olhar: as folhas não paravam de cair e de sair voando pela estrada, flutuando à brisa.

– O que foi que você disse? – perguntou Tabitha.

Wayne apenas balançou a cabeça.

– Vamos ouvir rádio? – perguntou ela, e esticou a mão para ligá-lo. Wayne não sabia por que preferia o silêncio, por que a ideia de escutar música o deixava apreensivo.

Através de um fino chiado de estática, Bob Seger afirmou preferir o bom e velho rock e declarou que, se alguém o levasse para uma discoteca, sairia correndo em menos de dez minutos.

– Onde foi esse tal acidente? – indagou Tabitha, e Wayne reparou que sua voz tinha um leve tom apreensivo.

– Já estamos quase chegando – respondeu Lou.

– Alguém ficou ferido?

– Já faz algum tempo que esse acidente aconteceu.

Wayne só entendeu para onde estavam indo quando passaram por uma mercearia. É claro que aquilo não era mais uma loja fazia uma década. As bombas de gasolina ainda existiam em frente à fachada, uma delas carbonizada, com a tinta queimada onde havia pegado fogo no dia em que Manx parara ali para reabastecer. Os morros acima de Gunbarrel tinham o seu quinhão de minas abandonadas e cidades-fantasma; não havia nada de tão notável assim em uma casa estilo chalé com as janelas quebradas, apenas sombras e teias de aranha.

– O que está pretendendo fazer, Sr. Carmody? – perguntou Tabitha.

– Uma coisa que Vic me pediu.

– Talvez não devesse ter trazido Wayne.

– Na verdade, talvez eu não devesse ter trazido *você*. Pretendo contaminar evidências.

– Ah, é? Bom, hoje estou de folga.

Pouco menos de um quilômetro após a mercearia, Lou começou a diminuir a velocidade. A estrada de cascalho que conduzia à Casa Sino ficava à direita. Quando ele a pegou, a estática no rádio aumentou de volume e praticamente submergiu a voz roufenha e afável de Bob Seger. Ninguém conseguia um sinal decente na Casa Sino; até mesmo a ambulância tivera dificuldade para se comunicar com o hospital. Talvez tivesse algo a ver com os contornos do patamar rochoso. No alto das Rochosas era fácil perder de vista o mundo lá embaixo e, no meio dos morros, das árvores e dos fortes ventos, o século XXI se revelava apenas um construto da imaginação, um conceito extravagante que os homens haviam sobreposto ao mundo, sem qualquer relevância para a rocha.

Lou parou o reboque e saltou para tirar do caminho um cavalete azul da polícia. Eles então seguiram em frente.

O veículo chacoalhou pela estrada de terra batida toda sulcada e chegou quase até a ruína. O sumagre se avermelhava no frio do outono. Em algum lugar, um pica-pau martelava um pinheiro. Depois de Lou estacionar, o rádio passou a emitir só um ruído branco que parecia um rugido.

Ao fechar os olhos, Wayne pôde vê-los: os filhos da estática, as crianças perdidas no espaço entre realidade e pensamento. Estavam tão próximas que ele quase conseguiu ouvir suas risadas sob o silvo do rádio. Estava tremendo.

Wayne abriu os olhos ao sentir a mão de alguém pousar em seu joelho e encarou o pai, já fora do automóvel, mas com o braço estendido para dentro da cabine.

– Está tudo bem – garantiu Lou. – Não tem problema, Wayne. Você está seguro.

Wayne aquiesceu, mas o pai entendera errado: ele não estava com medo. Se estava tremendo, era de empolgação e ansiedade. As outras crianças estavam muito *próximas*, esperando ele voltar e, a partir de seus sonhos, imaginar um novo mundo, uma nova Terra do Natal com brinquedos, comida e brincadeiras. Ele tinha essa capacidade. *Todo mundo* tinha. Só precisava de alguma coisa, alguma ferramenta, algum instrumento de prazer, de diversão, com o qual pudesse abrir um buraco para fora deste mundo e para dentro de sua paisagem interior secreta.

Sentiu a cabeça de metal do martelo no quadril, olhou para a fermenta e pensou: *É uma ideia*. Pegar aquele martelo e baixá-lo bem no cocuruto do pai. Imaginar o barulho que isso faria – a batida funda e oca de aço em osso – o fez formigar de prazer. Desferir a ferramenta no meio da cara bonita, redonda, inteligente e arrogante daquela piranha chamada Tabitha, esmigalhar seus óculos, arrancar seus dentes. Seria divertido. Pensar naqueles belos lábios carnudos delineados de sangue causou nele uma descarga erótica. Uma vez despachados os dois, ele poderia dar a volta na floresta e retornar até o paredão do morro onde antes ficava o túnel que conduzia à Terra do Natal. Poderia pegar o martelo e golpear a rocha, brandi-lo até a rocha se fender, até surgir uma fissura para dentro da qual ele pudesse se espremer. Desferir aquele martelo até quebrar o mundo ao meio e criar um espaço pelo qual pudesse rastejar de volta até o mundo de pensamento onde as crianças aguardavam.

Enquanto pensava isso tudo, porém, enquanto construía essa fantasia, o pai tirou a mão de seu joelho e pegou o martelo.

– Ai, que história é essa? – indagou Tabitha entre os dentes, e soltou o cinto de segurança para sair pela porta do carona.

O vento gemia nos pinheiros. Anjos se balançavam. Globos prateados refletiam a luz em fachos brilhantes, policromáticos.

Lou saiu da estradinha e foi abrindo caminho barranco abaixo. Levantou a cabeça – agora tinha apenas um queixo, e era um queixo bem-marcado – e direcionou seu olhar de tartaruga sábia para os enfeites pendurados nos galhos. Depois de algum tempo, removeu um deles, um anjo branco tocando uma corneta dourada, pousou-o em cima de uma pedra e o esmigalhou com o martelo.

A estática que emanava do rádio sofreu uma distorção momentânea.

– Lou? – chamou Tabitha, dando a volta pela frente do reboque. Wayne pensou que, se sentasse ao volante e engatasse a primeira marcha, poderia atropelá-la. Imaginou o barulho que o crânio dela faria ao bater na grade dianteira e começou a sorrir, pois era uma ideia bem divertida, mas então ela entrou no meio das árvores. Ele piscou os olhos depressa para se livrar daquela visão horrível, nítida e maravilhosa, e também saltou do veículo.

O vento se levantou e despenteou seus cabelos.

Lou achou um enfeite prateado coberto de purpurina, um globo do mesmo tamanho de uma bola de softball, lançou-o no ar e brandiu o martelo como se fosse um taco. A esfera cintilante explodiu com um belo jorro de vidro opalescente e fios de cobre.

Wayne ficou parado junto ao reboque, observando. Atrás dele, em meio ao forte rugido da estática, ouviu um coro de crianças entoar uma canção de Natal. Apesar de distantes, as vozes eram claras e melodiosas.

Lou espatifou uma árvore de Natal de cerâmica, uma ameixa de porcelana coberta de purpurina dourada e vários flocos de neve feitos de latão. Começou a suar e tirou a jaqueta de flanela.

– Lou – repetiu Tabitha, em pé no alto do barranco. – Por que você está fazendo isso?

– Porque um desses enfeites é o dele – respondeu ele, meneando a cabeça para Wayne. – Vic trouxe a maior parte dele de volta, mas eu quero o resto.

O vento uivou. As árvores se balançaram. Foi um pouco assustador, o jeito como elas começaram a se inclinar para a frente e para trás. Agulhas de pinheiro e folhas mortas voaram.

– O que você quer que eu faça? – indagou Tabitha.

– Ao menos não me prenda.

Ele virou-lhe as costas, achou outro enfeite e o esmigalhou com um tilintar musical.

Tabitha olhou para Wayne.

– Eu nunca fui de ficar parada. Quer ajudar? Está parecendo divertido, né?

Wayne teve de reconhecer que sim.

Ela usou a coronha da pistola. Wayne usou uma pedra. Dentro do carro, o coro natalino aumentava e diminuía de volume até a própria Tabitha reparar e lançar um olhar inquieto e curioso em direção ao reboque. Lou, porém, ignorou a música e seguiu destruindo folhas de azevinho e coroas de arame e, em poucos instantes, o ruído branco aumentou outra vez até virar um rugido, abafando a canção.

Wayne esmigalhou anjos com trombetas, anjos com harpas, anjos com as mãos unidas em prece. Destroçou o Papai Noel, todas as suas renas e todos os seus duendes. No início, ele riu. Contudo, depois de algum tempo, aquilo parou de ser engraçado. Após um momento, seus dentes começaram a doer. Ele sentiu o rosto quente, então frio, tão frio que chegou a arder. Não entendeu o motivo nem pensou muito naquilo de forma consciente.

Estava erguendo um pedaço de xisto azul para esmigalhar um cordeirinho de cerâmica quando notou um movimento no canto superior de seu campo de visão, levantou a cabeça e viu uma menina em pé junto à ruína da Casa Sino. Ela tinha os cabelos emaranhados e usava uma camisola imunda, que um dia já fora branca, mas agora era praticamente cor de ferrugem por causa das manchas de sangue seco. Seu rosto pálido e bonito parecia infeliz e ela chorava baixinho, com os pés ensanguentados.

– *Pomoshch* – sussurrou ela. A palavra quase se perdeu no silvo do vento. – *Pomoshch*.

Era a primeira vez que Wayne ouvia "socorro" em russo, mas entendeu bastante bem o que a menina queria dizer.

Tabitha percebeu o movimento de Wayne, virou a cabeça e viu a menina.

– Ai, meu Deus – falou baixinho. – Lou. Lou!

O pai de Wayne olhou para o fim do quintal e avistou a garota, Marta Gregorski, sumida desde 1991. Marta tinha 12 anos ao desaparecer de um hotel em Boston e continuava com a mesma idade, duas décadas depois. Lou a encarou sem qualquer surpresa especial, com um aspecto acinzentado, cansado, e o suor lambuzava a pele flácida de suas bochechas.

– Preciso quebrar os outros, Tabby – disse ele. – Você pode ajudar a menina?

Tabitha lançou-lhe um olhar assustado e estupefato. Guardou a pistola no coldre e começou a andar depressa pelas folhas secas.

Ao lado de Marta, surgiu dos arbustos um menino de 10 anos, com cabelos pretos, usando o uniforme azul e vermelho todo sujo de um guarda real da Torre de Londres. Brad McCauley tinha um olhar ao mesmo tempo pesaroso, pensativo e aterrorizado; olhou de viés para Marta e seu peito começou a se sacudir com soluços.

Wayne se balançava nos próprios calcanhares enquanto encarava as duas crianças. Brad estava usando aquele mesmo uniforme no seu sonho da noite anterior. Wayne ficou tonto e quis se sentar, mas na vez seguinte em que se inclinou para trás nos calcanhares e quase caiu, seu pai o segurou pelas costas e pousou uma das mãos imensas no ombro do filho. Aquelas mãos não combinavam muito com seu corpo de Novo Lou e faziam sua estrutura óssea grandalhona e desgraciosa parecer muito mais desajeitada.

– Ei, Wayne – chamou Lou. – Ei. Pode enxugar o rosto na minha camisa, se quiser.

– O quê?

– Você está chorando, garoto. – Ele estendeu a outra mão. Dentro dela havia cacos de cerâmica: pedacinhos de uma lua esmigalhada. – Já faz algum tempo que está chorando. Acho que este aqui devia ser o seu, né?

Wayne sentiu os próprios ombros se sacudirem em um movimento convulso. Tentou responder, mas não conseguiu forçar nenhum som pela garganta contraída. As lágrimas em seu rosto ardiam com o vento frio; ele perdeu o autocontrole e enterrou o rosto na barriga do pai, sentindo por um instante saudade do antigo Lou com seu reconfortante corpanzil de urso.

– Me desculpa – sussurrou com uma voz estranha, engasgada. Passou a língua pelo interior da boca mas não conseguiu mais sentir os dentes secretos, e essa constatação lhe provocou tamanha explosão de alívio que ele teve de se segurar no pai para não cair. – Pai, me desculpa. Pai. Ai, pai, me desculpa. – Sua respiração era uma série de soluços curtos e sacolejantes.

– Desculpar você pelo quê?

– Sei lá. Por estar chorando. Meu nariz escorreu em você.

– Ninguém precisa pedir desculpas por chorar, cara.

– Eu estou enjoado.

– É. Pois é, eu sei. Não tem problema. Acho que você está sofrendo da condição humana.

– Isso mata?

– Mata. É bastante fatal.

Wayne aquiesceu.

– Tá. Bem... Eu acho que isso é bom.

Atrás deles, bem lá longe, Wayne pôde ouvir a voz nítida, firme e tranquilizadora de Tabitha perguntar nomes, dizer às crianças que elas iriam ficar bem, garantir que iria cuidar delas. Pensou que, se virasse agora, talvez avistasse uma dezena de crianças e que o resto estaria a caminho, saindo das árvores e deixando a estática para trás. Pôde ouvir algumas delas soluçarem. A condição humana, pelo visto, era contagiosa.

– Pai, tudo bem se a gente não comemorar o Natal este ano?

– Se o Papai Noel tentar descer pela nossa chaminé, eu chuto a bunda dele com a minha bota e faço ele subir outra vez. Eu juro.

Wayne deu uma risada muito parecida com um soluço. Mas estava tudo bem.

O feroz rugido de uma moto se aproximando veio lá da rodovia. Wayne teve um pensamento desesperado e horrível de que era a sua mãe chegando. Todas as crianças tinham retornado de algo semelhante à morte e talvez agora fosse a vez de Vic. Mas era só algum sujeito na estrada levando sua Harley para dar uma volta. A moto passou em disparada com um rugido violento e o sol se refletiu nas superfícies cromadas. Era início de outubro, mas ainda fazia calor sob a luz forte do sol da manhã. O outono já tinha chegado, o inverno viria logo atrás, mas por enquanto ainda restava algum tempo bom para passear de moto.

Nota sobre a fonte original

O livro original foi composto em Caslon, fonte desenhada no século XVIII por William Caslon I (1692-1766), fabricante de armas e célebre impressor inglês setecentista. Ele não tem qualquer parentesco com Paul Caslon, que foi à Terra do Natal em 1968 e fugiu para O Branco com Millie Manx depois da terrível véspera de Natal em que a Montanha do Algodão-Doce desmoronou. Após um bom tempo, Millie conduziu Paul e duas outras crianças – Francine Flynn e Howard Hitchcock – para fora da estática e para dentro da floresta de pinheiros.

Ali, do meio das árvores, os quatro ficaram vendo as outras crianças (os amarelões!) saírem da floresta, fazendo muita manha, cheias de soluços e *tadinha-de-mim*, o nariz escorrendo e o rosto banhado em lágrimas. Millie fez uma imitação silenciosa do jeito como as crianças choravam e se emporcalhavam com a sujeira que escorria dos próprios narizes; a atuação foi tão boa que Paul teve de cerrar duas fileiras de dentes para não rir.

Eles iriam acertar as contas com essas crianças depois. Os amarelões só serviam para uma coisa: ser "aquilo" em uma brincadeira de tesoura-no-mendigo ou morder-o-menor.

No entanto, quando a primeira ambulância entrou na estrada para a Casa Sino, eles entenderam que era hora de ir. Millie conduziu os outros três até a árvore em que os seus ornamentos estavam pendurados juntos, bem longe de onde Wayne Carmody (o Rei dos Amarelões!) esmigalhava enfeites com o pai.

Cada um dos Verdadeiros Filhos de Charlie pegou seu enfeite especial e juntos desceram o morro antes de serem vistos. Era triste que a Terra do Natal não existisse mais, porém de nada adiantava chorar sobre o leite derramado ou sobre as avalanches cataclísmicas. Além disso, agora o mundo inteiro era o seu parque de diversões!

Realmente não faz mal eles não poderem mais viver em um eterno Natal. Afinal de contas, o Natal é apenas um estado mental e, contanto que você carregue no coração um pouco do espírito da festa, todo dia é Natal.

Agradecimentos

A Lista dos Bonzinhos

Se você tiver gostado deste livro, quem merece a maior parte dos agradecimentos é minha editora, Jennifer Brehl, da William Morrow, que me apontou a direção da história dentro da história. Se estiver decepcionado, a responsabilidade é toda minha.

Gabriel Rodríguez é um irmão. A ele, meu amor e meu muito obrigado pelas ilustrações, pela amizade e pela visão. Quando estou perdido, sempre posso confiar em Gabe para me desenhar um mapa.

Comecei a trabalhar nesta história no verão de 2009 na garagem do meu amigo Ken Schleicher, que estava consertando sua Triumph Bonneville 1978 e me convocou para ajudar. Nossas várias noites agradáveis me deram vontade de escrever sobre motos. Meus agradecimentos a todo o clã dos Schleicher por terem aberto para mim as portas de seu lar e da sua garagem.

Acabei de trabalhar nesta história depois que minha mãe a leu e me disse que havia gostado e que meu último capítulo estava ruim. Ela tinha razão; quase sempre é o caso. Joguei fora as últimas quinze páginas e escrevi algo melhor. Tabitha King é uma pensadora criativa de primeira categoria que me ensinou a amar as palavras, buscar seus significados secretos e estar sempre atento às suas histórias pessoais. Mais importante ainda, porém, seu exemplo como mãe me ensinou a ser pai: a ouvir mais do que falar, a transformar as tarefas do dia a dia em brincadeiras (ou meditação), a checar se as crianças estão com as unhas cortadas.

Entre o início e o fim do trabalho, fui andar de moto com meu pai. Ele foi na sua Harley, eu na minha Triumph. Ele comentou que gostava da minha moto, apesar de o motor o fazer pensar em uma máquina de costura. Meu pai é um típico dono de Harley: esnobe. Foi um passeio feliz segui-lo por aquelas estradinhas que ele conhece tão bem, sentindo o sol nos ombros. Acho que passei a vida inteira viajando pelas estradinhas do meu pai. Não me arrependo.

Este livro recebeu a cuidadosa leitura de *dois* copidesques: a talentosa Maureen Sugden, que já vem me mantendo no caminho certo há três romances, e minha amiga Liberty Hardy, da RiverRun Books, que pulava em cima dos meus erros feito um filhote de gato doidão atrás de um novelo. Liana Faughnan entrou na dança no último minuto para garantir a solidez do meu cronograma. Desconfio que o livro esteja coalhado de erros, mas isso é apenas a prova de que os outros só podem ajudar você até certo ponto.

Amor e agradecimentos à notável equipe da William Morrow, que dá tanto duro para me deixar bem na foto: Liate Stehlik, Lynn Grady, Tavia Kowalchuk, Jamie Kerner, Lorie Young, Rachel Meyers, Mary Schuck, Ben Bruton e E. M. Krump. Isso também vale para o pessoal da Gollancz: Jon Weir, Charlie Panayiotou e Mark Stay. Sou particularmente grato a minha amiga e editora no Reino Unido, Gillian Redfearn, especialista em turbinamento de moral e aniquilação de baixo-astral.

Meu agente, Mickey Choate, leu o livro não sei quantas vezes e sempre retornou com sugestões, ideias e incentivos. Ele o tornou uma obra muito melhor, sob todos os aspectos possíveis.

Sabe quem é incrível? Kate Mulgrew, por ter transformado meu texto num audiobook. Fiquei encantado e maravilhado com a leitura que Kate fez do meu conto "Às margens prateadas do lago Champlain" e nem consigo expressar minha gratidão por ela ter topado ler esta história muito mais longa sobre infância, fantasia e perda.

O Twitter é uma colmeia fervilhante de pensamentos, discussões e paixão nerd e sou grato a cada pessoa que trocou um *tweet* comigo. Uma vez que é um mundo de ideias compartilhadas, o Twitter é por si só uma espécie de paisagem interior, e das boas.

Meu obrigado a todos os que pegaram este livro para ler, baixaram-no ou o escutaram em áudio. Espero mesmo que tenham gostado. Que demais, que presente poder viver disso. Não quero parar nunca.

Abraços, beijos e baldes de gratidão a Christina Terry, que foi uma constante interlocutora durante as últimas versões do texto e me garantiu um pouco de diversão com algo que não fosse trabalho. Obrigado, moça, por proteger minha retaguarda.

Também sou grato a Andy e Kerri Singh, Shane Leonard e Janice Grant, Israel e Kathryn Skelton, Chris Ryall, Ted Adams, Jason Ciaramella e seus meninos, Meaghan e Denise MacGlashing, o clã dos Bosas, Gail Simone, Neil Gaiman, Owen King, Kelly Braffet, Zelda e Naomi. Meu amor e minha gratidão a Leanora.

Sou um cara de sorte por ser pai de Ethan, Aidan e Ryan King, os homens mais engraçados e mais criativos que conheço. Papai ama vocês.

A Lista dos Malvados

Pessoas que só passam os olhos pelas páginas de agradecimentos ou que simplesmente as pulam: favor entrar em contato com a gerência para um ingresso grátis e com todas as despesas pagas para a Terra do Natal.

Este livro foi impresso pela Ipsis, em 2020, para a
HarperCollins Brasil. O papel do miolo é pólen soft
70g/m², e o da capa é cartão 250g/m².